AtV

LISA APPIGNANESI war stellvertretende Direktorin des London Institute of Contemporary Arts, bevor sie freie Autorin wurde. Sie hat neben erfolgreichen Romanen u.a. auch Sachbücher über Simone de Beauvoir und die Frauen Freuds geschrieben. Sie lebt in London.

Im Aufbau Taschenbuch Verlag sind von ihr die Romane »Die andere Frau« sowie »In der Stille des Winters« erschienen.

Die Journalistin Isabel Morgan ist als eine sprunghafte, unberechenbare Frau bekannt. Doch als sie nicht wie angekündigt in New York auftaucht und auch sonst kein Lebenszeichen von sich gibt, beginnt ihre Freundin Leonora sich Sorgen zu machen. Kurz entschlossen reist sie nach London, um Nachforschungen anzustellen. Ohne Erfolg allerdings; niemand weiß, wohin Isabel verschwunden ist.

In London muß Leonora feststellen, wie wenig sie das Leben ihrer Freundin kannte. Das Bild der lebensfrohen Journalistin entsprach keineswegs der Wirklichkeit. Anscheinend steckte Isabel in ernsten Schwierigkeiten und war einer aufsehenerregenden Geschichte auf der Spur, die sich um ein Familiengeheimnis drehte: das Verschwinden ihres Vaters und die Frage, ob ihre Mutter eine Mörderin war.

Lisa Appignanesi

Kalt ist die See

Roman

Aus dem Englischen
von Thomas Haufschild

Aufbau Taschenbuch Verlag

Titel der Originalausgabe
Sanctury

ISBN 3-7466-2016-3

1. Auflage 2004
Aufbau Taschenbuch Verlag GmbH, Berlin

Umschlaggestaltung Torsten Lemme
unter Verwendung eines Fotos
von Wilhelm Scholz, getty images
Druck und Binden
Druckerei C. H. Beck, Nördlingen
Printed in Germany

www.aufbau-taschenbuch.de

Für Adam Phillips

Die Wahrheit ist nur selten rein und niemals einfach.

Oscar Wilde

Prolog

Der Wahnsinn umfing und durchdrang sie wie ein Schwarm Fliegen, der sich auf einen aufgedunsenen Kadaver stürzte. Sie wollte ihn töten. Noch nie hatte sie etwas so sehr gewollt. Seit drei Tagen und Nächten war das Verlangen derart übermächtig, daß alles andere unwichtig wurde. Doch erkannte sie diesen sehnlichen Wunsch als Wahnsinn, was bedeutete, daß sie nicht vollständig den Verstand verloren hatte, jedenfalls *noch* nicht, trotz all der Gifte, die man ihr verabreicht hatte.

Tief unter ihr brandete die Gischt gegen die Klippe. Kalt war die See. Sie stellte ihn sich dort unten vor, wie sein Kopf auf dem Wasser tanzte, bis die Wellen ihn mit unüberwindlicher Gewalt packten und auf die Felsen warfen.

Sie wollte, daß er langsam starb, daß ihn ein grausamer Tod nach dem anderen ereilte, ein Tod für jeden Monat, den er sie gleichgültig behandelt hatte. Ein Mord aus Vergeltung, genau das war es, und sie stellte dabei den Racheengel dar, ein strahlendhelles Geschöpf, das zusammen mit dem Abendstern zwischen den Wolken am indigoblauen Himmel emporstieg, um seinem Ende beizuwohnen. Sein selbstgefälliges Lächeln würde als erstes verschwinden. Seine Wangen würden zittern, und auf seinem blasierten Gesicht würde sich Entsetzen über sein Schicksal breitmachen. Sie wollte, daß er um Gnade winselte.

Gestern abend hatte sie sich ausgemalt, wie er in einem riesigen brodelnden Kessel saß. Sie alle tanzten als stolze Kannibalen im Feuerschein um ihn herum und rissen ihn in Stücke, die sie dann den Hunden zum Fraß vorwarfen. Seinen Penis hatte sie persönlich an sich genommen, um das sehnige Stück Fleisch und die runzlige Haut in den Staub zu treten. Diesen Bissen konnte man nicht einmal den Hunden zumuten.

War es wirklich erst sechs Tage her, daß sie ihn zur Rede gestellt hatte? Sie hatte die Stelle unter dem vom Wind gebeugten Baum gewählt, wo das Grundstück in den steilen Pfad überging. Die Überwachungskameras des Anwesens konnten jenen Punkt nicht einsehen, vermutete sie, obwohl es ansonsten kein Entrinnen vor dem unheilvollen Blick dieser Apparaturen gab, ganz gleich, an welchem Ende der Landzunge man sich befand. Er kam jeden Tag kurz vor Sonnenuntergang hierher. Sie hatte ihn beobachtet und kannte seine Route sowie die Punkte, an denen er den Schritt verlangsamte oder stehenblieb.

Als sie es ihm sagte, tätschelte er ihre Schulter und tadelte sie sanft, als wäre sie eine Patientin, die an Wahnvorstellungen litt. Er speiste sie mit einer fadenscheinigen Ausrede ab und behauptete, sie alle wären wie Söhne und Töchter für ihn. Doch etwas in seinem Blick veränderte sich. Sie beide kannten die Wahrheit.

Sie hatte mit allem gerechnet, nur nicht damit, daß er kategorisch alles abstreiten und mit seiner Hand über ihre Schulter streichen würde, ganz beiläufig, als hätten Frauen keine anderen Wünsche und ließen sich durch eine Berührung über jeden Schmerz hinwegtrösten. Als sie erkannte, wie er immer mehr in Wallung geriet, schlug die Verachtung, die sich während der letzten Woche in ihr aufgestaut hatte, schlagartig in Abscheu um. Gleichzeitig entstand dieses überwältigende Verlangen nach Rache.

In der Stille ihres Zimmers hatte sie noch am selben Abend einen Brief geschrieben und sich dann fortgestohlen, um ihn abzuschicken.

Die Abendsonne ließ das Meer silbern aufblitzen. Sie stellte sich vor, daß Blut auf den Wellen trieb. »Eine weindunkle See«, hatte Homer es genannt. Verdunkelt durch Schatten oder durch das Blut der Helden. Hier gab es keine Helden. Nur ihn, ihn und das Heulen des Windes.

Er war überaus pünktlich. Langsam kam er auf dem Pfad in ihre Richtung, ein widerwärtiger Mann, der sich nur durch verlogene Wichtigtuerei zu vermeintlicher Größe aufgeplustert hatte. Er hatte nicht mit ihr gerechnet, und als er sie sah, legte seine glänzende Stirn sich in Falten.

Sie hob die Hand zum Gruß und wünschte sich den Beistand der Furien, um nun Vergeltung zu üben.

Erster Teil

1

Es regnete in Manhattan. Nicht der übliche graue Nieselregen, sondern ein Regen, der wie tausend verrückte Trommler auf die Dächer niederprasselte, Rinnsale in den Gossen zu reißenden Bächen anschwellen ließ und den Central Park in eine Sumpflandschaft verwandelte. Die Scheibenwischer weder der Taxis noch der eleganten Limousinen konnten etwas gegen diesen Regen ausrichten; kein Regenmantel, kein Hut und keine modische Frisur hielt diesem Ansturm stand. Es schien fast so, als wolle der Regen die Stadt nicht etwa reinwaschen, sondern vielmehr davonspülen.

Die Frau, die auf der Upper West Side ihre Stirn an ein Penthousefenster drückte, dachte an Bullaugen in tosender See und an die Arche Noah unter einem dunkelgrauen Sturmhimmel. Sie dachte an undurchdringlichen Nebel und an ihre Tochter Becca, wie sie als kleines Kind im sicheren Zuhause sang: »Regen, Regen, heb dich fort, zieh an einen anderen Ort.«

Die Frau am Fenster war klein, nicht größer als einen Meter sechzig, wenngleich sie den gebieterischen Namen Leo trug und ihm mitunter auch gerecht wurde. In ihrem weißen, von Tinte befleckten Hemd und ihrer Jeans sah sie beinahe wie eine Straßengöre aus. Ihr Gesicht, das wegen ihrer tiefliegenden Augen von Natur aus nachdenklich wirkte, zeigte unverhüllt alle Spuren ihrer achtunddreißig Lebensjahre. Sie machte sich nur selten Gedanken darüber, aber im großen und ganzen gefiel ihr der Anflug von Melancholie, der sie umgab. Ihr Gesicht war ihr mit der Zeit vertrauter geworden, es entsprach der inneren Vorstellung, die sie von sich selbst hatte, eine praktische, eher nüchterne Frau zu sein, die gleichwohl bisweilen anfällig für plötzliche Eingebungen war.

»Regen, Regen, heb dich fort«, sang sie so laut, daß es sie selbst überraschte, und dann fiel ihr ein, daß sie letzte Nacht von Regen geträumt hatte. Von einem merkwürdigen Regen, einem braunen Regen, denn sie befand sich in ihrem Traum unter der Erde, und es regnete vom Dach einer Art riesiger Höhle, die sich über einer labyrinthischen Stadt wölbte, deren Gebäude und Straßen vollkommen verlassen waren.

Leo verdrängte dieses beunruhigende Bild und warf einen Blick auf die Uhr, die an der weißen Wand hing. Es dauerte einen Moment, bis sie die Zeit abgelesen hatte, denn die Zeiger und Ziffern der Uhr verliefen in umgekehrter Richtung. Gegen den Uhrzeigersinn. »Damit du Zeit zum Träumen hast«, hatte Jeff gescherzt, als er ihr die Uhr vor so vielen Jahren schenkte. »Stell dir einfach vor, daß die Zeit rückwärts läuft. Dann hast du nie wieder Probleme mit dem Abgabetermin.«

Das übertriebene Ungetüm von einer Uhr sah aus wie ein Requisit aus einem der von Jeff so sehr geschätzten Hitchcock-Filme und entsprach ganz dem Geschmack ihres früheren Ehemanns. Leo haßte dieses Ding inzwischen. Doch hing es noch immer da an der Wand, obwohl Jeff bereits seit mehr als zwei Jahren zur Vergangenheit gehörte. Genaugenommen gab es nur einen einzigen Gegenstand aus ihrem – wie sie es gern nannte – zweiten Lebensabschnitt, von dem ihr letztendlich die Trennung gelungen war, und das war das Ehebett. Aus irgendeinem, mittlerweile auch ihr unerfindlichen Grund hatte sie es gegen einen purpurroten Diwan ausgetauscht, einen grellen Farbklecks in dem ansonsten weißen und karg möblierten Schlafzimmer.

Ein wenig gereizt eilte Leo zurück an ihren Arbeitstisch. Sie setzte sich, nahm einen der zahlreichen Federhalter und beugte sich über ihre Zeichnung. Mit schnellem sicherem Strich umriß sie das lange zerzauste Haar und den ausladenden Leib einer finster blickenden Gestalt an einem Cafétisch. Gegenüber dieser Frau entstand eine schlankere Figur, eine elegante, gutgekleidete Dame, die ein Exemplar von Tolstois *Anna Karenina* in den Händen hielt.

Über dem Kopf der ersten Gestalt entstand eine Sprechblase. »Woran denkt man wohl, wenn man heutzutage ›Familie‹ sagt? Na?«

Eine zweite Blase. »Man denkt an Politiker, man denkt an Probleme. Jawohl, Ma'am, große Probleme. Man denkt an gemeinsame Kreditkarten, an Mißbrauch, Schläge, seelische Grausamkeit, Schikanen, Ehebruch, Pflichtvergessenheit, Scheidung, Rache!«

Die korpulente Gestalt griff nach dem Buch und schlug es auf. Unterdessen schwebte über ihr die dritte Blase: »Ich sage, es ist höchste Zeit, Tolstoi an das moderne Manhattan anzupassen. Und daher wird mein nächstes Werk mit dem folgenden zeitgemäßen Satz beginnen ...«

Ein breites zufriedenes Lächeln in Großaufnahme. »Alle unglücklichen Familien ähneln einander; jede glückliche aber ist auf ihre eigene Art glücklich.«

»Leonora H« lautete die schwungvolle Signatur am Ende des Cartoons.

Leo streckte sich. Dann gab sie ihrer geheimen Leidenschaft nach, zündete sich eine Zigarette an und rauchte mit tiefen Zügen, während sie den Strip ein weiteres Mal begutachtete. Sie war zufrieden mit ihrem Cartoon, ihrer sogenannten Frau des Zorns, so wie mit all ihren lustigen Weibern von Manhattan, ihrem Stöhnen und Jammern über Exmänner, real existierende Mütter und faule Kinder. Noch mehr allerdings gefiel Leo der Umstand, daß sie vier Cartoons fertiggestellt und sich dadurch vier Wochen freie Zeit erkauft hatte. In den nächsten Wochen würde es für sie weder glückliche noch unglückliche Familien geben. Statt dessen würden sie und ihre Freundin Isabel Morgan die Hauptrollen in einem ganz privaten Roadmovie übernehmen.

Vor Weihnachten hatte sie mit Isabel diesen Trip besprochen. Ihre Freundin hatte geradezu mythische Bilder heraufbeschworen – endlose Straßen, die am Horizont verschwanden, Kleinstadtcafés mit Fliegengittern vor den Türen und mißtrauischen Männern an den Tischen, abgelegene Motels, einsame Wüsten und zerklüftete Berge. In ihrer letzten

E-Mail hatte Isabel detailliert ein weißes Kabriolett beschrieben und hinzugefügt: »So groß wie möglich. Savannah, Georgia, wir kommen.«

Der heftige Regen, der in New York niederging, spielte da keine Rolle. Isabel würde Geschmack an der damit verbundenen Gefahr finden, und je weiter sie nach Süden und dann gemächlich nach Westen kamen, desto mehr würde der Regen nachlassen. Enden würde die Reise in Kalifornien mit einem Besuch bei Becca, die kürzlich ein Studium an der Stanford University begonnen hatte. Auf ein Treffen mit Jeff, Beccas Vater, und dessen viel zu junger Lebensgefährtin würde Leo jedoch liebend gern verzichten.

Erneut warf sie einen Blick auf die Uhr. Isabel hätte schon längst dasein müssen. Die Maschine aus London sollte um vier Uhr landen, und mittlerweile war es kurz vor sieben. Vermutlich war der Regen an der Verspätung schuld. Sie starrte aus dem Fenster. Manhattans berühmte Skyline hatte sich in eine Reihe verschwommener Schemen verwandelt, die drohend im Dunst aufragten, nur unterbrochen durch vereinzelte unscharfe Lichter. Leos hölzerne Pflanzkübel und Terrakottatöpfe, die draußen auf der Terrasse standen und in denen sich Stiefmütterchen und Osterglocken gegen den heftigen Regen stemmten, schienen beinahe fortgespült zu werden.

Einer plötzlichen Regung folgend, öffnete Leo die gläserne Schiebetür und trat aufs Dach hinaus. Sie ging zu dem eisernen Geländer und schaute auf die Straße hinunter. Ein einzelner Regenschirm eilte durch die Schlucht zwischen den Gebäuden voran und bog um eine Ecke. Ein vorbeifahrendes Auto ließ das Wasser aus den Pfützen der Fahrbahn aufspritzen, hielt jedoch nicht vor Leos Hauseingang. Sie wich einen Schritt zurück, hob das Gesicht dem Regen und dem Himmel entgegen. Sie kam sich vor wie ein Kind, das, ganz ohne Angst, den Elementen trotzte und sich dem Wetter auslieferte. Die Regentropfen auf ihren Augenlidern fühlten sich wunderbar an.

Irgendwo hinter ihr war plötzlich ein Geräusch zu vernehmen. Zunächst handelte es sich lediglich um ein gedämpftes Dröhnen, doch es kam näher und wurde dabei immer lauter, bis es das Prasseln des Regens übertönte. Es klang wie ein scheußliches mechanisches Knattern und erinnerte sie an eines der Geräusche in ihrem Traum. Leo öffnete die Augen und erblickte direkt über sich den schwarzen bedrohlichen Schatten eines Helikopters, der so tief flog, daß sie die Silhouette des Piloten erkennen konnte.

Ihr Atem beschleunigte sich abrupt. Wieder ergriff Furcht von ihr Besitz. Ihr Mund war wie ausgedörrt; sie konnte die Angst förmlich schmecken. Einen Moment lang blieb sie wie angewurzelt stehen. Dann überwand sie sich mühsam und floh zurück in ihre Wohnung.

Auf einmal überkam Leo das Gefühl, etwas Schreckliches sei geschehen. Sie erschauderte.

Mit nassem Haar setzte sie sich an den Computer und öffnete die zwei Wochen alte E-Mail, in der Isabel ihr die genaue Ankunftszeit mitgeteilt hatte. Gleichzeitig wählte sie die Nummer des Kennedy Airport.

Die Maschine war mit nur fünfzehn Minuten Verspätung gelandet.

Leo atmete tief durch, zögerte kurz und entschied sich dann, bei ihrem Exmann anzurufen. Becca mußte gestern abend in Jeffs Haus in den Berkley Hills eingetroffen sein. Ihre Tochter hatte beschlossen, nicht nach New York zurückzufliegen, sondern ihre Osterferien bei ihrem Vater zu verbringen. Falls Leo Glück hatte, würde die Putzfrau den Hörer abnehmen.

Doch sie hatte kein Glück. Jeff ging ans Telefon, und als er Leos Stimme erkannte, verwandelte sein unbeschwert charmanter Tonfall sich in gestelzte Höflichkeit.

»Ja, Becca ist hier. Im Augenblick ist sie mit Tip draußen im Garten. Soll ich sie holen?«

»Nein, ich wollte mich bloß vergewissern, daß ...«

»Gut. Ich sage ihr, daß du angerufen hast.«

»Okay.«

»Ach, übrigens, Cora ist schwanger.«

»Ja? Das ging aber schnell.« Es gelang ihr nicht, ihre Gereiztheit zu verbergen.

»Ich habe noch nie lange herumgetrödelt. Zumindest nicht in dieser Hinsicht, wie du bestimmt noch aus eigener Erfahrung weißt.«

Jeff legte auf.

»Arschloch«, murmelte Leo in den Hörer. Sie blieb einen Moment lang reglos sitzen. Gut, daß Isabel jede Minute eintreffen würde.

Doch Isabel traf nicht ein; auch nicht, nachdem Leo geduscht und sich die Haare gefönt hatte. Auch nicht, nachdem sie eine schwarze Hose, eine weiße Bluse ohne Tintenflecke und eine satingesäumte schwarze Jacke angezogen hatte – die passende Garderobe für einen Besuch im eleganten *Rainbow Room*, wie Isabel ihn sich für den ersten ihrer beiden Abende in New York gewünscht hatte.

Geduldig zu sein gehörte nicht zu Leos Stärken. Sie goß sich einen Fingerbreit Whisky ein, aß ein paar Erdnüsse, las flüchtig einen Artikel in der *New York Times*, der auf die Problematik der Genforschung einging, überflog einige weitere Beiträge, die sich näher mit der allgemein üblichen Bedeutung des Begriffs »sexuelle Beziehung« beschäftigten, und hörte sich ein Lied von Steely Dan an, das sie seit ihrem fünfzehnten Lebensjahr liebte, und schaute immer wieder aus dem Fenster auf Manhattan hinab.

Um neun Uhr hatte die leichte Beunruhigung sich in eine ausgewachsene Panik verwandelt. Vor ihrem inneren Auge sah Leo Massenkarambolagen auf dem Freeway, Autos, die von der Triborough Bridge stürzten, verrückte Fahrer, die ihre Messer zückten und denen sich die stets heldenmütige Isabel in den Weg stellte ...

Leo rief erneut beim Flughafen an, und noch während sie darauf wartete, daß jemand ans Telefon ging, verfluchte sie sich dafür, daß sie ihre Freundin nicht persönlich in Empfang genommen hatte. Doch es bestand eine ausdrückliche

Vereinbarung zwischen ihnen: Keine von beiden sollte sich je die Mühe machen, die andere abzuholen. Mittlerweile besaß jede von ihnen einen Schlüssel für die Wohnung der Freundin, so daß es für sie nicht einmal mehr erforderlich war, sich ausdrücklich anzumelden.

»Nein, Ma'am, wir dürfen keine Auskünfte über einzelne Passagiere erteilen.«

»Aber ...«

»So lauten nun mal die Vorschriften, Ma'am. Ich kann Ihnen leider nicht weiterhelfen.«

»Aber meine Stieftochter ...«, hörte Leo sich lügen. »Ich mache mir solche Sorgen.« Wie beiläufig schlich sich ein leises Schluchzen in ihre Stimme.

»Tut mir leid, Ma'am.«

»Aber was soll ich denn tun? An wen kann ich mich wenden?«

»Ihre Stieftochter? Bitte warten Sie kurz, Ma'am.«

Es herrschte einen Moment lang Stille, dann war der Mann wieder am Apparat. »Wie lautet Ihr Name, Ma'am?«

»Morgan«, log Leo. »Meine Stieftochter heißt Isabel Morgan.«

Sie hörte, wie der Mann etwas auf einer Tastatur eingab.

»Auf der Passagierliste des Fluges, den Sie mir genannt haben, steht keine Person dieses Namens.«

»Keine Person dieses Namens«, wiederholte Leo tonlos.

»Vielleicht hat Ihre Stieftochter auf einen späteren Flug umgebucht.«

Leo dachte daran, daß Isabel auf dem Weg nach Heathrow womöglich in einen Stau geraten war. »Können Sie das überprüfen?«

»Nein, Ma'am. Ich wünsche noch einen guten Abend.«

Leo lief unruhig durch die Wohnung – vorbei an dem blauweißen Sofa, der geschwungenen, mit Samt bezogenen Chaiselongue und dem gläsernen Eßtisch mit den sechs Stühlen, dann durch ihren Arbeitsbereich und aus alter Gewohnheit in Beccas Zimmer, als wäre ihre Tochter noch immer da und läge zusammengerollt im Bett und würde im Schlaf leise atmen. Doch das Zimmer war leer; nur ein paar alte Poster und Fotos hingen an den Wänden, und auf dem Bett und einem Korbsessel hockten, wie wartend, ihre vielen Stofftiere, die Becca als Kind so geliebt hatte. Leo schloß sanft die Tür und ging weiter in den nächsten Raum, der Jeff früher als Arbeitszimmer gedient hatte und nun liebevoll als Unterkunft für Isabel zurechtgemacht war.

Als Leo wieder an ihrem Schreibtisch saß, versuchte sie, die Ursachen ihrer Besorgnis zu ergründen. Bestimmt hatte der sintflutartige Regen damit zu tun, dann der Monsterhubschrauber und außerdem Beccas Besuch bei ihrem Vater und dessen schwangerer Lebensgefährtin. Isabel hatte wahrscheinlich schlicht und einfach ihre Maschine verpaßt und würde sich nur etwas verspäten. Schließlich gab es jede Menge Flüge von London nach New York.

Leo zog die Jacke aus und beugte sich noch einmal über ihre Zeichnungen. Ihre Cartoonreihe gab es bereits seit ungefähr vier Jahren. Im Zentrum standen vier Charaktere, deren Alltag mit einem sarkastischen Blick auf die ständig wechselnden Moden und Marotten erzählt wurde. Zunächst war da die stämmige Bella, eine alternde Aktivistin und frühere Lehrerin, die an der 92. Straße einen Eltern-Workshop leitete. Dann gab es die grazile Clio, die zu den oberen Zehntausend gehörte und deren Scheidung fast genauso lange gedauert hatte wie ihre Ehe, allerdings viel kostspieliger ausgefallen war. Ihre Anwältin, die sachliche Judith, wurde nicht müde, sie darauf hinzuweisen, daß jeder Monat sie ein Facelifting kostete. Die vierte im Bunde war Bellas Nichte, die angehende Retro-Rocksängerin Jenny – auch bekannt als Seraphita – samt ihrer tatkräftigen Entourage.

Als das Telefon klingelte, stürzte Leo hastig an den Apparat.

»Isabel!« rief sie.

»Nein, Leonora, ich bin's«, antwortete ihre Mutter. »Also ist deine Freundin noch nicht angekommen. Ich wollte mich nur vergewissern.«

Leo bemühte sich, nicht wieder gleich vorwurfsvoll zu klingen. »Sie wird bald hier sein, Mom.«

»Du weißt, welche Sorgen ich mir mache.«

»Ja. Ich kann jetzt nicht reden. Ich warte auf einen Anruf.«

»Ich dachte nur ... Bei diesem Wetter ... Es wäre vielleicht vernünftiger, eure Reise zu verschieben. Es ...«

»Ich rufe dich morgen zurück, Mom.« Leo legte auf.

Seit Leos Trennung von Jeff hatte die Fürsorglichkeit ihrer Mutter beinahe unerträgliche Ausmaße angenommen. Rückblickend kam es Leo so vor, als habe Jeff wie ein Bollwerk gegen den späten Wunsch ihrer Mutter fungiert, sie mit einer Nähe zu umfangen, die es zwischen ihnen beiden nie wirklich gegeben hatte. Nicht in der Kindheit, als ihre Mutter zu sehr mit sich selbst beschäftigt gewesen war, und ganz gewiß nicht während Leos Jahren als Teenager. Als ihr Vater starb, war Leo vierzehn gewesen; es machte sie noch nachträglich wütend, daß ihre Mutter bereits kurz darauf wieder heiratete, diesmal einen Psychiater.

»Aber du warst früher einmal seine Patientin. Das ist unmoralisch«, hatte Leo sie angebrüllt.

»Das liegt schon viele Jahre zurück, und es waren ja auch nur drei Monate, mein Schatz«, hatte ihre Mutter in aller Ruhe erwidert. »Warte nur ab, er wird dir gefallen.«

Doch das war nicht der Fall gewesen. Leo hatte sich entwurzelt gefühlt. Den größten Teil ihrer Kindheit hatte sie in einem englischen Internat verbracht, das ihr zu einem zweiten Zuhause geworden war, während ihre Eltern im Auftrag diverser Hilfsorganisationen kreuz und quer durch Südostasien reisten. Im Alter von siebzehn kam Leo sich in ihrer Geburtsstadt Manhattan wie ein Fremdkörper vor. Das Apartment an der Park Avenue mit all seinen Antiquitäten, den dicken Teppichen, den nicht zu öffnenden Fenstern und der gedämpften Stille erschien ihr nach den weitläufigen Anlagen und den lärmenden Mädchen ihrer Schule in Cambridge wie ein Gefängnis. Leo verließ das frischverliebte Paar so bald wie möglich, ging nach Harvard, um Kunstgeschichte zu studieren, und schaute nie wieder zurück.

Dort lernte sie Jeff kennen. Sie heirateten zwei Wochen vor Beccas Geburt. Leo war noch keine einundzwanzig. Jeff war sechsundzwanzig und stand kurz vor der Beendigung seiner Doktorarbeit. Leo brach ihr Studium ab, um sich um das Baby zu kümmern. Ein solches Verhalten stand vielleicht nicht ganz im Einklang mit dem Zeitgeist, aber sie und Jeff waren glücklich. Dann fing sie an, nach und nach wieder zu zeichnen, was sie bereits in frühester Kindheit geliebt hatte. Bald bekam sie erste Aufträge, Kinderbücher zu illustrieren. Diese Arbeit gestattete es ihr, Jeff zu folgen, zunächst nach Amherst und später nach New York, nicht zu vergessen das wunderbare Sabbatjahr in London. Damals hatte sie auch Isabel kennengelernt.

Leo ertappte sich dabei, daß sie nach dem Telefonhörer griff. Ohne groß nachzudenken, wählte sie Isabels Nummer in London. Sie ließ es lange klingeln, doch niemand hob ab. Nicht einmal der Anrufbeantworter sprang an, was nur bedeuten konnte, daß Isabel unterwegs nach New York war. Leo sah zum Fenster hinaus, als könnte sie ihre Freundin aus der trüben Dunkelheit des regnerischen Manhattan heraufbeschwören. Das Dröhnen war wieder da, ein sachtes Vibrieren in der Ferne. Mit ihm kam das Zittern.

Um sich abzulenken, eilte Leo in die Küche und holte sich ein Stück Mozzarella, ein paar Kirschtomaten und zwei dicke Scheiben Weißbrot aus dem Kühlschrank. Sie machte sich ein Sandwich, das sie mit frischem Basilikum und Nelkenpfeffer garnierte. Während sie mit ihrem Brot beschäftigt war, zwängte sich eine Küchenschabe durch den winzigen Spalt am anderen Ende des blankgescheuerten Tresens und huschte auf einen Krümel zu. Leo zerschmetterte das Insekt mit ihrem Schuh und wischte mit mühsam unterdrücktem Ekel die Überreste weg.

Bei ihrem Einzug in diese Wohnung, in der sich noch einige Möbelstücke des Vormieters befunden hatten, waren Jeff und sie unter einer alten Matratze auf einen riesigen Schwarm Küchenschaben gestoßen, der wie eine Armee gepanzerter Krieger gewirkt hatte. Ungeachtet der Anstrengungen des Kammerjägers, hatten sie sich eine jahrelange Schlacht mit diesen abstoßenden Kreaturen geliefert, bis Leo schließlich dazu übergegangen war, die Schaben als unvermeidliche Begleiter zu betrachten, genauso gleichbleibend und unausweichlich wie die Träume, die der Schlaf mit sich brachte.

Schließlich schenkte Leo sich ein Glas Chardonnay ein und trug das Tablett dann zum Sofa herüber. Seit Becca ausgezogen war, hatte sie kaum noch Lust, sich an den Herd zu stellen, wenn nicht gerade der Besuch einiger Freunde anstand, was inzwischen immer seltener vorkam. Früher hatte sie viel Spaß an der Zubereitung üppiger Festmähler gefunden und ihre Küche als eine Art Alchimistenkammer betrachtet. Doch mittlerweile machte das Kochen ihr keinen rechten Spaß mehr.

Sie ließ sich auf das Sofa sinken, nahm die Fernbedienung und suchte die TV-Kanäle nach einer Nachrichtensendung ab, fand aber nur einen alten Film mit Paul Newman, den sie laufen ließ, während sie aß. Nach und nach vermischten sich die Bilder des Films mit den Eingebungen von ihrer Phantasie. Obwohl sie sicher war, nicht eingeschlafen zu sein, sah sie Isabel ins Zimmer kommen. Isabel, endlich. Doch diese Isabel sah genauso aus wie damals, als sie sich zum ersten Mal getroffen hatten.

Es war Thanksgiving, ein stürmischer Novemberabend; Leo und Jeff waren nach Notting Hill zu einer Party eingeladen. Trotz der dicken Vorhänge konnten sie durch die geschlossenen Fenster hindurch das Heulen des Windes hören. Etwa dreißig Gäste saßen bei Kerzenlicht beisammen. Über einem reich verzierten Kamin hing ein verblichenes Ölgemälde, auf dem man die vagen Umrisse eines weiblichen Gesichts erkennen konnte. Es war ein geheimnisvolles Gesicht, hochmütig und zugleich tieftraurig. Leo vermochte die Augen kaum davon abzuwenden, als würde die Frau auf dem Bild ihren Blick magisch anziehen. Von ihrem Platz am Tisch aus konnte Leo nicht genau erkennen, wie der Künstler diesen besonderen Effekt erzielt hatte, durch den das Antlitz sowohl realistisch als auch gespenstisch wirkte.

Nachdem man die Tische beiseite geräumt und der Gastgeber alle Anwesenden aufgefordert hatte, sich auf die Tanzfläche zu begeben, trat Leo dicht vor das Gemälde, um es genauer zu inspizieren. Eine Stimme hinter ihr ließ sie zusammenzucken.

»Großartig, nicht wahr? Und auch faszinierend. Ich frage mich, was sie wohl im wirklichen Leben tut.«

Leo drehte sich um und sah eine großgewachsene Frau in einem engen, smaragdgrünen Kleid vor sich. Der Blick zweier tiefliegender, von winzigen Lachfältchen umgebener Augen richtete sich auf sie. Leo wich unwillkürlich einen Schritt zurück, als fühle sie sich plötzlich eingeschüchtert, da streckte ihr die Fremde unvermittelt eine Hand entgegen.

»Hallo, mein Name ist Isabel Morgan, und ich bin keine Britin.« Ihr Lächeln war entwaffnend.

»Ich auch nicht.«

»Ich weiß. Ich weiß beinahe alles über Sie. Gerade habe ich mich mit Ihrem Mann unterhalten. Und nun möchte ich Sie gern kennenlernen.« Isabel Morgan zwinkerte ihr zu. Leo war sich nicht sicher, ob dieser Wink komplizenhaft wirken sollte oder ob etwas anderes damit gemeint war.

Sie erwiderte die Begrüßung mit einer Frage: »Und was machen Sie im wirklichen Leben?«

Isabel lachte auf. »Hier in England schickt sich eine solche Frage nicht, aber ich werde es Ihnen trotzdem verraten. Ich arbeite für den Verbraucherverband. Vielleicht aber nicht mehr allzulange.« Und dann, bevor sie weiterreden konnte, forderte ein korpulenter Mann mit schreiend blauer Brille sie zum Tanzen auf.

Später am Abend sah Leo, daß Jeff mit Isabel tanzte und offensichtlich hingerissen von ihr war. Sie verspürte eine unterschwellige Eifersucht, wenngleich auch sie selbst nicht umhinkonnte, Isabel Morgan zu bewundern. Sie hatte es bislang nur selten erlebt, daß Schönheit mit einer solchen Zwanglosigkeit und Unschuld einherging.

Als sie sich anschickten, den Heimweg anzutreten, tauchte Isabel unerwartet an Leos Seite auf und legte ihr mit vertrauter Geste eine Hand auf den Arm.

»Lassen Sie uns zusammen zu Mittag essen. Ich rufe Sie an. Ach, übrigens, ich weiß jetzt, wer die Dame auf dem Gemälde ist. Die Frau eines amerikanischen Botschafters. Sie ist leider schon tot, in Beirut gestorben.«

Leo schreckte aus dem Schlaf auf. Sie schwitzte und war völlig durcheinander. Isabel. Ein lauter Knall. Sie sprang auf. Der Wind hatte draußen auf der Dachterrasse den Azaleentopf umgeworfen. Inmitten der nassen Erde lagen einige Tonscherben. Während Leo mühsam versuchte, alles wieder aufzuräumen, überkam sie auf einmal die Gewißheit, daß etwas Schreckliches mit Isabel geschehen war. Ein solches Gefühl hatte sie bisher erst ein einziges Mal erlebt.

2

Vier Tage später saß Leo in einem Flugzeug nach London. Ihr graues Wollkostüm wirkte geschäftsmäßig, und ihr kastanienbraunes Haar war sorgfältig gebürstet und schimmerte sanft. Nur die dunklen Schatten unter den Augen verrieten, wie es in Wirklichkeit um sie stand. Sie lehnte sich auf ihrem Platz zurück und versuchte, sich zu entspannen. Das Meer lag unter einer weißgrauen Wolkenschicht verborgen. Das Flugpersonal und die anderen Passagiere nahm Leo genausowenig wahr. Die Leute hatten kaum Ähnlichkeit mit der Realität, als handelte es sich bei ihnen um Figuren aus einem Kinderbuch. Leo schlug den Roman auf, den sie achtlos am Flughafen gekauft hatte, doch sie war nicht in der Lage, sich auf den Text zu konzentrieren.

Die letzten Tage hatte sie voller Besorgnis verbracht. Isabel war weder aufgetaucht, noch hatte sie sich gemeldet. Verzweifelt hatte Leo sich bemüht, ihre Freundin irgendwo aufzuspüren, doch ihre Anrufe bei gemeinsamen Londoner Freunden waren ohne Ergebnis geblieben. Niemand schien während der letzten Wochen mit Isabel gesprochen zu haben, und kaum jemand wußte von ihrer geplanten Reise nach New York. Da Isabel nicht mehr als Angestellte arbeitete, gab es auch kein Büro, in dem man sich nach ihr hätte erkundigen können.

Vergeblich versuchte Leo, sich an den Namen von Isabels Redakteur zu erinnern. Vielleicht hatte Isabel ihn ihr gegenüber auch nie erwähnt, denn sie sprach nicht gern über laufende Projekte. Daher wußte Leo nicht genau, woran ihre Freundin im Verlauf der letzten Monate gearbeitet hatte. Bei ihrem kurzen Treffen in London, unmittelbar vor Weihnachten, hatte Becca sie begleitet, und zwischen den Einkaufsbummeln, den Galerie- und Theaterbesuchen war kaum Zeit für vertrauliche Gespräche geblieben.

Die New Yorker Polizei, an die Leo sich schließlich gewandt hatte, war ihr keine große Hilfe gewesen. Der verächtliche Tonfall des Beamten ging ihr nicht mehr aus dem Kopf.

»Hören Sie mal, Lady, wir haben schon genug zu tun, auch ohne unsere Zeit mit der Suche nach jemandem zu verschwenden, der nicht einmal amerikanischer Staatsbürger ist und vermutlich bloß beschlossen hat, seinen Besuch hier abzublasen. Alles klar?«

Leo hatte ihre Cartoons persönlich bei der Zeitung abgeliefert und war dann ins Büro des Nachrichtenredakteurs gegangen. Nachdem sie ihm von Isabel erzählt hatte, fragte sie ihn, ob es irgendwie möglich war, herauszufinden, ob Isabel Morgan in die Vereinigten Staaten eingereist war. Leos letzte Anrufe bei den Fluglinien, die auf der Strecke London – New York verkehrten, hatten keinerlei Resultate erbracht.

»Überlassen Sie das mir«, sagte der Nachrichtenredakteur. »Ich setze jemanden darauf an.«

Sie wollte ihn fragen, wie lange die Angelegenheit dauern würde, aber dann klingelte sein Telefon, und er bedeutete ihr, das Büro zu verlassen. Während am anderen Ende der

Leitung bereits eine barsche Stimme auf ihn einredete, formte er stumm die Worte »heute nachmittag«.

Leo harrte ungeduldig neben ihrem Telefon aus und mußte sich zwingen, nicht alle zehn Minuten ihre E-Mails zu überprüfen. Um drei Uhr erhielt sie endlich Bescheid. Anscheinend war niemand mit dem Namen Isabel Morgan auf dem Kennedy Airport oder in Newark gelandet.

Innerhalb der nächsten Stunde sprach Leo mit Becca, um sie von ihrem Flug nach London zu unterrichten, und mit Jeff, der wieder als erster den Hörer abgenommen hatte.

»Ich verstehe«, erklärte er ihr mit einem Anflug von Mißbilligung. »Vergiß aber nicht, daß Isabel noch nie besonders zuverlässig gewesen ist.«

»Was soll das denn heißen?« Es gelang Leo nicht, den plötzlich aufkeimenden Ärger zu verbergen. »Ich konnte mich bislang immer auf sie verlassen.«

»Na, dann ist ja alles bestens«, fügte er hinzu und machte sie dadurch noch wütender. »Aber laß dich nicht zu sehr beunruhigen.«

Leo lehnte sich auf ihrem Sitz zurück und nippte an dem Mineralwasser, das vor ihr auf dem aufgeklappten Tisch stand. Auf dem winzigen Bildschirm vor ihr tauchte aus einem Hintergrund, der blauer als jedes Meer war, eine Karte auf. Ein gestrichelter Pfeil zeichnete in sauberem Bogen die Route nach und verwandelte sich mit fortschreitender Meilenzahl allmählich in eine durchgezogene Linie. Mehrere andere Zahlen gaben Leo Aufschluß über die Flughöhe und Außentemperatur sowie über die stetig schrumpfende Entfernung zwischen ihr und Isabel.

Ihre Gedanken schweiften zu Jeff ab. Es war seltsam, wie all jene Charakterzüge, die sie einst an ihm übersehen oder für sympathisch oder gar liebenswert erachtet hatte, sie inzwischen nicht nur verärgerten, sondern bisweilen beinahe zur Weißglut brachten. Zum Beispiel seine Art, ihr zu sagen, sie solle sich keine Sorgen machen, sondern locker bleiben und den Dingen ihren Lauf lassen. Zunächst hatte das wie Fürsorglichkeit gewirkt, doch mittlerweile kam es ihr wie eine Schikane vor, so daß seine Aufforderung, sie solle sich nicht zu sehr beunruhigen lassen, genau das Gegenteil bewirkte.

Mit ihrer Arbeit verhielt es sich genauso. Sie hatte stets Wert auf seine Meinung gelegt, doch seit ihre Cartoons ihr zu einer gewissen Bekanntheit verholfen hatten, gewann seine Kritik dermaßen an Schärfe, daß alles andere davon überschattet wurde. Es kam häufig vor, daß er lachte und sagte, etwas sei ihr sehr gut gelungen, eine bestimmte Textzeile oder ein besonders treffender Einblick, nur um im nächsten Moment über die generelle Mittelmäßigkeit ihrer Arbeit zu spotten und dadurch alles wieder kaputtzumachen.

Es war etwas dran an dem Klischee, daß Männer Probleme mit dem Erfolg ihrer Frauen haben.

Viel schlimmer fand Leo jedoch Jeffs Angewohnheit, anfangs so zu tun, als würde er ihre Freunde mögen, nur um dann doch eine kleine Gemeinheit oder Gehässigkeit gegen jemandem vom Stapel zu lassen. Irgendwie blieben ihr diese Bosheiten immer im Gedächtnis haften und meldeten sich hartnäckig, sobald sie ihre Freunde das nächste Mal traf, so daß Leo sich regelrecht anstrengen mußte, Jeffs Urteil zu verdrängen. Sein Kommentar über Isabel war ein Musterbeispiel dafür, obwohl Isabel anfangs auch mit ihm befreundet gewesen war.

»Lasagne oder Hühnchen, Ma'am?« Eine freundliche Stimme riß sie aus ihren Gedanken.

»Ah … Hühnchen, bitte.« Leo erwiderte das höfliche Lächeln der Stewardeß und nahm das Tablett entgegen. Sie löste die Silberfolie von einem Ende des kleinen Plastiktellers. Der feuchte Geruch einer künstlich gewürzten Soße stieg ihr in die Nase. Eilig schloß sie den Deckel wieder und begnügte sich statt dessen mit einem Brötchen.

In der Wolkendecke tauchte eine Lücke auf. Der indigoblaue Ozean mit seinen von Gischt gekrönten Wogen war mehr zu ahnen als zu sehen. Leos Stimmung hob sich ein wenig.

Das war das Wesen der Liebe, überlegte sie. Man stellte

sich Superman vor, doch in Wirklichkeit war da nur ein ganz gewöhnlicher Ehemann. Man sah nur das Gute, bewertete es über und ignorierte den Rest. Sie hatte Jeff geliebt, von jenem ersten Moment an, als sie in der Warteschlange der Bibliothek ungeschickt ihren Stapel Bücher fallen ließ und er ihr beim Aufsammeln half. Er hatte so gut ausgesehen mit seinen dunklen Locken und den klaren Augen, als wäre er einem Gemälde Caravaggios entstiegen. Als er sie ansah und fragte: »Bist du aus England?« und dann aufmerksam zuhörte, wie sie sich ein schüchternes »Nicht ganz« abrang, hatte es sie hoffnungslos erwischt.

Es war wichtig, das nicht zu vergessen und sich daran zu erinnern, wie glücklich sie in den Jahren nach Beccas Geburt gewesen waren und wie sanft Jeff mit dem Baby umgegangen war. Ihre Liebe war ungetrübt gewesen. Leo durfte nicht zulassen, daß diese Erinnerungen durch die Ereignisse der letzten Jahre verschüttet wurden. Andernfalls würde sie sich in eine jener verbitterten alten Frauen verwandeln, deren Lebensgeschichte aus einer nicht enden wollenden Klage bestand.

»Nicht gerade ein Drei-Sterne-Menü, nicht wahr?« sagte plötzlich der Mann auf dem Platz neben ihr.

»Nein, wirklich nicht«, erwiderte Leo. »Aber ich schätze, der Flug wäre sonst doppelt so teuer.«

Er lachte einnehmend. »Wie wahr.«

Sie sah den Mann an. Er hatte ein breites, leicht pockennarbiges Gesicht mit freundlich glänzenden Knopfaugen und kurzen braunen Haaren. Sein Akzent klang altmodisch, obwohl er zweifellos jünger war als Leo. Vermutlich kam er aus Oxford oder Cambridge.

»Sind Sie geschäftlich oder zum Vergnügen unterwegs?«

Leo zuckte mit den Achseln. Sie wußte keine Antwort auf diese Frage. »Und Sie?«

»Ich bin auf dem Rückflug von einer Geschäftsreise.«

»Sie Glücklicher«, sagte Leo ein wenig zu sehnsüchtig.

»Ich war auf einer Konferenz. Leider haben Konferenzen den bedauerlichen Nebeneffekt, daß man geschwätzig wird.« Er lächelte entschuldigend.

»Worum ging es bei dieser Konferenz?«

»Erinnerungen, Traumata, solche Dinge.«

Leo wurde mißtrauisch. »Sind Sie Therapeut?«

»Nein, aber ein Süchtiger. Ich würde jetzt gern eine Zigarette rauchen. Verbote erhöhen das Verlangen.«

Sie lächelte unbehaglich und drehte sich zum Fenster. Kurz darauf nahm sie ihren Laptop und legte ihn auf den Tisch.

»Nur um Sie zu beruhigen, ich bin Historiker. Zweiter Weltkrieg und Nachkriegszeit.«

Leo schaltete ihren Computer ein, um das Gespräch zu beenden.

Der Mann holte ebenfalls einen Laptop hervor und konzentrierte sich auf den Bildschirm.

Die starre Beharrlichkeit seiner Pose verdeutlichte Leo ein weiteres Mal, wie schwer es ihr seit einigen Jahren fiel, ganz normale Begegnungen zu bewältigen. Sie war viel zu unbeherrscht und argwöhnisch. Es war, als könne sie niemandem einfach glauben und würde ganz automatisch Ablehnung hervorrufen, auch wenn sie sich dessen gar nicht bewußt war. Wahrscheinlich war sie in letzter Zeit zuviel allein gewesen.

Plötzlich wurde ihr klar, während sie in einer Höhe von zehntausend Metern über dem Atlantik schwebte, daß die einst vertrauten Beziehungen zu ihren New Yorker Freundinnen eine nach der anderen immer oberflächlicher geworden waren. Leo war sich nicht ganz sicher, woran das lag. Vielleicht lehnte sie einfach zu häufig Einladungen ab und sprach selbst keine mehr aus. Womöglich wollte sie keine Leute mehr sehen, die Teil eines Vorlebens waren, das sie am liebsten begraben würde, Leute, die sie daran erinnerten, daß sie als Ehefrau versagt hatte. Oder vielleicht war sie einfach zu langweilig geworden. Nur Isabel stand ihr noch nahe, sogar weitaus näher als zum Zeitpunkt der Trennung von Jeff. Damals hatte die Bindung zwischen ihnen sich erst wirklich verfestigt.

Nachdem Jeff sie verlassen hatte, war Isabel aus London herübergeflogen und hatte sich wie eine fürsorgliche Schwester um Leo und Becca gekümmert. Feinfühlig spürte sie den

Schmerz, der sich hinter Leos starrer, sarkastischer Maske verbarg, und stellte es ihr frei, ob sie schweigen, reden oder wehklagen wollte. Leo hatte das Gefühl, Isabel alles mögliche anvertrauen zu können, ohne auf Ablehnung oder zu große Neugier zu stoßen. Außerdem brachte Isabel sie zum Lachen, als sie Leo im Klub der alleinstehenden Frauen willkommen hieß.

Während jener Wochen erfuhren sie übereinander mehr als je zuvor. Zum ersten Mal unterhielten sie sich über ihre Kindheit. Sie stellten fest, daß zwischen ihnen ungeachtet der offensichtlichen Gegensätze einige seltsame Gemeinsamkeiten bestanden. Sie waren beide Einzelkinder, die viele Jahre ihrer Kindheit in Schulen fernab der häufig wechselnden Heimatorte verbracht hatten. Keine von beiden empfand sonderlich viel für die eigene Mutter. Als Isabels Vater starb, war sie kaum vier Jahre alt gewesen, und sie stellten Vermutungen darüber an, welche von beiden wohl den größeren Verlust erlitten haben mochte: Leo, die noch viel von ihrem Vater wußte, oder Isabel, die keinerlei deutliche Erinnerungen mehr besaß. »Für dich ist es schlimmer«, sagte Isabel. »Ich habe nie das Bedürfnis verspürt, eine Lücke ausfüllen zu müssen. Kein Verlust, kein Frust.«

Seit jenen Wochen und den zahlreichen Gesprächen empfand Leo eine gewisse Abhängigkeit. Sie brauchte ihre regelmäßige Dosis Isabel, um bei Laune zu bleiben. Sie brauchte die Aufarbeitung. Die radikal andere Perspektive ihrer Freundin, ihre unerwarteten Reaktionen, die feinen Nuancen, die Isabel den Dingen verlieh, die schiere Freude, mit jemandem zusammenzusein, dessen Tatkraft und Lebenslust keine Grenzen kannten, waren für Leo eine genauso regelmäßige Notwendigkeit geworden wie ihre Arbeit.

Die Reise quer durch die Vereinigten Staaten hatten sie sich gemeinsam ausgedacht, als Leo zu Weihnachten in London gewesen war. Bei englischer Kälte und Dunkelheit träumten sie von Sonne und dem endlosen freien Himmel. Erst als die Reise plötzlich zu scheitern drohte, war Leo klargeworden, wie sehr sie sich auf den Trip gefreut hatte.

Mit einigem Widerwillen ergründete sie die Panik, die seit Isabels Ausbleiben von ihr Besitz ergriffen hatte. Ihre Motive, nach London zu fliegen, hatten unbestreitbar selbstsüchtige Züge. Dennoch wußte sie, daß Isabel sie nicht gleichgültig versetzt oder ohne Entschuldigung im Stich gelassen hätte. Und falls Isabel in irgendwelchen Schwierigkeiten steckte, mußte sie ihr unbedingt beistehen.

Leo konzentrierte sich auf die gespeicherten E-Mails in ihrem Computer, um dort vielleicht doch noch einen Hinweis auf Isabels Verbleib zu finden. Die Briefe ihrer Freundin waren alle nach dem Eingangsdatum aufgelistet, so daß die jüngste E-Mail an oberster Stelle stand. Leo öffnete die Datei, die inzwischen mehr als zwei Wochen alt war, und las ein weiteres Mal die Ankunftszeit des Fluges sowie die hastig angefügte Nachricht:

»Ein schneller Gruß zwischendurch, meine Hübsche. Habe momentan sehr viel zu tun. Sehe dich bald. Muß jetzt aufbrechen, um Nachforschungen anzustellen.«

Welche Art von Nachforschungen? Isabel war stets unerschrocken. Zu Beginn ihrer Freundschaft, als Isabel noch für den Verbraucherverband gearbeitet hatte, mußte sie Nachforschungen über alles mögliche anstellen, von Waschpulver über Autos bis zur Preispolitik von Supermärkten. Sobald sie angefangen hatte, eine Kolumne unter der Überschrift »Ein Tag im Leben eines ...« zu verfassen, gewannen die Nachforschungen einen anderen Charakter. Irgendwie überredete Isabel Firmenvorstände, Bankiers und Finanzexperten, Sozialarbeiter und Krankenhausärzte, Ölarbeiter und Fernlastfahrer dazu, sie einige Tage lang als unsichtbare Begleiterin zu akzeptieren. Aus diesen Beobachtungen entstanden Artikel, die irgendwo zwischen Reportagen und Klatschberichten anzusiedeln waren.

Hatte irgendein geschmähtes Opfer beschlossen, sich an ihr zu rächen? War Isabel bei ihren Recherchen zu irgendwelchen gefährlichen Erkenntnissen gelangt?

Leo hatte plötzlich ein Bild vor Augen. Sie sah eine feuchte Hütte auf einer entlegenen Hebrideninsel im strömenden

Regen. Isabel hüpfte mit gefesselten Händen und Füßen auf eine verschlossene Tür zu, hämmerte dagegen und kratzte an dem splittrigen Holz ...

Das Grauen schnürte Leo die Kehle zu. Sie hustete. Sie konnte gar nicht mehr aufhören zu husten.

Der Mann neben ihr musterte sie besorgt und goß etwas Wein in ihr Glas. »Trinken Sie einen Schluck.«

Leo trank, nickte dankbar in seine Richtung und widmete sich verlegen wieder ihrem Computer.

Isabels frühere E-Mails lieferten keine besonderen Anhaltspunkte. Datum und Uhrzeit der Ankunft in New York waren zweimal wiederholt worden, stets verbunden mit einem Ausdruck der Vorfreude auf die Reise. Jetzt, da Leo die Nachrichten unter einem ganz neuen Aspekt betrachtete, wunderte sie sich über die lakonischen Briefe. In ihrer Erinnerung schienen die Gespräche mit Isabel immer endlos zu dauern. Sie überprüfte die digitalen Kopien der von ihr selbst verfaßten E-Mails. Tatsächlich – sie waren deutlich weitschweifiger als die Schreiben ihrer Freundin.

Hastig scrollte Leo zur ersten E-Mail ihrer Korrespondenz mit Isabel, datiert vom 4. Januar 1996. Sie war damals online gegangen, als hätte es Jeffs Weggang bedurft, um sich der modernen Welt zu öffnen. Isabels erste Nachricht war eine Liste mit guten Vorsätzen zum neuen Jahr.

Ich werde:

1. Meinen neuen Therapeuten verführen, einen gewissen Daniel Lukas, sobald er sich einen anständigen Haarschnitt verpassen läßt.
2. Meinen gegenwärtigen Liebhaber in die Wüste schicken, weil er sich viel zu sehr an mich klammert.
3. Nur den allerbesten Wein trinken.
4. Fünf Kilo abnehmen.
5. Alle Einladungen zu Buchpräsentationen und VIP-Parties ablehnen – es sei denn, ich gewinne so sehr an Einfluß und Bedeutung, daß kein aufgeblasener Medienvertreter es sich mehr erlauben kann, verstohlene Blicke

über meine Schulter zu werfen, weil er Ausschau nach einem noch einflußreicheren eitlen Wichtigtuer hält.
6. Meine verrückte Mutter mindestens einmal pro Monat anrufen.
7. Ernsthaft versuchen, in eine neue Wohnung zu ziehen, bevor die chaotische Unordnung hier mich noch um den letzten Rest meines Verstandes bringt.
8. Geduld mit meinen Nachbarn haben, trotz ihrer undichten Waschmaschinen und abstoßenden Gewohnheiten.
9. Den Streß der wöchentlichen Kolumne aufgeben und mich auf mein Buch konzentrieren.
10. Meine Freundin Leo öfter treffen, da sie inzwischen zur Vernunft gekommen ist und ihren launischen Ehemann ausrangiert hat.

Leo mußte unwillkürlich lächeln, während sie die Liste las. Was auch immer aus Isabels anderen guten Vorsätzen geworden sein mochte, diesen letzten hatte sie in die Tat umgesetzt. Die Flüge über den Atlantik waren zu einer regelmäßigen Einrichtung geworden; sie hatten sich im Abstand von höchstens vier Monaten manchmal in London, manchmal in New York getroffen und einmal sogar in Paris.

Noch einen anderen Vorsatz hatte Isabel in die Tat umgesetzt. Mitte 1997 erschien ihr Buch über die Kindheit, was auf den ersten Blick ein überraschendes Thema für jemanden darstellte, der keine Kinder hatte. Das Buch war eine Provokation. Isabel kam darin zu dem Schluß, die Kindheit sei lediglich eine Idee, ein imaginäres Terrain, definiert durch die Hoffnungen, Ängste und verklärten Erinnerungen der Erwachsenen. Längst sei diese Idee zum Tummelplatz von Schriftstellern, Psychotherapeuten, Politikern und Sozialarbeitern verkommen und habe nur noch wenig mit dem wirklichen Leben der Kinder zu tun.

Während der Recherchen hatte Isabel ein paar Monate als Kindermädchen in zwei grundlegend verschiedenen Familien gearbeitet, danach einige Zeit in einem Kinderheim sowie in einer Schule. Schließlich hatte sie eine Reihe von Prozessen vor dem Jugendgericht verfolgt. Bei seinem Erscheinen rief das Buch aufgeregte Kontroversen hervor. Als Leo sich ungefähr einen Monat später mit Isabel traf, diskutierten sie einen Abend lang über ihre gewagten Theorien zur Kindheit, dann wollte Isabel nicht mehr darüber sprechen. Es war, als hätte das Buch für sie aufgehört zu existieren. »Ich arbeite schon am nächsten Manuskript«, hatte sie mit unergründlichem Lächeln erklärt.

Leo überflog eilig die E-Mails, die auf jenes Treffen gefolgt waren. Es mußte sich darin doch irgendein Hinweis auf Isabels neues Projekt finden. Sie las den unterhaltsamen Klatsch über Liebhaber, Katzen, das Leben in London und die »Schlagzeilen von der Couch«, wie Isabel die Berichte über ihre Therapie zu nennen pflegte.

»Seine Stimme läßt mir keine Ruhe mehr. Sie begleitet mich überallhin, wie eine Allergie, die ich nicht loswerden kann. Er hat sich auch noch immer nicht die Haare geschnitten.«

»Laß die Therapie einfach sausen«, hatte Leo damals zu ihr gesagt. »Ich begreife nicht, wieso du dir deswegen so viele Gedanken machst.«

»Ich begreife es ja selbst nicht«, hatte Isabel gestöhnt. »Es ist die Hölle.«

Dann, im Herbst, kam die Nachricht, daß Isabel die Therapie tatsächlich abgebrochen hatte. Leo öffnete die entsprechende E-Mail.

»Das war's. Ich bin fertig. Ich hasse ihn. Ich gehe. Er ist ein Ungeheuer, hochmütig und manipulierend. Näheres bei unserem nächsten Treffen. Ich werde all die skrupellosen Psychotricks publik machen. Verlaß dich drauf.«

Leo starrte auf die Worte »publik machen«. Lag darin das Ziel von Isabels Nachforschungen? Bei ihrem Treffen im Dezember hatte sie allerdings kein Wort mehr über den Therapeuten verloren. Vielleicht wegen Becca: Ihr heißgeliebter Großvater, der sie regelmäßig mit maßlos teuren Geschenken überhäufte, war ebenfalls Therapeut.

Hastig ging Leo die nächsten paar Nachrichten durch und hielt dann inne, um eine der längeren E-Mails etwas sorgfältiger zu lesen. Es handelte sich um eine von Isabels Hetztiraden, diesmal gegen die klammheimliche Verwendung von gentechnisch erzeugten Stoffen in gängigen Lebensmitteln, die Politik der multinationalen Erzeuger, ihre riesigen Gewinnspannen und die Schwierigkeiten der kleinen Ökobauern. »Ich habe ziemliche Lust, selbst ein wenig Unterwanderung zu betreiben. Der Monsanto-Konzern ist ungefähr genauso heilig wie mein Arsch!« lautete das drastische Fazit.

Leo mußte abermals husten, ohne sich dagegen wehren zu können. Sie trank den letzten Schluck Wein.

»Alles in Ordnung? Ich hole Ihnen etwas Wasser.« Ihr Nachbar stand auf und kehrte kurz darauf mit einem kleinen Pappbecher zurück.

Leo nippte daran. »Ich schätze, ich habe mich erkältet. Immer diese Temperaturschwankungen. In einem Moment erfriert man beinahe, und im nächsten möchte man sich am liebsten an den Strand legen.«

»Verrückt, nicht wahr? Man könnte fast geneigt sein, tatsächlich an die geheimnisvollen Kräfte dieses El Niño aus Kalifornien zu glauben.« Er lachte.

»Sie haben in England von diesem Phänomen gehört?«

»Oh, durchaus. Uns plagen seit dem Jahrtausendwechsel doch überall die gleichen Sorgen – die globale Erwärmung, die Umweltzerstörung, das hemmungslose Klonen, die grassierende Wirtschaftsflaute, die steigenden Selbstmordraten. Da möchte man doch am liebsten das Dezimalsystem verfluchen.«

Leo spürte, wie sich ein Lächeln auf ihre Lippen schlich. »Sie meinen, die Nullen sind daran schuld?«

Er zuckte die Achseln. »Es scheint so, zumindest aus der Perspektive eines Historikers. Der letzte Jahrtausendwechsel hat eine Vielzahl apokalyptischer Befürchtungen hervorgerufen, und auch jeder Jahrhundertwechsel war durch entsprechende Begleiterscheinungen geprägt. Der globale Zusammenbruch steht wieder einmal bevor.« Sein Lächeln stand eindeutig im Widerspruch zu seinen Worten. »Ich heiße übrigens Tim Hoffman.«

»Leo Holland. Sie kennen in London nicht zufällig eine Frau, die Isabel Morgan heißt?«

Seine Stirn legte sich in Falten. »Isabel Morgan ist eine Journalistin, nicht wahr? Sie hat eine Kolumne im ... *Independent*, wenn ich mich nicht irre. Allerdings habe ich schon länger nichts mehr von ihr gelesen.«

»Ja, das ist sie.«

»Ich kann nicht behaupten, ich würde sie kennen, obwohl ich erst kürzlich etwas über sie in der Zeitung entdeckt habe. Ich glaube, es war im *Guardian*. Das Foto ist mir aufgefallen.« Er wurde ein wenig rot und lachte entschuldigend. »Die Meldung stand in einer dieser Klatschspalten. Es hieß, sie würde als Moderatorin einer Fernsehreihe in Betracht gezogen. Ist sie eine Freundin von Ihnen?«

Leo nickte, aber sie hörte bereits nicht mehr richtig zu. Konnte die Erklärung für Isabels Fernbleiben ganz einfach darin bestehen, daß plötzliche Dreharbeiten sie so sehr in Anspruch nahmen, daß sie sogar vergessen hatte, Leo Bescheid zu geben? Das war zwar nicht allzu wahrscheinlich, aber durchaus möglich.

Die Straße nach London schimmerte in den letzten Strahlen der Frühlingssonne. Als das Taxi etwas später im Stau vor King's Cross zum Stillstand kam, war es draußen bereits dunkel.

Vor ungefähr acht Monaten hatte Isabel Notting Hill verlassen und war in einen Teil Londons gezogen, den Leo kaum kannte; er lag jenseits von Clerkenwell, auf der anderen Seite des Bankenviertels. Einzig bemerkenswert war ein düsterer kleiner Friedhof in der Nähe, auf dem unter feuchten, weder von Efeu noch Blumen bedeckten Steinen William Blake begraben lag. Die Gegend wurde von alten Fabrikgebäuden und Mietshäusern bestimmt. Außerdem gab es ein paar Wohntürme aus den sechziger Jahren, die so heruntergekommen waren, daß sie schräg zu stehen schienen, als wollten sie sich jeden Augenblick auf die umliegenden öden Parkplätze stürzen.

Bei Leos letztem Besuch hatte Isabel sie mit ihrer Begeisterung für die Vorzüge dieses Viertels anstecken können – der geschäftige Blumenmarkt an der Columbia Road, die Menschenmassen auf der Brick Lane oder dem Markt Spitalfields, wo sich die junge Schickeria auf die Jagd nach billigen Kleidungsstücken machte; eine hübsche Methodistenkirche versteckt zwischen baufälligen Bürogebäuden; Restaurants in kühlen Farben, auf deren Speisekarten mit Lammhachse medium, Wachteln oder Plumpudding als Wiederentdeckung der englischen Küche standen.

Als das Taxi den futuristisch geschwungenen Old Street-Kreisel hinter sich ließ und in eine trostlose Straße einbog, kehrten Leos Vorbehalte gegen diese Gegend schlagartig zurück. Fröstelnd stieg sie unter einer einsamen Laterne aus, deren trübes gelbes Licht auf einen Parkplatz fiel, der von schmutzigen alten Fabrikbauten umgeben war. In dem Gebäude rechter Hand lag Isabels neuer Loft. Eilig bezahlte Leo den Taxifahrer, der ihr ein schiefes Lächeln schenkte und auf das Obergeschoß des Hauses deutete. »Anscheinend werden Sie bereits erwartet.«

Mit klopfendem Herzen drehte Leo sich um. Isabel war in ihrem Loft. In der linken Hauswand, die zum Parkplatz wies, konnte man hinter einer hochgezogenen Jalousie ein erleuchtetes Rechteck sehen. Am Sims stand eine schattenhafte Gestalt und hob grüßend den Arm. Leo zögerte kurz und erwiderte dann den Gruß. Im selben Moment wurde ihr klar, daß Isabel nicht in der obersten Etage, sondern im dritten Stock wohnte. Leo warf sich die große Reisetasche auf die Schulter und ging langsam zur Tür. Sie stieg vier Betonstufen empor, bis vor den schmucklosen Eingang. Einer plötzlichen Regung folgend, klingelte sie bei Isabel und wartete eine Weile, drückte dann noch einmal auf den Knopf und rechnete fast damit, gleich die vertraute Stimme aus der Gegensprechanlage zu hören. Doch sie vernahm lediglich das leise Motorengeräusch des sich entfernenden Taxis.

Leo atmete tief durch und griff nach dem Schlüssel in ihrer Tasche. Er ließ sich nur schwer im Schloß drehen; sie war daher erleichtert, als die Tür sich endlich öffnete. Leo schaltete das Licht ein. Rechts vom Treppenaufgang stand ein metallgrauer Tisch, an den sie sich nicht erinnern konnte. Neben einer großen Topfpflanze lag darauf ein Stapel Post. Sie blätterte die Umschläge durch und kam sich dabei wie ein Eindringling vor. Alle Briefe trugen Isabels Namen. Leo stopfte sie in ihre Tasche.

Auf dem Weg nach oben bemerkte sie, daß an der Wand des Treppenhauses inzwischen einige silbern gerahmte Fotografien hingen, ausnahmslos surreale Farbbilder von Frauen vor hoch aufragenden Stadtsilhouetten. Erst auf Isabels Etage wurde ihr klar, weshalb die Fotos so unheimlich aussahen: Die Frauen waren in Wirklichkeit Schaufensterpuppen und die Gebäude nur verzerrte Spiegelbilder in den Scheiben der Geschäfte.

Leise und vorsichtig schloß Leo die Wohnungstür auf und tastete sofort nach dem Lichtschalter. Sie fühlte sich unbehaglich. Als sie den weiträumigen Eingangsbereich durchquerte, hallte das Geräusch ihrer Absätze von dem polierten Holzboden wider. Nervös schaute sie sich um. Es war kalt und für Isabels Verhältnisse ungewöhnlich ordentlich hier, als hätte sie vor ihrem Weggang noch gründlich geputzt und aufgeräumt.

Als Isabel dieses Apartment kaufte, handelte es sich noch um einen riesigen, hohen Loft ohne jegliche Unterteilung und mit zahlreichen Fenstern auf drei Seiten. Sie ließ Wände einziehen, um drei relativ kleine Räume, ein Badezimmer und eine große Küche abzuteilen, so daß noch immer ein Wohn- und Eßbereich von beträchtlichen Ausmaßen übrigblieb, der auf einer Seite von raumhohen Bücherregalen begrenzt wurde. Am einen Ende standen zwei helle Sofas und einige Sessel zu einem Rechteck angeordnet, am anderen ein langer, ultramoderner Eßtisch mit einer reich verzierten Zinnschale. Keine Spur mehr von Isabels alter Sammlung viktorianischer Nippsachen, den Briefbeschwerern, den hölzernen

Statuen vom Flohmarkt und den Wänden voller Tierbilder. Hier hing bloß ein einzelnes großes abstraktes Gemälde an der Wand, das in kraftvollen Gelb-, Rot- und Rosatönen gehalten war. Es schien, als hätte Isabel beschlossen, von London nach Los Angeles zu ziehen, ohne dabei physisch den Ort zu wechseln.

Leo stellte ihr Gepäck in einer Ecke des Raums ab und trug dann die Post in Isabels Arbeitszimmer, ein zweckmäßig eingerichtetes Refugium hinter den Regalen. Der Schreibtisch war erschreckend leer. Weder Papiere noch Bücher, Zeitschriften oder vergessene Kaffeetassen standen oder lagen verstreut in der Gegend herum. Am entlegenen Ende des L-förmigen Tisches befand sich ein Ablagekorb aus Aluminium, der anscheinend einen Stapel Rechnungen enthielt. Daneben stand das Telefon, dessen rote Signallampe nicht blinkte. Das alles entsprach so gar nicht jener Isabel, die Leo zu kennen glaubte.

Das Gefühl des Ungewohnten hielt auch in Wohnzimmer und Küche noch an, die beide dermaßen makellos wirkten, daß Leo sich fast wie in einem Möbelhaus vorkam. Nur um sich zu vergewissern, daß Isabel nicht plötzlich beschlossen hatte, hier auszuziehen und mit der spärlichen Resteinrichtung potentielle Käufer zu beeindrucken, öffnete Leo einen türkisfarbenen Küchenschrank nach dem anderen. Das Geschirr war da, sogar eine Reihe von Tees, Gewürzen und Konserven … und ein Glas Instantkaffee. Genau das richtige, um die Nerven zu beruhigen. Leo setzte den Wasserkessel auf. Der Kühlschrank enthielt ein Fertiggericht, einen Becher Margarine und etwas Marmelade. Sonst nichts. Das alles war zutiefst verwirrend.

Mit dem Kaffee in der Hand setzte Leo ihren Rundgang fort. Die Rouleaus vor den Wohnzimmerfenstern waren aufgerollt. Sie erinnerte sich daran, wie Isabel damals vor Weihnachten bei Einbruch der Dunkelheit stets eine Art Ritual abgehalten hatte: Jedes einzelne Rouleau wurde heruntergezogen, und zwischendurch schaltete Isabel nach und nach die diversen Lampen im Raum ein. »Ich hasse es, die Nacht eindringen zu sehen ... und hier gibt es so viel mehr davon«, hatte sie gesagt. Mochte auch sonst alles im ungewissen bleiben, Leo wußte nun immerhin, daß Isabel ihre Wohnung bei Tage verlassen haben mußte.

Das Schlafzimmer sah aus, als hätte noch nie jemand darin übernachtet. Das gestreifte Federbett und die dazu passenden Kissen waren sorgfältig aufgeschüttelt. Kein vergessenes Kleid, kein T-Shirt und kein einsamer Schuh störte die Ordnung, nicht einmal ein Buch beeinträchtigte die Symmetrie der Säulenplatte des Nachttisches. Das Fernsehgerät stand auf einem schmucklosen Gestell am Fußende des Betts. Leo schob die Tür des Kleiderschranks auf. Isabels Garderobe hing dicht an dicht nebeneinander und verströmte einen Hauch Zederndurft. Leo musterte das Innere des Schrankes. Falls Isabel für eine längere Reise gepackt hatte, wären mit Sicherheit einige Lücken zwischen den vielen Kleidern, Kostümen, Hosen und Schuhen entstanden. Nichts ergab auch nur den geringsten Sinn.

Wütend schlug sie die Schranktür zu und wandte sich ab. Etwas knackte und zerbrach unter ihrem Fuß. Eine Glasscherbe. Sie beugte sich hinab und entdeckte eine zersplitterte Vase, deren Scherben an der Zimmerwand lagen, als habe jemand sie wütend zu Boden geworfen. Eigentlich hatte das Gefäß auf einem kleinen Tisch unterhalb des Fensters gestanden. Zumindest hatte Isabel es dort hingestellt, als Leo ihr die Vase zum Einzug überreicht hatte.

Die zerbrochene Vase war das einzige, was die Harmonie des Apartments störte. Leos Blick schweifte durch den Raum und richtete sich auf das einzige Fenster. Das Rouleau war heruntergelassen, es zitterte jedoch leicht. Hastig zog sie daran und ließ es dann flatternd nach oben schnellen. Das Schiebefenster stand unten einen Spalt offen. Leo preßte ihr Gesicht an die Scheibe und schaute hinaus auf die funkelnde nächtliche Stadt. Unter ihr erstreckte sich eine schmale und ruhige Querstraße mit ein paar geparkten Wagen und einigen dunklen Gebäuden. Erneut fragte sie sich, was Isabel bewogen haben mochte, in diese Gegend zu ziehen, als sie plötzlich die alte, gewundene Feuertreppe bemerkte, die direkt neben dem Fenster verlief.

Ein Bild überfiel sie mit Macht: Isabel, reisefertig für New York, die Koffer gepackt, das Apartment vollständig aufgeräumt. Der Eindringling kommt über die Feuertreppe nach oben, schleicht sich durch das Fenster hinein und wirft dabei die Vase vom Tisch. Isabel hört das Geräusch, eilt herbei und sieht sich von einem Mann mit Messer oder Pistole bedroht.

Und dann? Leo wollte gar nicht darüber nachdenken. Aus welchem Grund auch immer – man hatte Isabel entführt. Noch während sie ins Arbeitszimmer lief, um per Telefon die Polizei zu verständigen, mußte Leo wieder an die Schmähschrift gegen Monsanto denken, die sie im Flugzeug in ihrem Laptop gelesen hatte.

Eine halbe Stunde später waren die Beamten da, ein hochgewachsener, rotwangiger junger Mann und eine stämmige, reserviert wirkende Frau. Sie trug die gleiche Hose wie ihr Begleiter, hingegen einen breit gerippten marineblauen Pullover anstelle einer Jacke. Zunächst stellte vor allem sie die Fragen und machte sich Notizen. Leo spürte das Mißtrauen des Mannes, sobald sie erwähnte, daß sie soeben erst aus New York eingetroffen sei.

Mit großer Geduld schilderte Leo, daß Isabel Morgan nicht am vereinbarten Tag in New York angekommen sei, woraufhin sie aus Sorge um das Wohlergehen ihrer Freundin beschlossen habe, persönlich nach dem Rechten zu sehen. Und ja, sie hatte einen Schlüssel zu der Wohnung; schließlich seien sie und Isabel eng befreundet.

»Und jetzt möchten Sie eine Vermißtenanzeige erstatten?« fragte der Mann skeptisch.

»Ja, das auch. Aber wie ich bereits am Telefon gesagt habe, ist jemand hier eingebrochen.«

Leo führte die beiden ins Schlafzimmer. Ihre Stimme mußte reichlich hysterisch geklungen haben, was ihr jedoch erst bewußt wurde, als die Beamtin ihr über die Schulter strich und beruhigend flüsterte: »Keine Aufregung. Es wird alles wieder gut.«

»Wurde etwas gestohlen?« fragte der Mann und sah sich im Raum um.

»Ich ... ich weiß nicht genau. Ich bin gerade erst angekommen, und es ist ja nicht meine eigene Wohnung. Aber darum geht es gar nicht. Jemand ist durch dieses Fenster eingestiegen und muß meine Freundin angegriffen haben. Miss Morgan ist recht kräftig, also hat der Eindringling vermutlich irgendeine Waffe gehabt. Hier liegt überall Glas.«

Der Beamte stieg sorgfältig zwischen den Scherben hindurch, blickte nach draußen und untersuchte das Fenster. Dann winkte er seine Partnerin zu sich heran und deutete auf etwas. Leo konnte nicht verstehen, was er sagte.

Die Polizistin drehte sich um und ging zurück zu Leo. Der besorgte Gesichtsausdruck der Beamtin gefiel ihr gar nicht. Die Frau räusperte sich. »Mrs. Holland, ein Einbruch ist mehr als unwahrscheinlich. Kommen Sie, und überzeugen Sie sich selbst.«

Sie begleitete Leo zum Fenster. »Sehen Sie?« Sie wies auf zwei Messingbolzen, die seitlich im Rahmen befestigt waren.

Ihr Kollege trug inzwischen Handschuhe. Vorsichtig schob er das Fenster nach oben. Nach etwa zehn Zentimetern wurde es durch die Bolzen blockiert. »Da paßt niemand durch, höchstens eine Katze.«

»Der Eindringling hat die Bolzen hinterher vielleicht wieder arretiert.«

»Das erscheint nicht besonders plausibel, wenn er gleichzeitig eine Waffe in der Hand hatte. Außerdem bestünde dadurch für ihn eine zusätzliche Gefahr, Fingerabdrücke zu hinterlassen.«

Der Mann wirkte dermaßen zufrieden mit sich, daß Leo ihn am liebsten angeschrien hätte. »Sie werden doch hoffentlich die Spuren sichern«, sagte sie in eisigem Tonfall.

Der Polizist zuckte mit den Achseln.

»Aber ...«

»Besitzt Ihre Freundin eine Katze, Mrs. Holland?« fragte die Polizistin hinter ihr. Sie hielt ein Stück der Vase gegen das Licht.

Isabels großer gescheckter Kater mit den langen Schnurrhaaren war Leo völlig entfallen. Sie nickte. »Aber es gibt keine Spur von ihm. Hier steht nirgendwo Futter. Isabel hätte doch einen Freßnapf und Wasser bereitgestellt ...«

»Ich meine ja nur, daß dies hier verdächtig nach einem Pfotenabdruck aussieht. Vielleicht mußte Ihre Freundin aus irgendeinem Grund ganz dringend verreisen und hatte weder Zeit, die Scherben hier aufzusammeln noch Ihnen Bescheid zu geben. Sie hat einfach nur das Fenster nach unten geschoben und ...«

»Aber das ändert doch nichts an der Tatsache, daß sie verschwunden ist.«

»Natürlich nicht. Lassen Sie uns noch einige Einzelheiten klären.« Die Frau bat Leo zurück zum Tisch. »Wie alt ist Ihre Freundin, Mrs. Holland?«

»Fünfunddreißig.«

Die beiden Beamten sahen sich an.

»Und Sie besitzt einen britischen Paß?« fragte der Mann.

»Das ... das weiß ich nicht genau. Sie stammt aus Australien, aber sie lebt schon sehr lange hier.«

Er kratzte sich am Kopf und verzog das Gesicht. »Wir können eine Vermißtenanzeige aufnehmen, Mrs. Holland, aber, wissen Sie, ab einem gewissen Alter dürfen die Leute ihre Meinung ändern und sogar von der Bildfläche verschwinden, solange kein Straftatbestand vorliegt. Abwesenheit ist kein Verbrechen.«

»Isabel hat nicht bloß ihre Meinung geändert. Ich bin mir absolut sicher.« Leos Stimme gewann wieder an Festigkeit.

»Haben Sie ein Bild von ihr?« fragte die Frau.

»Ja, hier ist bestimmt irgendwo eines. Warten Sie einen Moment.«

Leo ging ins Arbeitszimmer und durchsuchte die Schubladen von Isabels Schreibtisch. Unterdessen hörte sie die Beamten leise miteinander sprechen. Eigentlich müßte ich erleichtert sein, dachte sie. Es hatte keinen furchtbaren Einbrecher gegeben. Sie versuchte sich zu beruhigen und dachte angestrengt nach. Dann fiel ihr eine Mappe mit professionellen Fotos ein, die Isabel ihr einmal gezeigt hatte. Nach einer Weile entdeckte sie den Ordner ganz unten in einem der Ablagefächer und eilte damit zurück. Ein ganzer Schwung Bilder ergoß sich auf die Tischplatte, eines glamouröser als das andere. Isabel, die verführerisch einen unbekannten Fotografen anlächelte. Isabel mit wehendem Haar auf einem Fahrrad. Isabel mit tief ausgeschnittenem Kleid auf einer Party. Isabel berückend schön bei Kerzenlicht.

Diesmal konnte Leo die Blicke der beiden Beamten eher spüren als tatsächlich beobachten. »Ja, Isabel sieht sehr gut aus«, stellte sie spröde fest. »Das bedeutet nicht, daß sie verantwortungslos oder geistig beschränkt ist.«

»Natürlich nicht«, sagte der Mann in gekünsteltem Tonfall.

»Sie ist Journalistin und Autorin.« Wie zum Beweis reichte Leo ihm ein Foto, auf dem Isabel mit einem Stift in der Hand nachdenklich einen Notizblock musterte.

Die beiden Polizisten notierten sich Isabels Größe und Gewicht, fragten nach der Nummer ihrer Kreditkarte, die Leo ihnen nicht nennen konnte, und versicherten schließlich, alle Einzelheiten würden in den Computer eingegeben.

»Was heißt das?« fragte Leo gereizt.

»Wir lassen Quervergleiche mit den Unfallberichten, den Krankenhausmeldungen und ein paar anderen Dateien anstellen.« Der Mann war unversehens sehr höflich. Er setzte seine Mütze wieder auf. »Es geht Ihnen doch gut, oder?«

Leo nickte nachdrücklicher. »Und Sie halten mich auf dem laufenden?«

»Natürlich.« Die Beamtin klang besänftigend. »Ihre Freundin taucht bestimmt bald wieder auf. Machen Sie sich keine Sorgen.«

»Und vergessen Sie nicht, uns anzurufen, sobald Sie von ihr hören. Unsere Namen haben Sie ja«, fügte der Mann hinzu.

»Richtig, Ihre Namen«, wiederholte Leo. »Police Constable Collins und Sergeant Drew.«

Als sie hinter den beiden die Tür schloß, hatte Leo das bedrückende Gefühl, die beiden englischen Polizisten würden sich als genauso nutzlos erweisen wie der Beamte, mit dem sie in New York telefoniert hatte. Niemand begriff die Dringlichkeit der Angelegenheit.

3

Der unerwartete Klingeln an der Tür zerriß die Stille des Apartments wie die gellende Sirene eines Krankenwagens. Heißes Wasser schwappte über den Rand von Leos Becher. Auf dem blanken Küchentresen breitete sich eine schmutzigbraune Pfütze aus. Leo überwand ihren Schreck und eilte zur Gegensprechanlage. Auf dem kleinen Monitor war niemand zu sehen. »Wer ist da?« rief sie in das Mikrofon.

Eine gedämpfte Stimme antwortete. Sie kam nicht aus dem Lautsprecher. »Ich bin's, Mike. Aus der Wohnung über Ihnen.«

Leo zögerte kurz und öffnete dann die Tür. Ein kleiner Mann mit verkniffenen dunklen Augen musterte sie eindringlich. »Ich habe die Polizei wegfahren sehen.« Seine Stimme klang vorwurfsvoll. »Da dachte ich, ich schaue lieber mal nach dem Rechten. Sie sind ...?«

»Leo Holland.« Sie ließ sich nicht einschüchtern. »Und Sie?«

»Mein Name ist Mike Newson. Ich wohne eine Etage höher. Isabel hat mich gebeten, ein wenig aufzupassen.«

»Ach ja?« Sie hielt seinem fragenden Blick stand und entspannte sich ein wenig, weil ihr einfiel, daß Isabel ihren Nachbarn bereits einmal beschrieben hatte: »Ölig wie die Pomade in seinem Haar. Seine Klamotten passen nie zusammen, sein Verstand ist ein wenig wirr, aber sein Selbstbewußtsein ist beneidenswert. Ein Mann, der sich zu einer hohen Position in den Medien berufen glaubt.«

»Kommen Sie herein.«

»Isabel hat mir nicht erzählt, daß jemand zu Besuch kommen würde. Sie müssen die Frau sein, die vorhin aus dem Taxi gestiegen ist.« Er klopfte auf die Brusttasche seines Jacketts, aus der eine Brille ragte. »Ich bin etwas kurzsichtig. Ich dachte, Sie wären meine Freundin. Ihr Zug aus Manchester hat Verspätung.«

»Demnach wissen Sie, wo Isabel ist?«

Mike machte es sich auf dem Sofa bequem, als wäre er hier zu Hause. »Irgendwo in den Staaten. Sie hat mich gebeten, während ihrer Abwesenheit nach den Pflanzen zu schauen. Und … .« Er zögerte einen Moment. »Was wollte die Polizei hier?«

»Isabel und ich hatten eine gemeinsame Reise geplant. Sie ist nicht in New York angekommen und nie ans Telefon gegangen. Ich habe mir Sorgen gemacht und bin hergeflogen. Dann habe ich die Polizei verständigt.«

»War das nicht ein bißchen voreilig?«

»Hat Isabel Ihnen irgendwelche Telefonnummern hinterlassen?«

Er schüttelte den Kopf. »Sie ist früher abgereist, als ich dachte. Bei meiner Rückkehr aus Amsterdam war sie schon weg. Sie hatte mir einen Zettel unter der Tür durchgeschoben, um mich an die Pflanzen zu erinnern. Da standen auch einige Anweisungen wegen der Katze, aber die hat sie dann durchgestrichen und geschrieben, ich solle es wieder vergessen, denn sie würde sich selbst um Biest kümmern. Ich habe für Katzen nicht allzuviel übrig, und der Name von Isabels Kater ist überaus treffend gewählt. Den hätte ich niemals heil in die Tierpension verfrachten können.«

»Haben Sie den Zettel noch?«

»Wahrscheinlich nicht. Ich hebe solche Sachen normalerweise nicht auf. Es gab ja auch keinen Grund dafür. Was haben die Polizisten gesagt?«

Leo erzählte es ihm. »Haben Sie eine Ahnung, wer wissen könnte, wo Isabel steckt?« fragte sie dann.

»Nicht wirklich.« Er stand auf und hatte es plötzlich sehr eilig. »Vielleicht weiß es dieser Handwerker, der für sie arbeitet. Er scheint andauernd hier aufzutauchen.« Er hielt inne und grinste anzüglich.

Leo war sich nicht sicher, ob ihr gefiel, was er damit andeuten wollte. »Wie heißt der Mann?«

»Hamish Macgregor. Ich suche seine Karte für Sie heraus. Dann könnten Sie es noch bei dieser Therapeutin versuchen, zu der Isabel ständig rennt. Ich treffe sie manchmal frühmorgens, wenn ich einen Fototermin habe und sie zur gleichen Zeit das Haus verläßt. Dieser Tante erzählt sie vermutlich alles. Aber ich weiß den Namen nicht.«

»Sind Sie sicher, daß es sich um eine Frau handelt?«

Mike Newson blieb an der Tür stehen. »Ich schätze, es könnte auch ein Mann sein, jetzt, wo Sie es sagen. Aber machen Sie sich nicht zu sehr verrückt. Ich bin sicher, Isabel geht es gut. Sie ist pausenlos unterwegs. Ab jetzt kümmern Sie sich also um die Pflanzen?« Er war bereits halb die Treppe emporgestiegen, als Leo nickte.

»Einen Moment noch«, rief sie ihm hinterher. »Wissen Sie etwas davon, daß Isabel an irgendeiner Fernsehreihe mitarbeiten sollte?«

»Daraus ist nichts geworden.« Er sah aus, als würde er Schadenfreude empfinden. »Isabel geht es bestimmt gut. Kein Grund zur Besorgnis.«

Nachdem Leo die Tür geschlossen hatte, umfing sie eine bedrückende Stille. Warum versicherte ihr jeder, alles sei in bester Ordnung, während sie absolut vom Gegenteil überzeugt war? Es schien, als würden die Leute sich Scheuklappen aufsetzen, um ja nichts wahrnehmen zu müssen, das ihren geordneten Alltag stören könnte.

Nicht, daß sie selbst anders veranlagt gewesen wäre. Auch sie verschloß häufig die Augen vor der Realität, um lieber nicht sehen zu müssen, was sie bereits ahnte, weil sie hoffte, das Problem würde sich vielleicht von ganz allein lösen. Bei Jeff zum Beispiel hatte sie sich so verhalten. Ihr war damals absolut bewußt, daß er sie längst nicht mehr liebte, geschweige denn begehrte, und doch zog sie es vor, sich nicht weiter mit dem Thema auseinanderzusetzen, sondern statt dessen auf eine stillschweigende Besserung zu hoffen. Wie viele Jahre hatte sie auf diese Weise in der Schwebe verbracht? Zu viele. Isabel war in dieser Hinsicht viel robuster und hätte einen solchen Zustand niemals akzeptiert.

Leo legte eine CD in den Player ein. Die Stimme von Bessie Smith schwebte klagend durch den Raum. Nach einem Blick auf die Uhr drehte Leo die Lautstärke zurück. Es war fast Mitternacht. Nach New Yorker Zeit erst kurz vor sieben. Leo hätte am liebsten einen Spaziergang gemacht, um ihre Gedanken zu ordnen, aber die leeren Straßen rund um das Apartment wirkten zu bedrohlich. Also widmete sie sich der Mappe mit den Fotos.

Hatte Isabel einen »Hausfreund«, von dem Leo nichts wußte? War das womöglich dieser Hamish Macgregor, den der Nachbar so wenig ausstehen konnte? Hatte Isabel überraschend eine Reise mit ihm unternommen und daher ihren Flug nach New York verpaßt? War das der Grund für ihr Verschwinden?

Fragen. Immer nur Fragen.

Leo fand es seltsam, daß ein einziger unerwarteter Vorfall plötzlich die Tür zu einer Ungewißheit aufstoßen konnte, die schon seit geraumer Zeit im verborgenen gelauert haben mußte. Wie an dem Abend, als Jeff nach der Konferenz in Kalifornien nicht nach Hause gekommen war. Auch damals hatte Leo alle und jeden angerufen – sein Hotel, die Fluglinien, seine Freunde, sogar die Polizei um zwei Uhr in der Nacht. Sie hatte an einen Unfall, an irgendeine rationale Erklärung glauben wollen, doch auf einmal hatte sie gewußt, daß er sie betrog, und zwar schon seit geraumer Zeit. In jenem Moment stieg schlagartig das gesamte seit Jahren angestaute Elend in ihr hoch und überwältigte sie. Zuerst weinte sie sich die Augen aus, aber dann wurde sie ganz ruhig, ohne zu wissen, woher sie die Kraft dafür nahm.

Als er am folgenden Abend zurückkehrte, hielt er gleich einen ganzen Schwung Ausreden parat. Er hatte seine Maschine verpaßt und deshalb in einem Hotel am Flughafen übernachtet. Er hatte Leo nicht wecken wollen. Dann mußte er den ganzen Tag warten, bis endlich ein Platz auf einem anderen Flug für ihn frei wurde. Er konnte nicht vom Flughafen aus anrufen, weil er seine Telefonkarte verloren hatte. Und so ging es weiter, bis sie seine wirre Geschichte unterbrach und ihm ins Gesicht sagte: »Du betrügst mich.«

Ihre Miene mußte wild und entschlossen gewirkt haben, denn er leugnete es nicht lange. Statt dessen versuchte er halbherzig, die Angelegenheit ins Lächerliche zu ziehen, und legte sogar die Arme um Leo. Sie entzog sich ihm und sagte leise und ohne jede Wut: »Das geht schon eine ganze Weile so. Und jetzt kannst du deine Klamotten nehmen und direkt in ein anderes Hotel ziehen. Ich habe keine Lust auf irgendwelche billigen Geständnisse.«

Leo erkannte, daß sie es ernst meinte. Es war keine Masche. Sie wollte sich das heißblütige Schuldbekenntnis ersparen und die unterschwellig damit verbundene Wollust. Plötzlich begriff sie, daß sie vor allem anderen ihre Würde behalten und Becca beschützen wollte. Beides gelang ihr. Jeff war derjenige, der so laut zu toben begann, daß ihre Tochter davon aufwachte. Becca umarmte ihren Vater fest und ging dann gehorsam wieder zu Bett. Dann setzte Jeff seinen Tobsuchtsanfall fort, einen langen, komplizierten Monolog, fast wie seine lebhaften Vorträge über Tennessee Williams im Kino. Leo fühlte sich nicht in der Lage, den Ausführungen zu folgen, aber einige seiner Bezeichnungen für sie konnten ihr kaum entgehen: blöde, abgebrühte, gefühllose, gleichgültige Schlampe.

Dann nahm sie seine Reisetasche und warf sie zur Tür hinaus.

Natürlich war damit die Sache noch nicht ausgestanden. Jeff verließ die Wohnung zunächst nicht, sondern schlief im Arbeitszimmer. Sie sprach wochenlang kein Wort mehr mit ihm, außer in Beccas Gegenwart. Leos einziger Kommentar dazu lautete: »Wir reden, sobald du hier ausgezogen bist.« Sie wollte ihn so schnell wie möglich loswerden. Sein theatralisches Gehabe, sein schläfriger Blick, die leicht glänzenden Wangen, die

Art, wie er sich das Essen in den Mund steckte und dann viel zu langsam kaute – das alles ekelte sie nur noch an.

Schließlich hatte er tatsächlich seine Sachen gepackt und war gegangen.

Leo starrte auf die Fotos ihrer Freundin, die sie in mehreren Reihen auf dem gesamten Tisch angeordnet hatte, so daß sie einer riesigen Patience glichen. Warum sprachen die Schnappschüsse aus Isabels Leben nicht zu ihr? Die einzige Botschaft dieses lebensfrohen Gesichts schien zu besagen, daß Isabel sie im Gegensatz zu Jeff niemals bereitwillig im Stich lassen würde, es sei denn, man hielt sie gewaltsam davon ab. Aus früherer Erfahrung wußte Leo, daß Isabel sie zumindest telefonisch über ihren Verbleib unterrichtet hätte.

Hektisch rief sie bei sich in Manhattan an, um den Anrufbeantworter abzuhören. Ihre Mutter beklagte sich darüber, daß Leo ihr keine Nummer hinterlassen hatte. Dann folgte eine Nachricht ihres Redakteurs, der ihren letzten Cartoon besonders lobte und um mehr Material in dieser Richtung bat. Doch darauf folgte nichts mehr. Keine Nachricht von Isabel.

Leo stöpselte ihren Computer ein und schickte eine E-Mail an Becca. Dann trug sie ihre Reisetasche in das Gästezimmer im vorderen Teil des Lofts. Auch hier schien alles sauber und aufgeräumt. Das Doppelbett war ordentlich bezogen, als hätte Isabel mit Besuch gerechnet. Leo hängte ihre Sachen in den kleinen Wandschrank. Isabels Koffer waren ebenfalls hier verstaut – ein großer und ein kleiner grüner mit Rädern. Fehlte womöglich ein mittelgroßes Exemplar, das Isabel gepackt und mitgenommen haben könnte? Leo wußte es nicht. Im Grunde genommen wußte sie überhaupt nichts.

Sie zog sich aus und eilte unter die Dusche. Der heiße, gleichmäßige Wasserstrahl linderte die Strapazen des vergangenen Tages. Beim Abtrocknen vermied Leo es, einen Blick in Isabels Spiegel zu werfen. Jetzt war nicht der geeignete Augenblick für die Konfrontation mit einem Körper, den sie nicht mehr gern ansah. Statt dessen schlüpfte sie in den weißen Bademantel, der dort hing, und streckte sich dann auf dem Bett aus. Sie spürte, daß an Schlaf noch längst nicht zu denken war. Sobald sie die Augen schloß, sah sie sich einer Flut schrecklicher Bilder ausgeliefert, als könne ihre Phantasie sich nur mit jenen unheilvollen Ereignissen beschäftigen, die ihr wacher Verstand immerhin im Zaum zu halten vermochte. Einen Augenblick später stand Leo auf und vergewisserte sich, daß alle Fenster der Wohnung fest geschlossen waren. Dann nahm sie das Buch, das auf dem Nachttisch lag: *Buddhismus – Ein Leitfaden zur Erweckung.* Soweit Leo wußte, war Isabel nicht im mindesten religiös. Ein Gast mußte diesen Band vergessen haben. Zwischen den Seiten steckte eine schmale Broschüre. Beim Durchblättern stellte Leo fest, daß darin ein idyllischer Ort auf dem Lande beschrieben wurde, der mit Zurückgezogenheit warb, aber auch mit Meditationen, Beratungsgesprächen und einer Reihe von Psychotherapien. Der Text bediente sich einer ausgeprägten New-Age-Terminologie. War es möglich, daß Isabel sich seit kurzem für solche Themen interessierte?

Unruhig stand Leo wieder auf und ging in Isabels Arbeitszimmer.

Zielstrebig konzentrierte sie sich auf den Stapel offener Post in dem silberfarbenen Ablagekorb. Es fanden sich Bittbriefe verschiedener Organisationen: Frauenhäuser, äthiopische Hospitäler, indische Dörfer, Obdachlosenheime. Dann gab es Gas-, Strom- und Telefonrechnungen, die offenbar alle beglichen worden waren. Ferner stieß Leo auf Einladungen zu drei längst vergangenen Kunstausstellungen und zahlreichen Buchpräsentationen. Mitten im Stapel steckten die Rechnungen eines Allgemeinmediziners aus der Harley Street sowie eines Dr. D. Lukas mit einer Adresse im Bezirk N6. Highgate, erinnerte Leo sich, denn dort hatte sie mit Jeff und Becca während des gemeinsamen Jahrs in London gewohnt. Sie zog die zwei Schreiben aus dem Stapel. Beide waren Mahnungen. Die zweite trug einen entsprechenden dicken schwarzen Stempel, der ziemlich bedrohlich wirkte.

Sorgfältig legte Leo die Blätter in die Mitte der Tischplatte. Dabei fiel ihr ein, daß an dieser Stelle bei ihrem letzten Besuch Isabels Computer gestanden hatte, ein neuer Laptop. Becca hatte einen Smiley-Sticker auf die Tragetasche geklebt, damit Isabel auf einen Blick erkennen konnte, welches ihr Rechner war. Sie hatten alle drei eifrig über die Vorzüge und Nachteile von PCs und Macs diskutiert. Isabel hatte lautstark von der Überlegenheit ihres Geräts geschwärmt und gesagt, sie würde nie wieder Bill Gates' imperialistische Geschäftspolitik unterstützen wollen.

Isabels Laptop war nirgendwo im Raum zu sehen, was nur bedeuten konnte, daß sie ihn mitgenommen hatte und demnach beruflich unterwegs war. Doch in welcher Angelegenheit? Immer wieder landete Leo bei dieser Frage.

Sie begann das Zimmer nach Bändern von Interviews abzusuchen und fand eine Schachtel winziger Kassetten. Womit sollte sie anfangen? Und wo befand sich das dazugehörige Diktiergerät? Offenbar hatte Isabel es mitgenommen. Die Etiketten der Bänder waren lediglich mit Nummern versehen – vermutlich in Übereinstimmung mit irgendeinem Ablagesystem, dessen Einzelheiten Isabel in ihrem Computer gespeichert hatte. Leo war immer wieder aufs neue darüber erstaunt, wie peinlich genau Isabel ihre Arbeit organisierte, auch wenn sie sonst das reine Chaos um sich herum veranstaltete.

Leo mußte an ihre Lieblingslehrerin denken, damals auf dem Internat in Cambridge. Während der langen Gespräche mit Isabel, in deren Verlauf die Unterschiede, aber auch die vielen Gemeinsamkeiten zwischen ihnen zutage traten, hatte sie von ihr erzählt. Miss Henderson war groß und korpulent, mit einem teigigen Gesicht und einer dicken Knollennase. Der Korb auf ihrem Fahrrad war immer bis zum Rand gefüllt, und sobald sie abstieg, blieb ihr weiter brauner Mantel oder der lange Schal unweigerlich an ihren Büchern, ihrer Tasche oder irgendwelchen Lebensmitteln hängen, so daß eines der Mädchen herbeilaufen und ihr beim Entwirren helfen mußte. Miss Henderson schien diese Mißgeschicke gar nicht zur Kenntnis zu nehmen. Sie strahlte eine vergnügte Sorglosigkeit aus. Sie behandelte auch alle gleich, ob nun große oder kleine Mädchen, andere Lehrer, die Schulleiterin oder das Hauspersonal. Für Leo stellte die milde, warmherzige Stimme von Miss Henderson den Inbegriff der Freundlichkeit dar. Außerdem war ihr Unterricht großartig. Schnaubend eilte sie zur Projektionsleinwand, um auf irgendein Detail der Gemälde Alter Meister hinzuweisen, die Farben oder Maltechnik zu erklären oder die Lebensläufe der Künstler begeistert in anschauliche Worte zu kleiden. Sie alle fühlten sich, als hätte eine gütige Tante sie zu einer prächtigen Party in die elysischen Gefilde eingeladen und ihnen dort ihre treuesten Freunde vorgestellt: Leonardo und Delacroix, Michelangelo und David.

Einmal, als sie Miss Henderson zu einer Einzelstunde in deren Privatunterkunft aufsuchte, holte die Lehrerin drei schwarze Notizbücher hervor, über deren Rücken jeweils ein roter Streifen verlief. Die Seiten darin waren mit einer winzigen, wunderschönen Handschrift bedeckt. Jeder Eintrag enthielt einen Verweis auf ein Dia oder eines der Bücher in Miss Hendersons überfüllten Regalen, und jedes der Gemälde, die Leo am liebsten betrachten wollte, erschien wie durch Zauberhand innerhalb kürzester Zeit vor ihren Augen. Damals nahm Leo sich vor, als Erwachsene so zu werden wie Miss Henderson und nicht so wie ihre Mutter, die in Jeans und T-Shirts oder hautengen Cocktailkleidern umherstolzierte und so tat, als wäre sie weitaus jünger.

Irgendwann in nächster Zeit würde sie Miss Henderson einen Besuch abstatten. Die Lehrerin war gewiß noch am Leben. Nur damals, aus Leos jugendlicher Perspektive, hatte sie so uralt wie ihr Fachgebiet gewirkt.

Leos Aufmerksamkeit richtete sich auf die obersten Regalfächer in Isabels Arbeitszimmer. Sie enthielten eine Reihe von Ablagekartons, wie sie auch Miss Henderson besessen hatte. Leo würde sich morgen näher damit beschäftigen. Ihre Augen brannten, nachdem sie die letzten Nächte kaum geschlafen hatte. Auch der lange Flug steckte ihr noch in den Knochen.

Als sie auf das frische Laken sank, rief sie sich den Wunschtraum ins Gedächtnis, den sie schon seit einigen Jahren hegte und der stets mit einem verlockenden Gefühl tiefen, wenngleich bislang unerreichbaren Friedens einherging. Sie und Isabel, inzwischen alte, rüstige Damen, wohnten gemeinsam in einem idyllischen Haus irgendwo auf dem Lande, fernab von allem Trubel. Hier gab es Pinsel und Leinwände, Bücher und behagliche Stille, gelegentlich unterbrochen durch anregende Gespräche. Und Schönheit – der Schimmer des Sonnenlichts auf einem taubedeckten Hang; ein einfacher Krug voller Blumen; Isabels Gesicht, versunken in tiefer Konzentration, so daß in ihren sanften Zügen die Geheimnisse ihres ganzen Lebens zu erraten waren.

Ganz entgegen ihrer Befürchtung schlief Leo ausgesprochen gut. Als sie erwachte, bemerkte sie kreuz und quer auf ihrem Bett blasse zitronengelbe Lichtstreifen. Sie begriff erst nach und nach, wo sie sich befand. Ihr anfängliches Wohlbefinden ließ sie glauben, Isabel wäre ebenfalls hier, nur ein paar Schritte entfernt im anderen Schlafzimmer. Doch dann fiel ihr alles plötzlich wieder ein.

Sie sprang aus dem Bett und zog das Rouleau hoch. Ein einzelner Mann mit einer Zeitung in der Hand betrat das Bürogebäude auf der anderen Straßenseite. Leo sah auf die Uhr – Viertel vor acht. Sie schaltete das Radio ein und machte sich ans Werk. Es gab heute viel zu erledigen. Sie setzte den Wasserkessel auf und bereitete sich eine weitere Tasse des abscheulichen Instantkaffees zu, den Isabel in einem Anfall fehlgeleiteter Effizienz gekauft haben mußte.

Nach einem kurzen Blick auf die Uhr holte Leo ihr Adreßbuch hervor und startete einen Rundruf bei Isabels Freunden. Manche der Leute hatte sie bereits von New York aus kontaktiert, aber es konnte nicht schaden, sich über den neuesten Stand zu informieren. Sie sprach mit denjenigen, die sie zu Hause antraf, bekam jedoch abermals zu hören, daß Isabel derzeit eigentlich in den Staaten sein müßte. Einigen anderen Bekannten hinterließ sie Nachrichten auf Band, und mit zweien verabredete sie sich für das Wochenende.

Sobald die Anrufe erledigt waren, schleppte Leo eine

Trittleiter aus der Abstellkammer bis ins Arbeitszimmer und holte die ersten beiden Ablagekartons aus dem Regal.

Einer der Kästen trug die Aufschrift »Karten 95–97«. Leo nahm den Deckel ab und fand eine Sammlung von Weihnachts- und Ansichtskarten. Sie suchte ein wenig darin herum. Nur wenige der Namen sagten ihr etwas, und jene Leute, die mit Vor- und Zunamen unterzeichnet hatten, waren ohnehin nicht von Belang, denn es mußte sich um relativ weitläufige Bekannte handeln, die wahrscheinlich nur wenig über Isabel wußten. Eine Karte trug die Unterschrift »Deine Mutter«. Leo hielt inne. Isabels Mutter war Anfang des Jahres gestorben. Isabel hatte sofort einen Flug nach Australien gebucht, um der Beerdigung beizuwohnen. Sie war jedoch nicht lange geblieben, und ihre einzige E-Mail zu diesem Thema an Leo hatte gelautet: »Ich habe sie nicht vermißt, als sie noch am Leben war, und obwohl ich sie vermutlich jetzt vermissen und einen Nervenzusammenbruch erleiden sollte, weil wir uns nie richtig vertragen haben, kann ich beim besten Willen nichts dergleichen empfinden. Anormale Tochter. So hat sie mich immer genannt. Ich schätze, sie hatte recht. Noch so ein Gesprächsthema für unsere Reise. Bis bald.«

Das Wort »Nervenzusammenbruch« ging Leo nicht mehr aus dem Sinn, während sie die zittrige Handschrift auf der Karte musterte. »Die besten Wünsche zum neuen Jahr«, stand dort. Das alles wirkte so unpersönlich, verglichen mit ihrer eigenen Mutter, die auf dem Papier stets mit Liebe um sich warf, wenngleich diesen Bekundungen nur selten Taten folgten.

Isabel hatte ihre Mutter immer als kalte, gefühllose Frau beschrieben. Eine Frau, von der Isabel unmittelbar nach dem Tod des Vaters zu einer Tante abgeschoben und später von einem Internat ins nächste verfrachtet wurde, weil die Mutter mit dem widerspenstigen Kind nicht zurechtkam. Auch die häufigen Schulwechsel lagen in dieser Aufsässigkeit begründet. Wenn Isabel von den verschiedenen Schulen erzählte, fühlte Leo sich häufig an Lehranstalten des neunzehnten Jahrhunderts erinnert, die mit all ihrer strengen Disziplin und puritanischen Geisteshaltung an den Leidensweg der Jane Eyre in Charlotte Brontës Roman gemahnten.

Dann ließ noch eine Karte Leo innehalten, weil ihr die Handschrift so vertraut vorkam. Die Karte stammte eindeutig von Jeff. »Hallo, Langbein. Ist das Leben gut zu Dir? Alles Liebe, nicht nur, weil Weihnachten ist.«

Wann hatte Jeff das geschrieben? Vor oder nach ihrer Trennung? Es war gleichgültig und hatte nichts zu bedeuten. Jeff war ständig zu Albernheiten aufgelegt und hielt sich für einen Typen wie Humphrey Bogart, einen unwiderstehlichen Außenseiter, dessen prinzipiell moralische Grundhaltung ihm erlaubte, sich über sämtliche Regeln hinwegzusetzen. Leo setzte den Deckel auf die Schachtel. Genug davon. Die Karten enthielten keine brauchbaren Hinweise.

Der nächste Karton trug ein seltsames Etikett: »Träume.« Vorsichtig hob Leo den Deckel ab. Im Innern fanden sich zahlreiche bekritzelte Zettel in verschiedenen Größen. Isabels Handschrift wirkte unsauber und zittrig, als seien die Aufzeichnungen in großer Hast angefertigt worden. Wahllos griff Leo eines der Blätter heraus.

»Ich sitze an Bord eines Schiffes auf einem Liegestuhl. Unter mir ist das Meer. Ein dunkles, aufgewühltes Meer. Es gibt keine Sonne. Ich weiß nicht, warum ich nackt bin. Ich schaue auf meinen Zeh. Ein Insekt knabbert daran, ein glänzender Käfer. Ich kann ihn ganz deutlich erkennen. Doch ich spüre nichts. Ich versuche, mein Bein zu bewegen. Es geht nicht. Aus irgendeinem Grund ist mir das egal. Ich lache.«

Leo erschauderte. Mit wachsender Aufmerksamkeit las sie mehrere der Zettel und bemerkte, daß in ihrer Vorstellung eine unbekannte, ungeahnte Isabel langsam an die Stelle ihrer Freundin trat. Leo wollte schon aufhören und die Blätter zurücklegen, als sie plötzlich ihren eigenen Namen erblickte.

»Leo und ich haben einen Ort unbeschreiblicher Ruhe erreicht. Sie lächelt auf ihre halb liebliche, halb ernste Weise und scheint in diesem Ausdruck gelassener Freude die ganze

Welt zu offenbaren. Es herrscht absolute Windstille. Wir sitzen auf der Veranda eines Holzhauses. Um uns herum im Tal stehen noch einige weitere dieser Gebäude. Es muß kurz vor Tagesanbruch sein, denn zwischen den Nebelschwaden auf den Anhöhen wird der Morgenstern sichtbar. Die Hügel sind anders als alle Hügel, die ich je gesehen habe; ihre Rundungen und Kanten sind grünlich-schwarz gefärbt. Vogelzwitschern dringt verblüffend hell und klar an unsere Ohren. Ich weiß, daß wir hier eine sichere Zuflucht gefunden haben. Ein geheimnisvoller Friede umfängt mich.

Ein weißhaariger Mann kommt langsam und mit königlicher Anmut auf uns zu. Wie Michelangelos lebenspendender Gott hebt er den Arm in weitem Bogen, und ich stehe auf. Ich gehe zu ihm. Ich bin versucht, ihn ›Vater‹ zu rufen, aber ich will den friedvollen Moment nicht verderben.«

Leo las diesen Traum zweimal. Ihr standen Tränen in den Augen. Sie sah die Hügel oberhalb von Taos vor sich. Isabel und sie würden nicht dorthin reisen. Nicht jetzt.

Umständlich legte sie die Zettel zurück in den Kasten. Ihr Blick fiel auf die beiden Rechnungen, die sie am Abend zuvor in der Mitte der Tischplatte plaziert hatte. Daneben lag der Stapel noch ungeöffneter Post. Sie mußte sich regelrecht zwingen, den obersten Umschlag zu nehmen und aufzureißen, denn sie verletzte damit eine ihrer Grundregeln. Noch nie hatte sie die Post eines anderen geöffnet, nicht einmal von Jeff oder Becca.

Sehr geehrte Miss Morgan,
vielen Dank für Ihre Anfrage vom 12. März.

Es ist den Mitarbeitern unserer Laboratorien generell untersagt, sich bei ihrer Arbeit über die Schulter schauen zu lassen, weder von Anthropologen noch Praktikanten oder, so leid es mir tut, Journalisten. Der Grund für diese Anordnung besteht darin, daß sich eine solche Einmischung in der Vergangenheit stets störend auf die Arbeitsabläufe ausgewirkt hat. Sollten Sie ein Interview mit Dr. Grant führen wollen, läßt sich dies natürlich arrangieren.

Ich möchte jedoch warnend vorausschicken, daß er ein vielbeschäftigter Mann ist und ein Gesprächstermin daher erst nach dem 20. Juni möglich wäre.

Mit freundlichen Grüßen

M. Higgins

Der Briefkopf lautete auf die Firma Geogen Ltd., Poole, Dorset. Leo verspürte ein schwaches Glücksgefühl. Ihre Ahnung bezüglich der Monsanto-Hetzschrift hatte sich als richtig erwiesen. Isabels gegenwärtiges Projekt hatte anscheinend etwas mit den neuen Anbaumethoden zu tun.

Mit deutlich weniger Skrupel öffnete sie den nächsten Umschlag. Den Briefkopf kannte sie bereits. Noch eine Rechnung von Dr. D. Lukas. Sie warf einen Blick darauf und verglich den Betrag mit dem der anderen Mahnung. Noch immer 360 Pfund im Rückstand. Isabels Therapeut bestand nachdrücklich auf sofortiger Bezahlung. Was hatte das zu bedeuten? Leo eilte ins Gästezimmer und holte ihren Notizblock aus der Tasche. Neun Uhr vierzig. Nicht zu früh.

Sie nahm den Hörer ab, wählte die Nummer, die sie von den beiden Polizisten erhalten hatte, und fragte nach Sergeant Drew.

»Einen Moment, bitte«, entgegnete eine näselnde Stimme und teilte ihr einige Sekunden später mit, daß Sergeant Drew erst am Nachmittag wieder erreichbar sein würde. »Kann jemand anders Ihnen vielleicht weiterhelfen?«

Leo überlegte kurz. »Nein, Mrs. Drew möchte mich bitte anrufen, sobald sie zurückkommt. Es ist dringend.« Sie hinterließ Name und Telefonnummer. Als sie auflegte, spürte sie deutlich, wie auf einmal ihr Mut sank. Bevor sie noch endgültig die Nerven verlieren würde, unternahm sie lieber einen weiteren Vorstoß: Sie wählte die Nummer von Dr. Lukas.

Es meldete sich ein Anrufbeantworter. Eine tiefe, akzentuierte Stimme bat darum, eine Nachricht zu hinterlassen.

Leo riß die restlichen Briefe auf. Darunter befand sich das Schreiben einer zweiten Biochemie-Firma, das beinahe wortwörtlich der Antwort des ersten Unternehmens entsprach.

Es folgten weitere Spendenaufrufe, diverse Werbebriefe für Kreditkarten und Darlehen sowie noch eine Rechnung, diesmal von einer Klinik in Marylebone. Aufmerksam las Leo den Text. Es seien 120 Pfund zu begleichen, stand da. Die Zahlung war noch nicht überfällig. Konnte es sein, daß irgendein unbekanntes Leiden Isabel veranlaßt hatte, so schnell wie möglich eine Reihe von Spezialisten zu konsultieren? Lag sie womöglich irgendwo krank im Bett und hatte niemandem etwas davon erzählt, um sich das Mitleid der anderen zu ersparen? Leo wählte die Nummer der Klinik. Sie gab sich als Isabels Mitarbeiterin aus und bat um eine Aufschlüsselung der Rechnungsposten. Eine hörbar gestreßte Frau teilte ihr mit, es handle sich um die Kosten einer Brustuntersuchung; die Ergebnisse seien an Dr. Holmes weitergeleitet worden. Der Name kam Leo bekannt vor. Es war der Allgemeinmediziner aus der Harley Street, auf dessen Rechnung sich ebenfalls eine Telefonnummer fand. Diesmal wurde ihre Anfrage jedoch schroff zurückgewiesen. Die Ergebnisse von Miss Morgans Untersuchung seien vertraulich. Man habe sie der Patientin bereits mitgeteilt.

Leo wühlte sich noch einmal durch die Briefe in dem Ablagekorb. Außer der ungefähr vier Wochen alten Rechnung, die Leo bereits kannte, fand sich kein weiteres Schreiben von Dr. Holmes. Im Fall eines positiven Befunds hätte Isabel den Arzt bestimmt noch einmal aufgesucht, und inzwischen wäre längst die nächste Rechnung eingetroffen.

Verärgert öffnete Leo den letzten Umschlag. Er enthielt abermals die Einladung zu einer Buchpräsentation. Leo wollte die Karte schon beiseite legen, als ihr der Titel des Buches auffiel: *Narbengewebe.* Hatte das eventuell mit irgendeiner Krankheit zu tun, die Isabel verheimlichte? Leo stellte die Einladung auf das Regal über dem Tisch und sah sich ratlos um. Sie mußte nachdenken, ermahnte sie sich. Außerdem brauchte sie frische Luft und etwas zu essen, sonst würde sie den Tag nicht überstehen. Sie zog sich Hosen und ein schwarzes T-Shirt an, legte ein wenig Lippenstift auf und ging mit der Jacke in der Hand zur Tür.

Davor lag eine Karte auf dem Boden. Leo hob sie auf. Isabels Nachbar hatte sich als zuverlässig erwiesen. *Hamish Macgregor, Bauhandwerker und Dekorateur*, stand da, mit zwei Telefonnummern. Leo ging zurück und versuchte es zunächst mit dem Anschluß des Mobiltelefons. Eine weibliche Computerstimme teilte ihr mit, der Teilnehmer sei vorübergehend nicht erreichbar. Unter der anderen Nummer meldete sich ebenfalls die Stimme einer Frau und bat darum, etwaige Nachrichten auf Band zu hinterlassen. Leo entsprach dieser Bitte.

Heller Sonnenschein fiel über die schmale Straße und tauchte den Parkplatz in helles Licht. Inzwischen standen dort hinter dem Maschendrahtzaun einige Autos. Ein Motorradfahrer raste in hohem Tempo um die Ecke. Leo beschleunigte ihren Schritt. Sie bog in eine enge Gasse ein und fand sich auf einer belebten Hauptverkehrsstraße wieder. Das Gebäude gegenüber war von einem Baugerüst umgeben und wirkte wie aus einem Stabilbaukasten errichtet. Ein großes flatterndes Banner kündigte die Schaffung neuer Luxuswohnungen an. Das Stadtbild veränderte sich immer schneller. Leo huschte zwischen den Autos über die Fahrbahn und folgte einem Weg, an den sie sich nur noch schwach erinnern konnte. Schließlich erreichte sie den kleinen Friedhof, den Isabel ihr schon beschrieben hatte. Eilig durchquerte sie das Areal und vermied es, einen Blick auf die moosbewachsenen Grabsteine zu werfen. Isabel hatte es genossen, hier auf einer Bank zu sitzen.

Am anderen Ende des Friedhofs, unmittelbar vor dem Eisentor, das wieder auf die Straße führte, stand ein gelbes Schild: »Zeugen gesucht!« In der Nacht des 19. April hatte sich zwischen Mitternacht und ein Uhr früh an dieser Stelle ein Mord ereignet.

Leo wurde schwindelig. Die Häuser schienen sich plötzlich zur Seite zu neigen. Sie hielt sich an einem Geländer fest und zwang sich, tief durchzuatmen. Jeder Atemzug beschwor eine neues Bild herauf – ein Messer, das sich ins weiche

Fleisch grub, eine Kugel, die dünne Knochen zerschmetterte. Leo wurde von einem Gefühl für die ungeheure Zerbrechlichkeit des menschlichen Körpers ergriffen, einer dermaßen fragilen Hülle, daß selbst die schiere Existenz schon beinahe wie eine Überlastung wirkte. Dann zwang sie sich, in ihre Tasche zu greifen, die Nummer zu notieren, die dort auf dem Schild stand, und nach dem nächsten Telefon Ausschau zu halten.

Auf der anderen Straßenseite lag ein Pub, der dank einiger Pflanzkästen mit Efeu und Primeln halbwegs vertrauenerweckend aussah. Leo trat ein. »Tut mir leid, aber wir haben noch nicht geöffnet«, rief eine barsche Stimme hinter dem Tresen.

Leo wollte eigentlich nur nach dem Telefon fragen, erkundigte sich dann aber nach dem Schild.

»Eine Messerstecherei«, erklärte der Barkeeper mit funkelndem Blick. »Hab den Kerl gekannt. War ein Stammgast. Widerliche Sache. Falls ich an dem Abend hier gearbeitet hätte, wär's nicht passiert.« Drohend schwang er die fleischige Faust, was seinen dicken Bauch erbeben ließ. »He, alles in Ordnung, Süße? Sie sind ja ganz bleich.«

»Ein Kerl?« vergewisserte Leo sich.

»Ja. Hat in einem der Peabody-Häuser gewohnt. Kleine, Sie sehen aus, als könnten Sie einen Drink vertragen.«

»Mir geht's gut. Haben Sie vielen Dank.« Leo rang sich ein Lächeln ab und trat hinaus an die kühle Luft. Sie mußte sich zusammenreißen. Ihre übereilten Schlüsse halfen Isabel keinen Deut weiter.

Der Markt kam schneller in Sicht, als sie erwartet hatte. Zwei Reihen Verkaufsstände mit billigen Musikkassetten und Küchengeräten, Trainingsanzügen und Kinderkleidung standen dicht an dicht neben den Obst- und Gemüsehändlern. Dahinter erstreckten sich einige Läden, wie Leo sie in London längst nicht mehr vermutet hätte. Winzige Schneiderwerkstätten, staubige Elektrofachgeschäfte, eine Hoover-Reparaturannahme, in deren Schaufenster zwei alte Staubsauger standen. Vereinzelt fanden sich auch etwas modernere Gewerbebetriebe – ein Ökometzger, dessen Auslage an ein französisches Geschäft denken ließ; ein Akupunkteur; ein Blumenhändler.

Leo gab ihr erstes Geld aus. Die weißen Tulpen mit den samtenen Blütenstempeln würden sie aufheitern und mehr an das Leben als an den Tod denken lassen. Es spielte keine Rolle, wie unhandlich die Blumen zu tragen waren, während sie den Rest ihrer Einkäufe erledigte.

»Wie wär's mit ein paar schönen Tomaten, meine Liebe?« Eine faltige alte Frau sah sie lächelnd an.

Leo nickte und kaufte noch einen Kopfsalat, Äpfel und Bananen, ging dann auf die andere Seite und nahm plötzlich einen markanten Geruch wahr. Hinter einem der Stände entdeckte sie den Fish-and-Chips-Imbiß, vor dessen erleuchtetem Tresen bereits mehrere Kunden anstanden. An Weihnachten hatte Isabel sie und Becca hergeschleppt und den Laden lautstark gerühmt. Es war so voll gewesen, daß sie draußen auf der Straße gegessen und die fettigen Pommes frites mit bloßen Fingern aus dem öligen Papier geangelt hatten.

Leo reihte sich in die Warteschlange ein. Als sie die Stimme des Kellners hörte, erkannte sie ihn auf einmal wieder. Bei ihrem letzten Besuch hatten Isabel und er sich lange über den besten Fisch an jenem Tag unterhalten. Sein auffälliger Akzent war unverwechselbar. Er hieß Enrico und war Italiener.

Als Leo an die Reihe kam, begrüßte sie ihn und bestellte Seezunge und Pommes frites. »Haben Sie zufällig meine Freundin Isabel gesehen?« fragte sie dann.

»*La bellissima* Signora Isabella. *No*, nicht heute, nicht diese und auch nicht letzte Woche. Sie sagt mir, sie fährt aufs Land. Sie hat mein Herz gebrochen.« Mit der theatralischen Geste eines Tenors schlug er sich eine Hand vor die Brust.

»Aufs Land? Wohin genau?«

»Keine Ahnung. Hoffentlich ist sie bald zurück.« Mit überschwenglichem Lächeln überreichte er Leo den Fisch, zwinkerte ihr zu und begrüßte dann den nächsten Kunden.

Auf dem Rückweg kaufte Leo noch vier große Tüten Kaffee. Sie schaffte es kaum noch, all ihre Einkäufe zu tragen. Als direkt vor ihr ein Taxi am Straßenrand hielt, konnte sie ihr Glück kaum fassen. Sie wollte den Fahrer mit einem Handzeichen auf sich aufmerksam machen, doch da riß eine der Einkaufstüten. Orangen, Kaffee, Brot und Butter fielen auf den Bürgersteig.

»Hier, lassen Sie mich Ihnen helfen.« Ein Mann ging neben ihr in die Knie. Er trug einen ordentlich gestutzten Bart mit einigen silbrigen Strähnen und hatte graue, leicht blinzelnde Augen. Ein freundliches indisches Gesicht. »Ich habe den Taxifahrer gebeten, auf Sie zu warten«, sagte er höflich und deutete eine Verbeugung an, während er ihr in den Wagen half.

Leo bedankte sich und winkte ihm noch durch das Fenster zu. Komisch, das war bestimmt das erste Mal, daß sie einen Mann mit Bart sofort sympathisch gefunden hatte. In ihren Cartoons trugen alle zutiefst widerlichen Männer Bärte. Leo genoß es jedesmal, diese Figuren zu zeichnen. Ihr Stiefvater trug einen Bart – ein sauberes kleines Dreieck, weil er vermutlich wie Freud aussehen wollte, obwohl damit die Ähnlichkeiten auch schon aufhörten. In Wirklichkeit sah er bloß wichtigtuerisch aus. In dem ersten Jahr, das auf ihre Rückkehr nach Manhattan folgte, hatte er die halbwüchsige Leo zu einem Therapeuten geschickt, der ebenfalls einen Bart getragen hatte, einen scheußlichen kleinen Spitzbart. Ihre Eltern hatten gemeint, daß eine Therapie nur zum Besten ihrer Tochter sein würde, die sich doch so rebellisch und verschlossen zeigte. Spätfolgen einer unzureichenden Trauerphase, hatte sie ihren Stiefvater am Telefon diagnostizieren hören.

Viermal hatte Leo auf einem riesigen Ledersessel Platz genommen und wortlos kleine Männchen aufs Papier gemalt, während Dr. Weiss sich bemühte, ihr eine Äußerung zu entlocken. Danach hatte sie sich weiteren Sitzungen verweigert.

Nach Ansicht der Eltern besaßen Leos Handlungen allesamt eine tiefere Bedeutung. Jeder einzelne ihrer Schritte wurde beobachtet und sogleich einer Analyse unterzogen. Wenn sie keinen Appetit auf Suppe hatte, sondern lieber Fleisch aß, dann weil sie wütend war und etwas abbeißen wollte, womöglich unterschwellig die mütterliche Brust oder den neuen väterlichen Penis. Wenn sie morgens oder abends keinen Hunger hatte, wehrte sie sich gegen die Liebe ihrer Mutter. Wenn sie plötzlich beschloß, eine Verabredung abzusagen, zweifelte sie in Wahrheit an ihrer Weiblichkeit oder hatte Angst vor Sex. Und wenn sie irgendeinen belanglosen Gegenstand verlor, zum Beispiel einen Ohrring oder Kugelschreiber, versuchte sie dann dadurch, ihren Vater fortwährend aufs neue zu begraben? Was auch immer sie tat, es wurde sofort mit einer Erklärung versehen, so daß jede winzige Stimmungsschwankung zu einer bedeutenden Angelegenheit geriet. Kein Wunder, daß Leo bei der erstbesten Gelegenheit die Flucht ergriffen hatte.

Sie konnte nicht verstehen, warum Isabel sich überhaupt auf diesen Psychokram eingelassen hatte. Nicht, daß Leo völlig blind für die Vorzüge einer Gesprächstherapie gewesen wäre. Allerdings war eine solche Behandlung nichts für Leute, die wirklich tief in Schwierigkeiten steckten. Leo hatte einiges darüber gelesen und zudem eine Menge aufgeschnappt. In New York ließ sich das kaum vermeiden, vor allem nicht in den Kreisen, in denen sie verkehrte, ganz zu schweigen von den Abendessen im trauten Familienkreis. Eine beträchtliche Anzahl ihrer Freunde hatte viele Jahre auf der Couch zugebracht und dort vergeblich nach dem Sinn des Lebens gesucht. Ein zwangloses Geplauder war ja noch ganz nett, aber all dieses modische Geschwätz über den angeblichen Zusammenhang zwischen akuten Problemen und verdrängten Kindheitserlebnissen, über gute und böse Brüste und sexuelle Perversionen, nur weil man das Kindermädchen in Unterwäsche gesehen hatte, und über multiple Persönlichkeiten als Folge von suggestiven Alltagsgewohnheiten war nach Leos Ansicht nichts als Schwachsinn. Das Leben fungierte als Kartengeber, und man mußte das Beste aus seinem Blatt machen. Sofern man nicht gerade Woody Allen war und Stoff für eine neue

Komödie suchte, hatte es keinen Zweck, regelmäßig einen neunmalklugen Psychiater aufzusuchen, der dann nach einigen Monaten oder sogar Jahren feststellte, daß die Eltern an allem schuld waren. Da konnte man den Eltern genausogut von vornherein die Schuld geben.

Als Isabel damals zu dem Schluß kam, sie müßte eine Psychotherapie beginnen, hatte Leo ihr all diese Einwände vor Augen geführt. »Diese Leute sind Techniker der Normalität«, hatte Leo eingewandt. »Sie zimmern mal eben ein kleines wackliges Erklärungsgerüst zusammen, drehen hier und da an den Schrauben der Erinnerung und übertünchen das Ganze mit einem Anstrich von Wohlgefühl, um deine Selbstachtung zu stärken.«

»Du klingst wie jemand aus den fünfziger Jahren«, hatte Isabel lediglich erwidert. »Vielleicht auch nur wie eine typische Amerikanerin. Ich lerne hinzu. Ich bin neugierig. Es ist ein kleiner neutraler Ort, ein winziges Refugium, in dem all die schlechten Gedanken erlaubt sind. Selbsterkenntnis ist nichts Schlimmes. Vor allem, wenn man mit einer ignoranten Mutter geschlagen ist, die einen Teil ihres Lebens hinter den Mauern diverser Anstalten verbracht hat.« Isabel hatte lachend die Augen verdreht und dann das Thema gewechselt.

Leo hatte nur zum Ausdruck bringen wollen, daß Isabel weder eine Therapie nötig hatte noch davon profitieren würde. Sie war eine überaus aktive Frau, die ihre Ideen oder Pläne stets in die Tat umzusetzen versuchte. Sie war immer in Bewegung, arbeitete beständig an ihren Projekten, und es mangelte ihr gewiß nicht an guten Freunden oder Liebhabern.

Manchmal glaubte Leo, daß Isabel und sie gerade wegen ihrer Unterschiede zueinandergefunden hatten. Leo war ruhig, Isabel ein Ausbund an Aktivität. Leo hatte trotz ihrer beruflichen Erfolge letztlich den traditionellen Weg mit Ehemann und Kind eingeschlagen, Isabel war eine durch und durch unabhängige Frau, die sich vor nichts fürchtete. Leo hatte im ganzen Leben vier Liebhaber gehabt, von denen die ersten drei kaum der Rede wert gewesen waren, während die Männer in Isabels Leben sich praktisch die Klinke in die

Hand gaben. Es schien, als sei Isabel der Begriff einer Paarbeziehung völlig fremd. Vielleicht war es genau das, was Leo an ihr liebte. Isabel war ein Freigeist und völlig unempfänglich für den Druck der Gesellschaft, die ein glückliches Leben als Paar oder Familie postulierte. Es lag nicht nur daran, daß Isabel allein lebte, sondern daß sie sich offenbar nicht im mindesten nach Liebe und Ehe zu sehnen schien.

Im Laufe der Jahre war Leo zu der Ansicht gelangt, daß Isabel im Umgang mit Männern ein ihr nahezu unbekanntes Wesen sein mußte. Indes wirkte das Intimleben anderer Leute immer ein wenig geheimnisvoll. Konnte tatsächlich ein Mann hinter Isabels Verschwinden stecken? Ein Mann wie Hamish Macgregor, der sie zu irgendeinem sadistischen Spiel verleitet hatte, das aus dem Ruder gelaufen war? Oder ein Mann wie ihr Therapeut? Es hieß doch, daß Psychiater ihre Patienten stets von allen vertrauten Personen entfremdeten.

»So schlimm kann's doch nicht sein, Madame.« Die Stimme des Taxifahrers riß Leo aus ihren Gedanken. »Die Sonne scheint, und Sie haben all Ihre Sachen beisammen. Wischen Sie sich die Tränen ab, und ich helfe Ihnen mit den Einkäufen nach oben.«

Leo hatte gar nicht bemerkt, daß sie begonnen hatte zu weinen.

»Nein, Mrs. Holland. Nichts.« Sergeant Drews Stimme klang formell und gereizt. »Lassen Sie es mich noch einmal wiederholen. Solange uns keine Beweise für ein Verbrechen vorliegen, können wir nicht verlangen, daß ein Psychotherapeut seine ärztliche Schweigepflicht verletzt. Er sagt, er habe sie schon eine ganze Weile nicht mehr gesehen und wisse nichts über ihren Verbleib.«

»Vielleicht lügt er.«

»Vielleicht, aber wir haben keine Möglichkeit, das herauszufinden, sondern müssen uns vorerst damit begnügen. Die Unfallberichte haben keinen Hinweis auf Miss Morgan erbracht. Der Arzt, dessen Nummer Sie uns gegeben haben, hat uns versichert, es liege seines Wissens keinerlei Erkrankung vor. Im Augenblick können wir nichts weiter ausrichten. Falls neue Erkenntnisse auftauchen, lassen wir es Sie wissen. Auf Wiederhören.«

»Aber ...«

Die Verbindung wurde unterbrochen.

Leo ließ den Hörer sinken und schritt unruhig im Raum auf und ab. Sie kam sich wie ein Raubtier im Käfig vor. Was auch immer Daniel Lukas der Polizei erzählt haben mochte, er mußte mehr wissen. Eine persönliche Begegnung würde sich bestimmt als aufschlußreich erweisen. Außerdem würde Leo auf diese Weise endlich etwas tun können. All das hilflose Abwarten war ihr inzwischen unerträglich.

Falls sie einfach mit der Tür ins Haus fiel, würde sie kaum mehr Erfolg als die Polizisten haben, und das eiserne Fallgitter der ärztlichen Schweigepflicht würde sich laut rasselnd schließen. Sie mußte es anders versuchen.

Sie schätzte, daß seine Sprechzeit um sieben Uhr morgens begann und er bis fünf Uhr nachmittags erreichbar blieb. Jetzt war es sieben Minuten vor fünf.

Leo goß sich ein Glas Mineralwasser ein und zündete sich eine der unverschämt teuren Zigaretten an, die sie im Supermarkt gekauft hatte. Dann begann sie gedankenlos eine Skizze aufs Papier zu malen. Aus der Spitze ihres Kugelschreibers erschien Isabels Gesicht, den Blick nachdenklich gesenkt. Die Lippen gerieten Leo zu schmal. Sie zerknüllte das Blatt und ging zum Telefon.

Es meldete sich abermals die Stimme vom Band. Leo wartete das Tonsignal ab und hinterließ eine Nachricht. »Hier spricht Leonora Gould«, kam ihr stockend der Familienname ihres Stiefvaters über die Lippen. »Ich möchte gern einen Termin mit Ihnen vereinbaren.« Dann hinterließ sie Isabels Telefonnummer und hoffte, Doktor Lukas würde die Ziffern nicht wiedererkennen.

Sie stand oben auf der Leiter und wollte den nächsten von Isabels Ablagekartons aus dem Regal holen, als das Telefon klingelte. Eilig rannte sie zu dem Apparat. Sie meldete sich so kühl wie irgend möglich.

»Ja?«

»Mom, ich bin's. Tut mir leid, daß ich gestern bei deinem Anruf nicht da war. Bist du okay? Ist Isabel aufgetaucht? Wie ist das Wetter?« ertönte Beccas Stimme hektisch aus vielen tausend Meilen Entfernung und wärmte Leo das Herz. Ihre Tochter klang einerseits unglaublich erwachsen und wirkte im gleichen Moment doch wie dieselbe rastlose Quasselstrippe, die sie schon immer gewesen war.

»Mir geht es gut, mein Schatz. Und dir? Kommst du mit dem Studium zurecht?«

»Könnte besser sein.«

»Aber im Moment ist doch alles in Ordnung, oder?«

»Klar, wir amüsieren uns prächtig. Gestern ist Dad mit uns zu Green's gefahren. Und dann in einen Musikladen. Ich habe mir eine Menge CDs gekauft. Morgen früh fahren wir hoch in die Hills ...«

Leo hörte zu und beteuerte dann nochmals, daß für Becca kein Grund zur Beunruhigung bestünde. Nachdem sie aufgelegt hatte, überkam sie eine tiefe Sehnsucht. Plötzlich wurde ihr mit absoluter Klarheit bewußt, daß sie sich längst nicht so zerbrechlich fühlen würde, wenn ihre Tochter bei ihr in London wäre.

Nachdem ihre Ehe gescheitert war, hatte Leo befürchtet, Becca könnte in Trübsal verfallen oder sich in einen rebellischen Teenager verwandeln. Nichts davon war eingetroffen. Wenigstens die Trennung hatten Leo und Jeff einigermaßen sauber über die Bühne bringen können. Sie hatten ihrer Tochter erklärt, daß so etwas mitunter unumgänglich sei und keiner von beiden eine konkrete Schuld daran trage. Manchmal würden die Menschen sich einfach auseinanderentwickeln.

Leo hatte sich von ihren Anwälten nicht dazu überreden lassen, das Scheidungsverfahren zu einer umfassenden Abrechnung zu nutzen, sondern lediglich darauf bestanden, daß Jeff ihnen beiden die Wohnung überlassen und für Beccas Ausbildung geradestehen mußte. Für sich selbst wollte sie keine Unterhaltszahlungen. Sie wollte Jeff nur loswerden.

Nachdem Jeff nicht mehr unter einem Dach mit ihnen wohnte, war das Verhältnis zwischen Leo und Becca noch inniger geworden. Sie unternahmen gemeinsame Ausflüge, gingen zusammen ins Kino und plauderten über Freunde und sogar über Klamotten. Es war, als hätte Becca gespürt, wie einsam Leo sich unweigerlich vorkam, und daraufhin beschlossen, es irgendwie wiedergutzumachen. Nicht zu sehr, hoffte Leo. Nein, auf keinen Fall zu sehr, denn schließlich hatte Becca sich für ein College in Kalifornien und nicht in New York entschieden. Leo hatte sie ausdrücklich dazu ermutigt; sie wollte auf keinen Fall, daß Becca ihr später einmal Vorwürfe machte. Vielleicht spürte sie auch, daß ein zu starker Drang nach Nähe ihr die Tochter vermutlich sehr schnell entfremden würde.

Nach fast achtzehn Jahren Familiendasein wußte Leo mit der plötzlichen Freiheit zunächst nicht viel anzufangen. Nur allzuoft fühlte sie sich wie eine Süchtige auf Entzug, so schwer kam es ihr vor, ein Leben ohne Bindungen zu bewältigen. Der Zustand, nach dem sie sich einst so inständig gesehnt hatte, brach nun wie eine Sintflut über sie herein. Es waren die Kleinigkeiten. Manchmal ging sie spontan in den Supermarkt oder die Wäscherei, weil sie überzeugt davon war, dort etwas erledigen zu müssen, bis ihr dann auf einmal klar wurde, daß keinerlei Anlaß dazu bestand. Sie füllte den Kühlschrank mit Nahrungsmitteln, die letztlich unangetastet verdarben. Oder sie sprang um vier Uhr nachmittags von ihrem Schreibtisch auf und begann mit der Zubereitung eines Milchshakes, ohne anfangs zu erkennen, daß außer ihr niemand da war, um ihn zu trinken.

Während des letzten Jahres hatte sie mehr Zeit in Galerien, Museen und Konzerten verbracht als zuvor in ihrem ganzen Leben. Zum Glück hatte sie ihre Arbeit. Das gab ihr Kraft.

Sie hatte gehofft, von Isabel einige Hinweise über den richtigen Umgang mit der Zeit zu erhalten. Wie schaffte man es, einen neuen Tagesrhythmus für das Leben als Single zu entwickeln?

Eine von Isabels heiteren Antworten hätte vermutlich gelautet: »Niemand zwingt dich, allein zu bleiben, du prachtvolles Geschöpf. Mach das Beste daraus.«

Ein Liebhaber wäre bloß der Anfang gewesen, ahnte Leo.

4

Unter der Glaskuppel von Paddington Station war ein morgendliches Inferno losgebrochen. Hinter den Planen eines Baugerüstes fraßen sich Bohrmaschinen funkensprühend durch den Beton. Züge kamen kreischend zum Stillstand oder fuhren ratternd wieder ab. Aus den Lautsprechern dröhnte eine barsche männliche Stimme und betete eine Litanei aus seltsam unverständlichen Orten herunter. Tauben huschten über den Boden und pickten Krümel auf. Klappernde Gepäckwagen bahnten sich einen Weg durch die Menge. Rucksacktouristen drängten sich an adrett gekleideten Männern und Frauen vorbei. Auf jedem der Bahnsteige zeigten die Digitaluhren eine andere Zeit an.

Leo nippte an ihrem Cappuccino. Sie stand inmitten einer Gruppe von Leuten, die wie Sterngucker aussahen, denn sie starrten alle erwartungsvoll auf die computergesteuerte Anzeigetafel.

Endlich konnte Leo in ihren Zug steigen. Sie ließ sich auf den ersten freien Fensterplatz fallen und seufzte erleichtert auf, als der Zug sich langsam in Bewegung setzte. Vor ihr erstreckten sich Londons Außenbezirke und gingen dann allmählich in das Grün einer ländlichen Gegend über.

Leo zeichnete. Während der Zug nur gemächlich vorankam, raste ihre Hand förmlich über das Papier, als wollte sie die fehlende Geschwindigkeit wettmachen. Schon seit vielen Jahren hatte sie keine Landschaften mehr skizziert. Sie hatte den Blick dafür verloren, hatte vergessen, wie Äste herabhingen oder steil aufragten, wie sie im Wind schwankten und ineinander übergingen, wie kompliziert eine Wolke anmutete, die zur Mitte hin an Schatten gewann.

Sie erreichten den Bahnhof von Oxford schneller als gedacht. Leo kannte die Stadt nicht, aber sie nahm sich keine Zeit dafür, die Schönheit des Ortes zu würdigen. Sie hatte es eilig. Nervös harrte sie in der Warteschlange am Taxistand aus. Der erste Fahrer weigerte sich, die Tour zu übernehmen. Mit dem zweiten erging es ihr ebenso. Erst der dritte Mann war einverstanden und murmelte: »Wieso nicht, es ist ein schöner Tag«, wies jedoch darauf hin, daß ein Mietwagen für Leo vermutlich billiger wäre.

»Ich würde mich bestimmt hoffnungslos verfahren«, erwiderte sie.

Die Wahrheit dieser Behauptung wurde ihr erst dann in vollem Umfang bewußt, als der Wagen sich zunächst im Schneckentempo durch ein Gewirr aus Einbahnstraßen tastete, danach ungefähr zwanzig Meilen mit hoher Geschwindigkeit zurücklegte und schließlich zahlreichen verschlungenen, schmalen Wegen folgte. Die kleinen Dörfer der Cotswold Hills, die sich dicht an ihre steinernen Kirchen schmiegten, strahlten eine Aura uralten Friedens aus, als wären sie ohne den Einfluß des Menschen dem Boden entsprungen.

Leo hatte damit gerechnet, vor einem hochmodernen Technologiezentrum zu landen, doch als der Fahrer verkündete: »Wir sind da«, sah sie lediglich eine gewundene alte Mauer aus gelblichgrauem Stein vor sich, die von stattlichen Buchen und Kastanien überragt wurde. Auf der anderen Straßenseite verlief am unteren Ende der steilen Böschung ein Bach, und dann folgten nur noch endlose Hügel und Weiden voller Schafe.

»Sind Sie sicher?«

Der Fahrer nickte und hielt auf einen schmalen Durchlaß in der Mauer zu. Sie folgten einer gepflasterten Auffahrt bis auf einen kleinen Parkplatz. Daneben erhob sich ein prächtiges Anwesen aus der Zeit Jakobs I. mit den charakteristischen hohen Fenstern jener Ära. Interessante Tarnung, dachte Leo. Langsam ging sie auf den Eingang des Hauses zu. Ihr blieben noch zehn Minuten. Sie schickte ein Stoßgebet zum Himmel und schaute sich um. Zwischen den Bäumen tat sich plötzlich eine Lücke auf. Sonnenlicht spiegelte sich in Stahl und Glas. Gewächshäuser. Demnach war sie hier richtig. Ein diskretes Schild neben der polierten Doppeltür bestätigte es: *Origen plc.*

Leo wartete. Hoch oben in der Mitte des Portikus bemerkte sie das wandernde Auge einer Sicherheitskamera. Sie sollte lieber hineingehen; es schien nicht ratsam, Verdacht zu erregen. Das Vorhaben ließ sich jedoch nicht einfach in die Tat umsetzen, denn die Türen waren verschlossen. Man mußte sich zunächst über die Gegensprechanlage anmelden.

»Ich habe einen Termin mit Dr. Beasley«, sagte Leo mit gespielter Selbstsicherheit. Inmitten dieser künstlich anmutenden Stille kam ihr ihre Stimme viel zu laut vor.

Es summte leise, und die Tür sprang auf.

Leo betrat eine geräumige Halle, die man zu einem Empfangszimmer umfunktioniert hatte. Sie wünschte sich, Isabel würde von einem der beiden ledernen Polstersofas aufstehen, die neben einem gläsernen Couchtisch standen. Sie wollte ihre Freundin in die Arme schließen und an sich drücken. Das Fax, das um fünf Uhr am gestrigen Nachmittag eingetroffen war, hatte sie zu der Überzeugung gebracht, Isabel hier vorzufinden. In dem Schreiben wurde ein für heute vereinbarter Elf-Uhr-Termin mit Roland Beasley, dem Verwaltungsleiter von Origen, abgesagt. Doch Isabel war nicht zu Hause und konnte daher keine Kenntnis von dem Fax erlangen, also würde sie zur verabredeten Zeit bei Origen auftauchen. Das würde sie bestimmt, Leo war sich ganz sicher. Isabels geplanter Ankunftstermin in New York lag nun genau eine Woche zurück, und Leos Überzeugung basierte auf einer verzweifelten Logik, die sich aus Wunsch und Aberglauben speiste.

»Wie kann ich Ihnen helfen?« fragte eine strenge Stimme von der anderen Seite des Raumes.

Leo drehte sich um und erblickte eine grauhaarige Frau, deren scharf geschnittenes Antlitz an eine altmodische Oberlehrerin denken ließ. Die Frau stand hinter einem hochmodernen U-förmigen Schreibtisch.

»Ich treffe mich hier mit Iris Morgenstern.« Leo benutzte den Namen, an den das Fax adressiert gewesen war und der ihr die Heimlichkeit dieser Verabredung bewußt gemacht hatte. Da keine der Gentechnik-Firmen in ein Gespräch mit der bekannten Journalistin Isabel Morgan einwilligen würde, mußte eben ein Pseudonym herhalten. Isabel hatte einen Decknamen gewählt, der sich mit ihrer E-Mail-Adresse vertrug.

»Wir haben einen Termin mit Dr. Beasley. Ist Miss Morgenstern bereits eingetroffen?«

»Nein.« Die Frau musterte sie herablassend.

»Dann warte ich noch, Mrs. ... Runcorn«, las Leo das Namensschild am Revers der uniformähnlichen Jacke.

»Wie heißen Sie?«

Leo nannte ihren Namen und sah, wie die Frau eine Liste auf einem Klemmbrett überprüfte.

»Sie sind hier nicht aufgeführt. Genausowenig wie jemand mit Namen Iris Morgenstern.« Sie sprach den Namen abgehackt und deutsch aus.

»Da muß ein Fehler vorliegen. Wir hatten definitiv eine Verabredung mit Roland Beasley. Ich bin den ganzen Weg von London hergekommen.«

Die Frau runzelte die Stirn. Dann nahm sie den Telefonhörer ab und wählte eine dreistellige Nummer. Leo konnte hören, daß sich am anderen Ende eine weibliche Stimme meldete.

»Lassen Sie mich mit ihr sprechen«, verlangte Leo in einem herrischen Tonfall.

Unwirsch reichte Mrs. Runcorn ihr den Hörer und wandte sich dann dem Computer zu; ihr stocksteifer Rücken brachte deutlich ihre Mißbilligung zum Ausdruck.

»Es tut mir sehr leid, Miss Morgenstern. Dr. Beasley mußte gestern abend zu einer dringenden Geschäftsreise aufbrechen.« Die unbeschwerte Stimme hielt Leo fälschlich für Isabel. »Ich habe Ihnen ein entsprechendes Fax geschickt. Aber machen Sie sich keine Sorgen, die Stelle in der Werbeabteilung ist noch nicht besetzt. Dr. Beasley wird sich nach seiner Rückkehr wegen eines neuen Termins mit Ihnen in Verbindung setzen.«

»Ich verstehe«, erwiderte Leo. »Doch da ich schon einmal hier bin, könnte mir vielleicht jemand die Firma zeigen?«

Einen Moment herrschte am anderen Ende der Leitung Stille. »Ich fürchte, das ist leider nicht möglich. Dr. Beasley kümmert sich gern persönlich darum.«

»Haben Sie irgendwelches Material für mich?«

»Material? Ich habe Ihnen doch unser Informationspaket zugeschickt.«

»Tut mir leid, aber ich habe nichts dergleichen erhalten. Haben Sie denn meine korrekte Anschrift?«

»Ich glaube schon.« Die Frau las Leo die Adresse vor. »Bitten Sie Mrs. Runcorn um eine Informationsbroschüre. Sie müßte eine zur Hand haben. Ich melde mich wieder bei Ihnen.«

Nichts ergab einen Sinn, dachte Leo, als sie das Gebäude wieder verließ. Sie ging ein paar Schritte auf ihr Taxi zu, warf einen kurzen Blick zurück und änderte dann die Richtung. Ein schneeweißer Rosenstrauch schützte sie vor dem Kameraauge an der Eingangstür. Leo steuerte die Baumreihe an, hinter der sie zuvor das Dach eines Gewächshauses erblickt hatte. Noch ein Blick über die Schulter, und schon stand sie auf der anderen Seite der Bäume. Sie hielt inne. Ein hoher Zaun versperrte ihr den Weg. Er begann hinter dem Hauptgebäude und verschwand in der entgegengesetzten Richtung wieder aus Leos Blickfeld. Von der Anmut des Herrenhofs und dem gepflegten Grundstück war hier nicht mehr allzuviel übrig.

Die Freifläche wurde von sechs großen Treibhäusern beherrscht, hinter denen sich kahle und exakt gepflügte Felder erstreckten. Auf einem Pfad, der zur Rückseite des Hauptgebäudes führte, sah Leo zwei Männer in langen weißen Laborkitteln. Die beiden entfernten sich von ihr. Leo trat näher an den Zaun. Ein leises Sirren warnte sie. Ruckartig ließ sie die Hände sinken. Der Zaun stand unter Strom. Aus sicherer Entfernung spähte Leo durch das rautenförmige Drahtgitter in das nächstgelegene Gewächshaus. Es schien sich niemand darin aufzuhalten. Lediglich endlose Reihen von undefinierbaren Schößlingen keimten aus der sorgsam geharkten Erde empor. Spontan holte Leo den Block aus ihrer Tasche und skizzierte die Form der Pflanzen. Dann fertigte sie einen groben Lageplan des gesamten Anwesens an.

Während der Zugfahrt nach London nahm Leo die Skizzen ein weiteres Mal in Augenschein und blätterte in der Hochglanzbroschüre, die man ihr mitgegeben hatte. Darin wurde die Landwirtschaft der Zukunft gerühmt. Fotos von Laboratorien waren zu sehen, die allen möglichen Forschungen hätten dienen können, sowie Statistiken über die Bodenqualität, Schädlingsresistenz und potentielle Ertragsgröße der genetisch modifizierten Sorten.

Nichts davon gab Leo auch nur den geringsten Hinweis auf das Schicksal ihrer Freundin. Warum hatte Isabel den Termin als Iris Morgenstern nicht von sich aus abgesagt, wenn sie doch vorher wußte, daß sie nicht dasein würde? Und falls sie keine Reise geplant hatte, weshalb war sie dann nicht zu dem Treffen erschienen, das gewiß eine beträchtliche Bedeutung für ihre Recherchen besaß? Nur rohe Gewalt konnte sie davon abgehalten haben.

Wenn Isabel sich unter einem Pseudonym bei Origen beworben hatte, konnte sie denselben Decknamen durchaus auch zu anderen Gelegenheiten benutzt haben. Sofern ihr in dieser anderen Identität etwas zugestoßen war, hatte die Polizei bisher nach der falschen Person gesucht – nach Isabel Morgan statt nach Iris Morgenstern.

Würde Isabel es ihr je verzeihen, falls Leo ihre Tarnung auffliegen ließ, während sie gerade einer wichtigen Information nachspürte? Leo mußte das berücksichtigen, ebenso wie die Alternative, daß Isabel ein Geheimnis aufgedeckt haben und dabei erwischt worden sein könnte. Ungebetene Gäste waren auf einem Firmengelände wie das von Origen wohl kaum willkommen.

Ein grober Wollstoff strich über ihren Arm, und der Sitz

neben ihr knarrte leise. Erschrocken blickte Leo auf und sah einen korpulenten Mann mit vorquellenden Augen neben sich sitzen.

»Miss Morgenstern, nicht wahr?« Der Mann schürzte die schmalen Lippen.

Leo richtete sich kerzengerade auf.

»Nein, Sie kennen mich nicht. Gerald Kripps ist mein Name. Ich habe Sie bei Origen gesehen.« Er wies auf die Broschüre, die nach wie vor auf ihrem Schoß lag.

»Mich gesehen?« Leo rückte dichter ans Fenster.

»Ja.« Er vollführte eine unbestimmte Geste. Für Leo schien er damit hundert unsichtbare Augen anzudeuten, die sie insgeheim beobachtet hatten.

»Sie haben ein paar Zeichnungen angefertigt. Ich würde gern mal einen Blick darauf werfen.« Ein drohender Unterton schlich sich in die beiläufige Freundlichkeit.

»Sie müssen mich mit jemandem verwechseln. Ich zeichne nie.«

»Ach ja? Aber Sie haben sich doch für die PR-Stelle beworben, nicht wahr?«

»Das ist richtig.«

»Seltsam. Sie haben nicht den Hauch eines australischen Akzents, und doch haben Sie angeblich den Großteil Ihrer Berufserfahrung in Australien gesammelt.«

»Ach so.« Ihre Stimme kam Leo selbst viel zu schrill vor. »Ich habe einen Teil meiner Schulzeit in Kalifornien verbracht. Außerdem ist meine Mutter Amerikanerin.«

»Wie interessant.«

Die Art, wie er dies sagte, ließ Leo sich fragen, ob eine ihrer Aussagen wohl im Widerspruch zu der schriftlichen Bewerbung stand, die Isabel zweifellos eingereicht hatte. Wieso verhörte sie dieser widerliche Kerl? Sie wurde plötzlich wütend.

»Was genau ist Ihre Aufgabe bei Origen, Mr. Kripps?«

»Ich arbeite mit Dr. Beasley zusammen.«

»Woran im einzelnen?«

Wieder diese unbestimmte Geste. »Ich bin ihm behilflich.«

»Wobei?«

»Bei diesem und jenem.« Er richtete den Blick seiner vorspringenden Augen auf sie. »Manchmal auch bei Personalfragen. Wissen Sie, wir müssen bei der Auswahl unserer Mitarbeiter vorsichtig sein. In unserer Branche herrscht ein überaus harter Wettbewerb.«

Die letzte Bemerkung klang wie eine offene Einschüchterung. Leo war auf einmal zum Lachen zumute. »Na, dann dürfte Origen im Vergleich zur Konkurrenz ja nicht besonders gut dastehen, wenn man sich für die leitenden Angestellten keine Sitzplätze in der ersten Klasse leisten kann.«

»Machen Sie sich mal keine Sorgen um meinen Sitzplatz, Miss Morgenstern.« Er drehte seinen massigen Körper mit bemerkenswerter Leichtigkeit zur Seite und stieß dabei die Broschüre von Leos Schoß, so daß der Prospekt samt dem darin verborgenen Zeichenblock zu Boden fiel.

»Oh, Verzeihung.« Er griff nach unten und hob den Block auf. Dann blätterte er kurz darin und riß die beiden Skizzen heraus, die Leo von dem Anwesen und den Pflanzen angefertigt hatte. »Die nehme ich besser an mich, falls Sie nichts dagegen haben.« Die höfliche Stimme stand in krassem Gegensatz zu seiner bedrohlichen Miene. »Passen Sie gut auf sich auf.«

Leo ertappte sich dabei, daß sie fortwährend verstohlene Blicke über die Schulter warf. Wo steckte dieser gräßliche Mann? Im Gedränge von Paddington Station konnte sie lediglich die Leute in ihrer unmittelbaren Umgebung erkennen. Nach kurzem Zögern schlug Leo den Weg zur U-Bahn ein. Falls Mr. Gerald Kripps beabsichtigte, sie zu verfolgen, wollte sie ihm diese Aufgabe nicht auch noch dadurch erleichtern, daß sie sich zu den wartenden Leuten am Taxistand gesellte. Genausowenig hatte sie vor, ihn direkt zum Loft zu führen.

Als ihr Blick zufällig auf einen Linienplan fiel, kam ihr eine Idee. Sie fuhr auf der Metropolitan-Linie nach King's Cross und wollte soeben den schmutzigen Bahnsteig wechseln, um in nördliche Richtung umzusteigen. Da entdeckte sie ihn, gerade als der Zug langsam wieder anfuhr. Er stand an der Tür des vorletzten Waggons und besaß sogar die Unverfrorenheit, Leo direkt ins Gesicht zu blicken.

War er ihr gefolgt? Falls ja, würde er an der Haltestelle Moorgate aussteigen und zum Apartment gehen. Bei einem Blick auf das Klingelbrett würde er lediglich feststellen, daß keiner der Bewohner dort »Morgenstern« hieß. Ein Einbruch war eher unwahrscheinlich, denn Firmen wie Origen duldeten vermutlich keine kriminellen Aktivitäten. Leo wünschte sich beinahe, er würde sich in ihrer Abwesenheit dennoch illegalen Zutritt zur Wohnung verschaffen, damit sie der Polizei eine Straftat melden konnte. Vielleicht würden die Beamten ihr dann endlich helfen und sie nicht länger für eine hysterische New Yorkerin halten.

Sie folgte einigen endlos langen und nur schwach beleuchteten Gängen bis zu dem überlaufenen Bahnsteig der Nordlinien. Als der Zug nach High Barnet endlich einlief, mußte Leo sich mit den Ellbogen einen Weg durch die Menschenmenge bahnen. Es war Hauptverkehrszeit. Neben ihr kicherten und tratschten einige Mädchen in Schuluniform und übertönten mit ihren hohen Stimmen sogar noch das Rattern des Zuges.

Während des Jahrs in London hatte Becca auch eine solche Uniform getragen, einen braunen Faltenrock mit weißer Bluse und braunem Blazer, der sie weitaus älter als ihre acht Jahre aussehen ließ. Voller Stolz benahm sie sich in diesem Aufzug stets tadellos. Anfangs war Leo sich nicht sicher gewesen, ob eine Privatschule das richtige für ihre Tochter sein würde, doch als sie sah, wie sehr Becca sich darauf freute, zerstreuten sich ihre Zweifel. Die Wahl fiel letztendlich auf Channing, weil diese Schule nur drei Minuten von ihrer Wohnung entfernt lag, wohingegen die nächste öffentliche Schule nicht zu Fuß zu erreichen war und der Unterhalt eines Wagens genausoviel gekostet hätte wie die Schulgebühren.

Die Haltestelle Highgate hatte sich nicht verändert. Als

Leo der Steigung zur Stanhope Road folgte, fühlte sie sich beinahe so, als wäre sie wieder zu Hause. Zu Hause in besseren Zeiten, als sie alle noch glücklich waren und die Zukunft so verheißungsvoll erschien, während Leo im Augenblick … nun ja, im Augenblick verspürte sie vor allem ein starkes Verlustgefühl. Du bist längst noch nicht alt genug für ein solches Gefühl, hielt sie sich vor, wie schon so oft während des letzten Jahres. Noch war sie zu jung, um das Leben als gelebt zu betrachten. Allein die Reise mit Isabel hatte sie mit Vorfreude erfüllt.

An der Ecke gab es noch immer einen alten Möbelladen voller viktorianischer Lehnsessel und Mahagonitruhen. Gegenüber stand eine neogotische Kirche, die in ihrem gewölbten Inneren ein Gemeindezentrum beherbergte. Becca hatte hier jeden Samstagmorgen einen Tanzkurs besucht, während Leo und Jeff unterdessen in der leicht muffigen Cafeteria ausharrten, an viel zu dünnem Cappuccino nippten und Zeitung lasen.

Leo widerstand dem Impuls, noch länger in anheimelnden Erinnerungen zu schwelgen, und beschleunigte den Schritt. Doch sie wurde die Geister der Vergangenheit nicht los. Diesen Weg waren sie immer entlanggegangen, vorbei an der Jungenschule und dem kleinen schattigen Friedhof bis zur hochgelegenen Straße, wo der Hang voller Häuser aus dem achtzehnten Jahrhundert noch immer irgendwie dörflich anmutete. Vor dem Zeitungskiosk blieb Leo stehen, um sich zu orientieren. Sie hatte gestern in einem Stadtführer nachgesehen und den Plan nicht eingesteckt, doch wenn sie sich recht erinnerte, mußte die Straße ein kleines Stück den Hügel hinabführen.

Sie passierte die altmodische Haushaltswarenhandlung und die Bank, dann ein paar Friseurgeschäften und Maklerbüros. Noch bevor sie recht wußte, wie ihr geschah, stand sie vor Beccas Schule. Sie hatte die Wege viel kürzer in Erinnerung gehabt.

Zwei braungekleidete Mädchen schlenderten zur Tür der Schule hinaus, plauderten lebhaft miteinander und lachten.

Ohne nachzudenken, folgte Leo ihnen den Hügel hinunter. Auf einmal war sie da, an der Kreuzung der Cromwell Road. Nun scharf nach links und sie würde vor ihrem alten Haus mit einem großen Erker stehen. Ob dort wohl ein anderes Ehepaar mit seinem Kind an dem blitzsauberen Kieferntisch saß, während auf der Fensterbank eine Vase voller Osterglocken stand? Leo zwang sich, die Straßenseite zu wechseln.

Isabel hatte sie nur ein- oder zweimal zu Hause besucht. Meistens hatten sie sich während jenes Londoner Jahrs irgendwo in Soho getroffen, in der Bar des National Theatre oder vor einem der Kinos am Leicester Square. Für Isabel war Highgate viel zu ruhig und abgeschieden.

Leo ging weiter. Hinter der Backsteinmauer zu ihrer Linken erstreckten sich die wogenden Hügel und strauchbestandenen Seen von Waterlow Park. Vor einem schmiedeeisernen Tor hielt sie inne und betrachtete die anmutige Fassade von Lauderdale House, wo Becca so manches Puppenspiel besucht und ihre Eltern häufig Kaffee getrunken hatten. Nach den Plakaten zu schließen, gastierten hier noch immer Kindertheater.

Halb hatte Leo bereits vergessen, wonach sie eigentlich Ausschau hielt, da entdeckte sie gegenüber der Buchhandlung schließlich das gesuchte Straßenschild: Bisham Gardens. Es handelte sich um eine saubere, unauffällige Seitenstraße. In gleichmäßigem Tempo folgte sie der Straße und verlangsamte erst dann den Schritt, als sie die richtige Hausnummer erreicht hatte. Abgesehen von der Eingangstür, die mediterran hellblau gestrichen war, und einem Terrakottakasten mit Primeln vor einem der Fenster, sah das Haus genauso aus wie die nebenstehenden Gebäude. Was hatte sie erwartet? Gotische Spitzbögen, abblätternde Farbe, zahlreiche Giebel und einen gruseligen Wasserspeier, der mit aufgerissenem Maul oben am Sims klebte? Wäre das wohl die angemessene Behausung für einen Psychoanalytiker?

Sie versuchte, einen Blick ins Innere zu werfen, aber durch das Fenster im Erdgeschoß konnte man lediglich den schattenhaften Umriß eines Sofas erkennen und außerdem einen hellen Lichtfleck, der vermutlich von einem weiteren Fenster an der Rückseite herrührte. Die Vorhänge im Souterrain waren geschlossen. Einen Moment lang war Leo versucht, auf einen der drei Klingelknöpfe neben der Tür zu drücken, aber das hätte ihren ursprünglichen Plan zunichte gemacht.

Sie ging weiter. Bald darauf hatte sie das Ende der kurzen Straße erreicht, ohne daß ihr ein weiterer Fußgänger begegnet wäre. Der Weg endete vor einer Mauer, hinter der sich der elegante Spitzturm der Pfarrkirche erhob. Zu ihrer Linken erkannte Leo den abschüssigen Pfad, der sich zwischen dem Park und dem Friedhof von Highgate entlangschlängelte. Sie hatte mit Becca beide Orte dermaßen oft besucht, daß ihre kleine Tochter sie damals jeden Tag fragte, ob sie heute im Park der Lebenden oder im Park der Toten spazierengehen würden.

Langsam ging sie auf der gegenüberliegenden Straßenseite zurück. Schon nach wenigen Schritten sah sie eine Frau auf die Straße treten. Die Frau war recht groß und hatte langes blondes Haar.

»Isabel!« rief Leo durch die Stille der Straße.

Die Frau drehte sich nicht um.

»Isabel!« rief Leo erneut.

Ein weißer Lieferwagen fuhr langsam an ihr vorbei und versperrte ihr kurz die Sicht. Leo begann zu laufen. Als sie wieder freies Blickfeld hatte, war die Frau verschwunden.

Leo lief zur Ecke der Hauptstraße und schaute nach links und rechts, aber die Frau war nirgendwo zu sehen.

Hatte es sich wirklich um Isabel gehandelt? Falls die Frau ein Geschäft betreten hatte, würde sie in wenigen Minuten wieder zum Vorschein kommen. Aber wenn es tatsächlich Isabel gewesen wäre, hätte sie doch zweifellos auf Leos Ruf reagiert.

Leo harrte eine gute Viertelstunde aus. Zahlreiche Leute kamen an ihr vorbei. Autos schlängelten sich den Hügel hinauf, langsamer noch als der langsamste Fußgänger. Sie faßte einen Entschluß. Sie mußte es wissen, gleichgültig, ob das zu ihren sorgfältig ausgetüftelten Plänen paßte oder nicht, also drehte sie sich um und ging zurück zum Haus des Therapeuten. Während sie sich näherte, kam ein Mann daraus hervor. Er war groß und breitschultrig, trug einen gerippten blauen Pullover und einen offenen Regenmantel, der um seine Beine flatterte, als er leichtfüßig die Stufen hinunterhüpfte. Lächelnd nickte er Leo zu und ging an ihr vorbei. Sein Aussehen entsprach nicht im mindesten der Vorstellung, die sie sich von Isabels Therapeuten gemacht hatte, und erst als sie auf den Knopf neben dem Namen von Dr. D. Lukas drückte, kam ihr in den Sinn, daß der Gesuchte ihr womöglich gerade begegnet war.

Auf das Klingeln erfolgte keine Reaktion. Leo versuchte es erneut. Vergebens.

Es war noch hell, als sie den Loft betrat. Ein weicher, frühabendlicher Schimmer erfüllte den gesamten Raum und ließ den Boden golden glänzen. Leo streifte die Schuhe ab und sank auf das karmesinrote Sofa. Wenn die Niedergeschlagenheit, die sie auf dem Rückweg befallen hatte, sich doch nur genauso leicht abstreifen ließe!

Angefangen hatte es in diesem Restaurant, einem französischen Café, das ihr am Highgate Hill ins Auge gefallen war. Sie verspeiste bedächtig einen Croque Monsieur und nippte an einem Glas Weißwein, als ihr auf einmal ganz elend zumute wurde. Das depressive Gefühl war so greifbar und belastend, als hätte ihr jemand eine schwere Steppdecke über den Kopf gelegt, die ihr die Luft nahm. Es hatte ihr sogar große Mühe bereitet, die Rechnung zu bezahlen und den kurzen Weg zurück zur U-Bahn zu gehen.

Isabel war verschwunden, vom Erdboden verschluckt wie eine zeitgenössische Persephone. Und Leo war allein, allein und ohne die notwendigen Mittel, um Isabel aufzuspüren. Plötzlich kam es ihr so vor, als sei sie ganz und gar unfähig. New York und ihre Arbeit waren weit in einen schemenhaften Hintergrund zurückgewichen. Ohne die schützenden Bollwerke der Gewohnheiten und alltäglichen Pflichten war sie ein Niemand. Vielleicht hatte Isabel sich schlichtweg von ihr losgesagt. Weshalb sollte man sich mit einer langweiligen Freundin abgeben, die kaum etwas zu bieten hatte und der die Verzweiflung schon von weitem ins Gesicht geschrieben stand?

Leo kämpfte sich auf die Beine. Eine Reihe von Kartons erwartete sie. Erst als sie einen davon aus dem Regal zog, entdeckte sie das rote Blinklicht am Telefon. Sie drückte den Startknopf des Anrufbeantworters. Wie dumm von ihr, nicht gleich bei ihrer Rückkehr darauf geachtet zu haben.

»Isabel, hier ist Caroline. Schön, deine Stimme zu hören. Warst du weg? Ruf doch mal zurück. Ich möchte dich immer noch dazu überreden, während der Kulturwochen im South Bank Centre einen Vortrag zu halten. Vergiß es bitte nicht. Wie wär's mit einem gemeinsamen Mittagessen? Ich lade dich ein. Und ich werde dir auch weiterhin wegen dieses Vortrags auf die Nerven gehen.«

Während sie der Frauenstimme lauschte, erkannte Leo, daß sie den Anrufbeantworter zwar eingeschaltet, dabei aber völlig vergessen hatte, einen neuen Ansagetext aufzunehmen. Vielleicht wollte sie unbewußt Isabels Stimme bewahren. Das ganze Ausmaß ihrer Dummheit wurde ihr erst dann klar, als sie die nächste Nachricht hörte.

»Leonora Gould? Hier spricht Daniel Lukas. Ich habe noch einen freien Termin am Montag um halb drei. Falls Ihnen das zusagt, brauchen Sie nicht extra zu bestätigen. Heute ist der vierte Mai, und es ist jetzt vierzehn Uhr dreißig.«

Leo spielte den Anruf mehrere Male ab. Sie versuchte, eine Vorstellung von dem Mann zu gewinnen. Ob er der Fremde war, den sie auf der Straße gesehen hatte? Doktor Lukas sprach jedes einzelne Wort ungemein deutlich aus, als sei die potentielle Patientin zwangsläufig von einer tiefen Verwirrung befallen. Ansonsten war der Stimme wenig zu entnehmen. Leo bemerkte die kurze Pause, die auf ihren Namen folgte. Hatte Daniel Lukas etwa Isabels Stimme erkannt? Sie drückte einen anderen Knopf, um Isabels Ansage abzuhören. Meldete ihre Freundin sich auf Band womöglich mit Namen?

Nein, das tat sie nicht. Schließlich trat sie ja auch als Iris Morgenstern auf. Doch Leos Erleichterung verflog sogleich wieder. Daniel Lukas würde wohl kaum eine Stimme verkennen, der er seit vielen Monaten regelmäßig zuhörte. Ihr blieb keine andere Wahl, sie würde eine Erklärung bereithalten müssen. Vorerst jedoch nahm sie der Klang von Isabels Stimme gefangen, dieser warme, leicht heisere Tonfall, in dem sie die Ansage sprach und dadurch eine völlig profane Handlung in ein Ereignis verwandelte, das sogar ein paar komische Züge besaß. »Falls Sie mir etwas zu sagen haben, tun Sie es nach dem Signalton. Vielen Dank.«

»Wo bist du, Isabel?« flüsterte Leo in das leere Zimmer. »Du fehlst mir.«

Schließlich widmete sie sich den beiden Kartons mit der Aufschrift »Briefe«. Sie wollte sie zunächst an Ort und Stelle öffnen, entschied sich dann aber anders und trug sie in das Schlafzimmer. Erschöpft legte sie ihre Kleidung ab, zog ihr Nachthemd an und machte es sich unter der gelbkarierten Bettdecke bequem. Die Kästen standen beide in Reichweite. Sie nahm die Deckel ab und verschaffte sich einen groben Überblick, um herauszufinden, ob die Briefe nach irgendeinem System geordnet waren.

Der zweite Karton enthielt die Schreiben jüngeren Datums. Abermals stellte Leo erstaunt fest, wie ordentlich Isabel inzwischen auch ihre privaten Belange handhabte, denn diese Briefe, zumindest der erste, waren äußerst persönlich. Die obersten Schreiben stammten alle von ihr unbekannten australischen Absendern. Es schien sich um Beileidsbriefe anläßlich des Todes von Isabels Mutter zu handeln. Leo überflog eine Reihe handschriftlicher Aufzeichnungen, die allesamt schwer zu entziffern waren.

Die immer gleichen Floskeln der Anteilnahme ließen ihr die Lider schwer werden. Sie blätterte bis zum ersten maschinengeschriebenen Brief weiter. Eine knappe Mitteilung unter dem Briefkopf »Evolution« besagte, daß man derzeit irgendeine Broschüre nachdrucken und dann Isabel demnächst zuschicken würde. Vermutlich wieder eine dieser Biochemie-Firmen. Leo schloß die Augen. Sollte sie die Polizei von Isabels Tarnnamen Iris Morgenstern unterrichten? Sie würde das morgen früh entscheiden.

Sie wußte nicht, wie lange sie geschlafen hatte, als ein Geräusch sie weckte. Es klang, als würde jemand einen Schlüssel im Schloß herumdrehen. Erschrocken setzte sie sich auf, plötzlich hellwach, als hätte sie kein Auge zugetan. Sie wagte nicht zu atmen und lauschte. Um sie herum war es dunkel, abgesehen von dem gelblich schimmernden Lichtstrahl einer Straßenlaterne, der seitlich zwischen Rouleau und Fenster hereinfiel. Ein leises Rascheln drang an Leos Ohr, beinahe wie Ratten, die über den Boden huschten. Es stammte von innerhalb der Wohnung, dessen war sie sich sicher. Dann drang ein heller Schein unter der Tür durch. Jemand hatte eine Lampe eingeschaltet.

Leo überlegte hektisch. Konnte das Isabel sein? Nein. Isabel wußte, wo die Schalter waren, und hätte das Licht sofort beim Eintreten angeknipst. Dann ihr Nachbar von oben, Mike Newson, der ebenfalls einen Schlüssel besaß. Aber er hätte zunächst geklingelt, denn er mußte davon ausgehen, daß Leo in der Wohnung sein würde. Sie schaute zum Radiowecker. Null Uhr vierzig. Dann hörte sie Schritte, ein leises Tapsen. Es kam in ihre Richtung. Rasch nahm sie einen der Kartons und postierte sich neben der Tür. Sie mußte an diesen abscheulichen Kerl von Origen denken.

Als die Tür sich öffnete, warf sie den Kasten mit aller Kraft in Richtung des Schattens, der sich näherte. Sie hatte ihr Ziel zwar nicht verfehlt, aber im nächsten Moment warf jemand sie auf das Bett und drückte sie schmerzhaft auf die Matratze.

Ein barsche Stimme herrschte sie an. »Was, zum Teufel, soll das hier werden?«

Der Mann richtete sich auf und blieb über ihr stehen. Er rieb sich die Schulter, wo der Kasten ihn getroffen hatte. »Ich war so nah dran, Ihnen das Gesicht zu zertrümmern. So nah.« Seine Faust hieb in die offene Handfläche. »Nun?«

Leo erkannte im Halbdunkel einen Mann, der aussah wie ein Berufsboxer, mit eckigem Kinn, breiten Wangenknochen und einer flachen Nase unter funkelnden blauen Augen. Die buschigen Brauen und kurzen Haare hatten die Farbe von dunklem Sand.

»Was machen Sie hier?« fragte Leo atemlos.

»Angesichts der Tatsache, daß ich stehe und Sie sich, na ja, sagen wir mal in Rückenlage befinden, darf ich wohl als erster die Fragen stellen. Meinen Sie nicht auch?«

Leo setzte sich auf und rückte von ihm weg. »Wer sind Sie?«

»Nein, Sie antworten zuerst. Ich gebe Ihnen zehn Sekunden.«

Als sie nichts darauf erwiderte, schnaubte der Mann verächtlich. »Ich muß zugeben, ein Besuch bei Isabel ist nie langweilig, sogar wenn sie nicht da ist.«

»Sie kennen Isabel?«

»Natürlich kenne ich Isabel. Was glauben Sie, wie ich hier wohl hereingekommen bin? Bin ich durchs Fenster geflattert wie eine fette Taube?« Er hielt inne. »Ach, ich verstehe schon. Isabel hat vergessen zu erwähnen, daß ich herkommen würde. Typisch. Allerdings hat sie mir auch nichts von Ihnen erzählt, Miss – oder Mrs.?«

»Holland. Leo.«

»Okay, Holland Leo. Na los, geben wir uns die Hand. Ich bin Norfolk, Christopher.« Er streckte seine riesige Pranke aus.

Nach kurzem Zögern schlug Leo ein.

»Damit sind hoffentlich die Streitigkeiten beigelegt, und es bleibt kein Wunsch mehr offen. Außer vielleicht, daß Sie Ihre niedlichen Schultern bedecken und nach nebenan kommen, um den Waffenstillstand mit dem guten australischen Tropfen zu begießen, der dort in meiner Tasche steckt. Eine kleine Aufmerksamkeit von Qantas.«

Leo zog sich ihren Bademantel über, zurrte den Gürtel fest zusammen und folgte dem Mann aus dem Zimmer. Sie sah, wie er zu einer gelbbraunen Reisetasche ging, eine Flasche daraus hervorholte und dann in den Küchenschubladen nach einem Korkenzieher suchte.

»Also, wieso haben Sie versucht, mir den Schädel einzuschlagen, Holland Leo?« fragte er, während er den Wein eingoß.

»Ich ... ich habe Sie für jemand anders gehalten.«

»Dieser Glückspilz. Für wen denn?«

Sie wich der Frage aus. Noch war es ein wenig zu früh, um vertrauensselig zu sein. »Isabel ist fort.«

»Das ist mir nicht entgangen.«

»Ich meine, niemand weiß, wo sie sich befindet.«

»Aber natürlich wissen wir das. Sie ist drüben in den Vereinigten Staaten von Abenteuer. Und hat zweifellos eine Menge Spaß. Oder Katzenjammer. Vielleicht ein wenig von beidem.«

Leo schüttelte den Kopf. »Nein, sie ist nicht in den Vereinigten Staaten. Sie ist nicht angekommen.«

»Sind Sie sicher?« Er musterte Leo fragend, als sei sie nicht unbedingt der glaubwürdigste Mensch auf der Welt.

»Sie ist einfach verschwunden. Eigentlich wollte sie mich besuchen, aber das hat sie nicht. Und ich kann keine Spur von ihr entdecken. Egal, mit wem ich spreche.«

Er spielte nervös mit seinem Glas herum, stand dann vom Sofa auf und begann, im Raum hin und her zu gehen. Die leichtfüßigen, geschmeidigen Bewegungen verrieten, daß er sich häufig im Freien aufhielt. Sein hellbrauner Anzug sah aus, als habe er mehr als nur eine Nacht darin geschlafen.

»Leute verschwinden nicht einfach. Es sei denn, sie sind sehr reich. Und dann kommt kurz darauf ein Brief aus zusammengeklebten Zeitungsausschnitten mit der Post. Oder eine gedämpfte Stimme meldet sich am Telefon.« Er sah Leo erwartungsvoll an.

»Es hat weder Briefe noch telefonische Lösegeldforderungen gegeben, und Isabel ist trotzdem verschwunden. Das ist durchaus möglich, wenn jemand allein lebt.« Ihre Stimme klang wehleidig, was Leo in diesem Moment alles andere als recht war.

»Sie meinen, in dieser großen bösen Millionenstadt, wo wir alle nur einsame Streuner ohne Freunde und sicheres Zuhause sind, könnten die Leute einfach so verschwinden und Jahre später in vielen kleinen Stücken im Garten irgendeines Psychopathen wieder auftauchen?«

Leo brachte kein Wort heraus.

»Isabel ist wohl kaum so ein hilfloses Schäfchen, das Angst vorm schwarzen Mann haben müßte. Vermutlich hat sie auf dem Weg zum Flughafen einen Kerl kennengelernt und das Einchecken vergessen. Entweder das oder ...«

Leo sprang auf und rannte aus dem Zimmer.

»He, Holland Leo. Ich wollte Ihnen nicht zu nahetreten.«

Sie reagierte nicht, sondern starrte grübelnd auf den Anrufbeantworter. Ihr war soeben Hamish Macgregor eingefallen. Er hatte nicht zurückgerufen, trotz der zahlreichen Nachrichten, die sie inzwischen unter beiden Nummern hinterlassen hatte. Und auch jetzt blinkte die rote Signallampe nicht. Morgen früh würde sie als erstes erneut bei ihm anrufen.

Sie ging zurück ins Wohnzimmer. Norfolk hatte sich auf dem roten Sofa ausgestreckt, als fühlte er sich ganz wie zu Hause.

Er hatte ihnen Wein nachgeschenkt und irgendwo Erdnüsse aufgetrieben. Das alles gefiel Leo nicht.

»Wie lange kennen Sie Isabel schon?«

Er richtete seine tiefblauen Augen auf sie. »Schon ewig. Vielleicht sogar noch länger.«

»Was genau soll das denn heißen?«

»Als wir uns kennenlernten, war sie noch eines von diesen Schäfchen, die ich vorhin erwähnt habe. Eine wahrhaftige Venus, soeben der Brandung von Bondi Beach entstiegen und ganz versessen darauf, dem Rest der Welt ihren Stempel aufzudrücken.«

»Womit verdienen Sie Ihr Geld?«

»Was ist das hier? Die Inquisition?«

»Bloß eine ganz normale Frage. Ich möchte gern wissen, mit wem ich mir hier die Wohnung teile.«

»Ihr Mitbewohner ist ein alter Schreiberling. Beim *Sydney Herald*.«

»Und was machen Sie hier?«

»Das mit uns beiden hat ja schon gut angefangen, aber jetzt wird es immer besser. Im Augenblick esse ich ein paar gesalzene Nüsse. Und Sie?«

»Ich versuche herauszufinden, was mit Isabel geschehen ist. Gute Nacht.«

Leo verkniff es sich im letzten Moment, die Tür zuzuschlagen. Sie legte sich ins Bett, konnte aber nicht einschlafen. Die plötzliche Ankunft dieses fremden Mannes lastete wie ein Alptraum auf ihr. Sie versuchte sich zu erinnern, ob Isabel jemals einen alten Freund mit Namen Christopher Norfolk erwähnt hatte. Dann lauschte sie auf Geräusche, auf leise Bewegungen. Als nach ungefähr zwanzig Minuten noch immer nichts zu hören war, beschloß sie, einen Vorstoß nach draußen zu wagen. Vielleicht würde eine Dusche ihr helfen, die Anspannung loszuwerden.

Die Lampen im Wohnraum waren mittlerweile ausgeschaltet, doch am anderen Ende der Wohnung fiel Licht aus der halboffenen Tür von Isabels Arbeitszimmer. Was konnte er dort wohl wollen? Leo huschte auf Zehenspitzen vorwärts und blieb abrupt stehen.

Norfolk stand über Isabels Ablagekorb gebeugt und überflog die Briefe. Anscheinend wußte er genau, wonach er suchte, denn Leo beobachtete, wie eines der Schreiben in seiner Jackentasche verschwand.

»Das werde ich nicht dulden«, hörte sie sich selbst sagen. Ihre Stimme war frostig wie ein arktischer Windhauch.

Er fuhr herum. Sein braungebranntes Gesicht sah erst irgendwie brutal aus und verzog sich dann zu einem zufriedenen Lächeln. Er klopfte auf die Jackentasche. »Nein, nein. Das gehört mir.«

»Was haben Sie hier drinnen zu suchen?« Noch während sie sprach, wurde Leo klar, daß sie aus einem offenen Schlagabtausch wohl kaum als Siegerin hervorgehen würde.

Norfolk wies auf die Arbeitsfläche. Neben Leos Laptop stand ein zweiter Computer. »Wir Schreiberlinge müssen mit der Heimatfront in Verbindung bleiben, Lady. Sie wissen doch sicherlich, was Zeitzonen sind. Die in Australien ist gerade sehr günstig.«

Auf dem Bildschirm des Rechners war ein E-Mail-Programm zu sehen.

»Und übrigens«, fügte er hinzu und klopfte abermals auf die Jackentasche, »Isabel und ich recherchieren oftmals gemeinsam.«

»Jetzt auch? Ist das hier ebenfalls geheim? Oder sind Sie zuweilen auch mal offen und ehrlich?«

Sie machte auf dem Absatz kehrt. Er lachte zunächst. »He, Holland Leo«, rief er dann jedoch hinter ihr her, »was Sie gesagt haben, macht mir Sorgen. Außerdem gefallen mir die neuen Bücher unserer gemeinsamen Freundin nicht besonders. Ich werde morgen ein bißchen herumtelefonieren. Vergessen Sie unseren Waffenstillstand nicht.«

Leo war alles andere als beruhigt. Morgen früh würde sie nachsehen, was genau er eingesteckt hatte. Sie hatte bereits einen konkreten Verdacht.

Ihr kam der Gedanke, daß er womöglich von Origen oder einer der anderen Firmen geschickt worden war, um alle Spuren zu verwischen, die auf einen Kontakt mit Isabel hindeuten würden. Die Wohnungsschlüssel konnte er Isabel abgenommen haben.

Als Leo die Augen schloß, stiegen schreckliche Bilder vor ihr auf. Sie sah Isabel beschwingt und mit wehendem Haar barfüßig über ein Feld laufen. Dann stolperte sie plötzlich und fiel hin. Verzweifelt versuchte sie, wieder auf die Beine zu kommen, doch eine unsichtbare Kraft hielt sie wie paralysiert am Boden. Ein Käfer nagte an ihrem Zeh, so daß Blut daraus hervorquoll, genau wie in dem Traum, auf den Leo in dem Karton gestoßen war. Ein Traum, den Isabel vielleicht ihrem Therapeuten erzählt hatte.

Warum stellte Leo sich vor, daß Isabel einen Zusammenbruch erlitten hatte? Weil auch sie selbst nicht mehr weit davon entfernt war?

Schaudernd zog sie die Bettdecke bis zum Kinn empor und dachte daran, was für ein Mann sich wohl hinter dem Namen Daniel Lukas verbergen mochte.

Zweiter Teil

Protokoll einer Fallstudie (I)

Es fing ganz unkompliziert an.

Sie war pünktlich. Ihr Blick schweifte über die Gegenstände im Raum und die Bilder an den Wänden. So begierig, als würde sie für irgendeine Privatsammlung mnemonische Schnappschüsse davon anfertigen. Ihr Kleid war karminrot, eng an der Taille, darunter weit und fließend wie ein Rock. Ich kam mir beinahe vor wie der Moderator einer Hollywood-Show aus den fünfziger Jahren oder der Besetzungschef einer *Carmen*-Produktion. Ständig strich sie über ihr langes blondes Haar und schob sich die Strähnen aus der Stirn. Die Gesten wirkten nicht nervös, sondern eher heiter und lebendig. Als ihre braunen Augen mich durchdringend musterten, begriff ich, daß womöglich mir die Rolle der Kamera zugedacht wurde.

Sie ließ mich gar nicht erst zu Wort kommen.

»Sie müssen mir die Regeln nicht erläutern«, sagte sie. »Ich weiß Bescheid.« Ihr Lächeln verriet mir, daß sie sich ohnehin nicht daran zu halten gedachte. »Und ich möchte mich hinlegen.«

Sie setzte sich und schwang herum, um sich auf der Couch auszustrecken. Ihre hochhackigen Sandalen fielen zu Boden, die bloßen Füße ruhten auf der Liegefläche.

Als ich hinter ihr auf dem Sessel Platz nahm, warf sie mir einen Blick über die Schulter zu. Bislang hatte ich immer noch nicht mehr getan, als ihr beim Eintreten zuzunicken.

»Ach, übrigens«, sagte sie mit völlig unschuldiger Miene. »Letzten Endes werde ich Sie verführen, so wie alle meine Analytiker oder Therapeuten, oder wie ihr euch alle nennt.«

Eine solche Herausforderung war mir schon häufiger begegnet, aber noch nie so unverblümt und zu einem dermaßen frühen Zeitpunkt. Die Liebe der Patientin zu ihrem Analytiker ist schließlich einer der Grundpfeiler unseres Berufs, die Basis für all unsere Bemühungen. Das Aufkommen solcher Gefühle hat nichts mit unserer individuellen Anziehungskraft zu tun, wie stark oder schwach diese auch immer ausgeprägt sein mag. Der alte Freud hat sich häufig genug zu dem Thema geäußert. Er sprach von »Übertragungsgefühlen« und hat eine komplette Abhandlung darüber verfaßt, wie wir damit umgehen sollten.

Daher war ich eigentlich geneigt, ihre Kampfansage zunächst zu ignorieren, bis wir uns beide ein wenig besser kennen würden, doch sie schaute unverwandt zu mir empor und wartete auf eine Antwort. »Was ist Ihrer Meinung nach der Grund dafür?« hörte ich mich fragen. »Setzen wir Ihnen zu wenig Widerstand entgegen, oder geben wir Ihnen nicht genug Halt?«

Erst später wurde mir klar, daß Widerstand und Halt für sie ein und dasselbe bedeuteten.

Bei diesem ersten Treffen lachte sie nur kurz auf. Es klang eher verrucht als humorvoll.

»Das ist zu kompliziert. Es geschieht, weil ihr alle so viel Freude daran habt.«

Rückblickend hätte ich die Therapie vermutlich auf der Stelle beenden sollen, anstatt später, als es längst zu spät war, auf ihre Initiative zu warten. Doch ich war fasziniert. Immerhin sind Patienten häufig eher langweilig, vor allem die obsessiv veranlagten. Ich weiß, wovon ich spreche; ich war selber einer. Doch sie – nennen wir sie Anna – versprach alles andere als langweilig zu werden. Sie arbeitete in der Entwicklungsabteilung einer Fernsehproduktion. Ich schätzte sie auf ungefähr fünfunddreißig, eine attraktive Frau, die sich ihrer Reize nur zu gut bewußt war. Außerdem schien sie tatsächlich über einige Therapieerfahrung zu verfügen. Ich vermutete, daß sie all ihre verdrängten sexuellen Wünsche nicht nur längst ausgesprochen, sondern auch bereits ausgelebt hatte. Zumindest wollte sie mich das glauben lassen. Seit Freuds wunderbaren Hysterikern sind inzwischen viele Jahrzehnte ins Land gegangen. Seine Landkarte unserer Phantasien und Bedürfnisse ist zwar immer noch prinzipiell zutreffend, aber dennoch in vielen Punkten verbesserungsbedürftig.

»Halten Sie sich selbst denn für eine solche Freudenspenderin?« fragte ich.

Wieder lachte sie. Dann wandte sie den Blick ab und streckte sich erneut auf der Couch aus.

»Freuden? Da kann ich Ihnen ein paar Geschichten erzählen ...«

Während der ersten Monate unserer Sitzungen erzählte Anna mir Geschichten. Nichts als Geschichten. Ein Spiegellabyrinth voller Geschichten. Ich hörte zu. Ich versuchte, Muster abzuleiten, einen roten Faden auszumachen, der mich zu ihr führen würde. Manchmal kam sie selbst in diesen Geschichten vor, aber meistens ging es um andere Leute. Auch konnte ich nicht erkennen, ob diese Personen erfundene oder ausgeschmückte Fragmente ihrer eigenen Erfahrungen waren. Nicht, daß es von Bedeutung gewesen wäre: Schließlich sind auf der Couch Fiktion und Wahrheit häufig nicht voneinander zu trennen. Die meisten Hinweise für unsere Arbeit gewinnen wir aus den Zusammenhängen und Sprachnuancen während der Erzählung. Wenn man die Psychoanalyse gewissermaßen als eine Konfrontation mit genau den quälenden Geheimnissen begreift, die wir verdrängen möchten oder müssen, dann sind es diese Zusammenhänge und sprachlichen Schwankungen, durch die jene Geheimnisse langsam sichtbar werden.

Annas Geschichtenreigen versetzte mich in Verzückung, wie eine zeitgenössische Scheherezade. Es war nicht dieser nützliche tranceartige Zustand, der mit besonders intensiven Therapien einhergeht, eine Art rezeptiver Meditation des aktiven Verstands, die den Therapeuten nahezu vollständig in das Seelenleben des Patienten versetzt. Eine Trance, die dennoch von ständiger Wachsamkeit begleitet wird und keinen Hinweis übersieht. (Ich ziehe zum Vergleich gern das Bild einer großen Raubkatze heran, die in der Sonne döst und doch blitzartig auf das leiseste Rascheln im Unterholz reagiert.) Nein. Anna verzauberte mich: Ich mußte mir wirklich mit aller Macht ins Gedächtnis rufen, daß ich mich hier bei der Arbeit befand und die Entwicklung der Schilderung eigentlich durch mich gelenkt werden müßte.

Bisweilen hatte ich am Ende einer Sitzung das Gefühl, sie habe gleich einer schicksalhaften Arachne ein Netz gewoben, das allein dem Zweck diente, mich gefangenzunehmen.

Sie wußte mit ihren Worten sehr gut umzugehen. Gelegentlich zog sie es vor, nicht auf der Liege, sondern auf dem Lehnsessel Platz zu nehmen. Ich hielt sie nicht davon ab, was ich vielleicht hätte tun sollen, denn ich dachte, der Wechsel der Position würde sie vielleicht dazu veranlassen, sich mir auf die direktere Art und Weise der anderen Patienten mitzuteilen und mir etwas über ihr Alltagsleben oder ihre Familie zu erzählen. Nichts dergleichen geschah. Es war, als hätte sie sich die Freudsche Ungeduld im Hinblick auf leere Floskeln und höfliche Nichtigkeiten zu eigen gemacht und würde mir zu verstehen geben, daß uns beiden längst klar sei, daß sie einen Vater und eine Mutter hatte, und wir uns somit schnellstmöglich den wesentlicheren Fragen zuwenden sollten.

Während sie dort auf dem Sessel saß und erzählte, ließ sie mich nicht aus den Augen. Ich merkte, wie selbst die kleinste Änderung meiner Miene sie sofort zu einer Reaktion beim Einsatz ihrer Mittel veranlaßte.

Ihre erste Geschichte war durch das Wort »Freude« ausgelöst worden, und aufgrund ihres Benehmens und der unverhüllten Provokation hatte ich geglaubt, sie würde sich im folgenden freimütig über ihr Sexualleben auslassen. Ich hatte mich geirrt.

Statt dessen berichtete sie mir von einem Heim, in dem sie einst gearbeitet hatte. Einem Heim für schwererziehbare Jugendliche. Das Gebäude stand am Ende einer unbefestigten Straße am Rand einer namenlosen Stadt. Man hatte es aus großen behauenen Gesteinblöcken errichtet, so daß es einem alten Kloster glich. In dem düsteren Innenhof wuchsen ein paar verkrüppelte karge Bäumchen. Rundherum im Erdgeschoß befanden sich die Gemeinschaftsräume, in denen die jungen Leute zu diversen Formen der Beschäftigungstherapie genötigt wurden. Sie formten Ton zu undefinierbaren Gebilden, brachten planlos Farbe aufs Papier oder fertigten aus alten Lumpen irgendwelche Bettvorleger. Im hohen Saal des Refektoriums saßen sie auf Bänken an langen Tischen, und all ihre Speisen hatten einen Stich ins Graue. Es gab Braungrau, Grüngrau und Weißgrau. Das Grau überlagerte stets alles andere. Doch alle aßen, und alle waren beschäftigt. Bis auf einen Jungen.

Er war ungefähr vierzehn, ein hagerer kleiner Kerl mit dichtem braunen Haar und großen leeren Augen. Er sprach nicht. Wenn man ihn beim Arm nahm und führte, verhielt er sich folgsam. Und wenn man ihm einen Löffel vor das Gesicht hielt, öffnete er schließlich den Mund, um zu essen. Ansonsten saß er einfach nur da und war genauso unzugänglich für das Leben um ihn herum wie der Stein, aus dem man das Haus gebaut hatte. Inzwischen schenkte ihm keiner mehr Beachtung. Niemand grüßte ihn oder sprach ihn an. Er war einfach da, so wie die Wände, ein stummer Fixpunkt inmitten des lauten Trubels.

Anna interessierte sich für ihn. Schon bei ihrer Ankunft begrüßte sie ihn und redete mit ihm. Sie berichtete ihm vom Wetter, von den Blumen und Gemüsebeeten in dem kleinen benachbarten Garten. Sie erzählte ihm von Wahlen und Erdbeben in fernen Ländern. Sie verhielt sich so, als könne er jedes einzelne Wort verstehen, obwohl er nie darauf reagierte. Jeden Abend, bevor sie ging, wünschte sie ihm eine gute Nacht und schöne Träume.

An ihrem letzten Tag in jenem Heim verabschiedete sie sich wie üblich von ihm, fügte jedoch hinzu, daß sie nicht wiederkommen würde. Dies sei ein Abschied auf Dauer.

Der Junge saß genauso teilnahmslos wie immer da. Sie hob die Hand, wiederholte ihren Abschiedsgruß und wandte sich ab. In diesem Moment spürte sie, wie seine Finger sich ganz sanft um ihr Handgelenk schlossen.

Annas lange Pause an dieser Stelle ließ darauf schließen, daß ihre Erzählung vorerst beendet war und sie auf eine Reaktion meinerseits wartete.

»Wollen Sie mir damit sagen, daß es Ihnen Freude bereitet, sich um andere zu kümmern?« wagte ich eine vorsichtige Vermutung.

»Mit Sicherheit nicht!« spottete sie.

»Dann also das genaue Gegenteil. Sie empfinden ein sadistisches Vergnügen dabei, einen hilflosen Jungen zu verzaubern. Ihre Zuwendung hat ihn zum Leben erweckt, und dann haben Sie ihn verlassen.«

Sie setzte sich auf und schenkte mir ein rätselhaftes Lächeln. Dann zog sie eine Uhr aus der Tasche. Das Armband schien nicht kaputt zu sein, doch sie trug die Uhr nicht am Handgelenk. Sie warf einen kurzen Blick darauf. »Noch drei Minuten. Ich gehe gern ein wenig früher. Das Wechselgeld können Sie behalten.« Mit diesen Worten war sie verschwunden.

Wenngleich die Art ihres Aufbruchs mir nicht ganz zusagte, hielt ich diese erste Sitzung zunächst für einen wirklich hervorragenden Beginn. Erst als ich später versuchte, erneut auf die Geschichte von dem Jungen und dem Heim zu sprechen zu kommen, wurde mir klar, daß diese Erzählung, genau wie viele der noch folgenden Berichte, von vornherein zu meiner Unterhaltung gedacht gewesen war. In gewisser Weise handelte es sich bereits um eine eigene Fallstudie. Am Ende beharrte Anna darauf, sie habe sich das alles nur ausgedacht.

Sie neckte mich, indem sie sich ganz bewußt der grundlegenden Verfahrensweisen meines Berufsstandes bediente.

Ich brauchte eine Weile, bis ich langsam begriff, daß Worte und Geschichten Annas Art waren, Widerstand zu leisten. Für eine Gesprächstherapie stellt diese Erkenntnis durchaus keine unbedeutende Herausforderung dar. Ich dachte, ich wäre der Detektivarbeit gewachsen.

Doch ich suchte monatelang an völlig falscher Stelle nach Anhaltspunkten. Es war, als würde Anna sich nur an der Küste aufhalten, während ich das Kernland erforschte. Allmählich erkannte ich, daß alle relevanten analytischen Hinweise allein in der Tatsache begründet lagen, daß Anna Geschichten erzählte. Oder in den Begleitumständen, den Rahmenereignissen – den Momenten, bevor sie sich hinlegte, oder wenn sie aufstand, die Gleichförmigkeit oder Unregelmäßigkeit der Termine, die Art und Weise der Bezahlung. Sie zählte mir die Banknoten am liebsten direkt auf den Tisch und gab sich bei dieser Transaktion gerade beiläufig genug, daß ich mir dennoch irgendwie schmutzig vorkam. Die ansonsten übliche Anonymität eines Scheckbuchs war definitiv nicht nach Annas Fasson.

Obwohl mir all diese Einzelheiten keinesfalls entgingen, ließ ich mich viel zu lange von den Ereignissen innerhalb des besagten Rahmens ablenken.

Im Grunde versucht die Psychoanalyse vor allem eines: den Patienten zu einem umfassenderen und befriedigenderen Verständnis ihres Lebens zu verhelfen, das sie annehmen und bejahen können, und zwar unter Einbeziehung dessen, was wir als Trauer und Verlust empfinden. Es geht, zumindest vordergründig, um Inhalte. Anna führte mir das Gegenteil vor Augen.

5

Daniel Lukas hatte völlig die Zeit vergessen. Erst als draußen ein Taxi mit quietschenden Bremsen hielt, holte dieses Geräusch ihn zurück in die Gegenwart. Er legte den Stift in das Notizbuch, verstaute beides in der obersten Schublade seines Schreibtisches und stand auf. Durch das Fenster konnte er eine Frau aus dem Wagen steigen sehen. Als sie einen Blick in Richtung des Hauses warf, trat er schnell ein Stück zurück.

Vom anderen Ende des langen schmalen Raumes aus konnte man die weite Fläche von Waterlow Park erkennen. Der Nieselregen am Vormittag hatte die Sportler von den Tennisplätzen vertrieben. Unterdessen entfalteten die Knospen der Kastanien sich zusehends zu einer limonengrünen Pracht, die deutlich aus dem Grau der Umgebung hervorstach.

Am anderen Ende des Gartens sah Daniel inmitten der hellen Spiersträucher den schwarzweißen Ball liegen, den Robbie seit dem Wochenende vermißte. Es waren wegen des Balls viele Tränen geflossen, obwohl Daniel den Fünfjährigen sofort in den Arm genommen und zu trösten versucht hatte. Jeder kleine Verlust weckte die Erinnerung an die große Tragödie. Dennoch war Daniel froh darüber, ihm den Ball heute nachmittag zurückgeben zu können. Nicht alle Verluste waren endgültig.

Es hatte noch immer nicht geklingelt. War seine neue Patientin zu dem Entschluß gelangt, ihn lieber doch nicht aufzusuchen, und hatte auf der Türschwelle verängstigt kehrtgemacht? Er kehrte zur Vorderseite des Hauses zurück. Ja, da war sie und ging die Straße entlang. Er nahm das Buch über forensische Psychologie, das er bereits angefangen hatte, und vertiefte sich in den Text. Als es dann doch klingelte, zog er einen Moment lang in Erwägung, nicht darauf zu reagieren, aber er wußte, daß dies vermutlich nur eine Verzögerung und weitere Telefonate bedeuten würde. Außerdem hatte er sich geschworen, so viele Patienten wie möglich anzunehmen.

»Sie müssen in den zweiten Stock«, sagte er mit ruhiger Stimme in die Gegensprechanlage.

Er hörte ihre schnellen, leichten Schritte auf dem Teppichboden der Treppe. Sie beeilte sich, als befürchte sie, es sich ansonsten im letzten Moment noch anders zu überlegen. Als sie die offene Tür erreichte, war sie ein wenig außer Atem, und ihre Wangen hatten sich durch den Wind und die Anstrengung gerötet.

»Leonora Gould. Hallo.«

Er lächelte freundlich und bat sie hinein.

Sie musterte ihn unverhohlen und schaute sich dann neugierig im Zimmer um, während sie den Mantel auszog. Darunter trug sie eine schwarze Jacke. Die Jacke war bis zum Hals zugeknöpft. Eine solche nonnenhafte Strenge schien so gar nicht zu dem jugendlichen Gesicht und dem leicht zerzausten Haar zu passen.

»Es tut mir sehr leid. Zuerst konnte ich kein Taxi bekommen, und dann bin ich in die Nordlinie nach Edgware statt nach High Barnet gestiegen und mußte erst wieder zurück nach Camden Town fahren.«

»Ach ja?« Die offenkundige Lüge verblüffte ihn. Er wies in Richtung der Couch.

Sie betrachtete das Möbelstück, als würde sie fürchten, es könnte sie im nächsten Augenblick verschlingen. Dann nahm sie ganz vorn auf der Kante Platz und verschränkte die Hände über den Knien. Sie wirkte, als würde sie nur mit Mühe ihre Unruhe im Zaum halten können.

Daniel setzte sich auf den Sessel, der gegenüber von ihr stand. »Erzählen Sie mir, weshalb Sie mich aufgesucht haben«, sagte er nach einem Moment unbehaglichen Schweigens.

»Ich ... ich mache mir Sorgen wegen meiner Tochter. Wissen Sie ... sie ist von zu Hause ausgezogen, um in Kalifornien aufs College zu gehen. Ich wohne in New York. Ich bin nur zu Besuch hier. Wegen der Arbeit. Ich bin Illustratorin. Mir geht es eigentlich gut. Abgesehen von diesen Sorgen.«

Leo versuchte sich die Mischung aus Wahrheiten, Halbwahrheiten und Lügen zu vergegenwärtigen, die sie so sorgfältig als Eröffnungsrede einstudiert hatte, aber nichts davon kam ihr nun noch sonderlich sinnvoll vor. Dieser Ort hier verwirrte sie. Er entsprach in keiner Weise ihren Erwartungen. Es gab keine Sprechstundenhilfe, kein Wartezimmer, keine doppelten Ein- und Ausgänge, um die Anonymität der Patienten zu gewährleisten. Der Teppich im Treppenhaus war schäbig, und hier oben stand alles voller überquellender Regale, so daß sich sogar auf dem Boden unzählige Bücher stapelten.

Vielleicht war dieser Daniel Lukas ja gar kein ausgebildeter Therapeut. Auf jeden Fall war er nicht der Mann, den sie kurz auf der Straße getroffen hatte. Oder etwa doch? Falls Leo ihn hätte zeichnen sollen, hätte sie vor allem die breite Stirn und die Brille betont, die auf seiner Adlernase ruhte. Sein Blick war beunruhigend direkt, wenngleich freundlich und sanft, wie es einem Patienten gegenüber angemessen erschien. Eventuell waren es der seriöse dunkelblaue Anzug und die undefinierbar gemusterte Krawatte, die den Ausschlag gaben. Auch sie wirkten ein wenig ärmlich. Das weiße Hemd war schlecht gebügelt, der Kragen durchgescheuert.

»Ja?« ermutigte er sie, ihren Bericht fortzusetzen.

»Wo war ich stehengeblieben?«

»Sie sind nur zu Besuch hier und machen sich Sorgen.«

»Ja. Ich glaube, ich würde gern zu einigen Sitzungen herkommen. Vielleicht auch über einen längeren Zeitraum. Ich weiß noch nicht.«

»Befinden Sie sich in New York in therapeutischer Behandlung?«

»Nein!« Der vehemente Tonfall ihrer Stimme überraschte sie selbst. Sie hätte den verächtlichen Eindruck dieser Äußerung am liebsten sofort wieder wettgemacht, aber ihr fiel nichts Passendes ein.

»Ist schon in Ordnung.« Er lehnte sich zurück und wartete darauf, daß sie fortfahren würde, was sie aber nicht tat. »Ich weiß, es fühlt sich wahrscheinlich merkwürdig an, mit jemandem zu reden, den Sie nicht kennen. Es ist immer schwierig. Aber geben Sie sich einen Ruck, und erzählen Sie mir etwas mehr über Ihre Beweggründe für dieses Gespräch. Gibt es ein spezifisches Problem?«

Seine Stimme klang dermaßen sanft und einnehmend, daß Leo schon wieder keine Worte fand. Viel zu lange starrte sie auf ihre Hände. Dann blickte sie abrupt auf und sah ihm in die Augen. Leo nickte energisch, schüttelte dann aber den Kopf, ohne so recht den Grund für diesen inneren Widerspruch zu erkennen. »Ja und nein«, entgegnete sie schließlich.

Er deutete ein zaghaftes Lächeln an, das ihn auf einmal äußerst jung erscheinen ließ. »Es ist nicht ungewöhnlich, daß man zwischen zwei Positionen schwankt.«

»Oder drei oder vier«, murmelte Leo.

»Würden Sie sich gern hinlegen?« fragte er nach einer weiteren quälenden Pause. »Manchmal wird es dadurch leichter. Erzählen Sie mir einfach alles, was Ihnen in den Sinn kommt.«

Mistkerl, dachte Leo. »Ich möchte lieber sitzen bleiben. Wissen Sie, ich weiß eigentlich nicht, ob ich hier richtig bin.«

»Wo wären Sie denn gern?«

Sie zuckte die Achseln.

»Wie wär's, wenn Sie zwei- oder dreimal herkommen und sich dann erst entscheiden würden? Finden Sie doch erst mal heraus, ob diese Art von Gespräch Ihnen liegt.«

»Gespräch?« wiederholte Leo zweifelnd. »Aber das heißt doch, daß beide Leute reden.«

»Tun wir das nicht gerade?«

Sie erwiderte nichts.

»Nehmen Sie denn an, daß Analytiker oder Therapeuten nichts auf Ihre Äußerungen zu erwidern hätten?«

»Mein Stiefvater ...«, begann sie stockend. Die Worte waren ihr unwillkürlich entschlüpft. »Mein Stiefvater ... er ist Analytiker ... und er sagt nie etwas.«

Daniel wartete darauf, daß sie fortfahren würde, und als

nichts mehr kam, ermutigte er sie dazu. »Erzählen Sie mir etwas über ihn.«

Sie winkte ab. »Er ist nicht wichtig.«

»Abgesehen davon, daß er den Mund nicht aufmacht.«

»Im Beruf. Ansonsten redet er unaufhörlich.«

Daniel sah, wie das Lachen, das sich auf ihre Lippen gestohlen hatte, wieder verschwand. Ihm war nicht ganz klar, weshalb diese Frau ihm Unbehagen verursachte. Es lag nicht nur an der Lüge ganz zu Anfang ihres Besuchs. »Womöglich sind auch wir so verschieden voneinander wie unsere Patienten«, wagte er einen Vorstoß.

Sie musterte ihn schweigend.

»Haben Sie sich jemals zuvor irgendeiner Form der Therapie unterzogen?«

Sie schüttelte heftig den Kopf.

»Nun, es liegt an Ihnen, ob wir weitermachen. Vielleicht passen wir nicht zueinander. Sie können sich ja anderweitig umschauen.«

»Umschauen? Wonach denn? Etwa nach Sonderangeboten? Existiert so etwas wie ein Anforderungsprofil für den idealen Analytiker? Etwas wie: ›Großartiger Zuhörer, absolut tolerant, überaus intuitiv. Weise und wunderbar. Heilung aller Beschwerden.‹«

Daniel lachte. »O nein, vor allem nicht der letzte Punkt. Nicht bei mir.«

»Also, was haben Sie zu bieten?«

»Zuerst müssen Sie mir sagen, wonach Sie suchen. Vielleicht kann ich Ihnen dann zu etwas mehr Durchblick verhelfen. Ihre Beziehungen …«

»Ich hasse dieses Wort.«

»Suchen Sie sich ein anderes dafür.«

»Das alles hier, diese Arbeit, die Sie tun, wirkt insgesamt ziemlich schwammig. Lauter Wenn und Aber.«

»Es gibt andere Therapeuten, die Sie aufsuchen könnten. Ich kann Ihnen einige Namen nennen.« Er stand unvermittelt auf und ging zu dem Schreibtisch am anderen Ende des Raumes.

»Nein, nein«, rief Leo mit zittriger Stimme. »Ich habe es nicht so gemeint. Ich weiß nicht, was in mich gefahren ist. Ich ... ich würde gern bleiben und es versuchen.« Sie wartete, bis er umgedreht hatte und wieder zu ihr zurückgekehrt war. Dann fuhr sie fort. »Sie wurden mir von einer Freundin empfohlen. Isabel Morgan. Ich vertraue ihr.« Leo ließ ihn bei diesen Worten nicht aus den Augen. Bildete sie sich das nur ein, oder wirkte er plötzlich angespannt und ein wenig beunruhigt? »Bestimmt erinnern Sie sich noch an sie«, sagte sie unüberlegt und erschrak dann plötzlich über die Wahl ihrer Worte. Ihr ging auf, daß sie unterschwellig Isabels Tod angedeutet hatte. Sie erschauderte.

»Möchten Sie sich nicht doch lieber hinlegen?«

»Sie kennen doch Isabel Morgan, oder?«

»Ich kann mich beim besten Willen nicht über andere Patienten äußern«, sagte er freundlich.

»Ich mache mir Sorgen um sie.«

Daniel hatte unversehens das Gefühl, es würde um ihn herum heller werden. Davor hatte er kaum klargesehen, denn ihm war nur Mißtrauen entgegengeschlagen, durch das er in eine fragwürdige Position gedrängt wurde. Begegnete sie allen Fremden so und ließ sich zunächst einmal ihr überlegenes Wissen bestätigen? Vielleicht hatte sie ihn deswegen belogen. Um sich auf diese Weise überlegen fühlen zu können, weil nur sie die Wahrheit kannte.

Er sah, wie sie sorgfältig die Schuhe auszog, sich auf die Couch legte und die Zehen gegen die Lehne des Sofas preßte. In dieser Haltung wirkte sie äußerst zerbrechlich. Es schien kaum vorstellbar, daß ausgerechnet Isabel sie hergeschickt haben sollte.

»Ich bin sehr besorgt um sie.« Sie drehte den Kopf zur Seite, so daß ihre Wange auf dem Handrücken lag, und sah Daniel argwöhnisch an.

»Und Sie machen sich Sorgen um Ihre Tochter.«

»Ja und nein.« Nervös erhob sie ihre Stimme. »Das ist nicht dasselbe, nicht im mindesten.« Zwischen Becca und Isabel bestand keine Verbindung. Leo war sich dessen ganz sicher. Er wollte sie ablenken. Er wußte etwas. Sie würde das Spiel mitspielen müssen.

Sie wandte sich ab und schaute zur Decke hinauf. Ein neuer Anstrich hätte nicht schaden können. Neben ihr reichten die Bücher so hoch empor, daß die Stuckverzierung der Wände erst über der Tür wieder zum Vorschein kam, ein staubiges Muster aus Stengeln und Blättern.

»Wie genau fühlt diese Sorge sich an?« Die Stimme schien von einem Punkt irgendwo hinter ihr zu kommen.

»Wie fühlt sie sich an?« wiederholte sie leise. Ihre Lider wurden schwer. Sie schloß die Augen. »Die Sorge ... Sie ist wie ein Hund, der mich jagt. Ein riesiges Scheusal geht mir an die Kehle, so daß ich kaum atmen kann. Mein Blick wird getrübt. Es lauert hier, direkt vor meinem Kopf, und kläfft mich an. Es versperrt mir die Sicht.«

»Ist es denn kleiner als Sie?«

»Ja, kleiner«, erwiderte Leo nachdenklich. »Doch ich kann daran vorbeischauen.«

»Es versperrt Ihnen die Sicht.«

»Solange es kläfft, bleibt das Flugzeug oben.«

»Das Flugzeug bleibt oben?«

»Ja.«

Leos Sorgen und nicht etwa die Triebwerke hatten das Flugzeug den ganzen Weg nach England getragen. Allein die beständige quälende Angst, es könnte abstürzen, eine der Tragflächen könnte in Flammen aufgehen, es könnte mit einem anderen Flugzeug kollidieren, eines der Fenster könnte zerbrechen und sie alle würden wie Staubkörner nach draußen in die Leere gesogen. Die Sorge fungierte als eine Art dunkler Magie. Leo fühlte das bei jedem Flug aufs neue. Jedermann fühlte das. Nur dank der gebündelten Angst von zweihundert Leuten gleichzeitig war eine Reise per Düsenflugzeug überhaupt möglich.

Wie seltsam, hier zu liegen und den Gedanken freien Lauf zu lassen. Nein, für Gedanken war das alles viel zu unausgegoren. Und das alles in der Gegenwart eines Fremden. Wo war er?

Die Stimme ertönte genau rechtzeitig, als hätte er ihre Gedanken gelesen. »Die Sorge beschäftigt Sie also pausenlos?«

»Vielleicht«, murmelte Leo. Sie war sich nicht sicher, was er meinte.

»Die Sorge um Ihre Tochter beschäftigt Sie und hält Sie auf Trab?«

Leo richtete sich benommen auf und sah ihn an. »Soll das heißen, ich mache mir Sorgen, weil ich einen Nutzen daraus ziehe?«

Daniel saß völlig ruhig da. Er hatte die Brille abgesetzt, und seine Augen wirkten sehr dunkel. Er antwortete nicht, also wiederholte Leo die Frage, die zugleich eine Anschuldigung war.

»In diesem Raum, Leonora, sind Sie diejenige, die etwas sagt. Ich sage gar nichts, wenngleich ich manchmal eine Äußerung wiederhole.«

Ihr fiel keine schlagfertige Erwiderung ein, also schaute sie zu den Büchern hinter ihm. Sie erkannte einen Roman von Raymond Chandler, den sie ebenfalls gelesen hatte. Daneben standen noch weitere ähnliche Titel, insgesamt eine lange Reihe von Kriminalromanen. »Sie haben eine Vorliebe für Mord«, stellte Leo fest.

Er ließ die Bemerkung eine Zeitlang im Raum stehen, bevor er antwortete. »Die detektivische Spurensuche ist Teil meiner Arbeit, doch ich fürchte, unsere Zeit für heute ist abgelaufen.«

»Wirklich? Jetzt schon?«

»Sie sind zu spät gekommen.«

»Sie sind ganz schön selbstgefällig«, entgegnete Leo barsch.

»Heißt das, Sie werden nicht wiederkommen?«

Leo schlüpfte in ihre Schuhe. Sie hatte nichts Konkretes herausgefunden. »Meine Freundin Isabel …«, setzte sie an.

Er fuhr ihr ins Wort. »Es ist höchste Zeit. Tut mir leid.«

»Ich möchte wiederkommen. Morgen.«

Er schüttelte den Kopf.

Sein Haar war zu lang. Isabel hatte recht.

»Mittwoch. Zur selben Uhrzeit, falls Sie einverstanden sind. Und Freitag. Danach können Sie mir mitteilen, ob Sie weitermachen möchten. Bitte hinterlassen Sie Ihre Adresse auf dem Tisch unten im Flur.«

»Wegen der Rechnung?«

Er nickte. »Ich nehme vierzig Pfund pro Sitzung.«

Dann ging er zu seinem Schreibtisch.

Leo wußte, daß das Gespräch damit für ihn beendet war. Sie nahm ihren Mantel von der Sessellehne. Sie konnte den Mann nicht einfach so davonkommen lassen. »Isabel ist verschwunden«, verkündete sie im wütenden Tonfall. »Wir müssen sie finden. Wissen Sie, wo sie sich aufhält?«

Daniel drehte sich zu ihr um. Seine Miene war plötzlich angespannt, als fiele es ihm schwer, die Fassung zu bewahren. Er wirkte dadurch ganz anders, irgendwie bedrohlich. Doch seine Stimme klang nach wie vor ruhig und ausgeglichen. »Nein, ich weiß es nicht. Es tut mir leid. Das habe ich auch bereits der Polizei gesagt. Falls Sie deswegen hergekommen sind, kann ich nichts für Sie tun.«

Leo eilte die ersten paar Stufen hinunter und hielt dann auf dem Treppenabsatz inne. Sie glaubte ihm nicht. Langsam ging sie weiter. Als sie unten ankam, zog sie einen Block aus der Tasche und riß ein Blatt Papier davon ab. Da hörte sie ein leises Signal, jene unverkennbaren Pieptöne, wenn jemand eine Telefonnummer eintippte. Einer plötzlichen Regung folgend, öffnete sie die Haustür und schlug sie laut wieder ins Schloß. Dann schlich sie leise zurück die Treppe hinauf und lauschte.

»Paola, hier spricht Daniel Lukas. Bitte ruf mich zurück. Nach neun Uhr, falls möglich.«

Sie hörte ein Klicken, und kurz darauf schallte eine volltönende Sopranstimme durch das Haus, die eine Arie sang. Leo atmete tief durch, ging auf Zehenspitzen nach unten, warf einen kurzen Blick über die Schulter und öffnete dann eine der Türen im Erdgeschoß. Der Raum dahinter ähnelte in seiner Form und der Ansammlung von Sofas und Tischen dem Zimmer, das sie vor wenigen Minuten verlassen hatte.

Hier jedoch hingen Bilder an den Wänden, Ölgemälde in kräftigen Farben, die auf den ersten Blick alle von ein und demselben Künstler zu stammen schienen. Auf der Gartenseite, unterhalb des Erkerfensters, standen ein Schreibtisch und daneben ein altmodischer metallener Aktenschrank. Der Anblick führte Leo unwiderstehlich in Versuchung.

Sie machte einen Schritt in den Raum hinein, da brach die Musik plötzlich ab. Hinter sich vernahm sie Stimmen. Sie ging zurück und öffnete so leise wie möglich die Tür nach draußen. Eine junge Frau und ein Kind kamen die Stufen am Eingang empor. Leo nickte ihnen zu. Der kleine Junge starrte sie an. Seine Augen wirkten viel zu groß für das schmale Gesicht. Leos Lächeln wurde nicht erwidert, und als sie in Richtung der Hauptstraße davoneilte, hörte sie die schrille Stimme des Kindes fragen: »Wer ist sie? Wer ist diese Frau?«

Leo bog um die Ecke. Ja, wer war sie eigentlich? Eine Frau, die log und die sich in das Privatleben anderer Leute einmischte. Eine Frau, die sich kaum an das Gespräch der letzten Stunde erinnern konnte, als wäre sie plötzlich von Alzheimer befallen. Seltsam.

Sie hatte unbewußt eine Entscheidung getroffen und fand sich nun in dem Café oben auf dem Hügel wieder. Bei der Kellnerin mit kurz geschorenen Haaren bestellte sie einen Cappuccino und griff dann nach ihrer Schachtel Zigaretten. Sie rauchte zuviel, wesentlich mehr, als sie sich in New York jemals zugestanden hätte. Sie inhalierte tief und sah dem Rauch dabei zu, wie er sich direkt über ihrem Kopf zu einer kleinen Wolke ringelte, beinahe wie eine der Gedankenblasen in Leos Cartoons. »Er weiß etwas«, hätte die Inschrift gelautet.

So weit immerhin war sie sich sicher, wenngleich sie keine konkreten Erkenntnisse gewonnen hatte. Daniel Lukas wußte etwas über Isabel. Es war ihm deutlich anzusehen gewesen, als er sich mit mühsam unterdrücktem Zorn zu Leo umgedreht hatte. Leo würde herausfinden, was er vor ihr verbergen wollte, ganz gleich, welche Lügen zu diesem Zweck erforderlich waren.

Sie nippte an dem erfreulich starken Kaffee und griff in ihre Tasche. Als erstes fiel ihr die kleine Schachtel in die Hände, die sie an jenem Morgen in der Tottenham Court Road gekauft hatte und die ein kleines Abspielgerät für Isabels Kassetten enthielt. Sie würde sich heute abend darum kümmern. Als sie ihren Block hervorholte, erinnerte sie sich daran, daß sie Daniel Lukas letztendlich doch keine Adresse hinterlassen hatte. Vielleicht war es besser so. Isabels Anschrift zu notieren wäre keine besonders gute Idee gewesen, und die Adresse in New York hätte ebenfalls Verdacht erregt.

Einen Moment lang fragte sie sich, ob Daniel Lukas wohl auch Kinder behandelte. Der kleine Junge mit den großen Augen mußte sein nächster Patient gewesen sein. Was für eine Traurigkeit auf diesem zarten Gesicht gelegen hatte! Sie hoffte, er würde mit dem Kind nicht ganz so hart umspringen wie mit ihr.

Dann überflog sie die Punkte auf der Liste, die sie am Wochenende angelegt hatte, unmittelbar nachdem es ihr endlich gelungen war, Hamish Macgregor zu erreichen. Er hatte sich als überaus ungehobelt erwiesen. Nein, zum Teufel, er wisse nicht, wo die dämliche Isabel abgeblieben war, und es sei ihm auch verdammt egal, und Leo solle gefälligst aufhören, ihn ständig auf seinem verdammten Telefon anzurufen. Die Fluchkanonade ließ überdeutlich auf einen abgelegten Liebhaber schließen. Doch was würde ein abgelegter Liebhaber, der um drei Uhr an einem Samstagnachmittag bereits angetrunken wirkte, wohl mit der Frau machen, die ihm den Laufpaß gegeben hatte? Dieser erschreckende Gedanke veranlaßte Leo, erneut bei der Polizei anzurufen. Diesmal wurde sie direkt zu Police Constable Collins durchgestellt, der überraschend bemüht wirkte.

Leo erzählte ihm von Hamish Macgregor. Außerdem berichtete sie ihm, daß Isabel den Decknamen Iris Morgenstern benutzte und daß ihr ein Mann von Origen aus Oxfordshire nach London gefolgt war. Aus irgendeinem Grund erwähnte sie nichts von Christopher Norfolk, der das Apartment am Freitag morgen noch vor Leos Aufwachen verlassen und Isabels sämtliche Briefe der Gentechnik-Firmen mitgenommen hatte. Bislang war er noch nicht wieder zurückgekehrt.

Police Constable Collins hörte ihr in Ruhe zu und stellte nur hier und da ein paar Fragen. Dann sagte er, er und Sergeant Drew würden Leo ein weiteres Mal aufsuchen. Leo war ihm sehr dankbar dafür.

Vielleicht war es dieser kleine Triumph, der sie dazu ermutigte, zu Mike Newson hinaufzugehen. Sie wollte mit ihm noch einmal über Hamish Macgregor sprechen. Doch auf ihr Klingeln öffnete eine Frau, eine Brünette mit feenhaftem Gesicht und freundlichem Lächeln. Sie bat Leo herein und bot ihr sogleich einen Kaffee an.

»Mike ist für ein paar Tage weggefahren«, erklärte sie. »Irgendwie scheinen wir uns immer knapp zu verpassen. Vermutlich kommen wir deshalb so gut miteinander aus.«

Leo erwiderte das Lächeln und schaute sich verblüfft in dem Loft um. Es bot sich ihr ein harmonisches Ensemble mit glänzenden Tischen und Stahlrohrmöbeln sowie der riesigen schwarzweißen Fotovergrößerung einer surrealen New Yorker Skyline an einer der Wände. Eine Aluminiumtreppe führte hinauf in ein Dachgeschoß, über dem sich eine gläserne Kuppel wölbte.

»Er ist ein ziemlich guter Innenausstatter«, sagte Rosie Tanner, nachdem sie sich vorgestellt und Kaffeebohnen in einem futuristisch anmutenden Metallzylinder gemahlen hatte. »Sie sind Isabels Freundin, nicht wahr?«

Sie plauderten eine Weile, und zum ersten Mal hatte Leo das Gefühl, daß jemand ihre Befürchtungen ernst nahm. »Wissen Sie was?« sagte Rosie. »Falls Isabel bis zu dem Datum, für das ihre Rückkehr aus den Vereinigten Staaten geplant war, noch immer nicht wieder aufgetaucht ist, müssen wir uns wirklich ernsthafte Sorgen machen. Niemals würde sie zulassen, daß ihr Kater einen Tag länger als vorgesehen in der Tierpension zubringen muß. Sie liebt Biest wirklich über alles. Sie glaubt, er versteht, was sie zu ihm sagt, und kennt ihre Gedanken, wenn sie schweigt.«

Leo bestellte ein Mineralwasser und zündete sich noch eine Zigarette an. Gleichgültig, wie einfühlsam Rosies Worte auch gewesen waren, sie trugen kaum dazu bei, ihre anwachsende Besorgnis zu beschwichtigen. Je länger sie abwartete und nichts tat, desto wahrscheinlicher würden sich ihre schlimmsten Befürchtungen bewahrheiten, dessen war sie sicher. Als sie Rosie fragte, welchen Eindruck Isabel in den Wochen vor ihrem Verschwinden gemacht habe, räumte die Nachbarin ein, Isabel sei anscheinend nicht ganz auf der Höhe gewesen. »Ich bin sicher, es hatte etwas mit dem Tod ihrer Mutter zu tun. Als vor zwei Jahren mein Vater starb, stand ich auch völlig neben mir. Vielleicht hat Isabel beschlossen, lieber nach Osten als nach Westen zu fliegen. Nach Australien, meine ich. Um die Orte ihrer Kindheit zu besuchen und mit sich ins reine zu kommen.«

Das ganze Wochenende lang hatte Leo über diese Möglichkeit nachgedacht und das Thema dann auch während der beiden Verabredungen mit Isabels Freunden angesprochen. Der erste, ein Anthropologe der Londoner Universität, versicherte ihr, seiner Ansicht nach sei mit Isabel alles in Ordnung. Bei ihrem letzten Treffen, das aber schon einen Monat zurücklag, habe Isabel aufgeregt gewirkt und ganz geheim getan, was bedeute, daß sie irgendeiner heißen Sache auf der Spur gewesen sei. Nein, er wisse nicht, worum es dabei gegangen sei. Isabel habe nichts verraten wollen, und so hätten sie sich die meiste Zeit über seine letzte Reise nach Papua-Neuguinea unterhalten. Von einem beabsichtigten Trip nach Sydney sei mit keiner Silbe die Rede gewesen.

Eine andere Freundin, die ebenfalls Journalistin war, zeigte sich ein wenig beunruhigter. Sie vertraute Leo an, daß Isabel nichts Rechtes mehr mit sich anzufangen gewußt habe, seit ihr Buch über die Kindheit erschienen war; genaugenommen seitdem sie ihre regelmäßige Kolumne aufgegeben hatte. Bücher seien ja schön und gut, sagte sie mit leicht sarkastischem Unterton, aber jemand, der so gut mit Menschen umgehen könne wie Isabel, solle lieber nicht zu lange mit sich allein gelassen werden.

»Glauben Sie, Isabel war einsam«, fragte Leo leise. »Gab es denn niemanden in ihrem Leben?«

»Oh, das habe nicht gemeint. In Isabels Leben gibt es immer jemanden.«

»Haben Sie irgendeine Ahnung, um wen es sich handeln könnte?«

Die Frau schüttelte den Kopf. »Nein. Bei unserem letzten Treffen war sie ziemlich verschlossen. Wir haben uns hauptsächlich über Buddhismus unterhalten. Vielleicht hat sie sich ja in irgendeinem Kloster verkrochen.«

»Ohne jemandem davon zu erzählen?«

»Nun, irgend jemandem hat sie bestimmt davon erzählt. Ihrem Therapeuten zum Beispiel.«

»Halten Sie es nicht für möglich, daß sie ein zweites Mal nach Australien geflogen sein könnte?«

»Um ihre Tante zu besuchen, meinen Sie?«

»Vielleicht.«

»Sie war ja kürzlich erst zurückgekehrt, als wir uns gesehen haben. Aber es ist möglich. Zumindest hat sie sich Sorgen um ihre Tante gemacht. Außerdem war Isabel wegen irgendeiner Sache sauer auf sie. Mehr wollte sie mir nicht sagen.«

In der Hoffnung, er würde ihr etwas über Isabels Tante erzählen und womöglich sogar mit einer entsprechenden Telefonnummer aufwarten können, hatte Leo bis in die frühen Morgenstunden auf Christopher Norfolk gewartet. Es überraschte sie, wie wenig sie über das Leben ihrer besten Freundin wußte. Andererseits hätte Isabel im umgekehrten Fall auch kaum etwas Konkretes aus Leos Alltagsleben in der Hand gehabt, zum Beispiel die Telefonnummern ihrer Mutter oder ihres Redakteurs. Das Leben war eben so, in lauter kleine Stücke aufgeteilt. Und der Atlantik war ein großer Ozean.

Als Norfolk nicht auftauchte, widmete Leo sich Isabels Beileidsbriefen aus Australien. Auf einem der Schreiben war eine Telefonnummer angegeben, die Leo sofort ausprobierte. Es hob niemand ab, und auch alle späteren Versuche blieben erfolglos.

Auf Leos Anrufbeantworter in New York fand sich ebenfalls keine Nachricht von Isabel.

Leo schaute erneut hinab auf die Liste und musterte die Namen sowie die kurzen Anmerkungen, die sie jeweils dazu notiert hatte. Dann trug sie den Namen Paola neben dem von Daniel Lukas ein. Sie konnte ihn nicht genau zuordnen, aber sie wußte, daß sie diesen Namen schon einmal gelesen oder gehört hatte. Ihr Blick fiel auf den obersten Eintrag der Liste, Hamish Macgregor, und die Worte »Ex-Liebhaber?«, die dahinter standen. Plötzlich fiel ihr eine Situation von früher ein: Isabel auf einer Party – es mußte schon ziemlich lange her sein, denn das war eindeutig Jeff dort neben ihr. Isabel lachte, ihr Gesicht strahlte fröhlich. »Mein neuer Freund hat mir geraten, ich solle einen Therapeuten aufsuchen, weil ich nicht schlafen kann, wenn das Licht aus ist. In Wirklichkeit ärgert er sich bloß darüber, daß ich ihn immer vor Anbruch der Dämmerung aus dem Bett werfe. Ich will ja schließlich nicht neben ihm aufwachen, oder?«

Als hätte jemand auf den schnellen Vorlauf gedrückt, verwandelte das lachende Gesicht sich plötzlich. Es wurde auf einmal sehr weiß, und die Augen waren vor Entsetzen weit aufgerissen.

Leo sprang auf, um bei der Kellnerin ihre Rechnung zu bezahlen. Genau darum ging es bei all den Sorgen, dachte sie. Man stellte sich das Schlimmstmögliche vor, damit es nicht Wirklichkeit werden konnte. Daniel Lukas wollte es einfach nicht verstehen. Vielleicht waren Therapeuten so sehr damit beschäftigt, die Vergangenheit zu ergründen, daß ihnen völlig entging, wie die Menschen sich gegen zukünftige Ereignisse zu wappnen versuchten.

Obwohl Leo von dem Wahrheitsgehalt dieser Vermutung alles andere als überzeugt war, verlieh ihr der Gedanke einen Moment lang ein gutes Gefühl.

Daniel Lukas hob sich den kleinen Jungen auf die Schultern, wartete auf die entsprechende Aufforderung und lief dann auf den Basketballkorb zu, der an der Rückseite des Hauses befestigt war.

»Okay. Wirf ihn hinein. Ja!«

Der schwarzweiße Ball flog durch das Netz und landete auf dem Rasen. Der Junge lachte entzückt auf und klatschte in die Hände. »Ich hab's geschafft!«

»Ja, das hast du.« Daniel setzte ihn ab, damit er den Ball zurückholen konnte, und schloß ihn dann fest in die Arme. »Noch einen Versuch?«

Robbie nickte mit viel zu ernster Miene. »Mal sehen, wie viele von zehn Würfen ins Ziel gehen.«

»Drei wären prima.«

»Drei hatte ich letztes Mal. Sechs wären besser.«

»Dann versuchen wir eben, sechs Treffer zu landen.«

Sie spielten. Als Robbie den magischen sechsten Punkt erzielte, lachte er glücklich. »Darf ich noch einen versuchen?«

»Na klar.«

Der Ball rollte zögernd auf dem Metallring des Korbes herum und fiel dann doch noch hindurch.

»Ja!« Robbie riß die geballte Faust empor. »Wir haben's geschafft, Papa.«

»Jetzt ist es aber an der Zeit, etwas zu essen.« Daniel nahm seinen Sohn bei der Hand und führte ihn durch die Gartentür in die Küche.

»Ich wünschte nur, Mama hätte mich sehen können.«

Daniel hielt erschrocken die Luft an. Der Junge hatte seine Mutter inzwischen seit ein paar Wochen nicht mehr erwähnt, und obwohl Daniel ihn nie dazu drängte, war er doch stets froh, wenn Robbie von selbst auf Eva zu sprechen kam. »Sie wäre sehr stolz gewesen.«

»Die Lady hatte genau das gleiche Haar wie Mama.«

»Welche Lady?«

Robbie warf ihm einen mißtrauischen Blick zu und kletterte mühsam auf den Stuhl, der an einem Ende des langen Eßtisches stand. »Die Lady, die uns an der Tür begegnet ist, als wir nach Hause gekommen sind. Nicht wahr, Martina?«

fragte er die junge Frau, die soeben eine große Schüssel zwischen ihnen auf den Tisch stellte.

»Ja, stimmt. Fast wie deine Mama.«

»Ich dachte, sie wäre schon längst vorher gegangen«, murmelte Daniel. Er dankte dem Au-pair-Mädchen mit einem Nicken und lud mit der Gabel Spaghetti auf alle drei Teller.

»Nein. Und es war *genau* wie bei Mama«, beharrte Robbie. »Ist dir das denn nicht aufgefallen?«

»Jetzt, da du es erwähnst ...«

»Du hast Mama vergessen«, hielt der Junge ihm vor.

Dieser Tadel überraschte Daniel. Im ersten Moment wollte er den Vorwurf weit von sich weisen, aber dann hielt er inne. Der Junge teilte ihm etwas mit. Er sagte ihm, begleitet von dem unweigerlich dazugehörenden Schuldgefühl, daß Robbie seine Mutter hin und wieder vergaß. Daniels Antwort war wohlüberlegt. »Wir können nicht ständig an sie denken, Robbie«, sagte er langsam. »Ansonsten würden wir nie von der Stelle kommen. Aber das bedeutet nicht, daß wir vergessen. Ich habe nichts vergessen. Und du hast auch nichts vergessen.«

»Ich habe ihre Nase vergessen.«

»Nase?« Daniel lachte. »Falls du möchtest, können wir uns nachher ein paar Fotos anschauen.«

»Okay.«

Nachdem er seinen Sohn zu Bett gebracht und sie gemeinsam zwei von Robbies Lieblingsbilderbüchern gelesen hatten, ging Daniel zurück in sein Arbeitszimmer. Es beunruhigte ihn, daß seine neue Patientin und sein Sohn sich begegnet waren. Er hatte geglaubt, den Zeitpunkt besser getroffen zu haben. Robbie mußte heute als erster zur Schultür hinausgelaufen und in Rekordzeit den kurzen Weg nach Hause geeilt sein.

Nach Evas Tod hatte Daniel beschlossen, das Sprechzimmer ins Haus zu verlegen. So sparte er die Zeit für den Weg zur Arbeit sowie eine Menge Kosten, zumal er die Zahl seiner Privatpatienten reduziert hatte. Bei sorgfältiger Terminplanung kamen sein Berufsleben und das häusliche Leben seines Sohnes sich nicht ins Gehege. Heute jedoch war ein Fehler passiert; allerdings hatte sich die Sache als gar nicht so schlecht herausgestellt. Robbie wußte das Zusammentreffen auf seine Weise zu nutzen. Und nach dem Abendessen, als sie nach oben gegangen waren, um in den Fotoalben zu blättern, hatten sie sogar beide über ein Bild gelacht, auf dem Eva eine ihrer Grimassen schnitt.

Mehr als zehn Monate waren vergangen, seit der Krebs sie ihnen entrissen hatte. Zehn Monate der Trauer, mit allen Tiefen, die dazugehörten. Anfangs drehte Robbie beinahe durch und stürzte sich hektisch in alle möglichen Aktivitäten oder besuchte ständig irgendwelche Freunde, um nur nicht über den Tod seiner Mutter reden zu müssen. Dann folgte eine Art Depression. Er war lustlos, geistesabwesend und weigerte sich, etwas zu essen. Während jener Phase brachte Daniel ihn zum Sprechen, zunächst ganz abstrakt über das Verwelken der Pflanzen und das Sterben der Tiere, dann immer mehr über seine Gefühle und darüber, was von seiner Mutter er am meisten vermißte, ihre Umarmungen, ihr Klavierspiel oder die Art, wie sie mit ihm geredet hatte.

Daniel erzählte seinem Sohn, er selbst sei manchmal so wütend, verlassen worden zu sein, daß er am liebsten mit Gegenständen um sich werfen würde. Der Junge reagierte wie auf ein Stichwort und schleuderte ein Spielzeugungeheuer quer durch den Raum, das – ob nun durch Zufall oder Absicht – ein gerahmtes Foto seiner Mutter in Stücke springen ließ. Daniel hoffte, sich allmählich den Schuldgefühlen seines Sohnes widmen zu können. Er wußte, wie heikel dieser Punkt war. Zum Glück war Martina bei ihnen geblieben. Die fröhliche junge Frau wirkte oftmals beständiger als er selbst.

Falls Leonora Gould tatsächlich wiederkommen wollte, würde er ihren Termin nach vorn verlegen müssen. Daniel sah den Terminkalender auf seinem Schreibtisch durch. Die Dienstag- und Donnerstagnachmittage waren sauber durchgestrichen, denn dann fand die Familientherapie im Marlborough statt. Er kam zu dem Schluß, daß er ihr nächste

Woche die Vormittagsstunde anbieten könnte, die normalerweise für die Arbeit an seinem Manuskript reserviert war. Abgesehen von Robbie, war das Schreiben die einzige Beschäftigung, die ihm während des schwierigen letzten Jahres halbwegs Auftrieb gegeben hatte.

Es war nicht etwa so, daß er seine Arbeit nicht gemocht hätte. Ganz im Gegenteil, er liebte seinen Beruf, doch seit Evas Tod hatte er sich nicht mehr ganz unter Kontrolle. Auch mit dem heutigen Tag war er nicht besonders zufrieden. Diese Leonora Gould war eine interessante Frau. Ganz augenscheinlich haßte sie sich dafür, daß sie beschlossen hatte, ihn aufzusuchen und sich einer Analyse auszusetzen, obwohl sie seinem Berufsstand anscheinend wenig Wohlwollen entgegenbrachte. Er überlegte, ob der Name Gould ihm jemals in irgendeiner Fachpublikation begegnet war. Ihr Stiefvater, hatte sie gesagt.

Nein, das Gespräch war wirklich nicht sehr glücklich ausgegangen. Warum hatte sie ihn auch nach Isabel Morgan fragen müssen!

Er barg das Gesicht in den Händen und saß einen Moment lang reglos da.

Als das Telefon klingelte, griff er fast schon erleichtert nach dem Hörer. Paola Websters Stimme drang an sein Ohr.

»Paola, hallo. Danke für den Rückruf.«

»Gern geschehen, Fremder. Ich freue mich, von dir zu hören. Du meldest dich so selten.«

»Wir sollten uns treffen. Zu einem Abendessen oder auf einen Drink. Irgendwann diese Woche, falls du einverstanden bist.«

»Okay. Vielleicht kannst du mich im Marlborough unterbringen. Ich warte schon länger darauf.«

Daniel zögerte. »Nein, diesmal nicht. Aber wir müssen uns unterhalten. Ich könnte morgen abend oder am Donnerstag.«

»Mittwoch wäre besser.«

»Ich habe am Mittwoch eine Sitzung. Tut mir leid.«

»Natürlich. Wie konnte ich das nur vergessen. Das Institut.« Paola stieß den Namen seiner beruflichen Heimat dermaßen verächtlich aus, als handelte es sich um irgendein übles Schimpfwort.

Daniel ging darüber hinweg. »Wie paßt es dir morgen?«

»Na gut, morgen ist in Ordnung. Laß uns in ein hübsches Restaurant in Islington gehen, das ich kürzlich entdeckt habe. Es heißt Euphorium. Ein guter Name für uns, nicht wahr?«

Könnte gar nicht besser sein, dachte Daniel sarkastisch.

6

In dem zarten Gewand war die strahlende Imogen wieder eindeutig als Frau zu erkennen. Sie schritt auf ihren jähzornigen Vater zu und stellte sich zwischen ihn und ihren eifersüchtigen Ehemann. Gemeinsam verneigten sie sich. Um sie herum standen die mißgünstige Königin und ihr verzogener Sohn, die beiden wiedervereinten Brüder, der heimtückische Jachimo, der sich versteckt in einer Kiste in Imogens Gemächer gestohlen hatte, und all die Lords und Ladies und römischen Tribune von Cymbelines Hof, nicht zu vergessen der redegewandte Wahrsager.

Leo fiel in den anhaltenden Applaus ein. Sie saß am äußeren Rand der dritten Reihe des Barbican Theaters. Irgendwie ein merkwürdiges Stück, dieses *Cymbeline*, dachte sie, als das Licht wieder anging. Die Handlung verlief dermaßen verzwickt, daß sie nicht sicher war, mehr als einen der grundlegenden Stränge verstanden zu haben: nämlich daß die unschuldige, stets getreue Imogen zum Opfer eines intriganten Schwindlers geworden war, der ihren Ehemann erfolgreich davon überzeugen konnte, er habe sie verführt. In Shakespeares späten Stücken war die Liebe immer auch von Eifersucht begleitet, welche dank der lebhaften männlichen Phantasie jedesmal die Oberhand gewann. Leo dachte an König Leontes im *Wintermärchen*, an Lear und an Othello und wie ihre Angst, die Kontrolle über Frauen oder Kinder zu verlieren, einen Verlust der Selbstbeherrschung bewirkte, der nicht nur ihren Geisteszustand, sondern auch ihre Herrschaftsgewalt in Mitleidenschaft zog. Ängste und Hirngespinste konnten sehr viel Unheil anrichten.

Im Buchladen des Theaters kaufte sie ein *Cymbeline*-Poster für Becca sowie ein T-Shirt der Royal Shakespeare Company. Was auch immer sie von dem Stück halten mochte, der Besuch der Vorstellung hatte ihr gutgetan. Sie fühlte sich, als habe sie eine kurze Auszeit von sich selbst und all den zwanghaften Befürchtungen nehmen können, wie eine Laborratte, die aus dem unbarmherzigen Laufrad freikam und in den Gassen der Stadt verschwand.

Leo reihte sich in die Menschenmenge ein, die aus dem Foyer des Barbican drängte. Draußen zerstreuten die Massen sich dermaßen schnell, daß sie, ohne recht zu wissen, wie ihr geschah, auf einmal ganz allein über den Bürgersteig eilte. Das Echo ihrer Absätze hallte so laut hinter ihr durch die Dunkelheit, daß sie sich am liebsten abergläubisch umgesehen und nach einem geisterhaften Verfolger Ausschau gehalten hätte. Der Anblick eines hellerleuchteten Bürogebäudes an der nächsten Ecke befreite sie für Momente von ihrer Angst. Weiter ging es in Richtung Moorgate, während der Wind Papierfetzen und Abfälle durch die Straßenschluchten wehte. Erneut wunderte Leo sich, wie leer es nachts in dieser riesigen Stadt werden konnte. Am Friedhof verschärfte sie das Tempo und legte den Rest des Heimwegs im Laufschritt zurück. Sogar der seltsame Christopher Norfolk wäre ihr jetzt ein willkommener Begleiter gewesen.

Die Tür zum Loft stand ein kleines Stück offen. Einen Moment lang glaubte Leo, Norfolk sei zurückgekehrt. Sie trat ein und rief laut seinen Namen.

Niemand antwortete. Sie wollte erneut nach ihm rufen, als ihr plötzlich etwas komisch vorkam. War es die Tatsache, daß kein Licht brannte, oder waren es die Papiere, die in merkwürdiger Anordnung auf dem Boden verstreut lagen? Sie hob die Blätter auf. Briefe an Isabel. Wie waren die Briefe hergekommen? Mit angehaltenem Atem schlich Leo durch die schmale Tür ins Wohnzimmer. Das Licht der Straßenlaternen warf lange düstere Schatten durch den Raum, so daß die Sofas wie lauernde Ungeheuer wirkten.

Unter der Tür zum Arbeitszimmer fiel ein schmaler Lichtschimmer hindurch. Leo hatte mit Sicherheit weder eine Lampe angelassen noch die Tür hinter sich geschlossen. Sie streifte die Schuhe ab und huschte lautlos auf den Raum zu. Mit gespielter Tapferkeit stieß sie die Tür auf und rief: »Norfolk. Was, zum Teufel, machen Sie da?«

Der Anblick, der sich ihr bot, ließ sie einige Schritte zurückweichen. Das Zimmer sah aus, als hätte dort ein Hurrikan gewütet. Ein weißes Meer aus Papier bedeckte den Boden. Darin trieben Ablagekästen wie tote Fische an der Oberfläche. In einer Ecke erhob sich ein Haufen Kassetten und CDs wie ein felsiges kleines Eiland empor, an dessen Ufern Fotografien gestrandet waren. Isabels Gesicht starrte sie an.

Wer hatte das getan? Die Frage hallte so laut durch ihren Kopf, daß Leo zunächst sicher war, den Satz herausgeschrien zu haben. Doch das konnte nicht sein, denn hinter sich hörte sie in einiger Entfernung ein Geräusch. Sie eilte ins Wohnzimmer. Nichts. Weder unter Isabels Schlafzimmertür noch aus Leos Zimmer, dessen Tür halb offen stand, drang Licht hervor. Ihre Haut unter der Kleidung fühlte sich eiskalt an, und alle Härchen hatten sich vor Anspannung aufgerichtet. Vorsichtig näherte sie sich Isabels Schlafzimmer, stieß die Tür auf und schaltete das Licht ein. Es war keine Menschenseele zu sehen, doch die Schiebetür des Kleiderschranks stand offen. Schuhe und Stiefel quollen hervor. Auch die Schubladen der Kommode waren herausgezogen und die Wäsche durchwühlt worden. Auf dem Bett lag eine große umgedrehte Schachtel, die Leo bislang noch nie bemerkt hatte. Darunter war der einstige Inhalt verstreut: noch mehr Papiere, ein Sammelsurium von Unterlagen.

Plötzlich erlosch das Licht, und von hinten traf Leo ein heftiger Stoß, der sie gegen die offenen Schubladen schleuderte. Sie schrie auf, stolperte nach vorn und stürzte zu Boden, doch gelang es ihr gleichzeitig, einen kurzen Blick auf ihren Widersacher zu werfen. Ein massiger Körper, ein schimmernder Haarschopf, und dann fiel der Kleiderständer genau auf ihre Beine. Leo riß die Hände über den Kopf, um sich vor dem nächsten Schlag zu schützen. Zusammengekrümmt lag sie da und rechnete jeden Moment mit einem weiteren Schlag, bis ihr schließlich klar wurde, daß der Angreifer von ihr abgelassen hatte. Wortlos kroch sie unter dem Kleiderständer hervor und rieb sich ihre schmerzenden Beine. Von irgendwoher hörte sie ein Klicken.

Einen Augenblick später erkannte sie das Geräusch und lief sofort zur Wohnungstür. Geschlossen. Der Eindringling hatte sich aus dem Staub gemacht. Erst da, als sie tief Luft holte, durchzuckte die Angst sie wie ein Blitz. Ihr Herz schlug viel zu schnell. Sie konnte sich nicht überwinden, die Tür zu öffnen und den Einbrecher zu verfolgen. Statt dessen drehte sie zweimal den Schlüssel im Schloß und schaute sich ratlos um. Dann knöpfte sie wie eine Schlafwandlerin langsam den Mantel auf, einen Knopf nach dem anderen, als hätten ihre Finger dergleichen noch nie getan.

Auf einmal kam ihr ein Gedanke. Sie eilte zum Fenster und spähte angestrengt hinaus in die Nacht. Ein Mann bog soeben um die Ecke. Konnte es sich um den Eindringling handeln? Leo erhaschte nur einen kurzen Blick auf die Gestalt, erkannte gerade noch einen Regenmantel, und dann war der Fremde verschwunden.

Schwerfällig ging sie zurück. Die Badezimmertür zu ihrer Linken stand offen. Dort mußte er sich versteckt haben, nachdem er sie auf der Treppe gehört hatte. Auf dem Weg nach drinnen war sie unmittelbar an ihm vorbeigegangen. Sie erschauderte abermals und sah sich entsetzt in dem Raum um. Der Mann hatte den Arzneischrank ausgeräumt, und nun verstopfte der Inhalt offener Gläser und Schachteln das Waschbecken. Die Blumentöpfe vom Fensterbrett waren in die Badewanne gefallen, so daß kreuz und quer über das weiße Porzellan verteilt kleine Häufchen aus dunkelbrauner Erde und zerquetschten Sämlingen lagen.

Leo sah ihr aschfahles Gesicht im Spiegel und zuckte zusammen, als würde sie einer Fremden begegnen. Sie wankte zum nächsten Sofa und ließ sich darauf fallen. Es ergab keinen Sinn. Die Wertsachen waren alle noch da – sowohl die Musikanlage als auch der Videorekorder und das Fernsehgerät standen an ihren üblichen Plätzen. Was also hatte der Einbrecher mitgenommen? Vielleicht den Schmuck. Sie zwang sich, zurück ins Schlafzimmer zu gehen. Isabel bewahrte ihren Schmuck in einer schwarzen Lackschachtel auf, die im unteren Fach ihres Nachttisches verstaut war. Die Schachtel befand sich noch da, anscheinend unberührt. Leo wollte die Hand danach ausstrecken, als ihr etwas anderes einfiel. Die Polizei. Diesmal würde man ihr wohl kaum wieder so herablassend begegnen.

Sie ging ins Arbeitszimmer zum Telefon. Erst als sie den Einbruch meldete, fiel ihr etwas auf. Sie schob die verstreuten Papiere beiseite. Ihr Laptop stand nicht mehr auf dem Tisch. Es ergab keinen Sinn.

Ein einziger fehlender Gegenstand und dann so ein Durcheinander. Mit einem Ruck zog Leo das Rouleau herunter, und noch während sie damit beschäftigt war, wurde ihr alles plötzlich ganz klar. Jemand war mit einer ganz bestimmten Absicht hergekommen, wegen einer Sache, von deren Existenz er bereits wußte. Es mußte etwas sein, das sich als Computerdatei speichern ließ oder auf Papier festgehalten werden konnte – daher auch Isabels verstreute Briefe an der Wohnungstür.

Leo saß da und schaute den Polizisten bei der ersten Bestandsaufnahme zu. Man hatte zwei Männer geschickt. Keiner davon war Police Constable Collins. Einer der beiden hatte ihr einen Tee zubereitet und gefragt, ob eventuell eine Flasche Weinbrand im Haus wäre. Dann hatte er einen ordentlichen Schuß davon in Leos Tasse gegeben. Er erklärte Leo, sie solle ruhig sitzen bleiben, während er und sein Kollege sich zunächst einen Überblick verschaffen würden. Nachdem sie den Männern von dem Einbrecher berichtet und zudem auf die Vermißtenanzeige wegen Isabels Verschwinden hingewiesen hatte, fühlte sie sich auf einmal völlig kraftlos.

Tränen rannen über ihre Wangen. Ihre Hände zitterten. Der Schock machte ihr zu schaffen.

»Tut mir leid, aber ich muß Sie kurz stören.« Der Polizist, der den Tee zubereitet hatte, setzte sich neben sie und sah sie an. »Können Sie sich erinnern, ob Sie heute vor Ihrem Weggang die Tür zweimal abgeschlossen haben?«

Leo starrte ihn an. Seine Gesichtszüge schienen sich irgendwie nicht zu einem kompletten Ganzen vereinigen zu wollen. Angestrengt dachte sie nach. »Zweimal abgeschlossen?« wiederholte sie stumpfsinnig. »Nein, ich glaube nicht. Wissen Sie, Isabel ... Die Eingangstür unten ist sehr massiv.«

»Natürlich. Wir fragen uns nur gerade, ob es sich um die Tat eines Insiders handeln könnte.«

»Eines Insiders?«

»Jemand, der die Schlüssel hatte. Es gibt keine Anzeichen für ein gewaltsames Eindringen, weder an der Haustür noch ...«

»Jemand, der die Schlüssel hatte«, wiederholte Leo nachdenklich. Christopher Norfolk kam ihr in den Sinn. Aber warum sollte er sich die Mühe machen, den Computer zu stehlen? Er hätte sich auf elegantere Art Zugang zu bestimmten Daten verschaffen können.

»Vielleicht ein Nachbar?«

»Ein Nachbar?« Das Gesicht des Polizisten gewann plötzlich an Schärfe. Er war ein Farbiger, ein nettes Gesicht, nicht jung, mit freundlichem Blick. »Ja, der Nachbar von oben hat die Schlüssel. Er heißt Mike Newson. Aber ... ich habe einen Mann auf der Straße gesehen ... hinterher. Ich bin mir nicht sicher.«

»Wir werden auf jeden Fall mit Ihrem Nachbarn sprechen.«

»Ich komme mit.«

»Wenn Sie sich das zutrauen.«

Leo nickte und stellte die Tasse vorsichtig auf dem Couchtisch ab. Dankbar nahm sie Hand des Mannes und ließ sich beim Aufstehen helfen. Plötzlich wurde ihr nachdrücklich bewußt, wie man sich als alter Mensch fühlte, wenn die Beine unter dem eigenen Gewicht zu zittern begannen.

Langsam stiegen sie die Stufen hinauf.

»Es ist ziemlich spät, nicht wahr?«

»Kurz nach Mitternacht. Dennoch, es ist besser, die Frage direkt zu klären.«

Nach dreimaligem Klingeln öffnete Rosie die Tür ein schmalen Spalt, so weit der Sicherheitsriegel es zuließ. »Was ist los?« Ihre Stimme klang unwirsch.

»Ich bin's. Leo«, sagte Leo, die hinter dem Polizisten stand. »Es hat unten Ärger gegeben.«

Rosie entriegelte die Tür. Sie trug einen weißen Bademantel und hatte ein Handtuch um den Kopf geschlungen.

»Ich war unter der Dusche.« Ihr Blick richtete sich auf Leo. »Was ist passiert?«

Der Beamte kam Leo zuvor. »Bitte verzeihen Sie die späte Störung, Ma'am. Es hat einen Einbruch gegeben. Wir müssen wissen, ob Sie etwas gesehen oder gehört haben.«

Rosie schüttelte langsam den Kopf. »Sie Arme«, sagte sie zu Leo. »Kommen Sie doch herein. Setzen Sie sich.« Sie sah den Polizisten an. »Mir ist nicht das geringste aufgefallen. Ich bin ungefähr um acht Uhr nach Hause gekommen, habe die Musik eingeschaltet, bin in der Küche gewesen und habe mich dann vor den Fernseher gesetzt. Wurde viel gestohlen?«

Leo schüttelte den Kopf. »Aber der Einbrecher hat ein schreckliches Chaos angerichtet. Und mein Laptop ist ...«

Der Beamte fiel ihr ins Wort. »Sie haben Schlüssel für die Wohnung dort unten?«

»Mike, mein Lebensgefährte, hat die Schlüssel hier irgendwo deponiert. Ich weiß nicht genau, wo. Mike ist zu Filmaufnahmen weg. Er müßte Mittwoch wieder zurück sein. Spätestens Donnerstag, falls es Verzögerungen gibt. Vermutlich wird er irgendwann zwischendurch hier anrufen.«

»Würden Sie ihn dann bitte nach den Schlüsseln fragen? Vielleicht hat er sie ja verlegt. Oder ...«

»Natürlich.« Rosie beachtete ihn kaum. Sie starrte Leo an. »Sie sehen gar nicht gut aus. Wie wär's, wenn ich mir schnell etwas anziehen und Ihnen beim Aufräumen helfen würde?«

»Nicht mehr heute nacht, Ma'am. Wir lassen besser vorerst alles so, wie es ist. Die Kriminalpolizei sollte morgen früh einen Blick darauf werfen. Aber vielleicht könnten Sie Mrs. Holland im Auge behalten, während ich die anderen Nachbarn befrage ...«

»Sie kann gern hier bei mir übernachten.« Rosie warf Leo ein aufmunterndes Lächeln zu. »Wir können einander Gesellschaft leisten.«

»Das wäre sogar am besten.« Der Beamte und Rosie wechselten einen einvernehmlichen Blick.

»Was meinen Sie, Leo?«

Leo war zu müde, um Einwände zu erheben. Außerdem war sie dankbar. Sie wollte jetzt nicht allein sein und in ihrem Zimmer schlafen müssen, wo die Koffer aus dem Schrank gerissen und mitten im Raum liegengelassen worden waren. Nein, vorerst wollte sie keinen Fuß mehr in die dunklen Ecken setzen, in denen vor kurzem noch der Einbrecher gewütet hatte.

Ein Stunde später lag Leo in einem Bett mit strahlend weißem Baumwollbezug. Das Rouleau vor ihr war mit dem vertrauten Abbild der New Yorker Skyline bedruckt, so daß sie sich beinahe wie zu Hause in Manhattan vorgekommen wäre, hätte nicht die Nachttischlampe, ein hoch aufragendes, nadelspitzes Dreieck, diesen raffinierten Schimmer verbreitet und wären da nicht Mike Newsons unheimliche Schaufensterpuppen an der Wand neben ihr gewesen. Leo knipste die Lampe aus, um den Anblick loszuwerden, und dachte an Isabel, die stets bei eingeschaltetem Licht schlief. Isabel mit dem wachen Verstand und der scharfen Zunge. Isabel, die sich nur vor der Dunkelheit fürchtete. Und das aus sehr gutem Grund, dachte Leo im Hinblick auf den Schrecken, den ihr der Dieb versetzt hatte.

Sie war inzwischen davon überzeugt, daß es sich um keinen zufälligen Einbruch gehandelt hatte. Der Eindringling hatte etwas ganz Bestimmtes aus Isabels Besitz gewollt.

Leo hatte den Wink des Polizisten verstanden und Rosie keine weiteren Einzelheiten verraten, obwohl die Nachbarin sich ihr gegenüber mehr als liebenswürdig verhielt. Rosie hatte ihr Kuchen, Whisky und Tee serviert und die ganze Zeit von ihrer Mutter erzählt, der besten Kuchenbäckerin der Welt, die letztes Jahr ebenfalls Opfer eines Einbruchs geworden war. Zum Glück hatte sie eine entsprechende Versicherung abgeschlossen, und so bekam sie schließlich eine moderne Stereoanlage und einen riesigen Fernsehapparat. Rosie erzählte ihr auch von ihrer Arbeit in der Kostümabteilung des Victoria and Albert Museums und wie leid es ihr täte, daß sie morgen sehr früh aus dem Haus müßte, aber falls Leo gern ausschlafen wollte, sei das überhaupt kein Problem.

Leo schloß die Augen. Der Schlaf kam schnell, als hätte sie zu lange darauf warten müssen. Und mit dem Schlaf kamen die Träume. Ein chaotisches Durcheinander aus Träumen, genauso verwirrend wie der vergangene Tag.

Sie lag in einem schmalen Himmelbett, dem Bett eines kleinen Mädchens, umgeben von zahllosen weißen Rüschen. Das Bett stand in der Mitte eines so riesigen Raumes, daß sie die Wände nicht erkennen konnte. Ihre Augen waren geschlossen, und doch konnte sie ganz deutlich zwei Bedienstete in elisabethanischer Kleidung sehen, die eine Kiste herbeitrugen und neben ihr abstellten. Als sie gingen, öffnete sich leise quietschend der Deckel der Kiste. Im Innern lag Isabel und schlief ganz friedlich, und ihr Haar war mit Wildblumen bestreut, als wäre sie Ophelia. Nein, nicht Ophelia, die tote Ophelia. Und es war auch nicht Isabel, denn im nächsten Moment stieg jemand aus der Kiste. Ein Mann. Leo konnte ihn nicht erkennen. Er schlich im Raum umher, starrte auf ihre ausgestreckte Gestalt und neigte sich über sie. Sie verharrte regungslos und ließ sich nicht anmerken, daß sie von seiner Gegenwart wußte, nicht einmal dann, als er ihre Brust berührte.

Als er sich abwandte und anfing, die Schubladen einer Kommode zu durchwühlen, die in einiger Entfernung stand, kam er ihr plötzlich vertraut vor. Sie erkannte die Art, wie seine Schultern sich bewegten, während er den Inhalt der Schubladen auf dem Boden verstreute. Er beugte sich hinab und hob ein schmales Bündel Briefe auf. Es war mit einer blaßroten Schleife verschnürt. Liebesbriefe. Briefe, die er geschrieben hatte. Er – Daniel Lukas. Er war sehr groß und auf einschüchternde Weise breitschultrig. Auf seinem Gesicht erschien ein arrogantes Lächeln, und dann steckte er die Briefe in die Jackentasche.

Er war noch nicht fertig. Auf Zehenspitzen schlich er zurück zu ihr und vergewisserte sich davon, daß ihre Augen nach wie vor geschlossen waren. Dann ging er zur anderen Seite des Raumes, wo eine weitere Kommode stand. Er riß sie auf und schleuderte den Inhalt heraus, der überall um ihn herum auf dem Boden landete. Beccas Teddybär und die kleine weiße Plüschrobbe blieben dicht vor dem Bett liegen. Leo wäre beinahe aufgestanden. Sie wollte ihm etwas zurufen, doch ihr Mund war zu trocken. Er hielt etwas ins Licht empor, in die graue Morgendämmerung, die durch das Fenster hereinfiel. Nun konnte Leo den Gegenstand erkennen: eine Diskette. Er durfte die Diskette nicht einfach mitnehmen. Sie mußte wissen, was sich darauf befand. Ihr Mund bewegte sich, doch es drang kein Laut daraus hervor.

Dann kam er wieder auf sie zu. Doch diesmal war es jemand anders. Dieser Mann hatte ein schmales Gesicht und viel Gel im Haar, genau wie ihr Nachbar. Sein Mund verzog sich zu einem verächtlichen Grinsen. Ein Licht blitzte auf. Er fotografierte sie. Sie wollte das nicht. Sie würde sich in eine Schaufensterpuppe mit glänzenden und unbeweglichen Gliedern verwandeln. Ja, genau das geschah. Sie konnte ihre Beine nicht bewegen. Sie schrie. Seine Hand legte sich auf ihren Mund und dämpfte den Schrei zu einem Quieken.

»Still«, befahl er. »Sei jetzt still, Iris.«

»Ich bin nicht Iris«, wollte sie protestieren, doch die Hand schnitt ihr die Luft ab.

»Ja, jetzt bist du ein braves Mädchen. Und nun wirst du alles tun, was ich sage. Alles.«

Die Stimme hatte nichts von Mike Newsons gedehntem Londoner Tonfall an sich. Sie klang bedrohlich. Es war der Mann von Origen. Oder doch nicht? Das sardonische Lachen klang nach jemand anderem. Norfolk, Christopher. Er zerrte sie aus dem Bett und zwang sie, in die Kiste zu steigen. Über ihr schloß sich der Deckel mit einem endgültigen Klicken. Die Luft war stickig. Das Atmen fiel ihr schwer. Sie hörte ein Geräusch aus größerer Entfernung näher kommen – das träge Knattern eines Hubschrauberrotors. Sie lag allein in der Dunkelheit und wurde von furchtbarem Entsetzen ergriffen.

Plötzlich schreckte sie hoch. Der bittere Geschmack der Angst lag noch immer auf ihrer Zunge, und die Traumbilder schwirrten weiterhin durch ihren Kopf. Leo benötigte eine Weile, um wieder zu sich zu finden und zu erkennen, daß sie nicht in einer Kiste lag, sondern lediglich in einem fremden Bett in einer fremden Wohnung. Unbeholfen tastete sie nach dem Lichtschalter und goß sich dann ein Glas Wasser aus dem Krug ein, den Rosie für sie bereitgestellt hatte. Sie war ausgedörrt, als hätte sie eine lange Wüstenwanderung überstanden. Sie trank und sann über die erkennbaren Bestandteile ihres Traums nach, über die Kiste aus *Cymbeline* und den gefährlichen Einbrecher vom Vorabend. Dann schlief sie erneut ein und wachte erst im Schein der Morgensonne wieder auf.

Rosie hatte ihr eine Nachricht hinterlassen und mit einem Magneten am Kühlschrank befestigt. »Bitte bedienen Sie sich nach Herzenslust. Im Schrank ist jede Menge Müsli, daneben steht der Kaffee, und Brot ist ebenfalls genug da. Lassen Sie sich von den Polizisten und dem Chaos nicht unterkriegen! Bis später.«

Leo nahm auf einem Hocker an einem Küchentresen Platz und aß Cornflakes, so wie früher Becca, bevor sie morgens zur Schule aufgebrochen war. Bei all dem Durcheinander der letzten Nacht hatte sie vergessen, noch eine vernünftige

Mahlzeit zu sich zu nehmen. Doch mittlerweile ging es ihr besser, und sie fühlte sich der Sache gewachsen. Außerdem wußte sie bereits genau, was sie den Beamten erzählen würde, sobald die Leute von der Kriminalpolizei eintrafen.

Sie kehrte in das Apartment zurück. Die Wohnung wirkte weitaus weniger unheimlich als noch am Vorabend. Das Licht der hellen Frühlingssonne drang durch die zahlreichen Fenster herein, so daß die karmesinrote Couch förmlich in Flammen zu stehen schien. Leo vermied es, in einen der kleineren Räume zu blicken, wo nach wie vor die schlimmste Unordnung herrschte. Sie ging lediglich kurz in ihr Zimmer, um sich rasch einen frischen Pullover und eine neue Hose anzuziehen. Dann setzte sie Kaffee auf. Sie hatte sich eine erste Tasse eingeschenkt, als es an der Tür klingelte. Auf dem Monitor der Gegensprechanlage war ein Dienstausweis der Polizei zu sehen. Eine barsche Stimme stellte sich als Detective Inspector John Faraday vor.

Als sie die Wohnungstür öffnete, hatte er die Treppe fast schon hinter sich gebracht, ein blasser, schmaler Mann in einer unauffälligen Windjacke. In einer Menschenmenge wäre er sofort untergegangen. Er zeigte erneut seinen Ausweis vor. »Leonora Holland?« vergewisserte er sich ernst.

»Ja. Treten Sie ein.« Ihr kam der alberne Gedanke, daß er vermutlich nur deswegen ständig seinen Ausweis zückte, weil er sich ansonsten unsichtbar vorkommen würde.

»Wie Leonora Carrington.«

Sie sah ihn verblüfft an. Carrington war eine kaum bekannte Künstlerin. »Wie sind Sie denn darauf gekommen? Meine Mutter schwärmte für ihre Arbeiten, also hat sie mich nach ihr benannt. Deshalb habe ich wahrscheinlich auch mit dem Malen begonnen. Der Name verpflichtet.« Sie hielt inne. Wieso, zum Teufel, erzählte sie diesem Fremden ihre halbe Lebensgeschichte?

»Dann hätte ich ein berühmter Wissenschaftler werden müssen.« Er lächelte zaghaft. »Ist das da demnach eine von Ihren Arbeiten?« Er wies auf die Wand, an der Isabels farbenfrohes abstraktes Gemälde hing.

»Nein. Ich bin Illustratorin. Inzwischen zeichne ich hauptsächlich Cartoons.«

Er nickte verständig. »Nun ja, das hier sieht auch nicht gerade nach Leonora C. aus. Keine Elfen. Keine Frauen mit wilder Mähne. Ich habe gehört, es hat hier gestern abend ein wenig Ärger gegeben?« fragte er übergangslos.

»Mehr als nur ein wenig, Inspector.« Sie führte ihn in Isabels Arbeitszimmer.

Er stieß einen leisen Pfiff aus. »Sonst noch etwas?«

Sie zeigte ihm nacheinander Isabels Schlafzimmer, ihr eigenes Zimmer und dann das Bad. »Es handelt sich nicht um einen gewöhnlichen Einbruch, Inspector. Der Mann hat nach etwas gesucht.«

»Haben Sie irgendeine Ahnung, worum es sich handelt? Oder wer er sein könnte?« Er beugte sich kurz über die Badewanne und zerrieb zwischen den Fingern ein paar Krümel der Erde, die aus den zerbrochenen Blumentöpfen gefallen war. Dann schnüffelte er wie ein Terrier daran und untersuchte sorgfältig die verspiegelte Schiebetür des Arzneischranks. »War dieser Schrank geöffnet, als Sie die Wohnung gestern verlassen haben?«

Leo schüttelte den Kopf. »Nicht, daß ich wüßte. Ich benutze dieses Bad kaum. Meistens gehe ich in die Dusche.«

Er nickte erneut. »Ich nehme an, der Kerl hat Handschuhe getragen. Es sind keine Fingerabdrücke zu sehen, aber darum wird sich nachher die Spurensicherung kümmern. Also, was fehlt?«

»Mein Laptop. Mehr kann ich vorerst nicht sagen. Man hat mich gestern abend angewiesen, nichts zu berühren, aber auch sonst könnte ich vermutlich nicht viel feststellen. Wissen Sie, das hier ist nicht meine Wohnung. Sie gehört ...«

»Isabel Morgan alias Iris Morgenstern. Ich habe die Akten durchgesehen. Und Sie glauben, daß dieser Einbruch mit ihrem Verschwinden zu tun hat?«

Leo nickte traurig. »Neulich hat mich dieser Mann verfolgt. Er heißt Kripps und arbeitet für eine Firma namens Origen. Ich kann Ihnen nachher einen Prospekt der Firma zeigen. Ich habe so getan, als wäre ich Iris Morgenstern. Er wirkte sehr bedrohlich.«

»Sie sollten sich nicht auf eigene Faust als Detektivin betätigen, Miss Holland. Das kann gefährlich werden.«

Er sagte es ganz freundlich, aber Leo konnte sich dennoch nicht zurückhalten. »Ihre ... Ihre Kollegen wollten mich einfach nicht ernst nehmen.«

»Vermißtenfälle sind generell knifflig. Dieser Fall scheint allerdings wirklich außergewöhnlich zu sein. Ich habe eine besondere Vorliebe für neue Herausforderungen.«

Sie musterte ihn argwöhnisch. »Arbeiten Sie allein?«

Er lachte. »Nur manchmal. Ich wollte mir selbst einen Überblick verschaffen.« Er vollführte eine ausholende Geste in Richtung der hinteren Räume. »Sie glauben also, der gestrige Eindringling könnte dieser Mr. Kripps gewesen sein?«

»Ich weiß es nicht. Ich habe ihn nicht gesehen. Ich wußte gar nicht, daß jemand in der Wohnung war, bis ich zu Boden gestoßen wurde.« Die Erinnerung ließ abermals Panik in ihr aufsteigen.

»Denken Sie jetzt nicht weiter darüber nach. Aber hören Sie sich die folgende Beschreibung an.« Er setzte eine Brille auf, zog ein Notizbuch aus der Tasche und blätterte darin herum. »Nach der Aussage von Mr. Simon Porter, Ihrem Nachbarn aus dem Erdgeschoß, hat gestern abend gegen halb acht direkt hinter ihm ein Motorradbote das Haus betreten. Der Mann hat behauptet, er müsse ein Päckchen im vierten Stock abliefern, und ist dann die Treppe hinaufgelaufen. Mr. Porter hat sich nichts dabei gedacht. Der Fremde trug eine schwarze Ledermontur und hielt einen Motorradhelm in der Hand. Soweit Mr. Porter das abschätzen kann, war der Mann Mitte bis Ende Zwanzig, mit kurzem rotblonden Haar und von mittlerer Statur, auf jeden Fall kleiner als Mr. Porter. Klingt das irgendwie nach Ihrem Mr. Kripps?«

Leo schüttelte den Kopf. »Überhaupt nicht. Mr. Kripps ist groß, fett, im mittleren Alter und sieht aus wie eine Kröte.«

Faraday lächelte. »Sie fühlen sich nicht unbedingt zu ihm hingezogen.«

»Nicht im geringsten. Aber dies hier ist der dritte Stock, Inspector, nicht der vierte.«

»Man sollte von Gaunern nicht unbedingt erwarten, daß sie die Wahrheit sagen. Ich werde bei den Leuten im vierten Stock nachfragen.«

»Kripps könnte mit Leichtigkeit jemanden angeheuert haben, schätze ich.«

»Aber zu welchem Zweck, Miss Holland? Ihre Isabel oder Iris hat nicht für diese Leute gearbeitet. Also kann sie nichts von dort entwendet haben. Es sei denn, Sie ... Haben Sie mir womöglich etwas verschwiegen, Miss Holland?«

Leo errötete. »Nicht, daß ich wüßte. Ich habe bloß so einen Verdacht, mehr nicht. Ich weiß, daß Isabel Recherchen angestellt hat. Meines Wissens ging es dabei um Biotechnologie und genetisch veränderte Nahrung sowie um die Leute, die damit herumexperimentieren. Deshalb hat sie auch einen falschen Namen benutzt.«

»An wen hat sie sich außerdem gewandt?«

»Sie hat mehrere Firmen angeschrieben. Ich habe die Briefe gesehen. Da war ... Ich werde das nachprüfen. Falls die Unterlagen noch hier sind.«

Ihr fiel plötzlich Christopher Norfolk ein, als Faraday erklärte: »Wissen Sie, für mich sieht es so aus, als habe der Einbrecher nicht damit gerechnet, daß jemand hier auftauchen könnte. Er hat sich Zeit gelassen. Er ist nicht davon ausgegangen, in dieser Wohnung jemanden anzutreffen.«

Leo sah eine ihrer schlimmsten Befürchtungen wahr werden. »Also hält man Isabel gefangen und hat deshalb geglaubt, hier in Ruhe alles durchsuchen zu können. Vielleicht hat der Kerl sogar die Schlüssel gehabt. Womöglich hat er sie immer noch ...«

»Wir dürfen keine voreiligen Schlüsse ziehen, Miss Holland. Ich würde vorschlagen, daß Sie mit der Durchsicht der Papiere beginnen. Dabei können Sie die Unterlagen gleichzeitig aufräumen. Falls Sie auf etwas von Interesse stoßen oder etwas zu fehlen scheint, sagen Sie mir Bescheid. Ich fange im Arbeitszimmer an. Sie gehen zunächst ins Schlafzimmer. Okay?«

»Okay. Aber da gibt es noch etwas, das ich Ihnen sagen sollte, Inspector. Isabel war in Behandlung. Sie hat eine Psychotherapie gemacht. Sie wissen ja, daß man bei solchen Sitzungen alles mögliche erzählt. Ich habe so eine Ahnung, daß ihr Therapeut etwas weiß, das uns weiterhelfen könnte.« Sie mußte an ihren Traum denken und wollte Faraday schon davon unterrichten, daß genausogut Daniel Lukas der Dieb sein könnte, doch nun bei Tageslicht wirkte das alles nicht mehr sonderlich plausibel. Außerdem würde der Inspector ihr dann nicht länger vertrauen, sondern sie als hysterische Amerikanerin abstempeln. Sie wußte, wie ambivalent die Briten über die Vereinigten Staaten dachten. Einerseits mochten sie die amerikanische Begeisterungsfähigkeit, Offenheit und Tatkraft. Andererseits konnte dieses Faible im Bruchteil einer Sekunde in arrogante Geringschätzung umschlagen, wenn es um die maßlosen Übertreibungen der Amerikaner ging, die Naivität, die mangelnde Ironie, die Verbohrtheit.

»Soviel ich weiß, hat man ihn telefonisch befragt. Er konnte uns über den Verbleib Ihrer Freundin keinerlei Hinweise geben. Solange sich kein nachweisliches Verbrechen ereignet hat, können wir ihn weder vorladen noch Einblick in seine Unterlagen verlangen.«

»Ist das hier etwa kein Verbrechen?«

»Doch, aber leider nicht das richtige.« Faraday schnitt eine Grimasse.

Detective Inspector John Faraday ist ein ausgesprochen interessanter Mann, dachte Leo. »Darf ich Ihnen einen Kaffee anbieten, Inspector? Oder einen Tee, falls Ihnen das lieber ist.«

»Ein Kaffee wäre großartig. Bitte schwarz, mit einem Stück Zucker.«

Nachdem sie ihm die Tasse gebracht hatte, nahm sie ihren eigenen Becher mit in Isabels Schlafzimmer und machte sich an die Arbeit. Während sie den Kleiderständer aufrichtete und dann die Wäsche ihrer Freundin zusammenlegte und wieder in den Schubladen verstaute, kämpfte sie gegen die abermals aufkeimende Trübsal an. Sie mußte ganz sachlich und aufmerksam bleiben. Sie mußte nachdenken. Isabel würde nachdenken. Ein Einbruch und eine kleine Rangelei würden sie nicht so einfach aus der Bahn werfen. Im umgekehrten Fall, sofern also Leo verschwunden wäre, würde Isabel sich absolut methodisch auf die Suche nach ihr begeben und nicht etwa der Verzweiflung erliegen.

Leo begann Kleidungsstücke zusammenzufalten. Aus Isabels Schubladen fehlte einiges an Unterwäsche. Keine Frau würde mit so wenig auskommen. Ihre Freundin verfügte über alle Arten von Unterwäsche, angefangen von einfacher, praktischer Alltagsbekleidung bis zu den Utensilien einer Femme fatale. Typisch Isabel, dachte Leo. Aber die geringe Zahl der Wäschestücke bedeutete, daß sie definitiv für eine Reise gepackt hatte.

Bei der blindwütigen Suche des Einbrechers waren sämtliche Schuhe aus den Regalen unten im Schrank gerissen worden. Als Leo sie zurückstellte, fiel ihr auf, daß auch die Stiefel fehlten, die Isabel während ihres Treffens letzte Weihnachten gekauft hatte. Es handelte sich um knöchelhohe Stiefel aus dickem schwarzen Leder und mit niedrigem Absatz, bestens geeignet für lange Wanderungen. Hätte Isabel diese Stiefel wohl zu der beabsichtigten Fahrt durch die USA mitgenommen? Vielleicht. Doch die Sommersandalen schienen alle dazusein, obwohl Isabel in den wärmeren Landstrichen bestimmt Verwendung dafür gehabt hätte.

Links im Kleiderschrank hing eine Vielzahl von Kostümen und Kleidern. Leo stieß plötzlich auf einige Anzüge, Hemden und Hosen, die eindeutig einem Mann gehörten. Vermutlich von einem früheren Besucher, dachte sie. Oder vielleicht gehörten sie Christopher Norfolk. Leo schob die Sachen beiseite. Die Regale zur Rechten enthielten zahlreiche Pullover und Blusen. Keiner der Stapel schien durchwühlt worden zu sein. Das oberste Fach hingegen war leer. Dort mußte die Schachtel verstaut gewesen sein, die nun auf dem Bett lag. Das Regal befand sich deutlich über Leos Kopfhöhe, was erklären würde, weshalb ihr der Karton bei ihrer ersten flüchtigen Inspektion nicht aufgefallen war.

Leo sah aus dem Fenster. Vor einer Woche – obwohl es schon viel länger her zu sein schien – hatte sie hier vor den Scherben der Vase gestanden und einen gewaltsamen Einbruch vermutet. Die Polizei wollte nichts davon hören. Jetzt war tatsächlich ein Einbruch geschehen, und sie war immer noch keinen Schritt weitergekommen.

Draußen sah sie zwei junge Frauen in forschem Tempo die schmale Straße entlanggehen. Das glänzende Haar wippte im Rhythmus der langbeinigen Schritte. Eine der Frauen hob den Kopf, und Leo konnte erkennen, daß sie lachte. Die andere fiel in das Lachen ein und trat übermütig nach einem Papierfetzen, der auf dem Boden lag. Zwei junge Frauen, lachend, ganz mit sich selbst beschäftigt. Wie Isabel und sie, damals, während jenes ersten Jahrs in London. Leo dachte an den Comedy-Klub in einer versteckten Seitenstraße, in dem sie sich einen ganzen Abend lang über Margaret-Thatcher-Imitatoren kaputtgelacht hatten.

Sie gab sich einen Ruck, ging zum Bett, auf dem nach wie vor der Haufen Papiere lag, und nahm auf der Kante Platz. Briefe. Nach dem vergilbten Papier zu urteilen, waren manche davon schon sehr alt. Leo griff wahllos eines der Schreiben heraus. Es war auf den 10. Dezember 1986 datiert. Sie ging zurück zum Fenster, um die verblaßte Tinte dort im hellen Licht besser lesen zu können.

Liebe Isabel,
es ist nun schon einige Wochen her, daß ich zuletzt von Dir gehört habe. Ich hoffe, Du ziehst Dich auch warm genug an in diesem gräßlichen englischen Winter. Deine neue Anstellung klingt schrecklich. Konntest Du denn nichts Besseres finden? Bemühe Dich weiterhin, und hüte Dich vor falscher Gesellschaft. Die Welt ist schlecht, und eine selbständige junge Frau muß heutzutage um so mehr auf ihren guten Ruf achten.

Bei uns hier läuft es nicht allzugut. Marthas Hüfte macht ihr zu schaffen. Wenn Du schon nicht mir schreiben möchtest, schick doch wenigstens ihr hin und wieder ein paar Zeilen. Du weißt doch, wie sehr sie Dich liebt. Mir ist bewußt, wie vereinnahmend sie sein kann, aber sie meint es ja nur gut. Im Augenblick wohnt sie bei mir und hat ihr soziales Engagement vorläufig zurückgeschraubt. Wurde auch Zeit, wenn Du mich fragst. Alice Springs ist einfach kein Ort für eine Frau ihres Alters. Ich kann nicht verstehen, warum sie sich all diese Mühe gibt. Sie ist über die Jahre ein wenig verrückt geworden.

Ansonsten gibt es nur eine Neuigkeit zu berichten: Man hat bei uns eingebrochen und alle Werkzeuge aus dem Schuppen gestohlen, einschließlich des neuen Rasenmähers, den Martha gerade erst gekauft hatte. Ich vermute, es war einer dieser Aborigines, der immer noch hinter ihr herrennt, was die ganze Sache nur noch schlimmer macht. Die Gegend kommt immer weiter herunter. Ich kann Dir nicht verübeln, daß Du uns verlassen hast. Wirklich, ich trage Dir nichts nach. Außerdem bin ich froh, daß Du diesem scheußlichen Kerl den Laufpaß gegeben hast. Und ich werde mir einen neuen Job suchen und vielleicht sogar umziehen.

Viele Grüße
Mutter

Hastig legte Leo den Brief in den Karton, als wollte sie ihn vor ihren und Isabels Augen verbergen. Sie war verlegen und fühlte sich schuldig. Es stand ihr nicht zu, diese Briefe zu lesen. Sie nahm ein weiteres verblichenes Blatt in die Hand. Es war mit dem Namen Martha unterzeichnet. Leo erlag der Versuchung und las begierig. Plötzlich konnte sie beinahe riechen, wie das Leben in Isabels Familie gewesen sein mußte: Es war ein beißender, stickiger Geruch nach gestrickten Wollwesten und Frauen, die sich ständig in einer Art emotionalem Kriegszustand befanden.

Mein wunderhübscher Liebling,
ich bin für ein paar Wochen zu Elinor gezogen, der es momentan gar nicht gutgeht. Sie ist nicht ganz bei sich, hat Visionen und träumt sich manchmal allen möglichen Unsinn

zusammen. Nun, Du kennst sie ja. Der Doktor hat ihr Tabletten verschrieben. Aber mach Dir keine Sorgen, ich werde mich um sie kümmern. Konzentriere Du Dich nur auf Dich selbst. Du hast es Dir verdient. Ich vermisse Dein fröhliches Lächeln, aber dann wiederum stelle ich mir häufig vor, wie es noch fröhlicher wird …

Der Brief behandelte im Plauderton noch ein paar kürzlich gelesene Bücher. Leo überflog die Zeilen und versuchte sich zu erinnern, ob Isabel ihr jemals ausführlich von dem Verhältnis zwischen ihrer Tante und ihrer Mutter erzählt hatte. Ihr fiel nichts dergleichen ein, und so konzentrierte sie sich wieder auf den Stapel vergilbter Blätter. Das hier waren alles persönliche Briefe früheren Datums, was wohl auch der Grund dafür war, daß Isabel sie im Schrank verstaut hatte. Aus den Augen, aus dem Sinn, dachte Leo, wenngleich es sie überraschte, daß Isabel überhaupt so viele Zeugnisse ihrer Vergangenheit aufbewahrt hatte.

Sie nahm die nächsten Briefe von dem Haufen auf dem Bett und verschaffte sich einen groben Überblick. Zunächst folgte der wehleidige Klagebrief eines verlassenen australischen Liebhabers namens Duncan. Leo legte ihn auf den langsam anwachsenden Stapel in dem Karton, suchte ein weiteres Dutzend Schreiben heraus, die mit der gleichen dunkelbraunen Tinte verfaßt waren, und überflog sie kurz. Es erschien sinnvoll, die Briefe möglichst nach den Absendern zu sortieren. Immerhin bestand die winzige Chance, daß jemand aus Isabels Vergangenheit aufgetaucht war und sie entführt hatte.

Ihr Blick fiel auf eine vertraute Handschrift, kühn, raumgreifend, mit breitem schwarzen Strich. Leo erstarrte und vergewisserte sich anhand der Unterschrift. Jeff. Oben auf dem Blatt war der Briefkopf eines Hotels in Cannes aufgedruckt.

Na, Du Prachtweib,
Du bist wunderbar, weißt Du das? Ganz ehrlich.

Wir hätten das schon viel früher tun sollen. Und länger.

Du am Strand warst ein bei weitem schönerer Anblick als alle Filme, die ich gesehen habe.

Warum bist Du so schnell verschwunden? Soll ich Dir nacheilen und Dich in London suchen? Nichts würde mir mehr Vergnügen bereiten …

Leo las nicht weiter. Sie zerknüllte den Brief und schleuderte ihn durch den Raum. Ihr Magen zog sich zusammen. Jeff und Isabel. Wie konnte er nur diese besondere Grenze überschreiten? Nicht bloß irgendeine Frau, sondern ihre engste Freundin. Und wann? Sie holte den Brief aus der Ecke zurück, in der er gelandet war, und faltete ihn mit zitternden Händen wieder auseinander. Da hörte sie auf einmal dieses Klicken. Sie hielt erschrocken inne. Das Geräusch war ihr inzwischen vertraut. Die Tür. Sie verspürte gleichzeitig Angst und Wut, ein wahres Durcheinander der Gefühle. Sie wollte aufstehen und Inspector Faraday herbeirufen.

Noch bevor sie ihre Absicht in die Tat umsetzen konnte, ertönte eine laute Stimme: »Hallo! Jemand da?«

Christopher Norfolk kam auf sie zu und blieb an der Schwelle zu Isabels Schlafzimmer stehen. Er trug Jeans und einen dunkelblauen Pullover unter einer Lederjacke, und er sah aus, als habe er vergessen, sich zu rasieren. Über einer Schulter trug er seine Reisetasche, über der anderen seinen Laptop.

»Hallo, Holland. Sie wirken nicht gerade erfreut, mich zu sehen. Hätte ich Ihnen vielleicht mitteilen sollen, daß ich für ein paar Tage verschwinden würde? Ich bitte vielmals um Verzeihung. Anfangs war mir selbst nicht klar, wie lange es letztendlich dauern würde.« Er trat einen Schritt vor und wollte gerade seine Tasche abstellen, runzelte dann jedoch die Stirn. »He, was ist denn hier passiert?«

Hinter ihm meldete sich eine frostige Stimme zu Wort. »Hier ist ein Einbruch passiert. Gehe ich recht in der Annahme, daß Sie einen Schlüssel für die Wohnung besitzen?«

»Allerdings.«

»Und wer sind Sie?«

»Ich bin sicher, die Lady hier wird uns gleich einander vorstellen.«

»Mir wäre weitaus lieber, Sie würden das selbst übernehmen.«

»Aber sicher, Mr. ...?«

Faraday hielt ihm den Dienstausweis ein wenig zu dicht vor die Nase.

»Ich verstehe. Mein Name ist Christopher Norfolk. Erfreut, Ihre Bekanntschaft zu machen, Inspector. Tut mir leid, daß es während meiner Abwesenheit Schwierigkeiten gegeben hat.« Er schaute in Richtung Arbeitszimmer und stieß einen leisen Pfiff aus. »Was für ein Chaos!«

Leo musterte ihn eindringlich.

»Was wurde gestohlen?« Beiläufig legte Norfolk einen Arm um ihre Schultern, als würden sie zusammengehören.

Sie stieß seine Hand weg und bemerkte Faradays forschenden Blick.

»Man könnte meinen, daß Holland sich gar nicht freut, mich zu sehen, Inspector.«

»Sollte sie denn? Wo waren Sie gestern abend zwischen halb acht und elf, Mr. Norfolk?«

»Ach, daher weht der Wind.« Er verschränkte die Arme vor der Brust und tat so, als müßte er intensiv nachdenken. »Ich glaube, ich kann mit Sicherheit sagen, daß ich in einem roten Ford, einer ziemlich miserablen Karre, gesessen habe, irgendwo zwischen Totnes und London. Allein. Ohne Zeugen. Wollen Sie mich jetzt verhaften?«

»Das hier ist keine Komödie, Mr. Norfolk.«

»Nein, vermutlich nicht.« Er sah erneut in Isabels Arbeitszimmer. »Was wurde gestohlen, Holland?«

»Ich werde einen kurzen Blick auf Ihren Computer werfen, Mr. Norfolk.« Faraday öffnete die Tasche. Leo schaute kurz hin und schüttelte den Kopf.

»Aha, der Computer ist also verschwunden. Sonst noch etwas?« Norfolks Miene war auf einmal ernst, und seine dunklen Augen funkelten stählern, als sei ihm ein plötzlicher

Gedanke gekommen. »Haben Sie den Einbrecher überrascht, Holland?«

»Ich stelle hier die Fragen, Mr. Norfolk.« Inspector Faraday war kurz angebunden. Man konnte deutlich spüren, daß er inzwischen keinem der beiden traute. »Sie wohnen hier?«

»Ich bin zu Besuch.«

»Sind Sie ein Freund von Leonora Holland?«

»Leonora? Ist das ihr vollständiger Vorname?«

»Also kein Freund?«

»Ein flüchtiger Bekannter, könnte man sagen. Aber ich bin ein Freund von Isabel Morgan. Allmählich reicht es, Inspector. Ich hatte nichts mit diesem Einbruch zu tun. Und wenn Sie aufhören, mich wie einen kleinen Gauner zu behandeln, könnte ich Ihnen vielleicht sogar behilflich sein. Das hier beunruhigt mich. Außerdem mache ich mir mittlerweile Sorgen um Isabel. Ich habe versucht, einige Spuren ...« Er hielt inne. »Sagen Sie mir, was alles gestohlen wurde, Holland.«

»Das ist ja das Problem. Wir wissen es nicht, abgesehen von meinem Laptop. Und abgesehen von den Briefen, die Sie neulich geklaut haben.«

Norfolk ignorierte diese letzte Bemerkung und ging wortlos an ihnen vorbei, um eine schnelle Runde durch die Wohnung zu drehen. Er steckte den Kopf in Leos Zimmer und schaute in die Küche. Leo folgte ihm. Sie sah, daß er im Badezimmer genau wie vorher Faraday ein wenig Erde zwischen den Fingern zerrieb.

»Ich hätte nie gedacht, daß Isabel Pflanzen aus Sämlingen züchtet«, hörte Leo sich selbst sagen.

»Sie hat eben viele Begabungen.«

»Wir müssen uns unterhalten, Mr. Norfolk.«

»Ja, das sollten wir tatsächlich, Inspector. Unsere talentierte Freundin könnte durchaus in Schwierigkeiten stecken. Und vielleicht habe ich das alles unabsichtlich noch verschlimmert.« Er ließ sich auf das Sofa fallen.

Faraday nahm gegenüber Platz.

»Inwiefern haben Sie die Lage noch verschlimmert? Was haben Sie gemacht?«

»Eines nach dem anderen, Holland. Seien Sie nicht so voreilig. Wir reden hier nach wie vor über Vermutungen. Los, setzen Sie sich. Sie machen mich nervös.«

Leo hockte sich seitlich von ihnen hin.

»Fahren Sie fort, Mr. Norfolk.«

»Bei Isabels letztem Besuch in Australien haben wir uns ausführlich über Biotechnologie unterhalten, vor allem über die Gentechniker und ihre interessanten neuen Saaten. Ursprünglich wurden die als ›transgenetisch‹ bezeichnet. Mittlerweile bedient man sich vertrauterer Begriffe, die freundlicher wirken. Die Terminologie wurde ›modifiziert‹, könnte man sagen.« Norfolk lächelte. »Isabel hatte bereits ein paar Anhaltspunkte und wollte weiter recherchieren – für ein Buch oder eine Artikelreihe. Nicht über den üblichen Kram, der die Leute so aufgeregt hat, die Soja-, Keimöl- und Getreidesorten, sondern über die zukünftigen Möglichkeiten. Die Träume, die in den Labors bislang noch der Verwirklichung harren.«

»Unter dem Namen Iris Morgenstern?«

»Davon weiß ich nichts, aber es würde zu ihr passen. Ich sollte jedenfalls einige grundlegende Nachforschungen in Australien anstellen, hauptsächlich, um herauszufinden, wer woran arbeitet und, was genauso wichtig ist, wem was gehört. Isabel wollte sich um Großbritannien kümmern und während ihrer Reise durch die USA auch dort ein wenig herumschnüffeln. Sie hatte so eine Ahnung, daß die großen Firmen bald schon mit den Pharmakonzernen unter einer Decke stecken würden. Vorerst jedoch tarnten sie sich noch hinter einer Vielzahl kleinerer Forschungseinrichtungen – wie zum Beispiel Monsanto hinter Delta and Pine Land – Sie wissen schon, die Firma, die den Terminator entwickelt und zum Patent angemeldet hat und daraufhin von Monsanto aufgekauft wurde.«

»Den Terminator?« wiederholte Leo mit heiserer Stimme.

»Tja, das sind alles kreative Leute, Holland. Die sogenannte Terminator-Technologie nimmt genetische Veränderungen an Saaten vor, damit diese bei Verpflanzungen nicht mehr keimen, was großartig für die Patentinhaber ist, aber weniger gut für die ärmeren Länder und kleineren Farmer. In Indien organisiert man sich bereits dagegen.«

»Sie meinen, diese Sämlinge im Badezimmer waren ...?«

»Keine Ahnung. Wichtig ist, daß Isabel in dieser Angelegenheit auf seiten der Ökobewegung steht. Man weiß nie, welche Auswirkungen diese veränderten Pflanzen letztendlich haben werden – auf den Boden, auf andere Pflanzen, auf Wirtschaftssysteme. Ferner gibt es die sogenannte Verräter-Technologie, mit deren Hilfe Zellplasma unbrauchbar gemacht wird, nicht zu vergessen die Junkie-Saaten, deren Wachstum von der ständigen Zufuhr spezifischer Chemikalien abhängt und ...«

»Ersparen Sie uns den Vortrag, Mr. Norfolk. Was haben Sie herausgefunden?« unterbrach Faraday ihn schroff.

Norfolk warf ihm einen eisigen Blick zu. »Am Freitag habe ich mich mit einem Freund getroffen. Er arbeitet bei Greenpeace und ist übrigens auch ein Freund von Isabel. Sie hat natürlich mit den Leuten dort in Verbindung gestanden und von ihnen Listen mit den Firmennamen erhalten, aber über ihre eigenen Erkenntnisse wollte sie nie viel verraten. Vielleicht, weil sie niemanden in Schwierigkeiten bringen wollte, falls etwas schiefgehen würde. Doch immerhin habe ich erfahren, daß ihr bei einer Firma in der Nähe von Exeter eine Stelle als Sekretärin angeboten worden war. Mein Freund und Isabel hatten beide noch lauthals darüber gelacht. Also habe ich einen Wagen gemietet und mich auf den Weg gemacht.«

»Warum haben Sie mir nichts davon erzählt?« warf Leo ein.

»So etwas nimmt man besser allein in Angriff, Holland. Ich wollte vor Geschäftsschluß dort sein, und die Straßen in England sind ein Thema für sich.«

»Wie lautet der Name der Firma, Mr. Norfolk?«

»Haben Sie einen dieser Sargnägel für mich, Holland?«

Leo gab ihm eine Zigarette.

»Und ein Streichholz, bitte. Ich habe keines dabei.«

»Der Name der Firma, Mr. Norfolk.«

Norfolk ignorierte ihn.

»Als ich dort eintraf, waren die Leute aus der Geschäftsleitung schon ins Wochenende verschwunden. Also habe ich mich mit einer Frau unterhalten, einer hübschen jungen Braut.«

Er zwinkerte Leo zu, und sie kam zu der Überzeugung, daß er diesen letzten Kommentar ihretwegen hinzugefügt hatte. Sie mußte plötzlich an Jeff denken. An Jeff und Isabel. Ihr Wangen fühlten sich heiß an.

»Was hat diese ... Braut Ihnen denn erzählt?« Ihre Stimme triefte vor Sarkasmus.

»Nun, sie konnte sich noch genau an eine Sekretärin erinnern, die Anfang März ungefähr zwei Wochen lang dort gearbeitet hat und auf die Isabels Beschreibung zutrifft.«

»Und wie hilft uns das weiter?«

»Bitte gestehen Sie mir doch ein wenig Intelligenz zu, Inspector.«

»Ich gestehe Ihnen sogar eine ganze Menge mehr zu, Mr. Norfolk.«

Leo beobachtete die beiden bei ihrem kleinen Machtspiel. Norfolk hatte sich leger auf dem Sofa zurückgelehnt und musterte den Inspector mit träger Geringschätzung aus halbgeschlossenen Augen. Faraday saß auf der Kante der Couch. Sein drahtiger Körper war angespannt und schien regelrecht auf eine handgreifliche Auseinandersetzung zu lauern. Die beiden Männer konnten sich nicht ausstehen. Faraday hatte Norfolk ganz offensichtlich im Verdacht. Nicht zu Unrecht. Norfolk war gerissen. Er verbarg etwas hinter diesem schläfrigen Blick. Seine ganze Geschichte konnte durchaus eine Erfindung sein.

»Fahren Sie fort.«

»Wo waren wir stehengeblieben?«

»Sie haben sich mit einer jungen Frau unterhalten. Ziemlich lange, wie es scheint.«

»Nun ja, wir wurden von einem Muskelprotz unterbrochen, dem meine Fragen anscheinend nicht gefallen haben. Da hingen in jeder Ecke Überwachungskameras. Und gerade als das Gespräch interessant zu werden begann, hat er mich vor die Tür gesetzt.«

Das Klingeln des Telefons ließ sie zusammenzucken. Im ersten Moment verharrten alle, dann eilte Leo los. Faraday war unmittelbar hinter ihr. »Nicht abheben«, rief er und deutete auf den Anrufbeantworter.

Isabels Ansage hallte durch den Raum. Leo schaute zu Norfolk. Er lauschte mit äußerster Konzentration.

Es meldete sich eine Frau mit starkem Akzent, so daß man sie nur schwer verstehen konnte.

»Isabel, meine Liebe, hier ist Paola. Ich muß dich sprechen. Es ist ziemlich dringend. Hast du schon mit Daniel geredet? Er hat mich angerufen. Hier noch mal meine Nummer, damit du nicht erst danach suchen mußt. Ruf mich bitte an, ja?«

Leo sah, daß Faraday die Nummer notierte, die die Frau langsam, zum Mitschreiben diktierte.

Paola. Die Frau, mit der Daniel Lukas unmittelbar nach Leos gestriger Sitzung telefoniert hatte.

»Der Name dieser Firma, Mr. Norfolk?« John Faradays Frage riß Leo aus ihren Gedanken.

»Die Firma heißt Plantagen.« Norfolk schien das Interesse verloren zu haben. »Niedlich, was? Ganz das gute alte England. Aber man wird Ihnen dort nichts verraten, falls Sie fragen – selbst wenn diese Leute einen Dieb angeheuert haben, der hier Isabels Unterlagen durchsuchen sollte. Alles wirkt sehr vornehm, überaus freundlich und lieblicher als Ihr bester Rotwein. Diese Leute haben wahrscheinlich bessere Beziehungen zu einflußreichen Gönnern als sechs Regierungen zusammen.« Dann nahm er auf einmal seinen Laptop und machte sich auf den Weg. »Ich schätze, wir sehen uns dann später noch, ihr Lieben.«

Bevor einer von beiden ihn zurückhalten konnte, war Norfolk bereits zur Tür hinaus.

7

Der Nieselregen verlieh der Upper Street am Abend einen Glanz, der zu den neu eröffneten modischen Geschäften und pseudo-eleganten Restaurants paßte, wo die Stühle hart wie in der Jugendstrafanstalt waren. Daniel Lukas hielt vor der roten Ampel und sah einen gebeugten alten Mann langsam über die Straße schlurfen. Vor Daniels Wagen blieb er stehen und schaute auf. Unter dem dichten Schopf aus Dreadlocks erblickte Daniel ein fahles Gesicht, das viel zu jung für diesen Körper und Gang war. Er mußte an seine Zeit in der psychiatrischen Station des Maudsley Hospital denken. Der Lithium-Gang. Lithium, das Wundermedikament, das manische Hochstimmungen und depressive Tiefen zu mildern vermochte, führte als Nebenwirkung zu dieser schleppenden Art der Fortbewegung.

Die leeren Augen des Mannes schienen ihn anzuklagen. Sie erinnerten ihn daran, wie hilflos er sich als Student manchmal gefühlt hatte, wenn gewisse Symptome einfach durch hübsche kleine Pillen abgestellt wurden. So konnte den Patienten unmittelbar geholfen werden, lautete die einhellige Meinung der Ärzte. Besser als langfristige stationäre Aufenthalte, hieß es. Besser, doch nicht gut genug, dachte Daniel. Wegen dieser zweifelhaften Behandlungsmethoden hatte er sich auch für die Ausbildung zum Psychoanalytiker entschieden.

Die Ampel schaltete auf Grün, und die Autos hinter Daniel fingen an zu hupen. Bei diesem Geräusch hob der Mann entschuldigend eine Hand, lächelte Daniel an und setzte seinen quälend langsamen Weg über die Straße fort.

Daniel bog in eine Seitenstraße und parkte mehr schlecht als recht. Als er ausstieg, stand der junge alte Mann direkt neben ihm. »Sie haben nicht vielleicht ein Pfund übrig, mein Freund, oder? Ich habe mein … mein … Ich habe es verloren.« Er schien vergessen zu haben, was er verloren hatte.

Daniel griff in die Tasche und drückte dem Mann eine Fünf-Pfund-Note in die Hand.

»Alles Gute, mein Freund«, sagte der Mann.

»Haben Sie eine Bleibe?« fragte Daniel leise.

Der Fremde nickte vage.

»Dann auf Wiedersehen.«

Daniel lief zu dem Restaurant. Er hatte sich verspätet – was ein sicheres Anzeichen dafür war, daß er sich nicht auf das Treffen freute. Doch als er die Glastür öffnete und eintrat, sah das Lokal mit dem langen verchromten Tresen und den gedämpften Pastellfarben eigentlich recht ansprechend aus. Paola saß bereits an einem Ecktisch, von dem aus man einen Teil des rückwärtigen Gartens überblicken konnte, in dem eine lebensgroße Skulptur zurück auf die Tischgäste starrte.

»Daniel. Wie nett.« Sie reckte ihm ihr Gesicht entgegen, damit er ihr einen Kuß auf beide Wangen hauchen konnte, und musterte ihn dann eindringlich. »Du siehst ein wenig reifer aus, aber genauso stattlich wie immer.« Sie wischte einen Fussel von seiner Jacke. »Die Hand einer Frau. Ich habe uns bereits Rotwein bestellt. Ich hoffe, du bist einverstanden.«

»Sehr gut.« Paola ist eine verwirrende Frau, dachte er wieder einmal. Sie hatte große schwarze Augen und volle Lippen, deren tiefes Rot zu der Farbe ihres wogenden Kleides paßte. An ihren Handgelenken klimperten Armreife, und in dem schimmernden dunklen Haar baumelten schwere Ohrringe. Ihre Zähne blitzten, ihre Augen blitzten, ihr Schmuck blitzte, und ihr Lachen kam aus tiefster Kehle. Das allein hätte ihm durchaus gefallen können, denn er hatte nichts gegen Extravaganz. Vielleicht hatte sein Argwohn genausoviel mit dem großen Jungen in ihm zu tun, der immer noch ängstlich vor Paolas Annäherungsversuch zurückwich, wie mit ihren beruflichen Differenzen.

»Laß uns bestellen, Daniel. Und dann machen wir uns nichts vor. Ich weiß, daß du mich nicht angerufen hast, um mein hübsches Gesicht zu bewundern.«

Er lachte. »Die Karte sieht verlockend aus.«

»Ja, allerdings. Ich nehme vorweg Schmorgemüse und dann Muscheln.«

»Für mich Salat und Lammrücken.«

»Ein typisches Männeressen.«

»Du und deine Vorurteile.«

»Und du verhältst dich berechenbar.«

Ein junger Mann mit blütenweißem Hemd nahm ihre Bestellung auf.

»Wie ist es denn so als alleinerziehender Vater?« fragte Paola.

»Wir kommen zurecht.«

»Ein Kind großzuziehen ist etwas anderes als eine berufliche Herausforderung.«

»Das ist allein meine Sache.« Daniel wurde ärgerlich. Mit Paola was es immer das gleiche. Wenn er ihr nicht von vornherein Grenzen aufzeigte, würde er sich fortwährend in der Defensive befinden. »Ich habe dich angerufen, weil ...«

»Ich weiß es schon. Wenn es nichts mit dem Marlborough zu tun hat, geht es um Isabel Morgan.«

»Ganz genau.« Er erwiderte ihren spöttischen Blick.

»Du bist immer noch wütend auf mich, weil ich sie dir weggenommen habe.«

»Das ist es nicht.«

»Lüg mich nicht an, Daniel. Du bist leicht zu durchschauen. Nun ja, vielleicht hast du sogar ein gewisses Anrecht darauf, wütend zu sein. Aber Isabel und ich sind vom ersten Moment an glänzend miteinander ausgekommen. Wir haben uns bei einer Dinnerparty kennengelernt und uns den ganzen Abend lang unterhalten. Wir hatten irgendwie die gleiche Wellenlänge.«

»Inwiefern?«

»Ich wußte, daß ich ihr helfen konnte. Kaum hatte ich die Gruppe und meine Arbeit mit den Frauen erwähnt, wollte sie mich auch schon aufsuchen. Sie brauchte eben die Gesellschaft einer Frau.« Paola verzog affektiert das Gesicht.

»Es macht mir nichts aus, daß sie zu dir gegangen ist, Paola.«

Das war gelogen, und sie legte sofort den Finger in die Wunde.

»Verschon mich mit diesem selbstlosen kollegialen Schwachsinn. Falls dir etwas an deiner Patientin lag, hat es dir etwas ausgemacht.«

»Gut, es hat mir etwas ausgemacht.« Daniel versuchte es anders. »Aber hauptsächlich deswegen, weil mir niemand mitgeteilt hat, daß sie eine Zeitlang bei uns beiden gleichzeitig in Behandlung war. Doch das ist vorbei. Erzähl mir, wie es mit Isabel gelaufen ist.«

»Falls du wissen willst, ob sie auch über dich geredet hat, kann ich dich beruhigen. Das muß man ihr wirklich zugute halten. Nur einmal, ganz am Anfang, als ich sie ausgehorcht habe, da sagte sie, sie sei sehr wütend auf dich.«

»Natürlich. Wir waren ja auch gerade im Begriff, etwas zu erreichen. Die Übertragung fing an zu greifen.«

»Du weißt, daß diese Begriffe mir nicht allzuviel bedeuten.« Paola winkte verächtlich ab.

Daniel schluckte seinen Ärger herunter. Er würde sich hier auf keinen Disput über ihre gegensätzlichen Berufsauffassungen einlassen. Seiner Meinung nach hatten Paolas Methoden nichts mit psychoanalytischer Therapie zu tun, auch wenn sie mit diesem Anspruch auftrat. Aus seiner Sicht drängte sie sich einfach in das Leben ihrer Patienten und versuchte es neu zu ordnen, wie eine aufdringliche, gluckenhafte Tante.

»Wir sind hier nicht in einem Seminar, Paola, also brauchen wir uns auch nicht zu streiten. Erzähl mir einfach nur, was mit Isabel geschehen ist«, sagte er ruhig und fügte dann hinzu: »Die Polizei hat mich nach ihr gefragt.«

»Die Polizei?« Ihre Stimme war so schrill, daß die Leute am Nebentisch sich umdrehten. Paola lächelte ihnen freundlich zu und senkte die Lautstärke. »Du hast ihnen doch nicht etwa meinen Namen gegeben, oder?«

»Natürlich nicht.«

»Du bist eben ein Gentleman, darauf kann ich mich stets verlassen. Isabel steckt also in Schwierigkeiten. Ist sie womöglich in Australien? Vermutlich hat sie mich deshalb nicht zurückgerufen.«

Daniel ging nicht weiter auf ihre Frage ein. »Erzähl mir, was zwischen euch vorgefallen ist.«

»Nun, sie hat mir von sich erzählt, von ihrem Leben als Single, von den unzähligen Liebhabern, von ihrer Unfähigkeit, zur Ruhe zu kommen, und dem Drang, alle Männer zu verführen. Immerhin war sie unzufrieden genug mit diesem Zustand, um eine Therapie zu beginnen. Schon nach fünfzehn Minuten war mir klar, daß sie als Kind in irgendeiner Form schwer mißbraucht worden sein mußte.«

»Nur fünfzehn Minuten und du warst dir sicher?« warf Daniel verärgert ein.

»Ich weiß über diese Dinge Bescheid, Daniel. Ich bin eine erfahrene Frau.«

»Erzähl bitte weiter.«

»Ich habe sie direkt gefragt, ob es ihr denn keine Sorgen bereite, daß sie schon fünfunddreißig Jahre alt und nach wie vor kinderlos sei. Hörte sie ihre biologische Uhr denn nicht immer lauter ticken? Und falls nicht, warum? Sie sagte, sie hätte nie Kinder gewollt. Dann sollten wir lieber den Grund dafür herausfinden, bevor es zu spät ist, habe ich zu ihr gesagt. Falls sie tatsächlich keine Kinder wollte, dann hundertprozentig deswegen, weil sie den Männern nicht traute. Und wenn sie den Männer nicht traute, dann aus einem ganz bestimmten Grund.«

»Ein Grund? Nur ein einziger?«

»Tu nicht so oberschlau, Daniel.«

»Also hast du ihr den Kopf zurechtgerückt.«

»Ich habe ihr offen meine Meinung gesagt. Es hat keinen Zweck, ständig um den heißen Brei herumzureden.«

Der Satz war eine offene Provokation. Daniel ließ die Gabel sinken. Paola bemerkte seine Reaktion gar nicht. Sie hatte sich inzwischen auf Touren geredet und fuhr fort, ihn herauszufordern.

»Die meisten von uns sind keine Millionäre, die sich bis in alle Ewigkeit auf deine Couch legen können, Daniel. Außerdem ist es keinesfalls notwendig, auch noch das letzte Fünkchen Wahrheit aus den Leuten herauszukitzeln. Das

Leben ist kurz. Isabel ergriff jedenfalls nicht die Flucht, also haben wir herausgefunden, warum sie keine Kinder wollte. Zuerst habe ich sie darauf hingewiesen, daß Schönheit, Verführungskünste und Unabhängigkeit nicht zwangsläufig positive Eigenschaften sind.«

»War das nicht ein klein wenig sadistisch?«

Für milde Ironie war Paola nicht empfänglich. »Ich mußte sie aufrütteln, damit wir uns dem Kernproblem zuwenden konnten.«

»Also hast du sie zunächst niedergemacht und ihre Vorzüge zu Untugenden erklärt. Das nenne ich mindestens böswillig, wenn nicht sogar sadistisch.«

»Es ist eine effektive Vorgehensweise, um schnell etwas zu erreichen.«

»Aber es könnte auch gefährlich werden. Deine Überzeugung erstaunt mich.«

»Genau das ist dein Problem, Daniel. Du hast keine Überzeugungen.« Paola hielt kurz inne, damit eine Kellnerin das Hauptgericht auftragen konnte.

»Ich bin überzeugt, daß wir beide nichts gemeinsam haben«, murmelte er.

»Was hast du gesagt?«

»Ach, nichts. Sprich weiter.« Er lächelte ihr freundlich zu, aber in Gedanken war er bei Isabel. Wie hatte sie wohl auf Paolas Angriff reagiert? Mit Wut natürlich, aber ein Teil von ihr hatte Paolas Einschätzung geteilt und ihr insgeheim beigepflichtet. Das wiederum würde einen selbstzerstörerischen Impuls auslösen.

»Also hat sie mir ein wenig von ihrer Kindheit erzählt, von der schrecklichen Mutter und der fürsorglichen Tante – ihr Rettungsanker, schätze ich – sowie den grauenhaften Schulen. Sie war dabei ganz ruhig und hat mit keiner Silbe versucht, sich zu rechtfertigen. Das war durchaus beeindruckend, aber ...«

»Es hat dir nicht gefallen.«

»Nicht unbedingt. Du solltest endlich essen, Daniel. Sonst bist du am Ende zu schwach, um dich um deine Patienten zu kümmern.« Sie widmete sich ihren Muscheln, kaute kurz darauf herum, zog eine Grimasse und rief dann eine Kellnerin an den Tisch. »Beim letzten Mal konnte man bei diesem Gericht den Ingwer und die Schalotten noch deutlich herausschmecken. Nehmen Sie den Teller wieder mit und sagen Sie Ihrem Koch, er soll sich gefälligst mehr Mühe geben.«

Die junge Frau sah sie verwirrt an und schien soeben einen Einwand erheben zu wollen, als Paola sie anherrschte: »Na los! Gehen Sie schon!«

Die Kellnerin schlich sich wie ein geprügelter Hund davon.

»Man darf so etwas nicht durchgehen lassen, oder es wird denen zur Gewohnheit. Wo war ich stehengeblieben?«

»Bei Isabels Kindheit.«

»Ja. Sie hat auf das Erinnerungsverfahren sehr gut angesprochen. Du weißt ja, welche Technik ich einsetze. Sie hat die Augen geschlossen, und ich habe sie aufgefordert, in das erste Haus ihrer Kindheit zurückzukehren und dort einen sicheren Ort aufzusuchen, an dem sie sich glücklich und friedlich gefühlt hat. Sie hat mir das alles sehr detailliert beschrieben. Sie erzählte mir von einem Raum hoch oben in einem großen baufälligen Haus, in dem die Dielen knarrten und es sehr heiß war. Von dem Zimmer aus konnte sie die Farm überblicken. Gelbe Erde und Schafe. Da gab es auch eine Puppe, die schon ziemlich arg mitgenommen aussah. Isabel liebte diese Puppe. Eines Tages war die Puppe verschwunden. Sie hat sehr geweint. Zur Tür des Raums gab es keinen Schlüssel, und jemand hatte die Puppe an sich genommen und weggeworfen. Ich sagte zu Isabel, von jetzt an würde so etwas nicht mehr vorkommen. Ich würde dafür sorgen, daß die Tür verschlossen und bewacht bliebe. Nur wenn sie es gestattete, würden andere das Zimmer betreten. Es gehörte ihr ganz allein. Natürlich war es weiterhin möglich, von dort aus Stimmen zu hören. Sobald sie sich völlig sicher fühlte, ermutigte ich sie, mir von diesen Stimmen zu berichten und dann weiter von dem Haus zu erzählen.

Die Stimmen waren sehr laut. Ihre Mutter war am lautesten, sie machte Isabel Vorwürfe, tadelte sie und war dabei selbst unglücklich. Auch Isabels Vater wurde von der Mutter mit Vorwürfen überhäuft, wegen des miserablen Lebens, das sie führten. Nachts gab es auch ständig Geschrei. Du kannst dir schon vorstellen, was gemeint ist. Isabel hat die Laute anschaulich für mich nachgemacht, aber hier ist nicht der richtige Ort dafür.« Paola lächelte. »Oh, da kommt mein Essen.« Sie stürzte sich gierig darauf, während Daniel sich fragte, welche dieser vermeintlichen Erinnerungen, die sie Isabel zuschrieb, wohl aufgrund von Beeinflussung und Suggestivfragen entstanden waren. Er hatte zum Beispiel noch nie von dieser Puppe gehört.

»Nun, ich schätze, bis hierhin kennst du das alles«, fuhr Paola fort. »Aber warte es ab – was jetzt kommt, kennst du noch nicht. Isabel hat gesagt, sie habe sich noch nie daran zurückerinnert. In dem Haus wohnten außer ihren Eltern und ihr selbst noch ein weiterer Mann und eine Frau. Hilfsarbeiter, vermute ich. Ihre Mutter mußte sich oft hinlegen, und Isabel ging dann häufig in das dunkle Zimmer, um mit ihr zu plaudern und sie möglichst zum Lächeln zu bringen. Manchmal, wenn sie tagsüber ins Zimmer ihrer Mutter gehen wollte, war die Tür abgeschlossen. Aber sie konnte dahinter Stimmen hören, die wie Katzen jaulten. Ich sagte, sie solle erneut hingehen, und schließlich entriegelte sie die Tür. Sie fand ihre Mutter zusammen mit dem Arbeiter vor. Ich werde dir die Szene nicht im einzelnen beschreiben, aber jedesmal, wenn Isabel dorthin zurückkehrte, wurde es ein kleines bißchen brutaler – mit Peitschen und anderen Utensilien. Dann bedrohte der Mann die kleine Isabel und sagte, er würde mit ihr dasselbe machen, falls sie je wieder hereinkäme. Er zerrte sie in Richtung Bett, und ihre Mutter lachte.

Das ist aber längst noch nicht alles. Eines Tages – wir haben mehrere Wochen gebraucht, um bis zu diesem Punkt zu kommen – sah Isabel, wie ihr Vater ihre Mutter schlug. Dann wurde ihr Vater krank. Er lag die ganze Zeit in einem Extrazimmer im Bett und arbeitete nicht mehr. Depressionen, vermute ich. Oft legte Isabel sich neben ihn, um ihn aufzuheitern. Er sagte, er würde sie von ihrer bösen Mutter fortholen, und dann würden sie reich und glücklich werden. Isabel war ihm gefügig. Die blutigen Einzelheiten muß ich wohl nicht wiederholen, oder?«

Paola sah Daniel bedeutungsvoll in die Augen, doch er schluckte den Köder nicht, also fuhr sie fort.

»Nachts hörte Isabel dann wieder die Schreie aus dem elterlichen Bett. Sie wollte sie nicht hören. Ich mußte sie drängen, den Ort abermals aufzusuchen. Natürlich nicht zu schnell. Bis es soweit war, haben wir allerlei alltägliche Begebenheiten abgehandelt, aber schließlich sah sie es wieder vor sich. Danach ist sie nie wieder in das Haus zurückgekehrt, weder in der Erinnerung noch im wirklichen Leben. Isabel wurde weggeschickt.«

»Was hat sie gesehen?« fragte Daniel. Er hatte kaum etwas gegessen. Auf seiner Zunge lag ein übler Geschmack.

»Soll das heißen, du weißt es nicht?«

»Woher soll ich wissen, ob ich es weiß, wenn du es mir nicht erzählst?« entgegnete er pikiert.

»Also weißt du es tatsächlich nicht. Das überrascht mich, Daniel. Immerhin hast du viele Monate mit Isabel gearbeitet.« Paola legte eine dramatische Pause ein. Ihr Armreif klirrte. »Die kleine Isabel sah ihre Mutter auf ihrem Vater sitzen. Ihre Hände lagen um seinen Hals. Er umklammerte ihre Handgelenke und stöhnte. Und dann sackte er in sich zusammen. Er war tot. Isabels Mutter hat den Vater ermordet. Allenfalls war es Totschlag. Ein Unfall beim Sex.«

Paola schnippte mit den Fingern, als hätte sie soeben ein Kaninchen aus dem Hut gezaubert. »Deshalb wurde Isabel plötzlich weggeschickt und später in all diese Internate gesteckt. Und deshalb wollte die Mutter auch nie über den Vater reden. Armes Mädchen.«

Daniel beherrschte sich mühsam. »Und nachdem du all das ausgegraben hattest, was hast du Isabel da geraten, um sie wieder aufzubauen?«

Paola aß den letzten Rest ihrer Mahlzeit. »Zunächst habe ich sie ermutigt, ihrer Mutter entweder einen Brief zu schreiben oder sie sogar direkt aufzusuchen und das Thema zur Sprache zu bringen. Wir haben diverse Situationen und Briefe durchgespielt. Außerdem habe ich mit ihr an ihrer Selbstachtung gearbeitet. Ich habe darauf hingewiesen, daß ihre Mutter die Tat womöglich auch aus Liebe zu Isabel begangen hat, um sie vor weiterem Mißbrauch zu schützen.«

»Wieso, zum Teufel ...?«

»Daniel, du weißt sehr wohl, wie schwierig es ist, die Frau in sich selbst zu lieben, wenn man von beiden Eltern und weiß Gott wem sonst noch mißbraucht wurde. Und wenn dann noch die eigene Mutter eine Mörderin ist. Also muß man alle Liebe nehmen, die man kriegen kann.«

»Das ist allerdings schwierig, da stimme ich dir zu.«

»Dann hat Isabel angefangen, die Sitzungen der Opfergruppe zu besuchen.«

»Die Gruppe in Devon, mit der du zu tun hast?«

»Ich wußte gar nicht, daß ich dir schon mal davon erzählt habe.«

»So etwas spricht sich schnell herum.«

Nachdenklich spielte Paola einen Moment lang mit ihrer Perlenkette. Die Situation behagte ihr ganz und gar nicht, wie Daniel zufrieden feststellte.

»Nein, Isabel hat hier eine Gruppe besucht. Sie hatte vor, später einige Zeit in Devon zu verbringen, aber zunächst wollte sie nach Australien fliegen. Dann ist auf einmal ihre Mutter gestorben.« Paolas Miene verfinsterte sich. »Schlechtes Timing. Ich schätze, Isabel ist noch immer dort unten und versucht, der Angelegenheit auf den Grund zu gehen. Vielleicht war es mehr, als sie allein ertragen konnte.«

»Das erscheint mir mehr als wahrscheinlich.« Daniel war so wütend, daß er kaum einen Satz herausbekam. Paola sah ihn erwartungsvoll an. »Demnach hat sie dich auch verlassen.« Die Feststellung bereitete ihm Vergnügen.

Sie ging nicht darauf ein. »Was hat die Polizei gewollt?«

»Man sucht nach Isabel.«

»Hat sie etwas ausgefressen?« Paolas Gesicht verzog sich ängstlich.

»Befürchtest du etwa, du hättest sie zu einer Wiederholungstat getrieben?« fragte Daniel in beißendem Tonfall. »Zu einem zweiten Mord, um den ersten zu verdrängen?«

»Spiel nicht mit mir, Daniel. Rede endlich.«

»Isabel wird vermißt.«

»Das ist alles?«

Er nickte.

Sie tupfte sich den Mund mit der Serviette ab und rief die Kellnerin an den Tisch. »Ich hätte gern Ihr besonderes Mürbegebäck und eine Tasse Kaffee.«

»Für mich einen doppelten Espresso.«

Daniel wartete auf den Kaffee. Er dachte nach und lauschte nur mit halbem Ohr Paolas erleichtertem Monolog über ihre Pläne, eine eigene Abteilung aufzubauen, die dann vielleicht dem Marlborough angegliedert werden könnte. Momentan hatte sie zuviel zu tun. So viele gequälte Frauen klopften an ihre Tür und wollten von ihr unter die Fittiche genommen werden. Eine Fernsehgesellschaft hatte außerdem wegen einer TV-Reihe bei ihr angefragt.

Als sie schließlich eine Pause einlegte, sagte Daniel: »Isabels Vater wurde nicht ermordet, Paola. Die Erinnerung an jemanden auszulöschen bedeutet nicht, denjenigen tatsächlich umzubringen.«

»Er wurde nicht ermordet? Aber ...«

»Du hast mich schon verstanden. Du solltest dich wirklich davor hüten, alles, was deine Patienten sagen oder du von ihnen hören willst, wörtlich zu nehmen. Denk immer daran, daß wir mit psychisch relevanten Ereignissen umgehen, die in der Welt außerhalb des Sprechzimmers womöglich niemals stattgefunden haben. Erinnerungen können trügen. Die emotionale Reaktion eines Kindes auf eine Situation entspricht nicht der tatsächlichen Gesamtheit jener Ereignisse. Suggestionen helfen auch nicht. Manche Patienten möchten gefallen und sagen daher, was verlangt wird. Zumindest für eine Weile.«

»Willst du mir etwa vorwerfen, ich hätte Isabel hypnotisiert?«

»Ich will dir gar nichts vorwerfen. Ich möchte dich bloß an ein paar Fakten erinnern.«

Paola schüttelte den Kopf. »Du irrst dich, Daniel. Sie hat es mir erzählt.«

Er rückte ein Stück vom Tisch ab und winkte nach der Rechnung.

Paola legte ihm eine Hand auf den Arm. »Wir müssen unseren Patienten vertrauen. Kaum einer von ihnen hat je zuvor eine vertrauensvolle Umgebung erlebt. Nur auf solch einer Basis des Vertrauens ist eine Heilung möglich.«

»Du kannst ihnen durchaus eine vertrauensvolle Umgebung bieten, ohne gleich jede ihrer Äußerungen für bare Münze zu nehmen. Falls ein Patient mir erzählt, er wolle am liebsten seinen Vater töten, verständige ich deswegen nicht umgehend die Polizei.«

»In Amerika würdest du in einem solchen Fall haftbar gemacht werden, falls dennoch etwas passiert.«

»Unter solchen Bedingungen würde ich nicht praktizieren.«

Paolas üppiger Busen erbebte vor Lachen. »Du bist regelrecht süchtig danach, deinen kleinen Anhaltspunkten nachzujagen, Daniel. Ich weiß, was für eine Art Analytiker du bist. Du könntest nie aufgeben. Der Sherlock Holmes des Sprechzimmers.«

»Aber ich habe kein vorgefertigtes Schema, in das meine Patienten sich einfügen müssen, und ich vermute auch nicht in jedem Winkel Opfer oder Täter. Ich hoffe nur, daß wir beide nicht dazu beigetragen haben, Isabel in eine dieser Rollen zu drängen.« Daniel stand auf.

Paola reagierte nicht etwa verärgert, sondern nachdenklich. »Isabel geht es bestimmt gut. Sie ist stark. Ich weiß es. Einmal hat sie sogar mir Angst eingejagt. Ich hatte den Eindruck, daß sie genau wußte, wie man jemanden zur Verzweiflung treiben konnte, weil ihr das alles am eigenen Leib widerfahren war. *Adios, amigo.* Du kommst doch nächste Woche, oder?«

Daniel lächelte nichtssagend. Er hatte nicht die geringste Ahnung, worauf sie anspielte, und er wollte Paola auf keinen Fall danach fragen.

Es war Wind aufgekommen. Papierfetzen wurden über den Gehsteig und die Straße geweht. Ein Stück Zeitung wickelte sich um sein Hosenbein. Daniel beugte sich vor, um es zu entfernen, und setzte dann seinen Weg durch den nächtlichen Nieselregen fort. Er wunderte sich, daß er nicht wütender auf Paola war, obwohl er ihrer Arbeit zutiefst kritisch gegenüberstand. Vermutlich lag es daran, daß er nicht umhinkonnte, eine gewisse Bewunderung für sie zu empfinden, und doch spürte er, daß ihre dominante Art für manche ihrer Patienten äußerst gefährlich war.

Er hatte Paola vor einigen Jahren auf einer Konferenz kennengelernt. Sie hatte dort einen Vortrag über ihre Arbeit mit Folteropfern in Argentinien gehalten. Auch sie selbst war einmal gefoltert worden, was ihren Worten unbestreitbares Gewicht verlieh. Problematisch war jedoch, daß sie es nie geschafft hatte, die Last dieser Erfahrung loszuwerden. Das wiederum übertrug sich auf ihre Arbeit und prägte die grundlegenden Kriterien, die sie bei ihren Behandlungen anwandte. Überall sah Paola Opfer und Peiniger. Aber was war mit ihm selbst?

Daniel war der jüngste Sohn eines Londoner Geburtshelfers und einer hingebungsvollen Mutter. Seine Erfahrungen beschränkten sich auf die banale Härte des Alltags, wie er es in selbstkritischen Momenten zu nennen pflegte: Tod, Krankheit, die verheerenden Auswirkungen psychischer Leiden, die kleinen Verletzungen, die wir uns selbst und anderen ständig zufügen, die Grausamkeit, die im Unbewußten lauert. Nach Paolas Ansicht zählte so etwas kaum.

Im letzten Jahr, als seine Frau bereits sehr krank war, hatte Paola sich ihm in einem Anfall geistiger Umnachtung während einer Konferenz an den Hals geworfen. Sie war in sein Zimmer gekommen und hatte ihm eindeutig zu verstehen gegeben, daß ein Mann, dessen Frau ans Bett gefesselt war, hin und wieder etwas Ablenkung benötigen würde. Seine verblüffte Zurückweisung schien ihr nicht viel auszumachen, so daß nur er sich verlegen fühlte. Erst jetzt wurde ihm klar, daß nach diesem peinlichen Vorfall nicht viel Zeit vergangen sein konnte, bis Paola mit der Behandlung von Isabel begonnen hatte. Ein kleiner gehässiger Racheakt.

Daniel steuerte den Wagen ungestüm aus der Parklücke. Welche Auswirkungen hatte Paolas Einmischung, die Demontage von Isabels erprobter Art, das Leben zu meistern, diese erzwungene Reise zu dem manipulierbaren Kind in ihrem Innern möglicherweise auf Isabels Gemütsverfassung gehabt? Er gab Gas, fuhr sogar einmal beinahe bei Rot über eine Ampel und erreichte Highgate in Rekordzeit. Vielleicht verspürte er wie Isabel den Drang, die Flucht zu ergreifen.

Als er nach Hause kam, suchte er die Telefonnummer heraus, die die Polizei ihm hinterlassen hatte. Er fragte den Mann, zu dem man ihn durchstellte, ob die australischen Behörden gebeten worden seien, nach der vermißten Isabel Morgan zu suchen.

8

Als Leo in das weiche Morgenlicht hinaustrat und unwillkürlich nach links bog, hatte sie für einen kurzen Moment den Eindruck, sie würde Gewohnheiten pflegen, die genaugenommen nicht ihre eigenen waren. Sie fühlte es, als sie die leicht unebenen Stufen vor dem Haus hinuntereilte, ohne auf ihre Schritte zu achten. Dann spürte sie es erneut, kurz bevor sie die Straße überquerte; als sie ihr Haar zurückwarf, obwohl es eigentlich viel zu kurz dazu war. Die Vertrautheit, mit der dieser kleine runzlige Mann in dem schmutzigen Zeitungsladen sie grüßte, trug ebenfalls zu der Ahnung bei. Sein »Wie geht's Ihnen heute?«, die Art, wie er einen halben Liter Milch, ein dunkles Brot und einen *Independent* auf den Verkaufstresen legte, bevor sie überhaupt etwas sagen konnte, all dies schien aus dem Alltag einer anderen Person zu stammen.

Sie fragte sich, ob Isabel inzwischen langsam von ihrem Dasein Besitz ergriff, so wie ihr früher schon Leos Mann zum Opfer gefallen war. Es lag wohl an all diesen Papieren und persönlichen Besitztümern, die Leo gesichtet hatte.

Oder verhielt es sich genau umgekehrt? Hatte sie das Leben der verschwundenen Isabel an sich gerissen, weil von ihrer eigenen Existenz kaum mehr etwas übrig war? Sie schob den Gedanken beiseite und kaufte noch eine Tüte Schokoladenkekse, bevor sie, nun deutlich gemächlicher, den Rückweg antrat.

An dem Durchgang zur alten Feuertreppe blieb sie stehen. Im Hauseingang stand ein Mann, den sie nicht kannte. Er trug einen Anzug und einen in die Stirn gezogenen Filzhut. Er schien zu zögern. An seiner Hand baumelte ein großer, reichlich bestückter Schlüsselring, und doch schaute er nachdenklich auf das Klingelbrett. Schließlich steckte er einen der Schlüssel ins Schloß und öffnete die Tür.

Leo betrat das Haus unmittelbar hinter ihm. Er fuhr nervös herum, sah sie prüfend an und eilte dann die Treppe hinauf. Sie bemerkte seine seltsamen Augen, die so groß und leer waren wie bei einer Porzellanpuppe. Quer über seine Wange verlief eine breite Narbe. Leo blieb ein Stück hinter ihm. Er wollte weder in die erste noch in die zweite Etage. Als sie auf dem Treppenabsatz haltmachte, hörte sie ihn stehenbleiben, und dann vernahm sie das vertraute Klicken eines sich öffnenden Türschlosses. Mit klopfendem Herz eilte sie zu Isabels Wohnung hinauf. Der Eindringling war zurückgekehrt.

»Was, zum Teufel, machen Sie da?« rief sie dermaßen laut, daß der Mann zurückschreckte und die Schlüssel fallen ließ.

»Was geht Sie das an?« Er musterte sie mürrisch.

Leo bückte sich nach den Schlüsseln. Er war genauso schnell. Sie zerrten beide daran, und dann fiel der Schlüsselring klirrend wieder zu Boden.

Plötzlich tauchte Norfolk an der Tür auf. »Gibt's ein Problem, Holland? Macht der Kerl irgendwelchen Ärger?«

»Er wollte hier einbrechen.«

Mit einer einzigen schnellen Bewegung drückte Norfolk den Mann an die Wand. »Rufen Sie die Polizei, Holland.«

»Halt, Moment mal.« Bei dem Wort »Polizei« änderte sich das Verhalten des Mannes abrupt. »Ich habe geklingelt, aber es hat niemand geöffnet. Und jetzt fallen Sie hier über mich her«, jammerte er. »Ich werde Anzeige erstatten. Holen Sie Isabel. Sie wird Ihnen sagen, wer ich bin.«

»Isabel ist nicht da, und ich habe kein Klingeln gehört.« Norfolk ließ ihn nicht los.

»Sagen Sie ihr, Hamish Macgregor sei hier.« Der Mann riß plötzlich die Arme hoch und befreite sich aus Norfolks Griff. Er rückte seinen Hut zurecht und strich sich das Jackett glatt. Sein Gesicht hatte sich verfinstert, und die Narbe sah dunkel und frisch aus. »Isabel hat mir die Schlüssel gegeben. Sie können sie selbst danach fragen.« Er bückte sich hastig danach und ließ die Schlüssel in der Tasche verschwinden.

Leo trat einen Schritt vor.

Noch bevor sie etwas sagen konnte, griff Norfolk ein. »Was wollen Sie hier?«

»Ich ... ich wollte ein paar meiner Sachen abholen.«

»Was für Sachen?«

Hamish Macgregor schien einen Moment lang nachzudenken. Dann hellte seine Miene sich auf. »Meine Werkzeuge. Ich habe einige Arbeiten für Isabel erledigt.« Er reckte triumphierend das Kinn empor, war aber immer noch ein ganzes Stück kleiner als Norfolk. »Sie sind in dem Schrank, gleich da drüben.« Er wies auf den Flur rechts von der Tür und trat über die Schwelle.

Norfolk hielt ihn zurück. »Zuerst rücken Sie den Schlüssel heraus.«

»Und wer, zum Teufel, sind Sie?«

»Ich stelle hier die Fragen. Rufen Sie bei der Polizei an, Holland.«

»Ich habe schon mit der Polizei gesprochen. Demnach sind Sie der Mistkerl, der mir die Bullen auf den Hals gehetzt hat. Meine alte Mutter ist deswegen immer noch ganz durcheinander.«

Leo sah, daß der Mann die Fäuste ballte. »Wann haben Sie Isabel zum letzten Mal gesehen?« fragte sie ihn.

»Das ist doch wohl meine Sache, oder nicht? Ach, jetzt

weiß ich, Sie sind die seltsame Frau, mit der ich telefoniert habe.« Er machte zwei Schlüssel von dem Ring los und warf sie wie einen Fehdehandschuh zu Boden. »Bedienen Sie sich. Ich hole mir schon mein Zeug.«

»Ich an Ihrer Stelle würde die Schlüssel aufheben und der Lady höflich überreichen, Kumpel.«

Macgregor sah Norfolk einen Moment lang reglos in die Augen. Dann bückte er sich mit übertriebener Geste, nahm die Schlüssel und gab sie Leo.

»Danke«, entgegnete sie mechanisch und folgte den Männern in die Wohnung.

Mitten zwischen Besen, Schrubbern und einem Staubsauger zog Macgregor einen Aluminiumkasten hervor. Dann klopfte er den Staub von seinem Anzug. Er schien irgendwie nervös zu sein, als habe er sich versehentlich in eine Ecke manövriert. »Mir ... mir ist gerade noch etwas eingefallen.«

»Und was könnte das sein, Mr. Macgregor?« Norfolk hatte die Arme vor der Brust verschränkt. Plötzlich realisierte Leo, daß er mit nacktem, braungebranntem Oberkörper dastand. »Was könnte das wohl sein?«

»Es ist im Schlafzimmer.«

»Holland, gehen Sie bitte in mein Zimmer und holen diesen cremefarbenen Anzug, der hinten im Kleiderschrank hängt. Ich vermute, das ist es, wonach unser Freund sucht.«

»Ich hole ihn selbst.«

Norfolk legte ihm eine Hand auf die Schulter. Der feste Griff stand eindeutig im Widerspruch zu seinem Lächeln. Macgregor rührte sich nicht.

»Ich habe mich schon gefragt, wem dieser Anzug wohl gehören mag. Ist da sonst noch etwas, Mr. Macgregor? Vielleicht ein Hemd?«

Die beiden Männer taxierten sich.

»Der Anzug ist vorerst alles.«

Leo zögerte kurz und ließ die Männer dann allein. Als sie zurückkehrte, standen die beiden draußen auf dem Treppenabsatz und sprachen leise miteinander. Sobald Leo sich näherte, verstummten sie.

»Danke«, murmelte Hamish Macgregor in ihre Richtung. Auf einmal war er ganz höflich. »Auf Wiedersehen.« Er nickte ihr zu und lief die Treppe hinunter.

»Worüber haben Sie mit ihm gesprochen, Norfolk?« fragte Leo, sobald sie wieder in der Wohnung standen.

»Ach, über dies und jenes. Ich wollte mir bloß einen Eindruck von ihm verschaffen.« Norfolk lächelte. »Kein allzu sympathischer Kerl. Nicht ganz Ihr Typ, Holland, schätze ich.« Er musterte sie nachdenklich.

»Isabels auch nicht, es sei denn, sie war nicht mehr ganz bei Trost.«

»Ach, ich weiß nicht. Isabel geht gern mal ein Risiko ein. Und jetzt werde ich mich wieder meiner Morgentoilette widmen, aus der ich so unsanft gerissen wurde, falls Sie nichts dagegen haben. Sie hatten nicht zufällig vor, einen Kaffee aufzusetzen?«

Leo nahm die Einkaufstasche, die sie auf dem Boden abstellt hatte. Für den Bruchteil einer Sekunde glaubte sie, er würde ihr einen Klaps auf den Po versetzen. Hastig richtete sie sich auf. »Doch, ich hatte wirklich vor, Kaffee zu kochen.«

»Großartig. Hätten Sie denn auch einen Schluck für Ihren Leibwächter übrig? Ich könnte ihn wirklich gut gebrauchen. Anscheinend gerate ich ständig in Handgreiflichkeiten. Das ist ganz schön anstrengend für einen Mann, der seinen Lebensunterhalt an der Tastatur eines Computers verdient.«

Leo widmete sich dem Frühstück. Sie mahlte Kaffeebohnen, stellte eine Schachtel Cornflakes auf den Tisch und dachte an Hamish Macgregor. Der Mann wirkte zwielichtig und irgendwie gewalttätig, was Leo erschaudern ließ, wenngleich er längst nicht so brutal schien, wie er ihr nach dem Telefonat vorgekommen war. Es lag auf der Hand, daß die Befragung durch die Polizei ihn veranlaßt hatte, herzueilen und sich heimlich seine Sachen zurückzuholen. Leo hätte ihren letzten Dollar darauf verwettet, daß Macgregor niemals zugeben würde, Isabels Liebhaber gewesen zu sein.

Ihre Hand rutschte ab. Die Milch schwappte über den Rand der Schale.

Jeff hatte es nicht geleugnet. Sie hatte ihn am späten Abend in seinem Büro in der Universität erreicht, nachdem Christopher Norfolk bereits zu Bett gegangen war. Ohne Umschweife hatte sie ihm nur eine einzige Frage gestellt: »Hast du mich mit Isabel betrogen?«

Erst folgten ein langes Schweigen und ein hektisches Ein- und Ausatmen. »Also hat sie es dir erzählt«, sagte Jeff schließlich. »Nach all diesen Jahren. Na ja, inzwischen spielt es wohl kaum mehr eine Rolle, oder?« Dann erklang dieses gekünstelte Lachen, das bei ihm auf äußerstes Unbehagen schließen ließ. Leo erwiderte nichts, und unweigerlich sah er sich zu einer Rechtfertigung veranlaßt. »Tja, man kann ihr nur schwer widerstehen. Und sie war alles andere als abgeneigt. Du hingegen warst damals kalt wie ein Fisch.« Sie legte auf, ging zu Bett, lag einfach da und erduldete den bitteren Nachgeschmack des Verrats.

Seltsamerweise fühlte dieser Vertrauensbruch sich schlimmer an als die Episode, die zu der Trennung von Jeff geführt hatte. Die Affäre mit Isabel mußte während des gemeinsamen Jahrs in London oder unmittelbar danach stattgefunden haben. Isabel machte sie keinen Vorwurf. Leo gehörte nicht zu den Frauen, die stets der anderen Frau die Schuld gaben. Die Freundschaft zwischen ihr und Isabel hatte damals gerade erst begonnen, und Isabel war ihr noch nicht zu besonderer Loyalität verpflichtet gewesen.

Plötzlich erinnerte Leo sich an einen lange vergessenen Abend. Sie saß in der Pause irgendeiner Aufführung mit Isabel in der Bar des National Theatre. Isabel warf ihr einen dieser neckischen Blicke zu und sagte: »Ich glaube, falls du wirklich über mich Bescheid wüßtest, würdest du mich nicht mögen. Ich bin meistens ziemlich unmoralisch.« Sie lachte dieses unwiderstehliche Lachen, das ganz tief aus ihrer Kehle kam.

Vielleicht hatte Isabel sie damals warnen und auf die Probe stellen wollen. Leo hatte den Fingerzeig nicht bemerkt.

Nein, von Jeff einmal abgesehen, hatte nur sie selbst schuld – sie war so dumm gewesen, so vertrauensvoll, so auf ihr Glück fixiert, als würde eine rosafarbene Wolke ihr den Blick verstellen.

Doch allmählich hob sich der Nebel. Leo konnte sich selbst sehen: eine kleine, bescheidene Frau, die glücklich lächelte, wenn sie daran dachte, daß sie ihrem Kind ein fürsorgliches familiäres Umfeld bieten würde, das weitaus liebevoller und beständiger war als ihr eigenes Elternhaus.

Leo nahm ein großes Küchenmesser und schnitt das Brot in Scheiben. Vor ihrem inneren Auge sah sie sich am unteren Ende einer langen gewundenen Treppe stehen. Sie wartete auf Jeff, der sich ganz oben befand. Er beugte sich unnatürlich vor und fiel. Dann stürzte er in Zeitlupe auf sie zu, rollte mit harten Schlägen die Stufen hinab, bis er schließlich neben ihr landete. Sein Gesicht war weiß, starr und tot. Leo fiel ein, daß sie während der ersten Zeit ihrer Ehe immer wieder von Visionen seines Todes heimgesucht worden war. Die Bilder kamen ganz plötzlich und ohne erkennbaren Anlaß. Er fiel von einem Baum, wurde von einem Auto überfahren oder durch eine starke Windbö von der Dachterrasse ihres Penthouse gerissen. Damals hatte sie das alles auf ihre Liebe geschoben und auf die damit verbundene Angst, ihn zu verlieren. Doch war womöglich in mindestens dem gleichen Ausmaß ihr Wunsch der Vater des Gedankens gewesen?

Sie schnitt eine weitere Scheibe Brot ab. Eine Stimme hinter ihr ließ sie herumfahren, als habe man sie bei etwas ertappt. Das Messer lag noch immer in ihrer Hand.

»Beruhigen Sie sich, Holland«, sagte Norfolk besänftigend. »Ich bin's nur. Erinnern Sie sich? Wir spielen hier nicht *Eine verhängnisvolle Affäre* nach. Das führt bloß zu häßlichen Flecken auf den Möbeln.«

Das Messer fiel klappernd zu Boden. Er sah sie fragend an. »Ich glaube, Sie haben den Kaffee noch viel nötiger als ich. Setzen Sie sich, und ich kümmere mich um den Rest.«

Leo rief Inspector Faraday an und setzte ihn über die neuesten Ereignisse in Kenntnis. Er reagierte überraschend schroff und fragte sie, wie viele Leute wohl noch auftauchen würden, die einen Schlüssel zu Isabels Wohnung besaßen. Nach dem Telefonat unternahm sie einen Spaziergang. Sie zwang sich, langsam und ruhig über den Friedhof zu gehen, und hielt sogar manchmal an, um die historischen Grabmäler mit den verblassenden Inschriften zu betrachten. Leo haßte Friedhöfe und mied sie nach Möglichkeit, sogar damals in Paris, wo die Friedhöfe an erster Stelle unter den Touristenattraktionen rangierten. Der Friedhof von Highgate stellte die einzige Ausnahme dar. Becca und Jeff hatten dem Ort die Bedrohlichkeit genommen und ihr die Gespenster vom Leibe gehalten.

In der Marktstraße erstand sie einen großen Strauß Tulpen für Rosie und Osterglocken für sich selbst – sie waren so gelb, daß in ihnen der Sonnenschein weiterzuleuchten schien. Außerdem kaufte Leo einige Orangen, weil diese besonders leuchtenden Früchte sie ein wenig aufheiterten.

Als sie das Haus betrat, bemerkte sie, daß inzwischen die Post eingetroffen war. Drei Umschläge für Isabel lagen da. Leo steckte sie ein, eilte ganz nach oben, um die Blumen und eine kurze Dankesnotiz vor Rosies Tür abzulegen, und kehrte dann in die Wohnung zurück.

Die Tür zu Isabels Arbeitszimmer war geschlossen. Dahinter vernahm sie das leise Klappern einer Tastatur. Norfolk war bei der Arbeit. Er schien wirklich nicht faul zu sein. Eilig stellte Leo die Blumen in eine Vase, legte das Obst in eine Schale und öffnete die Post. Von ihrer anfänglichen Zurückhaltung, in Isabels Privatsphäre zu stöbern, war mittlerweile nichts mehr übriggeblieben. Sie verhielt sich, als wären die Briefe an sie selbst adressiert.

Der erste Umschlag enthielt einige Unterlagen von Greenpeace, der zweite die Einladung zu einer Ausstellungseröffnung in der Hayward Gallery. Während Leo den Text las, fiel ihr plötzlich ein, wo sie den Namen Paola zuvor schon gesehen hatte – auf einer anderen Einladung, an ihrem ersten oder zweiten Tag hier. Befand sich das besagte Schreiben irgendwo unter den zahllosen Papieren, die Leo nach dem Einbruch so gut wie möglich wieder weggeräumt hatte?

Leo riß den letzten Umschlag auf. Er war braun und wattiert; der maschinell bedruckte Adreßaufkleber trug den Namen I. Morgenstern. Im Innern befand sich eine Diskette. Leo starrte sie an. Was sollte sie tun? Sie hatte keinen Laptop mehr.

Nach kurzem Überlegen eilte sie zu Isabels Arbeitszimmer. »Norfolk!« rief sie bereits beim Anklopfen und wartete dann gar nicht mehr auf seine Antwort, sondern stieß die Tür auf. »Schauen Sie nur, was ich hier habe.«

»Moment.« Er schrieb den Satz zu Ende und drehte sich zu ihr um.

Leo hielt die Diskette wie ein Beutestück hoch. »Das ist gerade mit der Post gekommen. Wir brauchen Ihren Computer.«

Er stöhnte. »Merken Sie nicht, daß ich beschäftigt bin? Bringt man den Frauen in Amerika denn keine Manieren bei?«

Leo trat einen Schritt zurück. »Das ist nicht meine Diskette«, stellte sie lakonisch fest. »Sie war an Isabel adressiert.«

»Warum haben Sie das nicht gleich gesagt?« Er zwinkerte ihr zu und nahm die Diskette.

Sie blieb hinter ihm stehen und starrte auf den Bildschirm. Vielleicht war es das, worauf sie die ganze Zeit gewartet hatten. Eventuell würde sich nun alles aufklären.

Was auf dem Bildschirm auftauchte, sah aus wie ein Stammbaum, eine komplizierte genealogische Aufschlüsselung, an deren Ausgangspunkt die Vorfahren standen und sich dann zu zahlreichen Ehemännern und -frauen, Kindern, Enkeln und Urenkeln verzweigten. Hatte Isabel sich einen Stammbaum ihrer Familie anfertigen lassen? Soweit Leo sich erinnerte, hatte Isabel nie viel über ihre Großeltern gewußt. Die Familie war in geheimnisvolles Dunkel gehüllt, vor allem die väterliche Linie. Doch hier waren keinerlei Namen aufgeführt, lediglich Initialen.

Norfolk scrollte nach unten. Die nächste Seite blieb genauso unverständlich. Jede Zeile bestand aus einigen Zahlengruppen, die durch Leerräume voneinander getrennt waren wie bei einem Code.

Ratlos musterten sie den Bildschirm.

»Ich vermute, Isabel hat sich selbst eine kleine Gedächtnisstütze geschickt. Zur sicheren Verwahrung.« Norfolk betätigte eine Taste, und Leo hörte den Drucker in Aktion treten. »Was bedeutet, daß mit ihr alles in Ordnung ist.«

»Sie meinen, das hier sind verschlüsselte Aufzeichnungen, die sie an ihre eigene Anschrift gesandt hat? Adressiert an den Namen Morgenstern?«

»Oh. In dem Fall war es vielleicht doch nicht Isabel.« Er schaute wieder auf den Schirm, nahm dann die Seiten, die aus dem Drucker kamen, und betrachtete sie nachdenklich. »Vielleicht, nur vielleicht ...« Norfolk nahm den wattierten Umschlag und untersuchte den Poststempel. »Dorset. Die Stadt kann ich nicht entziffern.« Er reichte den Umschlag an Leo weiter. »Lassen Sie mich nur noch schnell diesen Artikel beenden, Holland, und dann mache ich mich auf den Weg. Ich habe eine Idee. Mal sehen, was ich herausfinden kann.«

»Was für eine Idee?«

»Es ist noch zu früh, um darüber zu sprechen.« Er lächelte vielsagend.

»Bitte drucken Sie auch ein Exemplar für mich aus.«

»Na klar.« Norfolk betätigte abermals eine Taste. »Holland, Sie sind die mißtrauischste Person, die ich kenne«, murmelte er, während die Blätter aus dem Drucker glitten. »Sie könnten fast schon Isabels Schwester sein.«

Leo wich ein Stück zurück und sah ihm ins Gesicht. »Isabel hat keine Schwester.«

»Sie wissen schon, was ich meine. Und jetzt lassen Sie mich arbeiten! Ich habe zu tun.«

Sie zögerte. »Ich möchte Sie um einen Gefallen bitten, Norfolk. Darf ich mit Ihrem Rechner eine E-Mail verschicken? Meine Tochter ... Sie ist in Kalifornien. Wegen des Zeitunterschieds kann ich Becca genauso schwer erreichen wie Sie Ihre Redaktion in Sydney. Ich ...« Tränen brannten ihr plötzlich in den Augen. Sie spürte, wie er sie ansah, und wandte sich ab. »Vielleicht sobald Sie fertig sind.«

»Na, machen Sie schon, Holland«, brummte Norfolk. »Ich setze derweil neuen Kaffee auf.«

Leo saß an dem langen Glastisch und blickte von dem verwirrenden Stammbaum auf. Draußen war es immer noch dunstig, aber die Sonne schien wieder und spiegelte sich in den Fensterreihen des alten Fabrikgebäudes auf der anderen Seite des Parkplatzes. An einem der Fenster sah Leo eine schemenhafte Gestalt stehen. Das Licht fiel auf das Gesicht des Mannes, und einen Moment lang hatte Leo den Eindruck, er würde ein Fernglas auf sie richten. Sie ging zum Fenster und schaute genauer hin. Die Gestalt verschwand. Leo verdrängte das beunruhigende Gefühl, beobachtet zu werden, und konzentrierte sich auf die leise Stimme, die aus dem Abspielgerät drang. Es handelte sich um die zaghafte Stimme eines Mädchens, die ein Bild beschrieb, das die Kleine währenddessen malte. »Das hier ist mein Hund, Woofie. Mein Daddy hat ihn mitgenommen, als er weggegangen ist. Ich vermisse Woofie.« Stille. Und dann Isabels Stimme, sehr sanft. »Und was ist das?«

Mittlerweile hatte Leo zwei der unzähligen Kassetten aus Isabels Arbeitszimmer abgehört. Beide enthielten Gespräche mit Kindern. Leo war sich inzwischen fast sicher, daß alle Bänder zu der Materialsammlung gehörten, die Isabel für ihr Buch über die Kindheit angelegt hatte. Es war schön, Isabels Stimme zu hören, auch wenn sie anders klang, als Leo sie in Erinnerung hatte. Diese Stimme auf den Bändern war ruhig, fürsorglich, ernst. Sie enthielt keine Spur von Isabels lautstarken Spötteleien oder messerscharfen Bewertungen.

Leo griff nach einem Blatt Papier und fing an zu zeichnen. Isabels Gesicht floß aus ihrem Stift. Eine traurige Isabel, mit gesenkten Lidern und heruntergezogenen Mundwinkeln. Daneben schwebte Jeff. Seine Augen waren sehr dunkel und blitzten unter der Lockenmähne hervor. Leo fügte einige Schatten unter den Augen hinzu und verlieh der Miene dadurch einen böswilligen Charakter.

Das war eine der Sachen, die sie vermißte, dachte Leo. Sie hatte lange nicht gezeichnet, nicht gearbeitet. Die tiefe Versunkenheit, wenn der Stift über das Papier glitt und alles andere in den Hintergrund trat, war ihre ganz persönliche Art, um mit sich ins reine zu kommen. Was alle Reiter des Königs für Goggelmoggel nicht tun konnten, das Zeichnen tat es für Leo. Die Linien bedeuteten Zusammenhalt. Mit Farbe funktionierte es nicht. Farbe breitete sich auf der Seite aus, verwischte die Präzision, kleckste und quoll, pulsierte vor gefräßigem Eigenleben.

Als das Telefon plötzlich klingelte, zuckte sie zusammen, als habe sie sich zuvor unendlich weit von allen alltäglichen Geräuschen entfernt. Einen Moment lang wußte sie nicht, was nun zu tun war. Dann schaltete sie das Abspielgerät aus und lief zu dem Nebenanschluß beim Sofa.

Norfolk war schneller gewesen. Sie hörte ihn und die Stimme eines stotternden Mannes.

»Ich habe hier vielleicht etwas für Sie«, murmelte der Unbekannte. »Aber das erzähle ich Ihnen besser persönlich.«

»Okay, um vier Uhr. Ich komme zu Ihnen«, erwiderte Norfolk.

»Einverstanden.«

Leo legte auf. Zu spät. Norfolk kam bereits aus Isabels Arbeitszimmer.

»Belauschen Sie gefälligst nicht meine Gespräche, Holland. Wir sind nicht verheiratet, schon vergessen?«

Sie wurde wütend. »Ich habe nicht gelauscht. Ich habe nur ...«

Es klingelte abermals; diesmal war sie schneller.

»Leonora Holland? Hier spricht Inspector Faraday. Wir sind da auf etwas gestoßen.«

»Ja?« Leo wurde vor lauter Sorge ganz schlecht.

»Eine Zahlung per Visa-Karte. Am fünfzehnten April hat Isabel Morgan für zwei Übernachtungen ein Zimmer im Sturridge Hotel in Dorset gebucht. Ein Doppelzimmer. Fällt Ihnen dazu irgend etwas ein?«

»Nein, leider nicht.« Ihre Stimme klang matt und kraftlos in den Ohren, wie sie selbst bemerkte.

»Ihre Freundin ist am Morgen des Fünfzehnten mit einem Wagen angereist, den sie zuvor in London gemietet hatte. Das Auto wurde noch nicht wieder zurückgebracht. Wir gehen der Sache weiter nach. Ich melde mich bald wieder. Ist bei Ihnen alles in Ordnung?«

»Ja. Vielen Dank.«

Mit zitternder Hand legte Leo den Hörer auf.

»Was ist los, Holland?« Norfolk stand über den Tisch gebeugt. Während sie telefonierte, hatte er sich die Skizzen angeschaut. »Sie sind schon wieder ganz grün im Gesicht.«

Sie erzählte es ihm.

»Dorset, ja?« Er runzelte die Stirn und richtete sich auf. »Da habe ich ja gar nicht so weit danebengelegen. Hören Sie, ich habe heute noch einige Nachforschungen zu erledigen. Falls ich es schaffe, früh genug wieder hier zu sein, führe ich Sie zum Abendessen aus. Was halten Sie davon? Wir treffen uns hier so gegen acht. Andernfalls hinterlasse ich eine Nachricht. Alles klar?«

Sie nickte, und er verschwand wieder im Arbeitszimmer.

Kurz darauf kehrte er zurück. »Tut mir leid, aber den Computer kann ich nicht hierlassen, Holland.« Er streichelte seinen Laptop, als handelte es sich um ein Haustier. »Man weiß ja nie, was Sie vielleicht alles lesen würden, außer Ihren E-Mails.«

Leo wollte den Vorwurf entrüstet zurückweisen, hielt dann jedoch lieber den Mund. Vorhin an seinem Computer hatte sie tatsächlich kurz in Erwägung gezogen, seine Korrespondenz zu überfliegen.

»Ach, übrigens, Holland, diese Zeichnungen sind verdammt gut. Wer ist der Kerl?« Er deutete auf Jeff. »Nicht gerade ein Freund von Ihnen, wenn man diesen Federstrich so sieht.« Er warf ihr einen neugierigen Blick zu. »Ich glaube, ich wäre nicht gern an seiner Stelle. Verdienen Sie mit so etwas Ihr Geld?«

Sie nickte, und bevor sie noch etwas hinzufügen konnte, war Norfolk schon aus der Tür.

Leo sah auf die Uhr. Nur noch eine Stunde, bis sie sich auf den Weg zu ihrem Termin bei Daniel Lukas machen mußte. Diesmal würde sie besser vorbereitet sein. Sie hatte sich eine Strategie zurechtgelegt. Sobald sie auf der Couch lag, würde sie sich nach Möglichkeit so wie Isabel verhalten, um herauszufinden, welche Art von Gift Daniel Lukas ihrer Freundin ins Ohr geträufelt hatte.

Sie eilte in Isabels Arbeitszimmer, holte den Karton mit dem Etikett »Träume« aus dem Regal und blätterte den Inhalt durch. Da gab es ein besonderes Blatt, an das sie sich von ihrer letzten Durchsicht noch lebhaft erinnern konnte. Es war ihr sowohl aufgrund seines Aussehens als auch wegen des beängstigenden Traumes aufgefallen, der darauf beschrieben wurde. Eine kindliche Handschrift bedeckte jeden Winkel des Zettels, als wäre Papier ein kostbares Gut und müßte vollständig genutzt werden.

Nun aber konnte Leo das Papier nirgendwo entdecken. Sie ärgerte sich, und plötzlich kam ihr ein erschreckender Gedanke. Natürlich war es möglich, daß sie den Traum nach dem Einbruch in einer falschen Kiste verstaut hatte, doch genausogut konnte der Zettel gestohlen worden sein, zusammen mit anderen Unterlagen und Briefen, die ihr nicht aufgefallen waren. Sie rief sich ins Gedächtnis, wie sie an jenem Abend die Wohnungstür aufgestoßen und all diese Briefe auf dem Boden liegen gesehen hatte. Waren die etwa auch verschwunden? Sie wußte es nicht mehr.

Beunruhigt stand sie auf und fand sich plötzlich vor dem raumhohen Bücherregal wieder. Der Name Daniel Lukas sprang ihr ins Auge. Das Buch war ihr vorher nicht aufgefallen. Sie zog es heraus. *Über Wünsche, Träume und Irrglauben.* Sie sah im Inhaltsverzeichnis nach und schlug dann sofort den Abschnitt über Träume auf.

»Es mag seltsam erscheinen«, las sie, »doch Träume haben das Dasein vieler Menschen grundlegend verändert. Der Botaniker Sir Arthur Tansley schildert, wie ein für Außenstehende vielleicht ganz alltäglich erscheinender Traum nachhaltigen Einfluß auf sein Leben genommen hat. ... Er war nicht etwa auf dem Weg nach Damaskus, sondern fuhr mit dem Fahrrad von Grantchester nach Cambridge und dachte über den Traum nach, als ihm plötzlich klar wurde, daß er seine Arbeit aufgeben und nach Wien reisen mußte, um Freud zu besuchen.«

Leo überflog den Text und blätterte hastig weiter. Für eine sorgfältige Lektüre blieb vorerst nicht genug Zeit. Sie würde das am Abend nachholen. Ein leuchtendgelb markierter Abschnitt ließ sie innehalten. Die Hervorhebung mußte von Isabel stammen:

»Schwindler fühlen sich oftmals gerade dann am authentischsten und lebendigsten, wenn sie in eine ihrer Rollen schlüpfen. Gemeint sind nicht die schmeichlerischen Hochstapler, die anderen gefallen möchten, um so deren vermeintliche Angriffe abzuwehren. Vielmehr liegt hier der Irreführung ein sadistischer Wunsch zugrunde. Falls du mich nicht so liebst (oder respektierst), wie ich bin, werde ich dafür sorgen, daß du mich als denjenigen liebst, den ich erfunden habe.«

Ein Klingeln an der Tür unterbrach sie. Vorsichtig schaute Leo auf den Monitor der Gegensprechanlage. Von dem winzigen Bildschirm blickte ihr ein anzüglich grinsendes Gesicht entgegen: Hamish Macgregor.

»Ja?« sagte sie leise.

»Ich habe Ihnen ein Geschenk mitgebracht. Sie sollten lieber herunterkommen und es abholen.« In Macgregors Stimme schwang ein drohender Unterton mit.

»Was ist es denn?« fragte Leo, doch er hatte sich bereits davongemacht.

Sie starrte auf den Schirm. Was für eine Art Geschenk würde ein Mann wie Hamish Macgregor wohl hinterlassen? In einem Anfall von Panik dachte sie an abgetrennte Gliedmaßen, an ein in teures Goldpapier gewickeltes Ohr oder eine blonde Locke. Dann ermahnte sie sich selbst zur Vernunft. Es war hellichter Tag in einer zivilisierten Stadt. Sie holte ihren Schlüssel aus der Tasche und ging resolut die Treppe hinunter zur Eingangstür.

Auf der obersten Stufe stand ein mittelgroßer Weidenkorb, wie man ihn an einem warmen Sommertag zum Picknick im Grünen mitnehmen würde. Leo schaute sich sorgfältig nach Hamish Macgregor um, doch auf der Straße war lediglich ein Motorradfahrer zu sehen, der um die Ecke bog.

Sie beugte sich zu dem Korb hinunter. Ein beißender Gestank stieg ihr in die Nase. Erschrocken richtete sie sich auf. Hatte ihr spontaner schrecklicher Verdacht sie etwa doch nicht getrogen? Hastig klappte sie einen der beiden Deckel des Korbs hoch. Bevor sie auch nur im mindesten reagieren konnte, huschte ein pelziger Schemen zwischen ihren Beinen hindurch und die Treppe empor. Leo taumelte zurück und wäre dabei fast gestolpert. Dann nahm sie den Korb und lief die Treppe hinauf.

Der Kater erwartete sie bereits an der Tür, ein nervöses gelbbraunes Bündel. Er musterte sie mit schrägem Kopf, als würde er die Wahrscheinlichkeit einer Mißhandlung gegen den Wunsch nach Einlaß abwägen. »Hallo, Biest«, flüsterte Leo erstaunt. Sie streichelte ihn und kraulte ihm die Ohren. Dann öffnete sie die Tür. Er lief sofort hinein, rannte in den großen Raum und von dort aus weiter ins Arbeitszimmer. »Keine Isabel, fürchte ich«, rief Leo ihm hinterher. »Armer Biest.«

Sie brachte den Korb in die Küche, räumte ihn aus und säuberte ihn gründlich. Dann schrubbte sie den Napf, den sie darin gefunden hatte, und warf das nasse Kissen in die Waschmaschine.

Es dauerte einen Moment, bis sie den Kater gefunden hatte. Er saß auf der Fensterbank in Isabels Schlafzimmer und schaute wehmütig nach draußen.

Demnach hatte die Polizei richtig vermutet, dachte Leo. Sie entriegelte das Fenster und schob es bis zu den Bolzen hoch. Sofort sprang das Tier hinaus auf die Feuertreppe. Leo sah Biest eine Weile beim Herumtollen zu und fragte sich, was, um alles in der Welt, Isabel dazu bewogen haben mochte, ihren geliebten Kater in der Obhut eines Mannes wie Hamish Macgregor zurückzulassen. Aber vielleicht war die Rückkehr der Katze ja ein Zeichen, daß auch Isabel bald zurückkehren würde.

9

Die Stimme aus der Gegensprechanlage bat sie herein, und der Türöffner summte. Leo trat ein und stieg langsam die steile Treppe empor. Plötzlich kam es ihr so vor, als würde sie schon seit vielen Monaten immer wieder diese Stufen zu dem langen schmalen Raum im Obergeschoß hochsteigen, wo jener schlanke Mann wie eine hungrige Spinne auf sie wartete, um sie in sein kunstvolles Netz einzufangen.

Ungeachtet ihrer dunklen Vorahnung, sah das Zimmer heute freundlich aus. Die Sonne schien durch das hintere Fenster. Die Bücherstapel glühten. Staubpartikel tanzten in der Luft. Leo bemerkte zwei elegante, bequeme Lehnstühle, die ihr vorher nicht aufgefallen waren. Das Alter ließ die Möbelstücke wie Horte angesammelter Erinnerungen wirken, als würden sie sich quer über die anderen Einrichtungsgegenstände hinweg miteinander unterhalten, obwohl niemand auf ihnen saß.

Daniel Lukas wartete auf dem Sofa, das zwischen den Stühlen stand. Diesmal erhob er sich nicht, um Leo zu begrüßen. Er verzog seinen Mund zu einem Lächeln und wies auf die gegenüberliegende Couch. Er sah müde aus. Um seine Augen lagen dunkle Ringe.

Als Leo begriff, daß er nichts sagen würde, räusperte sie sich. »Ich habe mir vorgenommen, heute ein gutes Mädchen zu sein. Mich an die Regeln zu halten, meine ich.« Sie sah ihn an, und er nickte.

Dann zog sie die Schuhe aus und legte sich auf die Couch, diesmal allerdings mit dem Gesicht in Richtung Fenster, um den Unterschied auch auf diese Weise deutlich zu machen. »Der Haken dabei ist, daß ich mich hier auf dem Sofa fühle, als würde mir eine Operation bevorstehen.«

»Wieso eine Operation?« fragte er leise. »Warum nicht Sex, eine Geburt oder einfach nur Schlaf?«

»Das wissen Sie nur allzu genau«, entgegnete Leo. »Leute wie Sie wollen in uns hineinblicken.«

Sein Lachen überraschte sie. »Der Schnitt mag vielleicht

weh tun, doch die Operation hat bestimmt nicht nur schlechte Seiten.«

Er ermahnte sie zur Offenheit. Sie ignorierte die Bemerkung und versuchte sich zu sammeln. An der Wand neben dem Fenster hing eine große Uhr. Einen Moment lang kam es Leo so vor, als würden die Zeiger rückwärts laufen, wie bei ihrer Uhr zu Hause. Sie sollte sie ihm schicken. Die perfekte Uhr für einen Psychiater. Rückwärts laufende Zeit. »Ich schätze, ich sollte Ihnen von einem meiner Träume erzählen«, begann sie. »Ich glaube, er hat mit meiner Kindheit zu tun. Das ist doch ein geeigneter Anfangspunkt, oder?«

Sie hob den Kopf, um sich nach ihm umzusehen, doch er war aus ihrem unmittelbaren Blickfeld verschwunden, also lehnte sie sich wieder zurück und schloß die Augen, um sich besser konzentrieren zu können.

»In dem Traum bin ich sehr klein. Zumindest scheint mich niemand wahrzunehmen, selbst wenn ich den Mund aufmache und laut rufen will. Doch statt meiner Stimme kommt nur ein ersticktes Geräusch heraus. Dennoch weiß ich, daß ich es bin. Ich bin sehr dicht über dem Boden. Der rauhe Untergrund erstreckt sich weit in alle Richtungen. Vielleicht bin ich ein Käfer. Meine Haut ist hart und hat Kanten wie ein Rückenschild. Nein, kein Insekt. Ich habe Zehen, zwischen denen Erdbrocken hängenbleiben, wenn ich gehe. Die Luft flimmert vor Hitze. In einiger Entfernung sehe ich eine riesige weiße Kreatur. Könnte ein Schaf sein. Es hat weißes Fell und ein schwarzes Gesicht. Ich will zu ihm, aber irgend etwas zieht mich immer wieder zurück, so daß ich in die andere Richtung gehen muß. Es dauert lange. Ich gehe und gehe. Der Himmel ist sehr blau, so blau, daß meine Augen schmerzen. Ich stolpere und falle hin. Ich bekomme Erde in den Mund, ganz trocken und sandig. Ich weine. Niemand kommt.

Auf dem Boden befindet sich ein dickes, haariges Wesen. Ich folge diesem Wesen. Folge ihm bis zu einem großen Pfahl. Und dann bekomme ich Angst und laufe weg zu dem Schaf, das auf einmal wieder da ist. Mein Kopf tut weh. Er ist auf einmal sehr groß. Ich kann kaum atmen. Das Schaf wird mir helfen. Aber ganz gleich, wie sehr ich mich anstrenge, ich kann es nicht erreichen. Mein Armband tut weh. Ich schaue es an und reibe daran. Es ist kein Armband. Es ist dieses dicke und haarige Wesen. Es hat sich wie eine Schlange um meinen Arm gewickelt. Ich kann mich nicht bewegen. Ich schreie. Ich wache auf. Mein Arm tut weh.«

Leo wartete auf eine Entgegnung. Daniel Lukas würde gewiß gleich etwas sagen. Sie öffnete die Augen und drehte sich auf dem Sofa um. Draußen stiegen in einiger Entfernung die Rauchschwaden eines unsichtbaren Feuers auf. Der Qualm strebte in Richtung Himmel, zunächst in dichten, dunklen Wirbeln, dann immer lichter und lichter, bis die letzten Fetzen sich im Wind auflösten. Leo schaute ihnen hinterher und wartete.

Daniel ließ sich Zeit. Er hatte den Traum wiedererkannt, hatte sofort die Ähnlichkeit zu einem Traum oder einer Erinnerung bemerkt, die Isabel ihm als Traum erzählt hatte. Dies war einer der Schlüsselmomente in ihrer Analyse gewesen. Das Kind, das draußen in der heißen Sonne mit den Handgelenken an einen Pfahl gefesselt war. Brutal gefesselt oder einfach nur gedankenlos angebunden, weil gerade kein Laufgitter zur Hand war. Sie hatten die verschiedenen Bedeutungsebenen ergründet und übersetzt. Er hatte Isabel gedrängt, sie aus heutiger Sicht und der Perspektive einer Erwachsenen neu zu bewerten. Hatte Isabel ihrer Freundin Leonora Gould von dem Traum erzählt? Hatte Leonora ihn so sehr verinnerlicht, daß er zu ihrem eigenen Traum geworden war, oder benutzte sie ihn lediglich als einen weiteren Trick, um ihn dazu zu bewegen, über Isabel zu sprechen?

Daniel vermutete einen Trick hinter all dem, doch sein Instinkt und ihre nervöse Haltung verrieten ihm, daß noch nicht der geeignete Moment gekommen war, um sie deswegen zur Rede zu stellen. Sie schien vorerst nichts mehr erzählen zu wollen, also fragte Daniel sie mit mustergültiger Neutralität: »Woran denken Sie bei dem Traum?«

»Verwundbarkeit, Wehrlosigkeit, armes Kind«, antwortete Leo hastig, als würde sie eine Prüfungsfrage beantworten.

»Fühlen Sie sich hier genauso? Verwundbar und wehrlos?«

Leo hörte kaum zu. Ihre gesamte Aufmerksamkeit richtete sich auf ein Geräusch von draußen. Das scheußliche Schwirren und Knattern eines Rotors. Es kam näher und wurde lauter. Sie hielt sich die Ohren zu. Jetzt konnte sie den Hubschrauber sehen; wie eine riesige Libelle trotzte er den Elementen. In Leos Achselhöhlen und auf ihrer Stirn bildete sich Schweiß. Sie sprang von der Couch auf und wandte das Gesicht vom Fenster ab.

Daniel Lukas beobachtete sie. »Der Helikopter stört Sie.«

»Bravo. Eine großartige Erkenntnis. Als nächstes werden Sie mir erzählen, es handle sich um eine Phobie infolge eines gründlich verdrängten und vergessenen Traumas, das ich übertragen habe auf diese ... diese ...« Ihre Stimme überschlug sich fast. »Nun, das ist es nicht. Ich weiß ganz genau, warum ich diese verdammten Maschinen hasse.«

»Warum erzählen Sie es mir nicht?«

»Mein Vater wurde in einem solchen ... durch so ein Ungetüm getötet.«

»Ich verstehe«, sagte er sanft und sah sie an. Sein Blick war voller Wärme und schien Leo zu stützen und dann zurück zur Couch zu geleiten. Sie legte sich hin.

»Erzählen Sie mir davon, falls Sie können.«

»Ich weiß nichts darüber.« Leos Kehle schnürte sich zu. »Ich habe nur das Foto gesehen. Ein Haufen Männer, die irgendwo durch den dunklen Dschungel stolpern. In Malaysia.«

»Ja ...?«

Also erzählte sie es ihm. Sie wußte nicht, wie sie sich ausdrücken sollte, denn nichts davon kam ihr leicht über die Lippen. Die Geschichte war von zahllosen Emotionen begleitet, als würde sie das alles zum ersten Mal durchleben und in Worte fassen. Zuvor hatte es keine Worte dafür gegeben, für lange Zeit nicht einmal einen Gedanken. Es hatte Schweigen geherrscht, allenfalls mal ein paar oberflächliche Sätze, die eher den Charakter einer Bekanntgabe besaßen. »Mein Vater starb, als ich vierzehn wurde.«

Genaugenommen war es unmittelbar vor ihrem vierzehnten Geburtstag geschehen. Sie ging im zweiten Jahr auf eine Schule in Cambridge. Der Herbst war wunderschön. Die Hortensien in den Gärten leuchteten rot, die Chrysanthemen golden und rostbraun. Die Mädchen liefen in hektischen Scharen über die Rasenflächen und hieben mit ihren Tennisschlägern nach den Blüten. Leo hatte für ein paar Tage mit irgendeinem Bazillus krank im Bett gelegen, doch die Hausmutter des Internats hatte sich um sie gekümmert. Die Herbstferien fingen an. Es sollten besondere Herbstferien werden. Ihre Eltern kamen herübergeflogen und würden sie für eine ganze Woche nach Paris mitnehmen. Sie war noch nie in Paris gewesen, aber sie hatte schon Bali, Djakarta und Goa gesehen und sogar kurz in Indien gelebt, wenngleich sie sich kaum mehr daran erinnern konnte. Paris sollte ihr Geburtstagsgeschenk sein.

Ihrer Mutter war Leo zum letzten Mal vor Schuljahresbeginn begegnet, ihren Vater hingegen hatte sie seit der ersten Woche der Sommerferien nicht mehr gesehen. Es schien unendlich lange her zu sein. Sie vermißte ihren Vater; ihre Mutter natürlich auch, aber ihren Vater am meisten, obwohl sie wußte, daß dies ungerecht war und sie eigentlich beide gleich stark vermissen sollte. Ihr Vater war etwas Besonderes. Er war groß, schlank und braungebrannt; ihre Freundinnen hatten ihr zugeflüstert, daß er wie ein Filmstar aussah. In ihren Augen war er ein Abenteurer wie der Held aus *In den Fesseln von Shangri-La*, der sein persönliches Paradies in den Bergen Tibets gefunden hatte.

Ihr Vater überließ das Reden zumeist seiner Frau, aber Leo konnte aus seinem Blick ablesen, daß er sie verstand und sie ebenfalls für etwas Besonderes hielt. Bei ihrem letzten Treffen hatte er gesagt, er fühle sich in ihrer Gegenwart inzwischen ein wenig schüchtern, jetzt, da sie sich in eine Frau verwandelte. Sie war rot geworden. Es war ein angenehmes Gefühl.

Schon eine Woche vor dem geplanten Abflug hatte sie bereits ihre Reisetasche gepackt und unter dem Bett verstaut.

Jeden Abend warf sie insgeheim einen Blick darauf, nur um sich zu vergewissern, daß die Tasche noch da war.

Am Tag vor der Ankunft ihrer Eltern wurde sie ins Büro der Schulleiterin gerufen. Nervös ging sie den langen Flur hinunter und fragte sich, was sie womöglich falsch gemacht hatte. Es hatte zuvor erst ein einziges Gespräch mit Dr. Brody gegeben, gleich zu Beginn ihres ersten Jahres. Dr. Brody war groß und hager und trug stets karierte Röcke und spießige Wolljacken, doch ihre Stimme war nett. Sie hatte einen sanften schottischen Akzent.

Dr. Brody lächelte ihr freundlich zu, so daß Leo begriff, daß sie nichts schrecklich Falsches angestellt haben konnte. Dann mußte sie auf dem Stuhl vor dem tadellos aufgeräumten Schreibtisch Platz nehmen. »Leonora«, sagte Dr. Brody. »Ich fürchte, ich muß dir eine bedauerliche Mitteilung machen. Vorhin hat deine Mutter angerufen und mich davon unterrichtet, daß sie dich morgen leider nicht abholen kann. Es wurde veranlaßt, daß du deine Ferien hier verbringen wirst. Ich hoffe, du bist nicht zu traurig deswegen. Miss Henderson wird hierbleiben und sich um alles kümmern.«

Leo spürte, wie ihr Tränen in die Augen stiegen, doch sie riß sich mit aller Macht zusammen. Dr. Brody mußte es bemerkt haben, sie kam um den Tisch und legte ihr tröstend eine Hand auf die Schulter. »Deine Mutter wird bald hier sein. Sie hat mich gebeten, ich möge dir das ausrichten.«

An jenem Abend packte Leo auf ihrem Zimmer langsam die Reisetasche aus und beförderte sie dann mit einem Tritt zurück unter das Bett. Sie weinte sich in den Schlaf, obwohl sie sich immer wieder einzureden versuchte, daß gar kein Anlaß dazu bestand. Gleichzeitig jedoch gelangte sie auf irgendeine verquere Weise zu der Überzeugung, daß ihre Eltern sie nicht liebten, zumindest nicht genug, um ihr Versprechen zu halten.

Ein paar Tage später war sie allein und verlassen auf dem Internatsgelände unterwegs, als sie zufällig einen der Jugendlichen traf, die bei der Gartenarbeit halfen. Sie wußte nicht, woher sie den Mut nahm, aber sie fing ein Gespräch mit ihm an. Zwei Tage später und dann noch mehrmals im Verlauf dieser schnell dahineilenden Woche schliefen sie miteinander in einem der abgelegenen Schuppen. Leo fand weder besonderen Spaß daran, noch war es ihr zuwider, aber sie fühlte sich danach irgendwie besser.

Bei dem ersten dieser intimen Treffen mit dem Jungen, der Pete hieß, hatte sie eine plötzliche Eingebung. Sie sah eine Lawine oben auf einem Berggipfel losbrechen und ihren Vater mit einer pulverig aufstiebenden, dicken, weißen Schneeschicht unter sich begraben. Die Vision verschwand sofort wieder und ließ lediglich ein Gefühl tiefer Verlassenheit und nachklingender Angst in ihr zurück.

Einige Tage nach Ferienende traf schließlich Leos Mutter ein. Sie wirkte angespannt, ihr Lippenstift war verwischt, und sie sprach nicht viel, was den seltsamen Charakter der Situation noch unterstrich. Sie hatte für sich ein Zimmer in einem Hotel in der Innenstadt gebucht und nahm Leo zum Abendessen dorthin mit. Da saßen sie dann und wichen gegenseitig ihren Blicken aus. Leo beantwortete ein paar oberflächliche Fragen über ihre Fortschritte in der Schule, bis die Suppe kam. Dann brach ihre Mutter in Tränen aus, die sie mit einer gestärkten weißen Serviette wieder abwischte. Wimperntusche beschmutzte ihre Wangen und hinterließ dunkle Flecke auf dem weißen Stoff.

»Ich wollte es dir eigentlich erst nach dem Essen sagen«, schluchzte sie. »Dein Vater lebt nicht mehr, Leonora. Er wurde bei einem Unfall getötet.«

Weinend griff sie in ihre Tasche und holte einen zerknitterten, zusammengefalteten Zeitungsartikel daraus hervor. »Hier«, sagte sie und reichte ihn Leo. »Ein Hubschrauberabsturz.«

Sie weinte, und Leo konnte kaum verstehen, was sie sagte – oder vielleicht lag es auch an dem plötzlichen Pochen in ihrem Kopf. Ihre Mutter redete davon, wieviel Zeit verstrichen war, bis sie überhaupt erst vom Unglück erfahren und dann den Ort des Geschehens erreicht hatte, nur um dort die verkohlten Überreste eines Hubschraubers vorzufinden. Die drei Leichen, oder was davon noch übrig war, hatten die dortigen Dorfbewohner bereits beerdigt. Es schien sinnlos, die Toten zu exhumieren, doch Leos Mutter hatte dafür gesorgt, daß man einen Grabstein errichtete …

Leo hörte nicht weiter zu. Sie sah ihre Mutter weinen. Es war, als würde sie die Tränen der ganzen Welt für sich beanspruchen. Leo weinte nicht. Mechanisch aß sie, was vor ihr hingestellt wurde. Ihre Lippen waren taub. Ihr Mund war taub. Nur ihr Kiefer tat weh, als hätte sie zuviel zerkauen müssen.

Ihre Mutter wollte sofort mit ihr nach New York zurückkehren. Morgen. Spätestens übermorgen. Es würde ihnen beiden guttun, zu Hause zu sein.

»Zu Hause?« hatte Leo gefragt. »Wohl kaum.«

Sie weigerte sich mitzukommen. Sie schaffte es gerade noch, ihre Mutter zum Abschied zu umarmen.

Als Leos Mutter nach New York aufbrach, ließ sie ihr den Zeitungsartikel da. Leo war froh, daß sie abflog. Sie war wütend auf sie. Wütend, weil sie es ihr nicht früher erzählt hatte, weil sie ihr nicht ausführlich davon berichtete, so daß Leo lediglich ein vages Bild vor Augen hatte, ebenso verschwommen wie das Foto, ohne genaues Datum, ohne exakte Ortsangabe. Wütend, weil ihre Mutter nicht die Kraft gehabt hatte, Leos Vater am Leben zu erhalten. Falls Leo dort gewesen wäre, wäre das alles nicht passiert. Nein, sie hätte ihn nicht so einfach gehen lassen.

Ein Teil von ihr empfand eine Mischung aus Schuldgefühl und Verlegenheit, weil sie ihre Mutter nicht begleitet hatte. Doch das Schuldgefühl war lediglich eine Art Hintergrundgeräusch. In erster Linie fühlte Leo sich kalt, apathisch und taub. Sie mußte wohl zum Unterricht gegangen sein, ihre Hausaufgaben erledigt, Spiele gespielt und mit Freunden gesprochen haben, doch später konnte sie sich an nichts mehr aus jener Zeit erinnern. Sie war geistesabwesend und wie erstarrt.

Die Nächte hingegen hatte sie nicht vergessen. Sie ging auf ihr Zimmer, starrte das Foto an und versuchte einen Sinn in dem dichten Laubwerk und Unterholz sowie den paar schemenhaften Gestalten zu entdecken, die sich über einen unsichtbaren Gegenstand beugten. Wenn sie die Augen schloß, sah sie einen riesigen Hubschrauber knatternd durch die drückende Dschungelhitze schweben. Manchmal zerschellte der Helikopter in einer Baumkrone und ging in Flammen auf, um dann langsam in Richtung Boden zu sinken, während furchtbare Schreie erschallten und der Rotor das Laub zerhackte. Manchmal sprang ihr Vater aus der abstürzenden Maschine, und der schwirrende Rotor riß ihm Kopf und Glieder ab. Leo versuchte, sich ihren Vater vorzustellen, sein hübsches Gesicht, das plötzlich von Angst verzerrt wurde. Hatte er in jenem Moment an sie gedacht? Nein, sie hatte ihn bereits hintergangen, und nun würde sie es nie mehr wiedergutmachen können.

Ihre Monatsblutung blieb aus. Sie dachte, sie wäre schwanger. Sie wagte nicht, jemandem davon zu erzählen. Es war ohnehin gleichgültig. Nichts wirkte real; weder die Anteilnahme ihrer Freunde noch das Mitgefühl der Lehrer, die ihr erwachsenes Verhalten lobten. Nichts wirkte real, außer ihre nächtlichen Träume. Dann kamen die Hubschrauber zurück, schwirrten, stürzten ab und ließen ihr das Blut in den Adern erstarren.

Leo hielt inne. Ihr Haar war feucht, ihre Wangen tränennaß. »Ich weiß gar nicht, warum ich Ihnen all das erzähle«, flüsterte sie.

Schweigen.

»Das Blut erstarrt in Ihren Adern.« Die Worte schwebten sachte auf sie zu, als würde sie nach wie vor träumen.

»Erstarrt in meinen Adern«, wiederholte sie. Dann, einen Moment später, erkannte sie, was er damit meinte. »Nein. Ich war nicht schwanger. Es war vermutlich bloß der Schock. Meine Periode stellte sich wieder ein.«

»Wann?«

»Nachdem ich nach New York gezogen war.«

»Zurück zu Ihrer Mutter.«

»Zurück zu meiner Mutter und meinem neuen Stiefvater.« Leo stieß den Satz wütend hervor.

»Ihre Mutter war also wieder eine Frau, und da konnten auch Sie es erneut wagen, Frau zu sein?«

»Unsinn. So einfach ist das nicht.« Leo klang überzeugter, als sie in Wirklichkeit auf einmal war. Sie sah sich selbst während jener ersten Wochen in Manhattan mit all den gemischten Gefühlen. Ihre Mutter war von einem Feuer erfüllt, das nach Leos Ansicht überhaupt nicht zum Bild der trauernden Witwe paßte, während sie selbst sich wie ein häßliches Entlein vorkam. Zur Hochzeit ihrer Mutter ließ Leo sich die Haare abschneiden, den ganzen dichten Schopf ihrer Kindheit. Zu ihrer eigenen Verblüffung gefiel ihr das Ergebnis. Ihr Stiefvater kommentierte es auf seine übliche salbungsvolle Weise: »Du bist wunderschön, Leonora, jetzt, da wir endlich dein Gesicht sehen können.«

»Nein, es ist nie so einfach.« Sie hörte Daniels Stimme. »Und das unaufhörliche Schwirren und Knattern des Hubschraubers muß schwer zu ertragen sein.«

»Es ist, als würde mein Vater immer wieder aufs neue getötet.« Sie sagte es so leise, daß sie nicht einmal sicher war, überhaupt gesprochen zu haben.

»Und er bleibt präsent.«

»Präsent?«

»Irgendwie am Leben. Er hat nach wie vor Macht.«

»Aber er ist tot.«

»Die Toten sind sehr fordernd. Wir bleiben mit ihnen in Verbindung. Indem wir uns vorstellen, daß sie noch immer etwas von uns wollen, können wir sie am Leben erhalten. Will Ihr Vater noch immer etwas von Ihnen, Leonora?«

Sie wußte nicht, ob sie es in Worte faßte, aber sie sah unvermittelt ihren Vater und sich selbst vor sich. Sie gingen durch einen exotischen Park. Die Blätter an den Bäumen waren schwer und glänzten. Und dann kamen in unendlicher Vielfalt die Orchideen, die beinahe ein wenig unheimlich wirkten mit ihren gegabelten Zungen in den schimmernden Mündern, grellrosa oder tiefrot oder in züchtigem zarten

Weiß. Leo und ihr Vater blieben stehen, um eine der Pflanzen zu bewundern. Die starke Hand ihres Vaters strich über ihr Haar. Sie wandte den Kopf und blickte zu ihm empor. »Fast so hübsch wie mein kleines Mädchen«, sagte er und legte den Arm um ihre schmalen Schultern. Sie fühlte sich ganz klein und sicher.

»Er möchte sein kleines Mädchen.« Ihre Stimme hallte durch die Stille. Der schrille kindliche Klang verwirrte sie.

»Es ist noch immer da, wenngleich inzwischen erwachsen«, sagte Daniel sanft. »Genau wie der Hubschrauber und genau wie all die Gefühle – Angst, Verlust, Verzweiflung, Wut –, die Sie im Hinblick auf Ihren Vater empfunden haben müssen, weil er Sie verlassen hat. Haben Sie das Gefühl, daß etwas von Ihnen erwartet wird?«

Leo antwortete nicht. Sie lag da wie ein kleines Mädchen, mit linkisch verdrehten Beinen, so daß die Füße nach außen wiesen. Sie kaute auf ihrem Fingernagel. Daniel zögerte. Sie waren bereits so weit vorgedrungen. Er spürte, daß der Augenblick völlig ungeeignet war. Doch sie hatte ihn vorgewarnt, daß es nicht viele Sitzungen geben würde, und sie war eine intelligente Patientin. Er ging das Risiko ein und setzte alles auf eine Karte. »Das Kind in Ihrem Traum, das nicht vorwärts, sondern nur im Kreis gehen konnte, waren das Sie?«

»Das Kind ...?« Leo richtete sich auf. »Nein, nicht ich.«

»Dann also Ihre Tochter, um die Sie sich Sorgen machen und die Sie gern an sich binden und in Ihrer Nähe wissen würden.«

»Selbstverständlich nicht.« Leo sprang verärgert auf. Wie hatte sie nur zulassen können, daß er sie dermaßen tief in sich selbst versinken ließ? Das war nicht der Grund für ihr Kommen.

»Wissen Sie denn gar nichts?« rief sie mit wegwerfender Geste. »Können Sie sich nicht einmal daran erinnern, was Ihre Patienten zu Ihnen gesagt haben? Dieses Kind war meine Freundin. Isabel.«

»Sind Sie sicher?«

»Sicher? Was soll das heißen?«

Wie im Traum sah Leo plötzlich eine Vielzahl von Gestalten vor sich, die immer schneller im Kreis liefen, dabei wie in einem Kaleidoskop miteinander verschmolzen und dann wieder in unterschiedliche Personen auseinanderfielen. Isabel, Becca, sie selbst, ihr Vater – immer wieder im Kreis herum. Für den Bruchteil einer Sekunde blieb das Kaleidoskop stehen und zeigte ihr eine neue Person: ein Mädchen, nicht Isabel, aber ebenfalls mit einem dichten blonden Schopf. Ein wildes Mädchen mit langen Gliedmaßen und gelbgrünen Augen. Laura, jawohl, Laura. Der Name fiel ihr schlagartig wieder ein. Laura, ihre beste Freundin während der Schulzeit in Cambridge. Leo hatte schon ewig nicht mehr an sie gedacht.

Sie sank zurück auf die Couch.

Laura, die heimlich zu ihr ins Bett gekrochen kam, so daß sie bis spät in die Nacht miteinander flüstern konnten. Laura, die nach jenen Herbstferien plötzlich und unerwartet verschwand. Jenen furchtbaren Ferien, in denen Leo nicht nach Paris geflogen war. Laura kehrte nie wieder zurück. Es gab Gerüchte wegen ihres Verschwindens. Die Lehrer teilten ihnen keinerlei Gründe mit, sondern sagten bloß: »Laura wird in diesem Schuljahr nicht zu uns zurückkehren.«

In ihrer allgemeinen Lethargie hatte Leo den Verlust zwar registriert, aber sofort unter dem stärkeren Schmerz begraben. Laura war fort. Ihr Vater war fort. Beide waren in das Schattenreich des Unaussprechlichen eingetreten.

Und nun Isabel …

Das Geräusch des Hubschraubers war wieder da, ein ohrenbetäubendes Knattern und Dröhnen. Tod.

»Sind Sie sicher, daß es sich bei dem Kind in Ihrem Traum um Isabel gehandelt hat?« wiederholte Daniel.

»Hören Sie auf damit, alles zu vermischen«, rief Leo. Sie sprang wieder auf und starrte ihn wütend an.

Falls sie könnte, würde sie ihn in diesem Moment am liebsten schlagen, dachte Daniel. Sie kochte vor Wut. Er hatte sie aus der Reserve gelockt.

»Die Zeit ist um, Miss Gould«, sagte er sanft. »Wir sehen uns am Freitag wieder.«

Er stand auf und sorgte so für etwas mehr Abstand zwischen ihnen. Er sah, wie sie sich zunächst verlegen umschaute, dann ihre Tasche nahm und einen Umschlag daraus hervorholte. »Ich habe Ihr Honorar mitgebracht.«

»Legen Sie es einfach auf den Tisch dort drüben.«

Leo warf den Umschlag auf die Tischplatte, wie als Ersatz für die Ohrfeige, die sie ihm nicht verpassen konnte, und ging dann die Treppe hinunter.

Daniel schloß hinter ihr die Tür und setzte sich, um sich einige Punkte zu notieren. Erst nach einer Weile wurde ihm klar, daß er nicht das erwartete Zuschlagen der Haustür gehört hatte. Wütend genug dafür war seine Patientin zweifellos gewesen.

Er lauschte. Nichts. War er zu weit gegangen? Hockte Leonora als kleines Häuflein Elend auf der Treppe und konnte sich nicht überwinden, die Tür zum Rest der Welt zu öffnen? Er lief nach unten. Nichts war zu sehen. Seltsam. Sie mußte leise wie ein Gespenst nach draußen gehuscht sein. Nur Eva hatte sich stets so still in sich zurückgezogen. Er wollte gerade wieder nach oben gehen, als er ein Geräusch aus dem Wohnzimmer vernahm. Er stieß die Tür auf. Leonora Gould stand über die unterste Schublade seines Aktenschranks gebeugt und war voll und ganz in deren Inhalt vertieft.

»Sie werden dort drinnen nichts von Interesse finden, Miss Gould, das kann ich Ihnen versichern.«

Leo fuhr herum. Ihre Pupillen waren so rund und schwarz wie bei einem in die Ecke gedrängten Tier. »Ich ...«

»Sie haben nach Unterlagen über Isabel Morgan gesucht«, stellte Daniel in sarkastischem Tonfall fest. »In dem Schrank ist nichts dergleichen, es sei denn, Sie interessieren sich für meine Buchhaltung.«

»Nun, wenn Sie nicht wie ein vernünftiger Mensch mit mir reden wollen ...«, rechtfertigte Leo sich. Ihre Wangen glühten. »Ich bin völlig verzweifelt. Es gibt kein Lebenszeichen von Isabel.«

»Ich habe es Ihnen bereits gesagt, daß ich Isabel seit einigen Monaten nicht mehr gesehen habe.« Daniel mußte den plötzlich aufwallenden Ärger unterdrücken. »Ich denke, Sie sollten jetzt lieber gehen.«

»Wenn Sie mir doch nur etwas von dem erzählen würden, was Sie beide beredet haben. Vielleicht steckt ein Hinweis darin verborgen. Hat Isabel zum Beispiel von ihrer Arbeit erzählt, einem Projekt, das mit Gentechnik in Zusammenhang steht?«

»Isabel hat über viele verschiedene Dinge mit mir gesprochen. Falls ich der Ansicht wäre, daß irgend etwas davon in der gegenwärtigen Situation von Belang sein könnte, hätte ich die Polizei darüber informiert.« Daniels Worte kamen sogar ihm selbst ziemlich hochtrabend vor. »Ich habe bereits mit der Polizei gesprochen«, fügte er hinzu.

»Aber diese Leute dort kennen Isabel nicht so gut wie ich. Isabel hat vielleicht eine Art Nervenzusammenbruch erlitten. Womöglich ist sie ...«

Eine Stimme unterbrach ihren Protest und hielt sie davon ab, das Wort auszusprechen, das ihr bereits auf der Zunge gelegen hatte. Tot. Sie versuchte sich zu sammeln.

»Dad, ich bin wieder da.« Ein kleiner Junge platzte ins Zimmer und blieb abrupt stehen, als er Leo sah. »Hallo.« Er blickte mit unverhohlener Neugier zu ihr auf.

»Hallo«, erwiderte Leo lächelnd und hoffte, dabei nicht allzu nervös zu wirken. Hinter dem Jungen stand die junge blonde Frau, die Leo zuvor schon gesehen hatte, und legte dem Kind schützend eine Hand auf die Schulter. War das womöglich die Mutter des Jungen? Daniels Frau? Leos Verlegenheit wurde immer größer.

»Sind Sie hergekommen, um sich die Bilder meiner Mama anzuschauen?« fragte der Junge. »Das hier mag ich am liebsten.« Er deutete auf ein Ölgemälde aus wirbelnden grünen Farbtönen. »Sehen Sie den Uhu? Er heißt Hooter.«

»Hooter. Das ist ein guter Name.« Leo betrachtete das Bild. Inmitten des kraftvollen Grüns erkannte sie einen weißen Vogel mit starren, gelblich verwaschenen Augen.

»Ein sehr guter Name. Ich heiße Leo. Leonora«, verbesserte sie sich und schaute kurz zu Daniel Lukas, als sie sich vorbeugte, um dem Jungen die Hand zu geben.

»Ich bin Robbie«, sagte er feierlich. »Und das hier ist Martina, mein Kindermädchen. Bleiben Sie zum Tee?«

Daniel riß sich aus der Versunkenheit, mit der er die Szene beobachtet hatte. »Miss Gould wollte gerade gehen. Nicht wahr, Miss Gould?«

Sie nickte, und er war einen Moment lang versucht, sie zum Bleiben aufzufordern. Doch angesichts ihres Status als seine Patientin, ganz zu schweigen von ihren fragwürdigen Motiven, erschien das nicht ratsam. Andererseits kam es nur sehr selten vor, daß sein Sohn sich so schnell für einen Erwachsenen interessierte. Aber mußte man die Ursache dafür nicht eher bei ihm selbst als bei Robbie suchen? Während dieses letzten Jahres hatte er so sehr darauf geachtet, den Jungen abzuschirmen, daß ihm außer seinen engsten Freunden niemand überhaupt erst zu nahe kommen konnte.

»Ach, wie schade.« Robbie machte ein trauriges Gesicht.

»Vielleicht ein anderes Mal«, sagte Leo. »Ich würde gern wiederkommen, um dich und Hooter zu besuchen.«

»Ja, das wäre prima.«

Als Daniel sie zur Tür begleitete, warf sie ihm einen Blick zu, den er als Mischung aus Verlegenheit, Reue und Trotz verstand. Der Trotz gewann die Oberhand.

»Sie können sich doch nicht in jeder Situation auf die ärztliche Schweigepflicht berufen«, sagte sie und drehte sich auf der Schwelle um.

»Falls ich also zufällig Ihren Ehemann kennenlerne, hätten Sie nichts dagegen, daß ich ihm von unseren Sitzungen erzähle?«

»Meinen Exmann«, erwiderte Leo unfreundlich. »Er würde Ihnen vermutlich mitteilen, daß ich nur deswegen zu Ihnen gekommen bin, weil ich herausgefunden habe, daß er mich mit Isabel betrogen hat«, fügte sie hinzu und verblüffte sich damit selbst. »Was genauso unzutreffend wie alles andere wäre.«

Daniel sah ihr nach. Sie eilte die Straße hinunter und reckte resolut das Kinn empor, ohne sich noch einmal umzudrehen. Nachdenklich verharrte er einen Moment lang und kehrte dann zu seinem Sohn zurück. Sie setzten sich auf den Boden und spielten zwei Runden eines Konzentrationsspiels, dessen Karten in weitem Bogen vor ihnen ausgebreitet lagen.

Nachdem Robbie seinen Vater haushoch geschlagen hatte, fuhr Daniel ihm zärtlich durchs Haar und entschuldigte sich dann. Langsam ging er nach oben zu seinem Schreibtisch und zog die unterste Schublade heraus. Ein ungeordneter Haufen Prospekte und Theaterprogramme quoll ihm entgegen. Mit jähem Zorn drehte er die Schublade um und schüttete den Inhalt auf den Boden.

Ein Taschenmesser landete oben auf dem Stapel. Er hob es auf. Er hatte gar nicht mehr daran gedacht. Es war schon so lange her. Der Jugendliche, dem es gehört hatte, hieß Daniel, genau wie er selbst. Daniel Roper. Eines Tages hatte der Junge das Messer gezückt und drohend in seine Richtung geschwungen. »Wen willst du hier wirklich verletzen?« hatte Daniel ihn sanft gefragt. »Mich? Deinen Vater? Dich selbst?« Am Ende der Sitzung hatte der Jugendliche ihm das Messer gegeben und ihn gebeten, es aufzubewahren.

Als er das Messer nun in der Hand hielt, verspürte Daniel auf einmal wieder die gleiche Angst wie damals. Seine und die Angst des Jungen, die für den Bruchteil einer Sekunde miteinander verbunden waren. Sorgfältig verstaute Daniel das Messer in der Ecke eines hoch gelegenen Regalfachs und wandte seine Aufmerksamkeit dann wieder den Prospekten zu. Der Prospekt, den er suchte, lag fast ganz oben in dem Haufen. Er wählte eine Telefonnummer. Es meldete sich eine vergnügte Stimme, die irgendwie nach Hockeyfeldern und verschwitzten Querfeldeinritten klang.

»Was kann ich für Sie tun?«

»Ich würde gern wissen, ob sich derzeit eine Isabel Morgan bei Ihnen aufhält.«

Die Stimme antwortete in genau dem gleichen, fröhlichen Tonfall. »Das tut mir sehr leid, Sir. Die Namen unserer Besucher werden streng vertraulich behandelt.«

»Ich bin Dr. Daniel Lukas. Würden Sie mich bitte mit Ihrem Direktor verbinden?«

»Er ist heute nicht da. Vielen Dank für Ihren Anruf.«

Als der Hörer am anderen Ende aufgelegt wurde, mußte Daniel unwillkürlich über die Ironie der Situation lachen. Er dachte an Leonora Gould. Bestimmt hätte es ihr gefallen, daß auch er selbst an der Hürde der Vertraulichkeit gescheitert war.

Langsam ging Leo den Highgate Hill hinunter. Als sie an Beccas ehemaliger Schule vorbeikam, schlug ihr das Kreischen und Kichern der braungekleideten Mädchen entgegen. Sie beschleunigte den Schritt. Wie konnte dieser verdammte Dr. Lukas mit seinem hergelaufenen Kindermädchen es wagen, Isabels Traum mit Leos Leben zusammenzuwürfeln und anzudeuten, daß sie Becca an sich fesseln wollte? Natürlich vermißte sie ihre Tochter. Das war wohl kaum außergewöhnlich.

Sie hörte wieder und wieder seine Worte. Es kam ihr fast so vor, als würden sie ein Teil von ihr werden. Sie blendete die Stimme aus, genau wie sie damals in den Monaten nach dem Tod ihres Vaters die Stimme ihrer Mutter ausgeblendet hatte. Sie mußte sich lediglich eine Klappe vorstellen, die sich wie ein dicker Samtvorhang über ihr Innenohr legte. Dadurch wurden die Töne gedämpft und in den Hintergrund gedrängt, wurden zu einem unverständlichen Geplapper.

War sie mit der Stimme ihres Vaters genauso verfahren? Nein, sie mochte seine Stimme und den liebevollen Tonfall, den er ihr gegenüber an den Tag legte, als sie noch klein war. Doch irgendwie machte diese Stimme sie auch wütend und zog beinahe automatisch das schreckliche Geräusch des knatternden Hubschraubers nach sich, das jeden anderen Laut übertönte. All die Panik, der Schmerz und die verworrenen Gefühle jener Zeit kochten wieder in ihr hoch, als hätte dieser heimtückische Doktor einen Zündschlüssel herumgedreht und sie dann mit einem Fahrzeug allein gelassen, dessen Schaltung ihr nicht vertraut war, so daß es unkontrollierbar an Tempo zuzulegen drohte. Sie verlangsamte ihren Schritt.

Rechts von ihr erstreckte sich nun der weiträumige Komplex des Whittington Hospital. Leo bemerkte das große Schild der Notaufnahme. Einen kurzen Moment lang sah sie sich dort hineingehen, woraufhin man sie auf gestärkte weiße Laken betten würde. Eine freundliche Krankenschwester würde ihr eine Tasse Tee bringen, sie ein wenig trösten und ihre Temperatur messen.

Genau das war es, was dieser Besserwisser von Doktor tat: Er machte sie zu einer Patientin. Einer ungeduldigen Patientin, stellte sie in Gedanken fest und eilte dann zur U-Bahn weiter. Wie jeder anständige Pendler kaufte auch sie eine Abendzeitung. Wie jeder anständige Pendler fuhr auch sie mit der Rolltreppe nach unten und musterte die vielen verschiedenen Plakate an der Wand links von ihr. Ein silbern schimmernder Helikopter sprang ihr ins Auge und war dann in regelmäßigen Abständen immer wieder zu sehen, als hätte die Welt sich verschworen, um sie zurück in den Kosmos der Therapiesitzung zu treiben, einen Kosmos, in dem alles von Bedeutung war. Die Plakate warben lediglich für ein Buch, rief Leo sich ins Gedächtnis und schaute fortan nur noch geradeaus.

Doch hatte Daniel Lukas recht mit seiner Andeutung, daß Leos Angst vor Hubschraubern an die Stelle all der verwickelten und widersprüchlichen Gefühle jener fernen Vergangenheit getreten war? Daß die Panik ihr den Vater am Leben erhielt? War es das, was sie wollte? Ihren perfekten, untadeligen, immer auf Reisen befindlichen Vater? Und ihre Freundin. Ihre Freundin Laura. Ihre Freundin Isabel. Leo mußte daran denken, wie an jenem Abend in Manhattan ihre Sorge über Isabel in Panik umgeschlagen war, als sie das Geräusch des Helikopters gehört hatte.

Sie lauschte dem Dröhnen des herannahenden Zuges. Sie hob den Blick und stieß mit einem Fremden zusammen, als sie auf eine der Türen zuhielt. Sie murmelte eine Entschuldigung und ließ sich dankbar auf einen freien Sitz sinken.

Zu schade, daß ihr in dem Aktenschrank kein Umschlag in die Hände gefallen war, auf dem in sauberer Schrift »Isabel Morgan« stand. Zu schade auch, daß Dr. Lukas sie dabei erwischt hatte. Das war zutiefst beschämend gewesen. Es hatte vermutlich keinen Sinn, ihn weiterhin aufzusuchen. Er würde keinerlei Informationen preisgeben.

Der Junge allerdings war sehr niedlich. Leo fragte sich, wie seine Mutter wohl sein würde. Eine Malerin. Sie schloß die Augen und sah Daniel Lukas in dem Zimmer voller Gemälde vor sich. Sein Junge stand neben ihm. Eine Frau kam herein und gab dem Kind einen Kuß auf den zerzausten Lockenkopf. Dann schaute sie zu Daniel empor und schlenderte mit breitem Grinsen auf ihn zu.

Isabel.

Leos Augen öffneten sich schlagartig. Sie spürte, wie ihre Wangen rot wurden. Isabel und Daniel. Das brachte sie auf eine Idee. Wieso nicht? Sie war, das mußte sie zugeben, wirklich gewillt, nichts unversucht zu lassen.

10

Die Straße, in der Isabels Haus wie ein in die Neuzeit verpflanztes Ungeheuer lauerte, wirkte endlich einmal belebt. Aus einem Nachbargebäude strömten Büroangestellte und machten sich auf den Weg nach Hause oder in den nächsten Pub. Der Verkehr kroch im Schneckentempo vorwärts, weil etliche Autos sich vom Parkplatz auf die Straße einzufädeln versuchten. Fahrräder schlängelten sich riskant durch das Gewühl. Neben einer Parkuhr stand eine Politesse, schrieb einen Strafzettel und klemmte ihn dann hinter den Scheibenwischer des Wagens, während im selben Moment ein Mann mit roten Gesicht auf sie zurannte und wütend zu gestikulieren begann.

Leo ging ins Haus. Auf halber Treppe traf sie Rosie, die eine Sporttasche trug.

»Alles klar, Leo? Ich habe leider keine Zeit. Ich bin im Fitneßstudio verabredet und bereits spät dran.« Sie lächelte entschuldigend. »Kommen Sie doch nachher noch auf einen Drink nach oben, ja?«

»Ja, vielleicht.« Leo erwiderte das Lächeln und begann zwei Stufen auf einmal zu nehmen. Statt des Fitneßstudios, dachte sie.

Bevor sie die Wohnungstür aufschloß, hielt sie unwillkürlich einen Moment inne, als hätte das Apartment sich in einen unberechenbaren und trügerischen Ort verwandelt. Als sie eintrat, rieb sich plötzlich etwas an ihrem Bein, so daß sie erschrocken zusammenzuckte.

Die Katze miaute. »Biest, du Gauner«, murmelte sie und streichelte das Tier, bis es behaglich schnurrte. Es folgte ihr in Isabels Arbeitszimmer, sprang auf einen Stuhl und sah ihr dabei zu, wie sie den Anrufbeantworter abhörte.

»Hallo, Holland«, dröhnte Christopher Norfolks Stimme ihr entgegen. »Wie es aussieht, schaffe ich es heute abend nicht mehr rechtzeitig. Bitte lassen Sie uns das Essen auf einen anderen Tag verschieben. Bis bald.«

Leo gestand sich nur ungern ein, daß sie ein wenig enttäuscht war. Sie nahm den Kater auf den Schoß und streichelte ihn nachdenklich. Was nun? Sobald sie zur Ruhe kam, kochten sofort all die Gefühle in ihr hoch, die Daniel Lukas heraufbeschworen hatte. Sie kämpfte dagegen an und versuchte sich einen neuen Plan zurechtzulegen, als plötzlich das Telefon klingelte.

»Mom? Ich habe gerade deine E-Mail gelesen. Wie schade, daß dein Computer gestohlen wurde.«

»Becca. Hallo, mein Liebling. Schön, daß du anrufst.« Ein warmes Gefühl stieg in Leo auf. »Bist du zurück in Stanford?«

»Ja. Es war wirklich prima bei Dad.« Sie hielt inne. »Weißt du schon, daß ich demnächst einen kleinen Bruder oder ein Schwesterchen haben werde?«

»Jeff hat es mir erzählt.«

Wieder eine kurze Pause. »Alles klar mit dir deswegen?«

»Ja. Ich glaube schon. Und bei dir?«

»Fühlt sich irgendwie komisch an.«

Leo lachte. »Wer weiß, am Ende freust du dich vielleicht darüber.«

»Ja. Wer weiß?« Becca wechselte abrupt das Thema. »Habe ich dir schon von diesem Jungen in meinem Englischkurs erzählt? Er ist cool. Wir gehen am Samstag zusammen ins Kino.«

Leo verkniff sich all die Fragen, die ihr auf einmal in den Sinn kamen. »Klingt gut«, sagte sie weitaus begeisterter, als ihr in Wirklichkeit zumute war.

»Ja. Gibt's was Neues von Isabel?«

Leo bemühte sich, möglichst ruhig zu klingen. »Noch nicht. Aber bald, hoffe ich.«

»Hast du deinen Anrufbeantworter in Manhattan abgehört?«

»Ich werd's gleich noch mal versuchen. Erzähl mir von deinem Studium.«

Sie plauderten noch ein paar Minuten, und als Leo auflegte, erkannte sie, daß ihre Freude beim Klang von Beccas Stimme von Besorgnis getrübt war. Einen Moment lang sann sie darüber nach, welchen Einfluß Jeffs neues Kind wohl auf die Entwicklung ihrer Tochter nehmen würde. Dann rief sie sich Beccas Anregung ins Gedächtnis und wollte den New Yorker Anrufbeantworter überprüfen. Das letzte Mal lag bereits einige Tage zurück. Sie fing an, die Nummer zu wählen, als die Türklingel sie unterbrach.

Inspector Faradays Miene war so ernst und würdevoll wie die eines Vikars bei einem Trauergottesdienst. Als er steif auf der Kante des Sofas Platz nahm und die Hände verschränkte, sah Leo ihn plötzlich in schwarzem Talar und weißem Kragen ein viktorianisches Begräbnis durchführen. Er wich ihrem Blick aus.

»Stimmt etwas nicht, Inspector?« fragte sie nervös.

»Bitte schildern Sie mir, in welcher Beziehung Sie zu Christopher Norfolk stehen, Miss Holland.«

Die Aufforderung überraschte sie ebensosehr wie sein eisiger Tonfall.

»Das geht Sie zwar eigentlich nichts an, Inspector, aber da Sie schon danach fragen, kann ich Ihnen versichern, daß zwischen ihm und mir keinerlei Beziehung existiert.«

Er sah sie kurz an und wandte den Blick dann wieder ab. »Am Montagabend, dem Abend des Einbruchs, haben Sie die ermittelnden Beamten nicht davon in Kenntnis gesetzt, daß Mr. Norfolk einen Schlüssel zur Wohnung hat.«

Leo tat die Anschuldigung mit einem Achselzucken ab. »Es muß mir in dem Moment wohl entfallen sein.«

»Eine nützliche Gedächtnislücke.«

»Norfolk hätte doch wohl kaum ein solches Chaos anrichten müssen, falls er irgend etwas suchen wollte. Er hatte doch jederzeit freien Zugang.«

»Ist Ihnen denn noch nicht in den Sinn gekommen, daß er uns vielleicht von seiner Person ablenken möchte?«

»Nein«, erwiderte Leo lakonisch, wenngleich sie sich im selben Moment fragte, aus welchem Grund sie ihn eigentlich so heftig verteidigte.

Inspector Faraday musterte sie eindringlich. »Und wo ist er jetzt?«

Leo zuckte die Achseln. »Keine Ahnung.«

Faraday griff in die Tasche und zog langsam seine Brille daraus hervor. Als er sein Notizbuch aufschlug, wirkte er wie ein kleinlicher Finanzbeamter. »Ich habe vorhin mit Hamish Macgregor gesprochen, und er hat bestätigt, daß er hergekommen ist und Sie und Mr. Norfolk zusammen gesehen hat.« Er warf Leo einen warnenden Blick zu. »Und daß Ihr Freund handgreiflich geworden ist.«

»Aber das ist doch ... Macgregor wollte hier einbrechen«, stieß Leo verärgert hervor.

Faraday schüttelte ernst den Kopf. »Er sagt, Miss Morgan habe ihm schon vor Monaten die Schlüssel gegeben, weil er im Haus verschiedene Arbeiten für sie erledigt hat. Heute morgen wollte er hier Geld abholen, das sie ihm noch schuldig war. Eintausendzweihundert Pfund, um genau zu sein.

Normalerweise deponierte sie das Geld für ihn in einem Umschlag in der untersten Schublade ihres Nachttisches. Heute jedoch hätten Sie und Mr. Norfolk ihm den Zutritt verwehrt."

»Das ist gelogen. Er wollte sein Werkzeug und ein paar Kleidungsstücke abholen. Einen Anzug, den er hiergelassen hatte.«

»Mr. Macgregor behauptet, in Wahrheit habe Ihr Mr. Norfolk ihn mit einem Anzug abgespeist. Einem Anzug, der ihm gar nicht gehört.«

»Das ist kompletter Schwachsinn.« Leo hielt inne und versuchte sich den Ablauf der Ereignisse erneut zu vergegenwärtigen. Worüber hatten die beiden Männer gesprochen, während Leo Macgregors Anzug holte?

Faraday hatte die Brille abgesetzt und starrte Leo an. »Ich habe Einblick in die Bankkonten Ihrer Freundin Miss Morgan genommen. Der Job als Journalistin scheint jedenfalls keine brotlose Kunst zu sein, denn sie war alles andere als knapp bei Kasse. Und am vierzehnten April hat sie die durchaus beträchtliche Summe von dreitausend Pfund in bar abgehoben.«

»Ich weiß nichts über Isabels Finanzen«, erklärte Leo leise. »Vielleicht hat sie Geld von ihrer Mutter geerbt, die Anfang des Jahres verstorben ist. Aber wenn Isabel so viel abgehoben hat, erklärt das doch, wieso Sie nach dem Fünfzehnten keine weiteren Zahlungen mit der Visa-Karte feststellen konnten. Es bedeutet auch, daß sie noch am Leben ist.« Leo hörte ihre eigenen Worte triumphierend im Raum widerhallen. Sie erwiderte Faradays bohrenden Blick.

»Demnach haben Sie angenommen, Ihre Freundin sei tot.«

Leo schüttelte den Kopf. »Ich mache mir Sorgen, das ist alles.«

»Wollen wir mal nach dem Geld sehen?«

»Gehen Sie allein nachschauen, Inspector, denn mir trauen Sie ja anscheinend nicht. Ich hole mir lieber ein Glas Wein.«

Sie sah ihn im Schlafzimmer verschwinden und hörte das

Klappern der Schubladen. Nach kurzem Zögern goß sie sich in der Küche ein Glas Burgunder ein und folgte ihm.

Faraday stand vornübergebeugt vor dem Nachttisch und durchwühlte die Unterwäsche und Strümpfe in der untersten Schublade. Dann richtete er sich auf. Auf seinem hageren Gesicht lag ein Lächeln, und in der Hand hielt er einen langen weißen Briefumschlag. »Hier steht ›Hamish M.‹, aber der Umschlag ist leer. Haben Sie eine Idee, Miss Holland?«

Leo trank einen großen Schluck Wein. »Sogar mehrere Ideen, Inspector. Was ist mit dem Einbrecher? Was ist mit der Möglichkeit, daß Isabel diesmal kein Geld für Hamish Macgregor dagelassen hat? Vielleicht schuldet sie ihm ja auch gar nichts, und er hat sich das alles ausgedacht. Oder er hat sich das Geld bereits geholt, eventuell sogar vor meiner Ankunft, denn als ich hier eintraf, lag eine zerbrochene Vase genau dort, wo Sie jetzt stehen. Sie könnten ja mal sein Konto überprüfen. Oder habe ich das Geld womöglich gestohlen, weil meine finanziellen Mittel erschöpft sind? Sie können gern auch meinen Kontostand einsehen. Ich gebe Ihnen die erforderliche Erlaubnis.« Ihre Stimme triefte vor Sarkasmus.

»Oder wie wäre es mit Ihrem Mr. Norfolk?«

»Nun, fragen Sie ihn doch einfach. Ich sehe nur nicht, wie uns das bei der Suche nach Isabel weiterhelfen soll. Das ist nämlich die vordringlichste Aufgabe, Inspector. Finden Sie Isabel.«

»Das versuchen wir ja, Miss Holland. Bitte beruhigen Sie sich.« Er verließ den Raum. Ihr plötzlicher Gefühlsausbruch war ihm unangenehm. Am Eßtisch blieb er stehen und setzte erneut seine Brille auf. Er musterte die Unterlagen, die sie vor ihrem Besuch bei Daniel Lukas dort liegengelassen hatte.

»Was ist das, Miss Holland?«

»Gute Frage, Inspector. Ich habe selbst versucht, das herauszufinden. Vielleicht eine Art Stammbaum.« Sie zögerte kurz und sprach dann aufgeregter weiter. »Es war heute morgen in Isabels Post. Eine Diskette. Das ist der Inhalt.«

»Und den haben Sie mit Hilfe von Mr. Norfolks Computer ausgedruckt.«

Faraday entging wirklich nichts.

»Ja.« Leo schluckte ihren Ärger hinunter.

»Ich verstehe.« Er warf ihr einen warnenden Blick zu. »Ich nehme das lieber an mich, sofern Sie nichts dagegen haben, Miss Holland.« Er faltete die Blätter zusammen und verstaute sie sorgfältig in der Jackentasche. »Und dann würde ich gern noch einmal die Papiere in Miss Morgans Arbeitszimmer in Augenschein nehmen, falls ich darf.«

»Sie dürfen.«

Steifbeinig ging er voraus. Der Kater, der es sich auf dem Bürostuhl bequem gemacht hatte, sprang auf.

»Ein neues Haustier?« fragte Faraday und wurde sichtlich freundlicher, während er Biest mit geübter Hand streichelte.

»Hat Ihnen denn Ihr lieber Mr. Macgregor nicht erzählt, daß er heute ein zweites Mal hergekommen ist, um Isabels Katze abzuliefern?«

Faraday wirkte auf einmal peinlich berührt. »Nein, hat er nicht.« Er nahm am Tisch Platz, so daß er Leo den Rücken zuwandte. »Wo befindet sich denn übrigens der Umschlag, in dem die Diskette hier angekommen ist?«

»Wir konnten bloß ›Dorset‹ entziffern.«

Er nickte. »Sie können mich hier ruhig allein lassen, Miss Holland. Ich werde nichts ohne Ihre Erlaubnis mitnehmen.«

»Wonach suchen Sie denn, Inspector?«

»Kontoauszüge, Rechnungen. Was immer mir in die Hände fällt.«

Leo ging ins Wohnzimmer und stellte sich an eines der Fenster. Ja, das Leben reduzierte sich auf eine zufällige Ansammlung von Rechnungen und Kontoauszügen. Bei ihr war es genauso. Seit Isabels Verschwinden hatte alles eine gewisse Beliebigkeit angenommen, als wäre Leo völlig dem Gang der Ereignisse ausgeliefert. Sie erkannte sich von Tag zu Tag immer weniger wieder, manchmal sogar von Minute zu Minute. Sie wußte nicht, was sie im nächsten Moment sagen oder tun würde.

Plötzlich sah sie sich selbst wie einen verstohlenen Kriminellen in Daniel Lukas' Privaträume eindringen. Das Bild war so völlig untypisch, daß sie sich regelrecht anstrengen mußte, um es wieder zu verdrängen.

Sie eilte in ihr Zimmer und starrte in den Spiegel. Gehörte dieses Gesicht mit den wirren kastanienbraunen Locken wirklich ihr selbst? Dunkelblaue, etwas zu weit auseinander stehende Augen blickten ihr entgegen. Die Haut über ihren Wangenknochen war straff gespannt, so daß die Wangen eingesunken wirkten. Es war ihr Gesicht, und doch hatte es nichts mit ihr zu tun. Sie blickte auf eine Person, die genausogut nicht sie selbst sein konnte, und sie erinnerte sich dunkel daran, wie sie als Jugendliche öfter auf diese Weise in den Spiegel geschaut hatte – eine Heranwachsende, die das eigene Abbild nach Antworten fragte.

Damals war sie gerade erst aus England nach Manhattan zurückgekehrt. Die ungewohnte Umgebung führte dazu, daß sie sich selbst nicht wiedererkannte. Alles war im Fluß begriffen. Sie ließ sich allein von ihren Impulsen leiten, wie ein Blatt, das vom Ast abriß und davongeweht wurde. Je nach Windrichtung landete sie vielleicht im Whitney Museum oder in irgendeiner zwielichtigen Bar. Sie genoß die Freiheit und fürchtete sich zugleich davor, denn sie wußte nicht, wer sie am nächsten Tag sein würde. Sie schlief während jener Monate sogar mit zwei Männern, irgendwelchen zufälligen Bekanntschaften. Ihr Leben wurde komplett vom Zufall gesteuert. Bis sie Jeff traf, den sie zwar auch nur zufällig kennenlernte, der jedoch das Gefühl der Beliebigkeit verschwinden ließ.

Jeff verlieh ihr während jener ersten Zeit eine Identität, und sie klammerte sich daran fest, als hinge ihr Seelenheil davon ab. Ihre Zurückhaltung war für ihn Kultiviertheit, und er sah sie als weltkluge, weitgereiste Frau – was sie natürlich auch war, wenngleich sie selbst sich noch nie in diesem Licht gesehen hatte. Er hingegen hatte die Vereinigten Staaten noch nie verlassen. Aus der Perspektive seiner in Brooklyn verbrachten Kindheit wirkte ihre Park-Avenue-Familie wie ein geheimnisvoller Klub, der all die Privilegien zu bieten hatte, nach denen er sich sehnte. In der warmen Geborgenheit seiner schwärmerischen Leidenschaft hörte sie auf, sich dem Ozean des Lebens wie ein Stück Treibgut zu überlassen, und gewann an Halt und an Sicherheit. Sogar ihre Begabungen schienen eindeutiger zu werden. Er war das Beste, was ihr jemals passiert war.

Leider nicht für immer.

Leo ging wieder ins Wohnzimmer und lehnte sich auf dem Sofa zurück. Über ihr leuchteten die Farben des abstrakten Gemäldes so lebhaft wie ein Sonnenuntergang in der Wüste.

»Ich bin jetzt fertig, Miss Holland«, riß Inspector Faradays Stimme sie aus ihrer Träumerei. »Wir bleiben in Verbindung.«

An der Tür holte sie ihn ein. »Haben Sie diese Frau erreicht, die neulich angerufen hat? Paola Sowieso.«

»Ich habe ihr eine Nachricht auf Band hinterlassen; bislang hat sie nicht darauf reagiert.« Seine höfliche Miene legte sich in Falten. »Passen Sie auf sich auf, Miss Holland. Einmal haben Sie bereits etwas abbekommen, und beim nächsten Mal könnte es noch ernster werden. Ich möchte Sie nachdrücklich bitten, diese Angelegenheit uns zu überlassen.«

Aber diese Angelegenheit läßt mich nicht in Ruhe, dachte Leo, als sie in den leeren Raum zurückkehrte. Sie schaute hinaus auf die zahllosen Dächer. In einiger Entfernung blickte eine Statue über die Häuser hinweg und glänzte in der hereinbrechenden Abenddämmerung. Eigentlich hatte Leo nachsehen wollen, ob Rosie schon zurückgekehrt war, aber irgendwie war ihr nicht nach zwanglosem Geplauder zumute.

Mit einem Seufzen beschloß sie, sich ein Abendessen zuzubereiten. Während sie Eier in einer Schüssel verquirlte, fielen ihr die Angaben des Inspectors über Isabels beträchtlichen Kontostand ein. Hatte Isabel tatsächlich etwas geerbt? Oder gab es einen anderen Grund dafür? Vielleicht wußte die australische Tante Bescheid. Woher die Telefonnummer nehmen? Leo hatte keine große Lust, erneut in dem

Kasten zu wühlen, aus dessen Inhalt ihr Jeffs Brief in die Hände gefallen war. Außerdem waren das alles alte Briefe und die meisten Adressen inzwischen längst nicht mehr gültig. Vielleicht hatte Norfolk eine Idee. Sie würde ihn fragen, sobald er zurückkehrte.

Während Leo ihr Abendessen aus Eiern und Toast zu sich nahm, wurde es draußen dunkel. Sie fühlte sich unwohl. Zwei Tage lang war es ihr gelungen, die Wohnung nicht als feindseligen Ort zu betrachten, an dem gewaltsamer Besuch drohte und immerfort böse Ahnungen in ihr aufstiegen. Wo war Isabel? Leo rief sich erneut ihren Anblick vor Augen, sah sie mit wehendem Haar quer durch den Raum gehen und mit raschelnder Seidenhose gegenüber von ihr Platz nehmen. Ein Lächeln erhellte Isabels Miene. »Er war nicht von Bedeutung für mich. Ich für ihn auch nicht. Ich war bloß neugierig, auch auf dich. Durch ihn. Und die Neugier ist mit mir durchgegangen. Ich mag es, wenn etwas passiert. Du weißt, was ich meine.«

Isabel verblaßte, und an ihrer Stelle erschien wieder die Vase mit den leuchtenden Osterglocken. Wußte sie, was Isabel meinte? grübelte Leo. Wußte sie es wirklich, konnte sie es im Innern nachvollziehen?

Sie wusch ihren Teller ab und trocknete ihn sorgfältig, so daß er wieder glänzte. Dann hielt sie bestürzt inne. Sie verwandelte sich in eine alte Frau. Was sie brauchte, war Gesellschaft. Aber sie wollte nicht ausgehen. Sie vergewisserte sich, daß die Wohnungstür sorgfältig abgeschlossen war, und schlenderte durch das Apartment. Fernsehen, das war's. Das Leben anderer Leute, damit man nicht zu sehr über das eigene nachdenken mußte.

Sie ging in Isabels Zimmer und schaltete den Fernsehapparat ein, um bloß nicht mehr an die Hände denken zu müssen, die aus der Finsternis auftauchen und sie brutal zu Boden stoßen könnten. Sie streckte sich bäuchlings auf dem Bett aus und sah, wie aus den Farben eine Landschaft entstand – kristallblaue Becken, in denen zahlreiche Eisbrocken schwammen, und dann ein Plateau mit einer unberührten Schneedecke, auf dem nur der Wind Furchen zog und Hügel auftürmte. Die Aufnahmen waren mit Musik unterlegt. Vermutlich von Grieg. Und dann kam das Knattern. Ein Hubschrauber flog ins Bild. Leo stützte sich auf die Ellbogen und verschränkte die Hände unter dem Kinn. Für den Bruchteil einer Sekunde dachte sie an Daniel Lukas. Sie griff nicht nach der Fernbedienung. Sie zwang sich, nicht wegzuschauen.

Der Helikopter schwebte vorbei und wurde vor dem Hintergrund der unendlichen weißen Weite zu einer zerbrechlichen, glitzernden Form. Ein Schnitt. Das Gesicht des Piloten war im Profil zu sehen. Nicht das Gesicht ihres Vaters. Nein, ganz bestimmt nicht das Gesicht ihres Vaters, sondern das eines stämmigen, lockigen Mannes in einer Holzfällerjacke. Neben ihm saß eine Frau mit dem reinen Antlitz einer Eisprinzessin. Panisch umklammerte sie seinen Arm.

Leo konnte den Blick nicht vom Bildschirm abwenden. Sie sah, wie der Pilot die Frau aufmunternd anlächelte und dann sofort wieder entschlossen nach vorn schaute.

Dann wurde der Helikopter wieder zu einer Silhouette, die immer weiter nach unten sank, dann kurz wieder emporstieg und schließlich, während die Musik ein frenetisches Crescendo erreichte, schlingernd auf dem Boden aufsetzte, wobei der Rumpf halb im Schnee versank. Leo sah in einer Halbtotalen den Piloten auftauchen und die Tür gegen den Schnee aufdrücken. Dann stapfte er auf die Seite seiner Gefährtin und ließ sie ebenfalls nach draußen. Sie fiel ihm um den Hals.

Leo wandte sich ab. In ihr schien sich eine gewaltige Wut aufzustauen, der sie unbedingt Luft verschaffen mußte. Sie packte ein Kissen und schleuderte es quer durch den Raum. Warum hatte ihr Vater nicht am Leben bleiben können? Er hatte ihr versprochen zu kommen. Er hatte es versprochen. Und er hatte sie im Stich gelassen.

Tränen rannen über ihre Wangen. Sie sah den Bildschirm nur noch ganz verschwommen. Der Hubschrauber war wieder knatternd zum Leben erwacht. Am Steuerknüppel saß nun ein anderer Mann. Seine Augen waren geschlossen und sein Gesicht schmerzverzerrt. Die Maschine hob ab und hinterließ einen Krater in der Schneedecke.

Leo schloß die Augen und ließ den Tränen freien Lauf. Danach fühlte sie sich unendlich leer und völlig ausgebrannt. Die Leere des Verlusts. Und mit diesem Gefühl schlief sie ein.

Sie spürte eine Hand auf ihrem Kopf und wußte nicht, ob sie wachte oder träumte. Die Hand streichelte sie, tröstete sie und zerwühlte sanft ihr Haar. Die Hand ihres Vaters, dachte sie. Sie legte ihre eigene, kleine Hand darauf. Die Haut fühlte sich fest und kühl an.

Eine Stimme flüsterte etwas in ihr Ohr. »Wie nett, daß Sie auf mich gewartet haben, Holland.«

Leo drehte sich um und erkannte, daß Christopher Norfolk neben ihr saß. Er sah groß und real aus, nicht wie ein Traumbild. Sie wurde nicht ganz schlau aus seiner Miene. »Es tut mir leid. Ich wollte nicht ...«, krächzte sie.

»Leise.« Er streichelte sie weiter; seine Finger glitten sanft über ihr Gesicht.

Sie sah ihm in die Augen. Seine Augen waren ganz klar und schimmerten blau im Halbdunkel. Seine Lippen streiften ihren Mund. Ihre Arme legten sich wie von allein um seinen Hals. Diese Geste überraschte sie, genau wie sein leidenschaftlicher Kuß. Ihr Körper begann leise zu zittern. Sie hatte dieses Gefühl, dieses wärmende Feuer ganz vergessen und gar nicht mehr wirklich damit gerechnet, es je wieder zu verspüren. Sie ließ sich fallen, gab sich ihm hin, wollte die zärtliche Glut in seinen Augen sehen, wenn er ihre Bluse aufknöpfte, wollte seine kraftvollen Hände auf ihrer Haut fühlen, sein Gewicht auf ihrem Körper. Sie schob die Hände unter seinen Pullover und sein Hemd, um seine warme Haut zu spüren, doch er stand auf, und sie kam sich betrogen vor.

Aber er zog sich aus und warf seine Kleidung achtlos zu Boden. Sie beobachtete ihn verstohlen, seinen breiten Rücken, seine sonnengebräunten Beine. Als er sich zu ihr umdrehte, schloß sie wie ein scheues Schulmädchen die Augen.

»Jetzt du, Holland.« Es war ein Befehl. Doch als sie nicht

reagierte, zog er sie mit flinken, sicheren Bewegungen selbst aus und legte sich zu ihr, bevor sie die Kühle der Nachtluft auf der Haut verspüren konnte. Sie hörte auf zu denken und ergab sich ganz dem Vergnügen mit ihm, voller Staunen über sich selbst, als er in sie glitt und sie auf seinen Körper rollte. Dann, als sie sich tief in die Augen sahen, mußte sie einen Moment lang an Isabel denken. An ihn und Isabel, denn die beiden waren zweifellos auf diese Weise zusammengewesen.

Sie richtete sich auf, warf den Kopf in den Nacken und grub die Fingernägel in seine Schultern. Ein Stöhnen drang über ihre Lippen. Es schwebte durch den Raum und kehrte zurück, um sie beide zu umfangen. Und dann war Isabel verschwunden, und es blieben nur noch Leo und dieser Mann, dieser Fremde, dieser Christopher Norfolk.

Als sie später nebeneinander lagen, herrschte plötzliche Unsicherheit.

»Du bist ein wildes kleines Ding, Holland.« Sie wußte nicht, was sie von dieser Bemerkung halten sollte.

»Ach ja?« Sie versteckte ihren nackten Körper unter dem Federbett, zog es bis zum Kinn empor. Er schob es wieder nach unten.

»Ich mag es, dich anzusehen. Ohne Kleidung bist du noch viel faszinierender. Wie diese französischen Frauen. Apropos, wie wär's mit einem Gläschen?«

Bevor sie antworten konnte, stand er auf und kehrte wenig später mit zwei Gläsern und einer Flasche zurück. Er schenkte ihnen Wein ein und erhob dann sein Glas. »Auf Holland. Und unsere Fortschritte nach dem Waffenstillstand.«

Sie erwiderte sein ironisches Lächeln. »Auf Norfolk.«

Er legte sich neben sie und strich mit der Hand über ihren Schenkel. »Wo hast du die Blutergüsse her?«

»Von unserem Einbrecher. Er hat mich gegen die Kommode gestoßen.«

»Das tut mir sehr leid.«

Einen Moment lang glaubte sie, er wolle sich für seine eigene Tat entschuldigen. »Und was ist das hier?« Sie wies auf die Striemen an seiner Schulter.

»Dies, meine liebe Holland, ist alles nur dein Werk. Das meine ich mit wild. Aber ich schätze, es ist besser als dein Versuch, mir den Schädel einzuschlagen.« Er zwinkerte ihr zu und drängte sich dicht an sie.

Sie mochte sein Gesicht, die ledrige Haut und die Falten, als hätte er sein Leben lang die Augen vor dem Sonnenlicht zusammenkneifen müssen.

»Als du mir diese kleine Verletzung beigebracht hast«, sagte er und berührte seine Schulter, »hatte ich das deutliche Gefühl, du seist besessen von …«

»Oh …« Leo rückte ein Stück von ihm ab.

»Nun, vielleicht hast du auch nur so getan wie unsere gemeinsame Freundin. Es war die Art, wie du deinen Kopf in den Nacken geworfen hast. Habe ich recht, Holland?«

Leo spürte, daß er sie genauso eindringlich ansah wie Daniel Lukas. »Vielleicht«, räumte sie ein. »Es hat mich einfach überkommen. Ich weiß nicht, wieso. Ich habe so viel an Isabel gedacht.« Sie hielt inne. Ihre nächsten Worte überraschten sie selbst. »Isabel hat mit meinem Mann geschlafen. Meinem damaligen Mann«, korrigierte sie sich.

»Ach, wirklich?« Er legte den Arm um sie und streichelte sie sanft. Dann stieß er ein kurzes amüsiertes Lachen aus. »Sie ist ein Gauner. Aber so ist sie, unsere Isabel. Natürlich hast du ihr vergeben.«

Auf einmal war Leo sich dessen gar nicht mehr sicher. Wut stieg in ihr auf. Wut auf Isabel, weil sie sich mit Jeff eingelassen und ihre beste Freundin verraten hatte.

»Wir vergeben Isabel stets alle ihre Missetaten. Ihr Vorwürfe zu machen, hieße einen Blitz zu beschuldigen, irgendwo eingeschlagen zu sein.« Norfolk lachte.

Leo stimmte in sein Lachen mit ein und stand dann auf, um ihnen Wein nachzuschenken. Mittlerweile fühlte sie sich nicht mehr ganz so schüchtern. Seine beiläufig prüfenden Blicke gefielen ihr sogar. Sie tat es ihm gleich und musterte seinen Körper. Sein Penis regte sich. Sie verspürte das untypische Verlangen, ihn in den Mund zu nehmen.

»Falls du gerade eine kleine Vergeltungsaktion erwägen

solltest, Holland, möchte ich dich auf einen Unterschied hinweisen. Ich war nie mit Isabel verheiratet. Sie ist nicht der Typ für feste Bindungen. Sie langweilt sich zu schnell.«

»Und du?«

»Das haben Isabel und ich gemeinsam.« Er lächelte.

Leo hatte den Eindruck, er würde ihr ein Zeichen geben. »Also bist du bereits gelangweilt.« Sie hatte unbekümmert wirken wollen, doch es gelang ihr nicht ganz.

»Sei nicht so empfindlich, Holland.« Er zog sie zu sich herab und strich ihr über das Haar. »Ich fange gerade erst an, Interesse zu entwickeln.«

»Warum nennst du mich eigentlich ständig Holland?«

»Ich mag das. Genau wie das Land. Ich habe da eine Zeitlang gelebt. War dort sogar verheiratet.«

»Einmal?«

»Ja. Und dann noch einmal woanders.« Er drückte sich absichtlich so unklar aus.

»Was hast du in Holland gemacht?«

»Gearbeitet. In einer Chemiefirma.«

Sie hatte den Eindruck, einen Schatten über sein Gesicht huschen zu sehen. Sein Mund berührte ihre Brust. Sie überließ sich dem Gefühl, dem berauschenden Spiel der Glieder und Lippen und fragte sich zwischendurch nur einmal kurz, warum sie ihn so sehr begehrte.

»Weißt du, ich habe dies bestimmt schon seit zwei Jahren nicht mehr getan. Vielleicht ist es sogar noch länger her«, sagte sie nachher, ohne so recht den Grund dafür zu wissen.

Er kicherte. »Ich wußte ja gar nicht, daß ich es hier mit einer Jungfrau zu tun bekomme. Schwierige Fälle, diese Jungfrauen.«

Sie verzog das Gesicht und sah sich nach ihrer Bluse um. »Ich schätze, ich gehe besser zurück in mein Zimmer.« Sie knöpfte die Bluse zu und schlüpfte in ihre Hose. Er beobachtete sie, aber sie wich seinem Blick aus.

»Holland.« Seine Stimme war auf einmal ganz sanft. »Wir alle haben unsere schlechten Momente. Und ich bin ganz und gar nicht der rabiate Rüpel, der ich manchmal zu sein vorgebe. Jetzt bleib bitte hier. Ich möchte dich etwas fragen.«

»Was denn?«

Er zog sie neben sich herunter. »Was hat dieser Bulle heute von dir gewollt? Dieser Inspector Faraday.«

»Woher weißt du, daß er hier war?«

»Ich hab's erraten. Langsam kenne ich dich ein wenig.«

»Er mag dich nicht.«

»Was du nicht sagst, Holland. Was noch?«

»Kennst du Isabels Tante?«

»Ihre Tante? Isabel hat nie von ihrer Familie erzählt.«

»Das ist aber seltsam.«

»Ja? Wir hatten meistens interessantere Gesprächsthemen.« Norfolk grinste übermütig.

»Ich muß die Tante finden.«

»Ich werde zu Hause ein paar Nachforschungen anstellen lassen. Aber weshalb? Glaubst du, sie könnte etwas wissen?«

Leo zuckte die Achseln und musterte ihn eindringlich. Das kantige Gesicht gab nicht viel von ihm preis. Sein Körper schon eher. Sie fuhr mit der Hand über seine Brust. Er hielt sie fest. »Sag schon.«

»Isabel hatte anscheinend ziemlich viel Geld auf dem Konto. Mehr als angebracht, laut Faraday.«

»Glaubt er, jemand hat sie bezahlt? Daß sie für jemanden gearbeitet hat? Mata Hari in der Welt des Terminators?«

»Das hat er nicht gesagt.«

Norfolk schwieg für einen Moment. »Wir müssen uns beeilen, Holland. Bevor diese tolpatschigen Bullen sich einmischen und dadurch alles noch viel gefährlicher wird.«

»Die gute Neuigkeit ist, daß Isabel einen großen Betrag in bar abgehoben hat. Was erklärt, wieso sie die ganze Zeit ohne ihre Kreditkarte ausgekommen ist. Also geht es ihr vermutlich gut.« Leos Stimme zitterte bei diesen Worten.

Er dachte nach und runzelte dann die Stirn. »Hat Faraday überprüft, ob man Videoschnüffler auf uns angesetzt hat?«

»Was meinst du damit?« fragte Leo und begriff im selben Moment, daß er versteckte Kameras meinte.

»Holland, jemand ist hier eingebrochen. Vielleicht bin ich ungewollt dafür verantwortlich, weil ich mit dieser Laborantin gesprochen habe. Die Typen bei Plantagen oder sonstwo waren auf der Suche nach jeglichem brisanten Material, das Isabel vielleicht mitgenommen haben könnte. Wahrscheinlich haben sie nichts gefunden. Dennoch könnten sie der Meinung sein, daß es sich lohnt, uns im Auge zu behalten.«

Er stand auf und ging im Zimmer umher, untersuchte die Lampen und Fensterrahmen und zog sich dann Hemd und Shorts an.

»Aber wenn diese Leute hinter Isabel her sind, dann heißt das doch, daß man sie nicht gefangenhält und mit ihr alles in Ordnung ist.«

Er kam zu ihr und küßte sie auf die Stirn. »Laß uns hoffen, daß sie es sich irgendwo gutgehen läßt. Aber mir hat das Aussehen dieser Wohnung neulich nicht gefallen.« Er streichelte ihre Wange. »Leg dich hin und schlaf. Ich geselle mich zu dir, sobald ich fertig bin. Bald.« Er lächelte.

»Norfolk.« Sie hielt ihn zurück. »Was hast du heute herausgefunden?«

»Zunächst mal, daß keiner von Isabels und meinen gemeinsamen Bekannten sie seit Weihnachten noch nennenswert zu Gesicht bekommen hat. Und ansonsten ... nun, das erzähle ich dir morgen. Willst du mich nicht begleiten? Fröhlich und zu früher Stunde.«

Leo lächelte. »Nett, daß du fragst. Aber ich hatte vor, einen Wagen zu mieten und runter nach Dorset zu fahren. Ich will mir das Hotel ansehen, in dem Isabel gewohnt hat. Mal schauen, was ich herausfinden kann. Ich halte dieses Abwarten einfach nicht mehr aus.«

»Prima Idee. Wir fahren zusammen. Obwohl ich es nicht unbedingt auf das Hotel abgesehen hatte.«

Leo schlief nicht. Sie lag in Isabels Bett und berührte ihren Körper. Er fühlte sich straff und gesund an, als habe er an Klarheit gewonnen, als würden seine Konturen deutlicher hervortreten. Als sei Leo wieder sie selbst geworden, weil die

Hände und Gliedmaßen eines anderen sie neu zusammengefügt hatten. Sie mußte daran denken, daß sie eigentlich zu alt war, um sich durch einen Mann neu zu definieren. Doch wie sonst lernte man sich selbst kennen, außer durch andere? Laut Daniel Lukas vor allem durch die Mütter und Väter. Durch ihr Einwirken wurde man allmählich zu der Person, die man war. Dieser Prozeß war ein heftiges Hin und Her und nicht bloß eine sanfte Beeinflussung. Vielleicht hatte sie sich dank Jeff nicht mehr nach ihrem toten Vater gesehnt und ein Art unsicheren Burgfrieden mit ihrer Mutter geschlossen. Aber dann war Jeff wieder gegangen, eigentlich lange vor seinem tatsächlichen Auszug aus der gemeinsamen Wohnung. Und Isabel? Definierte sie sich durch die diversen Männer in ihrem Leben? Nein, nicht Isabel. Sie lehnte es ab, sich festzulegen. Es war eine Art Gefangenschaft. Sie war wie ein bunter Farbklecks, dessen Ränder ein wenig auf die benachbarten Felder verliefen.

Der Traum, von dem sie Daniel Lukas erzählt hatte, stand Leo auf einmal plastisch vor Augen. Sie sah einen heißen Ort, fast schon eine Wüste. Hier und da wuchs spärliches Gras. Ein kleines Kind stand ganz allein auf diesem Fleck und wollte verzweifelt von dort weglaufen. Es bemühte sich umsonst, denn man hatte es an einer Art Pflock festgebunden. Das Kind weinte. Salzige Tränen liefen über seine Wangen.

Mit furchtbarer Eindringlichkeit wurde Leo bewußt, daß jemand wie Isabel eine Gefangenschaft als unerträglich empfinden würde.

Dritter Teil

Protokoll einer Fallstudie (II)

Anna bezahlte mich dafür, daß ich mir ihre Geschichten anhörte und mir irgendwie besudelt vorkam. Die Erzählungen waren darauf angelegt, in mir ein Gefühl der Hilflosigkeit hervorzurufen. Nachdem ich diesen Umstand begriffen hatte, machte ich mich auf die Suche nach den Ursachen. Ich wollte wissen, welche Person aus ihrem Leben sie durch mich zu lähmen versuchte. Schließlich fungiert ein Psychoanalytiker immer nur als Rollendouble für weitaus einflußreichere Darsteller.

Anna liegt auf der Couch. Sie ist heute ganz in Schwarz gekleidet – schwarze Hose, schwarze Bluse, schwarze Seidenweste, schwarze Jacke und ein schwarzer Chiffonschal, der genausogut als Schleier herhalten könnte, wenn sie ihn über ihr Haar legt und um die Hände wickelt. Da ich inzwischen weiß, daß sie ihre Kleidung stets passend zur bevorstehenden Darbietung auswählt, frage ich sie, warum sie sich diesmal für Schwarz entschieden hat. Sie sagt, sie sei in Trauer, aus Solidarität mit einer Freundin. Abermals handelt es sich um eine Freundin, die von einem Liebhaber verlassen wurde, was im Leben von Annas Freundinnen oder zumindest in Annas Geschichten ein häufiges Thema zu sein scheint. Anna selbst wurde noch nie verlassen; jedenfalls erweckt sie diesen Eindruck, wenn sie von den anderen erzählt. Bislang allerdings läßt sie nicht zu, daß ich in diesem Punkt genauer bei ihr nachhake, weswegen ich natürlich um so mehr daran interessiert bin.

Sie fängt an, die Geschichte ihrer Freundin in allen dramatischen Einzelheiten vor mir auszubreiten. Nach ihrer Schilderung handelt es sich bei der Betreffenden um eine relativ naive Frau, die auf einen verheirateten Mann hereingefallen ist, der ihr alles mögliche versprochen hat, sogar die Ehe. Sie verbringen beinahe jede Nacht zusammen, außer am Wochenende. Dann nämlich kehrt der Mann stets nach Hause zurück. Ihre Freundin stört sich immer mehr daran, vor allem wegen der vollmundigen Versprechungen und der ständigen Heimlichtuerei. Sie will, daß er sich offen zu ihr bekennt. Sie will Aufrichtigkeit. An einem Samstag überkommt sie das unwiderstehliche Verlangen, seine Stimme zu hören. Also wählt sie seine private Nummer, die sie sich unter einem Vorwand in seiner Firma besorgt hat. Eine Frau geht ans Telefon. Annas Freundin muß zunächst kräftig schlucken, fragt dann aber nach Mr. Sutton. Sie erfährt, daß er nicht da ist. Da nimmt sie all ihren Mut zusammen und fragt die Frau, ob es sich bei ihr um Mrs. Sutton handelt. Es herrscht einen Moment lang Schweigen, und dann verkündet die Frau, es gäbe gar keine Mrs. Sutton. Sie sei die Haushälterin. Ob Annas Freundin eine Nachricht hinterlassen wolle? Annas Freundin legt auf. Sie ist am Boden zerstört. Sie konfrontiert ihren Liebhaber mit seinen Lügen, und er verläßt sie, einfach so, von einem Tag auf den anderen. Anna tröstet ihre Freundin und schlägt einen Leichenschmaus vor, um sein Verschwinden zu feiern.

Anna erzählt mir diese Geschichte mit zahllosen Einzelheiten und Ausschmückungen, wozu auch eine lebhafte Schilderung des Sexuallebens der beiden gehört. Ich weiß, daß sie mich damit aus der Reserve locken will. Darüber hinaus soll es ihren Status als sachkundige und therapieerfahrene Patientin unterstreichen.

Als sie fertig ist, warte ich zunächst einen Moment und frage sie dann, getreu dem Prinzip der Übertragung, ob sie mir diese Geschichte erzählt, weil sie meint, daß ich sie in gewisser Weise enttäuscht oder im Stich gelassen hätte oder mich im Hinblick auf meine eigene Position vielleicht zu reserviert verhalten würde.

Sie lacht. »Unsinn. Der einzige Grund, weswegen die Leute überhaupt zu einem Therapeuten gehen, ist die Gewißheit, daß ihr uns niemals im Stich laßt. Schließlich bezahlen wir euch, so wie Prostituierte. Ihr müßt uns zu Diensten sein.«

Ich äußere mich nicht dazu, sondern ertappe mich kurz darauf bei der folgenden Frage: »Als Sie klein waren, Anna, hat man Ihnen da geglaubt, was Sie den Leuten erzählt haben?« Ich weiß zunächst nicht so recht, warum ich ihr diese Frage stelle, doch dann wird mir klar, daß es nun für mich an der Zeit ist, ein wenig stärker auf Konfrontationskurs zu gehen. Im Gegensatz zu den meisten anderen Patienten spricht Anna kaum jemals über ihre Kindheit. Wir müssen den Grund dafür herausfinden. Außerdem möchte ich sie wissen lassen, daß ich mir über den zweifelhaften Wahrheitsgehalt ihrer Geschichten bewußt bin, wenngleich das nach meinem Analyseverständnis keine besonders große Rolle spielt.

Sie antwortet nicht. Das Schweigen an sich ist ungewöhnlich. Ich warte, und schließlich erwidert sie in verträumtem Tonfall: »Ja und nein.«

Ich warte abermals, und als nichts mehr folgt, frage ich: »Mit wem identifizieren Sie sich in dieser Geschichte, Anna? Wer sind Sie? Der Mann, die Haushälterin, die den Sachverhalt aufklärt, oder Ihre verletzliche Freundin?«

»Niemand hat mich je verlassen«, sagt sie mit einem Anflug von Härte.

»Weil Sie stets als erste die Beziehung beenden«, sage ich, ohne nachzudenken. »Ihnen fehlt entweder der Wille oder die Courage, um sich der Herausforderung einer tieferen Bindung zu stellen.« Erst da erkenne ich, daß ich verärgert bin. Andernfalls würde ich kaum so unverblümt mit ihr sprechen.

»Tod«, sagt Anna. Das Wort scheint sie selbst zu erschrekken, denn sie schweigt danach für geraume Zeit. Sie bedeckt ihr Gesicht mit dem Schleier. Sie ist beunruhigter, als ich sie je erlebt habe.

»Bleiben bedeutet Tod. Langeweile, Wiederholung?« taste ich mich schließlich vor.

»Tod bedeutet Tod«, sagt sie. »Einfach nur Tod. Manchmal ist eine Zigarre lediglich eine Zigarre.«

Plötzlich spüre ich ihre Rastlosigkeit. Sie spielt mit ihrem

Schal, fingert an den Knöpfen ihrer Jacke. Stillstand bedeutet in der Tat den Tod. Sie muß aufstehen.

Ich muß sie hierbehalten.

»Was sehen Sie, wenn Sie Tod sagen?« frage ich.

Sie spielt weiterhin nervös an ihren Sachen herum und erstarrt dann auf einmal in der Bewegung. »Ein Mann in einem Bett. Seine Augen sind so groß und rund wie Untertassen. Er ist abgemagert bis auf die Knochen. Furchtbar. Er kann sich nicht bewegen. Er ist der Tod. Ich liebe ihn.«

Sie sagt all dies in dem schleppenden Tempo eines Bandgeräts, dessen Batterien fast erschöpft sind. Dann stößt sie ein saugendes, schluckendes Geräusch aus und springt mit einer einzigen fließenden Bewegung von der Couch auf. Auch *ihre* Augen sind geweitet. Ich erkenne sofort, daß sie etwas gesagt hat, was sie eigentlich nicht sagen wollte. Es hat sie nervös und wütend gemacht. Bevor ich sie davon abhalten kann, hat sie mir bereits einen Kuß auf den Mund gehaucht und ist zur Tür hinaus. Dabei hätte unsere Sitzung noch ungefähr fünfzehn Minuten länger gedauert.

Ich habe so eine Ahnung, daß Anna zu ihrem nächsten Termin nicht auftauchen wird. Ich behalte recht, was mich allerdings keinesfalls tröstlich stimmt. Ich spüre, daß wir vielleicht kurz davor sind, zum Kern des Problems vorzustoßen, und daß dies für Anna der Zeitpunkt sein wird, die Therapie abzubrechen.

Tatsächlich läßt sie insgesamt fünf Termine stillschweigend ausfallen und ruft mich dann an, um mir mitzuteilen, daß sie nicht wiederkommen wird. Doch am nächsten Tag erscheint sie zur gewohnten Zeit, so als habe sie das Thema mit sich selbst erörtert und dabei jene Anna überstimmt, die mich angerufen hat. Ich bin nervös, sie anscheinend nicht. Weder entschuldigt sie sich noch liefert sie irgendeine Art von Erklärung. Sie legt sich einfach auf die Couch und fragt, so als wäre sie ich: »Wo waren wir stehengeblieben?«

»Wir haben über einen hageren Mann gesprochen. Einen sehr hageren Mann in einem Bett. Den Tod.«

»Ach, ja!« Sie stößt ein Lachen aus, das völlig unangebracht erscheint. »Ich möchte Ihnen von einem Freund erzählen, einem sehr interessanten Freund. Er ist Amerikaner und hat gestern seinen Job an der Wall Street gekündigt, um ab jetzt für die Grünen zu arbeiten. Gleichzeitig hat er auch seine Frau verlassen, aber das ist nebensächlich.«

Ihre Kleidung läßt diesmal nicht auf eine dramatische Geschichte schließen. Sie sieht, für ihre Verhältnisse, ziemlich normal aus. Vielleicht verleiht das mir den nötigen Mut.

»Anna«, unterbreche ich sie, »ich möchte heute keine Ihrer Geschichten hören.«

»Sie werden dafür bezahlt, mir zuzuhören.«

»Das mag sein. Aber heute möchte ich ergründen, weshalb Sie mir im Lauf der letzten Monate dermaßen viele Geschichten erzählt haben, ob nun wahre oder erfundene.«

»Um Ihnen Freude zu bereiten«, entgegnet sie, als sei dies selbstverständlich. »Das habe ich Ihnen von vornherein gesagt.«

Mir geht ein Licht auf. Ich war blind. Ich habe jedes inhaltliche Detail ihrer Geschichten nach dem Prinzip der Übertragung interpretiert und dabei völlig den eigentlichen Prozeß des Geschichtenerzählens außer acht gelassen.

»Aber es bereitet mir keine Freude«, sage ich. »Vielleicht erzählen Sie mir deshalb Geschichten, weil Sie der Ansicht sind, ich würde mich andernfalls nicht für Sie interessieren. Ohne Ihre Geschichten sind Sie niemand. Ein Nichts.«

»Ein Nichts«, wiederholt Anna, als würde sie die Worte regelrecht auskosten. Dann lacht sie. »Das stimmt, ein langweiliges, dreckiges kleines Nichts.«

»Dreckig?« frage ich nach.

»Ein dreckiges kleines Biest. So hat sie mich genannt.«

»Wer?«

Sie antwortet nicht.

»Ihre Mutter?«

Wieder keine Antwort. Sie liegt fast reglos da, und ich warte ab. Ich warte jedoch nicht zu lange, denn ich will nicht, daß die Stimmung dieses Augenblicks verfliegt. Also wage ich schließlich einen weiteren Vorstoß.

»Wem versuchen Sie mit Ihren Geschichten eine Freude zu bereiten, Anna?«

»Wem?«

»Ja, wem? Einem Bruder, der Sie tyrannisiert? Einem gelangweilten Liebhaber? Einer deprimierten Mutter, die aufgeheitert werden soll? Ihrem Vater?« Ich rate auf gut Glück.

»Mein Vater ist so früh gestorben, daß ich mich kaum an ihn erinnern kann«, sagt sie tonlos.

Ich kann ihre plötzliche Schwermut spüren.

»Sie waren vier Jahre alt, wenn ich mich recht entsinne.«

»So ungefähr.«

»Nicht zu jung für Geschichten«, dränge ich sie. »Er hat Ihnen Geschichten erzählt.«

Ihr Miene spiegelt auf einmal heftige Abscheu wider. »Nein, nein, ich habe *ihm* Geschichten erzählt. Er war so abgemagert. Und er roch so schlecht. Es war so heiß.«

»Demnach ist dieser hagere Mann, den Sie mit dem Tod assoziieren, Ihr Vater.«

Sie schweigt. Sie windet sich auf der Couch und fängt dann an, auf untypische, zusammenhanglose Art zu sprechen. Ich erkenne, daß wir endlich eine Art Barriere durchbrochen haben. Es entsteht das Bild einer Familie. Eine wütende, häufig schimpfende Mutter, ein kleines Kind und ein kranker Mann. Jeden Abend geht das Kind in das abgedunkelte Zimmer, setzt sich zu dem Vater ans Bett und erzählt ihm Geschichten. In ihren Augen halten die Geschichten den Tod in Schach. Seinen Tod. Der Vater bestätigt sie in dieser Ansicht. Er liebt ihre Geschichten. Solange sie ihm weiterhin Geschichten erzählt, wird er am Leben bleiben. Eine umgekehrte Scheherezade. Also erzählt sie ihm beliebige Geschichten über alles mögliche, erfindet, gibt wieder, bauscht auf, übertreibt.

Eines Tages fühlt sie sich nicht wohl, und ihre Mutter läßt sie nicht zu dem Vater, wie sehr sie auch bettelt. Ihre Krankheit wird schlimmer. Ihre Temperatur steigt beständig, bis hin zu Fieberphantasien. Als ihr Zustand sich bessert, ist der Vater nicht mehr da. Er hat sie verlassen. Er ist tot, eröffnet die Mutter ihr schließlich und schickt sie dann fort von dem einzigen Zuhause, das sie je gekannt hat. Sie empfindet das als Bestrafung für seinen Tod, weil sie ihn im Stich gelassen hat, doch auch ihre Mutter trägt Schuld daran, denn sie hat sie nicht zu ihm gelassen. Wie auch immer die Schuldfrage lautet, Anna ist am Boden zerstört. Sie verliert ihr Sprechvermögen. Sie weiß nicht mehr, für wie lange, aber sie weiß, daß ihre Stimme weg ist. Verschwunden mit ihrem Vater. Sic ist stumm.

Anna liegt völlig reglos da. Sie sagt nichts. Unterdessen wird mir klar, daß ihre überschäumenden und zwanghaften Geschichten unter anderem dazu dienen, ihrer Angst vor dem eigenen Tod entgegenzuwirken.

Kurz vor dem Ende der Stunde sage ich: »Das war damals, Anna. Wir leben jetzt. Und jetzt wissen wir ein wenig darüber, warum Sie mich all diese Monate unterhalten haben. Lassen Sie uns an dieser Stelle weitermachen. Es ist ein großer Schritt.«

Sie steht auf. Zuerst wirkt sie etwas benommen, aber dann schimmert wieder ihr übliches Temperament durch. »Vielleicht ist das alles nur Unsinn«, sagt sie.

Sie reibt sich das Handgelenk, und ich erinnere mich an ihre Geschichte über den kleinen Jungen, der nicht sprechen konnte und der sie dort gepackt hat, dort am Handgelenk.

»Oder noch etwas anderes«, sage ich. »Ein Geschenk von Ihnen an mich. Ein wahrhaftiges Geschenk.«

11

Der Regen trommelte aufs Wagendach und prasselte gegen die Scheibe. Die Wischer kamen kaum dagegen an. Die Autobahn wurde in einen trüben Schleier gehüllt, nur unterbrochen durch rote Bremslichter.

Norfolk fuhr absolut konzentriert und schnell, trotz des Wetters. Seit sie auf die Fernstraße eingebogen waren, hatte er kaum ein Wort mit Leo gewechselt.

»Heute sind es zwei Wochen her«, flüsterte Leo und schaltete das Radio aus. »Heute vor zwei Wochen hätte Isabel in Manhattan ankommen sollen. Es hat da auch geregnet. Ansonsten ist alles anders.«

Norfolk warf ihr einen kurzen Blick zu, sagte jedoch nichts.

»Inzwischen wären wir vielleicht schon in New Mexico. Der weite Himmel, die Kakteen, die Lehmziegelhäuser …«

Sie fühlte, wie ihr unweigerlich Tränen in die Augen stiegen. Der Urlaub mit Isabel war von so vielen Hoffnungen begleitet gewesen. Es schien, als würde die Furchtlosigkeit ihrer Freundin, die Offenheit, die elektrisierende Nähe irgendwie von Leo Besitz ergreifen und sie aus dem gewohnten Trott reißen. Doch nun war sie auf sich selbst zurückgeworfen worden, und ihre Sorge um Isabel wurde von Tag zu Tag schlimmer.

Leo versuchte, sich zusammenzureißen. Sie sollte ihr Augenmerk auf die Frage richten, was das gemeinsame Abenteuer für Isabel bedeutet hatte. Vielleicht ließen sich daraus irgendwelche Rückschlüsse ziehen.

Sie erinnerte sich an den Moment, in dem der Plan zu dieser Reise durch Amerika entstanden war. Sie hatten zusammen im Halbdunkel des Lofts gesessen und sich leise unterhalten, während Becca im Schlafzimmer ein Video anschaute.

Als Leo sich die Situation abermals vor Augen führte, erkannte sie, daß Isabel irgendwie bedrückt gewirkt hatte. Vielleicht plagten sie Sorgen, die sie jemandem mitteilen mußte. Sie wollte sich unbekümmert geben, doch ihre Haltung wirkte verkrampft. Ihre sonst so typische Ungezwungenheit war wie weggeblasen. Nein, Isabel war an Weihnachten wirklich nicht ganz auf der Höhe. Vermutlich war Leo genau deswegen inzwischen so unerschütterlich davon überzeugt, daß Daniel Lukas mehr wußte, als er zugab.

Es war Leos Idee gewesen, eine Fahrt quer durch Amerika zu machen. Zwei Frauen in einem Wagen auf Reisen. Easy Riders. Isabels Gesicht hellte sich merklich auf.

»Doch falls du in New Mexico wärst, Holland«, unterbrach Norfolk ihre Gedanken, »könntest du jetzt nicht mit mir im schönen England über Berg und Tal fahren. Sieh's mal von der positiven Seite.«

»Ich bemühe mich ja«, entgegnete Leo.

»Du bemühst dich nicht stark genug. Isabel hätte dich durchaus an ein paar Orte schleppen können, wie wir sie heute noch vermutlich zu Gesicht bekommen werden. Sie hat mir erzählt, daß sie während eures Urlaubs einige Recherchen in Sachen Gentechnik anstellen wollte. Also wäre es gar kein reiner Urlaub geworden.«

»Wirklich?«

Norfolk hörte ihr schon nicht mehr zu. Sie mußte an Jeff denken. Jeff saß genauso am Steuer, wenn sie am Wochenende von Boston nach New York fuhren. Leo nahm oft lieber hinten bei Becca Platz, die mit ihren molligen Beinchen in der Luft strampelte und ein verträumtes Babylächeln auf dem Gesicht trug. Das war lange vorbei.

Aus dem Nichts war plötzlich eine Sirene zu vernehmen. Ein Polizeiwagen überholte sie. Die blaue Signalleuchte ließ das trübe Wetter noch düsterer erscheinen.

»Keine Angst, Holland. Ich fahre nicht zu schnell.«

»Ich wollte gar nicht …«

»Wenigstens hast du den Anstand, deinen Mund zu halten.« Er lachte. »Was für ein seltenes Taktgefühl.«

Sie hätte das Gespräch gern fortgesetzt, hätte auch gern die Hand berührt, die kurz ihr Knie drückte, doch er konzentrierte sich wieder auf die Straße, und Leo blieb erneut ihren einsamen Gedanken überlassen.

Ein seltenes Taktgefühl. Sie sah sich plötzlich Daniel Lukas von diesen Worten berichten, als müßte sie ihm beweisen, daß sie weder das verrückte Geschöpf war, das auf seiner Couch nur Unsinn redete, noch jenes andere heimlichtuerische Wesen, das in seinen Unterlagen herumschnüffelte. Lächerlicher Gedanke, schalt sie sich selbst. Sie war wohl kaum auf das Wohlwollen dieses Mannes angewiesen. Doch mußte sie zugeben, daß sie ihm gegenüber mittlerweile ein Gefühl der Vertrautheit empfand, trotz all der Umstände. Wie seltsam!

Sie sann eine Weile darüber nach, was er über ihre Angst vor Hubschraubern gesagt hatte, und erinnerte sich dann, daß die Panik während ihrer Schwangerschaft und Beccas ersten Lebensjahren gewichen war. Auch das kam ihr seltsam vor. Vielleicht war durch ihren Vater eine Lücke entstanden, und Jeff hatte diese Lücke gefüllt – eine starke und verläßliche Persönlichkeit anstelle von Daddy. Vielleicht lag es auch an Becca, die Leos ungeteilte Aufmerksamkeit beanspruchte. Und dann war Jeff nicht mehr für sie da. Schon vor der eigentlichen Trennung entfernte er sich von ihr, und die verworrene Angst, das Verlustgefühl und die Wut, für die der Helikopter stand, kehrten wieder zurück.

Als sie die Autobahn verließen, hörte es auf zu regnen. Im grauen Einerlei vor ihnen erhaschte Leo einen flüchtigen Blick auf die Kathedrale von Exeter. Zu Beginn ihrer Fahrt waren sie und Norfolk über das erste Ziel der Reise in Streit geraten. Er hatte auf Exeter bestanden und ihr versichert, es sei geographisch sinnvoll. Vorausgegangen war eine wesentliche Erkenntnis Norfolks: Die geheimnisvollen Zahlengruppen auf der an Iris Morgenstern adressierten Diskette stellten keinen Code dar, sondern Koordinatenangaben auf der amtlichen Generalstabskarte. Diese Orte hatten offensichtlich mit Isabels Recherchen zu tun – vermutlich stammten die Daten von einem geheimen Informanten und bezeichneten die Lage von experimentellen Anpflanzungen oder Laboratorien. Die Überprüfung dieser Orte würde sie zu Isabel führen. Norfolk war ganz aufgeregt und unnachgiebig gewesen. Das Sturridge Hotel konnte bis zum Abend warten.

Als sie nun zu Fuß einer Gasse entlang der hoch aufragenden Stadtmauer aus roten Backsteinen folgten und dann auf einen alten Vorplatz bogen, an dessen Ende sich die Kathedrale in all ihrer ehrwürdigen Pracht erhob, war Leo froh, daß sie letztendlich zugestimmt hatte. Sie blieb stehen, um die Pfeiler der Kathedrale und die zinnenreichen Brüstungen auf sich wirken zu lassen. Norfolk jedoch zog sie weiter.

»Wunderschön, ich weiß, aber wir sollten keine Zeit verschwenden. Es sei denn, du möchtest hier warten, während ich uns Karten und ein paar andere Dinge besorge. Wir könnten uns in dem Pub dort drüben treffen.« Er wies auf ein Gebäude schräg gegenüber, am Ende einer Häuserreihe. »In einer halben Stunde. Okay?«

Leo nickte. Langsam ging sie auf die Vorderseite der Kathedrale zu und bewunderte die prächtigen Heiligenstatuen und die zarte Fensterrose. Neben Leo spielte ein selbstbewußter Straßenmusikant in Renaissancetracht auf einer Laute. Sie gab ihm ein Pfund und ging hinein, setzte sich dann auf einen Stuhl und genoß die Schönheit der gotischen Bögen und die Geräusche, die durch die Stille hallten. Wenig später ertappte sie sich selbst bei einem Gebet. Einem Gebet für Isabel. »Bitte laß sie zu mir zurückkehren. Zu uns.« Die Worte entstanden wie von selbst, und Leo erkannte, daß noch etwas fehlte. »Aber vor allem laß sie sich in Sicherheit befinden«, fügte sie hinzu.

Das Weinen eines Kindes riß sie aus der Versunkenheit. Es hallte durch die Seitenschiffe, stieg höher und höher und erfüllte das Hauptschiff mit einer Dissonanz des Schmerzes, als handle es sich um ein Omen.

Zunächst konnte Leo die Quelle nicht ausmachen. Dann sah sie einen kleinen Jungen mit tränenüberströmtem Gesicht den Gang entlanglaufen. Sie wollte schon zu ihm gehen, als ein Mann auftauchte, den Kleinen emporhob und ihm einen schallenden Hieb auf den Hintern verpaßte. Das Weinen wurde lauter, ließ dann nach und verwandelte sich in ein abgehacktes Schluchzen.

Leo erhob sich. Der Mann mißverstand ihre Bewegung und zischte: »Verpiß dich, du Schlampe. Kümmere dich um deinen eigenen Kram.«

Sie blieb wie angewurzelt stehen und konnte sich anfangs keinen Millimeter bewegen, auch als der Mann und das Kind die Kirche schon längst wieder verlassen hatten. Eine böse Vorahnung überkam sie, als wollte die Panik wieder von ihr Besitz ergreifen.

Norfolk verspätete sich. Leo nippte an ihrem Kaffee und wartete in dem getäfelten Raum unter uralten Tragbalken. Um sich zu beschäftigen, nahm sie eine Zeitung, die auf dem Tresen lag, ein Lokalblatt mit Neuigkeiten aus Devon, die für Leo kaum von Bedeutung waren. Sie überflog die Titelseite. Eine kleine Schlagzeile am unteren Rand erregte ihre Aufmerksamkeit: UNBEKANNTE TOTE GEFUNDEN.

Man hatte in einem roten Escord die Leiche einer Frau entdeckt. Offenbar war der Wagen auf einer Nebenstrecke in der Gegend von Barnstaple von der Fahrbahn abgekommen. Der Zeitpunkt des Unfalls war unklar. Der Wagen gehörte nicht der Fahrerin. Die Polizei behandelte die Angelegenheit als verdächtig und stellte Nachforschungen an. Jeder Hinweis, der zu der Identifizierung der jungen blonden Frau führen konnte, war willkommen.

Leos Herz begann heftig zu pochen. Unwillkürlich sah sie Bilder vor sich. Isabel fuhr nachts auf einer abgelegenen Straße, einem jener einspurigen Wege mit einem Grasstreifen in der Mitte. Isabel rutschte in einen Graben. Nein, ein Auto tauchte hinter oder vor ihr auf. Ein Fahrzeug, an dessen Steuer der brutale Unmensch saß, der in das Apartment eingebrochen war. Er schob sie mit Absicht von der Straße, so daß sie einen steilen Hang hinunterstürzte und starb.

Leo versuchte sich einzureden, daß sie sich zu voreiligen Schlüssen hinreißen ließ, doch all ihre unausgesprochenen Befürchtungen der letzten Wochen liefen auf dieses Szenario.

Norfolk konnte noch so oft beharrlich versichern, daß Isabel einfach nur untergetaucht war, um heikle Recherchen anzustellen. Leos Intuition, der sie die ganze Zeit ausweichen wollte, sagte etwas anderes.

»Was ist los, Holland? So spät bin ich doch gar nicht dran.« Norfolk legte einen Stapel Landkarten auf den Tisch. Dann hob er zwei große Plastiktüten hoch und stellte sie auf dem Boden ab. »Was möchtest du trinken?«

»Ich hole die Drinks. Du liest das hier«, erklärte Leo mit zittriger Stimme und deutete auf die Zeitungsmeldung.

»Jawohl, Sir. Ich hätte gern ein Pint Bitter, und ein paar Sandwiches wären auch nicht schlecht. Lächeln, Holland«, bat Norfolk flehentlich, »der Tag fängt doch gerade erst an.«

»Lies.« Sie wandte sich ab.

Als sie zurückkam, trommelte er mit den Fingern auf den Tisch. »Und du glaubst, bei dieser Unbekannten handelt es sich um Isabel?«

Leo nickte.

Er trank einen großen Schluck Bier und sah sie nachdenklich an.

»Wir müssen nach Barnstaple. Falls du nicht mitkommen willst, fahre ich allein.«

»Habe ich etwas dagegen gesagt?« Norfolk lächelte unsicher.

»Ich konnte deinen Einwand fühlen.«

»Hör auf zu fühlen«, sagte er und strich ihr sanft über das Haar. »Ich ändere nur nicht gern meine Pläne.« Er wies auf die Karten. »All diese Orte müssen unbedingt überprüft werden. Aber du hast recht. Allerdings sollten wir zuerst bei der Zeitung anrufen, um nachzufragen, ob die Identität der Frau seit Redaktionsschluß eventuell geklärt werden konnte.«

Leo nickte, rührte sich jedoch nicht.

»Okay. Ich übernehme das.«

Sie sah, wie er zum Tresen ging, kurz mit der Frau dahinter redete und dann durch eine Tür verschwand. Leo fühlte sich trostlos und wie betäubt, so daß sie kaum ein Wort verstand, als Norfolk zurückkam.

»Alles klar. Wir können direkt zum Leichenschauhaus fahren. Es ist im Hospital untergebracht. Dort sollen wir nach einem Detective Inspector Rawlence fragen. Nimm dir die Sandwiches, Holland. Die Stärkung wird uns guttun.«

Die Straße vor ihnen hob sich wie ein Band, das vom Wind hin und her geweht wurde. Sie fuhren an Wiesen vorbei, auf denen unzählige Schafe weideten und deren idyllischer Anblick ihnen unter anderen Umständen Laute der Verzückung entlockt hätte. Hinter hohen, in prächtigem Frühlingsgrün erstrahlenden Hecken kamen die Strohdächer verschlafener Dörfer in Sicht. Auf den sanft abfallenden Hängen wuchs leuchtendgelber Ginster, und dazwischen erstreckten sich die sorgfältig gezogenen Ackerfurchen der Felder.

Kurz vor Barnstaple standen Leo und Norfolk plötzlich im Stau, so daß die Anspannung und das Gefühl der Hilflosigkeit noch weiter anstiegen. Leo bekam kein Wort heraus, während Norfolk zwischen den Radiosendern hin und her schaltete, doch welche Frequenz er auch wählte, er stieß entweder auf geistloses Geplapper oder auf dröhnende Popmusik.

Plötzlich wies er auf ein Straßenschild, auf dem die Fahrtrichtung zum Krankenhaus angezeigt wurde, und bog scharf rechts ab.

Es dauerte zwanzig lange Minuten, bis sie den ausgedehnten Gebäudekomplex erreicht hatten, der in einer Senke am anderen Ende der Stadt lag, und noch einmal so lange, um das Leichenschauhaus ausfindig zu machen. Dann mußten sie eine widerspenstige Krankenschwester davon überzeugen, Detective Inspector Rawlence zu verständigen. Schließlich ließ man sie am Ende eines kahlen Ganges auf einem Sofa Platz nehmen.

Aus einem der Räume erschien eine Frau von recht kleiner Statur. Sie bewegte sich sehr langsam, und alle paar Meter hielt sie inne und lehnte sich an die Wand, um Halt zu suchen. Einige Minuten später trat ein großgewachsener Mann durch dieselbe Tür auf den Gang hinaus. Er bedachte die beiden Wartenden mit einem mürrischen Blick.

Norfolk ließ ihn gar nicht erst zu Wort kommen. »Detective Inspector Rawlence. Faraday von der Metropolitan Police schickt uns. Es besteht der dringende Verdacht, daß es sich bei der hier aufgefundenen Toten um unsere vermißte Freundin handeln könnte. Sie hat außer uns niemanden in Großbritannien, und wir sind hergekommen, um sie zu identifizieren. Ich vermute, bis jetzt hat noch niemand Angaben zu ihrer Person machen können, oder?«

Der Beamte musterte sie argwöhnisch. »Das ist richtig. Aber die Lady bleibt hier draußen. Die letzte ist mir in Ohnmacht gefallen.«

Norfolk und Leo sahen sich an.

»Nein. Das Warten ist schlimmer. Ich komme mit.«

»Sie haben sie gehört, Inspector.«

Der Polizist zuckte mit den Achseln. »Ich weiß zwar nicht, woran es liegt, aber irgendwie scheint hier im Südwesten die gesamte Bevölkerung eine Art Vorliebe für Leichen entwickelt zu haben. Machen Sie, was Sie wollen«, brummte er. »Ich brauche endlich einen Namen.« Er drückte auf einen Klingelknopf neben der Tür, woraufhin ein Arzt erschien, der über seinem weißen Kittel eine lange Plastikschürze trug.

»Kümmern Sie sich bitte darum, Doktor. Mir reicht's.«

Der Mann führte sie in einen langen Raum, der nur von einer einzigen starken Lampe an der gegenüberliegenden Wand erhellt wurde, neben der eine uniformierte Frau stand. Es war eiskalt und roch nach Chemikalien. Leos Finger schlossen sich fester um Norfolks Hand.

»Ich arbeite gerade an ihr«, erklärte der Arzt und ging weiter auf die Lampe zu.

Im Lichtschein sah Leo einen großen Seziertisch, auf dem eine nackte weibliche Leiche lag. Die Frau hatte langes hellblondes Haar, und der Kopf war in einem merkwürdigen Winkel verdreht, so daß man das Gesicht zunächst nicht erkennen konnte. Leo spürte, wie sie aschfahl wurde, während gleichzeitig ihr Mut rapide sank. Ihr Herz klopfte laut. Das Geräusch schien von der Decke des Raumes widerzuhallen und ohrenbetäubend laut zu ihr zurückzukehren.

»Kommen Sie hier herum«, forderte der Arzt sie auf. Dann bemerkte er sein Versäumnis und bedeckte Beine und Rumpf der Frau mit einem Laken. »Sie sieht nicht allzu schlimm aus.« Er wirkte auf Leo, als würde er ihnen ein Gemälde bei einer Kunstausstellung präsentieren wollen. »Mal abgesehen von den Schnittverletzungen im Gesicht. Kaum Blut, was ziemlich merkwürdig ist.«

Leo konnte sich nicht überwinden, den Blick auf den Tisch zu richten. Bilder von Isabel rasten ihr durch den Kopf und überlagerten alles um sie herum. Isabel, die auf einer Party tanzte; Isabel, die Biest streichelte und ihn dabei voller Zärtlichkeit ansah.

»Das ist sie nicht«, erklärte Norfolk mit fester Stimme. Er führte Leo näher an die Leiche heran. »Die Frau hier ist viel zu jung. Armes Mädchen.«

Leo hob den Kopf und sah das Antlitz einer Frau vor sich, die kaum älter als Becca sein konnte. Sie erschauderte. Die dichten Wimpern hoben sich deutlich von den viel zu bleichen Wangen ab. Der Mund, auf dem noch Reste von dunklem Lippenstift zu sehen waren, stand ein kleines Stück offen und verlieh dem Gesicht einen Ausdruck der Überraschung. Als wäre die Frau aus tiefer Versunkenheit oder einem Alptraum aufgeschreckt. Schmale Linien, die irgendwie an die Muster auf altem Porzellan erinnerten, zogen sich über ihre Wangen.

»Wurde sie durch den Aufprall getötet?« Norfolks Stimme schien aus großer Entfernung zu kommen.

»Das ist ja das Merkwürdige. Es gab keinen besonders starken Aufprall, aber die Scheiben des Wagens waren zerschmettert. Die Labortests laufen derzeit noch. Sieht nach Drogen aus. Und die Körperhaltung war sonderbar. Da ist ein wenig …« Der Pathologe hielt inne. »Sie sollten lieber mit der Polizei reden.«

Leo fühlte, daß Norfolk sie sanft in Richtung Ausgang schieben wollte, doch ihre Füße bewegten sich einfach nicht von der Stelle. Sie stand wie versteinert da und starrte das Mädchen an. So sah also der Tod aus. Wie Schlaf und doch vollkommen anders.

»Na los, Holland«, flüsterte Norfolk. »Laß uns von hier verschwinden.«

Die Tür des Krankenhauses hatte sich hinter ihnen geschlossen, als Norfolk abrupt stehenblieb. Seine Finger gruben sich in Leos Schulter.

»Holland, ich bin ein absoluter Vollidiot.« Sein Gesicht sah trotz der Sonnenbräune auf einmal kränklich weiß aus. »Ich kenne diese Frau. Es ist mir gerade wieder eingefallen. Die Leiche war nackt ... das hat mich verwirrt. Los, komm.«

Sie hielt ihn zurück. »Wovon redest du da?«

»Mit dem toten Mädchen habe ich letzte Woche bei Plantagen gesprochen. Sie heißt Jill Reid. Ich glaub's nicht. Die würden doch nicht ... Nicht so etwas.«

»Was soll das heißen, Norfolk?«

Norfolk hörte ihr nicht zu, sondern zerrte sie zurück ins Krankenhaus. »Sie könnte die Person sein, die Isabel die Diskette geschickt hat. Aber diese Leute würden nicht ... sie würden nicht so weit gehen.«

Leo stellte sich ihm in den Weg. »Wer würde nicht wie weit gehen?«

Er ließ sich mit der Antwort einen Moment Zeit. Seine Miene war wütender, als Leo es je erlebt hatte. »Die Gentechnik-Firmen. Plantagen. Diese Leute begehen vielleicht Einbrüche, spionieren, üben Druck aus und sind indirekt für Hungersnöte verantwortlich. Aber Mord ...«

»Wer hat etwas von Mord gesagt, Norfolk?« rief sie mit schriller Stimme. Die Leute drehten sich nach ihnen um.

Leo senkte die Stimme. »Niemand hat hier von Mord gesprochen«, flüsterte sie und bemerkte, daß sie damit ihren eigenen dunklen Vorahnungen widersprach. »Es war ein Unfall.«

»Du hast dem Doktor nicht zugehört, Holland. Los jetzt.«

Sie machte sich von seiner Hand frei. »Ich ... ich will da nicht wieder hineingehen.«

»Okay.« Norfolk blickte ihr in die Augen und nahm sie kurz in den Arm. »Okay, du wartest draußen. Nein, zuerst gehst du zum nächsten Telefon und rufst Faraday an. Setz ihn bitte von dieser Sache in Kenntnis.«

»Wieso? Glaubst du, daß Isabel …?«

»Ich glaube gar nichts. Erzähl es ihm einfach. O Gott. Das arme Mädchen hat mir erzählt, sie würde für ein paar Tage in Urlaub fahren. Hoffentlich bin ich nicht in irgendein Fettnäpfchen getreten und habe wer weiß was ausgelöst.«

Bevor Leo genauer nachfragen konnte, war Norfolk verschwunden. Sie folgte seiner Aufforderung, ging zu einem Münzfernsprecher und hinterließ Faraday eine Nachricht. Erst im letzten Moment fiel ihr ein, auch einige Namen zu nennen. Jill Reid und Plantagen und Detective Inspector Rawlence und Barnstaple. Dann setzte sie sich vor dem Hospital auf eine Bank und lauschte dem Sirenengeheul der Krankenwagen. Doch vor sich sah sie lediglich das bleiche, beinahe unversehrte Gesicht des toten Mädchens.

Als Norfolk zurückkehrte, war er wortkarg und sehr in Eile. Er wich ihren Fragen aus. »Rawlence hat bei Plantagen angerufen. Jill Reid hätte gestern wieder zur Arbeit erscheinen sollen. Sie ist nicht aufgetaucht. Laß uns gehen, Holland. Wir haben noch sehr viel zu erledigen, und die Zeit wird knapp.«

Im Wagen holte er die Landkarten hervor, die er gekauft hatte, und kreiste anhand der Seite mit den Koordinatenangaben bestimmte Gebiete ein.

»Kannst du Karten lesen, Holland?«

»Natürlich. Aber …«

»Kein Aber.« Norfolk fuhr los und hatte kurz darauf die Stadt verlassen.

Leo holte tief Luft. »Ich weiß nicht, ob dies die beste Methode ist, um Isabel zu finden.«

»Hast du eine bessere Idee?« Er fuhr so schnell durch eine Kurve, daß die Reifen quietschten.

»Wir könnten mit dem Hotel anfangen.«

»Wir werden heute dort übernachten. Ich will das Tageslicht ausnutzen.«

»Du glaubst, daß Jill Reid diese Diskette an Isabel geschickt hat, nicht wahr?«

Er zuckte die Achseln. »Gut möglich.«

»Aber als du mit ihr gesprochen hast, warst du auf der Suche nach Isabel Morgan. Und der Umschlag mit der Diskette war an Iris Morgenstern adressiert.«

Norfolk warf ihr einen wütenden Blick zu.

Leo ließ sich nicht beirren. »Was genau hat Jill Reid zu dir gesagt?«

»Geduld, Holland«, erwiderte er einsilbig. »Ich versuche selbst gerade, mich an den Wortlaut zu erinnern.«

Sie fuhren schweigend weiter. Inzwischen befanden sie sich auf einer einspurigen Straße. So ungefähr hatte Leo sich erst vor kurzem den Schauplatz von Isabels angeblichem Unfall vorgestellt. Zunächst wurde ihnen zu beiden Seiten der Blick von hohen Hecken versperrt, aber nach der ersten Linkskurve öffnete sich ein weites Tal vor ihnen.

»Es ist nicht mehr weit bis zum ersten Punkt«, murmelte Leo.

Rechts von ihnen tauchte ein langer, mehr als zwei Meter hoher Metallzaun auf. Dahinter erstreckte sich ein unwirtliches Stück Land, auf dem weder Schafe noch Kühe zu sehen waren. Der Zaun erinnerte Leo an das Origen-Anwesen außerhalb von Oxford, doch hier ertönten in einiger Entfernung seltsame Geräusche, die wie die Fehlzündungen eines Autos klangen.

Plötzlich rief Norfolk: »Bingo. Jetzt kommen wir der Sache schon näher.« Er verringerte das Tempo und wies auf ein Schild, eine Warnung des Verteidigungsministeriums.

»Was soll das heißen, wir kommen der Sache näher?«

Er antwortete nicht sofort. »Ich bin mir nicht sicher«, sagte er schließlich. Er hielt das Blatt mit den Koordinatenangaben hoch. »Aber falls das Militär in irgendeiner Form hierin verwickelt ist, erklärt das Isabels Geheimniskrämerei. Vielleicht ist sie versehentlich über etwas gestolpert. All diese Heimlichtuerei hätte wenig Sinn, falls die Orte auf den Karten lediglich zu den vierhundert offiziell registrierten Testgeländen gehören.«

Ein eisiger Schauder fuhr Leo über den Rücken. »Ich verstehe nicht, welches Interesse das Verteidigungsministerium an experimentellem Saatgut haben könnte.«

»Vielleicht handelt es sich um Saaten, die du und ich normalerweise nicht als Nahrungsmittel ansehen würden. Sie könnten spezielle Toxine enthalten. Oder Bakterien. Oder empfängnisverhütende Stoffe, um gewisse Zielgruppen unfruchtbar zu machen. Oder schleichende Gifte. Chemische Waffen unter anderem Namen.«

Leo sah durch das Drahtgeflecht des Zauns, der die Landschaft irgendwie schaurig wirken ließ. »Du willst doch nicht etwa versuchen, dort jetzt einzudringen, oder?«

»Nein. Achte du bitte wieder auf die Karte. Wir steuern den nächsten Punkt an.«

»Ist dir mittlerweile eingefallen, was Jill Reid gesagt hat?«

Norfolk nickte. »Aber womöglich erscheint es jetzt in einem anderen Licht, unter ... unter den gegenwärtigen Umständen. Zuerst habe ich ihr einfach nur Isabel beschrieben, und sie wirkte irgendwie zögerlich, als könne sie sich nicht genau erinnern. Dann nannte ich den Namen, Isabel, und sie wurde ein wenig lockerer, als sei sie erleichtert. Vielleicht auch, weil ich nicht den Decknamen Morgenstern benutzt hatte. Ich spielte ganz den jovialen Australier und brachte sie zum Lächeln. Ich sagte ihr, Isabel sei eine alte Freundin und ich würde mir Sorgen über ihren Verbleib machen. Da hat sie mich gewissermaßen getröstet und gesagt, mit Isabel sei bestimmt alles in Ordnung. Sie klang ziemlich überzeugt, so als würde sie mehr wissen als ich. Ich sagte, es sei irgendwie merkwürdig, daß Isabel in so einem Laden gearbeitet haben sollte, denn schließlich sei sie schon immer eine Grüne gewesen. Dann wollte ich wissen, woran genau dort gearbeitet wurde. Daraufhin hat Jill mit einem Vortrag über Anzeigergene begonnen, die wichtig für die antibiotische Widerstandskraft seien, und wie all dies mit der Beschaffenheit des Tierfutters zusammenhängen würde.«

Er fuhr sich durch das Haar und schaltete den Wagen einen Gang höher. »Ich glaube, Jill und Isabel haben insgeheim zusammengearbeitet, aber ich weiß nicht, woran.«

Sie kamen an einer Ansammlung von winzigen Steinhäusern vorbei. Ein kurzes Stück dahinter lag das zweite Ziel. Sie hielten in einer Parkbucht. Aus der großen Tasche im Kofferraum holte Norfolk zwei Paar Gummistiefel, einen kleinen Rucksack, einen Klappspaten und einige Pflanztöpfe hervor.

Während Leo sich ihre Stiefel anzog, verstaute er die restliche Ausrüstung im Rucksack. »Falls jemand fragt, machen wir bloß einen kleinen Spaziergang. Klar?«

Sie nickte.

Die Sonne lugte zwischen den dichten Wolken hervor. »Wenigstens ist das Wetter auf unserer Seite, Holland.«

Während der nächsten paar Stunden wanderten und fuhren sie zwischen den Schauplätzen umher. Bei zwei Gelegenheiten wurde Norfolk durch eine hohe Kunststoffbarriere sowie durch einen elektrisch geladenen Zaun davon abgehalten, heimlich Pflanzen- und Erdproben zu nehmen. An zwei der anderen Stellen fanden sie Wiesen vor, auf denen friedlich Schafe und Kühe grasten. Von Anpflanzungen war hier weit und breit nichts zu entdecken, und Norfolk fragte sich laut, ob diese Wiesen wohl erst später genutzt werden sollten oder ob man hier Futter- und Medikamentenversuche an den Tieren durchführte.

Sie redeten insgesamt nicht viel. Vielleicht lag es an dem Gefühl der Gefahr, die sie hier ständig umgab. Leo mußte immer wieder an die tote Jill denken, an ihr wächsernes Gesicht.

»Ich kann nicht verstehen, weshalb Isabel sich auf solch eine Gefahr eingelassen haben sollte«, erklärte sie schließlich in wütendem Tonfall, als sie wieder in den Wagen stiegen. »Es ergibt keinen Sinn. Falls sie tatsächlich etwas Riskantes vorhatte, hätte sie mir vorher doch mit Sicherheit Bescheid gegeben. Isabel ist vernünftig.«

Norfolk sah sie an und strich ihr sanft über den Nacken, bevor er den Motor anließ. »Vielleicht ist sie nicht mehr dazu gekommen, Holland. Oder sie hat jemanden davon unterrichtet, den wir nicht kennen. Du verstehst Isabel nicht. Ihre Vorliebe für das Risiko.«

Er hatte recht, wie Leo sich insgeheim eingestehen mußte. Sie konnte wirklich nicht begreifen, warum Isabel sich ausgerechnet einer Recherche über Gentechnik verschrieben haben sollte.

Es gab unendliche viele Probleme auf dieser Welt, denen man sich widmen konnte. Zum Beispiel die Art, wie man im Afghanistan mit Frauen umsprang. Oder im Kosovo mit den Albanern. Oder die fortwährende Armut in Bangladesch. Oder, wenn man vor der eigenen Haustür kehren wollte, die Obdachlosen in England, die Alten, die Behinderten.

Leo fragte sich erneut, warum ihre Freundin sich auf ein so undurchsichtiges Sachgebiet konzentriert hatte, das zudem bereits ins Bewußtsein der Öffentlichkeit gerückt war. Die Vereinigten Staaten beispielsweise hielten genetisch manipulierte Nahrungsmittel für absolut sicher, ebenso Hybridzüchtungen. Gerade erst hatte man mehr als dreißig Millionen Hektar für diesen Zweck zur Verfügung gestellt. Vielleicht war das der Grund. Der Protest gegen genetisch manipulierte Nahrung stellte eine neue Form des Anti-Amerikanismus dar, ein Aufbegehren gegen die amerikanische Machtposition. Aber Isabel dachte eigentlich nicht so.

Natürlich konnte Leo die vordergründige Argumentation nachvollziehen. Terminator-Gene würden zum Nachteil der ärmsten Länder sein. Modifizierte DNA könnte sich ausbreiten und auf normale Pflanzen übergehen. Der eventuelle Einfluß auf Mensch und Tier wäre unabsehbar, und die Umweltverschmutzung war ohnehin schon schlimm genug. Aber Isabel war keine Fortschrittsgegnerin. Sie aß Fleisch, sie trank Whisky und Wein. Sie gehörte nicht zu denjenigen, die im Supermarkt oder der Apotheke zunächst das Kleingedruckte auf den Etiketten studierten. Und doch wünschte ein Teil von Isabel sich Reinheit, erkannte Leo. Vor allem in letzter Zeit. Sie mußte an den Loft denken, der inzwischen überaus sparsam möbliert war. Isabel besaß auch kein eigenes Auto mehr. Aber weshalb entwickelte jemand ein Bedürfnis nach Reinheit?

Weil diese Person sich besudelt fühlt, folgerte Leo.

Noch etwas anderes fiel ihr ein. Isabel stöberte gern im verborgenen herum, nur darum ging es bei ihrer Arbeit. Und was war wohl geheimer als diese rätselhaften Experimente mit transgenetischen Saaten, finanziert und abgeschirmt durch das Geld multinationaler Konzerne? Auch Isabel selbst neigte zur Geheimniskrämerei. Genaugenommen blühte Isabel regelrecht darin auf – oder war dieser Eindruck erst kürzlich entstanden, weil Leo von der Affäre mit Jeff erfahren hatte?

Plötzlich ärgerte Leo sich über ihre Rückschlüsse, die beinahe eines Psychiaters würdig gewesen wären. Vielleicht hatte Isabel sich dieser Sache lediglich aus politischen Motiven gewidmet oder weil ihr Gerechtigkeitssinn verletzt worden war. Es bestand kein Anlaß, nach anderen oder tieferen Beweggründen zu suchen. Jeder Mensch hatte Geheimnisse. Falls Isabel hier wäre, würde Leo ihr dann von Norfolk und sich erzählen?

Andererseits gäbe es nichts zu erzählen, falls Isabel hier wäre, hielt Leo sich vor Augen. Die ganze Geschichte hätte sich gar nicht erst ereignet.

»Du traust mir nicht, stimmt's, Holland?« unterbrach Norfolk ihre Gedanken. »Du denkst: Bei der nächstbesten Gelegenheit wird er wegfahren und mich alleine am Straßenrand zurücklassen.«

»Nein, mir ging nur gerade durch den Kopf, daß ich Isabel vielleicht nicht so gut kenne, wie ich gedacht habe.«

»Man kennt andere Leute nie so gut, wie man glaubt.«

»Eventuell nicht mal sich selbst.«

»Du wirst doch nicht hier mitten in freier Natur philosophisch werden, Holland, oder? Über Isabel muß man nur wissen, daß sie stets mehr will, als sie kriegen kann.« Er stieß ein kurzes Lachen aus. »Sie war schon immer so. Anfangs war es bei ihr die Gier all jener, die plötzlich das Leben für sich entdecken. Sie wollte alles: Sex, Drugs, Rock 'n' Roll. Und Wissen. Sie wollte die ganze Welt kennenlernen. Seitdem hat sie sich nicht allzusehr verändert. Es ist, als wäre in ihr eine große Lücke, die niemals gefüllt werden kann.«

»Du liebst sie, nicht wahr?«

Norfolk warf ihr einen kurzen Blick zu. »Vielleicht. Aber du liegst mir auch immer mehr am Herzen, Holland, trotz unserer kurzen Bekanntschaft und deiner schlechten Laune.« Er strich ihr spielerisch über die Wange. »Außerdem bin ich wegen dieses Mädchens beunruhigt.«

»Ich glaube, für heute sind wir lange genug durch die Gegend gelaufen.«

Norfolk nickte. »Einverstanden. Falls nötig, kann ich morgen noch ein paar Proben sammeln. Jetzt würde ich mir gern die Stelle anschauen, an der Jill Reids Wagen von der Straße abgekommen ist.«

Leo erstarrte.

»Es ist nicht weit von hier. Der Beamte im Krankenhaus hat mir erzählt, wo es passiert ist. Direkt an der Küste.«

»Aber das Hotel …«

»Keine Sorge. Wir fahren noch zum Hotel.« Plötzlich hieb er mit den Händen auf das Lenkrad. Der Wagen brach aus und schrammte nur knapp an einer Hecke vorbei. »Holland. Mir ist gerade etwas eingefallen. Dieses Diagramm, das wir für einen kodierten genetischen Stammbaum gehalten haben, wo ist es?«

Er durchwühlte hektisch seine Taschen, ohne die Geschwindigkeit zu drosseln. »Hier.« Er gab ihr den Zettel. »Lies mir die Buchstaben des ersten Eintrags oben links vor.«

»BWIS.«

»Das ist es. Bioworld International, Seattle.« Er stieß einen kurzen Pfiff aus. »Was kommt dann?«

»PLIL.«

»Plant Life International Limited. Such nach einem anderen Eintrag mit P.«

»PTGD. Fünf weiter unten auf der linken Seite.«

»Treffer. Plantagen, Dorset. Holland, was wir hier vor uns haben, ist eine Liste der Holdings und Besitzverhältnisse. Wer gehört wem auf dem Gebiet der Gentechnik. Isabel hat einen Informanten in ziemlich hoher Position.« Er lächelte zufrieden über seine Schlußfolgerung.

»Aber wir haben nicht Isabel.«

»Nur Geduld. Ich glaube, es wird nicht mehr lange dauern.«

Norfolk sah allerdings nicht mehr besonders zuversichtlich aus, als sie auf eine schmale, in dichten Nebel gehüllte Straße einbogen. Dicke Äste scharrten über das Dach und die Türen des Wagens. Zwischen den Bäumen auf der rechten Seite konnte man einen steilen, felsigen Abgrund erahnen. Irgendwo vor ihnen brandete das Meer gegen die Klippen.

Daß sie der Küste so nahe waren, kam für Leo vollkommen unerwartet. »Der Karte nach müßten wir gleich da sein«, sagte sie, als wollte sie sich selbst und Norfolk beruhigen.

»Stimmt.« Er deutete auf eine kleine Senke vor ihnen, die mit einem Absperrband der Polizei markiert war. Es gab keine Möglichkeit, neben der Fahrbahn zu halten, also schaltete Norfolk das Fernlicht ein, um den eventuellen Gegenverkehr zu warnen.

Die Luft war kalt und feucht. Vorsichtig näherten Leo und Norfolk sich dem Abgrund. Jill Reid mußte genau in der Kurve vom Weg abgekommen sein, denn zwischen den kleinen, vom Wind gebeugten Eichen und den verkrüppelten Sträuchern klaffte eine Lücke. Man hatte das Fahrzeug mittlerweile abgeschleppt; der schlammige Boden war von zahllosen Reifenspuren übersät. Der Wagen mußte gegen zwei kräftige Bäume geprallt sein. Die Stämme wiesen starke Absplitterungen auf. Hinter der Baumreihe führte die Klippe steil nach unten. Aus einiger Entfernung war das Kreischen der Möwen zu vernehmen. Es klang düster wie ein Klagelied.

»Es muß nachts passiert sein.« Leos Stimme war rauh wie der Wind, der ihr die Worte von den Lippen riß. »Obwohl hier kaum Verkehr herrscht. Uns ist kein einziger Wagen begegnet.«

»Jemand hat sie hinabgestoßen.« Norfolk verzog das Gesicht. »Jill hatte keinen Ausweis dabei und auch keine Schuhe, es sei denn, die wurden ihr später gestohlen. Wie oft gehst du bei solchem Wetter ohne Schuhe vor die Tür, Holland?«

Er hatte recht, dachte Leo. Es sprach alles dagegen, daß

ausgerechnet an dieser Stelle ein Unfall passiert war. Ihr Blick schweifte über die beschädigten Stämme. Hatte der Angreifer gewußt, daß sie den Wagen aufhalten würden? Jill Reid konnte nicht allzu schnell unterwegs gewesen sein. Ansonsten wäre sie über die Klippe ins Meer gestürzt. Doch wenn sie so langsam gewesen war – warum hatte der Aufprall sie dann getötet?

»Laß uns gehen«, flüsterte Leo schließlich. »Hier können wir nichts mehr tun.«

12

Die Landschaft verschwand im Nebel. Die kurvige Straße stieg steil an, um danach abzufallen und erneut anzusteigen. Im trüben grauen Licht war die Straßenkarte kaum zu erkennen, und die schaurigen Rufe der Möwen ließen die Szenerie noch unwirklicher erscheinen.

Leo hatte den Eindruck, daß sie trotz aller Bemühungen niemals ans Ziel gelangen würden. Ihre hektische Aktivität diente lediglich dazu, die Hilflosigkeit zu verdrängen. Isabel wich immer weiter in eine unergründliche Ferne zurück.

Als sie schließlich an einer Kreuzung abbogen und sich vom Meer entfernten, atmete Leo tief durch und bemühte sich, ein wenig neue Hoffnung zu schöpfen. Plötzlich tauchten vor ihnen die schwachen Scheinwerfer eines Fahrzeugs auf und näherten sich mit erschreckend hoher Geschwindigkeit. Norfolk hupte, stieß einen Fluch aus und lenkte den Wagen so weit wie möglich bis an die hohe Hecke herüber. Der andere Wagen raste unvermindert schnell auf sie zu und riß ihnen mit lautem Knall den Außenspiegel ab.

Leo erhaschte einen flüchtigen Blick auf einen großgewachsenen Mann am Steuer. Hinter ihm befand sich eine Frau, deren langes blondes Haar wie ein Fächer auf der Scheibe ausgebreitet war. Leo blinzelte, und das Bild verschwand. Zitternd folgte sie Norfolk, der ausgestiegen war, um sich den Schaden am Wagen anzuschauen.

»Scheißkerl! Und ich habe rein gar nichts von seinem Nummernschild erkannt.« Norfolk hieb mit der Faust auf das Wagendach.

Leo starrte in die Ferne. Sie bemerkte ein Licht auf einer Hügelkuppe. Zwischen den windgepeitschten Bäumen waren die verschwommenen Umrisse eines großen imposanten Gebäudes zu sehen. »Vielleicht ist das da ein Hotel, Norfolk, und der Mann war dorthin unterwegs. Wir könnten ihm folgen. Und uns dort einen Drink genehmigen. Ich glaube, ich könnte einen kräftigen Schluck vertragen.«

Er warf ihr einen freudlosen Blick zu und zuckte die Achseln. »Das hat wenig Zweck, Holland. Für eine kleine Prügelei ist es zu spät. Und falls er tatsächlich dort ist, wird der Kerl alles abstreiten. Außerdem kann ich hier nirgendwo wenden.«

Leo wollte versuchen, ihn dennoch umzustimmen, aber da verschwand das Licht und mit ihm das Haus, das sie so sicher war, gesehen zu haben. Ihre Sinne hatten ihr einen Streich gespielt. »Hast du auch eine Frau auf der Rückbank dieses Wagens gesehen?« fragte sie mit zitternder Stimme.

Tröstend legte er ihr einen Arm um die Schultern. »Wir haben einen langen Tag hinter uns, Holland. Und dieser Nebel tut ein übriges. Laß uns weiterfahren.«

Sie gelangten auf eine zweispurige Straße, und wie auf Befehl hob sich der Nebel. Leo fand einen Radiosender mit klassischer Musik und versuchte, ihre wirren Gedanken zu ordnen. Nun, da es nicht mehr erforderlich war, sich anhand der Karte zu orientieren, kamen sie auf ihrem Weg nach Südosten zügig voran. Nach etwa dreißig Minuten stießen sie auf einen Wegweiser, der ihnen anzeigte, daß sie zum Sturridge Hotel rechts abbiegen und noch weitere zwei Kilometer zurücklegen mußten. Als das Hotel vor ihnen auftauchte, war es zunächst lediglich ein vager Lichtfleck. Leo und Norfolk durchquerten eine Senke und hätten beinahe die von Bäumen gesäumte Zufahrt verpaßt, die zu einem alten steinernen Anwesen aus der Zeit Jakobs I. führte. Die strenge Symmetrie des Hauses wirkte beinahe einschüchternd.

Doch immerhin war das Anwesen real und kein aus Angst geborenes Trugbild im Nebel. Echte Kiesel knirschten unter Leos Schuhen. In der Stille des Abends klang das Geräusch unnatürlich laut. Die Luft war feucht und kalt. Hoch über ihnen schrie ein Raubvogel.

Norfolk stieß die schwere Tür auf. Sie quietschte leise in den Angeln und gab den Weg zu einer kleinen, schwach erleuchteten Rezeption frei, deren Mobiliar schon bessere Tage gesehen hatte. An den Wänden hingen goldgerahmte Ölgemälde. Hinter dem Empfangstisch war niemand zu sehen, doch eine Vase voller üppiger Frühlingsblumen wirkte wie ein herzlicher Willkommensgruß. Norfolk betätigte eine altmodische Klingel, und kurz darauf erschien eine hochgewachsene, adrette grauhaarige Dame.

»Bitte verzeihen Sie. Bei uns im Restaurant ist heute sehr viel los. Aber Sie kommen noch rechzeitig.« Die alte Dame schenkte ihnen ein kurzes Lächeln, warf einen Blick auf die Uhr und sah Leo und Norfolk erwartungsvoll an.

»Wir hätten gern einen Tisch und ein Zimmer, Ma'am.« Leo bemerkte, daß Norfolk auf einmal mit breitem australischen Akzent sprach.

»Ich habe ein wunderhübsches Zimmer im ersten Stock«, erklärte die Frau lächelnd. »Mit einer wirklich prächtigen Aussicht.«

»Genau das haben wir gesucht.« Norfolk ließ seinen Charme spielen, und als die Anmeldeformalitäten erledigt waren und er den Schlüssel entgegennahm, wirkte es so, als würde die Frau ihn schon seit zwanzig Jahren kennen. Eifrig berichtete sie ihm von ihrem einzigen Besuch in Australien und drängte ihn und Leo dann, möglichst bald das Restaurant aufzusuchen, um das Abendessen nicht zu verpassen.

Leo räusperte sich. »Eine Freundin aus Australien hat hier kürzlich gewohnt. Am fünfzehnten des letzten Monats. Sie heißt Isabel Morgan. Haben Sie zufällig mit ihr gesprochen? Sie ist eine gutaussehende, große, blonde Frau.«

»Ich kann gerne nachschauen.« Die Frau fuhr mit einem sorgfältig manikürten Finger einen Kalender entlang. »Ah, nein. Der Fünfzehnte war ein Mittwoch. Ich arbeite nur donnerstags und freitags abends. Morgen früh ist Mrs. Donald hier. Sprechen Sie am besten mit ihr.« Sie wirkte auf einmal beunruhigt. »Ist das die Frau, nach der die Polizei gefragt hat?«

»Vielleicht«, erwiderte Leo.

Die Frau warf ihr einen mißbilligenden Blick zu. »Ich glaube allerdings nicht ...«

Norfolk fiel ihr ins Wort. »Halten Sie doch bitte einen Tisch für uns frei. Wir bringen nur kurz unsere Sachen nach oben und sind gleich wieder hier. Ich habe einen Bärenhunger.«

Das Zimmer war groß, mit einer altmodischen, geblümten Tapete. Auf dem weichen Bett lag eine schwere Daunendecke. Norfolk testete die Qualität der Matratze und brachte das Gestell zum Quietschen. Das in einer Nische gelegene große Fenster bot einen Ausblick auf ein Waldstück. Leo sah, wie die Bäume sich im starken Wind bogen, und hatte das unheimliche Gefühl, Isabel habe kürzlich an genau derselben Stelle gestanden und dem Heulen des Sturmes gelauscht.

»Bitte keine Trübsal blasen, Holland.« Norfolk legte die Arme um Leo, als könnte er ihre Gedanken lesen. »Als du die nette Empfangsdame ausgefragt hast, habe ich einen Blick in das Eintragungsbuch geworfen. Auf den letzten beiden Seiten findet sich niemand mit den Initialen I. M., und die Einträge dort reichen zurück bis Januar. Vielleicht nimmt man es hier nicht so genau mit den Formalitäten.«

Leo sah ihn fragend an.

Er zwinkerte ihr zu. »Ich bin auch in dieser Branche, vergiß das nicht. Mir ist aber etwas anderes aufgefallen: Ende Januar hat Jill Reid hier übernachtet. Sie muß Isabel von dem Hotel erzählt haben. Nein!« Er legte ihr einen Finger auf die Lippen. »Wir reden beim Abendessen weiter. Und jetzt beeil dich, sonst zerre ich dich eigenhändig unter die Dusche.«

Das Restaurant wirkte steif und verstaubt, doch die Brötchen waren warm und der Claret, den Norfolk bestellte, schmeckte mild und verscheuchte ein wenig die Trostlosigkeit des Tages. Die Gäste waren zumeist ältere Ehepaare: beleibte Männer mit Tweedjacken und Taschenuhren in Begleitung geschminkter, silberhaariger Damen, die aussahen, als würde sie auf dieser Welt allein das Wohlergehen ihrer Rosenstöcke kümmern. Falls die Paare überhaupt miteinander sprachen, dann nur sehr leise und vornehm.

Hier wäre Isabel niemals freiwillig eingekehrt, stellte Leo fest, vorausgesetzt, sie konnte den Geschmack ihrer Freundin noch halbwegs richtig einschätzen.

Norfolk begann über die Verbindung zwischen Isabel und Jill Reid zu spekulieren und das vermeintliche gemeinsame Vorhaben der beiden. Seiner Ansicht nach hatten die beiden Frauen Recherchen auf einem Wissenschaftsgebiet angestellt, das für Leo nach der Idee eines Science-fiction-Autors klang. Die technischen Fachbegriffe kamen ihm mit der Geschwindigkeit eines erfahrenen Biochemikers über die Lippen, ebenso wie die Namen der Firmen, die er inzwischen mit Hilfe der Holdingliste identifiziert hatte. Leo verstand die Einzelheiten nicht, doch als sie in ihrem nach Minze duftenden Lammfleisch herumstocherte, überkam sie das eindringliche Gefühl, sie hätte sich im Netz eines weltweiten Komplotts verfangen.

Plötzlich trat ein untersetzter, breitschultriger Mann an ihren Tisch. Er musterte sie mit zerfurchter Stirn und nestelte an seiner bunten Krawatte herum, als hätte er sie sich am liebsten vom Hals gerissen.

»Haben Sie nach Isabel Morgan gefragt?« Seine Stimme war ein rauhes Flüstern.

»Ja.« Norfolk blieb ganz ruhig.

»Ich habe der Polizei alles gesagt, was ich weiß. Ich will keine Beamten mehr im Haus haben.«

»Sehen wir etwa wie Polizisten aus?« Norfolk mußte lachen.

»Was wollen Sie dann?«

»Isabel ist eine Freundin«, erklärte Leo beschwichtigend.

»Nun, ich kenne Isabel Morgan nicht so lange. Sie hat hier zweimal übernachtet und ist wieder abgereist. Das ist alles.

Das hier ist ein Hotel. Leute kommen und gehen. Ich weiß nicht mal mehr, wie sie ausgesehen hat.«

Nach einem letzten drohenden Blick wandte der Mann sich um und ging wieder.

»Für meinen Geschmack tritt er ein wenig zu heftig auf«, bemerkte Norfolk und schaute ihm hinterher.

»Also hat er etwas zu verbergen.«

»Du mußt morgen herausfinden, worum es sich handelt, Holland. Und auch alles über Jill Reid.« Er musterte sie für einen Moment. »Ich habe nachgedacht und mir noch einmal die Landkarten angesehen. Im Morgengrauen breche ich auf. Warum bleibst du nicht ein wenig länger im Bett und sprichst dann mit dieser Mrs. Donald? Versuche sie allein zu erwischen, ohne diesen widerlichen Kerl. Ich komme gegen elf Uhr zurück und hole dich ab. Mir bleibt nicht mehr viel Zeit. Samstag morgen geht mein Flieger.«

»Du fliegst zurück nach Sydney?« fragte Leo stockend.

»Nein, noch nicht.« Er zögerte. »Ich muß nach Amsterdam. Ich bin mit meiner Tochter verabredet. Der Termin läßt sich leider nicht verschieben.«

»Du hast nie eine Tochter erwähnt.«

»Wirklich nicht? Tja, so bin ich eben.« Er lächelte ein wenig spöttisch. »Du hast dafür sicherlich Verständnis.«

Leo wußte zwar nicht ganz, wofür genau sie Verständnis haben sollte, aber sie nickte. »Wie alt ist deine Tochter?«

»Vierzehn. Sie ist wunderbar. Leider habe ich sie seit acht Monaten nicht mehr gesehen.«

Sie sah, wie der sonst so harte Blick seiner funkelnden blauen Augen weich wurde, und hatte plötzlich den Wunsch, ihn zu küssen.

»Und deine Tochter? Sie heißt Becca, nicht wahr?«

»Becca ist ungefähr so groß wie unsere Kellnerin.« Sie lächelte insgeheim, als die hübsche junge Frau die Teller abräumte. Leo blickte ihr nach, sah den wippenden, zusammengebundenen Haarschopf des Mädchens und hatte plötzlich das Gefühl, ein stechender Schmerz würde ihr Herz durchbohren. Dann erzählte sie Norfolk, daß Becca inzwischen ausgezogen war und ihr sehr fehlte. Sie bemühte sie sich um einen unbeschwerten Tonfall und fragte Norfolk, um rasch das Thema zu wechseln, wie er mit seinen Exfrauen zurechtkam.

»Ganz prima, seit wir nicht mehr zusammenleben«, antwortete er und lachte. »Wir sind Freunde. Sie haben beide erneut geheiratet und weitere Kinder bekommen. Bei einem bin ich sogar der Patenonkel. Na ja, mehr Pate als Onkel.«

Leo stimmte in sein Lachen mit ein und sann über die merkwürdigen Wendungen des Lebens nach: die Art, wie man weiterhin Kontakte zu früheren Partnern pflegte, wenngleich nicht ganz freiwillig, sondern wegen der Kinder. Vielleicht auch, weil es während all der Jahre etwas gegeben haben mußte, das beiden gemeinsam war und sie dauerhaft verband. Etwas, das auf jeden Fall Respekt verdiente, selbst über die unvermeidliche Bitterkeit der Trennung hinaus.

Später, im Bett, überraschte es Leo, wie sehr sie Norfolk, diesen beinahe unbekannten Mann, begehrte. Vielleicht lag es an dem Schatten der toten jungen Frau, der über ihnen schwebte und sie nachdrücklich gemahnte, den Tag zu nutzen und das Leben auszukosten, solange es noch möglich war. Außerdem glaubte sie Isabel flüstern zu hören, wie sehr es sie freue, daß Leo Gefallen an Norfolk fand, der schließlich ein Geschenk von ihr sei, ein Geschenk zum Ausgleich für die verpatzten Reisepläne.

Als sie sich danach eine Zigarette teilten und wie kichernde Teenager gemeinsam aus einem Glas Wein tranken, fragte Leo sich, ob sie Norfolk in New York wohl mit der gleichen Offenheit begegnet wäre. Oder war dieses Zusammentreffen eine Art Urlaubsepisode, in der ein anderes Ich von ihr Besitz ergriffen hatte, das zu dieser neuen Umgebung paßte? Dann mußte sie an Daniel Lukas denken. Trotz aller Abneigung konnte sie immerhin nicht leugnen, daß er etwas mit ihrer neuen Aufgeschlossenheit zu tun hatte. Er hatte als erster die Mauer durchbrochen und war ihr nahegekommen.

Sie wurde von einem gleißenden Sonnenstrahl geweckt, der durch einen Spalt zwischen den geblümten Vorhängen ins Zimmer fiel. Norfolk lag nicht mehr neben ihr. Leo verharrte und wurde von dem unheimlichen Gefühl ergriffen, Isabel habe vor ein paar Tagen in ihrem Bett geschlafen. Ja, sie konnte sogar noch ihren Duft und ihre Wärme spüren.

Rasch schüttelte sie diesen wirren Gedanken ab und sprang aus dem Bett. Es war bereits nach acht Uhr. Norfolk mußte sich auf Zehenspitzen aus dem Zimmer geschlichen haben, um sie nicht zu wecken. Sie duschte eilig und ging nach unten. Es war niemand zu sehen – weder an dem kleinen Empfangstisch noch in dem dahinter befindlichen Büro.

Im Speisesaal führte die Kellnerin mit dem Pferdeschwanz sie zu einem Tisch am Fenster und empfahl ihr das Frühstücksbüfett. Leo holte sich Obst und eine Schale Müsli. »Ist Mrs. Donald schon da?« fragte sie, als die junge Frau ihr eine Tasse Kaffee einschenkte.

»Oh, bestimmt. Vermutlich ist sie im Garten. Bei schönem Wetter hält sie sich ständig dort auf.«

Bevor Leo ihr weitere Fragen stellen konnte, verschwand die Kellnerin in der Küche.

Leo ging hinaus. Links und rechts vom Weg wuchsen Osterglocken. Dahinter standen Kamelien und Rhododendren, deren schwere Blüten beinahe zu platzen schienen. Leo spähte durch die Lücken zwischen den sonnenbeschienenen Gewächsen und hielt nach Mrs. Donald Ausschau. Schließlich überquerte sie eine noch feuchte Rasenfläche und machte sich auf den Rückweg zum Haus. Seitlich davon bemerkte sie einen hohen Holzzaun. Nach kurzem Zögern stieß sie eine Tür auf, die sich am gegenüberliegenden Ende befand.

Vor sich sah sie einen gepflegten Gemüsegarten. Eine Frau mit einem großen Strohhut stand gedankenverloren über die Pflanzen gebeugt da.

»Hallo«, rief Leo.

Die Frau richtete sich auf. Sie hatte ein runzliges Gesicht, und unter dem Hut schauten graue Haarsträhnen hervor. Ihre

Wangen waren gerötet. Sie lächelte. »Oh, hallo, meine Liebe. Ich jäte bloß ein bißchen Unkraut. Hat man Sie geschickt, um mich zu holen?« Sie wies in Richtung Haus, besann sich dann ihrer guten Manieren und zog die schmutzigen Arbeitshandschuhe aus. »Wir haben so früh noch gar nicht mit neuen Gästen gerechnet. Bitte verzeihen Sie. Ich versuche lediglich, den Garten so gut wie möglich in Schuß zu halten.«

»Nein, ist schon in Ordnung.« Leo erwiderte das Lächeln. »Ich wollte nur kurz mit Ihnen sprechen. Die Dame an der Rezeption gestern abend hat gemeint, Sie könnten mir vielleicht weiterhelfen.«

»Miss Grey? Nun, das ist aber eine Überraschung.« Ihre grünen Augen funkelten. »Wie kann ich Ihnen behilflich sein, meine Liebe?«

»Es geht um eine Freundin von mir, die hier vor ein paar Wochen gewohnt hat. Isabel Morgan. Ich mache mir Sorgen um sie.«

»Ach, dieses nette blonde Mädchen. Eine Freundin von Jilly. Ich habe mir auch Sorgen um sie gemacht« Plötzlich schlug die alte Dame sich eine Hand vor den Mund.

»Mrs. Donald, stimmt etwas nicht?«

»Ach, nein.« Sie kicherte mädchenhaft, aber ihr Blick wirkte nachdenklich. »Es ist nur so ... mein Sohn Andrew ist inzwischen der Chef hier. Er strengt sich sehr an, um unser Hotel zu modernisieren und neue Gäste zu gewinnen.« Sie beugte sich zu ihren Pflanzen hinab, als hätte sie Leo vergessen.

»Es ist wirklich schön bei Ihnen.« Leo versuchte wieder die Aufmerksamkeit der alten Dame zu gewinnen, während sie überlegte, daß es sich bei Andrew vermutlich um den untersetzten Mann handelte, der gestern abend an ihren Tisch getreten war. »Ich würde nur gern wissen, welchen Eindruck Isabel neulich auf Sie gemacht hat. Ich bin sehr beunruhigt. Wissen Sie, meine Freundin ist verschwunden.«

Die alte Frau blickte zu ihr auf. »Sie sind nicht von der Polizei, nicht wahr, meine Liebe? Nein, wie ich höre, sind Sie Amerikanerin. Ich war auch schon einmal in New York.«

Leo nickte.

»Ihre Freundin kam, als eines dieser Treffen hier bei uns stattfand. Andrew vermietet das Haus gern an irgendwelche Vereine, aber der Aufwand zahlt sich nie so recht aus. Die Preise heutzutage sind wirklich enorm, und ich kann auch nicht mehr so, wie ich möchte.« Sie lächelte entschuldigend. »Oh, tut mir leid, ich komme ganz vom Thema ab.«

»Vereine, sagten Sie?«

»Ja, Sie wissen schon, Fahrradklubs oder Vogelfreunde. Die Leute diskutieren sehr viel. Hin und wieder kommt Jilly auch, doch bei diesem Treffen war sie nicht dabei. Ihre Freundin hatte aber mit ihr telefoniert.«

Leo erstarrte. Also hatte Norfolk recht. Isabel war vermutlich zu einer Versammlung der Grünen hergekommen. Womöglich einer geheimen Konferenz, denn Andrew, der Hotelbesitzer, wollte nicht, daß die Polizei davon erfuhr.

»Allerdings hat Ihre nette Freundin höchstens zehn Minuten lang an diesem Treffen teilgenommen.« Mrs. Donald zupfte etwas Unkraut aus und plapperte weiter, als würde sie mit sich selbst reden. »Sie … sie hat einfach nur in der Bar vor dem Kamin gesessen und getrunken. In die Flammen gestarrt und getrunken.« Die Frau schüttelte bekümmert den Kopf. »Ich dachte, sie könnte vielleicht eine Tasse Tee gebrauchen, also habe ich ihr eine gebracht. Ihr liefen Tränen über die Wangen. Am nächsten Tag hat sie sich auf die Bank unter der Eiche gesetzt. Es schien fast so, als würde sie dort Wurzeln schlagen wollen. Sie blieb einfach da sitzen, auch als es anfing zu regnen. Die Arme sah gar nicht gut aus. So viel Kummer … Ich weiß auch nicht.«

Leo traten Tränen in die Augen. »Hat sie gesagt …?

Die Frau fiel ihr ins Wort, als habe sie Leo gar nicht gehört. »Dann ist sie abgereist. Ich weiß nicht, ob sie überhaupt fahren konnte.«

Mrs. Donald richtete sich auf und runzelte die Stirn. Plötzlich blitzten ihre Augen auf. »Ja, jetzt weiß ich es wieder. Wir haben uns über das Meer unterhalten. Ihre Freundin hat gesagt, sie wolle an die Küste. Ich habe ihr erzählt, daß mein Mann und ich früher einmal im Lynton Arms abgestiegen sind, und da hat sie mich gefragt, ob er ein guter Ehemann war. Eine seltsame Frage.«

Die Gartentür quietschte, und die Frau zuckte zusammen. »Da kommt bestimmt Andrew, um mich zu holen.«

Leo flüsterte ein Dankeschön, als die Tür sich öffnete. Dann eilte sie zum Ausgang und nickte Andrew im Vorbeigehen zu. »Einen wirklich hübschen Garten haben Sie hier. Leider muß ich abreisen. Könnte mir jemand ein Taxi bestellen?«

Der Mann schaute von Leo zu seiner Mutter, die völlig unbeeindruckt mit ihrer Pflanzgabel den Boden auflockerte. Er schien etwas sagen zu wollen, besann sich dann aber.

»Gaby ist im Büro. Sie wird ein Taxi für Sie rufen.«

Leo saß auf der Rückbank des Taxis. Ihre Handflächen waren so feucht, als hätte sie die Hände lange Zeit in kaltes Wasser getaucht.

Immerhin war schönes Wetter. Abgesehen von ein paar Wolkenfetzen, war der Himmel strahlend blau. Außerdem hatte sie Norfolk letzte Nacht noch davon überzeugen können, daß er keine Zeit darauf verschwenden sollte, wieder umzukehren und sie abzuholen. Auf diese Weise mußte sie auch nicht tatenlos ausharren und auf ihn warten. Schließlich hatte sie nun ein bestimmtes Ziel vor Augen, obwohl der Fahrer die Strecke nur äußerst ungern fuhr.

Sie versuchte, die Informationen zu ordnen, die sich während der letzten beiden Tage ergeben hatten. Isabel war mit Jill Reid befreundet gewesen, wenngleich sie den Namen Leo gegenüber niemals erwähnt hatte. Jill Reid war tot; vielleicht war es ein Verkehrsunfall gewesen, vielleicht aber auch Mord, was bedeuten konnte, daß die Recherchen, die sie gemeinsam mit Isabel unternommen hatte, mehr als nur gefährlich waren.

Im Hotel hatte Isabel augenscheinlich recht viel getrunken. Was hatte ihr auf der Seele gelegen? Außerdem hatte sie Mrs. Donald nach deren Ehemann gefragt. Eine ungewöhnliche Frage für Isabel. Konnte die Enttäuschung über einen

Mann die Ursache für ihren Kummer sein? Hatte sie sich deshalb in ein waghalsiges Abenteuer gestürzt und währenddessen jeden Kontakt zu ihren Freunden verloren?

Steckte sie in Schwierigkeiten, aus denen sie ohne Hilfe nicht mehr herauskam? Falls Isabel für diese Schwierigkeiten selbst verantwortlich war, hatte sie womöglich Jill Reid darin verwickelt?

Schon zwei Wochen vor Jill Reids Tod hatte es kein verläßliches Lebenszeichen mehr von Isabel gegeben. Hatte die junge Frau gewußt, wo Isabel steckte, und es Norfolk gegenüber verschwiegen, als er bei Plantagen mit ihr gesprochen hatte?

Die Gedanken in Leos Kopf drehten sich immer schneller. Sie nahm gar nicht wahr, wie sich die Landschaft um sie herum veränderte, und als der Fahrer verkündete, sie seien in Lynton eingetroffen, zuckte Leo erschrocken zusammen.

Sie folgten dem Verlauf einer steil ansteigenden, von Bäumen gesäumten Straße. Das Meer war unter ihnen zu sehen. Von Gischt gekrönte Wogen brandeten zwischen den Klippen heran. Auf einer Seite schimmerte allein der nackte Fels, auf der anderen standen vereinzelte Häuser.

»Ich würde Sie lieber hier unten absetzen und dann warten«, sagte der Fahrer. »Das Lynton Arms liegt dort ganz oben.« Er deutete auf einen schwindelerregenden Pfad. »Man kann dort nur sehr schwer wenden.«

Leo nickte. »Ich weiß nicht genau, wie lange ich brauchen werde. Falls es länger als eine Stunde dauert, fahren Sie ruhig los.« Sie holte die Summe hervor, die sie dem Fahrer versprochen hatte.

Während sie den Hügel hinauflief, zerrte der Wind an ihrem Haar. Sein Stöhnen und Ächzen wetteiferte mit dem Tosen der Brandung. Leo schlang ihre Jacke fester um sich und blieb stehen, um hinaus aufs Meer zu schauen. Ein paar Momente später mußte sie sich wieder abwenden und ihre Augen vor dem heftigen Wind schützen. Sie traf eine Frau, die mit ihrem dürren Windhund spazierenging.

Die Frau nickte Leo freundlich zu und sagte etwas, das

aber nicht zu verstehen war. »Ein schöner Tag«, las Leo von ihren Lippen ab, denn der Wind übertönte jeden Laut.

Leo eilte weiter. Die Gebäude, die links von ihr auftauchten, waren allesamt Hotels. Einige sahen so aus, als seien sie vorübergehend geschlossen. Andere warben mit freien Zimmern. Für einen kurzen Moment hegte Leo die Hoffnung, sie würde Isabel im Lynton Arms antreffen. Eine bekümmerte Isabel, die unversehrt vor einem Kaminfeuer saß. Leo würde ihre Freundin in die Arme schließen, und Isabel würde ihr weinend das Herz ausschütten. Sie könnten gemeinsam hier übernachten, und morgen würde Leo mit ihr nach Manhattan fliegen, wo genetische Experimente jedweder Art ganz unten auf der Liste der täglichen Sorgen standen.

Ja, sie würde Isabel mitnehmen und in Sicherheit bringen.

So wie sie ihren Vater in Sicherheit gebracht hätte, falls es ihr doch nur gestattet worden wäre.

Leo hielt inne. Warum hatte sie plötzlich an ihren Vater denken müssen?

Im nächsten Augenblick hörte sie ein leises mechanisches Knattern, das sich deutlich vom Tosen des Windes und der Wellen unterschied. Es kam näher und wurde lauter. Leo begann zu laufen und rechnete schon damit, daß ihr der kalte Angstschweiß ausbrechen und sie lähmen würde. Doch die Panik blieb aus, obwohl der Hubschrauber über ihr in Sicht kam und bedrohlich dröhnte. Sie beobachtete ihn eine Weile und schaute ihm hinterher, bis er wieder aus ihrem Blickfeld verschwand.

Leo atmete tief durch. Vielleicht war es ihr gelungen, diese Furcht endlich zu überwinden. Als sie das gewölbte, halb von Kletterpflanzen überwucherte Schild des Lynton Arms entdeckte, verspürte sie keine wirkliche Angst mehr, eher eine Art dunkler Vorahnung.

Das Hotel war ein altes, verwinkeltes Gebäude, das schon ein wenig verkommen wirkte. Man hatte es ganz dicht an die Klippe gebaut. Das schmiedeeiserne Tor quietschte in den Angeln, als Leo es aufstieß. Die Stufen waren abschüssig und mit rutschiger Flechte bewachsen. Einen Moment lang hatte Leo den Eindruck, sie würde sich in einem dunklen Kindertraum über ein verwunschenes Haus befinden, doch die Eingangstür ließ sich mit leichter Hand öffnen und löste ein wohlklingelndes Glockensignal aus.

Sie betrat eine behagliche Lobby. Die Wände waren mit den signierten Porträtfotos unbekannter Personen übersät; daneben fanden sich Meeresbilder und Ansichten der Stadt. Neben einem Regal mit Touristenbroschüren stand ein geblümtes Sofa.

Leise schritt Leo auf einen Mahagonitresen zu.

»Hallo«, sprach eine hohe Stimme sie von hinten an.

Leo wandte sich um und sah eine kleingewachsene Frau eine kunstvoll gearbeitete Treppe hinunterkommen, auf der sie irgendwie verloren wirkte. Das blonde, lockige Haar und die ausladende Brille der Frau schienen aus einer längst vergangenen Epoche zu stammen.

»Hallo«, erwiderte Leo.

»Willkommen im Lynton Arms.« Die Frau verzog die korallenrot geschminkten Lippen zu einem Lächeln und schaute auf den Boden neben Leo, während sie auf einem Hocker hinter dem Tresen Platz nahm.

Leo begriff, daß die Frau sich fragte, warum sie keinen Koffer dabeihatte. »Ich bin noch nicht sicher, ob ich hier übernachten werde«, erklärte sie mit leichtem Stottern. »Aber ich habe mich gefragt, ob man hier vielleicht zu Mittag essen kann, auch wenn es vielleicht noch ein wenig früh ist.« Sie hielt kurz inne, um Mut zu fassen. Irgendwie hatte sie das Gefühl, Isabel verloren zu haben, von der richtigen Spur abgekommen zu sein. »Außerdem würde ich gern wissen, ob eine Freundin von mir vielleicht hier wohnt. Sie hat gesagt, sie wolle eventuell herkommen.«

»Sofern Ihre Freundin Mrs. Seale oder Mrs. Granger heißt, ist sie hier.« Die Frau klang leicht sarkastisch. »Zu Mittag gibt es heute Pilze auf Toast sowie Fisch und ein Dessert.« Sie sah Leo forschend an. Ihre Augen wirkten hinter den dicken Brillengläsern riesengroß.

Leo mußte unwillkürlich lächeln, als sie erkannte, daß die

Frau wesentlich älter war, als sie sich gab. »Klingt sehr verlockend. Meine Freundin heißt übrigens Isabel Morgan. Sie müßte hier ungefähr am siebzehnten April eingetroffen sein. Ich bin sicher, Sie würden sich an sie erinnern. Sie ist Australierin, sehr attraktiv und recht groß.«

»Australierin.« Die Frau zog das Eintragungsbuch dichter zu sich heran und hob die Brille. Ihre Finger wanderten langsam eine kurze Namenliste hinunter. »Nein, hier hat niemand gewohnt, der Morgan heißt.«

Leo las die Einträge, die aus ihrem Blickwinkel auf dem Kopf standen. Der Name Morgenstern stach ihr ins Auge. »Natürlich. Wie dumm von mir. Sie hat nicht ihr Pseudonym benutzt. Sie war hier als Iris Morgenstern. Wieso habe ich nicht gleich daran gedacht?«

Die Frau warf ihr einen argwöhnischen Blick zu. »Ja, eine Frau mit Namen Morgenstern war hier, allerdings nur für eine Nacht.«

Leo hatte das deutliche Gefühl, daß die Frau über Isabels kurzen Aufenthalt ziemlich erfreut war. »Ich habe mich gefragt ...«

Die Frau fiel ihr ins Wort. »Pippa, wir haben noch einen Gast zum Mittagessen. Geht das?«

Leo drehte sich um. Hinter ihr war auf leisen Sohlen eine Frau in Männerhosen und einem dicken Pullover aufgetaucht. Sie hatte kurzes stahlgraues Haar und ein verwittertes Zwergengesicht.

»Natürlich geht das, Bea.« Die Zwergin nickte Leo zu. »Bitte kommen Sie mit. Ich habe gehört, daß Sie früh essen möchten.«

Leo folgte ihr in einen großzügigen Speisesaal. Eine Fensterreihe erlaubte den Ausblick auf das offene Meer. Die Tische waren mit strahlend weißen Tischtüchern und silbernem Besteck gedeckt.

Die Frau führte Leo zu einem Tisch in der hinteren Ecke.

»Hier hat Ihre Freundin gesessen«, sagte sie leise. »Lassen Sie sich von Bea nicht aus der Ruhe bringen. Sie wird bei Fremden immer schnell nervös und ein wenig unwirsch.«

»Sie … Sie haben mit Iris gesprochen?«

Die Frau nickte. »Nennen Sie mich Pippa.«

Leo nahm auf dem angebotenen Stuhl Platz.

»Wie wäre es mit einem Schluck zu trinken? Ich hätte Tee anzubieten. Oder möchten Sie lieber etwas Stärkeres?«

»Tee wäre herrlich.«

Pippa sah sie forschend an, ging dann weg und kehrte kurz darauf mit einem Tablett zurück, auf dem eine Teekanne und Geschirr standen. »Ich leiste Ihnen einen Moment Gesellschaft, wenn Sie gestatten.«

»Aber gern.«

»Eigentlich möchten Sie doch mit jemandem reden, nicht wahr? Das Mittagessen interessiert Sie gar nicht.«

»War das so offensichtlich?«

»Ich befürchte, ja.«

»Meine Freundin ist … nun ja, sie ist verschwunden.«

Pippa nickte verständnisvoll. »Ich glaube, sie wollte es so. Am liebsten hätte sie sich sogar vor sich selbst versteckt. Ich an Ihrer Stelle würde sie in Frieden lassen.«

»Was meinen Sie damit?«

»Manchmal müssen wir von der Bildfläche verschwinden.«

»Hat … hat meine Freundin sehr viel getrunken?«

»Nicht besonders viel.« Die Frau musterte sie. »Hin und wieder trinke ich auch ganz gern mal einen Schluck.«

»Ich wollte nicht …«

»Nein, nein.« Die Frau lächelte. »Ich hatte den Eindruck, Ihre Freundin würde versuchen, eine Erinnerung auszulöschen.«

»Wie sind Sie zu dieser Ansicht gekommen?«

»Ich weiß es wirklich nicht. Ich habe einen Spaziergang gemacht und sie zufällig unterwegs getroffen. Sie starrte aufs Meer hinaus, aber eigentlich mehr ins Leere, ohne wirklich etwas zu sehen. Um sich herum nahm sie nichts wahr, als würde sie darüber nachdenken, ob sie springen sollte. Es dauerte eine Weile, bis sie mich bemerkt hatte. Ich habe sie überredet, mit mir gemeinsam weiterzugehen. Da hat sie mich gefragt, ob ich schon mal jemanden verloren hätte.«

»Ihre Mutter«, flüsterte Leo.

»Das weiß ich nicht. Ich habe ihr erzählt, daß man in meinem Alter mehr tote als lebende Bekannte hat. Daraufhin hat sie freudlos gelächelt und wieder ins Leere gestarrt. Es war klar, daß sie mich nicht in der Nähe haben wollte. Aber ich bin trotzdem bei ihr geblieben.«

»Glauben Sie, daß Iris eine Art Nervenzusammenbruch erlitten hat?«

»Vielleicht. Obwohl ich es nicht mit diesen Worten beschreiben würde. Sie fühlte sich einfach nur ... nun ja, getrieben. Bea und ich haben darüber gesprochen .... Wissen Sie, das machen wir häufig. Vor allem in den kalten Monaten. Dann sind hier nur wenige Gäste. Iris hatte etwas Geheimnisvolles an sich. Bea war der Ansicht ...« Pippa schaute sich kurz um und senkte die Stimme. »Sie war der Ansicht, Ihre Freundin sei vielleicht ein Filmstar, der inkognito reist, um dem Rampenlicht zu entgehen. Besonders nachdem dieser Chauffeur hier aufgetaucht war, um sie abzuholen. So richtig mit Uniform und Mütze.«

»Ein Chauffeur? Aber Isa ... Iris ist doch mit einem eigenen Wagen hergekommen.«

Pippa schenkte ihnen Tee nach. »Sind Sie sicher? Sie können mir glauben, es hat mir leid getan, daß Ihre Freundin abgereist ist. Ich dachte, wir könnten uns vielleicht ein wenig um sie kümmern.«

Leo musterte das wettergegerbte Gesicht der Frau. Auf einmal spürte sie ganz deutlich, daß auch Pippa sich eine ganz bestimmte romantische Vorstellung von Isabel gemacht hatte. Wieviel von ihrem Bericht entsprang der eigenen Phantasie? Wieviel beruhte auf genauen Beobachtungen? »Glauben Sie, ich könnte mal einen Blick auf das Zimmer werfen, in dem Iris übernachtet hat?«

»Natürlich.« Pippa stand nicht auf. »Wissen Sie, sie hat Erinnerungen in mir geweckt. An all die schwierigen Momente in meinem eigenen Leben.«

»Pippa, ist es nicht höchste Zeit, sich um das Mittagessen zu kümmern?« unterbrach sie eine barsche Stimme. Leo drehte sich um und erblickte die Frau mit der großen Brille. »Mrs. Seale ist soeben von ihrem Spaziergang zurückgekehrt.«

»Ich wollte dieser netten jungen Dame noch das Zimmer zeigen, in dem Iris Morgenstern gewohnt hat. Du hast doch nichts dagegen, Bea, oder?«

In Beas Blick lag ein dunkler Glanz. »Aber beeil dich«, sagte sie. »Außerdem kannst du ihr die Topfpflanzen geben. Wir haben keine Verwendung dafür.«

»Ach ja.« Pippas Gesicht verzog sich zu einem warmherzigen Lächeln. »Iris hat zwei kleine Pflanzen hiergelassen. Wir haben sie für sie aufgehoben. Ich dachte, sie würde deswegen vielleicht zurückkommen, wo sie sich doch schon die Mühe gemacht hatte, die Töpfe extra auf das Fensterbrett zu stellen.«

»Topfpflanzen?« wiederholte Leo fragend.

13

Der Zug aus Bristol raste Meile um Meile voran. Leo schaute aus dem Fenster, ohne dabei viel von der Landschaft wahrzunehmen. Sie versuchte, sich so genau wie möglich an jede einzelne Minute der Tage zu erinnern, die sie zuletzt mit Isabel verbracht hatte. Irgendwo lag möglicherweise ein Hinweis auf die desolate Gemütsverfassung verborgen, von der die beiden Damen ihr am Vormittag berichtet hatten.

Meistens lief man mit Scheuklappen durchs Leben und sah nur das, was man sehen wollte. Leo mußte sich eingestehen, daß sie während jenes kurzen Besuchs vor Weihnachten vermutlich mehr auf Becca als auf Isabel geachtet hatte. Sie war eifrig darauf bedacht gewesen, ihrer Tochter den Urlaub so schön wie möglich zu gestalten. In gewisser Weise war es mehr als nur ein Urlaub gewesen. Leo hatte Becca an ein paar ihrer Lieblingsorte aus der Kindheit geführt und damit die lächerliche Hoffnung verbunden, auf diese Weise eine Nähe wiederherzustellen, wie sie damals während jener glücklichen Zeit in London zwischen ihnen beiden geherrscht hatte, als Becca gerade einmal acht Jahre alt gewesen war. Und Isabel? Sie war hinterhergelaufen wie das fünfte Rad am Wagen. Eine Zeugin, eine Art Widerpart, damit im Kontrast zu ihr das mythische Tableau von Mutter und Tochter um so deutlicher hervortreten konnte.

Leo mußte an einen Vorfall denken, der nun einen üblen Nachgeschmack bei ihr hinterließ. Sie hatten sich in einem lauten, nicht unbedingt geräumigen Restaurant befunden, in dem Isabel seit einer Weile häufig zu Gast war. Es lag in der Nähe ihrer Wohnung und strahlte eine gewisse kalte Kargheit aus, wie Isabel sie in letzter Zeit zu bevorzugen schien. Leo aß einen Salat mit warmem Ziegenkäse. Auf Beccas Teller lag eine gleichmäßig geformte Risottokugel mit vereinzelten exotischen Pilzen. Isabel stocherte in einer Portion Spinat herum, der mit dünnen Scheiben Parmesan belegt war. Leo beobachtete sie. Isabel aß kaum einen Bissen.

Dann wandte Isabel sich an Becca. »Es muß großartig sein, zur Universität zu gehen und die alternden, neugierigen Eltern so weit wie möglich hinter sich zurückzulassen.«

Sie klang dabei eigentlich recht schwärmerisch, doch in ihrer Stimme schwang ein Hauch Bitterkeit mit. Doch Leo hatte damals nicht weiter darauf geachtet. Sie war viel zu sehr auf Beccas Antwort gespannt, die ihr dann erwartungsgemäß schmeichelte. Ihre Tochter errötete ein wenig und sagte mit schüchternem Lächeln, daß ihr die Mutter manchmal sehr fehlen würde. Und der Vater auch, fügte sie hastig hinzu. »Aber du hast recht, es ist toll, sich unabhängig zu fühlen.«

»Ja«, fuhr Isabel fort. »Unabhängigkeit ist enorm wichtig. Man kann sich nie darauf verlassen, daß die Eltern auch wirklich nur das Beste für einen im Sinn haben.« Bei diesen Worten warf sie Leo einen kurzen Blick zu und stieß ein hohles Lachen aus.

Damals hatte Leo den Eindruck gehabt, Isabel würde ein wenig unbeholfen versuchen, sich mit dieser neuen, erwachsenen Becca anzufreunden. Nun dachte sie noch einmal darüber nach. Isabels Bemerkungen schien ein Impuls zugrunde zu liegen, den sie ganz und gar nicht unter Kontrolle hatte. Ihr fehlte das rechte Maß. Als nächstes gab sie Becca Ratschläge über Männer, während Leo nervös daneben saß. Im wesentlichen ging es darum, wie man Männer in Schach hielt – indem man nämlich so intelligent wie möglich agierte und sich weigerte, sie zu bemuttern, ihnen nach dem Mund zu reden oder ihnen mit faszinierter Miene endlos zuzuhören.

»Im Innersten sind sie alle Betrüger. Jungen, Liebhaber, Lehrer, sogar Väter. Man kann keinem von denen länger als zehn Minuten über den Weg trauen. Bleib immer unabhängig, Becca.« Isabels Stimme schien sich auf merkwürdige Weise zu verlieren.

Leo erkannte, daß diese Behauptungen völlig untypisch für Isabel waren, die andere Frauen noch nie als Opfer gesehen hatte, von sich selbst ganz zu schweigen.

Ja, in den Monaten seit ihrem letzten Treffen mußte sich etwas in Isabels Leben ereignet haben, das sie Leo nicht anvertraut hatte. Irgendein Betrug oder eine furchtbare Erkenntnis.

Leo sah auf die Uhr. Falls der Zug pünktlich war, würde sie mit höchstens fünf Minuten Verspätung bei Daniel Lukas eintreffen. Diesmal würde sie sich etwas raffinierter anstellen. Er mußte etwas von Isabels Zustand wissen. Schließlich waren Therapeuten nur zu bekannt dafür, ihre Patientinnen zu der Überzeugung zu verleiten, man habe sie mißbraucht.

Selbst wenn Daniels Behauptung zutraf, er habe Isabel seit einigen Monaten nicht mehr gesehen, so konnte das fragliche letzte Mal doch durchaus im Dezember gelegen haben. Was auch immer die Ursache dieser Trennung war – das Ende der Therapie mußte für Isabel heftig verlaufen sein, wie eine Tür, die zuschlug und einem die Finger klemmte.

Der Verkehr auf dem Highgate Hill kam bereits ein ganzes Stück unterhalb der alten Kirche zum Erliegen. Leo stieg aus dem Taxi und bemerkte im selben Moment eine Konfiserie.

Ja, Schokolade wäre nun genau das richtige. Sie kaufte eine hübsche goldene Schachtel mit lauter Leckereien. Dann beeilte sie sich. Faraday hatte sie über die neuesten Entwicklungen bereits von Bristol aus informiert, was bedeutete, daß sie sich nun ganz und gar auf ihre Stunde mit Daniel Lukas konzentrieren konnte.

Sie klingelte. Auf dem Tisch im Erdgeschoß stand eine große Vase mit kunstvoll arrangierten Blumen, wie Leo durch die Scheibe erkannte. Seine Frau hatte offenbar guten Geschmack.

»Ja?« Die Stimme klang mürrisch.

»Ich bin's. Leonora. Leonora Gould.«

Es dauerte einen Moment, bis der Türöffner summte.

Leo eilte die Treppe hinauf. Als sie oben ankam, war sie ein wenig außer Atem. Daniel Lukas stand neben seinem Schreibtisch, auf dem sich mehrere unordentliche Haufen Papier türmten. Er trug ein zerknittertes Hemd, und sein Haar sah ziemlich zerzaust aus. Dadurch wirkte er irgendwie jungenhaft, was Leo irgendwie überraschte. In ihrer Vorstellung rangierte er irgendwo zwischen einem Ungeheuer und einem weisen Ratgeber.

»Sie … Sie haben überhaupt nicht mit mir gerechnet.«

Er antwortete nicht, aber sein Blick wirkte halb besorgt und halb verärgert, als er ihr bedeutete, auf der Couch Platz zu nehmen.

Leo zögerte. »Es tut mir leid, daß ich mich verspätet habe. Ich möchte mich auch für den Vorfall beim letzten Mal entschuldigen. Das war eine dumme Idee. Hier …« Sie streckte linkisch die Hand aus. »Ich habe Ihnen etwas mitgebracht. Für Ihren kleinen Sohn.«

»Sie brauchen mir keine Geschenke zu machen, Leonora. Schließlich bezahlen Sie mich für meine Zeit.«

Sie war gleich in doppelter Hinsicht verwirrt, weil er sie einerseits plötzlich mit ihrem Vornamen ansprach und ihr andererseits einen Tadel erteilte. Er erinnerte sie an die Regeln. Sie winkte gereizt ab und stellte die Schachtel ungelenk auf den Tisch. »Für Ihren Sohn, habe ich gesagt. Nicht für Sie.«

Er wies abermals auf die Couch, doch sie entschied sich für einen der beiden Ledersessel und zwang sich, Daniel Lukas offen anzuschauen. »Heute möchte ich Ihr Gesicht sehen.«

Er nickte und setzte sich gegenüber von ihr hin.

»Ich habe viel über Nahrungsmittel nachgedacht. Ich kann kaum ertragen, daß wir damit herumspielen: Wir machen uns an den Saaten zu schaffen und modifizieren die Gene. Als ob es nicht schon genug davon gäbe, zumindest in der Ersten Welt. All diese unbekannten Produkte, die erst in Schachteln und Dosen verpackt werden und schließlich in unseren Bäuchen landen.«

Daniel musterte sie. Schon wieder ein Versuch, so wie Isabel zu tun. Wenigstens in dieser Beziehung war Leonora durchschaubar. Er gestattete sich ein leises Seufzen.

»Wollen Sie meine Meinung hören, Leonora? Oder geht es hier um eine Therapie?«

»Ich bin mir nicht sicher. Vielleicht beides.«

»Unbekannte Dinge, die in Ihrem Bauch landen. Ist es das, was Sie nicht ertragen können?«

Er versuchte es schon wieder, dachte Leo. Alles wurde in eine persönliche Begebenheit umgedeutet. Eine körperliche Begebenheit. Sie ging auf das Spiel ein und nickte.

»Sie möchten kontrollieren, was Sie zu sich nehmen?«

»Soll das heißen, ich bin magersüchtig?«

Er zuckte mit den Achseln. »Ich bin kein großer Freund davon, die Leute pauschal abzustempeln. So einfach ist es nie. Aber ich schätze, wir leben in einer Zeit, in der Magersucht immer mehr um sich greift. Inmitten all des Überflusses, der Hektik, des Lebens fern von den Ursprüngen unserer Nahrung, einer Welt, die zu riesig ist, um sie je ganz erfassen zu können, versuchen wir, eine Art von kontrollierbarer Kargheit zu erschaffen. Wir halten Diät, wir neigen zu radikalen Ansichten, wir ängstigen uns zu Tode. Der eigene Körper kann uns wie der letzte noch kontrollierbare Bereich vorkommen. Also wollen wir ein wenig besser über die Ursprünge, die Beschaffenheit und die Wesensart Bescheid wissen – auch in zwischenmenschlichen Fragen.«

»Ist das wirklich Ihre Meinung?«

Er lachte. Das war das erste Mal, daß sie ihn lachen hörte.

»Eher nicht. Nennen wir es am besten Ad-hoc-Spekulation.«

»Und die genetischen Eingriffe?«

»Was ängstigt Sie daran?«

»Der Schaden, den die Umwelt und die Ökosysteme davontragen könnten.«

»Sonst nichts?«

»Unbekannte Dinge, die in meinem Bauch landen, haben Sie gesagt.«

»Haben *Sie* gesagt«, berichtigte er sie. »Das Eindringen des Unbekannten. Dinge, die man nicht identifizieren kann. Fremde Wesen, die sich Zutritt zu Ihrem Körper verschaffen und sich dort einnisten, um sich zu vermehren.«

»Sex«, murmelte Leo. »Mutanten.« Sie verlor sich in ihren Gedanken. Eine Reihe von Bildern lief in hohem Tempo vor ihrem inneren Auge ab. Ein Labor zur In-vitro-Fertilisation, eine Hohlnadel, die Spermien in einer Eizelle plazierte. Großäugige Samenzellen auf dem Weg in die Gebärmutter, wie in diesen Zeichentrickfilmen für den Biologieunterricht. Dann Norfolk. Er hatte zu ihr etwas über Isabel gesagt. Ihre fortwährende Gier, die Lücke, die nicht gefüllt werden konnte. Und noch etwas. Sie schloß die Augen.

Isabel und sie saßen sich im Loft auf den Sofas gegenüber. Diesem karg möblierten Loft, denn Isabel hatte sich verändert. Sie aß nicht. Wie Leo bei sich zu Hause ließ sie nichts an sich heran.

Das Licht war gedämpft. Es war spät. Auf dem Tisch stand eine fast leere Flasche Wein. Von nebenan erklang das leise Geräusch des Fernsehapparats: Becca, die sich ein Video anschaute. Leo war schon ein wenig schläfrig vom Wein. »Was ist los mit dir, Isabel?« flüsterte sie. »Ich spüre doch, daß etwas nicht stimmt.«

Isabel stieß ein schrilles Geräusch aus, das irgendwie spöttisch klang. »Ach, es ist nichts. Bloß so ein blöder Floh, den mir die Therapie ins Ohr gesetzt hat. Angeblich kann ich

Leute nur kennenlernen, indem ich mit ihnen schlafe.« Sie sahen sich an, und die Luft schien zu knistern. »Vielleicht sollten wir beide es mal miteinander versuchen. In der Hitze von Savannah.« Isabel lachte. Es war ein Scherz. »Dann kann ich endlich mal in dein wunderbar geordnetes Leben eindringen.« Leo fiel zwar in das Lachen ein, fühlte sich jedoch dabei unbehaglich. Sie stand auf und räumte den Tisch ab. Fegte alles beiseite. Unter den Teppich. Bis Savannah.

»Sex? Mutanten?« Die Stimme von Daniel Lukas holte sie in die Gegenwart zurück.

Leo riß die Augen auf und ging zum Angriff über. »Sie haben mit Isabel geschlafen, nicht wahr?«

Sie beobachtete ihn, wartete auf ein Signal der Anspannung, eine Änderung seiner Miene oder das verräterische Zucken eines Lids. Aber er reagierte nicht. Seine dunklen Augen musterten sie mit unnatürlicher Ruhe. Er wartete darauf, daß sie noch etwas sagen würde, also wiederholte sie ihre Behauptung. Diesmal ohne Fragezeichen. Sie machte ihm einen offenen Vorwurf.

»Ist dieses Mit-mir-schlafen etwas, das Sie selbst sich ebenfalls wünschen?«

Leo stockte der Atem.

»Denn andernfalls scheint mir Ihr hemmungsloser Wunsch, etwas über Ihre Freundin zu erfahren, der einzige Wunsch zu sein, der Sie umtreibt. Haben Sie das Gefühl, sich nur über Isabel – und vielleicht noch durch Ihre Tochter – definieren zu können?«

Das war ein Frontalangriff. Also war er doch ein Ungeheuer.

Sie schaute zur Seite und wünschte sich, sie hätte im Boden versinken können, anstatt weiterhin so ungeschützt vor ihm sitzen zu müssen. Was meinte er damit? Bekam sie wirklich nur durch Isabel oder Becca ein Gefühl der Stabilität?

Nein. Sie durfte ihn nicht an sich heranlassen. Deswegen war sie nicht hier.

»Ich habe nicht das geringste Verlangen danach, mit Ihnen zu schlafen, Dr. Lukas.« Sie imitierte seinen klaren, sachlichen

Tonfall, obwohl unterdessen ihr Puls seltsam heftig zu schlagen begann. Hastig fuhr sie fort. »Zufälligerweise verfüge ich derzeit über einen mehr als befriedigenden Liebhaber.«

Die emotionslos vorgetragene Behauptung klang wie schiere Prahlerei. Sie wandte erneut den Blick ab. Auf dem Teppich zu ihren Füßen bemerkte sie einen Fleck. Genaugenommen mehrere kleine Flecke nebeneinander. Sperma, dachte sie und schaute schnell wieder auf.

»Darf ich davon ausgehen, daß es sich um einen eigenen Liebhaber handelt und nicht den von Isabel oder Ihrer Tochter?«

Er sagte es so leise, daß sie einen Moment lang verwirrt war und nicht genau wußte, ob er tatsächlich den Mund aufgemacht hatte oder die Frage wie von selbst in ihrem Kopf erschienen war. Becca mit einem Liebhaber. Der Gedanke war Leo nicht mehr aus dem Sinn gegangen, seit Becca diesen einen Jungen erwähnt hatte. Natürlich passierte das nicht zum ersten Mal. Schon seit Jahren hatte sie unterschwellig daran gedacht. Ein Mann, der bei ihrer Tochter für immer an ihre Stelle treten würde. So wie für sie Jeff an die Stelle ihrer Eltern getreten war. Und jetzt wurde sie gleich zweimal hintereinander verlassen. Kein Wunder, daß sie sich an Isabel klammerte.

»Ich wußte, daß Sie eher früher als später auf das Thema Sex zu sprechen kommen würden«, flüsterte sie.

»Ich bin lediglich Ihrem Beispiel gefolgt. Aber da es nun einmal so gekommen ist, reden wir doch darüber.«

»Es ist persönlich.«

»Das ist gut.« Sie hörte ihn buchstäblich lächeln. Erst in diesem Moment, als sie ihn hörte, aber nicht sah, wurde ihr klar, daß sie mittlerweile ausgestreckt auf der Couch lag. Sie konnte sich nicht erinnern, wie es dazu gekommen war.

»Würden Sie mir vielleicht gern von Ihrem Exmann erzählen? Dem Mann, der mit Isabel geschlafen hat?«

»Was?« Leo war schockiert, diese Tatsache aus dem Mund eines anderen zu vernehmen.

Doch ob sie wollte oder nicht, Daniel schien eine Art

Knopf in ihr betätigt zu haben, denn sie antwortete ihm. Sie fing an, zusammenhanglos von Jeff zu erzählen und Daniel Lukas über die letzten Jahre ihrer Ehe zu berichten, wie sie sich selbst in ihr kleines Reich zurückgezogen hatte und alles verdrängte, was sie nicht hören wollte. Sie wurde wütend. Wütend auf Jeff wegen seines Treuebruchs und wütend auf sich selbst, weil sie all diese Jahre in einer Art sittsam gefühllosem Schwebezustand hatte verstreichen lassen. Ihr wurde unerträglich heiß, als müßte sie in ihrem eigenen Zorn verglühen. Auch auf ihn war sie wütend, auf diesen Klugscheißer von Arzt, der einfach so auf Knöpfe in ihrer Psyche drückte.

»Wenn ich Sie recht verstehe«, sagte er sanft, »scheinen Sie sich also in sich selbst zurückgezogen und eine gewisse Lebensangst entwickelt zu haben, und zwar seit dem Tod Ihres Vaters oder zumindest seit einem Zeitpunkt, der mehrere Jahre vor der Trennung von Ihrem Mann lag. Sie leben durch Ihre Freundin und Ihre Tochter, und ansonsten warten Sie unentschlossen ab und nähren Ihren Schmerz, Ihr Verlustgefühl und Ihre moralische Integrität. Das ist keine schlechte Art, sein Leben zu führen. Nein, ganz im Gegenteil. So werden Freundschaft und Mutterschaft zu Ihren Kardinaltugenden und gestatten Ihnen, auf diese Weise Liebe zu empfinden. Aber jetzt wollen Sie mehr. Vielleicht müssen Sie sich weiterentwickeln.«

Leo wurde wütend. »Sie verdrehen schon wieder alles. Sie verdrehen mir die Worte im Mund, und deshalb gerate ich aus dem Konzept und verliere den Faden, nur um ihn dann am falschen Ort wiederzufinden.«

»Womöglich nicht an einem falschen, sondern nur an einem anderen Ort.« Er wartete auf ihre Reaktion.

Als sie nichts sagte, fuhr er fort. »Vielleicht bedeutet Leben den andauernden Verlust. Oder immer wieder neue Verletzungen. Wir alle fühlen uns manchmal vom Leben gebeutelt. Heftige Gefühle machen uns zu schaffen. Todesfälle, Treuebrüche, Übergriffe anderer Leute und sogar merkwürdige Nahrungsmittel verletzen uns. Als Reaktion darauf werden wir defensiv, um uns selbst zu schützen und somit trotzdem ein hinreichend angenehmes Leben zu führen. Aber das alles läßt sich nicht verleugnen. Wir können die Verluste, die Verletzungen oder den Schmerz nicht einfach verdrängen. Wir sind nicht unversehrt. Wir können uns nicht für immer zurückziehen. Vielleicht sind Schmerz und Verlust genau die Punkte, die uns antreiben. Sie bringen uns an andere Orte. Sie haben einen Liebhaber, Leonora. Sie durchlaufen eine Veränderung. Das könnte sich als gut erweisen.«

Während Daniel diese lange Ansprache hielt, fragte er sich, ob er unterbewußt wohl schon die Entscheidung getroffen hatte, Leo nicht mehr zu sehen. Das alles klang wie eine abschließende Zusammenfassung. Doch ihm blieb keine Zeit, weiter darüber nachzudenken, denn Leo setzte sich plötzlich kerzengerade auf. Ihr Gesicht war heftig gerötet.

»Isabel hat mir erzählt, daß Sie mit ihr geschlafen haben. Hat sie danach eine Art Zusammenbruch erlitten? Wo ist sie? Ich habe in dieser Woche bereits eine tote Frau gesehen. Eine Tote reicht mir.« Sie begann leise zu schluchzen.

Daniel bemühte sich, weiterhin ruhig zu klingen. »Ich teile Ihre Besorgnis, Leonora, und ich weiß, daß Sie wirklich aus tiefstem Herzen so empfinden, ungeachtet aller anderen Aspekte. Doch hier, in diesem Zimmer, müssen wir über Sie reden, meinetwegen auch über Ihre Beziehung zu Isabel. Aber nicht darüber, was Isabel Ihnen vielleicht über mich erzählt haben mag. Diese Behauptung, die Sie ihr zuschreiben, ist ein Thema für Isabels Therapie, nicht für Ihre. Es tut mir leid. Ich wünschte, ich könnte helfen.«

»Ich könnte Sie anzeigen«, zischte Leo.

Er zuckte die Achseln. Auf einmal fühlte er sich sehr müde. »Ich glaube wirklich nicht, daß es Ihnen bei der Suche nach Ihrer Freundin weiterhelfen würde. Doch vielleicht sollten wir uns jetzt lieber voneinander verabschieden. Die Stunde ist vorbei. Ich kann Ihnen einen anderen Therapeuten empfehlen, wenn Sie möchten.«

Diesmal fiel die Haustür mit einem lauten Knall ins Schloß. Daniel blieb an seinem Platz sitzen. All seine Energie war mit Leo aus dem Raum entschwunden. Er sah aus dem Fenster. Jenseits der hinteren Gartenmauer blühten im Park die Kastanien. Eva hatte die Blüte im Vorjahr noch erlebt. Es war eines der letzten Dinge gewesen, über die sie sich geäußert hatte. Dann war der Schmerz zu stark geworden; das Morphium hatte sie umfangen und nicht mehr freigegeben. Es war fast ein Jahr her: Am 11. Juni war sie gestorben. Seitdem waren die einzelnen Minuten eines jeden Monats nur noch mit stumpfer, quälender Langsamkeit verstrichen. Doch insgesamt betrachtet, schien die Zeit beinahe verflogen zu sein: Es war erschreckend, hier zu sitzen und auf einmal zu bemerken, daß schon fast ein Jahr vergangen war. Für den kleinen Robbie bedeutete das ein Fünftel seines gesamten Lebens.

Genau zum schlimmsten Zeitpunkt, ein paar Tage vor Weihnachten, als ihm klargeworden war, daß Eva niemals zurückkehren würde, war völlig unerwartet Isabel Morgan aufgetaucht. Robbie und er hatten den Baum geschmückt, und der Junge hatte mit leiser tonloser Stimme zu ihm gesagt, daß sie es nicht einmal halb so hübsch hinbekommen hätten wie sonst immer. Dann hatte die Großmutter des Kleinen ihn für das Wochenende mit zu sich genommen.

Daniel saß vor dem Baum und trank einen einsamen Whisky, als es an der Tür klingelte. Der Scotch hatte sein Selbstmitleid bereits eifrig genährt, und so hatte er wenig Lust auf einen Kontakt mit der Außenwelt. Doch es klingelte hartnäckig weiter. Schwerfällig stemmte Daniel sich aus dem Sessel neben dem Kamin, fluchte leise über den vermeintlichen Freund von Martina, der nicht wußte, daß sie über Weihnachten nach Hause gefahren war, und öffnete die Tür.

Vor ihm stand Isabel und sah aus wie eine Erscheinung, ein Geschenk, das irgendein gütiger Nikolaus auf Daniels Schwelle abgelegt hatte. Auf dem Kopf trug sie ein kleines besticktes Barett. Ihre Wangen glühten, und ihr Blick strahlte so elektrisierend wie ihr Haar. Sie war in einen langen Wildledermantel gehüllt, der wohl an die Hippiezeit erinnern sollte, denn er war an den Rändern mit irgendeinem flauschigen Fell besetzt. Und Isabel bewegte sich hektisch. Noch bevor Daniel eine Silbe über die Lippen bekam, hatte sie bereits das Haus betreten, ihren Mantel über die Sessellehne geworfen und Daniel eine Flasche Wein in die Hand gedrückt.

»Mir war nach der Gesellschaft eines Freundes. Und rückblickend schienen Sie einer zu sein.«

Daniel konnte nicht ganz erkennen, ob ihre ironische Miene sich auf ihn oder auf Isabel selbst bezog. Vielleicht achtete er auch nicht gründlich genug auf ihr Gesicht. Doch abgesehen von dem ausladenden Rollkragen, war ihr Kleid wirklich winzig, eine schwarze zweite Haut über unendlich langen Beinen. Daniel hatte ganz vergessen, wie umwerfend sie aussah, oder vielleicht hatten auch die Begrenzungen des Sprechzimmers ihm zu ein wenig Immunität verholfen. Nun jedoch kam er sich vor, als müßte er sich verwundert die Augen reiben.

»Ein Glas Wein wäre nett.« Isabel wies auf die Flasche, die er nach wie vor in der Hand hielt, ging dann im Zimmer umher und schaute sich um. »Meinetwegen auch Whisky, falls es das ist, was Sie da trinken.«

Er holte ein Glas aus der Vitrine und schenkte ihr einen Drink ein. Seit jener Sitzung im September, als sie aus dem Zimmer gegangen war, ohne ihm zu sagen, daß sie nicht zurückkommen würde, hatte er sie nicht mehr gesehen. Nun saß sie auf dem Sessel neben dem Kamin und schlug verführerisch die Beine übereinander.

»Es ist schön warm hier«, sagte sie leise. Vielleicht reagierte er nicht schnell genug, denn sie fügte hinzu: »Jetzt vergessen Sie endlich mal die Regeln, Daniel. Das Leben ist zu kurz.«

Er nahm ihr gegenüber Platz und gönnte sich einen kräftigen Schluck.

»Schon besser.« Ihr Lächeln reizte ihn. Er erwiderte es ein wenig wehmütig. Ihr nächster Kommentar kam für ihn völlig überraschend. »Warum haben Sie mir denn nicht erzählt, daß Ihre Frau gestorben ist? Das hätten Sie wirklich tun sollen.«

»Hätte ich? Es schien nicht angemessen zu sein. Außerdem sind Sie im Sommer eine Zeitlang nicht mehr gekommen. Schließlich haben Sie die Therapie abgebrochen.«

Sie lachte laut auf. »Angemessen! Ich mußte es erst von Paola erfahren. Erst jetzt.«

»Sie sprechen mit ihr über mich?«

»Nicht viel. Nur wenn es angemessen erscheint.« Sie machte sich über ihn lustig.

Es kostete ihn Überwindung, den Blick von ihr abzuwenden. Er starrte ins Feuer. Die Flammen waren golden, und ihre Spitzen schimmerten blau. Sie züngelten und knisterten in der Stille. »Wie ist es Ihnen ergangen?«

»Mal besser, mal schlechter. Paola ist ganz schön heftig.«

»Das interessiert mich eigentlich nicht.«

Sie saß plötzlich nicht mehr auf dem Sessel, sondern stand hinter ihm. »Nein, aber ich weiß, daß ich es wiedergutmachen muß.«

Es war die Art, wie sie diese Worte aussprach, ganz leise und rauh, als wäre es völlig unabwendbar. Sein Verlangen wurde geweckt, und er spürte auf einmal ein tiefes dunkles Loch irgendwo in seinem Innern. Ihre Finger auf seinem Körper und ihre Lippen auf seinem Nacken wirkten wie Zunder auf die Glut. Sie konnte die Dunkelheit durch ihre lodernden Flammen vertreiben und ihn ganz auslöschen. Er küßte sie, und sie zog ihn auf den Teppich., Sie war so wunderschön, ihre braune Haut, ihre funkelnden Augen …

Später, als sie sich anzogen, wurde es wieder schwieriger.

Er spürte, daß sie aufbrechen und auch nicht von ihm nach Hause gebracht werden wollte. Sie rief sich ein Taxi. »Die Wiedergutmachung ist mehr als gelungen«, sagte er zu ihr an der Tür. Vielleicht sagte er es zu unbeholfen, denn sie sah ihn so eigentümlich an, als würde sie sich nicht mehr an ihre eigenen Worte erinnern. Oder vielleicht hatte sie damit nicht gemeint, daß sie sich ihm hingeben würde. Dann stieg sie in das wartende Taxi und winkte Daniel nur noch einmal kurz zu. Wie Aschenbrödel verschwand sie in der Nacht, und kein verlorener Schuh zeugte von ihrem Besuch.

Daniel blieb mit dem Eindruck zurück, daß sie beide soeben schweigend etwas geteilt hatten, das keiner von ihnen jemals hätte in Worte fassen können. Die ganze Nacht lang dachte er nur an Isabel. Er war voller widerstreitender Gefühle. Er versuchte zu begreifen, was da gerade zwischen ihnen geschehen war. Falls überhaupt etwas geschehen war, denn zwischendurch fragte er sich ernsthaft, ob er womöglich einer Halluzination zum Opfer gefallen sein könnte. Doch mit jeder verstreichenden Minute wuchs die Ahnung, daß er einen Fehler begangen hatte. Nein, nicht bloß einen Fehler, sondern eine Sünde.

Am nächsten Mittag wählte er ihre Nummer, landete jedoch nur auf dem Anrufbeantworter. Er bat sie, ans Telefon zu gehen, falls sie da sei. Dann, als nichts geschah, hinterließ er eine kurze Nachricht, die viel zu nüchtern und umständlich klang. »Du warst gestern abend sehr großzügig, Isabel, vielen Dank. Falls du mit mir reden möchtest, ich bin hier. Aber ich weiß genausogut wie du, daß dies eine einmalige Angelegenheit war, die wir nicht wiederholen können. Und in meiner kleinen Welt stellt so etwas einen gravierenden Verstoß gegen gewisse Regeln dar. Es tut mir leid.«

Isabel reagierte erst einige Tage später. Auch sie erreichte nur seinen Anrufbeantworter und klang zunächst ganz unbeschwert. »Es gibt nichts zu bereden. Keine tiefere Bedeutung. Keinen besonderen Sinn. Ich war neugierig. Das ist alles.« Und dann veränderte sich die Stimme und nahm einen kalten Tonfall an. »Du solltest wissen, daß ich momentan an zwei Büchern arbeite. Das erste dürfte dich nicht interessieren. Das zweite schon. Es trägt den Titel *Erfahrungen einer Patientin.*«

Die Drohung, die in diesen letzten Worten lag, schwebte über ihm wie ein Damoklesschwert. Er fühlte sich abwechselnd wütend und hilflos. Obwohl sein Verstand ihm sagte, daß nur er eine Schuld trug, rief Isabels Rachsucht in ihm ebenfalls den Wunsch nach Vergeltung wach. Bisweilen war »Auge um Auge« alles, woran er noch denken konnte.

Und nun war diese Leonora Gould aufgetaucht und hatte die Drohung erneuert. Er bemerkte, daß ein Teil von ihm ganz und gar nicht erpicht darauf war, daß Isabel Morgan gefunden wurde.

Leo ging durch den hügeligen Park, vorbei an den Teichen, auf denen allzeit hungrige Enten schwammen. Sie ging ohne ein konkretes Ziel vor Augen. Es würden noch mehrere Stunden vergehen, bis mit Norfolks Rückkehr zu rechnen war. Leo mußte mit ihm sprechen. Die widerstreitenden Stimmen in ihrem Kopf waren zu laut geworden.

Daniel Lukas hatte ihren Vorwurf nicht abgestritten. Er war ihr lediglich ausgewichen. Das konnte nur bedeuten, daß er sich tatsächlich auf eine dunkle Affäre mit Isabel eingelassen hatte.

Aber welchen Unterschied machte das am Ende? Und warum wollte Leo es unbedingt wissen, wo alles doch immer mehr danach aussah, als würde Isabels Verschwinden mit der Geschäftspolitik brutaler multinationaler Konzerne zusammenhängen? Schließlich hatte der hochgeschätzte Dr. Gould auch mit Leos Mutter geschlafen, woraufhin sie weder einen Zusammenbruch erlitten hatte noch spurlos verschwunden war. Ganz im Gegenteil. Er hatte sie geheiratet. Aber Isabel war keine Heiratskandidatin. Und was auch immer Isabel zugestoßen sein mochte, Leo hatte sicherstellen wollen, daß Daniel von ihrem Wissen über seine Verwicklung und damit seine Schuld erfuhr.

Sie konnte förmlich hören, wie er ihr wieder die Worte im Mund verdrehen und ihr völlig andere Beweggründe unterstellen würde. Er würde behaupten, sie benutze ihn in Wahrheit bloß als Stellvertreter für Jeff oder ihren Vater, für Männer, die sie mit ihrer eigenen Notlage in Verbindung bringen wollte, ohne sich offen dazu zu bekennen, damit es ihr leichter fiel, endlich in ihrer eigenen Haut zu leben und nicht mehr mit Isabels sorgloser Mentalität in Konflikt zu geraten. Der Mann machte sie wahnsinnig.

Seufzend blieb Leo vor dem efeuüberwucherten Zaun stehen, der den Park vom Friedhof trennte. Wenn sie sich auf Zehenspitzen stellte, konnte sie inmitten der dichten Vegetation die Spitze von Karl Marx' steinerner Büste erkennen. Ihr Blick schweifte über das Muster aus Lichtflecken und tiefen Schatten und hielt abrupt inne. Neben einem Grabstein, auf dem oben ein Engel thronte, dessen Flügel abgebrochen waren, lag ein Mann. Sein langes Haar war so wirr wie der Efeu und so schmutzig wie die Erde unter ihm. Er trug eine alte karierte Jacke. Seine Beine steckten in einer ausgebeulten Kordhose, die von einem Stück Schnur gehalten wurde. Er hatte nur einen Schuh an.

Leo wurde übel. Tot, aber nicht beerdigt. Ein obdachloser alter Mann. Sie mußte die Polizei verständigen. Um das Schwindelgefühl loszuwerden, hielt sie sich am Zaun fest und schloß kurz die Augen. Als sie wieder hinschaute, war der Mann aufgestanden und urinierte auf ein Grab. Er pfiff dabei unmelodisch vor sich hin. Das alles wirkte dermaßen anarchisch, daß Leo unwillkürlich erleichtert auflachte. Bei diesem Geräusch drehte der Mann sich um und schlenkerte mit hohlem Grinsen seinen Penis in ihre Richtung.

Sie ging entschlossen weiter. Vielleicht war der alte Mann ein Zeichen. Genau wie er würde Isabel sich von den Toten erheben, zu denen Leos Einbildungskraft sie während der letzten Tage viel zu oft gezählt hatte. Sie würde an genau dem Datum in ihrer Wohnung auftauchen, an dem sie ursprünglich von ihrer Reise durch die USA hatte zurückkehren wollen. Isabel war einfach nur nach Osten anstatt nach Westen gereist. Der Tod ihrer Mutter hatte alte Wunden aufgerissen, die nur in der Heimat geheilt werden konnten. Sobald Isabel wieder zurück war, würden sie ihre alte Freundschaft wieder aufnehmen. Sie würden gemeinsame Reisen unternehmen, unbekannte Gebiete erforschen und einander wieder nahekommen.

14

Die Lampe des Anrufbeantworters an Isabels Apparat blinkte. Zitternd vor Erwartung drückte Leo die Abspieltaste. Norfolks Stimme dröhnte ihr entgegen.

»Holland? Bist du noch nicht wieder zurück? Okay, hier sind die neuesten Informationen: Isabel hält sich nahezu mit Sicherheit irgendwo hier unten im Südwesten auf. Ich war bei den Grünen in Exeter, die sie in dem Hotel getroffen haben, in dem auch wir letzte Nacht gewesen sind. Sie arbeiten gemeinsam an der Aufdeckung irgendeiner üblen Sache.« Er hielt einen Moment inne. »Leider machen auch sie sich momentan Sorgen um Isabel, denn sie hat sich nicht mehr gemeldet. Sie sagte, sie wolle irgendwo in der Gegend bei einem Verwandten übernachten. Ich komme heute abend nicht mehr zurück. Hier sind noch ein paar Fragen zu klären. Morgen früh fahre ich direkt nach Heathrow. Falls möglich, rufe ich später noch mal an. Ich vermisse dich. Ach ja, aus Australien habe ich eine E-Mail mit der Telefonnummer von Isabels Tante bekommen. Hier ist sie, komplett mit Vorwahl.«

Leo nahm einen Stift und notierte sich eine lange Zahlenreihe. Kaum war sie damit fertig, erklang auch schon die nächste Stimme.

»Miss Holland, Faraday hier. Wir müssen reden. Ich komme Samstag morgen um ungefähr halb zehn bei Ihnen vorbei, sofern Sie nichts mehr von sich hören lassen.«

Faraday klang gereizt. Irgend etwas machte ihm zu schaffen. Leo ging in Gedanken noch einmal die beiden Nachrichten durch, die sie ihm hinterlassen hatte, einmal über Jill Reid, das andere Mal über das Hotel in Lynton. Am liebsten hätte sie sofort mit ihm gesprochen, aber es war bereits nach acht Uhr. Eigentlich hatte sie auf ein spätes Abendessen mit Norfolk gehofft. Die Einkäufe standen in der Küche neben den zwei winzigen Topfpflanzen, die Isabel im Lynton Arms zurückgelassen hatte.

Eine weitere Stimme vom Anrufbeantworter riß sie aus

ihren Gedanken. »Isabel, mein Schatz. Nach unserem letzten Gespräch bist du bestimmt böse auf mich. Du hast gesagt, du würdest schreiben, aber ich habe keinen Brief bekommen. Es tut mir leid, falls ich einen Fehler gemacht haben sollte. Bitte ruf mich an, auch wenn du mich nur wütend anschreien willst.«

Leo spielte die Nachricht ein zweites Mal ab. Die Frau, die ihren Namen nicht nannte, sprach mit australischem Akzent.

Ohne weiter nachzudenken, wählte Leo die Nummer, die Norfolk ihr durchgegeben hatte. Erst als sie den Wählton hörte, wurde ihr klar, daß sie den Nachnamen der Frau gar nicht kannte. Er würde bestimmt nicht Morgan lauten. Außerdem hatte sie nicht daran gedacht, wie spät es derzeit in Australien war.

Die Stimme, die sich am anderen Ende meldete, klang träge und verschlafen.

»Ist dort Martha?«

Die Frage hallte auf dem Weg über die Satelliten in Leos Ohr wider.

»Ja. Wer spricht da?«

»Ich heiße Leonora Holland. Ich bin eine Freundin von Isabel. Ich hoffe, ich habe Sie nicht zu früh morgens gestört.«

»Schon gut. Wie geht es ihr?«

Leo hörte Sorge und ein wenig Hoffnung in der Stimme der Frau mitschwingen.

»Ich weiß es nicht. Ich dachte, Sie könnten mir vielleicht weiterhelfen. Wissen Sie … keiner von uns hat eine Ahnung, wo Isabel steckt oder wo sie sein könnte.«

Es herrschte eine Weile Schweigen, untermalt vom Rauschen der Verbindung und etwas, das Leo für ein leises Atemgeräusch hielt. »Wie lange ist es her, daß Sie Isabel gesehen haben?« fragte ihre Tante schließlich.

»Niemand hat sie seit mindestens drei Wochen mehr gesehen.«

»Von wo aus rufen Sie an?«

»Ich bin in Isabels Wohnung in London. Also ist sie in letzter Zeit nicht in Australien gewesen?«

»Nicht, daß ich wüßte. Aber ich bin sicher, daß sie sich mit mir in Verbindung gesetzt hätte.«

»Als Isabel zum letzten Mal gesehen wurde, hat sie den Namen Iris Morgenstern benutzt.«

»Was?« Die Stimme der Frau stockte, und Leo wiederholte den letzten Satz.

Es gab eine lange Pause. »Hören Sie, ich nehme den nächstmöglichen Flug nach London. Ich habe mir solche Sorgen gemacht. Ich wollte Isabel anrufen, aber anfangs war der Anrufbeantworter nicht eingeschaltet. Und dann mußte ich ... Wo kann ich Sie erreichen?«

»Ich bleibe in Isabels Apartment.«

»Bitte sagen Sie mir noch mal Ihren Namen.«

»Leonora Holland.«

»Ja, Isabel hat von Ihnen erzählt. Ich gebe Ihnen Bescheid, sobald ich die genauen Flugdaten habe. Vielleicht kann ich Ihnen behilflich sein ...«

Inspector Faraday lief unruhig auf und ab und musterte Leo mit finsterer Miene, wenngleich spürbar um Höflichkeit bemüht. Sie kam zu dem Schluß, daß ihr ansonsten ziemlich unwohl zumute gewesen wäre. Doch auch so kam sie sich wie bei einem Verhör vor.

»Ich habe Sie davor gewarnt, daß es gefährlich werden könnte, Miss Holland. Ich will nicht, daß Sie sich in unsere Ermittlungen einmischen. Wir haben hier bereits eine Tote ...«

»Demnach sind Sie der Ansicht, daß Jill Reids Tod kein Unfall war?«

»Es waren Drogen im Spiel. Wir sind uns noch nicht sicher, wie es dazu gekommen ist. Vielleicht hat Jill Reid sie sich selbst verabreicht. Aber das geht Sie nun wirklich nichts an, Miss Holland. Außerdem haben Sie nichts auf privatem Grund und Boden verloren.«

Leo wollte etwas sagen, doch der Polizist ließ sie nicht zu Wort kommen.

»Natürlich weiß ich, daß Sie die Karten-Koordinaten überprüft haben. Wir sind nicht dumm.«

»Ihre Leute haben Isabels Spur jedoch nicht zum Lynton Arms verfolgen können, oder?«

»Nein.« Er hatte den Anstand, ein wenig verlegen zu wirken. »Aber wir haben inzwischen ihren Mietwagen ausfindig gemacht.«

Leo griff nach einer Zigarette, entschied sich dann jedoch anders und goß sich statt dessen eine Tasse Kaffee ein. »Wo?«

»Auf dem öffentlichen Parkplatz von Lynton. Ja, so wie Sie vermutet haben. Wo ist Mr. Norfolk?«

»Mittlerweile vermutlich in Amsterdam. Warum?«

»Kommt es Ihnen denn nicht ein wenig seltsam vor, daß er Jill Reid nicht nur als letzte uns bekannte Person gesehen hat, sondern daß er auch derjenige war, der die Tote identifizieren konnte?«

»Seltsam? Was wollen Sie damit andeuten, Inspector?«

»Ich muß Sie noch einmal fragen, Miss Holland: Wie gut kennen Sie Christopher Norfolk?« Er war vor ihr stehengeblieben und schaute sie so durchdringend an, als würde er sie bei einer Gegenüberstellung mustern.

Leo richtete sich auf. »Gut genug, schätze ich.«

»Gut genug«, wiederholte Faraday sarkastisch. »Haben Sie einen objektiven Beweis dafür, daß er mit Miss Morgan befreundet ist? Wissen Sie, woher sein Schlüssel für diese Wohnung stammt?«

»Nein, aber …«

»Können Sie mir erklären, warum er direkt zu Plantagen gefahren ist und dort ausgerechnet mit Jill Reid gesprochen hat?«

Leo zuckte die Achseln. »Ich vermute …«

»Sie wissen es nicht. Wahrscheinlich wissen Sie auch nicht, wo er sich am Tag von Jill Reids Tod befunden hat.«

»Wann genau war das?«

Faraday wandte seinen Blick nicht von ihr ab. »Wo kann ich Mr. Norfolk in Amsterdam finden?«

Leo erhob sich. »Ich wußte nicht, daß ich unter Anklage stehe, Inspector. Und Norfolk hat mir auch keine Nummer hinterlassen.«

Ihre Stimme blieb recht ruhig dabei, doch sie spürte, daß Tränen in ihren Augen brannten. Faraday hatte recht. Sie wußte nichts über Norfolk, außer daß es ihr gefiel, in seinen Armen zu liegen. Hatte sie sich wirklich wie ein naives kleines Mädchen benommen, das auf Abenteuer aus war und hinters Licht geführt wurde? Nein, eher wie eine alternde Jungfer, die überaus dankbar auf jeden auch nur einigermaßen leidenschaftlich wirkenden Annäherungsversuch hereinfiel.

Der Kaffee verbrühte ihr die Zunge, und der Schmerz brachte sie wieder halbwegs zur Vernunft. Sie mußte ihren Instinkten vertrauen. Faraday lag falsch.

»Sollten Sie sich nicht lieber darauf konzentrieren, Isabel aufzuspüren, Inspector? Ich habe Ihnen mitgeteilt, was ich herausfinden konnte. Falls mir Ihre Mittel zur Verfügung stünden, würde ich jetzt nicht einen von Isabels Freunden verfolgen, sondern alle Taxifahrer verhören, die im Norden an der Küste unterwegs sind. Wenn Norfolk anruft, richte ich ihm aus, daß Sie mit ihm sprechen möchten.«

»Das wäre nett, Miss Holland.« Faraday deutete eine spöttische Verbeugung an. »Sie haben bei Ihrem Bericht doch nichts ausgelassen, oder?«

Leo dachte nach. »Ich habe mit Isabels Tante in Australien telefoniert. Sie kommt her.«

»Gut.« Der Inspector schenkte ihr ein kurzes Lächeln. »Es tröstet mich, Sie in Gesellschaft zu wissen.«

»Das hier können Sie auch mitnehmen, Inspector.« Leo ging in die Küche und holte Isabels zwei Pflänzlinge. »Isabel hat sie in dem Hotel zurückgelassen, in dem sie zuletzt gesehen wurde. Allerdings kann ich mir nicht vorstellen, auf welche Weise diese Pflanzen über Isabels Verbleib Aufschluß geben könnten.«

Faraday nahm die beiden Töpfe mit sichtlichem Interesse entgegen. »Diese Überlegungen überlassen Sie besser mir, Miss Holland.«

Leo verzog das Gesicht. »Ich hoffe, Ihre Nächte sind ruhiger als meine, Inspector.«

»Falls diese Pflanzen das sind, was ich vermute, werden meine Nächte mit Arbeit ausgefüllt sein, Miss Holland. Wer immer Isabel diese Ortsliste geschickt haben mag, könnte sie vielleicht auch bezahlen. Und zwar genau für diese Pflanzen. Für einen kleinen Diebstahl.«

»Und doch hat sie das Diebesgut zurückgelassen, Inspector. Also kann es nicht so wichtig gewesen sein. Zumindest nicht für Isabel.«

Nachdem der Inspector gegangen war, wußte Leo nichts mit sich anzufangen. Zunächst streichelte sie Biest, der sofort nach Faradays Verschwinden auf ihren Schoß gesprungen war. Doch die Untätigkeit ließ die Sorge um Isabel noch größer werden. Schließlich ging Leo ins Arbeitszimmer und holte einige Kartons aus dem Regal. Vielleicht gab es hier etwas von Isabels Tante, das Leo bislang übersehen hatte. Marthas Nachricht hatte darauf schließen lassen, daß Isabel und sie wegen irgendeiner Angelegenheit in Streit geraten waren.

Ziemlich weit oben im Stapel stieß sie auf die Einladung, an die sie sich vage erinnert hatte und die dann nach dem Einbruch zunächst spurlos verschwunden war. Paola Webster. Die Einladung bezog sich auf die Präsentation eines Buches mit dem Titel *Narbengewebe*, die genau heute stattfinden sollte. Leo spielte unschlüssig mit der Karte herum und drückte den Abspielknopf des Anrufbeantworters. Sie hoffte, die Nachricht von Paola noch nicht gelöscht zu haben. Es mußte sich um ein und dieselbe Frau handeln. Ja, die Nachricht war noch vorhanden. Leo notierte sich die Telefonnummer.

Sie hatte nichts zu verlieren und außerdem nichts anderes zu tun. Sie legte sich ein paar Sätze zurecht und wählte die Nummer, aber es hob niemand ab. Merkwürdig, wo doch heutzutage fast jeder einen Anrufbeantworter besaß.

Mißmutig stöberte Leo noch ein wenig in den Ablagekästen herum. Dann fiel ihr plötzlich etwas ein. Sie hatte am Vorabend endlich mit ihrer Mutter geredet und ihr versprechen müssen, sich mit Aron Field in Verbindung zu setzen, einem gemeinsamen Freund, der sich zur Zeit in London aufhielt.

Sie hatte ihre Mutter unmittelbar nach dem Gespräch mit Martha angerufen. Das hartnäckige Bemühen der Tante, sich mit Isabel in Verbindung zu setzen, hatte bei Leo ein Schuldgefühl geweckt. Ihre Mutter machte sich bestimmt ebenfalls Sorgen. Endlich einmal gelang es ihr, während der gesamten Unterredung ruhig zu bleiben, nicht zuletzt, weil sie sich an Daniel Lukas' Worte über die Verpflichtungen der Kinder gegenüber den Eltern erinnerte. Trotz einiger in wehleidigem Tonfall vorgebrachter Tadel war ihre Mutter tatsächlich erleichtert und dankbar gewesen. Am Ende erklärte sie Leo mit sanfter, seltsam verletzlicher Stimme, daß alle sie sehr vermissen würden und sich schon auf ihre Rückkehr nach Manhattan freuten.

Leo mußte an Becca denken. Es würde nicht einer gewissen Ironie entbehren, wenn sie bei Becca anriefe und ihre Tochter sie genauso barsch anherrschen würde, wie Leo es gewöhnlich bei ihrer Mutter tat. Nein, der Zeitpunkt war unpassend. Becca war vermutlich in der Universität. Aber wenn sie ihre Tochter anrufen würde, würde sie gewiß nicht unfreundlich reagieren. Noch nicht.

In unversehens gehobener Stimmung zog Leo ein leeres Blatt Papier hervor und fing an zu zeichnen. Ein Telefonat zwischen Mutter und Tochter wäre für einen Cartoon bestens geeignet. Als sie fertig war, verhielt sie sich ausnahmsweise ganz wie eine brave Tochter und rief Aron Field an.

Das Haus sah völlig anders aus, als Leo erwartet hatte. Hinter einer ordentlich gestutzten Ligusterhecke und einem kleinen Vorgarten erhob sich ein respektables rotes Backsteinhaus, das sich kaum von den Nachbargebäuden unterschied. Ein erhabener Mittelteil wurde von zwei soliden Seitenflügeln flankiert. Das Ziegeldach war mit einer Reihe von

Gauben versehen. Nur die runde blaue Tafel, die diskret zwischen den Schiebefenstern angebracht war, deutete auf einen Unterschied hin. Auf ihr stand: »Sigmund Freud, der Begründer der Psychoanalyse, hat hier gewohnt und ist hier verstorben.« In diesem Haus hatte Freud sein letztes Lebensjahr verbracht. Nun beherbergte es das Museum, in dem Paola Websters Buchpräsentation stattfinden sollte.

Leo atmete tief durch und drückte auf den Klingelknopf. Die Tür wurde sofort geöffnet, und Leo trat ein. Hinter einem kleinen Tisch saß ein formell gekleideter, mediterran anmutender Mann. Leo zeigte die Einladung vor, worauf er sie wortlos durchwinkte.

Sie stand in einem Flur, durch dessen hoch gelegene Fenster Licht hereinfiel. Die Treppe war anmutig geschwungen, das Geländer auf Hochglanz poliert. Auf einem kleinen Tisch neben Leo lag ein aufgeschlagenes Gästebuch. Sie wollte sich schon eintragen, entschied sich dann aber dagegen. Vor ihr, neben einer Tür, durch die Stimmengewirr drang, hing ein Kupferstich. Leo zögerte noch, einen Raum voll fremder Leute zu betreten, und begann daher das Bild zu mustern. Ein Mann mit langem Gewand und einem gewaltigen struppigen Vollbart hielt zwei steinerne Tafeln empor, auf denen hebräische Schriftzeichen zu sehen waren. Es mußte sich um Moses handeln. Leo fragte sich, welche der Zehn Gebote hier wohl abgebildet sein mochten. Du sollst nicht töten, dachte sie und erschauerte.

Sie mied das Zimmer vor ihr und ging statt dessen in einen seitlich gelegenen Raum. Hier im Halbdunkel überkam sie auf einmal das Gefühl, in eine andere Zeit geraten zu sein. Die Wände waren von schweren, in Leder gebundenen Folianten gesäumt, mit Ausnahme von einigen vereinzelten Fotos und Drucken. Überall auf den Regalen, Tischen und in einigen Vitrinen standen in scheinbar willkürlicher Anordnung antike Statuetten und Grabbeigaben. Die Vielzahl der Plastiken war kaum zu überschauen, wenngleich Leo einen geflügelten Eros zu erkennen glaubte sowie eine stattliche Athene.

Auch auf dem Schreibtisch befanden sich zahlreiche kleine Figuren, die gespenstisch in der Bewegung erstarrt zu sein schienen. Doch hier waren außerdem recht alltägliche Gegenstände zu erkennen, so als wäre der Bewohner des Hauses nur für einen kurzen Moment von seinem Stuhl aufgestanden. Auf einem Stapel Papier lag eine randlose Brille; daneben standen ein Tintenfaß samt Feder, eine Zigarrenkiste und mehrere Aschenbecher, die auf die Rückkehr ihres Besitzers zu warten schienen. Gegenüber dem Tisch stand die Couch, und auf ihr lagen persische Decken, so prachtvoll und alt wie fliegende Teppiche. Leo ertappte sich bei der Frage, wie es sich wohl angefühlt haben mochte, inmitten dieser opulenten Rot- und Blautöne zu liegen und dem alten Mann mit der ausgemergelten Miene, der Freud in seinen letzten Lebensjahren gewesen war, von den eigenen Träumen zu erzählen.

»Hier liegt zweifellos eine gewisse Magie in der Luft«, sagte eine leise Stimme neben Leo. »Man kann spüren, wie sich hier aus unzähligen Berichten über Leid und Begehren allmählich eine Karte der Beschaffenheit des Verstandes herauskristallisiert hat.«

Leo wandte sich um und sah einen kleinen, elegant gekleideten Mann vor sich, der sie strahlend anlächelte. Sein Gesicht war beinahe mondförmig, die Augen rund und melancholisch wie die eines Zirkusclowns. Um den Hals trug er eine gepunktete Fliege, die im Vergleich mit dem unauffälligen dreiteiligen Anzug nahezu grell wirkte.

»Leonora H. Ich hätte später im Savoy mit Ihnen gerechnet, aber nicht hier. Was für eine angenehme Überraschung!«

»Dr. Field. Wie reizend.« Leo umarmte ihn. Es freute sie sehr, ihn hier zufällig anzutreffen. Unter den Freunden ihres Stiefvaters war Aron Field einer der wenigen, die sie aufrichtig mochte.

»Ich wußte ja gar nicht, daß Sie mit meinen Londoner Kollegen bekannt sind.«

»Bin ich auch nicht. Aber eine Freundin hat mir ihre Einladung gegeben, und da dachte ich, ich nutze die Gelegenheit …«

»... um das Museum zu besuchen. Ich bemühe mich auch, bei jedem meiner Aufenthalte in London einen Abstecher hierher zu machen. Also kennen Sie Paola Webster gar nicht?«

Leo schüttelte den Kopf.

»Ich mache Sie gern miteinander bekannt, falls Sie möchten.« Er zögerte. »Paola ist eine bemerkenswerte Frau.«

Leo wurde nicht ganz schlau aus der leicht ironischen Miene, die diese Äußerung begleitete.

»Sehr gern«, sagte sie nachdrücklich.

Nach der besinnlichen Stille des Arbeitszimmers mit seinen bleichen antiken Göttern wirkte der Raum, in dem die eigentliche Party stattfand, seltsam unwirklich. Leo benötigte einen Moment, um sich an die lebendigen Gestalten zu gewöhnen. Die Münder und Gesichter sahen zu groß aus, die Hände wirkten wie Auswüchse, und die Kleidungsstücke leuchteten zu bunt. Leo blinzelte, nahm ein Glas von dem Tablett, das ein Kellner ihr entgegenstreckte, und folgte Aron Field in die Mitte des geräumigen Zimmers.

Am anderen Ende, jenseits der dichtgedrängten Menge, bemerkte sie eine offene Glastür, hinter der ein erleuchteter Garten lag. Sie hoffte, Aron würde sie letztlich dorthin führen, doch es ging nur langsam voran. Er kannte eine Reihe der Gäste und blieb immer wieder stehen, um mit den Leuten ein paar Worte zu wechseln und bei dieser Gelegenheit nicht nur den neuesten Klatsch zu vernehmen, sondern auch Leo vorzustellen.

»Falls Sie nach Paola suchen, sie steht dort drüben.« Eine schlanke Frau mit strengem Gesicht unter einem üppigen graumelierten Haarschopf wies durch den Raum. »Neben dem Büchertisch.«

»Signiert sie?« fragte Aron.

Die Frau verzog das Gesicht zu einem Lächeln. »*Narbengewebe* wird sich bestimmt ziemlich gut verkaufen.«

»Ist es sehr erotisch?«

»Hart und plastisch. Achten Sie lieber auf Ihre ...«

Die Stimme der Frau ging im Lärm des Raums unter, aber Leo meinte, das Wort *cojones* verstanden zu haben.

Sie schoben sich auf eine Ecke des Zimmers zu, wo umringt von offensichtlichen Bewunderern eine üppige Frau mit leuchtend schwarzen Haaren stand. Um ihren Hals hing eine schwere afrikanische Kette und verlieh ihr das Aussehen einer gestrengen Priesterin. Als sie Aron erblickte, hielt sie mitten im Satz inne.

»Dr. Field. Wie überaus freundlich von Ihnen, den langen Weg von New York auf sich zu nehmen. Ich fühle mich geehrt.«

Leo sah, wie sich ein amüsiertes Lächeln auf Arons Lippen schlich. »Nun ja, ganz so lang war der Weg eigentlich nicht, aber ich möchte Ihnen gleichwohl herzlich gratulieren. Außerdem darf ich Sie gern mit Leo Holland bekanntmachen, die ebenfalls aus New York stammt.«

»Hallo.« Leo beschloß, sich den Anschein einer geschwätzigen Person zu geben. »Ich habe schon so viel von Ihnen gehört.«

»Oh, wirklich?« Paola Webster wirkte geschmeichelt und drückte Leo ohne jede Zurückhaltung sofort an ihren ausladenden Busen.

»Ja, von meinem Stiefvater. Er ist ebenfalls Therapeut. Dr. Samuel Gould.«

Paolas Lächeln wurde noch herzlicher.

»Komisch, daß Sie Ihre Party ausgerechnet hier stattfinden lassen«, warf eine junge Frau ein, die auf der anderen Seite neben Paola stand. Sie sah aus wie ein Popstar aus den achtziger Jahren: Ihr Haar war so kurz, daß man die Kopfhaut erkennen konnte, und sie trug mehrere winzige Ohrstecker. »Ich war immer der Ansicht, Sie würden nicht sonderlich viel von Freud halten.«

Hätte Paolas Blick töten können, die Frau wäre im selben Moment zugleich erschossen und erdolcht worden. »Ich wollte betonen, daß wir alle eine große Familie sind. In allen Familien gibt es Streit, aber andererseits auch sehr viel Liebe. Nicht wahr, Dr. Field?«

Aron nickte weise.

»Dennoch läßt sich wohl kaum übersehen, daß Ihr Standpunkt …«, setzte die junge Frau zu einer Erwiderung an.

Leo spürte, daß Paola jeden Moment in ein langes Streitgespräch verwickelt sein würde, und fiel der anderen Frau ins Wort.

»Meine Freundin Isabel Morgan hat Sie auch in den höchsten Tönen gelobt.«

Paola Websters temperamentvolles Gesicht schien zwischen mehreren Gefühlsausdrücken zu schwanken und verwandelte sich schließlich in eine fröhlich lächelnde Maske. »Die liebe Isabel, eine wirklich wunderbare Frau. Und so eine gute Journalistin.«

»Ich habe gehofft, Sie könnten mir vielleicht etwas über Isabels Befinden erzählen«, hörte Leo sich selbst sagen. »Ich weiß, daß sie bei Ihnen in Behandlung war. Leider ist sie zur Zeit unauffindbar.«

Für einen Moment wirkte Paola entsetzt und verängstigt zugleich. »Das liegt nicht in meiner Verantwortung«, zischte sie. Dann kehrte das Lächeln zurück, wenngleich es nicht mehr Leo galt, sondern einem Riesen von Mann, der aussah, als wäre er soeben per Fallschirm von einem Computerkongreß eingeschwebt. Er trug einen schwarzen, unordentlichen Anzug und hatte eine hohe Stirn, die in einen weißblonden Pferdeschwanz überging.

»Tolles Buch!« rief er und bleckte die Zähne zu einem Lächeln.

»Du hast es gelesen. Du bist wirklich ein Freund.« Paola ließ sich von ihm heftig umarmen.

Leo erkannte, daß ihre Gelegenheit gleich vertan sein würde, und wandte sich an Aron Field. »Sie müssen mir helfen, Aron«, flüsterte sie. »Sorgen Sie irgendwie dafür, daß ich Paola unter vier Augen sprechen kann. Je eher, desto besser.«

»Sind Sie sicher?« Der Widerwille war ihm deutlich anzusehen.

»Bitte!« Leo packte seinen Arm. »Ich erkläre es Ihnen später.«

Er rückte seine Fliege zurecht und tippte Paola auf die Schulter.

Sie drehte sich um, und abermals fror ihr Lächeln ein, als sie Leo sah. Der große Mann neben ihr zog sich nach einem fragenden Blick wieder zurück.

»Ich möchte Sie um einen Gefallen bitten, Paola.« Aron klang ganz sanft. »Das können Sie einem Kollegen, der von so weit her angereist ist, nicht abschlagen. Meine junge Freundin hier ist eine Ihrer größten Bewunderinnen und möchte gern privat mit Ihnen sprechen. Sie ist nur für kurze Zeit in London und kehrt bald nach Manhattan zurück. Dort kennt man sie übrigens als Leonora H. Sie zeichnet wunderbare Cartoons für ein großes Magazin.«

»Ich habe nur leider im Augenblick sehr viel zu tun, Dr. Field.«

»Nur eine halbe Stunde. Morgen zum Frühstück. Sie erinnern sich doch noch an diese Konferenz in L. A., von der Sie mir erzählt haben ...«

Paola warf ihm einen stechenden Blick zu. »Okay, Dr. Field. Sie haben gewonnen. Aber nur, weil Sie es sind.« Sie wandte sich an Leo. »Halb neun. Ich werde exakt dreißig Minuten Zeit haben. Dr. Field kann Ihnen die Adresse geben.« Sie hakte sich bei Aron ein. »Sehen Sie nur, Dr. Field, da ist Daniel Lukas. Sie kennen ihn doch. Schön, daß er gekommen ist. Vielleicht hat er nun endlich seine Trauerkleidung abgelegt. Zu viel Trauer ist ebenso ungesund wie zu wenig.«

»Trauer?« sprach Leo leise vor sich hin. »Um wen trauert er?«

Doch Paola beachtete sie nicht, sondern zog Aron Field mit sich. »Kommen Sie, begrüßen wir ihn. Außerdem möchte ich ihn mit Hilton bekanntmachen. Der Mann will Daniel schon seit Ewigkeiten kennenlernen. Um über ihn an das Institut und dessen einflußreiche Gönner heranzukommen.« Sie zwinkerte Aron zu.

»Trauer«, wiederholte Leo, ohne so recht zu bemerken, daß sie es laut ausgesprochen hatte, bis sich neben ihr jemand zu Wort meldete.

»Lukas' Frau ist letztes Jahr gestorben. Sie war eine gute Malerin. Ich kannte sie fast besser als ihn.«

Leo wandte sich zur Seite und erblickte einen Mann mit breitem freundlichen Gesicht.

»Wissen Sie nicht mehr?« Er lächelte und schien zugleich über sich selbst den Kopf zu schütteln. »Das Flugzeug aus New York. Wir haben nebeneinander gesessen. Ich bin Tim Hoffman, und Sie sind Leo Holland. Die Welt ist ein Dorf, wie man so sagt.«

»Tim Hoffman, natürlich.«

»Wollen wir gehen und uns zu Ihren Freunden gesellen?«

Leo zögerte. »Nein, nein. Noch nicht.«

Sie benötigte einen Moment, um diese neue Information über Daniel Lukas zu verarbeiten. Einige ihrer Vorstellungen von ihm gerieten ins Wanken.

Dann sah sie ihn selbst aus dem Gesichtermeer des Zimmers auftauchen. Er wirkte schmal, aber auch ein wenig bedrohlich. Die dunklen Ringe um seine Augen verliehen ihm einen geisterhaften Ernst. Um ihn herum wichen ein paar Leute sogar zurück, als würden sie sich ihm nur ungern nähern. Leo beobachtete, wie Paola Webster sich an ihn heranschob.

»Ja. Es hat Lukas wirklich schwer getroffen«, erklärte Tim Hoffman weiter. »Übrigens, ich habe Sie zufällig diese Freundin erwähnen hören, nach der Sie mich im Flugzeug gefragt haben. Isabel Morgan – eine beunruhigende Geschichte.«

»Ich habe mit Isabel zusammengearbeitet«, sagte da auf einmal die junge Frau, die zuvor beinahe einen Streit mit Paola Webster angefangen hätte.

»Ach, wirklich?« Leo musterte sie mit neuem Interesse.

»Ja. Es liegt schon ein paar Jahre zurück.« Die Frau lächelte. Es verlieh ihrem Gesicht ein elfenhaftes Aussehen. »Wollen wir nicht nach draußen gehen? Ich könnte etwas frische Luft gebrauchen.«

Auf dem Weg zur Tür füllte ein Kellner ihre Gläser nach. Sie kamen an einem kleinen Buchverkaufstisch vorbei und traten hinaus in den Garten, wo zahlreiche weitere Gäste standen und sich unterhielten.

»Ich bin übrigens Lyn McAffrey.«

Tim Hoffman bot ihnen Zigaretten an und gab ihnen Feuer. »Was halten Sie von Paola Webster?« fragte Leo an beide gewandt.

»Nun, sie sorgt für gute Auflagen.« Lyn lächelte wieder. »Sie geht keiner Kontroverse aus dem Weg. Ich bin Journalistin, also ist so etwas für mich stets von Vorteil. Ich bin gespannt, ob Isabel in ihrem Buch auch über Paola schreiben wird.«

»In ihrem Buch?« fragte Tim.

»Als wir uns das letzte Mal über den Weg gelaufen sind, hat Isabel mir erzählt, sie würde an einem Buch über Therapien arbeiten, und dabei hat sie richtig schadenfroh gegrinst. Hat Paola sie vom Gegenteil überzeugt?« Die Frage war an Leo gerichtet. »Es würde mich nicht überraschen. Isabel war bei ihr in Behandlung.«

»Ich weiß es nicht. Seit fast einem Monat hat niemand mehr Isabel gesehen oder etwas von ihr gehört.«

»Was wahrscheinlich bedeutet, daß sie sich irgendwohin zurückgezogen hat, um zu schreiben. Isabel war schon immer so«, verkündete Lyn mit einem Anflug von spöttisch übertriebener Dramatik. »Erst sieht es so aus, als würde sie gar nichts tun, und dann verschwindet sie und taucht wenig später mit einem Ergebnis auf. Das Buch ist bestimmt bald fertig.«

Leo wog die Behauptung in Gedanken gegen ihre Befürchtungen ab und wünschte sich, sie hätte an diese Theorie glauben können. »Wann haben Sie Isabel zum letzten Mal gesehen?«

»Nun, wenn ich genau nachdenke, muß es so um Weihnachten herum gewesen sein. Die Zeit vergeht ja wie im Fluge.«

»Vielleicht ist das die Erklärung«, sagte Tim Hoffman nachdenklich. »Ihre Freundin hat sich zum Schreiben zurückgezogen. Ich sehne mich oft nach so einer Gelegenheit.«

»He, es wird eine Rede geben.« Lyn wies auf einen Mann,

der die Leute zurück in den großen Raum winkte. »Das möchte ich um nichts in der Welt verpassen.«

»Es überrascht mich allerdings, daß Daniel Lukas ausgerechnet hierher gekommen ist«, sagte Tim, als sie wieder hineingingen. »Ich hätte nicht gedacht, daß er Paola Webster so viel Zeit opfern würde. Die beiden sind grundlegend verschiedener Meinung.«

Leo tat so, als wüßte sie, wovon er da redete, und nickte. Dann ließ sie sich ein Stück zurückfallen. Sie wollte nicht plötzlich mit Daniel zusammentreffen. Es gab zu viele neue Aspekte zu bedenken. Sie erinnerte sich, daß Isabels Nachbar aus der oberen Etage, Mike Newson, davon ausgegangen war, Isabel befände sich bei einer Frau in therapeutischer Behandlung. Doch anhand von Isabels E-Mails hatte Leo sich wie mit Scheuklappen eigene Erklärungen zurechtgelegt. Jetzt wurde ihr plötzlich mit verwirrender Klarheit bewußt, daß es vermutlich Paola gewesen war, die zu Isabel gesagt hatte, sie könne Leute nur kennenlernen, indem sie mit ihnen schlafe, was zu diesem unbehaglichen und dennoch irgendwie elektrisierenden Moment zwischen Leo und Isabel geführt hatte.

Leo begann sich auf die Redner zu konzentrieren. Von ihrem Platz am hinteren Ende des Raumes aus konnte sie kaum etwas sehen, doch sie hörte einen Mann verkünden, daß der Verlag sich sehr über die Veröffentlichung von *Narbengewebe* freue.

Paola Webster war weitaus deutlicher zu vernehmen. Aus irgendeinem Grund fühlte Leo sich durch ihre laute Stimme an die Frau des Zorns aus ihren Cartoons erinnert. Weshalb hatte Isabel sich ausgerechnet bei so einer arroganten Frau in Behandlungen begeben? Einmal mehr überkam Leo das bedrückende Gefühl, daß Isabel mit jedem Schritt, den sie sich ihr zu nähern versuchte, immer fremder und geheimnisvoller wurde.

Als am Ende von Paola Websters Rede heftiger Applaus aufbrandete, spürte Leo, daß ihr jemand auf die Schulter tippte. »Lassen Sie uns gehen, Leonora«, sagte Aron Field. »Draußen wartet ein Wagen auf mich.«

Leo willigte ohne Zögern ein. Während sie den Raum durchquerten, sah sie, daß Daniel Lukas und der riesenhafte Mann in ein intensives Gespräch vertieft waren. Die beiden gaben ein dermaßen seltsames Paar ab, daß Leo nicht umhinkonnte, sie anzustarren. Nun, da sie Daniel im Profil sah, wirkte sein Gesicht ihr auf unheimliche Weise vertraut. Doch als sein Blick in ihre Richtung abzuschweifen begann, drehte sie sich hastig um und folgte Aron hinaus.

Es gehörte zu den Grundregeln der Psychoanalyse, so wiederholte ihr Stiefvater ständig, daß man sich mit seinen Patienten niemals bei geselligen Anlässen traf.

Vielleicht gehörte das Bett ja nicht dazu, dachte Leo sarkastisch.

15

Die schwarze Limousine fuhr sie beinahe lautlos durch die abendliche Stille von Camden Town und vorbei an den Universitätsgebäuden und kleinen Hotels der Gower Street. Aron Field löcherte Leo mit Fragen über Becca, und während sie von ihrer Tochter erzählte, erkannte sie, wie sehr sie sich über dieses Treffen mit Field freute. Mit ihm waren so viele vertraute Erinnerungen verbunden. Nach den letzten Wochen am Rande des Abgrunds genoß Leo seine beruhigende Gegenwart.

»Also, Leonora, was hat Sie denn nun nach London verschlagen?« fragte er, als sie das geschäftige West End erreichten. »Ich hoffe, es ist etwas Aufregendes. Ein neuer Freund?« Er hob spöttisch eine Augenbraue. »Oder haben Sie die Abdruckrechte Ihrer Cartoons nach England verkaufen können?«

»Nein, nichts dergleichen.« Leo entwich ein unwillkürliches Seufzen.

»Bitte seien Sie nachsichtig mit mir. Ich bin ein neugieriger alter Mann.«

»So war das nicht gemeint.«

Leo schaute hinaus auf die vorbeiziehenden Passanten und die Plakate vor dem Coliseum. Wie ihr Gespräch war auch der Verkehr zum Stillstand gekommen.

»Wollen wir aussteigen und den Rest des Weges zu Fuß zurücklegen? Das Savoy ist nicht weit von hier.«

»Ich bin noch nie dort gewesen.«

»Für Leonora H kommt nur das Beste in Frage.« Aron Field bot ihr mit altmodischer Höflichkeit seinen Arm an und geleitete sie durch die Menschenmenge. »Wir werden zu viert sein. Ich hoffe, Sie haben nichts gegen ein wenig Gesellschaft einzuwenden.«

Leo hörte ihm nicht länger zu. Ungefähr auf halber Höhe der William IVth Street erstreckte sich eine lange Anschlagtafel voller Plakate. Jedes trug die Überschrift VERMISSTE PERSON. Leo blieb stehen und musterte die Gesichter einer Vielzahl junger Männer und Frauen. Es handelte sich um ganz gewöhnliche Schnappschüsse, aber die Texte darunter waren herzzerreißend. Da ging es zum Beispiel um Joel, einen Jungen mit rotblondem Haar, der vor vier Jahren im Alter von sechzehn von zu Hause weggelaufen war und dessen Mutter nun inständig seine Rückkehr erflehte und betonte, daß alles vergeben und vergessen sei. Dann folgte Angie, eine zierliche Siebzehnjährige, die sich vor drei Monaten auf den Weg zu ihrer Schule gemacht hatte, ohne je dort einzutreffen. Danach kam Alan White, ein rechtschaffen wirkender, achtundvierzig Jahre alter Mann, dessen Frau und Töchter auf ein Lebenszeichen hofften.

Leo stiegen Tränen in die Augen. So viele Vermißte. So viele besorgte Angehörige und Freunde.

»Was ist los, Leonora?« Aron Fields Stimme schien aus großer Entfernung zu ertönen. »Kennen Sie jemanden von diesen Leuten?«

Leo schüttelte den Kopf. »Ich mache mir Sorgen um eine Freundin. Deshalb wollte ich auch unbedingt mit Paola Webster sprechen.«

»Wird Ihre Freundin vermißt?«

Leo begann mit einer kurzen Erklärung, während sie weitergingen. »Wie schlimm für Sie«, rief Aron aus, nachdem Leo ihm einen Teil der Ereignisse berichtet hatte. »Dieses Gefühl von Verrat und Treuebruch.«

»Aber so empfinde ich es gar nicht«, unterbrach Leo ihn ein wenig zu heftig. »Ich bin mir sicher, daß ihr etwas zugestoßen ist.«

»Ihre Freundin ist erwachsen, also hoffen wir, daß es nichts allzu Schlimmes ist. Falls etwas Unvorhergesehenes geschehen ist, liegt sie womöglich irgendwo im Krankenhaus. Hat die Polizei das überprüft?«

Leo nickte.

»Versuchen Sie, heute abend nicht mehr daran zu denken. Es ist so herrlich hier. Man sollte jede Minute des Aufenthalts genießen.« Er vollführte eine ausholende Geste, die die gesamte Lobby des Savoy einschloß, so als würde ihm das alles gehören. »Es ist wie eine Reise in meine Jugend. Meine Eltern haben mich immer hierhin mitgenommen.« Er lachte. »Ich glaube, das Hotel hat sich weniger verändert als ich. Immer wenn ich nach London komme, nehme ich mir hier ein Zimmer.«

Plötzlich kam er Leo wie ein schüchterner kleiner Junge vor, als er mit verträumtem Blick und strahlendem Gesicht langsam die Stufen in die prachtvoll mit Spiegeln ausgestattete Eingangshalle hinunterging und auf einem riesigen Polstersessel Platz nahm.

»Frank Sinatra hat auch immer hier gewohnt«, raunte er ihr zu. »Kommen Sie, setzen Sie sich, so daß wir den Trubel in der Lobby beobachten können, und wir sollten uns einen Drink bestellen, während wir auf unsere Freunde warten. Aber vielleicht möchten Sie sich zuerst noch die Nase pudern ... oder wie auch immer ihr jungen Frauen das heutzutage nennt.«

Leo lächelte und bat ihn, für sie einen Whisky Soda zu bestellen. Dann ließ sie ihn kurz allein. Als sie zurückkehrte, sah sie ihn am Restauranteingang mit dem Maître sprechen. Er war sofort wieder bei ihr.

»Alles klar. Hier sind unsere Drinks.« Aron hob das Glas.

»Auf Leonora H. Und auf daß Ihre Freundin bald zu Ihnen zurückkehren möge.« Er trank einen Schluck und beugte sich dann über den niedrigen Tisch in Leos Richtung. »Ich hatte mal einen Patienten, dessen Frau verschwunden war.« Er schnippte mit den Fingern. »Von jetzt auf gleich, wie man so sagt. Mein Patient war völlig außer sich. Er verständigte die Polizei, leitete alle notwendigen Schritte ein, und dann, auf der Couch, fing er an, zum ersten Mal wirklich über seine Frau zu sprechen. Aus seinem Bericht ging für mich klar hervor, daß sie ihm schon seit längerer Zeit signalisiert hatte, was geschehen würde, aber er hatte die Zeichen nicht wahrgenommen. Er hatte sich völlig zurückgezogen und vor ihr Augen und Ohren verschlossen. Ich versuchte, ihm das alles bewußt zu machen. Ungefähr einen Monat später bekam er einen Brief von seiner Frau. Sie befand sich mit einem Liebhaber in Kalifornien, doch die einzige Zeile, die mein Patient mir wörtlich zitierte, war die Frage, ob er ihre Abwesenheit denn überhaupt bemerkt habe. Das hat ihn ziemlich schwer getroffen.« Aron lachte. »Aber Ihr Gesicht verrät mir, daß dieses Beispiel Sie auch nicht tröstet. Da habe ich mich wohl geirrt.«

»Ja, das fürchte ich auch«, sagte Leo sanft, obwohl ein tiefes Schuldgefühl sie durchdrang. Auch sie hatte Isabel nicht die nötige Aufmerksamkeit zuteil werden lassen.

Aron bedachte sie mit einem reumütigen Blick und begann plötzlich zu winken. »Da sind ja unsere Freunde.«

Leo blickte auf und wünschte sich, im Boden zu versinken. Sie erstarrte.

Aron Field nahm nichts davon wahr. Er stand auf und umarmte eine ältere Dame, deren glattes, kurzes Haar schlohweiß war, und reichte dann dem Mann neben ihr die Hand. »Wie nett von Ihnen, daß Sie angeboten haben, Emily unterwegs abzuholen«, hörte Leo ihren Freund sagen. Dann standen die beiden direkt vor ihr.

»Leo, das hier ist Emily Robson, eine sehr gute Londoner Freundin und außerdem eine Kapazität unseres Berufsstandes. Der junge Herr dort ist Daniel Lukas. Ich habe ihn erst kürzlich bei einer Konferenz kennengelernt, aber ich bewundere ihn sehr, und zwar nicht nur für seine hervorragende Arbeit mit Heranwachsenden, sondern auch für die von ihm verfaßten Fachpublikationen. Diese nette junge Dame hier ist Leo Holland, besser bekannt als Leonora H, die Autorin und Zeichnerin eines der geistreichsten Cartoons von Manhattan. Ich hoffe, Sie alle werden sich gut verstehen.«

Arons Bekanntmachung schien gar kein Ende mehr zu nehmen.

»Leo Holland.« Daniel Lukas sprach ihren Nachnamen nur mit unmerklich kurzem Zögern aus. »Ich glaube, wir haben uns schon einmal gesehen.«

Leo sah ihm ins Gesicht. Er lächelte nicht, doch er streckte ihr die Hand entgegen, und sie erwiderte die Geste.

»Ja, das kommt mir auch so vor«, entgegnete sie mit gespielter Gleichgültigkeit. »Vielleicht vorhin auf dieser Party?«

»Durchaus möglich.«

Daniel ging auf ihre Scharade ein, genau wie sie auf seine. Doch für den Bruchteil einer Sekunde hatte Leo den Eindruck, er hege den Verdacht, dieses Treffen sei von ihr eingefädelt worden.

»Was für eine wunderbare Überraschung, daß Dr. Field hier in London ist«, sagte sie und wandte ihre Aufmerksamkeit dann schnell Emily Robson zu. Die Frau hatte ein bemerkenswert zartes Gesicht, wie eine Porzellanpuppe, deren Haar versehentlich weiß gefärbt worden war. Auch strahlte sie eine gewisse Ruhe aus, die sich auf andere zu übertragen schien. Als sie das Restaurant betraten, hielt Leo sich dicht in Emilys Nähe. Sie war es Aron schuldig, dieses Dinner nicht zu ruinieren.

Am Tisch plazierte Aron sie gegenüber von Daniel, so daß sie bei jedem Aufblicken gezwungen war, ihn anzusehen. Zunächst richtete sie ihre Augen strikt auf die Tischdecke, dann auf die Speisekarte. Es fiel ihr dermaßen schwer, sich auf die Gerichte zu konzentrieren, daß sie Aron mädchenhaft kokett darum bat, für sie zu bestellen. Ihr Lachen klang sogar in ihren eigenen Ohren falsch. Das Gespräch schien irgendwo weit über ihr stattzufinden, so entfernt wie die fröhlichen Gäste an den anderen Tischen oder die Straßenlaternen, die durch die fernen Fenster zu sehen waren.

Als sie sich zwang, genauer hinzuhören, beklagte Aron die Tatsache, daß im Gegensatz zu früher die Psychoanalyse in den Vereinigten Staaten nicht mehr mit dem nötigen Ernst betrieben wurde, vor allem weil die Versicherungsgesellschaften nicht bereit waren, in vollem Umfang dafür zu zahlen. Es gab jedoch auch andere Gründe. Die Leute wollten schnelle Resultate, wollten die Beseitigung ihrer Symptome, wobei dies doch eigentlich erst den Anfang des Prozesses bedeutete.

Leo konnte nicht erkennen, ob Daniel der gleichen Meinung war, denn er klang ziemlich unbeteiligt. Was sie hörte, war ein kleiner Vortrag über die allseits florierende Gesprächstherapie, die inzwischen einen so breiten Ansatz bot, daß genau dieser Erfolg sie bald vielleicht überflüssig machen würde. Ein weiterer Grund für diesen Niedergang mochte die zunehmende Tendenz sein, jedwede Form von geringfügig exzentrischem oder störendem Verhalten sogleich medikamentös zu behandeln. Zappeligen Kindern attestierte man heutzutage kurzerhand eine hyperaktiv bedingte Wahrnehmungsstörung und schleppte sie zu Ärzten, die ihnen Beruhigungsmittel verordneten. Für launische Frauen, deren Verhalten die zumeist männliche Psychiaterschar verärgerte, hatte man eine praktische Krankheit namens PMS – oder prämenstruelles Syndrom – erfunden. Teenager, die sich gegen ihre Eltern auflehnten und mit sich selbst und dem Rest der Welt uneins waren, erkrankten an Depressionen oder Magersucht.

Das Thema interessierte Leo. Sie wünschte sich, sie hätte diese Mischung aus Nervosität, Verlegenheit und Schuldgefühl abstreifen können, die ihr die Zunge lähmte. Die Hummercremesuppe vor ihr hätte ebensogut aus stinkenden Abwässern bestehen können, denn auch Leos Geschmacksnerven schienen wie betäubt zu sein. Sie ermahnte sich selbst zur Vernunft. Was auch immer sie Daniel bei ihrem Weggang am Freitag angedroht haben mochte – es bestand für sie kein Anlaß zu diesen Gefühlen. Schließlich waren es Daniel und seine Kollegen, die die Regeln bestimmten und Leo dieses Unbehagen aufzwangen, nicht umgekehrt. Falls Leo bei einer vergleichbaren Gelegenheit ihren Hausarzt getroffen hätte, wäre es ihr nicht im mindesten unangenehm gewesen. Andererseits hatte sie ihrem Hausarzt auch nichts von dem erzählt, was Daniel von ihr wußte.

Sie trank in einem Zug ihren Wein aus und bemerkte erst beim zweiten Glas, daß dieser edle Tropfen eigentlich zum Genießen gedacht war.

»Die Männer langweilen Sie mit all diesem Fachgerede, nicht wahr, Leonora?« Emily Robson schenkte ihr ein halb verschwörerisches, halb übermütiges Lächeln.

»Nein, ganz und gar nicht.« Leo zögerte. »Er ist schon faszinierend, dieser Ansatz, daß unsere Kultur Krankheiten fördert und uns dann die Verantwortung abnimmt, indem einfach eine Störung benannt und ein Heilmittel dagegen verschrieben wird. Aber stecken Sie als Therapeuten denn nicht alle unter einer Decke? Wissen Sie, Aron, die Freundin, die ich hier besuchen wollte und von der ich Ihnen vorhin erzählt habe, war bei Dr. Lukas in Behandlung. Und ich fürchte, sie könnte dadurch vielleicht krank geworden sein.«

Auf diese Behauptung folgte zunächst ein langes Schweigen. Leo sah, wie die drei Therapeuten sich unbehagliche Blicke zuwarfen. Daniel klopfte mit seiner Gabel den Rhythmus einer unhörbaren Melodie auf den Tisch.

»Allerdings glaube ich, daß sie diese Therapie abgebrochen hat und statt dessen zu Paola Webster gegangen ist.« Es war als Frage gemeint, aber Daniel reagierte nicht. Statt dessen unternahm Aron Field den Versuch, das Gespräch wieder in Gang zu bringen.

»Eine Wahl, die ich ihr nicht unbedingt empfohlen hätte.«

Aus der Art, wie Daniel sie in diesem Moment ansah, entnahm Leo, daß ihre Vermutung zutraf. Doch er hielt ihrem Blick nicht stand, sondern konzentrierte seine Aufmerksamkeit auf Aron, der nun für die anderen wiederholte, was Leo ihm über Isabels Verschwinden erzählt hatte.

»Demnach hat Ihre Freundin sich von einem Tag auf den anderen scheinbar in Luft aufgelöst«, sagte Emily leise. »Wie diese verrückten französischen Reisenden zur Zeit der letzten Jahrhundertwende. Sie mußten einfach alles liegenlassen und aufbrechen. Es handelte sich um eine umfassende Dissoziationsstörung, die einerseits zwar eine Form von Geisteskrankheit war, ihnen andererseits jedoch ein Gefühl der Erleichterung verschaffte, weil sie dem erstickenden Provinzialismus ihres Alltags entfliehen konnten.«

»Emily ist der Ansicht, daß es bei psychischen Leiden gewisse Modeerscheinungen gibt«, warf Aron zur Erläuterung ein. »Das ist nicht abwertend im Hinblick auf das tatsächliche Krankheitsbild und den Leidensdruck der Patienten gemeint, sondern soll lediglich verdeutlichen, daß die offenkundigen Symptome, durch die sich eine Störung manifestiert, einem Wechsel unterliegen. Die großen Hysteriker, wie Charcot sie noch in seinen Vorlesungen in der Salpêtrière beschrieben hat, gibt es nicht mehr. Statt dessen haben wir multiple Persönlichkeitsstörungen. Oder die Kriegsneurose, die sich in ein Golfkriegssyndrom verwandelt. Neben den Ärzten und Patienten übt auch die jeweilige Zeit einen Einfluß auf die Entwicklung einer Störung aus.«

»Ja, das klingt einleuchtend. Aber Isabel war nicht verrückt«, warf Leo ein.

»Welches Bild haben Sie vor Augen, wenn Sie dieses Wort gebrauchen?« fragte Aron.

Leo sah eine Frau apathisch auf einem Bett liegen und sich hin und wieder große Haarbüschel ausreißen, während ihr Gesicht sich zu einem stummen Schrei verzog. Sie sah einen Mann, der über einer zusammengekauerten Gestalt stand und eine Axt schwang.

»Gar keines«, sagte sie. »Auf jeden Fall nicht Isabel«, fügte sie dann mit mehr Nachdruck hinzu.

»Nun, da sie Australierin ist, hat sie vielleicht bloß einen rituellen Walkabout der Aborigenes angetreten.« Aron lächelte wohlwollend. »Und wenn sie damit fertig ist, kommt sie zurück.«

Leo schüttelte den Kopf. »Es besteht die Möglichkeit, daß sie im Verlauf von Recherchen in Schwierigkeiten geraten ist. Es ging um genetisch modifizierte Substanzen. Nahrungsmittel, glaube ich.«

»Ja«, Daniel kam ihr unvermutet zu Hilfe. »Isabel hat sich schon lange für dieses Problemfeld interessiert. Noch bevor es zum Thema in den Medien wurde. Ich habe sie gefragt, ob es sich bei ihrem Interesse nicht vielleicht um eine Art Maske handeln könnte, eine genetische Tarnung. Und ob sie sich in Wirklichkeit nicht für eine andere Art von Genen interessieren würde. Für ihre Wurzeln, könnte man sagen.«

Sie alle starrten ihn an. Daniel ließ sich nicht beirren und fuhr fort.

»Daraufhin hat sie mir vorgeworfen, ich sei ein vollwertiges Mitglied der freudianischen Glaubensgemeinschaft, die den Ursprung allen Übels stets in der Familie suche. Daher würde meine Reaktion von vornherein feststehen.«

»Eine interessante Patientin«, murmelte Aron.

»Sie hat an einem Buch über die Erfahrungen einer Patientin gearbeitet. Eine Geschichte über Sie alle.« Leo warf Daniel den Fehdehandschuh in aller Öffentlichkeit hin und wartete auf seine Reaktion.

Er lächelte ruhig. »Ich hoffe, das Buch erscheint eines Tages. Es dürfte ebenfalls ziemlich interessant werden. Obwohl unser Berufsstand vermutlich nicht gut dabei wegkommen wird.«

Emily musterte ihn prüfend. »Das alles scheint Sie nicht sehr zu beeindrucken, Daniel.«

Er zuckte die Achseln. »Ich kann darauf keinerlei Einfluß nehmen.«

»Daniel hat recht«, pflichtete Aron ihm bei. »Welchen Skandal man auch immer daraus ableiten möchte, ein Buch, das unsere Arbeit in Zweifel zieht, beweist doch nur, wie ungemein freidenkerisch die sogenannte freudianische Glaubensgemeinschaft ist. Wir indoktrinieren unsere Patienten nicht. Nicht so wie diese New-Age-Therapeuten mit ihren gleichförmigen Überzeugungen.« Aron redete sich in Fahrt. »Die erschaffen sich Jünger. Sie machen die Menschen zu gläubigen Gefolgsleuten. Bei ihnen entsteht eine klösterliche Gemeinschaft der Gläubigen anstatt einer simplen problembehafteten Familie, die durchaus auch heftig in Streit geraten kann. Den Fängen eines Kults zu entkommen ist weitaus schwieriger. Vor allem, wenn Drogen im Spiel sind, um die Leute gefügig und ruhig zu halten.«

Leo wollte wieder auf Isabel zu sprechen kommen. »Ich weiß nicht, ob Isabel auch diesen Aspekt untersucht hat. Ich weiß nur, daß sie verschwunden ist. Und eine andere Freundin von ihr ist tot.«

Aron war sichtlich überrascht. »Davon haben Sie mir ja gar nichts erzählt, Leonora.«

Sie nickte betrübt. »Es wird alles noch dadurch komplizierter, daß Isabel außerdem einen falschen Namen benutzt hat: Iris Morgenstern.«

»Iris Morgenstern?« erkundigte Daniel sich.

Sie sah ihn an. Er schien irgend etwas zu wissen. »Ja. Hat sie den Namen im Verlauf der Therapie jemals erwähnt?«

»Leonora«, wies Aron sie zurecht. »Sie wissen sehr gut, daß eine solch direkte Frage nicht zulässig ist. Und das nach all den Jahren mit Sam. Sam Gould ist Leos Stiefvater«, erklärte er den anderen.

»Schon gut, Dr. Field, es macht mir nichts aus«, mischte Daniel sich ein. »Isabel hat diesen Namen tatsächlich einmal erwähnt. Er ist eher ungewöhnlich, daher kann ich mich noch daran erinnern, obwohl die Patientin sich seit letztem Herbst nicht mehr bei mir in Behandlung befindet.«

Er schien darauf zu warten, daß Leo ihn erneut herausfordern würde, doch sie stellte eine andere Frage: »Glauben Sie, daß Paola Webster mehr weiß?«

Daniel lächelte sie an. Es verlieh seinem Gesicht eine gewisse einnehmende Offenheit, als hätte jemand die Jalousie hochgezogen, um das Sonnenlicht hereinzulassen. Das war die erste spontane Reaktion, die Leo je an ihm registriert hatte. Er wirkte dadurch auf eine Weise attraktiv, mit der sie nie gerechnet hätte, wie ein Mann, der Spaß am Fußball oder an Bergwanderungen haben könnte, anstatt immer nur in der Abgeschiedenheit verdunkelter Räumlichkeiten zu sitzen und nach verborgenen Bedeutungen zu forschen.

»Sie könnten sie ja einfach fragen. Aber sagen Sie nicht, ich hätte Sie geschickt.«

»Wieso?«

Bevor sie ihm weiter zusetzen konnte, traf der Kellner mit dem zweiten Gang ein. Leo behielt Daniel verstohlen im Auge, während sie alle aßen. Konnte man ihm trauen? fragte sie sich. Immerhin war er ihr vor Aron und Emily nicht in den Rücken gefallen.

Als er ihren Blick bemerkte, fühlte Leo ihre Wangen erröten. Sie gab einen begeisterten Kommentar über das Essen und das Restaurant ab und kam sich dabei immer mehr wie ein unbeholfenes Schulmädchen vor, dem es irgendwie nicht gelang, den richtigen Ton zu treffen.

»Erzählen Sie uns von Ihrem Cartoon, Leo. Ist eine der Hauptfiguren ein Therapeut?« fragte Emily Robson auf einmal.

»Das würde ich nicht wagen. Aber es gibt viele Therapeuten in Statistenrollen – Aromatherapeuten, Hypnotherapeuten, Reflexologen, Yogatherapeuten, Schönheitstherapeuten, Chakra-Berater – suchen Sie sich etwas aus.«

Aron lachte. Er fing an, der Runde einige von Leos Figuren plastisch zu beschreiben. Dabei stellte er sich darstellerisch so geschickt an, daß selbst Leo kichern mußte. »Vielleicht könnte ich Sie ja zu einem Gastauftritt als Psychotherapeut überreden, Aron«, sagte sie.

»Ich würde mich geehrt fühlen. Wie würden Sie mich denn beschreiben?«

»Als einen Experten auf dem Gebiet von Liebe und Haß vielleicht.«

»Vergessen Sie nicht Kummer und Schmerz. Und Geben und Nehmen.«

»Einverstanden.«

Sie hatten sich beträchtlich von Leos eigentlichem Anliegen entfernt. Seltsamerweise war es Daniel, der wieder darauf zu sprechen kam.

»Mir ist da gerade etwas eingefallen, Leo. Wissen Sie, ob die Polizei sich davon überzeugt hat, daß Isabel nicht womöglich außer Landes gereist ist? Zum Beispiel zurück nach Australien?«

»Ich gehe davon aus. Vermißtenfälle scheinen nicht gerade Priorität zu besitzen, außer es handelt sich um Kinder.« Nachdem er sich die ganze Zeit geweigert hatte, auf ihre Fragen einzugehen, kam Leo das plötzliche Interesse an Isabel ein wenig überraschend vor. »Halten Sie eine solche Reise denn für wahrscheinlich? Wenn sie aber zurückgereist ist, hat Isabel sich jedenfalls nicht bei ihrer australischen Tante gemeldet. Ich habe mit der Frau gesprochen.«

Er zuckte die Achseln. »Australien ist ein großes Land. Isabel hätte die Reise auch nicht unbedingt von London aus antreten müssen. Es sähe ihr gar nicht so unähnlich, zuvor noch ein Wochenende in Amsterdam oder sonstwo zu verbringen und dann spontan von dort aus zu fliegen.«

Amsterdam. Leo mußte sofort an Norfolk denken. Im selben Moment wurde sie von derart heftigen Zweifeln ergriffen, daß ihre Stimme merkwürdig erstickt klang. »Aber weshalb hat sie mir dann nicht Bescheid gegeben?«

»Darauf weiß ich leider keine Antwort.«

Noch während er es sagte, hegte Daniel bereits leise Zweifel an der Wahrheit dieser Behauptung. Als Emily vorhin die Dissoziationsstörungen der sogenannten verrückten Reisenden erwähnt hatte, war ihm sofort Isabel eingefallen.

Paolas hartnäckiges Einwirken gepaart mit Leos freundlich gemeinter Sorge, die inzwischen unübersehbar in eine akute und vielleicht berechtigte Angst umgeschlagen war, hätten Isabel sehr wohl zur Flucht veranlassen können. Unter dem Druck dieser doppelten Fürsorge wäre bei Isabel unweigerlich das Gefühl einer gewissen Abhängigkeit entstanden, die zudem mit dem Anspruch verbunden war, von ihr aktiv erwidert zu werden. Beides wäre ihr überhaupt nicht recht gewesen, weil es sie viel zu sehr an ihre Kindheit erinnert hätte.

Doch vielleicht dichtete er ihr das alles auch nur stellvertretend für seinen eigenen Wunsch nach einer Rückzugsmöglichkeit an. Eine Flucht, bei der das alltägliche Selbst zeitweilig außer Kraft trat. Und doch gab es da noch eine weitere Spur, zu deren Verfolgung Daniel sich zwingen mußte. Welchen Namen diese Leo auch immer annehmen mochte, Gould oder Holland, ihre Sorge war zweifellos ansteckend.

Er konnte spüren, daß sie am liebsten sofort von hier aufgebrochen wäre, aber nicht so recht wußte, wie sie das anstellen sollte. Sobald sie nach Hause kam, würde sie die Polizei anrufen und verlangen, daß man die Überprüfung der Australienflüge auf eine Vielzahl anderer europäischer Städte ausdehnte.

Dank Aron Fields Einladung befand Daniel sich in einer bizarren Situation. Er hatte nicht damit gerechnet, abgesehen von Emily, heute abend noch weitere Gäste hier anzutreffen, vor allem keine Patientin, deren Behandlung unter alles andere als einvernehmlichen Umständen zu Ende gegangen war.

Gewiß hatte es auch früher schon zufällige Begegnungen mit Patienten außerhalb des Sprechzimmers gegeben, doch bislang war es ihm allerdings immer möglich gewesen, nach einem kurzen Gruß sofort wieder den Rückzug anzutreten. Es mochte durchaus seine Reize haben, doch er spürte, daß ihm ein solches Treffen nicht möglich gewesen wäre, falls Leo noch immer zu seinen Patienten gezählt hätte. Er hätte nicht anders gekonnt, als sich irgendeine Ausrede einfallen zu lassen, um rasch wieder zu verschwinden. Warum? Lag es vielleicht nur daran, daß er gewisse Vorschriften als unumstößlich betrachtete, weil er so viele andere Regeln brach? War es bloß eine leere Angewohnheit, die er einfach nicht hinterfragte?

»Wie geht es Ihrem kleinen Sohn, Daniel?« Emilys Stimme riß ihn aus der Versunkenheit und lieferte ihm gleichzeitig eine Antwort auf seine Frage. Das Problem bestand nicht so sehr darin, wie er Leo sah, sondern vielmehr in dem Einfluß der Phantasien, die sie womöglich im Hinblick auf seine Person zu entwickeln begann. Emily hatte offenbar erkannt, daß Leo und er bereits unter gänzlich anderen Umständen zusammengetroffen waren.

»Es geht ihm sehr gut. Er kommt prima zurecht«, erwiderte er und wechselte schnell das Thema, indem er eine berufliche Frage an Aron Field stellte.

Leo beobachtete ihn und begriff, daß die Jalousie abrupt wieder heruntergelassen worden war. Weshalb wollte Daniel keine Fragen über seinen Sohn zulassen? Weil sie Erinnerungen an seine verstorbene Frau weckten?

»Ich weiß, es ist sehr unhöflich, aber ich muß jetzt wirklich gehen.« Leo rückte vom Tisch ab. »Bitte entschuldigen Sie mich. Ich möchte nur so schnell wie möglich Daniels Anregung aufgreifen und mit der Polizei sprechen.«

»Falls Sie noch warten, können Emily und ich Sie im Wagen mitnehmen«, erklärte Daniel.

Verblüfft sah Leo ihn an. »Nein … nein, wirklich. Das ist sehr nett. Aber ich möchte Ihnen nicht den schönen Abend verderben … Vielen Dank, Dr. Field«, stotterte sie und kam sich abermals wie ein ungeschicktes kleines Mädchen vor. »Es war ein wunderbarer Abend.« Sie gab ihm einen schnellen Kuß auf die Wange und lief hastig die prächtige Treppe empor. Erst an der Tür holte sie wieder Luft.

Als ihr Taxi am Finsbury Square abbog und durch die einsamen nächtlichen Straßen fuhr, verwünschte Leo ihre übereilte Entscheidung. Sie hätte Daniels Angebot annehmen und mit ihm und Emily fahren sollen. Dann hätte sie die beiden nach oben in den Loft einladen und Daniels mitteilsame Stimmung ausnutzen können, um ihm weitere Einzelheiten zu entlocken. Vielleicht hätte sie sich dadurch erneut in Verlegenheit gebracht, aber das wäre immer noch besser gewesen als diese gespenstische Leere, die sie nun in der Wohnung erwartete.

Die Plätze der Anwohner waren alle belegt; nirgendwo im Gebäude war Licht zu sehen. Das Taxi hielt kurz vor dem umzäunten Parkplatz. Zögernd stieg Leo aus und suchte in ihrer Handtasche nach der Geldbörse.

Da überkam sie auf einmal das ausgeprägte Gefühl, ein sondierender, durchdringender Blick würde sich auf ihren Rücken richten. Sie fuhr herum. Auf der Außentreppe vor dem Haus lauerte eine schattenhafte Gestalt, beinahe wie ein Kidnapper im Hinterhalt. Als Leo ihn ansah, machte der Fremde sich hastig aus dem Staub.

Leo erschauderte. Sie hatte die unheimliche Ahnung, der Mann würde sie kennen. Was bedeutete, daß sie ihn zuvor schon irgendwo gesehen hatte. Wo? Der Mann von Origen fiel ihr ein. Aber der Gang stimmte nicht ganz. Oder doch?

»Das macht acht fünfzig, Miss«, drängte der Taxifahrer.

»Ja, natürlich.« Leo zog eine Zehnpfundnote hervor und hätte den Mann am liebsten noch auf eine Tasse Tee hereingebeten.

»Behalten Sie das Wechselgeld«, murmelte sie.

Sie blickte dem Wagen hinterher, als er in hohem Tempo wegfuhr, und eilte dann die Straße entlang. Während sie die Tür aufschloß, warf sie einen argwöhnischen Blick über die Schulter. Danach lief sie hektisch die Treppe hinauf und nahm dabei mit jedem Schritt zwei Stufen. Oben schloß sie die Wohnungstür sofort hinter sich ab und schaltete alle Lampen ein. Ihr Herz klopfte laut, doch ansonsten herrschte in dem Apartment Totenstille.

Sie ließ den Blick durch das Zimmer schweifen und hatte den beklemmenden Eindruck, jemand sei hier gewesen, obwohl anscheinend nichts verändert worden war. Daraufhin machte sie einen Rundgang durch alle Räume und trat dabei absichtlich laut mit den Absätzen auf, weil dieses Geräusch irgendwie tröstlich wirkte.

Die Signallampe des Anrufbeantworters blinkte nicht. Biest war auch nirgendwo zu entdecken. Um nur irgendeine Stimme zu hören, drückte Leo den Abspielknopf und hörte sich nacheinander die Anrufe von der Frau vom South Bank

Centre, Paola Webster, Norfolk, Faraday und Isabels Tante an. Dann folgte eine Nachricht, die sie ganz sicher noch nicht kannte. Norfolk meldete sich aus Amsterdam und fragte nach ihrem Befinden, ohne jedoch eine Nummer zu hinterlassen.

Leo starrte das Gerät an. Da mußte irgendein technischer Fehler vorliegen, sonst hätte es die neue Nachricht angezeigt. Entweder das oder ... Leo erschauderte abermals. Entweder das oder jemand war hier gewesen und hatte das Band abgehört. Aus welchem Grund auch immer – Isabels Wohnung wurde von jemandem beobachtet, der über die Schlüssel verfügte.

Leo rannte zur Tür und klemmte einen Stuhl unter die Klinke. Dann rief sie bei Faraday an. Sie erzählte ihm, was Daniel Lukas über Amsterdam gesagt hatte, und fügte stockend hinzu, daß Isabel auch aus jeder beliebigen anderen Stadt abgeflogen sein könnte. Mit bemüht ruhiger Stimme teilte sie dem Inspector ferner mit, daß ihrer Ansicht nach jemand in der Wohnung gewesen sei. Danach verbarrikadierte sie die Tür ihres Schlafzimmers mit einem weiteren Stuhl, ging zu Bett und zog sich die Decke über den Kopf, wie ein Kind, das Angst vorm schwarzen Mann hatte.

Verzweifelt bemühte sie sich, ihre Furcht im Zaum zu halten, trotz der gewaltsamen Visionen, die wie ein Film vor ihrem inneren Auge abliefen.

Paola Websters Sprechzimmer war minimalistisch eingerichtet und komplett in Schwarz und Weiß gehalten. Zu beiden Seiten eines rechtwinkligen Tisches standen sich zwei riesige Sofas gegenüber, ein schwarzes und ein weißes. Dazwischen, auf dem hellen sandfarbenen Boden, lag ein schwarzweißer Vorleger. Am anderen Ende des Zimmers befand sich ein geräumiger Schreibtisch mit aufeinander abgestimmten Ledersesseln in denselben beiden Farben. Radierungen zierten die Wände. Der einzige bunte Tupfer war eine Vase voller blutroter Tulpen. Und Paola selbst, mit ihrem leuchtendgrünen Kleid und den karmesinroten Lippen.

Die Therapeutin verschwendete keine Zeit. »Ich spreche mit Ihnen, um Dr. Field einen Gefallen zu tun, aber auch, weil ich mir ebenfalls Sorgen um Isabel mache.«

»Wann haben Sie Isabel zum letzten Mal gesehen?«

Paola bedachte sie mit einem strengen Blick. »Im Januar, glaube ich. Zu dem Zeitpunkt ging es ihr gut, und sie schien überhaupt keine ...«

Leo unterbrach sie erneut. Aus irgendeinem Grund, der ihr selbst nicht ganz bewußt war, spürte sie, daß sie das Gespräch nicht aus der Hand geben durfte. »Worüber haben Sie geredet?«

Paola lachte. »Sind Sie wirklich so naiv? Wir haben über die Themen gesprochen, über die alle Patienten sprechen möchten: Familie, Liebe, Schmerz. Gibt es überhaupt noch andere Themen? Ah, Mariella. Bitte stellen Sie das Tablett auf den Tisch.« Die schmale junge Frau, die mit einem Tablett in der Hand das Zimmer betreten hatte, folgte der Anweisung unterwürfig. »Und schenken Sie uns bitte Kaffee ein.«

Das Mädchen drückte den Filter der Cafetiere nach unten und goß mit zitternder Hand zwei Tassen Kaffee ein. Eine davon reichte sie Leo, ohne ihr jedoch dabei ins Gesicht zu sehen.

»Danke, Mariella. Sie können jetzt gehen. Bitte bedienen Sie sich, Miss Holland. Die Croissants sind ganz frisch.« Paola biß genußvoll in eines der Gebäckstücke. » Ich habe Ihnen nicht besonders viel über Isabel zu erzählen. Ich vermute, daß sie sich derzeit in Australien aufhält.«

»Könnte sie vielleicht eine ... eine Art Nervenzusammenbruch erlitten haben?«

Paola starrte sie wütend an. »Falls Sie mich auch weiterhin dauernd unterbrechen, Miss Holland, ist im Handumdrehen unser Termin verstrichen, und Sie werden nichts Hilfreiches von mir erfahren haben. Ja, ein Zusammenbruch wäre denkbar. Obwohl ich es für alles andere als wahrscheinlich halte. Im Zuge unserer gemeinsamen Arbeit hat Isabel herausgefunden, daß ihre Mutter offenbar aktiv am Tod ihres Vaters beteiligt war, um es vorsichtig auszudrücken.«

Leo rückte ein Stück vor und verschüttete dabei ein wenig Kaffee auf ihren Schoß.

Paola sah sie finster an und setzte dann mit kühler Stimme ihre Ausführungen fort. »Trotz allem lernte sie, eine Frau zu sein und sich selbst weniger zu hassen. Sie wollte nach Australien fliegen, Beweise finden und ihre Mutter damit konfrontieren und zur Rede stellen. Aber dann ist ihre Mutter gestorben, wie Sie zweifellos wissen. Das muß sehr schwierig für Isabel gewesen sein. Sie ist nicht zurückgekehrt und hat mich um Hilfe gebeten. Wir hatten noch ein ganzes Stück Weg vor uns. Es gab noch immer so viel Selbsthaß und Verwirrung. Sie hätte die Therapie nicht dermaßen schnell und abrupt abbrechen sollen.«

»Ermordet?« Leo schaffte es endlich, das Wort auszusprechen, das sie am meisten erschreckt hatte. »Ihr Vater wurde ermordet ...?«

»Ja. In Familien geschehen vielerlei schreckliche Dinge, Miss Holland. Sie sollten mein Buch lesen.« Paola wies auf ein Exemplar von *Narbengewebe*, das auf dem Couchtisch lag. »Es mag ja durchaus sein, daß Ihr familiärer Hintergrund sich durch gewisse finanzielle und emotionale Privilegien auszeichnet. Sie wurden verschont. Sie gehören zu den wenigen Glücklichen.«

»Isabel ...?«

»Ich vermute, daß Isabel in Australien ist, um den Dingen auf den Grund zu gehen. Andernfalls wäre sie hier bei mir. Tief im Innern ist sie eine sehr vernünftige Person. Leider ist ihre Mutter genau zum falschen Zeitpunkt gestorben. Das ist wirklich sehr bedauerlich. Haben Sie Kinder, Miss Holland?«

»Eine Tochter.«

Die Frau musterte Leo mit der Kälte eines Anatomen. »Nur eine Tochter. Keine weiteren Kinder. Anscheinend hat die Erfahrung Ihnen nicht gut genug gefallen.«

Leo wollte den Vorwurf entrüstet zurückweisen, doch Paola ließ sie nicht zu Wort kommen. »Sind Sie nett zu Ihrer Tochter, nicht zu kühl, zu distanziert, zu nervös?«

»Ich glaube schon.« Die Dreistigkeit der Frau überraschte sie. »Und Sie?«

Paola tupfte sich affektiert den Mund ab, ohne auf Leos Frage einzugehen. »Schlafen Sie mit Isabel?« fragte sie statt dessen.

Leo stellte ihre Tasse ab. Das Porzellan klirrte. »Warum fragen Sie?«

»Schauen Sie mich nicht so an. Es ist schließlich kein Verbrechen. Als Isabel zu mir kam, richtete sich all ihre Abneigung gegen Männer. Ich dachte, daß sie im Verlauf unserer Arbeit vielleicht ein wenig herumexperimentiert haben könnte. Sie ist eine sinnliche Frau. Sind Sie schon mal in Therapie gewesen? Nein. Ich brauche eigentlich gar nicht erst danach zu fragen. Es könnte Ihnen guttun, Miss Holland. Und versuchen Sie unterdessen nicht, Isabel durch Ihre Nervosität zu kontrollieren.«

Paola sah auf die Uhr und tippte mit der Fingerspitze darauf. Die Zeit war abgelaufen.

Leo benötigte einen Moment, um aufzustehen. Sie fühlte sich, als wäre sie soeben von einer Dampfwalze überrollt worden. Kein Wunder, daß Isabel an Weihnachten nicht mehr ganz bei sich gewesen war.

Sie erhob sich langsam und sah der Frau ins Gesicht. »Ich glaube, wenn hier jemand eine Kontrolle ausübt, Miss Webster, dann sind Sie es. Danken Sie Mariella für den Kaffee.«

Sie drehte sich um und ging zur Tür. Auf dem Schreibtisch fiel ihr eine hockende steinerne Fruchtbarkeitsgöttin auf, die im wesentlichen aus einem gewaltigen Bauch und nur rudimentär vorhandenen Gliedmaßen bestand. Leo verspürte das seltsame Verlangen, die Plastik zu Boden zu schleudern und in Stücke brechen zu sehen.

»Sagt Ihnen der Name Morgenstern etwas, Miss Webster?« fragte sie.

»Selbst wenn es sich nicht um eine Fangfrage handeln sollte, habe ich keine Antwort für Sie, Miss Holland. Und nun gehen Sie bitte.« Paola lächelte sie zum Abschied herablassend an.

Da Isabels Tante bald eintreffen würde, beschloß Leo, die Wohnung sauberzumachen. Erst dabei wurde ihr in vollem Umfang bewußt, welch schreckliche Neuigkeiten durch den Besuch bei Paola Webster zutage getreten waren. Die Therapeutin hatte vollkommen sachlich und absolut ungerührt von Mord gesprochen. Die prosaische Art dieser Bekanntgabe ließ darauf schließen, daß Paolo dem Umstand weitaus weniger Bedeutung beizumessen schien als der Tatsache, daß Isabel die Therapie beendet hatte.

Auf Isabel hingegen mußte die Entdeckung und Verarbeitung eines solchen Familiengeheimnisses verheerend gewirkt haben. Hatte sie aufgrund dieser grausigen Erkenntnis aus frühester Jugend den Halt verloren und alles und jeden gemieden, um sich statt dessen einer dermaßen gefährlichen Aufgabe zu widmen, daß dabei bereits eine Kollegin ums Leben gekommen war? Könnte sie sogar dazu veranlaßt worden sein, von einer der Firmen Geld anzunehmen und dafür einen anderen Betrieb auszuspionieren, wie Faraday vermutete?

Leo dachte nach. Sobald Martha da war, mußte es ihr irgendwie gelingen, Isabels schrecklich verwirrende Kindheit zur Sprache zu bringen. Es war durchaus möglich, daß der Streit zwischen Isabel und ihrer Tante genau mit jenem Thema zu tun hatte.

Die Türklingel ließ sie zusammenzucken. Sie erwartete niemanden, es sei denn, Faraday hätte sich die Mühe gemacht, ohne Voranmeldung hier aufzutauchen, um etwas mit ihr zu besprechen.

Leise schlich sie zur Gegensprechanlage, konnte aber niemanden auf dem Monitor entdecken. Sie atmete tief ein und schaute durch den Türspion. Im ersten Moment erkannte sie das verzerrte Gesicht nicht.

Vor ihr stand Mike Newson und lächelte ein wenig gequält. Er trug einen Koffer bei sich.

»Hallo. Alles in Ordnung?« Er wartete gar nicht erst auf eine Antwort, sondern ging an Leo vorbei ins Wohnzimmer und stellte den Koffer dort einfach auf den Boden.

»Jemand hat das Gepäck vorhin hier abgeliefert. Sie waren nicht da, also hat er es bei mir hinterlassen. Es gehört Isabel.«

Leo starrte den Koffer an, als handelte es sich bei ihm um ein absolutes Wunderwerk.

»Von Qantas. Ist unterwegs verlorengegangen.«

»Wo genau?« Sie beugte sich vor, um das Etikett zu lesen. Der Name Iris Morgenstern und die Adresse des Apartments standen darauf. Ein Reiseziel fehlte. »Wo genau ist der Koffer verlorengegangen?« wiederholte sie.

Mike Newson zuckte mit den Achseln. »Das hat der Mann, der den Koffer gebracht hat, nicht gesagt. Er war bloß ein Zusteller der Spedition.«

Leo bedachte Mike mit einem mürrischen Blick, doch er ließ sich nicht beirren und fuhr fort. »Ich schätze, Isabel hat sich nach ihrer Ankunft neue Klamotten kaufen müssen – in Perth, Alice Springs, Melbourne, Brisbane oder Sydney. Aber wir alle brauchen uns nun keine Sorgen mehr zu machen. Sie ist irgendwo in der Weltgeschichte unterwegs und wird bald wieder hier sein.«

Mit zitternder Hand öffnete Leo den Koffer. Er war nicht abgeschlossen. Die Kleidung im Innern war sorgfältig zusammengelegt.

»Ja, das gehört Isabel.« Ohne jedes Schamgefühl schob Mike Newson die Unterwäsche beiseite und zog eine Leinenjacke hervor. »Daran kann ich mich noch genau erinnern. Sie hat es für diesen Piloten getragen.«

Mißtrauisch nahm Leo ihm die Jacke aus der Hand und legte sie auf das Sofa. Wie aus dem Nichts tauchte auf einmal der Kater auf und rollte sich auf dem Kleidungsstück zusammen.

»Übrigens, was ist denn aus Ihrem gemeinsamen Projekt geworden?«

Mike fuhr sich mit der Hand durch das Haar und beugte sich zerstreut abermals zu dem Koffer hinunter. »Nichts.« Er nahm eine Hose heraus und warf sie aufs Sofa. Sein Gesicht wirkte irgendwie lauernd. »Es ist im Sande verlaufen.

Der verantwortliche Redakteur hielt Isabel als Moderatorin für zu alt. Mein Fehler. Aber verraten Sie's ihr nicht.«

Leo wünschte, er würde gehen. Doch er blieb, harrte unschlüssig eine Weile aus und räusperte sich schließlich. »Rosie sagt, Sie zeichnen diesen legendären Cartoon über Manhattan.«

Ach, darum ging es. Leo mußte sich ein hysterisches Lachen verkneifen. Sie war in seiner Wertschätzung gestiegen, weil sie etwas darstellte in jener Welt, von der er träumte und die er auf den Wänden und Fenstern seiner Wohnung abgebildet hatte.

»Wenn ich wieder zu Hause bin, schicke ich Ihnen beiden ein Buch.«

»Okay, danke.«

Sobald Mike gegangen war, nahm Leo gemächlich ein Stück nach dem anderen aus dem Koffer, ohne zu wissen, wonach sie eigentlich suchte. Wieso war sie nicht froh? Befürchtete sie, daß Faraday ihr einen verärgerten Blick zuwerfen und die Ermittlungen einstellen würde, weil Isabels Verschwinden entweder ein Fall für die australische Polizei oder überhaupt kein Fall war?

Ja, Isabel war in Australien. Sie mußte unmittelbar nach ihrer Abreise aus dem Lynton Arms dorthin aufgebrochen sein. Ihr Vorhaben war zu persönlich und beschämend, um jemandem davon zu erzählen, nicht einmal Leo. Vielleicht hatte sie auch weiterhin gehofft, am verabredeten Tag in New York eintreffen zu können.

Unter einer Hose zog Leo eine Hochglanzbroschüre hervor, in der die Segnungen von Bioworld gepriesen wurden. Sie ließ sich auf das Sofa sinken. Also waren für die Australienreise auch Recherchen auf dem Gebiet der Gentechnik geplant. Daran hatte Isabel gedacht, aber es war ihr nicht eingefallen, Leo anzurufen.

Aus unerfindlichen Gründen fühlte Leo sich, als hätte ihr jemand soeben eine Ohrfeige verpaßt. Verrat – genau darum handelte es sich. Sie kam sich gedemütigt vor. Sie brauchte

Isabel, brauchte ihre Offenheit, ihre kraftvolle Lebensfreude weitaus mehr, als Isabel jemals sie gebraucht hatte.

Doch ihre Angst wollte sich einfach nicht legen. Sie schwebte wie eine schwarze Wolke über ihrem Kopf, obwohl draußen strahlender Sonnenschein herrschte und Leo nach dem Auftauchen des Koffers eigentlich hätte erleichtert sein sollen. Vielleicht hatte Daniel Lukas ja recht. Vielleicht verabscheute sie es einfach, anerkennen zu müssen, daß Isabels Leben kein wesentlicher Bestandteil ihrer eigenen Existenz war.

Vierter Teil

Protokoll einer Fallstudie (III)

Ich rechnete nicht damit, daß Anna zu ihrer nächsten Sitzung auftauchen würde, nachdem sie auf ihren Vater und dessen Tod zu sprechen gekommen war.

Falls ich für sie auch nur ein wenig an Bedeutung oder Realität gewonnen hatte, würde sie mich vermutlich verlassen, um damit die unweigerliche Gefahr abzuwenden, daß ich ihr zuvorkommen könnte – so wie ihr Vater dies mit absoluter Endgültigkeit getan hatte. Das entsprach ihrem ureigensten Verhalten, einem ewig wiederkehrenden Kreis, in dem sie gefangen war – sobald jemand zu real wurde, sobald sie sich gebraucht fühlte oder an sich selbst auch nur das leiseste Anzeichen einer beginnenden Abhängigkeit wahrnahm, mußte sie gehen, um nicht selbst verlassen zu werden.

Ich irrte mich. Anna kam pünktlich. Aber sie wollte weder über den Tod noch über ihren Vatei reden. Statt dessen begann sie, mir von ihren Träumen zu berichten. Von nun an ging es wochenlang um Annas Träume und um Schilderungen der kalten Härte ihrer Mutter. Schon bald wurde klar, daß ihre Mutter dem Vater niemals verziehen hatte, wer er war oder daß er einfach starb und sie allein zurückließ. Die Beziehung zu Anna wurde geprägt durch fortwährende vorwurfsvolle Klagen und immer wieder lange Phasen der Abwesenheit. Niemals sprach die Mutter über den Vater oder dessen Tod, und auch Anna durfte das Thema nicht anschneiden, nachdem sie ihre Sprache wiedergefunden hatte. Es war, als hätte der Mann nie existiert.

In ihren Träumen befand Anna sich häufig in einem dunklen, feuchten, unterirdischen Labyrinth, das beinahe wie das Innere eines Körpers wirkte, ohne daß es irgendwelche auffindbaren Ausgänge gegeben hätte. Oder sie war paralysiert und konnte sich nicht bewegen. Ich wertete dies zunächst als eine Identifizierung mit ihrem Vater, als ein Überbleibsel aus der Zeit seiner Krankheit, vor der sie allergrößte Angst empfand. Doch es war auch ein Ausdruck der Lähmung, in der sie selbst sich gefangen fühlte. Da es ihr niemals gestattet oder möglich gewesen war, sich mit ihren Gefühlen über das Siechtum und den Tod ihres Vaters auseinanderzusetzen, hatten sich diese Gefühle nach innen verlagert und ließen Anna ein ewiges Muster aus Verführung und Verrat wiederholen, das sie bewältigen konnte. Sie meisterte das frühe Trauma, indem sie es in Erregung umwandelte. Ein Teil von ihr hatte gelernt, die Lähmung zu genießen. Verführung und Flucht entbanden sie zudem von einer gewissen Art emotionaler Verantwortung. Da die eine große Verantwortung – ihren Vater am Leben zu erhalten – sich als unüberwindlich und zwangsläufig dem Untergang geweiht erwiesen hatte, war es besser, überhaupt keine Verantwortung zu tragen.

Und nun versuchte sie, die Wände ihres Gefängnisses niederzureißen. Warum sonst kam sie auch weiterhin in mein Sprechzimmer?

Mir war klar, daß ich behutsam vorgehen mußte, aber ich spürte, daß wir endlich einen Weg gefunden hatten. Unsere gemeinsame Arbeit würde darin bestehen, Annas Gefühle im Zusammenhang mit dem Tod ihres Vaters von der Last ihres vermeintlichen Scheiterns zu trennen, weil es ihr nicht gelungen war, ihn am Leben zu erhalten. Wir würden die Verbindung zwischen Liebe und Versagen unterbrechen müssen, zwischen Liebe und Tod. Darüber hinaus würde es vielleicht vonnöten sein, Annas Männerbild zu revidieren, denn bislang verband sie damit ein Gefühl passiven und obendrein abstoßenden Mangels, der in Lust verwandelt werden mußte.

Ein oder sogar zwei Monate lang war ich im Hinblick auf Anna so zuversichtlich, wie man es als Therapeut nur sein kann. Dann setzte eine rückläufige Bewegung ein. Zuerst erkannte ich nicht, was vor sich ging. Anna war sehr schweigsam geworden. Oftmals lag sie einfach nur mit großen Augen auf der Couch und starrte die Decke an. Sie wirkte wie betäubt.

Dann kam sie eines Tages zur Tür herein und überschüttete mich mit Vorwürfen. Sie sagte, ich sei ein nutzloser Scharlatan und würde ihre Zeit und ihr Geld verschwenden. Sie beschuldigte mich, ich würde nie etwas von mir selbst preisgeben, sondern mich verstecken und dadurch unseren Sitzungen eine absolute Ungleichheit verleihen. Sie tobte. Es war ein beeindruckender Auftritt, in dessen Verlauf sie mir praktisch alle denkbaren psychoanalytischen Verfehlungen vorwarf. Ich wies sie auf die Möglichkeit hin, daß sie vielleicht nicht nur auf mich wütend war, sondern unterbewußt auch auf ihren Vater.

Da erklärte sie hämisch lachend, dies sei lediglich der jämmerliche Versuch, die Schuld von mir abzuwälzen. Als nächstes würde ich vermutlich so tief sinken, daß ich Ödipus zur Sprache brächte.

»Niemals.« Ich fiel in ihr Lachen ein, und einen Moment später änderte sich ihr Tonfall. Mit leiser, zögernder Stimme fragte sie mich, ob ich ihr nicht auch einmal etwas von mir verraten könnte, um eine Art Ausgleich zu schaffen.

Ich war so erfreut darüber, sie aus dieser langen Phase des Schweigens auftauchen zu sehen, daß ich eine Regel brach und ihr einige Einzelheiten anvertraute, die sie vermutlich ohnehin bereits kannte: daß ich in London geboren war und inzwischen Frau und Kind hatte.

»Genaugenommen sind Sie also ein ziemlich spießiger, langweiliger Mann«, sagte sie mit einem Anflug von Begeisterung, als sie ihre Uhr aus der Tasche zog und sich zum Gehen wandte. Sie wirkte deutlich heiterer, und auch meine Stimmung hob sich.

»Ach, das wollte ich Sie schon immer mal fragen«, sagte ich. »Warum tragen Sie Ihre Armbanduhr in der Tasche mit sich herum?«

Sie musterte mich mißtrauisch. »Ich mag das Gefühl am Handgelenk nicht. Aus diesem Grund trage ich auch keine

Armreife. Und von Halsketten bin ich ebenfalls nicht allzu begeistert.« Dann ging sie, ohne sich zu verabschieden.

Da ich ihre Auftritts- und Abgangsgewohnheiten inzwischen genau kannte, war ich verwirrt. Die nächste Woche bereitete mir sogar noch mehr Kopfzerbrechen. Anna kehrte zu ihren Anfängen zurück. Die Geschichten gingen wieder los. Sie schwadronierte ohne Pause und hätte problemlos eine ganze Dinnerparty unterhalten können. Erst erzählte sie mir von dem Totemglauben auf Neuguinea, dann von den Sexualsitten der Inuit, gefolgt von dem komplizierten Plot eines Films, den sie kürzlich gesehen hatte. Ich versuchte, Gemeinsamkeiten zu erkennen oder das Gespräch wieder auf geeignetere Themen zu lenken, aber Anna ließ sich nicht beirren. Ihre Worte ergossen sich in einem unaufhaltsamen Schwall über mich. Ich hatte den Eindruck, sie wolle mich regelrecht darin ertränken.

Eines dunklen späten Nachmittags hatte sie damit Erfolg. Ich nickte ein. Es gab keine Entschuldigung dafür, nicht einmal die schlimme Nacht zu Hause, die hinter mir lag. Ich weiß nicht genau, wie lange ich eingeschlafen war, aber ich kam völlig verwirrt wieder zu mir. Auf meinem Oberschenkel lag eine streichelnde Hand und schob sich langsam nach oben. Ich merkte, daß ich eine Erektion hatte, wenngleich mir immer noch nicht klar war, wo ich mich befand – bis die Hand meinen Schritt erreichte.

Ich packte Annas Handgelenke, hielt sie fest und schüttelte sie. »So etwas tun wir hier nicht«, sagte ich in strafendem Tonfall, obwohl der Tadel allein mir selbst galt. »Niemals.«

Sie war ganz außer sich und panisch, aber sie sah mir nicht ins Gesicht. Ihr Blick war auf meine Hände gerichtet, die ihre Arme umklammerten. Ich ließ sie los. Bevor ich auch nur ein einziges Wort herausbekam, war sie bereits aus dem Zimmer gestürmt.

An jenem Abend zog ich ernsthaft in Erwägung, sie anzurufen und mich zu entschuldigen. Doch bei genauerem Nachdenken kam ich zu dem Schluß, es wäre am besten, die

Anstandsregeln nicht noch weiter zu verletzen, als ohnehin schon geschehen. Vielleicht war es Feigheit. Da Annas nächste Sitzung für den folgenden Tag anberaumt war, beschloß ich, die Angelegenheit lieber in der dafür geeigneten Umgebung zu besprechen. Falls sie nicht auftauchte, würde ich meine Entscheidung noch einmal überdenken.

Sie kam pünktlich und legte sich mit einem schrillen Lachen auf die Couch. Sie trug dasselbe rote Kleid wie bei ihrer ersten Sitzung, und sie begann sofort mit dem Bericht über ein Theaterstück, das sie offenbar am Vorabend gesehen hatte. Die Heldin dieses Stücks arbeitete gelegentlich als Prostituierte in einem eleganten Nachtklub. Ich versuchte, einen Ansatz zu finden, um auf die noch ungeklärten Ereignisse der letzten Sitzung zu sprechen zu kommen. Dann bemerkte ich, daß Anna sich während des Erzählens das Handgelenk rieb, nicht auf eine sanfte, beruhigende Weise, sondern mit festem, hartnäckigem Griff.

»Es tut mir leid, falls ich Ihnen gestern weh getan haben sollte«, sagte ich.

»Weh getan?«

»Ihrem Handgelenk.«

Anna fing an zu weinen. Das hatte sie noch nie zuvor getan. Dicke Tränen rannen lautlos über ihre Wangen. Dann, als würde es sie überraschen, sagte sie: »Mir ist gerade etwas eingefallen.«

Mit zögernder Stimme vertraute sie mir an, daß sie sich während der Zeit, als ihr Vater krank war und ständig das Bett hüten mußte, manchmal neben ihn legte. Das Bett war sehr hoch, und sie mußte zunächst auf einen Stuhl klettern, um von dort aus zu ihrem Vater zu gelangen und sich neben ihm auszustrecken. Wenn es kalt war, schlüpfte sie mit unter die Decke, und wenn es warm war, legte sie sich einfach so auf das Laken. Dann lagen sie beide im Dunkeln oder Halbdunkel nebeneinander, und Anna erzählte ihm Geschichten. Ihr Vater atmete laut. Es klang, als würde pfeifend die Luft aus einem Ballon entweichen. Anna mochte das Geräusch nicht, aber sie liebte ihren Vater und wußte, daß sie bei ihm bleiben mußte. Solange sie bei ihm war, ließ ihre Mutter sich nicht dort blicken, und ihre Mutter war grausam zu ihrem Vater. Die kleine Anna wußte das, denn sie war seine Beschützerin.

Manchmal, wenn sie ihm eine der von ihm so geschätzten Gutenachtgeschichten erzählte oder wenn sie innehielt, nahm er ihr Handgelenk und bedeutete ihr, sie möge seinen Körper streicheln – auch da unten, wo zwischen seinen Beinen eine harte Beule wuchs. Dann konnte sie auf einmal nicht weitererzählen, weil der Anblick dieser Beule ihr jedesmal die Kehle zuschnürte, als würde sich ein dicker Kloß in ihrem Hals bilden. Aber sie kümmerte sich nicht weiter darum, auch dann nicht, wenn die Beule übersprudelte, beinahe wie eine Flasche Limonade, und ihre Hand ganz klebrig wurde. Die Wangen ihres Vaters waren dann immer ganz rosig, und er sah gesund aus, drückte ihr mit seinen trockenen Lippen einen Kuß auf die Stirn und nannte sie seinen Engel, seinen Geschichten-Engel.

Eines Abends, als es sehr heiß war, stürzte ihre Mutter ins Zimmer. In der Dämmerung sah ihr Gesicht ganz wild und brutal aus. Sie verpaßte Anna eine schallende Ohrfeige, schrie irgend etwas und packte sie am Handgelenk. Ihr Vater schrie auch und umklammerte ihren anderen Arm, und so zerrten sie brüllend alle beide an ihr, während Anna das Gefühl hatte, zwischen ihnen in Stücke gerissen zu werden. Ihre Mutter behielt schließlich die Oberhand und schleifte Anna, die inzwischen ebenfalls schrie und weinte, zurück in ihr Kinderzimmer. Dann sagte sie, Anna sei ein ungezogenes, böses Kind, das zudem mehrfach ermahnt worden sei, sich von dem Vater fernzuhalten. Und um ihr die Lektion einzubleuen, würde sie nun bestraft werden. Sie wurde mit den Handgelenken an ihr Bett gefesselt und im Dunkeln allein gelassen. Sie wußte nicht mehr, für wie lange sie dort bleiben mußte, denn sie wurde krank. Als es ihr wieder besser ging, war ihr Vater tot.

Später, auf einer der Schulen, auf die sie geschickt wurde, schnitt sie sich die Handgelenke auf. Nicht so tief, daß es heftig blutete, aber tief genug, um sich weh zu tun. Sich selbst Schmerz zuzufügen war eine Möglichkeit, ihn zu kontrollieren und sich zugleich gegen das Leid abzuhärten, das die Außenwelt in ihr hervorzurufen vermochte.

Was also ursprünglich wie Annas rein geschmacklich bedingte Entscheidung gegen Schmuckstücke an ihren Handgelenken gewirkt hatte, enthüllte in diesen Erinnerungen seine tiefgreifende Geschichte – die Geschichte eines kleinen Mädchens, das zwischen den streitenden Eltern hin- und hergerissen war und für etwas bestraft wurde, das für sich selbst betrachtet vielleicht keine nachhaltigen Folgen gehabt hätte, wäre es nicht Teil dieser verheerenden Ereigniskette gewesen. Jetzt, da es in Worte gefaßt worden war, konnte die Gesprächstherapie endlich ihren konkreten Anfang nehmen.

Auch Annas beständiger Drang zu oberflächlichen Affären erschien durch diese Erinnerungen in einem anderen Licht. Sobald sie jemandem gestatten würde, ihr wirklich emotional näherzukommen, könnte diese andere Person womöglich entdecken, wie verdorben Anna im tiefsten Innern war. Sie hatte diesen Vorwurf ihrer Mutter absolut verinnerlicht und durfte daher keine engen Beziehungen zulassen.

Im Verlauf der nächsten Wochen unterzogen Anna und ich diese Szenen einer eingehenden Betrachtung aus allen möglichen Perspektiven. Wir wogen ab, was nach allgemeinem Dafürhalten als gut oder böse zu gelten hatte, und arbeiteten die Einflüsse auf Annas späteres Verhalten heraus.

Unterdessen traten noch weitere Erinnerungen zutage, darunter eine aus der Zeit, als Annas Vater noch gesund gewesen war: Er war ein Riese von einem Mann, der sie immerzu auf den Schultern trug und ihr Geschichten von phantastischen Reisen erzählte – wie sie gemeinsam aufbrechen und das exotische Indien besuchen würden, um dort auf Elefanten zu reiten, Berge zu besteigen und Shangri-La zu besuchen.

Und dann, völlig unvermittelt, brach Anna die Therapie ab und kehrte nicht mehr zurück. Der Moment, den sie dafür wählte, fiel genau in eine Phase, in der sie beschlossen hatte, mich in der Rolle der strafenden Mutter zu sehen. In meinem eifrigen Bemühen, ihr zu helfen, war ich vielleicht ein wenig zu ungestüm gewesen und hatte ihr zu heftig zugesetzt. Doch es waren noch andere Einflüsse im Spiel. Ich war ihr gegenüber eventuell nicht ganz so aufmerksam gewesen, wie ich es hätte sein können. Und sie wiederum hatte vielleicht die unbewußte Entscheidung getroffen, die Rolle der Scheherezade auf keinen Fall aufzugeben, ganz gleich, was sich sonst auch ändern mochte. Der Abschnitt der Verführung war vorbei. Es war für sie an der Zeit, mich loszuwerden, um erneut dieses kribbelnde Gefühl des großen Finales zu verspüren, anstatt sich weiterhin mit den verworrenen, schwammigen Details irgendwelcher banaler Halbheiten zu beschäftigen.

Das Finale bestand aus einer Nachricht auf meinem Anrufbeantworter. Anna teilte mir mit überaus freundlicher Stimme mit, daß sie bereits vor geraumer Zeit eine zweite Therapie begonnen habe. Bei einer Frau. Vielleicht hätte sie mir davon erzählen sollen. Und dann veränderte sich ihr Tonfall, wurde böse und unheilschwanger, wie ich es noch nie an ihr kennengelernt hatte. Sie drohte, mich an höherer Stelle wegen Verletzung der Regeln anzuzeigen. Weil ich sie mit meinen dreckigen Pfoten am ganzen Körper begrabscht hätte.

Ich fragte mich, ob dies wohl die Stimme ihrer neuen Therapeutin sein mochte. Oder vielleicht die neueste Inkarnation ihrer Mutter.

Ich machte mir Sorgen um Anna. Es hätte noch so viel zu tun gegeben.

Im Gegensatz zu so mancher Geschichte endet eine Psychoanalyse nur höchst selten mit einem dramatischen Finale.

16

Leo stutzte die großen Fliederzweige ein wenig und stellte sie dann in die Vase. Die Zweige wollten ihr einfach nicht gehorchen, sondern kippten und neigten sich zur Seite, so daß Leo ganz von vorn beginnen mußte. Anscheinend wollte ihr heute nichts gelingen. Das war ihr schon in dem Moment klar gewesen, als sie aus einem Traum erwachte, in dem die tote Jill tanzte und sich wiegte, nur um im nächsten Augenblick nackt auf einen kalten Seziertisch zu fallen. Eigentlich war es viel zu früh, um schon aufzustehen, doch das Hämmern in Leos Schädel verhinderte jeden weiteren Schlaf. Sie hätte nicht so viel Wein trinken dürfen. Also stand sie auf, stürzte zwei Gläser kaltes Wasser hinunter, duschte, setzte Kaffee auf und kam zu dem Schluß, daß es nun an der Zeit war, Becca anzurufen.

Wie durch ein Wunder ging ihre Tochter tatsächlich selbst an den Apparat. Doch ihr gekünstelt fröhliches Hallo ließ eindeutig erkennen, daß Leo die letzte Person auf Erden war, mit der sie in dieser Sekunde sprechen wollte. Ihre Antworten auf Leos Fragen fielen ungewohnt knapp aus. Sie klang ungeduldig. Daran konnte nur ein Mann schuld sein.

Leo hakte jedoch nicht weiter nach, denn wie eine leise spöttische Bemerkung fielen ihr wieder Daniels Worte ein. Es war höchste Zeit, aus sich selbst heraus zu leben und nicht durch ihre Tochter, geschweige denn durch Isabel. Der Klang seiner Stimme gefiel ihr sogar noch weniger als der neue Tonfall ihrer Tochter. Aber Leo wollte sich nichts anmerken lassen und verabschiedete sich unbeschwert.

Ein früher Abstecher zum Markt half ihr auch nicht weiter, die Leere, die sie fühlte, zu überwinden. Immer wieder hörte sie Daniels dunkle, eindringliche Stimme, die auf dem schmalen Grat zwischen Phantasie und Realität balancierte und den Zuhörer sowohl in die eine als auch die andere Richtung zu drängen vermochte. »Ist dieses Mit-mir-schlafen etwas, das Sie selbst sich ebenfalls wünschen?« lautete die ständig wiederholte Frage.

Leo schob sie beiseite, nur um daraufhin an Norfolks ebenso verwirrende Ausführungen denken zu müssen. Er hatte am Vorabend angerufen und ihr scherzhaft zu verstehen gegeben, daß er zwar durchaus gewisse Teile von ihr vermissen würde, aber dennoch ein paar weitere Tage in Amsterdam bleiben müsse. Er hatte eine seiner Bodenproben nach Amsterdam mitgenommen und testen lassen. Demnach gingen dort in Devon auf jeden Fall merkwürdige Dinge vor sich, denn die Probe hatte unidentifizierbare Bakterien enthalten. Dies war eine der Techniken, die zwecks genetischer Modifikationen angewandt wurden, doch bislang kannte Norfolk dergleichen nur unter Laborbedingungen. Er wirkte ganz aufgeregt und sagte zu Leo, daß Isabel einer großen Sache auf der Spur sei. Derzeit würden weitere Tests durchgeführt.

Dann entschuldigte Norfolk sich und beendete abrupt das Gespräch. Es war Leo nicht einmal mehr gelungen, ihm von dem angelieferten Koffer zu erzählen, der darauf schließen ließ, daß Isabel sich irgendwo in Australien aufhielt.

Leo steckte den letzten Fliederzweig in die Vase. Vielleicht sollte sie einfach ihre Sachen packen und am nächsten Morgen zurück nach Manhattan fliegen, um wieder etwas Ordnung in ihr eigenes Leben zu bringen. Das war absolut erforderlich, wie Daniel Lukas ihr vor Augen geführt hatte. Sobald sie zur Tür hereinkam, würde sie als erstes Jeffs Uhr in den Müll werfen. Die Zeit der Rückblicke war vorbei. Statt dessen würde Leo etwas Neues anfangen, die Wände streichen, die Möbel umstellen und ihren Geist ordnen.

Eines war klar: In London zu bleiben hatte keinen Sinn. Die ganze Suche nach Isabel hatte ihr die Freundin nur noch mehr entfremdet und Zweifel über den grundlegenden Charakter ihrer Freundschaft geweckt.

Die Katze sprang auf den Tisch und beschnupperte den Flieder. Biest sah schmal aus, sogar ein wenig hager, nicht mehr wie der stolze, kraftstrotzende Kater, der er vor kurzem noch gewesen war. Was auch immer man sich über die vermeintliche Unabhängigkeit der Katzen erzählen mochte – Biest sehnte sich eindeutig nach seinem Frauchen. Leo streichelte das dichte Fell. Der Kater zuckte vor ihrer Berührung zurück, ohne auch nur den geringsten Laut von sich zu geben.

Sie sah aus dem Fenster. Die Autos dort unten funkelten im Sonnenlicht. Auf einem kleinen Flachdach in einiger Entfernung lag eine Frau und nahm ein dermaßen hingebungsvolles Sonnenbad, als könnte sie neben sich das Rauschen des Mittelmeers hören. Leo wünschte sich vergeblich, die Sonne würde auch ihre Stimmung heben.

Nein, hier blieb nichts mehr für sie zu tun, als aus Höflichkeit auf Isabels Tante zu warten.

Die Frau vor der Tür entsprach nicht im mindesten der Person, die Leo sich vorgestellt hatte. Anstatt einer älteren Ausgabe von Isabel sah sie sich einer kleingewachsenen Frau gegenüber, deren Gesicht überaus sanft wirkte. Ihre Wangen waren so rund und glänzend wie Winteräpfel, und ihr graumeliertes Haar war leicht gewellt. Sie trug eine gut sitzende Hose und eine gelbbraune Jacke, die ein wenig zu groß für sie wirkte. Ihr gütiges Lächeln schien von Herzen zu kommen, doch ihre dunklen Augen waren gerötet, wenngleich keine Tränen darin schimmerten. In ihrem Blick erkannte Leo all die Ängste wieder, die auch sie selbst während der letzten Wochen ausgestanden hatte.

»Leo Holland?« Die Frau streckte ihr die Hand entgegen. »Ich bin Martha Morgan. Es freut mich, Sie kennenzulernen. Isabel hat mir erzählt, wie nahe Sie beide sich stehen. Vielen Dank, daß Sie meinen Anruf erwidert und mir Bescheid gegeben haben. Ich war völlig außer mir vor Sorge.«

Leo nahm die Reisetasche und führte Isabels Tante hinein. Dann bot sie ihr Tee an.

»Ich bin völlig ausgedörrt.« Martha schaute sich verwundert um. »Das hat Isabel also aus sich gemacht. Wirklich eindrucksvoll. Ich wußte es, obwohl ich sie noch nie in England besucht habe. Ich konnte mich nie dazu durchringen, Elinor allein zu lassen. Wenn ich doch nur nicht ...« Sie hielt inne und folgte Leo in die Küche. »Erzählen Sie mir, was Sie wissen.« Ihre Stimme veränderte sich und wurde ernster. »Ich möchte keine Zeit verschwenden. Lassen Sie nichts aus!«

Leo schenkte ihnen Tee ein und begann zu sprechen. Ursprünglich hatte sie zunächst Isabels verlorengegangenen Koffer erwähnen wollen. Doch dann kam es ihr herzlos vor, gleich zu Anfang damit herauszuplatzen, daß die lange Reise sinnlos gewesen war und daß Isabel es lediglich versäumt hatte, ihre Tante von ihrer Ankunft in Australien zu unterrichten, so wie sie es unterlassen hatte, Leo mitzuteilen, daß sie nicht in die USA fliegen würde. Also erzählte Leo ihr in knappen Zügen von den Recherchen, die Isabel im West Country angestellt hatte, sowie vom Lynton Arms Hotel, in dem Isabel zum letzten Mal gesehen worden war. Den Tod von Jill Reid erwähnte sie allerdings nicht, und sie wollte soeben auf den Koffer zu sprechen kommen, als Martha sie unterbrach.

»Am Telefon haben Sie gesagt, Isabel hätte den Namen Morgenstern benutzt.«

»Ja. Iris Morgenstern. Auf diese Weise konnte sie die Initialen beibehalten, vermutlich um auch weiterhin ihre E-Mail-Adresse zu nutzen.« Leo musterte sie neugierig. »Ihr Name lautet ebenfalls Morgan? Demnach ...«

»Ja, Morgan ist unser Familienname, der von meiner Schwester und mir. Ich habe nie geheiratet.« Marthas Lächeln wirkte gequält. »Elinor hat wieder ihren Mädchennamen angenommen, nachdem ... Morgenstern war der Name von Isabels Vater. Und Iris ist ihr zweiter Vorname. Sie hat ihn gehaßt und nie benutzt, doch als sie noch klein war, hat er sie so genannt.«

Leo lehnte sich auf dem Sofa zurück und rang nach Atem. Sie mußte an Paola Websters ausführlichen Vortrag denken, und zugleich sah sie ein freudloses Abbild von Isabel vor sich. Isabel mit dem Gesicht eines weinenden Kindes. Isabel als Gefangene einer abscheulichen Vergangenheit, dazu gezwungen, nach Australien zu reisen und Überbleibsel aus früheren Zeiten auszugraben, Familiengeheimnisse, die zu schmachvoll waren, um sie einer Freundin anzuvertrauen.

»Ich glaube, wir brauchen etwas Stärkeres zu trinken«, murmelte Leo und floh in die Küche, auch, weil sie verhindern wollte, daß Martha in ihrem Gesicht las.

Doch Isabels Tante folgte ihr.

»Es tut mir leid, Martha«, sagte Leo und behielt den Blick unverwandt auf die Weinflasche gerichtet, »aber ich fürchte, Ihre Reise hierher war unnötig.« Eifrig richtete sie zwei Schälchen mit Erdnüssen und Oliven an, während sie von Isabels Koffer erzählte.

Als sie es endlich wagte, die Frau wieder anzusehen, wirkte Martha verwirrt. »Sofern ich nicht vollkommen mißverstanden habe, was Isabel mir zuletzt erzählt hat, kann das nicht stimmen. Vielleicht ist der Koffer schon bei ihrer vorherigen Reise verlorengegangen und jetzt erst aufgetaucht. Ich begreife nicht …«

»Was hat sie Ihnen denn erzählt?«

»Daß sie ihn aufgespürt hätte.«

»Wen?«

»Morgenstern.«

»Meinen Sie sein Grab?« Leo sah auf einmal das Bild eines dichten Dschungels vor sich. Verschwommene Gestalten auf einem zerknitterten Zeitungsfoto. Sie selbst hatte nie nach dem Grab ihres Vaters gesucht.

Martha schüttelte den Kopf. »Isabel hat es Ihnen offenbar nie erzählt. Es ist auch nicht leicht zu verstehen. Ich verstehe es eigentlich auch nicht. Ich weiß nicht, wieso ich es getan habe.« In ihren Augen schimmerten Tränen. Unbeholfen wischte Martha sie weg. »Bitte seien Sie nachsichtig mit mir. Ich war mir über die Folgen nicht im klaren. Ich dachte, es wäre das beste. Die Wahrheit ist doch immer das beste, nicht wahr?«

Leo hatte den Eindruck, sie würde die zufällige Zeugin des inneren Monologs einer Fremden werden. Er war angefüllt mit Schmerz und Schuld, deren Ursachen jedoch im verborgenen blieben. Sie wartete, bis Martha sich ein wenig gefaßt hatte.

»Ich sollte am Anfang beginnen. Dann werden Sie es verstehen. Sie werden wissen, ob Isabel etwas zu Ihnen gesagt hat, das uns helfen könnte, sie zu finden.« Die Frau sah Leo flehentlich, dann stand sie auf und starrte aus dem Fenster.

Als sie zu sprechen begann, war ihre Stimme dermaßen leise, daß Leo unwillkürlich den Atem anhielt, um sie besser hören zu können. Der Anfang, so schien es, lag in weiter Ferne. Sie wurde in eine Zeit vor Isabels Geburt versetzt und an einen Ort, der glühend heiß und sehr entlegen war. Leo war noch nie in Australien gewesen, und so ertappte sie sich dabei, wie sie vor ihrem inneren Auge Bilder des tiefen amerikanischen Südens heraufbeschwor, in denen Marthas wunderschöne Schwester, Elinor, durch ein großes, baufälliges Farmgebäude schritt und dabei die lebhafte Nervosität einer Katharine Hepburn ausstrahlte, die nach dem Tod ihres Vaters allein zurückgeblieben ist und nun vorhat, den verfallenden Besitz zu retten.

Die Schwestern streiten. Martha, die jüngere, möchte das Anwesen verkaufen und in die Stadt ziehen, nach Melbourne oder sogar noch weiter nach Sydney, um dort zu studieren. Elinor sagt ihr, sie solle verschwinden und sich nie wieder hier blicken lassen. Obwohl es ihr schwerfällt, eine Schwester zu verlassen, die kaum praktisch veranlagt ist, entscheidet Martha sich dennoch zur Abreise. Etwa acht Monate lang haben sie keinen Kontakt. Dann schreibt Martha ihr einen Brief, und Elinor schreibt zurück. Sie schreibt überschwenglich, leidenschaftlich. Sie hat sich verliebt. Ein junger Mann auf der Suche nach Arbeit ist auf die Farm gekommen. Ein junger Mann mit tiefblauen Augen und einem umwerfenden Charme. Er hat einen Traum. Er möchte auf einem Teil des Landes Weinstöcke pflanzen. Sie werden heiraten. Martha müsse unbedingt zu der Hochzeit kommen.

Schließlich gäbe es nur sie beide, abgesehen von einer Tante in Melbourne und ein paar entfernten Cousins.

Martha kehrt nach Hause zurück. Ihre Schwester ist überglücklich, und der junge Mann ist tatsächlich sehr jung. Er ist zweiundzwanzig, Elinor siebenundzwanzig. Und er ist stattlich, mit breiten Schultern und verträumten Augen. Martha freut sich für ihre Schwester, doch als die vernünftigere von beiden ist sie ein wenig verärgert, als der junge Mann allen ihren Fragen über seine Vergangenheit ausweicht. Noch weitaus mehr stört sie Elinors gerundeter Leib, der auch durch das wallende weiße Hochzeitskleid nicht verdeckt wird. Da Elinor mit keinem Wort darauf eingeht, spricht auch Martha das Thema nicht an. Es dauert nicht lange, da steht auch sie im Bann des jungen Mannes. Er kann sich vor allem so elegant ausdrücken. Er ist intelligent. Er hat einen ganzen Stapel Bücher über den Weinbau; ferner eine Reihe von Bänden über Anthropologie, über östliche Religion, über Nietzsche. Sie reden und reden, und als der Tag von Marthas Rückfahrt gekommen ist, fällt ihr der Abschied ziemlich schwer.

Obwohl sie ihrer Schwester regelmäßig schreibt, antwortet Elinor ihr nun nicht mehr. Martha ist deswegen nicht allzu beunruhigt. Schließlich gibt es für Elinor nun wichtigere Angelegenheiten zu bedenken. Der nächste Kontakt mit dem frischgebackenen Ehepaar findet ungefähr sechs Monate später statt. Alexander Morgenstern ruft sie an. Er bittet sie zu kommen. Den Grund dafür nennt er nicht, und Martha vermutet, daß die Geburt bevorsteht und Elinor um ihren Besuch gebeten hat. Also macht sie sich auf den Weg, auch wenn das bedeutet, daß sie sich Urlaub nehmen muß und einigen Stoff an der Universität verpassen wird.

Als sie ankommt, erkennt sie sofort, daß etwas nicht stimmt. Die Blumen und Sträucher, die immer Elinors ganzer Stolz waren, sind vertrocknet. Elinor gleicht ihnen auf sonderbare Art und Weise. Sie sitzt in der Küche auf einem Schaukelstuhl und wiegt sich vor und zurück. Ihr Haar ist fettig und verfilzt. Die Augen in ihrem schmalen

Gesicht wirken riesengroß, aber sie scheinen ins Leere zu starren. Von Marthas Anwesenheit nimmt Elinor kaum Notiz. Ihr Leib ist flach, und nichts weist mehr auf eine Schwangerschaft hin. Martha vermutet eine Fehlgeburt und will ihre Schwester schon tröstend in die Arme schließen, als ein ungepflegt wirkendes Mädchen den Raum betritt. Auf dem Arm trägt sie eine zerrissene graue Decke, und darin eingewickelt ist ein Baby. Das Kind ist wunderschön, mit rosiger Haut und blauen Augen, die seinem Gesicht einen Ausdruck der Milde verleihen.

Martha nimmt das Baby und erfährt von dem Mädchen, daß der Name des Kindes Isabel laute und es mittlerweile drei Monate alt sei. Martha drückt ihre kleine Nichte an sich, hält sie ganz fest und wiegt sie auf dem Arm, und da wird ihr klar, daß sie noch nie etwas dermaßen Wunderbares gesehen oder empfunden hat. Als sie sich schließlich etwas genauer umsieht, bemerkt sie, daß alles andere in ihrem ehemaligen Zuhause längst nicht mehr wunderbar ist. Ein übler Geruch hängt in der Luft. In der Spüle stapelt sich das schmutzige Geschirr. Überall liegt Staub. Der Boden ist verdreckt.

Sie beginnt mit der Arbeit und redet beim Putzen auf Elinor ein. Ihre Schwester antwortet nicht. Auch als Alexander in Begleitung eines anderen Mannes das Haus betritt, zeigt sie keinerlei Reaktion. Er tut so, als würde er es gar nicht registrieren. Er umarmt Martha, deutet mit ausholender Geste auf das Haus um sie herum und sagt, sie würde ja selbst sehen, weshalb er sie hergebeten habe. Er küßt das Baby und nimmt es auf den Arm, um sich dann mit dem anderen Mann an die Zubereitung des Abendessens zu machen. Elinor steht nicht von selbst auf. Sie regt sich erst dann, als der andere Mann sie zum Tisch führt.

Martha begreift, daß ihre Schwester krank ist, aber sie weiß nicht, was sie tun soll. Auch der Arzt, den sie ruft, kann nicht helfen, sondern beteuert lediglich, was er zuvor schon Alexander gesagt hat. Es wird vorbeigehen. Martha tut, was in ihren Kräften steht. Letztlich bleibt sie drei Wochen lang, bringt das Haus auf Vordermann und stellt ein etwas älteres, verantwortungsvolleres Mädchen ein, das sich um Isabel kümmern soll. Wenn sie abends beisammensitzen, spricht Alexander nicht mehr vom Weinbau. Nun redet er von Indien und China, dem Buddhismus und dem Traum, Medizin zu studieren. Abermals ist Martha ganz fasziniert von ihm. Sie kann nicht verstehen, wieso ihre Schwester so unglücklich ist.

Während Marthas Aufenthalt stellt sich bei Elinor nur eine einzige Veränderung ein: Sie kann es nicht ertragen, wenn Martha das Baby auf dem Arm hält. Sobald sie es mitbekommt, stößt sie wilde Beschimpfungen aus und verlangt, daß das Kind zu ihr gebracht werde. Isabel weint nur selten. Doch wenn sie auf dem Schoß ihrer Mutter liegt, schreit sie jedesmal nach Leibeskräften. Sie brüllt unaufhörlich, und ihr kleines Gesicht verzerrt sich zu einer Fratze.

Martha hörte auf zu sprechen, als sei der Schmerz der Erinnerung zu stark, um ihn in Worte fassen zu können.

Leo schenkte ihr Wein nach. »Postnatale Depression«, murmelte sie.

Martha nickte. »Aber damals hatten wir diesen Begriff noch nie gehört und auch keine Ahnung, wie man mit einem solchen Zustand umgehen mußte.« Sie hielt erneut inne und verlor sich in ihren Gedanken.

»Was ist dann geschehen?« drängte Leo.

Die Frau atmete tief durch und blickte ihr kurz ins Gesicht. »Die Depression ging schließlich vorbei, aber auf eine Art und Weise, die alles nur noch schlimmer machte.« Sie senkte die Stimme. »Etwas war mit Elinor geschehen. Es war, als würde sie ihren Mann plötzlich hassen. Und wenn nicht ihn, dann Isabel, ihr Kind. Sie stritt sich mit Alexander und schrie ihn an, auch wenn ich dabei war. Sie sagte, er sei ein Nichtsnutz, eine Niete, widerlich, verachtenswert und in jeglicher Hinsicht unfähig. Ich muß gestehen, daß er mir leid tat. Er war ein junger Mann, dessen ganzes Leben noch vor ihm lag, und dann war da meine Schwester und führte sich auf wie die schlimmste Xanthippe. Ich glaube, im Bett war es zu allem Überfluß auch nie sehr gut gelaufen. Sie erstarrte förmlich vor Abscheu, sobald er den Raum betrat. Sie schlief nicht mehr mit ihm. Das alles hing mit ihrer schrecklichen Furcht zusammen, wieder schwanger zu werden.«

Leo musterte Marthas freundliches, erschöpftes Gesicht. Die Miene der Frau nahm einen Ausdruck an, den Leo nur als sehnsüchtig deuten konnte.

»Es wurde immer schlimmer. Ich glaube, schon damals habe ich begriffen, daß Elinor einen geistigen Schaden davongetragen hatte, doch die Ärzte in jener Gegend stellten keine derartigen Diagnosen. Du hattest gefälligst zu lächeln und alles irgendwie zu ertragen. Auch um Isabel machte ich mir Sorgen, doch bei jedem meiner Besuche war sie wieder ein Stückchen größer, robuster und hübscher geworden. Einmal schlug ich Elinor vor, ich könnte das Kind ja für eine Weile mit zu mir nehmen. So hätte Elinor etwas mehr Freiraum und könnte sich ausruhen. Zudem wäre es eine Gelegenheit für sie und Alexander, vielleicht ihre Probleme zu lösen. Aber sie spuckte mir beinahe ins Gesicht. Zu jener Zeit konnte ihre Stimmung innerhalb einer Sekunde von absoluter Teilnahmslosigkeit in gehässige Wut umschlagen. Allerdings sah sie wieder schön aus, wenn auch ein wenig schmal. Kein Vergleich zu einem Mauerblümchen wie mir.

Dann erkrankte Alexander. Vielleicht hatte er zu schwer gearbeitet. Eine schreckliche, hartnäckige Bronchitis. Ich kam zu Besuch, und wir unterhielten uns ein wenig. Er erzählte mir, er würde fortgehen, sofern seine Gesundheit sich besserte. Ich verstand, daß er nicht anders konnte und daß es vermutlich die beste Lösung war. Und so ging er. Schlich sich eines Tages leise davon. Kam einfach nicht mehr zurück. Ich war zu der Zeit nicht dort, aber Elinor rief mich sofort an und ließ mich kommen.

Sie war völlig außer sich und wütender, als ich sie je erlebt hatte. Als ich andeutete, es sei vielleicht am besten so, da sie doch ohnehin nicht miteinander ausgekommen wären, platzte ihr fast der Kragen. Sie sagte, ich hätte rein gar nichts verstanden und würde nicht wissen, was für ein brutales Scheusal er sei. Sie zeigte mir Blutergüsse ...«

Martha hielt kurz inne und rieb sich die Schläfen, als wolle sie einen Schmerz oder eine Erinnerung vertreiben.

»Sie schrie und behauptete schreckliche Dinge. Sie sagte, wenn ich von meiner intellektuellen Wolke hinabsteigen und einen Blick auf die Bankkonten werfen würde, wäre mir klar, wie viel er im Lauf der Jahre gestohlen hätte. Aber jetzt sei Schluß, behauptete sie. Er sei tot. Ausgelöscht. Als hätte er niemals existiert. Sein Name würde nie mehr über unsere Lippen kommen. Auch Isabel hätte sie es schon verboten, den Namen ihres Vaters noch einmal auszusprechen.

Das Mädchen hatte starkes Fieber gehabt. Vielleicht hatte es sich bei dem Vater angesteckt. Als Isabel aus dem Fieber erwachte und Alexander nicht mehr da war, erzählte Elinor ihr, der Vater sei tot und bereits begraben. Sie würden umziehen. Und während der Zeit, die für den Verkauf des Anwesens nötig sein würde, müsse Isabel in ein Internat wechseln.

Elinor sagte, falls ich ihr widerspräche, würde sie nie mehr gestatten, daß ich Isabel zu Gesicht bekäme. Sie ließ mich schwören. Ich tat ihr den Gefallen. Dann bat ich sie noch einmal, Isabel mitnehmen zu dürfen. Aber sie wollte es nicht erlauben. Sie traute mir nicht. Vielleicht aus gutem Grund.«

Martha schlug die Hände vor das Gesicht.

»Also ist Isabel in dem Glauben aufgewachsen, ihr Vater sei tot. Aber das war er nicht.«

Martha nickte bekümmert. »Er hat mir ein paarmal Postkarten geschrieben. Eine aus Indien, eine weitere aus Nepal und dann eine aus den Vereinigten Staaten. Er wollte mich wissen lassen, daß es ihm gutging. Weit weg von den verrückten bösen Schwestern.«

»Haben Sie ihn geliebt?« hörte Leo sich sanft fragen.

Isabels Tante nickte, nur ein einziges Mal und sehr schroff. Dann stand sie auf. Sie fing an, unstet hin und her zu gehen. Die schweren Schritte hallten laut vom Parkettboden wider.

»Ich bin sogar mit ihm ins Bett gegangen«, sagte sie leise. »Während eines meiner Besuche, als Elinor gerade ihre schlimmste aggressive Phase durchlebte. Ich dachte, er hätte die falsche Schwester geheiratet, denn schließlich war ich doch diejenige, die ihn zu schätzen wußte und ihn verstand. Ich hatte erfahren, daß er in einem Waisenhaus aufgewachsen war. Anfangs lebte seine Schwester dort bei ihm, doch sie starb viel zu jung. Fragen Sie mich nicht, wie ich es herausgefunden habe. Doch ich wollte das alles irgendwie wiedergutmachen. Auch wegen des Verhaltens meiner Schwester. Auf meine Weise war ich ebenso verrückt. Ich glaube nicht, daß Elinor es gewußt hat, aber vielleicht hat sie es gespürt. Und dann habe ich mein Leben damit verbracht, es ihr gegenüber wiedergutzumachen.« Martha schüttelte traurig den Kopf. »Aber das alles ist nicht von Belang. Es zählt allein, was ich zu Isabel gesagt habe. Ich romantische alte Närrin.«

Sie ließ sich aufs Sofa fallen, als wollte sie nie wieder aufstehen. Ihr Gesicht war aschfahl.

Leo riß sich zusammen. »Ich sollte etwas zu essen machen. Oder Sie ausführen. Es gibt da ein nettes ...«

»Nein, Sie sind wirklich sehr freundlich, aber ich habe keinen Hunger. Doch Sie müssen etwas essen.«

»Eine Kleinigkeit. Für Sie ebenfalls.« Sie half Martha beim Aufstehen. »Es wird uns beiden guttun. Wir müssen unsere fünf Sinne beisammen haben.«

»Ja, natürlich. Wir müssen uns auf das Wesentliche konzentrieren.« Isabels Tante richtete sich auf. Dann fuhr sie in knappen Worten fort, um die Sache so schnell wie möglich hinter sich zu bringen.

»Nach Elinors Beisetzung ist Isabel ein paar Tage bei mir geblieben. Sie war nicht ... Ich weiß nicht ganz, wie ich es beschreiben soll, aber sie war nicht sie selbst. Ich konnte es verstehen. Elinor und sie sind nie gut miteinander ausgekommen, und nun war es zu spät, um daran noch etwas ändern zu können. Aber Isabel war wütend. Sie sagte, Elinor habe den Tod verdient und hätte im Grunde genommen schon viel früher sterben sollen. Schließlich hätte sie Isabels Vater umgebracht. Ja, das hätte sie.

Ich weiß nicht, wie Isabel auf die Idee mit dem Mord gekommen war, aber die Sache ließ sie überhaupt nicht mehr los, also habe ich ihr schließlich alles erzählt. Ich wollte sie eigentlich schon immer einweihen, aber sie hatte sich nie sonderlich für die Geschichte ihrer Familie interessiert oder Fragen über ihren Vater gestellt. Es schien mir am besten, keine schlafenden Hunde zu wecken. Außerdem war ich an das Versprechen gegenüber Elinor gebunden. Irgendwie hatte sie ihr ganzes Leben auf diesem Märchen einer leidgeprüften Witwe aufgebaut und am Ende selbst daran geglaubt. Zudem hatte ich Angst. Wissen Sie, ein Teil von Elinor hat Isabel gehaßt. Vielleicht weil sie so sehr ihrem Vater glich. Also hat Elinor ihn in ihr gehaßt, weil Isabel sie immer wieder an ihn erinnerte. Daher hielt ich es für das klügste, niemals auf Morgenstern zu sprechen zu kommen.

Ich schweife schon wieder ab. Was passiert ist, war folgendes: Als Isabel kurz nach Elinors Tod anfing, ihre Mutter des Mordes zu beschuldigen, wollte ich meine Schwester verteidigen. Ich machte nur ein paar Andeutungen über die tatsächlichen Ereignisse und betonte im wesentlichen, daß Isabels Vater durchaus noch am Leben sein könnte. Elinor hatte ihn nicht umgebracht. Ich sagte Isabel, er sei ein guter Mensch gewesen und habe sie geliebt. Ich dachte, das würde ihr vielleicht ein wenig darüber hinweghelfen, daß er verschwunden und nie zurückgekehrt war und sich auch nie mehr für sie interessiert hatte.

Ich erklärte ihr, daß irgend etwas zwischen ihm und Elinor einfach gewaltig schiefgegangen sei.«

Martha hielt inne und warf Leo einen flehentlichen Blick zu. »Zuerst wollte sie mir nicht glauben, wollte nicht akzeptieren, daß Alexander tatsächlich noch lebte und Elinor ihn nicht ermordet hatte. Also habe ich ihr das Bild gezeigt.«

Sie eilte hinaus, während Leo die Nudeln abgoß und den Salat schleuderte. Als Martha zurückkehrte, hielt sie ein mehrfach gefaltetes Stück Papier in der Hand. Sie glättete es und zeigte es Leo.

»Der Mann in der Mitte auf dem Bild ist Alexander Morgenstern.« Sie wies auf ein kleines Foto, auf dem vier Männer in Anzügen und zwei Frauen zu sehen waren. Ansonsten enthielt das Blatt einen mehrspaltigen Text. »Auf dem Bild ist er rund zwanzig Jahre älter als bei unserem letzten Treffen. Aber ich weiß genau, daß er es ist. Dieses Gesicht würde ich nie vergessen.«

Leo musterte das Schwarzweißfoto. Der Mann hatte ein grobknochiges Gesicht und eine hohe Stirn. Darüber hinaus war ihm auf diesem undeutlichen Gruppenbild nichts Außergewöhnliches anzumerken. Die Bildunterschrift jedoch zerstreute alle Zweifel. »Das Team der Morgenstern-Stiftung.«

Martha fuhr eilig fort. »Ich bin zufällig vor ungefähr zehn Jahren auf dieses Bild gestoßen. Damals habe ich in einem Krankenhaus gearbeitet, und dieser Artikel stand in irgendeinem amerikanischen Medizinjournal. Offenbar hatte die Morgenstern-Stiftung ein erfolgreiches Entgiftungsprogramm für Drogenabhängige entwickelt. Aus einer Sentimentalität heraus habe ich das Foto aufgehoben. Und dann habe ich es Isabel gezeigt.

Sie warf nur einen kurzen Blick darauf und sagte, sie wolle nichts wissen von einem Mann, der sein Kind mißbraucht und dann seine kranke Frau verlassen habe. Sie tobte. Sie sagte, falls ich glauben würde, sie wolle ihn ausfindig machen, sei ich noch verrückter als meine Schwester. Sie, Isabel, sei in ihrem Leben noch nie einem Mann hinterhergelaufen, also warum jetzt damit anfangen? Ein Vater sei schließlich auch nur ein Kerl. Wir alle hätten uns verschworen, um ihre Kindheit in ein Lügengewebe zu hüllen. Sie wolle mit keinem von uns noch etwas zu tun haben. Und sie sei froh, daß die Mutter, die sich solch eine heimtückische, böse Lüge ausgedacht habe, nunmehr im Grab liege. Am nächsten Tag ist Isabel abgereist.«

Leo sah Martha in die Augen. »Und seitdem haben Sie Isabel nicht mehr gesehen?«

Die Frau fuhr sich mit zitternder Hand durch die Haare. »Gesehen nicht, aber gesprochen.« Ihre Stimme verlor sich.

Leo deckte zwei Plätze ein und häufte für sich und Martha Spaghetti auf die Teller. Sie versuchte sich vorzustellen, wie ihr selbst wohl zumute wäre, falls jemand behaupten würde, ihr Vater sei in Wirklichkeit gar nicht gestorben, sondern habe die letzten fünfundzwanzig Jahre irgendwo in Malaysia gelebt, und sein Tod sei eine Erfindung ihrer Mutter.

Marthas Stimme riß sie aus ihren Gedanken. »Ich habe Isabel angerufen, um mich zu entschuldigen. Ich habe zahllose Nachrichten auf Band hinterlassen. Wochenlang hat sie auf keinen meiner Anrufe reagiert. Ich habe Briefe geschrieben. Ich dachte wirklich, ich hätte sie verloren.« Ihr stiegen abermals Tränen in die Augen. »Dann hat sie mich angerufen, völlig unvermutet. Sie sagte, ihre Neugier habe die Oberhand gewonnen. Sie würde diesen Morgenstern überprüfen – herausfinden, ob er noch lebe. Die Stiftung in Seattle existierte allerdings nicht mehr. Isabel hatte die üblichen gründlichen Nachforschungen angestellt – per Telefon und E-Mail und im Archiv der Zeitschrift.«

Martha wedelte mit dem Zeitungsausschnitt herum. »Die Stiftung hat ihre Pforten schon vor ein paar Jahren geschlossen. Irgend etwas daran soll faul gewesen sein, aber niemand wollte Isabel gegenüber so recht den Mund aufmachen. Vielleicht Veruntreuung von Geldern oder ein Kunstfehlerprozeß gegen einen der Ärzte. Seltsamerweise schien niemand mit Namen Alexander Morgenstern je dort gearbeitet zu haben. Auch konnte keiner der beiden früheren Angestellten, die Isabel ausfindig machte, ihr verraten, woher der Name Morgenstern-Stiftung eigentlich stammte. Einer hielt es für ein Zitat von irgendeinem Dichter, der andere für den Namen eines längst verstorbenen Chicagoer Millionärs, mit dessen Hinterlassenschaft die Stiftung einst gegründet worden sei. Also wies Isabel mich an, ich solle meine beste Brille aufsetzen und mich nochmals davon überzeugen, daß der Mann auf dem Foto, den ich so gern für Morgenstern halten wolle, auch tatsächlich ihr Vater sei. Aber natürlich war ich mir sicher.

Die nächste Nachricht von Isabel landete auf meinem Anrufbeantworter. Sie klang ausgesprochen fröhlich. Sie habe ihn gefunden, sagte sie. Sie habe einige offene Gefälligkeiten eingefordert und ihn aufgespürt. Offenbar sei er ein echtes

Original. Vielleicht verdiene er sie sogar. Dann lachte sie auf eine Weise, die mich sehr beunruhigte. Es klang gleichzeitig nach Aufregung und großer Angst. Anscheinend hatte Alexander seinen Namen geändert. Er hieß nicht länger Morgenstern. Sie sagte, er habe noch einmal geheiratet und sei inzwischen wieder geschieden. Der Weg zu ihm sei kürzer, als wir beide uns je hätten vorstellen können.«

»Hat sie seinen Namen genannt?«

Martha schüttelte traurig den Kopf. »Als ich versuchte, sie zu erreichen, war niemand zu Hause. Falls ich so etwas wie eine E-Mail-Adresse hätte, dann vielleicht ... Aber ich bin zu alt dafür.«

»Als Sie von mir erfuhren, daß Isabel den Namen Morgenstern benutzt, lautete demnach Ihre Vermutung, der Grund dafür sei, daß sie ihn gefunden habe.«

»Ja, ich bin sicher, Isabel hat gemeint, daß er sich in England aufhält, als sie von einem ›kurzen Weg‹ sprach. Womöglich sogar in London. Ich ...« Sie wandte den Blick ab. »Als ich nichts mehr von ihr hörte, dachte ich, sie wäre wütend auf mich. Ich glaubte, dieser Morgenstern, den ich ihr als guten Vater beschrieben hatte, könnte irgendwie nicht Isabels Erwartungen entsprechen, wofür sie mich wiederum hassen würde. Dann, als Sie anriefen, ergab diese Theorie überhaupt keinen Sinn mehr. Immerhin benutzte sie seinen Namen. Aber warum sollte Isabel andererseits wegen all dem böse auf Sie oder irgendeinen ihrer Freunde sein und sich nicht bei Ihnen melden?«

Martha hielt inne und zupfte nervös an ihrer Bluse. »Außerdem gibt mir zu denken, daß Alexander eine kalte Seite hatte. Bisweilen wirkte er sehr roh. In dem Punkt hatte Elinor recht. Und Isabel ... nun ja, bei unserem letzten Treffen wirkte sie irgendwie zerbrechlich, so wie ich sie noch nie erlebt hatte.«

Sie schwieg. Leo hatte den Eindruck, Martha würde an ihre Schwester denken. Ihr Verstand raste. Isabels Leben hatte für Leo plötzlich an Tiefe gewonnen, auch wenn sie nicht alles auf Anhieb verstand, was Martha ihr erzählt hatte.

Eines jedoch war klar. Sie mußten Faraday dazu veranlassen, eine Namensänderung zu recherchieren. Falls Leo ihren Computer zur Hand gehabt hätte, wäre sie eventuell sogar selbst dazu in der Lage gewesen – erst eine Überprüfung der öffentlich zugänglichen Behördenunterlagen in Seattle, dann ein Suchlauf durch die Telefonverzeichnisse von ganz England.

Doch Faraday war bestimmt schon nicht mehr im Dienst. Leo würde ihn gleich morgen früh anrufen.

In der Zwischenzeit mußte sie sich hinlegen und nachdenken. Seit dem Augenblick, als Martha erwähnt hatte, daß Isabels Vater noch am Leben war, stürmten immer neue Bilder von ihrem eigenem Vater auf sie ein. Und mit den Bildern kam die Verwirrung.

Leo brachte Martha in Isabels Schlafzimmer unter. Wenig später entfaltete die Wucht der Erkenntnis, der ihre Freundin so plötzlich ausgesetzt worden war, ihre ganze Wirkung. Der Schock, auf einmal Leben und Chancen zu ahnen, wo zuvor nur die Leere des Todes geherrscht hatte. Leo konnte das Schwindelgefühl am eigenen Leib nachempfinden, die verwirrende Feststellung, daß das gesamte bisherige Leben auf falschen Voraussetzungen beruhte. Isabel mußte sich betrogen und hintergangen fühlen, in erster Linie von ihrer Mutter. Der Mutter, die sie zuletzt sogar für eine Mörderin gehalten hatte. Und Isabel würde wütend sein, wegen all der sinnlosen Qualen und der Einsicht, daß der so sehr herbeigesehnte Vater ihre Gefühle keinesfalls erwidert, sondern eine andere Identität angenommen und irgendwo ein neues Leben geführt hatte.

Doch sie würde auch neugierig sein – wie ein kleines Kind, das eifrig seine Welt erforschen wollte. Und sie würde Hoffnung hegen. Von neuer Freude träumen. Ihr Vater würde sein Verhalten erklären, sie in den Arm nehmen und auf seinen Schoß setzen. Nein, das nicht. Isabel war kein kleines Mädchen. Ihr Vater würde die Frau, zu der sie herangewachsen war, gar nicht erkennen.

Leo verspürte einen Kloß im Hals, als hätte sie nach langer Suche endlich den Gral gefunden, nur um zu sehen, wie er zwischen ihren Fingern zu Staub zerfiel.

Sie lag einfach da und starrte die weiße Zimmerdecke an. Dann rief sie sich ins Gedächtnis, daß etwas anderes viel wichtiger war: Falls Isabel sich bei ihrem Vater befand, hieß das, sie war noch am Leben. Ob nun hier, wie ihre Tante vermutete, oder in Australien, wovon Leo nach wie vor ausging – Isabel war am Leben. Und schon bald würden sie sich wiedersehen.

17

»Miss Holland, hier Faraday.«

Der energische Klang der Stimme verscheuchte Leos anfängliche Schläfrigkeit.

»Tut mir leid, Sie zu wecken. Ich wollte Sie nicht verpassen. Können Sie heute nach Lynton kommen?«

»Ich verstehe nicht ganz.«

»Ich erwarte Sie hier auf dem Polizeirevier. Sie können es nicht verfehlen. Folgen Sie der Ausschilderung zum Stadtzentrum. Bis vierzehn Uhr müßten Sie es auf jeden Fall schaffen können.«

»Martha Morgan, Isabels Tante aus Australien, ist hier. Soll ich ...?«

»Bringen Sie die Tante mit.«

»Aber Inspector Faraday ...«

Das Klicken verriet, daß er bereits aufgelegt hatte.

Leo zuckte verwirrt die Achseln und weckte Martha. Kaum zwei Stunden später saßen sie in einem Schnellzug nach Bristol. Leo konnte endlich etwas ausführlicher erläutern, wie Isabels Fährte sie in dieses Küstenstädtchen geführt hatte und daß Isabel dort von einem Mann abgeholt worden war, der vermutlich als Chauffeur einer multinationalen Biochemie-Firma arbeitete.

Plötzlich ging ihr auf, daß der Fremde genausogut mit Isabels Vater in Verbindung gestanden haben könnte. Womöglich hatte es sich um Morgenstern persönlich gehandelt, Morgenstern, der nach dem Zusammenbruch seiner Stiftung gezwungen gewesen war, einen Alltagsjob anzunehmen. Aber sie sprach ihren Gedanken nicht laut aus. Martha schien es nicht besonders gutzugehen. Sie wirkte erschöpft und verhielt sich sehr zurückhaltend, als habe sie am Vorabend viel zuviel von sich preisgegeben.

In Bristol mieteten sie einen Wagen. Leo fuhr hochkonzentriert und ließ nicht zu, daß ihre Gedanken abschweiften. Die wilde Schönheit des Exmoor Nationalparks entging ihr völlig; es hätte sich genausogut um eine Reihe von Autofriedhöfen oder um vollkommenes Ödland handeln können.

Sie trafen rechtzeitig in Lynton ein und fanden auch bald das Haus mit dem Polizeischild, wenngleich es überhaupt nicht wie ein Polizeirevier aussah, sondern genauso anheimelnd wie die benachbarten Backsteingebäude.

Faraday erschien, kaum daß Leo die Tür geöffnet hatte. Sein schmales Gesicht ließ so gut wie keine Regung erkennen, und das Lächeln, mit dem er sie begrüßte, wirkte höflich und beruhigend. Er äußerte sich kurz über das Wetter; nach einem kurzen Regenschauer schien es sich wieder aufzuhellen. Dann führte er sie zurück nach draußen, die Treppe hinunter und in eine dunstige Straße.

»Es ist nicht weit von hier«, sagte er.

»Wohin gehen wir?« fragte Leo; sie war mehr als gespannt, warum der Inspector sie hieher bestellt hatte.

Faraday räusperte sich. »Ich glaube, wir haben Isabel Morgan gefunden. Es tut mir leid, daß ich Sie herbitten mußte. Aber wir benötigen eine eindeutige Identifizierung.«

Ein Hammer hieb auf Leos Schläfen ein und ließ ihren Blick verschwimmen. Vorsichtig setzte sie einen Fuß vor den anderen.

»Eine Identifizierung?« Martha blieb mitten auf der Straße stehen.

Faraday nickte. »Es tut mir leid, daß wir es nicht verhindern konnten.«

»Was denn verhindern?« Leo schrie die Frage heraus. Einige Passanten drehten sich nach ihr um.

»Zwei Jugendliche haben sie gestern morgen gefunden, als

sie angeln gehen wollten. Die Leiche klemmte zwischen einigen großen Felsblöcken am äußersten Ende des Strandes. Wir wissen nicht, wie lange sie dort gelegen hat.«

Faraday führte sie durch eine Gasse und dann ein paar Stufen nach unten. Auf einmal standen sie in einem Raum, der eigentlich nicht allzu außergewöhnlich wirkte, abgesehen davon, daß es hier furchtbar kalt war und ein antiseptischer Geruch in der Luft hing. In der Mitte des Raumes stand ein hoher, mit einem Laken verhüllter Tisch und daneben eine junge Frau in weißer Schwesterntracht. Faraday nickte, und sie schlug das Laken zurück.

Ein Gesicht erschien. Nein, kein Gesicht, sondern das aufgedunsene, bleiche Zerrbild eines Gesichts, das aussah, als hätte jemand es grün und blau geschlagen und dann mit hundert scharfen Klingen darauf eingestochen. Eines der Augen stand offen und starrte in blindem Entsetzen einem fernen Schrecken entgegen.

Leo wandte sich ab, als würde der Anblick auch sie erblinden lassen. Beiläufig bemerkte sie, daß Martha auf einem Stuhl zusammensackte und das Gesicht in den Händen barg.

»Ist sie das?« fragte Faraday sanft. »Ist das Isabel Morgan?«

Er sah Leo an. Sie schüttelte heftig den Kopf. »Nein«, wimmerte sie. Das da war nicht Isabel. Isabel war wunderschön, temperamentvoll, lebendig. Isabel ließ jeden Raum, den sie betrat, wie selbstverständlich in Schönheit erstrahlen, so wie das Ölgemälde eines alten Meisters ein Zimmer zum Leben zu erwecken vermochte. Ihre Schönheit war eine Gabe. Nicht die Art von Schönheit, die sich mit Kameras, Make-up und Licht auf einem Foto oder Bildschirm künstlich erschaffen ließ und genauso schnell wieder verschwand. Es war die Schönheit einer gereiften Persönlichkeit. Die Schönheit des Lebens selbst. Isabel würde immer schön bleiben.

»Ganz bestimmt?« Faraday bedeutete ihr erneut, den Leichnam, der nicht Isabel war, in Augenschein zu nehmen. »Ich war mir eigentlich sicher, den Fotos und Ihrer Beschreibung nach zu urteilen. Schauen Sie bitte noch einmal genau hin. Vielleicht hilft die Kleidung Ihnen weiter, sofern sich davon überhaupt noch genug erkennen läßt.«

Mit einer einzigen schnellen Bewegung zog er das Laken ganz von der Leiche herunter, und Leo sah ein schmutzigweißes, langärmeliges T-Shirt, die Wölbung des Busens, eine weite, verfärbte Hose. Die Hand war verkrümmt. Am dritten Finger klemmte ein Ring zwischen den aufgequollenen Fleischwülsten. Ein breites silbernes Band mit einem ovalen Aquamarin in der Mitte. Leo starrte darauf. Warum war der Ring da? Warum war er immer noch da, wenn alles andere sich doch so schrecklich verändert hatte? Sie hatte Isabel den Ring zum Geburtstag geschenkt. Sie waren zusammen in Paris gewesen und hatten auf der rue St. André des Arts eine kleine Boutique entdeckt, die Unmengen von Ringen und Halsketten, Ohrringen und Schmucknadeln im Angebot hatte. Isabel hatte sich den Silberring mit dem Aquamarin ausgesucht, weil sie das Meer so sehr liebte.

Leo wandte den Blick ab. »Sie ist es«, flüsterte sie. »Ich will nicht, daß sie es ist. Aber sie ist es.«

Durch den Tränenschleier nahm sie auf einmal wieder Martha wahr. Sie hatte sich auf die Leiche geworfen und sie mit beiden Armen umschlungen. Ein gellender Klagelaut erfüllte den Raum.

Sanft zog Faraday sie vom Tisch weg.

»Mein armes Kind«, stöhnte Isabels Tante und wollte sich nicht abwenden.

Faraday nötigte sie zaghaft, nahm ihren Arm und führte sie schließlich zur Tür. Er bedeutete Leo, ihm zu folgen.

Sie warf einen langen letzten Blick auf die Gestalt, die nicht Isabel war, und dann hatten sie diese Kammer des Todes verlassen und standen unter freiem Himmel im kalten Wind, der gegen ihre Wangen peitschte.

»Es tut mir leid«, sagte Faraday abermals. Er führte sie in einen Pub, stellte jeder von ihnen ein Glas Brandy auf den Tisch und bestand darauf, daß sie austranken.

»Alles war meine Schuld«, schluchzte Martha und rieb sich über das Gesicht.

Leo nahm ihre Hand und drückte sie.

Durch das Hämmern, das wohl von ihrem eigenen Herzschlag stammen mußte, drang Faradays Stimme an ihr Ohr. »Ihre Befürchtungen waren berechtigt, Miss Holland. Auf die Sorgen nahestehender Personen kann man sich fast immer verlassen. Aber wir sind zu spät gekommen, um sie zu retten. Aus welchem Grund auch immer – sie muß beschlossen haben, ihrem Leben ein Ende zu setzen. Wie es aussieht, ist sie gesprungen. Ihr Genick ist gebrochen. Es tut mir leid, daß wir sie nicht rechtzeitig aufspüren konnten.«

Leo sah ihn verständnislos an. »Sie ... Sie glauben, Isabel hätte sich das selbst angetan? Niemals. Auf gar keinen Fall.«

Martha blickte auf. Sie war völlig verwirrt. »Aber Leo«, sagte sie mit krächzender Stimme. »Sie ... sie hat das Meer geliebt.«

»Demnach glauben Sie, Miss Morgan, Isabel habe einen Anlaß gehabt, sich umzubringen?«

Martha nickte, nur einmal und sehr abgehackt. »Es war meine Schuld.« Dann begann sie, Faraday zu erzählen, was Leo bereits seit dem Vorabend wußte.

Leo ließ die beiden allein. Sie hatte das Gefühl, gar nicht mehr atmen zu können. Mit schnellem Schritt eilte sie durch einige gewundene Straßen, bog dann in eine Gasse ein und stand plötzlich am Strand. Der einzige Weg führte in eine kleine Kiesbucht, ansonsten war hier nur noch das Meer, das mit beinahe spöttisch wirkender Wucht ans Ufer brandete.

Leo starrte hinaus. Die ewig wiederkehrenden Wogen hatten Isabel hier angespült. Sie verschränkte die Arme vor der Brust, als wolle sie sich trotzig gegen das Gefühl der Ungerechtigkeit wehren, das sie als Überlebende empfand.

Weshalb war sie sich auf einmal so unglaublich sicher, daß Isabel ihrem Leben nicht selbst ein Ende gesetzt hatte? Immerhin hatte genau diese Befürchtung sie die ganze Zeit verfolgt und sie vermutlich überhaupt erst dazu veranlaßt, Daniel Lukas und Paola Webster aufzusuchen. Eine nervlich zerrüttete Isabel, ohne Hoffnung und Lebenswillen. Doch jetzt, da sie Isabels zerschmetterten Körper vor sich sah, erschien ein Selbstmord völlig unmöglich. Wehrte sie sich lediglich verzweifelt gegen die qualvollen Selbstvorwürfe, die ein Freitod ihrer Freundin unweigerlich nach sich ziehen würde? Sie hätte in der Lage sein müssen, das alles zu verhindern; sie hätte Isabel rechtzeitig erreichen müssen; sie hätte die Anzeichen nicht übersehen dürfen. Zumindest nicht als wirkliche Freundin.

Leo ging ein Stück, nahm einen Kieselstein und schleuderte ihn ins Meer.

Oder lag es daran, daß das Eingeständnis eines Selbstmords viel zu verlockend wirken konnte? Sie starrte auf die Wellen und verdrängte den Sirenengesang des Meeres. Die Isabel, die sie kannte und liebte, war nicht so. In ihr steckte viel zuviel Entschlossenheit. Viel zuviel reine Lebensfreude, was auch immer sie bedrücken mochte.

Leo drehte sich um. Hoch über ihr erstreckte sich in einiger Entfernung eine Anzahl elegant geschwungener Gebäude. Sie mußte sich unterhalb der Straße befinden, die sie zu Fuß zum Lynton Arms hinaufgestiegen war. Isabel war von dort abgereist, und zwar nicht allein. Wohin war sie gefahren?

»Miss Holland«, drang Faradays Stimme durch die fortwährenden Schreie der Möwen an Leos Ohr. »Miss Holland, hier stecken Sie also.« Er nahm ihren Arm, als fürchte er, sie wolle Isabels Beispiel folgen. »Ich habe Mrs. Morgan zum Polizeirevier gebracht. Wollten Sie die Stelle sehen, an der wir Ihre Freundin gefunden haben? Kommen Sie, ich zeige es Ihnen.« Er gab sich ganz sachlich.

Dann führte er sie ans andere Ende der Bucht. Unterwegs begann Leo zu sprechen. Das alles klang ziemlich verworren, doch sie versuchte, ihre Überzeugung zu begründen, daß Isabel niemals Selbstmord begangen hätte und daß ihr Tod irgendwie mit ihren Recherchen zusammenhängen mußte. So wie Jill Reids Tod. Hatte die Polizei inzwischen mehr herausgefunden? Über Plantagen oder eine der anderen Firmen auf der Liste, die an Isabels Adresse geschickt worden war? Warum hatte man ihr die Liste geschickt? Hier lag kein Unfall vor. Kein Selbstmord. Sondern Absicht – eine böse, habgierige, geheime Absicht. Norfolk hatte ihr von merkwürdigen Inhaltsstoffen im Boden berichtet. Faraday mußte mit ihm sprechen. Und wohin war Isabel vom Lynton Arms aus gefahren? Hatte man den Tag ihres Todes schon bestimmt? Es galt, noch mehr herauszufinden. Auch über den Vater, den sie aufgespürt hatte. Faraday mußte weiter ermitteln, mußte sorgfältig allen Hinweisen nachgehen. Wenn nicht Morgenstern, wie lautete dann der Name des Mannes?

Sie redete und redete, auch dann noch, als sie auf den kleinen Wasserlauf zwischen den Felsen starrte, wo man die Leiche, die nicht Isabel war, gefunden hatte.

»Es wird eine gründliche Autopsie durchgeführt, Miss Holland«, sagte Faraday leise, als Leo endlich verstummte. »Im Augenblick wissen wir nur, daß Miss Morgans Tod zwischen fünf und fünfzehn Tagen zurückliegt. Sobald wir zu weiteren Erkenntnissen gelangen, gebe ich Ihnen Bescheid. Übrigens, diese Topfpflanzen, die Sie mir gegeben haben, waren Windengewächse. Ganz gewöhnliche Zierpflanzen.« Er stieß ein Geräusch aus, das nur entfernt einem Lachen glich. »Damit dürfte eine meiner Theorien sich gründlich erledigt haben.« Er sah ihr ins Gesicht.

»Diese nette Mrs. Donald«, hörte Leo sich sagen, »muß ihr die Pflanzen gegeben haben. Isabel hatte nach ihrem Mann gefragt.«

»Versuchen Sie, es nicht zu schwer zu nehmen, Miss Holland. Trauen Sie sich zu, selbst zu fahren? Miss Morgan ist meines Erachtens nicht mehr fahrtüchtig. Vielleicht benötigt sie sogar ein Beruhigungsmittel.«

Leo starrte ihn fragend an. Dann schüttelte sie den Kopf. »Ich fahre nicht nach London zurück. Bitte nehmen Sie Miss Morgan mit. Ich bleibe hier. Da oben.« Sie wies auf die Klippe. »Da oben, wo Isabel gewohnt hat. Im Lynton Arms Hotel.«

Als sie zum Polizeirevier zurückkehrten, schloß Martha sich Leos Absicht an.

»Ich werde auch noch bleiben.« Sie richtete sich kerzengerade auf und erwiderte Faradays Blick.

Der Inspector zuckte mit den Achseln. »Wenn Sie unbedingt möchten. Ich habe die Telefonnummer des Hotels, falls ich Sie erreichen will.« Er wandte sich an Leo. »Sie werden doch hoffentlich keine Dummheiten begehen, nicht wahr, Miss Holland?«

»Nennen Sie mich Leo, Inspector. Und verfolgen Sie all diese Anhaltspunkte.«

»Wir werden unser Bestes tun.«

Diesmal ging Leo nicht zu Fuß, sondern bog mit dem Wagen auf den schmalen, steil ansteigenden Pfad ein und fuhr geradewegs bis zum Lynton Arms empor. Pippa erschien aus den hinteren Räumlichkeiten des Hotels und begrüßte sie wie eine alte Freundin. Nachdem Leo sie mit Martha bekannt gemacht hatte, nahm Pippa sie zur Seite.

»War sie es?« flüsterte sie mit plötzlich ernster und gleichzeitig neugieriger Miene.

Einen Moment lang wußte Leo nicht, was sie meinte. Dann begriff sie, daß sich hier in diesem kleinen Ferienort jede Neuigkeit in Windeseile herumsprach. Sie nickte einmal, ein wenig zu schroff.

»Es tut mir ja so leid. Falls wir irgend etwas für Sie tun können … Sie bleiben doch über Nacht, nicht wahr? Ich kann Ihnen zwei Zimmer mit Seeblick anbieten.«

Leo besprach sich kurz mit Martha. Dann folgten sie Pippa die schmale Haupttreppe hinauf. Sobald sie ihre Taschen in den Zimmern abgestellt hatten, die beide auf die gleiche Weise spießig wirkten und Tapeten mit einem verschlungenen Rosenmuster besaßen, fragte Leo, ob sie vielleicht einen Tee bekommen könnten. Außerdem bräuchten sie Landkarten.

»Kein Problem. Ich bringe Ihnen alles in den Speisesaal. Sie sehen beide aus, als könnten Sie einen kräftigen Tee gebrauchen. Ach, übrigens.« Pippa schaute kurz zu Martha, zog Leo dann auf den Flur hinaus und senkte die Stimme. »Ich habe etwas gehört, das mich wirklich traurig gemacht hat.« Ihre Stimme schien zu stocken. »Eine der Damen, die bei uns wohnen, hat mir erzählt, daß der Chauffeur und dieses große schwarze Auto zu einer Klinik gehören, die irgendwo westlich von hier liegt. Den genauen Namen wußte sie nicht. Ich vermute, Ihre arme Freundin hatte jeglichen Lebensmut ...« Sie hielt abrupt inne, weil Martha an der Tür erschien. »Na, dann hole ich mal den Tee. Und die Landkarten.« Sie setzte ein gezwungenes Lächeln auf und eilte davon.

»Sie planen etwas, Leo. Ich weiß es, und ich werde Sie begleiten.« Martha klang entschlossen. »Ich werde weder weinen noch jammern. Versprochen.«

Leo sah ihren flehentlichen Blick und nickte.

Die schmale Straße unter dem Blätterdach der Bäume lag im Halbdunkel, als wäre bereits die Dämmerung angebrochen. Besser als Nebel, tröstete Leo sich und konzentrierte sich auf das Gelände. Sie suchte nach der Stelle, an der Jill Reids Wagen die Böschung hinabgestürzt war. Falls man inzwischen das Absperrband der Polizei entfernt hatte, würde sie den Ort womöglich übersehen.

Vor der Abfahrt hatte sie den Tageskilometerzähler des Wagens auf Null gestellt. Sie wollte die Entfernung zwischen den beiden Fundorten ermitteln. Vielleicht war Isabel tatsächlich in Lynton gestorben. Doch genausogut konnte ihre Leiche vom Meer erst dorthin gespült worden sein und dann mehrere Tage zwischen den Felsen gelegen haben.

Leo bemerkte eine schmale Lücke zwischen den verkrüppelten Bäumen und trat auf die Bremse. Der Ort kam ihr bekannt vor. Sie schaltete den Motor aus. Der Zähler zeigte 3,2 Meilen an.

»Warum halten wir hier, Leo?«

Sie hatte Martha bislang noch keine Erklärung für die Fahrt geliefert, also holte sie dies nun rasch nach.

»Eine Freundin von Isabel, sagen Sie? Und sie ist hier gestorben?« Marthas Augen füllten sich mit Tränen.

Leo stieg aus. Vorsichtig bahnte sie sich einen Weg über die abgerissenen Äste. Kein Absperrband hielt sie mehr zurück, wenngleich sie einen kleinen Rest davon bemerkte, der sich leuchtend vom schlammigen Boden abhob. Als das Gefälle zunahm, rutschte sie beinahe aus und klammerte sich an einen Baum. Behutsam tastete sie sich weiter voran und machte sorgfältig einen Schritt nach dem anderen. Unter sich konnte sie das Meer gegen die Felsen branden hören. Als sie die Kante erreichte, packte sie einen knorrigen Eichenstamm, wappnete sich gegen das Schwindelgefühl und starrte in die Tiefe. Sie blickte direkt auf ein Sims aus Schiefergestein. Erst dahinter folgte das Meer.

»Leo! Nicht!« drang ein vom Wind verzerrter Schrei an ihre Ohren.

Sie blickte sich um und sah Martha auf sich zuklettern. Nach einem beruhigenden Winken kroch Leo hastig zurück nach oben. Die arme Frau hatte geglaubt, sie wolle es Isabel gleichtun. Doch dieser Ort war nicht geeignet dafür. Falls Isabel dort hinuntergestürzt wäre, ob nun freiwillig oder nicht, wäre sie nicht ins Meer, sondern auf den Felsen gestürzt.

»Keine Angst.« Leo legte Martha einen Arm um die Schultern. »Ich wollte mich nur von etwas vergewissern.«

Sie fuhren weiter. Zweimal hielt Leo an und stieg aus, um erneut die Steilküste in Augenschein zu nehmen. Zweimal folgte Martha ihr auf dem Fuße. Bei der zweiten Gelegenheit, als plötzlich kein Felsen mehr den Blick auf die See tief unter ihnen versperrte, verschränkte die ältere Frau die Arme vor der Brust und begann, sich langsam vor und zurück zu wiegen. Dann brach sie unvermittelt in lautes Wehklagen aus.

»Isabel.« Sie schrie ihren Schmerz hinaus. »Isabel.« Dann sackte sie zusammen.

Leo fing sie auf, hielt sie fest und drückte ihr einen Kuß auf die Wange, als wäre sie ein Kind. Es bedurfte keiner weiteren Worte. Dann half sie Martha zurück in den Wagen.

Kurz darauf stießen sie auf ein winziges Dorf, das einsam auf einer Klippe lag, samt einer Station der Küstenwache und einer alten, buckligen Kirche, die genauso uralt wie die umliegenden Hügel aussah. Der Himmel hatte weit genug aufgeklart, um das bis zum Horizont reichende blauschwarze Meer in helles Licht zu tauchen.

»Ich würde gern hier anhalten, Leo«, sagte Martha. Es waren die ersten Worte, seit sie wieder im Wagen saßen. »Ich möchte kurz in die Kirche gehen.«

Die Fahrbahn wurde hier ein wenig breiter, so daß Leo problemlos am Straßenrand parken konnte. Sie nahm Marthas Arm und führte sie durch die hölzerne Pforte, hinter der sich der Kirchhof befand. Eilig schritten sie an den überwucherten Grabsteinen vorbei, deren Inschriften nach vielen Jahren im rauhen Wetter kaum mehr zu lesen waren. Der Wind zerrte an ihren Jacken, verhinderte jedes Gespräch und ließ die Stille hinter den Granitwänden der Kirche nur um so durchdringender wirken, sobald sie die schwere Tür hinter sich geschlossen hatten.

Martha nahm auf einer Bank direkt vor dem Altar Platz und senkte den Kopf, als wollte sie ihn nie wieder heben. Leo wartete, doch plötzlich wurde sie von einem derart starken Gefühl der Unrast ergriffen, daß sie nach draußen eilte. Sie verharrte kurz im Windschatten des Portals und wagte sich dann hinaus auf den Friedhof, um dort zwischen den Gräbern umherzuwandern.

Die Steine waren sehr schmal und schienen sich im Wind zu beugen, doch viele standen schon seit Jahrhunderten dort und überdauerten in der kahlen, wilden Landschaft als stumme Zeugen der Toten. Leo blieb vor einem der Steine stehen und wischte ein Stück Moos von der Inschrift. Edward Bagshaw. Edward. So hatte auch Leos Vater geheißen. Ihr Vater, der kein Grabmal hatte, unter dem er ruhen konnte und das einem Fremden von seiner Existenz künden würde. Aber in Leos Erinnerung lebte er dennoch weiter, vielleicht sogar nicht mehr ganz so rastlos wie bisher, seit es ihr gelungen war, sich einem Teil der Qual, Wut und Sehnsucht zu stellen, die sein plötzlicher Tod bei ihr hinterlassen hatte. Dieser Edward hier hatte nicht einmal so lange wie ihr Vater leben dürfen, bemerkte Leo. Er war schon im Alter von dreiundzwanzig gestorben.

Leo schaute sich verstohlen um, drückte dann heimlich einen Kuß auf den kalten Stein und dachte an Isabel. Es war seltsam, aber diese zähe Wolke der Angst, die Leos gesamtes Leben seit Wochen bestimmt hatte, war von ihr gewichen. Statt dessen suchten sie nunmehr zahllose andere Gefühle heim, aber die Angst war weg. Das Schlimmste lag hinter ihr.

Hastig kehrte sie zu der Kirche zurück, und kam gerade rechtzeitig, um Martha an der Tür in Empfang zu nehmen. Die Augen der Frau schimmerten feucht, aber sie nickte Leo zu. »Danke, daß ich hier eine Pause einlegen durfte«, sagte sie leise.

Leo fuhr weiter, ohne ein genaues Ziel vor Augen zu haben, wenngleich sie immerzu an Pippas Worte denken mußte. Auf dieser Seite des Weilers war die Straße ein wenig breiter und verfügte sogar über einige Haltebuchten. Zuerst ging es steil nach unten in eine Senke, dann ebenso steil die nächste Anhöhe hinauf. Zeitweilig eröffnete sich ihnen ein wunderschöner Ausblick auf die Landzungen mit gelbem Ginster und purpurroter Heide, über denen nun in der anbrechenden Dämmerung der rosafarbene Sonnenball hing.

Kurzentschlossen bog Leo auf einen schmaleren Weg ein, der ins Landesinnere zu führen schien. Bäume und Hecken versperrten ihnen die Sicht. Hier im Schatten der Klippen war es dunkler und unwirtlicher. Nachdem sie ein kurzes Stück zurückgelegt hatten, überkam Leo beim Anblick der Landschaft das unheimliche Gefühl eines Déjà-vu. Sie hielt an und schaute durch die Heckscheibe des Wagens. Auf der Hügelkuppe hinter ihnen waren Lichter zu sehen. Ein Haus. Sie ließ den Motor wieder an. Nachdem sie zwei Kurven hinter sich gebracht hatte, fiel ihr plötzlich alles wieder ein. Das hier mußte die Straße sein, auf der Leo und Norfolk dieser Verkehrsrowdy entgegengekommen war, der den Außenspiegel ihres Wagens abgerissen hatte. Der Nebel hatte damals alle Umrisse verwischt und die Entfernungen ganz anders wirken lassen. Wie ein gespenstisches Trugbild war das Haus vor Leos Augen aus den Schwaden aufgetaucht und wieder verschwunden.

Die Straße gabelte sich, und nach kurzem Überlegen bog Leo langsam in die Verzweigung ein, die vermutlich zurück in Richtung Küste führte. Plötzlich bemerkte sie, daß Martha zitterte.

»Was ist los?« fragte Leo sanft.

Die Frau wies nach vorn.

Unter dem rosagesäumten Grau der bedrohlichen Wolken kreisten zwei Bussarde, deren Schwingen schwärzer als Kohle aussahen. Kurz darauf kam am Rand des abschüssigen Weges ein kleines Schild in Sicht, ein blaues Oval mit einem einzelnen goldenen Stern, der im Licht der untergehenden Sonne glänzte. Zunächst fuhr Leo daran vorbei, dann aber trat sie plötzlich auf die Bremse.

»Haben Sie das gesehen?«

»Was denn? Die Vögel?«

»Das Schild.« Unter protestierendem Knirschen des Getriebes legte sie den Rückwärtsgang ein. »Schauen Sie!«

»Morning Star Foundation«, las Martha. »Refugium. F. F. Hilton, Direktor.« Sie sah Leo fragend an.

»Morning Star.« Leos Stimme wurde lauter. »Das ist der englische Begriff für Morgenstern.«

»Ach, natürlich. Das hätte mir gleich auffallen müssen.« Ein Anflug von Panik legte sich auf Marthas Gesicht. »Glauben Sie, daß er …?«

»Ich weiß es nicht. Aber wir werden es herausfinden.«

Eine Zeitlang verlief die Straße vollkommen gerade, dann wurde die Fahrbahn schmaler und schien nach einer Kurve beinahe in die Gegenrichtung zu verlaufen. Links von ihnen ragte eine dichte Reihe hoher blaugrüner Zypressen empor, zwischen denen nach einiger Zeit ein breites schmiedeeisernes Tor auftauchte. Leo sah, daß sich dahinter ein ausgedehntes Grundstück mit Bäumen, Wiesen und verschlungenen Kieswegen erstreckte. Am anderen Ende konnte man ein stattliches Steingebäude erkennen. Die Architektur wirkte, als hätte ein mittelalterlicher Abt seinen Inbegriff von Strenge bei Bau eines Klosters umgesetzt.

»Gehen wir hinein?« Martha schaute vom Tor zu Leo und

wieder zurück. Ihre Stimme war nicht lauter als ein banges Flüstern.

»Das alles hier sieht nicht unbedingt einladend aus, oder?«

Isabels Tante schüttelte den Kopf. »Aber da an der Seite ist eine kleinere Tür und daneben ein Klingelknopf.« Sie schien hin- und hergerissen zwischen Neugier und Angst.

»Und ein Parkplatz.« Leo deutete auf ein Schild mit einem kleinen Pfeil, das vor einer der Zypressen stand.

Sie folgte dem Wegweiser und fand den Parkplatz schließlich auf der gegenüberliegenden Straßenseite ein gutes Stück weiter den Abhang hinab. Auch er lag hinter dichten Nadelbäumen verborgen. Doch die Handvoll Fahrzeuge beruhigte Leo.

»Wenigstens wissen wir, daß das Grundstück bewohnt ist. Am besten, Sie warten hier. Es wird nicht lange dauern. Ich stelle bloß ein paar Fragen.«

Martha stieß ein tiefes Seufzen aus. »Sind Sie sicher, daß ich nicht doch von Nutzen sein könnte? Wie wollen Sie Isabels Vater erkennen, falls er tatsächlich da ist?«

Leo zuckte mit den Achseln. »Ich möchte bloß herausfinden, um was für eine Art von Ort es sich handelt.«

Als Leo den abgeschiedenen Parkplatz verließ, fiel ihr auf, daß die einspurige Straße noch weiter den Hang hinunterführte. Mit schnellen Schritten eilte sie voran und hatte fast schon die Linkskurve auf dem Scheitelpunkt der Steigung erreicht, als sie hinter sich ein Motorengeräusch vernahm. Sie drehte sich um und sah einen schwarzen Mercedes würdevoll den Hügel erklimmen. Leo wich an den Rand der Böschung aus, um den Wagen passieren zu lassen. Auf dem Fahrersitz saß ein Mann mit Schirmmütze. Er nahm keine Notiz von Leo. Genausowenig wie die Frau, die auf der Rückbank döste.

Auf einmal, wie in einem Traum sah Leo Isabel vor sich. Ihre Freundin war hier gewesen. Sie hatte in diesem Auto gesessen. Das hier mußte der Ort sein, den Pippa erwähnt hatte.

Leo sah, wie der Mercedes vor dem eisernen Tor hielt, das sich langsam zu öffnen begann. Vermutlich besaß der Fahrer eine Fernbedienung für den Mechanismus. Unmittelbar bevor das Tor sich wieder schloß, schlüpfte Leo auf das Gelände und folgte dem Wagen.

Vom Grundstück aus betrachtet, wirkte der Ort nicht mehr ganz so trostlos. Man konnte den weiten Himmel sehen. In den Spalten der verstreut liegenden Felsblöcke wuchsen Blumen, und aus einem Kreis kleiner Bäume drang das Geräusch eines Springbrunnens. Um die hintere Ecke des Hauses trat ein kahlköpfiger Mann in einem safrangelben wallenden Gewand. Tatsächlich schien es sich bei diesem Gebäude um eine Art Kloster zu handeln.

Als Leo sich dem Haus näherte, fiel ihr auf, daß es einen offenen Innenhof besaß. Ganz hinten auf dem Gelände standen im Schatten der Zypressen zwei Nebengebäude aus demselben hellen Stein, der im Schein der Spätnachmittagssonne honigfarben schimmerte. Zu Leos anderer Seite erhob sich eine mächtige Buche.

Die Türen des Hauses hatten sich soeben geöffnet. Jemand in einem weißen Karateanzug schob einen Rollstuhl zu dem Mercedes. Die Frau wurde hineingehoben. Leo beeilte sich, um erneut die günstige Gelegenheit einer offenen Tür nutzen und außerdem einen genaueren Blick auf den Chauffeur zu werfen.

Sie fand sich auf der Schwelle einer großen, quadratisch angelegten Eingangshalle wieder, deren Wände im unteren Teil vertäfelt und darüber weiß gestrichen waren. Eine Reihe von alten Porträtgemälden hing dort, und obwohl die Bilder wie eine Ahnengalerie wirkten, sahen die verschiedenen Gesichter sich überhaupt nicht ähnlich. Eine breite Treppe schwang sich elegant in den ersten Stock empor. Daneben befand sich ein brusthoher hölzerner Tresen, auf dem zahlreiche Prospekte und Faltblätter lagen. Dahinter erkannte Leo das Flackern eines Computermonitors. Die Rezeption, vermutete sie und ging langsam auf den Tresen zu.

Wahllos und ohne genauer hinzuschauen, nahm sie eine der Broschüren.

Die gesamte Aktivität in diesem Raum konzentrierte sich

an dem Durchgang rechts hinten. Der Chauffeur hielt die Tür auf. Er war kleiner, als Leo vermutet hatte.

Ein größerer Mann im Karateanzug schob die dunkelhaarige Frau in dem Rollstuhl in den Nebenraum. Sie schien sich über etwas zu beschweren, obwohl Leo den Wortlaut nicht verstehen konnte. Die Vorwürfe waren an eine hochgewachsene schlanke Frau gerichtet, die in ihrer ebenfalls weißen Uniform wie eine strenge Krankenschwester aussah. Sie wies die Frau im Rollstuhl zurecht.

»Hier bei uns wird man nicht laut, Helena.« Die Stimme war zwar leise, doch ihr autoritärer Tonfall war sogar für Leo deutlich zu vernehmen. »In ein paar Minuten werden Sie sich beruhigt haben, dann kommt der Direktor und spricht mit Ihnen.«

Bei diesen Worten fiel der Blick der Frau auf Leo. Fragend hob sie eine Augenbraue. Sie scheuchte die beiden Männer samt der Frau im Rollstuhl nach nebenan und schloß die Tür zur Halle hinter ihnen.

Leo wandte sich ab und tat so, als würde sie in der Broschüre lesen. Erschrocken zuckte sie zusammen. Sie kannte diese Broschüre. Auf dem Umschlag stand »Evolution«.

»Wie kann ich Ihnen behilflich sein?«

Das Gesicht der Frau war hübsch, wirkte aber kalt und verschlossen. Ihr blondes Haar war im Nacken zu einem Knoten zusammengebunden.

Leos Gedanken rasten. »Ich hoffe, daß Sie mir helfen können, Miss ...« Sie zögerte.

»Heather – hier bei uns ist es üblich, nur die Vornamen zu benutzen. Ich bin sicher, Sie verstehen die Gründe.«

»Natürlich«, murmelte Leo, obwohl sie nicht die leiseste Ahnung hatte.

»Außerdem kommen unsere Gäste für gewöhnlich erst nach Vorankündigung her. Für heute abend wurde niemand mehr erwartet.« Heather war höflich und benahm sich korrekt. Leo konnte nicht ganz erkennen, woran es lag, daß sie so bedrohlich wirkte. Vielleicht hatte es etwas mit ihrer langsamen und sorgfältigen Ausdrucksweise zu tun.

»Ich schätze, ich bin nicht unbedingt ein Gast. Sie stammen aus Kalifornien, nicht wahr?«

Heather nickte kurz. »Also, wie kann ich Ihnen behilflich sein?«

Leo bemerkte, daß sie im Verlauf des Gesprächs langsam, aber bestimmt immer weiter in Richtung Ausgang geschlendert waren.

»Eine Freundin hat mir von diesem Ort erzählt und mich gebeten, sie hier aufzusuchen. Sie hat mir Ihre Broschüre geschickt. Ich bin gerade erst aus New York eingetroffen«, improvisierte Leo.

»Und wie heißt Ihre Freundin?«

»Oh, habe ich das noch nicht erwähnt? Isabel Iris, falls es hier noch eine andere Isabel geben sollte.«

Heathers Stirn legte sich in gespielter Konzentration in Falten.

»Warum sehen wir nicht einfach in Ihrem Computer nach? Dann können Sie mir auch gleich ihre Zimmernummer sagen.« Leo lächelte unschuldig.

»Ich brauche nicht nachzuschauen. Ich kann mich noch genau an Ihre Freundin Iris erinnern. Eine hübsche blonde Frau mit einer düsteren Aura. Von Sorgen geplagt, meine ich. Ein wenig wie Sie.« Die Frau sagte es mit kontrollierter Geringschätzung. »Schade, daß Iris Sie nicht rechtzeitig von ihrer Abreise unterrichtet hat. Am vorletzten Sonntag, glaube ich, ist sie abgefahren. Ich weiß es nicht ganz genau, weil ich an dem Wochenende keinen Dienst hatte.«

»Sind Sie sicher? Hat sie eine Nachricht für mich hinterlassen? Bitte sehen Sie doch nach. Ich habe eine lange Reise hinter mir.«

»Ihre Freundin hat keine Nachricht hinterlassen. Da brauche ich gar nicht erst nachzusehen.«

An der Decke unmittelbar über der Rezeption begann eine rote Signallampe zu blinken. Noch bevor Leo sich nach dem Grund dafür erkundigen konnte, fuhr Heather bereits fort. »Ich muß Sie jetzt bitten zu gehen.«

»Aber ...«

Die Tür war bereits offen. »Falls Sie einen Aufenthalt in unserem Refugium buchen möchten, geht das nicht ohne vorherige Reservierung. Die Plätze sind äußerst begehrt. Wie Sie der Broschüre entnehmen können, findet die Aufnahme Freitag abends oder Samstag morgens statt. Bei einem neuen Gast benötigen wir zunächst eine fachliche Beurteilung.«

»Eine fachliche Beurteilung?«

»Ja. Von einem Arzt oder Therapeuten.«

Leo fand sich auf der Vordertreppe wieder, ohne ganz zu begreifen, daß sie soeben einen glatten Rausschmiß erlebt hatte.

»Hier in der Region gibt es überall Hotels.« Heather deutete zum ersten Mal so etwas wie ein Lächeln an. »Das erste davon dürften Sie bereits nach fünfzehn oder zwanzig Minuten erreicht haben. Aber beeilen Sie sich. Wenn man die Straßen hier nicht kennt, ist es nicht ratsam, nach Einbruch der Dunkelheit noch zu fahren. Wir freuen uns auf Ihren Besuch.« Die Tür schloß sich mit einem leisen dumpfen Geräusch.

Nachdem man sie so geschickt des Hauses verwiesen hatte, verspürte Leo die rebellische Anwandlung, mit den Fäusten gegen die Tür zu hämmern. Doch statt dessen folgte sie langsam dem Kiesweg und erforschte das gepflegte Grundstück. Isabel war also bis vor zehn Tagen hier gewesen. Das würde bedeuten, daß ihr Aufenthalt ungefähr zwei Wochen gedauert hatte. Am Donnerstag der ersten Woche hätte sie eigentlich nach New York fliegen sollen. Was hatte sie davon abgehalten, und weshalb hatte sie Leo nicht wenigstens Bescheid gegeben? Und was war danach geschehen?

Leo schaute sich die Broschüre an, die sie eingesteckt hatte. Natürlich. Jetzt wußte sie wieder, wo ihr so ein Prospekt schon einmal aufgefallen war: auf dem Nachttisch im Gästezimmer in Isabels Apartment. Sie hatte an ihrem ersten Abend in London einen kurzen Blick darauf geworfen und sich gefragt, ob die Broschüre Isabel gehörte oder ob sie jemand dort vergessen hatte.

Das helle Klingeln einer Glocke erregte ihre Aufmerksamkeit. Hinter einer Hecke am anderen Ende des Grundstücks tauchte eine Gruppe von Leuten auf, die allesamt diese weißen Karateanzüge trugen. Vielleicht mußten auch die Gäste des Refugiums ihre Alltagskleidung ablegen.

Leo beobachtete die Prozession einen Moment lang. Die Leute schienen alle auf irgendeinen entlegenen Punkt zu blicken und Leo gar nicht wahrzunehmen, auch als sie näher kamen. Sie fragte sich, ob einer von ihnen wohl früher den Namen Morgenstern getragen hatte. Beinahe hätte sie den Namen laut herausgebrüllt, nur um zu sehen, wer darauf reagieren würde.

Nein, es war sehr viel ratsamer, sich weiterhin bedeckt zu halten. Morgen würde sie wie Isabel versuchen, einen Platz im Refugium zu bekommen.

Unwillkürlich wich sie vom Hauptweg ab. Ein Mann in weißer Kleidung war soeben damit beschäftigt, ein Blumenbeet umzugraben. Er blickte auf und schenkte ihr ein verhaltenes Lächeln. Sein Gesicht wirkte vertraut. Leo fiel ein, daß sie ihn auf irgendeinem Plakat gesehen hatte. Ja. Vielleicht sogar vor ein paar Jahren in Beccas Zimmer. Man sprach sich hier nur mit Vornamen an, hatte Heather gesagt. Na klar, wegen der mitunter berühmten Gäste.

Leo hielt auf die abseits gelegenen Gebäude zu, eine von Efeu überwucherte Front mit nur wenigen Fenstern. Die Türen mußten sich auf der anderen Seite befinden. Leo bemerkte im ersten Stock ein Fenster, hinter dem eine Frau stand und zu ihr hinunterschaute. Sie stand absolut reglos da, und unter dem wirren ausladenden Haarschopf wirkte ihr Gesicht nahezu gespenstisch. Die Trauer auf diesem Antlitz war dermaßen groß, daß Leo ohne nachzudenken die Hand zu einem freundlichen Gruß hob.

Die Frau reagierte nicht. Einen flüchtigen Moment lang überkam Leo das seltsame Gefühl, sie wäre irgendwie in einen Roman des neunzehnten Jahrhunderts geraten und würde hier nun die sprichwörtliche Verrückte auf dem Dachboden vor sich sehen. Doch die Frau rannte nicht umher wie ein Tier im Käfig und war weder fahrig noch im Fieberwahn gefangen. Sie stand einfach nur da und starrte hinaus.

Eilig suchte Leo das Weite. Ein Schauder lief ihr über den Rücken. Wenn sie doch nur zehn Tage früher hergekommen wäre, hätte sie Isabel noch angetroffen. Isabel, die ihr wie ein Irrlicht ausgewichen war und nun starr und tot auf einem Seziertisch lag.

18

Die Bar im Lynton Arms schien aus einem erlesenen Herrenklub zu stammen, nur war sie recht klein. Eine Bridgerunde hatte einen der beiden Spieltische belegt. Grün beschirmte Lampen verbreiteten ein warmes Licht, das jedoch von den prasselnden Flammen des Kaminfeuers noch bei weitem übertroffen wurde. An den burgunderrot tapezierten Wänden hingen gerahmte Gemälde, auf denen sich Enten und Rotwild tummelten und offenbar keinerlei Angst vor der antiken Flinte verspürten, die ebenfalls dort angebracht war.

Über all das wachte mit Argusaugen ein junger Mann, der bei der leisesten Geste sogleich herbeieilte, um die Gläser mit Whisky oder Brandy nachzufüllen.

Leo nippte an ihrem Drink und schaute Martha an. Die Augen der alten Damen waren gerötet. Sie hielt ihre Lider nur noch durch reine Willenskraft auf, als würde sie fürchten, sogleich von Alpträumen verfolgt zu werden, falls sie der Müdigkeit auch nur eine Sekunde lang nachgab. Leo beugte sich vor und drückte ihre Hand. Isabels Tante gab sich Mühe, sich ein Lächeln abzuringen.

»Wenn ich ihr doch nur nichts erzählt hätte, dann wäre sie immer noch hier.«

»Das dürfen Sie nicht sagen. Wir beide wissen überhaupt nichts. Aber wir werden es herausfinden. Ich verspreche es.«

»Das wird Isabel auch nicht wieder zurückbringen.«

»Nein, das wird es nicht.« Leo leerte ihr Glas und stellte es auf dem Tisch ab.

Pippa erschien und lieferte eine willkommene Abwechslung. Sie hatte schon längst mit den beiden Frauen sprechen wollen, doch bislang hatte sich keine Gelegenheit ergeben. Sie winkte ihnen zu. Dicht hinter ihr folgte Bea in einem mit Perlen besetzten Kleid aus Angorawolle.

»Dürfen wir Sie beide zu einem Drink einladen?« fragte Leo.

»Der geht aufs Haus, meine Liebe.« Pippa gab dem jungen Kellner ein Zeichen, während Bea ihr einen strafenden Blick zuwarf.

»Ich wollte Sie etwas fragen«, fing Leo an. »Haben Sie schon mal von der Morning Star Foundation gehört? Diese Stiftung betreibt eine Klinik, die sie selbst als Refugium bezeichnet.«

»Morning Star? Hübscher Name«, sagte Pippa nachdenklich, »aber ich glaube, ich habe ihn noch nie gehört.«

»Ich weiß, welche Klinik Sie meinen«, warf der Kellner ein, während er die Getränke servierte. Er sprach eindeutig mit französischem Akzent. »Ist eine Einrichtung für Süchtige. Für reiche Süchtige und berühmte Leute, damit sie sich dort in aller Stille auskurieren können. Sehr diskret.« Er lächelte.

»War Ihre Freundin …«, setzte Pippa an.

»Bestimmt nicht«, fiel Martha ihr ins Wort und warf Leo einen flehentlichen Blick zu. »Ich kann das beurteilen. Ich arbeite mit Süchtigen. Mit Kindern.«

»Niemand wollte etwas in dieser Richtung andeuten, Martha«, beruhigte Leo sie und wandte sich wieder an den Kellner. »Nur für Süchtige? Um welche Arten der Abhängigkeit geht es?«

Der junge Mann zuckte mit den Achseln. »Ich bin mir nicht sicher. Letzten Sommer habe ich einen Landsmann von mir kennengelernt. Er hat dort ein paar Wochen in der Küche gearbeitet. Er sagte, die Leute seien fous. Verrückte. Er ist nicht lange geblieben.«

»Aber du bist wieder zu uns zurückgekehrt, nicht wahr, Robert?« Pippa strahlte ihn an. »Robert stammt aus Saint-Malo.«

»Mr. Seale möchte einen Drink.« Bea schickte den Kellner wieder an die Arbeit. Dann wandte sie sich an Martha. »Ihre Nichte war eine sehr nette Frau, Miss Morgan. Wir wünschten, sie wäre länger bei uns geblieben.«

Martha stiegen Tränen in die Augen.

Pippa legte ihr eine fleckige Hand auf den Arm und begann dann, mit leiser Stimme ein Loblied auf Isabel zu singen. Leo konnte nicht anders. Sie mußte sich entschuldigen und ging auf ihr Zimmer. Die Last, die den ganzen Tag lang auf ihren Schultern geruht hatte, wurde schier unerträglich. Sie fühlte sich leer und erschöpft.

Sie legte sich hin und mußte wieder an die Morning-Star-Klinik denken und an die seltsame Ruhe, die das Gebäude ausstrahlte. Leo sah die hohen, undurchdringlichen Zypressen vor sich, die weißgekleideten Männer, die völlig selbstversunken über das Anwesen schritten, die schmerzlich dünne Frau, die durch das Fenster des Nebengebäudes starrte, den großen Hügel im hinteren Bereich des Areals.

Daß sie eingeschlafen war, bemerkte Leo erst, als ein Alptraum sie hochschrecken ließ. Tränen rannen über ihre Wangen. Sie war wieder unter der Erde in dieser tropfenden labyrinthischen Stadt gewesen. Sie hatte etwas verloren und zwischen all den verlassenen Gebäuden, den Gassen und Rohrleitungen verzweifelt danach gesucht. Der Regen, das langsame Tropfen, das eingesetzt hatte, war dann in eine regelrechte Sintflut übergegangen. Zu ihren Füßen bildeten sich Strudel; das Wasser stieg immer höher. Eine starke Strömung riß sie mit sich durch die Straßen, und während der Pegel immer mehr anstieg, trieb ein Körper auf sie zu. Sie packte ihn. Isabel. Sie hatte sie gefunden. Doch es war zu spät.

Es kostete Leo einige Überwindung, doch sie setzte sich auf und schaltete das Licht ein. Dann atmete sie ein paarmal tief durch. Irgendein bösartiger Sandmann hatte ihr den Mund mit Schmutz und Asche gefüllt. Sie griff nach der Flasche Mineralwasser, die auf dem Nachttisch stand. Ihr Kopf dröhnte.

Irgendwo mußten doch ein paar Pillen sein. Sie torkelte ins Badezimmer und streifte dabei das Waschbecken. Das kalte Gefühl ließ sie wieder an Isabel auf diesem Seziertisch denken. An Isabel und Jill Reid.

Leo schob sich zwei Tabletten in den Mund. Drogen, hatte der Kellner gesagt. Ein Entgiftungsprogramm im Refugium. Auch in Jill Reids Körper waren Drogen gefunden worden. Was würde die Autopsie an Isabel ergeben? Norfolk hatte von den fließenden Grenzen auf dem Biochemie-Sektor gesprochen, von Pharma- und Nahrungsmittelkonzernen. Dann war da die Firmenbroschüre, die sie zwischen den Kleidern in Isabels Koffer gefunden hatte. Bioworld. Und ihr Arzneischrank, den der Einbrecher durchwühlt hatte.

Ihre Gedanken wirbelten durcheinander. Warum hatte Qantas Isabels Koffer zurückgebracht, wenn ihre Leiche doch hier im Meer vor Devon trieb?

Leo schaltete das Licht aus und sofort wieder an. Nein, sie wollte keine Dunkelheit. Dann suchte sie in ihrer Tasche herum und holte die Broschüre mit dem rätselhaften Titel hervor. Evolution. Sie las den Text mehrere Male. Er beschrieb einen idyllischen Ort auf dem Lande, der eine Möglichkeit zur Zurückgezogenheit bot, aber auch Meditationen, Beratungsgespräche, Yoga, Massagen und eine Reihe von Therapieformen, durch die man angeblich auf eine höhere Daseinsebene gelangen konnte. Von Drogen und einer Entziehungskur war keine Rede.

Auf der letzten Seite wurden die erforderlichen Formalitäten beschrieben. Leo begann, einen Plan zu entwickeln.

Leo klingelte, und die Tür in dem kunstvoll geschmiedeten Tor öffnete sich. Sie atmete tief durch und betrat das Gelände des Refugiums.

Der Kies unter ihren Füßen knirschte. Eine Krähe landete auf dem Rasen und starrte sie mit düsteren Augen an. Es war unnatürlich ruhig, als würden die dicht stehenden Zypressen dem gewöhnlichen Wind Einhalt gebieten. Abgesehen von einer einzelnen Gestalt, die unter einem Baum meditierte, war auf dem ganzen Gelände niemand zu entdecken. Leos Blick richtete sich auf die entlegenen Nebengebäude und hielt nach der gespenstischen Frau am Fenster Ausschau. Die Häuser lagen jedoch im Schatten; von den Innenräumen war nicht das Geringste zu erkennen.

Leo ging langsam weiter. Am Abend zuvor hatte sie mit Norfolk gesprochen, der aus Amsterdam endlich wieder zurückgekehrt war. Sie unterbreitete ihm die schreckliche Nachricht, hörte seinen Atem stocken und dann das ungläubige »Nein«, das ihm über die Lippen kam. Dann, als er sich wieder gefaßt hatte, berichtete sie ihm, daß Faraday einen Selbstmord vermutete, während sie selbst ganz anderer Ansicht war.

»Immerhin hat Isabel große Abgänge gemocht«, murmelte Norfolk.

»Aber noch mehr hat sie das Leben gemocht«, beharrte Leo.

Sie faßte zusammen, was Martha ihr anvertraut hatte, und erklärte ihm dann, daß Isabel bis zum vorletzten Sonntag vermutlich als Gast auf dem Anwesen der Morning Star Foundation gewesen war.

Norfolk erklärte, er wolle am nächsten Morgen sogleich zu ihr herausfahren, aber Leo drängte ihn, sich statt dessen auf Jill Reid und die Plantagen- und Biochemie-Spur zu konzentrieren. Isabels Verbleib nach dem Verlassen des Refugiums sei bislang ungeklärt.

Nach dem Gespräch mit Norfolk hatte sie Daniel Lukas eine Nachricht auf Band hinterlassen und ihm mitgeteilt, sie benötige seine Unterstützung, weil sie gedenke, das Refugium der Morning Star Foundation aufzusuchen. Man würde sich gewiß telefonisch bei ihm melden, da Leo beabsichtige, so schnell wie möglich als Patientin aufgenommen zu werden.

Noch bevor Leo den Klingelknopf gefunden hatte, öffnete bereits ein weißgekleideter Mann die Tür. Er war jung, hatte hellbraunes Haar und ein Grübchen im glattrasierten Kinn. Seine Augen waren sehr blau und blickten ein wenig versonnen drein. »Willkommen, Leonora.« Er deutete eine Verbeugung an und lächelte. »Ich bin William. Ich werde mich um Sie kümmern.«

Leo meinte, bei ihm einen leichten deutschen Akzent herauszuhören.

»Nennen Sie mich Leo«, sagte sie. Es überraschte sie, daß man schon wußte, wer sie war.

»Leo.« Höflich nahm er ihre Tasche. »Kommen Sie bitte hier entlang.«

Er hatte eine gewisse formelle Zwanglosigkeit an sich, als sei er speziell für diese Art von Beiläufigkeit geschult worden.

Sie folgte ihm in die Halle und blickte zu der Rezeption in der hinteren Ecke. Diesmal wartete dort keine frostige Heather auf sie, sondern nur eine hübsche junge Frau, die ihr lächelnd bedeutete, sie möge einfach durchgehen. Leo gewann an Zuversicht.

Sie hielten nicht auf die Tür zu, hinter der die Frau im Rollstuhl verschwunden war, sondern gingen statt dessen die Treppe hinauf und dann einen dämmrigen Flur entlang. Abgesehen von ihnen beiden, war es hier so still, als befände sich keine weitere Menschenseele im Gebäude. Leo fragte sich, warum es eigentlich so schwierig gewesen war, ihrem Wunsch zu entsprechen, noch in dieser Woche als Patientin aufgenommen zu werden. Bei der Angestellten am Telefon hatte es sich nicht um Heather gehandelt, sondern um eine Frau mit heiserer, gebildeter englischer Stimme. Sie hatte Leo beinahe zehn Minuten in der Warteschleife ausharren lassen, bevor sie ihr mitteilte, daß es nur durch einen glücklichen Zufall noch möglich sei, sie ausnahmsweise sofort aufzunehmen.

Leo hatte gespürt, daß ihr in der Wahrheit der Name von Dr. Daniel Lukas die Tür geöffnet hatte. Der »Evolution«-Broschüre war zwischen den Zeilen zu entnehmen, daß man bei der Aufnahme neuer Patienten Wert auf die Empfehlung oder Überweisung einer anderen maßgeblichen Stelle legte. Mit seinem Titel und seiner Reputation, auf die Aron Field sie hingewiesen hatte, galt Daniel als eine besondere Kapazität. Vielleicht aber gehörte es auch einfach dazu, die Aufnahmeprozedur ein wenig schwierig zu gestalten, um den exklusiven Anschein zu wahren.

Sie waren um zwei Ecke gebogen, als William eine Tür zu ihrer Linken öffnete.

»Dies hier wird Ihr Zimmer sein«, sagte er in seinem sanften Tonfall. »Auf dem Tisch finden Sie die Verhaltensmaßregeln. Wir tragen hier alle weiße Kleidung. Die Sachen liegen auf dem Bett. Wenn Sie wünschen, können wir Ihre Alltagskleidung für Sie verwahren.« Er deutete abermals eine leichte Verbeugung an und ging.

Leo stand in einem kargen weißen Raum, bei dem es sich um eine Mönchsklause hätte handeln können. Der helle Boden war sandfarben und das Bett ein einfaches Holzgestell mit einer weißen Wolldecke. Darauf lagen zwei Handtücher und zwei weiße Gewänder, allesamt ordentlich gefaltet. In einer der Ecken befand sich ein Waschbecken, und vor dem Fenster stand ein blanker Holztisch mit einem Stuhl. Der kleine Schrank besaß drei Regalfächer und eine Kleiderstange mit fünf Bügeln. Die Wände waren kahl.

Plötzlich hatte Leo die Stimme ihrer Mutter im Ohr. »Man sollte meinen, für den Preis wären auch noch ein Spiegel und eine Dusche drin gewesen.«

In der Luft hing ein merkwürdig süßlicher Geruch, den sie nicht einordnen konnte. Sie schaute aus dem Fenster. Vor sich sah sie eine Fläche mit verkrüppeltem Stechginster und Farnen. Dahinter erhob sich ein steiler felsiger, kahler Abhang, höher als jede Gefängnismauer. Die wilde Schönheit des Ausblicks erstaunte und erschreckte sie zugleich. Sie mußte sich im hinteren Teil des Gebäudes befinden.

Auf dem Tisch lagen zwei bedruckte Blätter. Am oberen Rand prangte jeweils in fetter Serifenschrift das Wort »Refugium«, gefolgt von dem Slogan »Läutere den Verstand. Reinige den Körper. Zentriere den Geist.«

Das andere Papier enthielt eine Liste der Hausregeln. Während sie las, beschlich Leo das seltsame Gefühl, sie befinde sich in einem besonders strengen Internat, wo Lachen als Disziplinarvergehen galt, so wie in den Schulen, die Isabel ihr beschrieben hatte. Zahllose Regeln reglementierten das Leben in der Klinik. Man durfte weder Mobiltelefone noch Computer benutzen. Alkohol, Nikotin und alle nicht ärztlich verordneten Substanzen waren ebenfalls verboten. Verschriebene Medikamente mußten beim ersten Gespräch angemeldet werden.

Die Gäste wurden ersucht, sowohl im Gebäude als auch draußen die bereitgestellten weißen Gewänder zu tragen.

Die Türen hatten keine Schlösser. Wertgegenstände konnten zur Verwahrung abgegeben werden.

Dies hier war ein Zufluchtsort. Die Gäste wurden gebeten, die aufgeführten Ruhezeiten zu beachten. Während der Mahlzeiten sollten die Gespräche auf ein Minimum beschränkt werden.

Obwohl die Gäste sich ausdrücklich dazu ermutigt fühlen sollten, einsame meditative Spaziergänge zu unternehmen und die außergewöhnliche Naturschönheit des Refugiums zu genießen, war der Zutritt zu gewissen Bereichen untersagt. Einzelheiten konnten der beigefügten Karte entnommen werden.

Es folgte eine Liste von Aktivitäten, denen man im Refugium nachgehen konnte. Die Aufstellung umfaßte Yoga, Meditation, Tai-Chi, verschiedene Gruppentherapien, individuelle Beratungsgespräche, Akupressur oder Thai-Massage sowie diverse Vorträge. Jeder Gast würde am ersten vollständigen Tag seines Aufenthalts zu einem Treffen gebeten, in dessen Verlauf man den persönlichen Tagesplan erstellte. Außerdem waren alle Gäste gehalten, den Einführungskurs am ersten Abend zu besuchen.

Leo schob das Fenster hoch und mußte feststellen, daß es sich nur einen Spaltbreit weit öffnen ließ, doch immerhin strömte frische Luft herein, die den Geruch des Meeres mit sich trug. Sie atmete tief durch und wandte sich der Karte zu.

Ihr eigenes Zimmer war mit einem roten Punkt markiert. Sie befand sich tatsächlich in einem rechteckigen Gebäude, das um einen Innenhof errichtet worden war. Auf dem Hof war ein überdachter Umriß eingezeichnet, bei dem es sich der Legende nach um den Vortrags- und Besprechungsraum handelte. Links von der Eingangshalle befand sich ein Speisesaal, und im Keller gab es einen Lagerraum.

Das Betreten dieses Lagerraums sowie der gesamten rechten Seite des Hauses war Gästen nicht gestattet. Gleiches galt für die beiden Nebengebäude und das unmittelbar an sie angrenzende Gelände. Nach dem Lageplan zu schließen, waren diese zwei Bauten weitaus geräumiger, als Leo ursprünglich angenommen hatte.

Was ging in den gesperrten Bereichen vor sich? Leo vermutete, daß dort das Rehabilitationszentrum untergebracht war. Irgendwie mußte es ihr gelingen, sich Zutritt zu verschaffen. Nach dem, was Martha ihr erzählt hatte, würde der ehemalige Mr. Morgenstern sich höchstwahrscheinlich dort aufhalten.

Sie packte ihre Tasche aus, verstaute ihre Kleidung in dem kleinen Schrank und wusch sich rasch. Die Frau am Telefon hatte lediglich auf eine einzige Notwendigkeit hingewiesen: Schuhe mit weichen Sohlen. Pflichtgemäß hatte Leo sich daher ein Paar Turnschuhe gekauft. Sie zog die weiße Kluft über, die wie ein Karateanzug aussah, und schlüpfte in die Schuhe. Vielleicht verfügten die Angestellten ja wie bei Karate je nach Rang und Aufgabe über verschiedenfarbige Gürtel, dachte Leo und lächelte, um der wachsenden Anspannung zu begegnen.

Als sie aus dem Zimmer schlich, um sich ein wenig umzusehen, hörte sie eine sanfte Stimme hinter sich, die ihren Namen rief.

Sie zuckte zusammen. Lautlos wie eine Katze auf Samtpfoten war William aus dem Nichts erschienen. Hatte er die Aufgabe, sie zu überwachen?

»Ja, William?« entgegnete sie leise.

»Falls Sie etwas in Verwahrung geben möchten, kann ich das jetzt für Sie erledigen.«

»Ach, daran habe ich gar nicht gedacht. Später vielleicht. Jetzt würde ich gern einen kleinen Spaziergang unternehmen.«

William wirkte beunruhigt. »Es gibt schon bald Abendessen.«

»Nur eine kurze Runde. Kommen Sie doch mit! Sie könnten mich ein wenig herumführen.« Leo schenkte ihm ein Lächeln.

Als sie die Treppe erreichten, begegnete ihnen eine Frau mit einem auffälligen breitkrempigen Hut und der ausladenden Sonnenbrille eines ehemaligen Filmstars. Sie nickte ihnen beiläufig zu und eilte den Korridor entlang. Leo bemerkte, daß sie nicht von einer weißgekleideten Gestalt begleitet wurde.

»Wer ist die Frau?« fragte Leo im Plauderton.

»Candice«, entgegnete er zögernd.

»Ist sie häufig hier zu Gast?«

William nickte und öffnete die Haustür ein wenig zu schroff.

Weitere Leute waren auf dem Grundstück zu sehen, von denen einige Koffer bei sich trugen. Der Mercedes stand seitlich vom Eingang geparkt. Leo vermutete, daß sie früh genug eingetroffen war, um den freitagabendlichen Wechsel der Gäste mitzuerleben.

Energisch führte William sie von der Zufahrtsstraße auf einen der Nebenpfade.

»Wie lange sind Sie schon hier im Refugium, William?« fragte Leo.

»Ungefähr acht Monate.«

»Und haben Sie ursprünglich geplant, so lange zu bleiben?«

Er stockte, fing sich jedoch schnell. »Als ich herkam, war ich ein wenig orientierungslos. Ich hatte keine Pläne. Ich war da drüben.« Er wies mit unbestimmter Geste über die Schulter. Leo benötigte einen Moment, um zu begreifen, daß er auf die Sperrzone deutete. Auf das Suchtzentrum.

»Ich verstehe.«

»Ich war auf der Suche.«

»Was haben Sie gesucht?«

Sie hatten eine Reihe hoher Sträucher erreicht; William

führte sie zu einem Durchgang. Die untergehende Sonne spiegelte sich in einem kleinen rechteckigen Wasserbecken.

»Einen Weg«, erklärte er mit Nachdruck.

»Und hier haben Sie einen Weg gefunden?«

Er nickte.

»Die Therapeuten haben Ihnen geholfen.«

Er schien kurz innezuhalten. »Der Direktor.«

»Ah, ich verstehe. Was für ein Mensch ist der Direktor?«

»Sie werden ihn nachher kennenlernen.« William starrte in die Ferne und beschleunigte den Schritt.

Leo wollte nicht, daß er in Schweigen verfiel. »Sie befanden sich bei Ihrer Ankunft also in einer Krise, und der Direktor hat Ihnen wieder auf die Beine geholfen.«

»Er hat mir den Weg gezeigt«, berichtigte William. Seinem Gesicht war eine winzige Spur Geringschätzung zu entnehmen. »Den Weg zur Weisheit.«

»Evolution. Der Weg zur Weisheit«, sagte sie nachdenklich.

»Ja. Ein Leben frei von krankhafter Begierde. Ein Leben in Frieden. Sich eins fühlen mit der Welt.«

Leo sah ihn an. »Meine australische Freundin Iris hat mir von dem Refugium erzählt. Auch sie hat nach so einem Ort gesucht.«

»Iris? Die Australierin. Nein!« William schüttelte heftig den Kopf. »Sie war hinterlistig. Sie hat insgeheim an irgendeinem Text gearbeitet. Deshalb ist sie auch …« Er hielt abrupt inne. In einiger Entfernung war ein Gong ertönt. »Kommen Sie, Leonora.« Dann eilte er dermaßen schnell zurück, daß an ein Gespräch nicht mehr zu denken war.

Leo folgte ihm und fragte sich, ob Isabel womöglich aus Versehen verraten hatte, daß sie ein Buch über Therapien schrieb. Aber solch ein Fehler paßte nicht zu ihrer professionellen Art.

Es war zu spät, um William noch weiter aushorchen zu können. Sie hatten den Speisesaal erreicht, einen kargen, hohen Raum, in dem eine merkwürdige Stille herrschte, obwohl bereits zahlreiche Leute an den langen Holztischen saßen. William führte Leo zu einem freien Platz und zog sich dann eilig zurück.

Sie hatte das deutliche Gefühl, er würde nun so schnell wie möglich an höherer Stelle einen Bericht über ihr Gespräch abliefern. Gut, dachte sie. Es sollten ruhig alle wissen, daß sie sich für Iris Morgenstern interessierte.

Sie setzte sich und lächelte dem Mann neben ihr zu. Er war ungefähr fünfunddreißig, sein schmaler Kopf über den gesenkten Augen und der Adlernase war völlig kahl. Er nickte ihr zu und richtete seine Aufmerksamkeit brüsk wieder auf die Schalen voller Blattsalat und Karotten, Tomaten, Sellerie und Obst, aus denen das Abendessen bestand. Er aß so langsam, als würde er mit jedem Bissen ein stilles Gebet sprechen. Die Frau rechts von ihr zeigte sich genauso zurückhaltend, wenngleich sie anders als der kahlköpfige Mann mit verstohlener Eile aß und dann auf ihren leeren Teller starrte.

Leo hatte den Eindruck, hinter ihr würde jemand unvermittelt in lautes Gelächter ausbrechen, doch als sie sich umdrehte, war da niemand. Dann ertönte erneut der Gong. Sie stand auf und folgte dem Kahlköpfigen. Einen Moment lang befanden sie sich draußen in der unbewegten Luft des Innenhofs. Dann betraten sie in einer Reihe den überdachten Bereich in der Mitte. Die Stuhlreihen hatten sich bereits überwiegend gefüllt – insgesamt fanden hier zwischen sechzig und achtzig Leuten Platz.

Vorn auf dem Podium stand ein großer, grobknochiger Mann. Er hatte eine hohe Stirn, sein weißes Haar reichte ihm bis auf die Schultern, wo es förmlich mit seinem Vollbart verschmolz. Seine Augen waren strahlend blau, und sein Lächeln strahlte eine aufgesetzte Mildtätigkeit aus. Einige kleine Scheinwerfer tauchten ihn in sanftes Licht, so daß er wie ein biblischer Weiser aussah oder wie ein alter Wikinger, der auf Entdeckungsfahrt am Bug seines Drachenbootes stand. Mit dramatischer Geste breitete er die Arme aus und begann mit volltönender Stimme zu sprechen.

»Willkommen. Ein besonders herzliches Willkommen all

unseren neuen Freunden hier im Morning-Star-Refugium.« Sein Blick streifte mehrere Angehörige des Publikums, darunter auch die Frau mit der ausladenden Sonnenbrille, und schien dann besonders intensiv auf Leo zu ruhen.

»Refugium – ein Asyl, ein Zufluchtsort, ein sicherer Hafen, in dem Sie den Unrat des täglichen Lebens abladen können, um sich auf das Wesentliche zu konzentrieren, auf die kosmische Reise. Ein Ort, an dem alles sich vereint, um den Körper neu zu beleben, die Psyche ins Gleichgewicht zu bringen und den Geist zu erhellen. Wir alle mit unseren verschiedenen Fähigkeiten sind hier für Sie da, um Ihnen bei der Erlangung dieser Ziele zu helfen, bei der Entwicklung, der Heilung, der Überwindung von Grenzen. Wir führen Sie auf den richtigen Weg – den Weg der Wahrheit und des Erfolgs.«

»Wer ist das?« flüsterte Leo ihrer Nachbarin zu.

Der Blick der Frau schien zu besagen, daß Leo wohl von einem anderen Planeten stammen mußte, weil ihr solch eine Selbstverständlichkeit nicht geläufig war. »Der Direktor. F. F. Hilton.«

Die Stimme des Direktors sank beinahe zu einem Flüstern herab, als wolle er eine verschwörerische Botschaft von sich geben. »Viele von Ihnen sind hergekommen, weil sie sich in einer Krise befinden und nach Heilung und Gleichgewicht suchen. Das Leben kann mitunter schwierig sein. Manchmal kann man es kaum ertragen. Viel zu oft benehmen wir uns wie Kinder; unsere Begierden brennen mit einer solchen Leidenschaft, daß sie nach sofortiger Befriedigung verlangen. Doch Begierden verändern sich. Das ist die erste Lektion auf Ihrem Weg der Evolution. Was uns gestern noch glücklich gemacht hat, vermag dies heute nicht mehr zu tun. Sehnsüchte sind unbeständig.«

Der großgewachsene Direktor schritt über das Podium und postierte sich dann in der hinteren Ecke. Er sah nachdenklich aus, während er weitersprach. »Der Grund für unser Elend sind Gifte. Diese Gifte gilt es zu vernichten. Das Gift der Ignoranz, das uns blindlings glauben läßt, der nächste Kauf, der nächste Liebhaber, der nächste Job würde uns Befriedigung oder Ausgeglichenheit verschaffen. Zu oft verhält es sich nicht so.«

Er kehrte in die Mitte der Bühne zurück und erhob theatralisch die Stimme. »Das Gift der Anhänglichkeit. Im Hinblick auf eine Person, einen Status, Geld, eine bestimmte Sichtweise, ein ständig wiederkehrendes Verhaltensmuster, eine zwanghafte Gewohnheit. Solcherlei Anhänglichkeiten lähmen uns. Wir werden von unseren Besitztümern in Besitz genommen.

Und nun lassen Sie mich Ihnen sagen, weshalb Sie wirklich hergekommen sind. Sie sind hergekommen, um das Loslassen zu lernen. Um zu lernen, sich von Ihren psychischen Gewohnheiten zu trennen – jenem Panzer aus Bestimmungen und Regeln, der Sie in Blindheit und Trübsal gefangengehalten hat.« Er streckte die Hände aus, als wolle er sie alle umarmen. »Alles, was Sie hier tun, wird zur Evolution dieser neuen, stärkeren Persönlichkeit beitragen. Lassen Sie mich Ihre gebündelte Energie spüren.«

Leo hörte nicht mehr zu. Die Erkenntnis hatte sie wie ein Schlag getroffen, so daß sie kaum noch Luft bekam. Dieser F. F. Hilton war Isabels Vater. Es gab keinen Zweifel. Seine Augen, die Haltung, die Art, wie er den Kiefer vorreckte, als er nun die Stufen des Podiums hinunterstieg, verriet es ihr.

Als Leo ihn näher in Augenschein nahm, erkannte sie noch etwas anderes. Sie hatte diesen Mann zuvor schon einmal gesehen, doch da war er nicht als weißgewandeter Führer aufgetreten.

Sein Blick fiel auf sie, woraufhin Leo sich rasch abwandte. Zuvor bemerkte sie noch, wie er ihr zunickte und dabei den Kopf weit genug neigte, daß es wie eine leichte Verbeugung aussah.

Wußte er, daß seine Tochter Isabel tot war? fragte Leo sich und wagte, wieder in seine Richtung zu blicken.

Seine Augen richteten sich nun auf eine Gestalt mit kurzem schwarzen Haar, die drei Reihen vor Leo saß. Plötzlich wandte die Person sich zur Seite, und Leo erkannte, daß es sich um eine junge Frau von wilder, leidenschaftlicher Schönheit handelte, mit hohen Wangenknochen, tiefliegenden Augen, einem üppig geschwungenen Mund und hell schimmernder Haut. Das Mädchen errötete, als wäre sie ein Kind, das bei etwas Verbotenem ertappt worden war. Einen Moment später sprang sie auf und rannte davon, um sich dem Blick des Direktors zu entziehen. Kurz darauf verließ auch er mit einem knappen Gruß den Raum.

Der kahlköpfiger Mann, der beim Essen ihr Tischnachbar gewesen war, betrat die Bühne und ergriff das Wort. Leo hörte ihm nur mit halbem Ohr zu und versuchte, gegen ihre wachsende Verwirrung anzukämpfen. Hilton war der Mann gewesen, den sie im Freud-Museum mit Paola Webster und später mit Daniel hatte sprechen sehen. Er hatte einen schwarzen Anzug getragen und das Haar im Nacken zu einem Pferdeschwanz zusammengebunden wie irgendein alternder Microsoft-Vorstand.

»Nehmen wir zum Beispiel das Wasser«, sagte der Mann auf dem Podium. »Vom Wasser können wir sagen, daß es sich um eine lebensnotwendige farblose Flüssigkeit handelt oder auch um eine chemische Substanz, die im Verhältnis zwei zu eins aus Wasserstoff und Sauerstoff besteht. Doch haben wir das Wasser damit bereits umfassend und erschöpfend beschrieben? Benetzen Sie Ihr Gesicht damit, trinken Sie es, nehmen Sie ein Bad darin. Erfahren Sie es mit all Ihren Sinnen – dem Sehvermögen, dem Tast- und Geschmackssinn. Und dann bedenken Sie, daß auch Sie selbst überwiegend aus Wasser bestehen. Sie sind eine wandelnde Ansammlung von Wasser. Wasser ist in Ihrem Gewebe und Ihrem Blut; Ihrem Herz, Ihrer Lunge, Ihrem Gehirn, Ihrer Haut. Es ist nicht nur etwas dort draußen, sondern hier drinnen.« Er klopfte sich nacheinander auf Herz, Bauch und Hüfte. »Es gibt keinen Unterschied zwischen innen und außen.«

Leo umklammerte die Kante ihres Stuhls. Auch für Isabel hatte es keinen Unterschied zwischen innen und außen gegeben, doch dieser Umstand hatte sich wohl kaum als glücklich erwiesen. Das Wasser hatte ihre Haut aufquellen lassen, war in ihre Lungen eingedrungen und hatte sie getötet.

»Genauso sind Sie alle Erde – Eisen, Kupfer, Phosphor, Magnesium. Ohne diese Mineralien würden Sie sterben. Ein jedes davon ist absolut identisch mit den Mineralien in der Erde. Es gibt keinen wirklichen Unterschied zwischen dem Kupfer in Ihrem Körper und dem Kupfer in einem Kochtopf. Und all diese Mineralien kommen von den Sternen. Wir sind Sternenstaub, Sternenkinder. Die Sterne sind nicht nur die blinkenden Lichter am Himmel, sie befinden sich auch in unserem Fleisch und unseren Knochen.«

Leo stieß ihren Stuhl so lautstark zurück, daß ihre Nachbarn sich nach ihr umwandten. Ohne einen der Blicke zu erwidern, eilte sie den Gang hinunter nach draußen.

Sternenstaub, Sternenkinder. Morning Star. Morgenstern.

Ihr fiel ein, daß sie dringend mit Faraday sprechen mußte, um herauszufinden, ob er durch die Autopsie zu neuen Erkenntnissen gelangt war. Außerdem mußte sie in Erfahrung bringen, ob ein Zusammenhang mit dem Tod von Jill Reid bestand.

In der eisigen Luft des Innenhofs blieb sie stehen, um sich die Hosenbeine ihrer Kluft umzuschlagen, die ein wenig zu lang waren. Plötzlich kam ihr ein Gedanke. Hatte nicht auch die tote Isabel eine ähnliche Kluft getragen?

»Ist etwas nicht in Ordnung?« William hatte sich unbemerkt herangeschlichen.

»Ich muß telefonieren«, erklärte ihm Leo schroff, weil sie in Ruhe gelassen werden wollte.

Er sah sie mißbilligend an. »Den Gästen hier stehen keine Telefone zur Verfügung. Wir lernen, daß solche Dinge nicht wichtig sind.«

»Aber ich muß unbedingt ein Telefonat führen«, beharrte Leo.

»Dann müssen Sie mit Heather sprechen. Oder mit Olga. Nach Ihrem Einführungsgespräch.«

Leo eilte auf ihr Zimmer, aber sie konnte William nicht abschütteln. Sein leiser Schritt blieb die ganze Zeit hinter ihr.

Er erinnerte sie daran, ihre Sachen in Verwahrung zu geben. Es würde ihr guttun, sich von unnötigen Besitztümern zu trennen.

Um ihn loszuwerden, gab Leo ihm die Kleidung, die sie bei ihrer Ankunft getragen hatte, sowie ihre wenigen Schmuckstücke. Dann setzte sie sich erschöpft auf ihr Bett.

Keine Telefone für die Gäste. Die Worte hallten in ihren Ohren wider. Auf einmal meinte sie Isabels Stimme zu hören, die sehr sarkastisch und auf qualvolle Weise müde wirkte.

»Es ist gar nicht so einfach, dich anzurufen, um dir alles zu erklären, Leo«, flüsterte sie.

19

Leo träumte. Sie träumte, sie befände sich in einer hügeligen tropischen Gegend mit üppiger Vegetation und terrassenförmig angelegten Reisfeldern. Ihr Vater war bei ihr und hielt ihre Hand, während er sie über eine schwankende Hängebrücke drängte. Tief unter ihnen schlängelte sich ein Fluß durch ein Tal. Leo wollte nicht über diese Brücke gehen. Sie tastete sich mit winzigen Schritten voran. Ihre kleinen Füße steckten in neuen weißen Turnschuhen, an denen rote Erde klebte. Schau nach vorn, riet ihr Vater. Auf der anderen Seite der Schlucht sah sie eine leuchtend hell gewandete Frau mit anmutig gehobenem Arm eine Last auf dem Kopf balancieren. Plötzlich rutschte der Korb ab und fiel mit einem laut schallenden Geräusch in die Tiefe. Es klang wie Glocken. Überall Glocken. Und dann fiel auch die Frau hinterher, stürzte und stürzte immer weiter dem tosenden Fluß entgegen. Leo wollte ihr hinterherspringen, aber ihr Vater hielt sie zurück.

Sie schreckte aus dem Schlaf empor. Ihr Mund war trocken, sie konnte noch immer die warme Hand ihres Vaters spüren und das hallende Geräusch der Glocken hören. Durch das Fenster sah sie einen Abhang, der sich gegen den grauen Himmel abzeichnete. Dann fiel ihr wieder ein, wo sie sich befand. Bei dem Läuten hatte es sich um den Weckruf des Gongs gehandelt.

Sie lag da, sammelte sich und fand sich wieder in die Rolle ein, die sie hier zu spielen gedachte. Sie mußte sich für den bevorstehenden Tag wappnen. Ein Klopfen an der Tür ließ sie zusammenzucken.

»Leonora. Ihr Treffen mit Heather ist für neun Uhr anberaumt, direkt nach dem Frühstück. Sie wird Ihren Tagesplan zusammenstellen. Ich erwarte Sie im Speisesaal.«

»Ich komme gleich, William.« Sie bemühte sich, möglichst munter zu klingen. »Nur keine Sorge.«

Leo hingegen machte sich Sorgen. Seit ihr am Vorabend die Ähnlichkeit zwischen ihrem Anzug und der zerlumpten Hose an Isabels Leichnam aufgefallen war, gingen ihr zahllose Verdächtigungen durch den Kopf. Sie mußte sofort mit dem Direktor sprechen. Ob sie ihm ihre Befürchtungen mitteilen würde, hing von seiner Reaktion ab. Es war durchaus möglich, daß jemand hier auf dem Gelände mit Isabels Tod zu tun hatte. Außerdem mußte sie mit Faraday telefonieren.

»Leonora. Ich bin ja so froh, daß wir dermaßen schnell einen Platz für Sie finden konnten«, rief die kühle blonde Heather, kaum daß William an die Tür geklopft hatte.

Leo musterte sie. Weder dem Tonfall noch dem Aussehen der Frau haftete auch nur der leiseste Hauch von Ironie an.

Sie befanden sich in einem rechteckigen Raum im obersten Stockwerk des Gebäudes. Ein einzelner Ginsterzweig stand in einer Glasvase auf der Ecke eines Schreibtisches. Auf dem Boden lag eine Matte. Vor irgendwoher erklang ein helles Glockenspiel.

»Da Sie zum ersten Mal bei uns zu Gast sind, benötige ich einige Angaben von Ihnen.« Heather setzte sich hinter den Schreibtisch und bedeutete Leo, auf dem anderen Stuhl Platz zu nehmen. Kurz und knapp stellte Heather ihr eine Reihe von Fragen über ihre Krankengeschichte sowie ihre Lebensgewohnheiten und trug alle Daten in ein Formular ein. Dann bat sie Leo, auf und ab zu gehen, tief durchzuatmen, ihre Knie und Zehenspitzen zu berühren. Während Leo damit beschäftigt war, legte Heather ihr mehrfach kurz die Hand auf die Wirbelsäule.

»Gut. Und jetzt legen Sie sich bitte hin.« Sie wies auf die Matte.

Heathers Hände wanderten von Leos Knöchel zum Knie und betasteten ihr Bein mit festem Griff.

»Aua«, rief Leo.

»Gut. Ich bin sehr froh, daß Sie hergekommen sind.«

»Warum, ist etwas nicht in Ordnung?«

»Etwas weniger Mißtrauen, Leonora, und alles wird sich finden.« Eifrig nahm Heather Eintragungen in einer Art Stundenplan vor. »Sie unterliegen dem Einfluß von Giften. Lassen Sie Kaffee und Tee weg. Trinken Sie viel Wasser, mindestens einen Liter pro Tag. Ich merke Sie für eine Tiefenmassage vor, außerdem für Yoga, Tai-Chi und für die täglichen Meditationen. Mit dieser Meditation beginnen Sie den Tag. Sie brauchen es, glauben Sie mir.«

»Wie hat denn Iris' Stundenplan hier ausgesehen?« fragte Leo unvermittelt.

Heathers Miene verfinsterte sich, dann antwortete sie Leo mit ruhiger Stimme: »Das müssen Sie Iris schon selbst fragen.«

Beinahe wäre Leo damit herausgeplatzt, daß sie Iris nicht mehr fragen konnte, weil Iris tot war. Sie biß sich auf die Zunge. Noch nicht. Der richtige Zeitpunkt war noch nicht gekommen. »Was hat F. F. Hilton früher gemacht?« fragte sie statt dessen.

Heather runzelte die Stirn. »Diese Frage kann er selbst beantworten. Sie werden ihn gleich sehen.« Sie reichte Leo den Tagesplan. »Den Rest füllen Sie mit dem Direktor aus. Sie sind eine privilegierte Frau, Leonora. Nicht alle neuen Gäste lernen ihn gleich persönlich kennen.«

Leo mußte daran denken, wie sie Hilton während der Buchpräsentation zuerst mit Paola und später mit Daniel hatte sprechen sehen. »Offenbar hatte die fachliche Beurteilung in meinem Fall Auswirkungen auf die Düsterkeit meiner Aura«, sagte sie mit einem Hauch Gehässigkeit.

Heather ging nicht weiter darauf ein. Sie blickte an Leo vorbei. »Das Büro des Direktors befindet sich auf der anderen Seite der Treppe.«

Leo rührte sich nicht. »Ich muß telefonieren, Heather. Es gibt da noch eine offene Angelegenheit zu regeln.«

»Sie sind hier, um sich von solch profanen Dingen zu lösen, Leonora. Und einen Mann wie Frederick Hilton läßt man nicht warten.«

Heather drängte sie auf den Gang hinaus, wo bereits William lauerte, ihr ganz privater Schatten.

»Bitte, ich ...«

»Falls Ihnen dieses Anliegen nach dem Gespräch mit dem Direktor immer noch so dringlich erscheint, kommen Sie wieder her, und zwar um ...« – Heather konsultierte ihren eigenen Terminplan – »... um sechzehn Uhr fünfzig.« Sie schenkte Leo ein knappes, geschäftsmäßiges Lächeln und wandte sich der Frau zu, die soeben die Treppe hinaufkam. »Willkommen zurück, Maxine.«

Kurz darauf befand Leo sich in einem hohen Zimmer, das nach drei Seiten über einen atemberaubenden Ausblick verfügte. Unter ihr erstreckte sich das gesamte Anwesen. Zwei Menschen, die soeben die Auffahrt heraufkamen, wirkten wie Kinder. In mittlerer Entfernung, hinter den Zypressen, konnte sie einen kleinen See ausmachen, in dessen Umgebung einige weißgekleidete Gestalten langsam einherschritten. Das mußte das Gelände der Suchtklinik sein, und auch dort schien jedermann die vorschriftsmäßige Uniform zu tragen.

Das große Zimmer wirkte wie der zentrale Überwachungsraum einer Strafanstalt. Als erstes stachen die großen Sofas ins Auge, deren Bezüge verschiedene, gestreifte Schattierungen aufwiesen. Den glänzenden sandfarbenen Boden bedeckte ein weißer Teppich. An den Wänden zwischen den Fenstern hingen abstrakte geometrische Gemälde in Pastelltönen, bei denen es sich auch um Meditationssymbole handeln konnte. Eine Ecke des Zimmers wurde von einem schnörkellosen Schreibtisch aus dickem Buchenholz eingenommen.

Der Direktor betrat den Raum durch die Tür hinter diesem Schreibtisch. Aus der Nähe wirkte er sogar noch größer, wie ein wahrer Berg von einem Mann. Das gütige Gesicht strahlte sie an, so wie ein Kind vielleicht eine Sonne zeichnen würde. Er streckte Leo die Hand entgegen.

»Leonora. Willkommen im Refugium.«

Sie lächelte zurückhaltend. Er nahm ihre Hand und umschloß sie mit warmem Griff.

»Ich wollte Sie persönlich sehen, um sicherzustellen, daß Sie für Ihren Aufenthalt den bestmöglichen Wochenplan erhalten. Bislang hatte ich leider noch keine Gelegenheit, mit Dr. Lukas zu sprechen.«

Leo sah Daniel vor sich, wie er sich weigerte, ans Telefon zu gehen oder Anrufe zu erwidern.

»Gehe ich recht in der Annahme, daß er Sie hauptsächlich wegen der Trauma-Gruppe hergeschickt hat, die ich leite? Die Gruppe trifft sich immer in der Stunde nach dem Mittagessen.«

Leo wollte schon energisch protestieren, besann sich dann aber anders und nickte. Sie war schließlich hier, um Ermittlungen anzustellen.

Hilton ging zu seinem Schreibtisch, so daß Leo ihn im Profil zu sehen bekam – der Abstand zwischen Augen und Stirn, die kräftig geschwungene Nase, die sanft gewölbte Wange, bevor sie von dem weißgoldenen Bart bedeckt wurde. Ja, es war eindeutig eine Ähnlichkeit mit Isabel vorhanden.

Leo überlegte, ob sie ihn rundheraus danach fragen sollte, als ihr Blick auf seine Füße fiel. Im Vergleich zu seinem mächtigen Körper wirkten sie merkwürdig klein und in den weichen Lederschuhen zudem sehr elegant.

»Erzählen Sie mir etwas von sich, Leonora. Was macht Ihnen zu schaffen?« Er saß inzwischen hinter seinem Tisch und bedachte sie mit seinem großzügigen Lächeln.

»Morning Star«, hörte Leo sich selbst sagen. »Auf deutsch Morgenstern. Was für ein guter Name für eine Stiftung. Ist das Ihr eigener Name?«

Er verbarg die unverkennbare Verwirrung, indem er sich über den Bart strich. »Nein, so lautet der Name eines Freundes.«

»Der helle Morgenstern, Vorbote des Tages«, zitierte Leo aus irgendeiner dunklen Erinnerung. »Ein guter Name für ein Refugium. Stammt von Milton, glaube ich.«

»Ich kenne mich mit Miltons Werk nicht besonders gut aus, Leonora, aber ich vertraue auf Ihr Wort.«

»Ich glaube, es ist außerdem der Stern des Luzifer.«

»Kommen wir doch lieber wieder auf Sie zu sprechen, einverstanden?« Das Lächeln wirkte ein wenig gezwungen. »Erzählen Sie mir von sich. Ihre Sorgen haben doch bestimmt nichts mit den Sternen zu tun.«

»Mein Problem sind Angstgefühle. Vielleicht steht heutzutage so etwas tatsächlich in den Sternen. Ich muß mich besser in den Griff bekommen. Ich habe diese Visionen. Furcht. Panik. Es kommt einfach über mich. Dr. Lukas meint ...«

»Sind Sie je vergewaltigt worden?«

Leo schüttelte heftig den Kopf.

»Nein. Dann vielleicht ein Einbruch? Ein Überfall?«

Hilton starrte sie an und nahm sie genau in Augenschein. Sie wich seinem Blick aus. Unter dem Tisch entdeckte sie wieder seine eleganten Schuhe. Irgendein Gedanke begann sich zu regen. Isabel. Isabel, die überall hier anwesend war, trotz ihres Todes. Weitaus anwesender als während der Wochen, in denen Leo wegen ihres geheimnisvollen Verschwindens um sie gebangt hatte.

»Ich möchte gern, daß Sie für mich träumen, Leonora.« Frederick Hilton sah auf die Uhr. »Ja, ich habe jetzt Zeit. Es wird mir helfen, Ihnen behilflich zu sein. Wissen Sie, es gibt da bestimmte Techniken.«

Bevor sie etwas sagen konnte, hatte er sie bereits ins Nebenzimmer gedrängt und die Tür hinter ihnen geschlossen.

Der Raum besaß eine gerundete Wand und war klein und düster wie eine Höhle oder ein Mutterleib. Es gab keine Fenster. Das einzige Licht fiel durch zwei hohe rechteckige Schlitze, die wie Schießscharten aussahen. Es erhellte seinen Schreibtisch, auf dem in einer Reihe einige Steine lagen, honigweiß, hellgrau, gestreift, granitschwarz. Sie wirkten wie altertümliche Symbole.

Hilton führte Leo zu einem cremefarbenen Diwan im Schatten der Wand und nahm gegenüber von ihr auf einem ausladenden Sessel Platz, der beinahe wie ein Thron aussah. Seine Hände verschränkte er hinter dem Kopf.

»Da Sie sich für Namen interessieren, sprechen wir doch mal von Ihrem Namen. Es gefällt Ihnen, Leo genannt zu werden, nicht wahr?« Er lächelte sie abermals an; seine feuchten Lippen schimmerten rosa über dem weißen Bart. »Handelt es sich um eine Leo, die lauthals brüllt, oder beschützt sie eher ihre Jungen vor allen fremden Einflüssen?«

Leo bemühte sich, ihre angespannten Nerven zu beruhigen. Wie hatte er wissen können, daß sie es vorzog, wenn man sie Leo nannte?

Vor irgendwoher nahm sie plötzlich den Moschusduft von Isabels Parfüm wahr, verbunden mit einem durchdringenden Schweißgeruch, einer bedrückenden Mischung der Angst, die aus den Tiefen des Diwans aufzusteigen schien. Leo strich sich eine Strähne aus der Stirn und sah Hilton in die Augen. Sie waren weit geöffnet, die Pupillen glänzten. Hatte er Isabels Augen? Oder bildete sie sich das nur ein? Sie versuchte, ihn mit dem Mann auf Marthas altem Foto in Einklang zu bringen, was ihr allerdings nicht recht gelang.

»Leo?«

»Ein bißchen von beidem vermutlich«, entgegnete sie hastig, ohne den Blick von seinem Gesicht abwenden zu können.

»Gut. Yin und Yang.« Er beugte sich vor.

»Und Ihr Name ist Hilton. Wie James, der Erfinder von Shangri-La.«

»Die meisten Leute denken zuerst an die Hotelkette. Aber

konzentrieren wir uns doch wieder auf Sie, Leo. Sie sagen, Sie leiden unter heftiger Angst. Im Verlauf meiner langjährigen Tätigkeit habe ich die Erfahrung gemacht, daß diese Art von lähmender Besorgnis nicht nur aus sexuellen Ängsten, sondern auch aus einer Furcht vor dem Tod und dem Prozeß des Sterbens erwächst. Ich glaube, wir müssen die Wurzel Ihrer Angst aufspüren und enthüllen. Wir müssen Ihre innere Familie kennenlernen, die Leute und Mächte, die in Ihnen leben.« Seine Stimme hatte einen besänftigenden Tonfall angenommen. »Vielleicht liegt der Ursprung Ihrer Probleme auch in einem früheren Leben verborgen, in irgendeinem vergessenen Trauma, einer Sünde, Straftat oder Gewalterfahrung, für die Sie immer noch unterbewußt büßen, so daß Ihr Leben gewissermaßen aus dem Verborgenen heraus bestimmt wird. Die langfristige Perspektive hilft bei der Heilung. Ebenso natürlich die Tilgung der Erinnerung. Vergessen ist wichtig.«

»In einem früheren Leben ...?« flüsterte Leo. »Ich glaube nicht ...«

»Sträuben Sie sich nicht, Leo.« Ein Schatten huschte über sein Gesicht. »Ich halte nichts davon, Ihren Widerstand zu brechen. Ich bin kein Freudianer. Eine kooperative Einstellung dürfte sich als weitaus nützlicher erweisen. Haben Sie letzte Nacht geträumt, Leo?«

»Ja«, sagte sie mit unsicherer Stimme. »Ich habe geträumt, daß mein Vater mich an der Hand hält und über eine schwankende Hängebrücke führt.«

»Hervorragend. Ein weiser älterer Mann, der Sie führt. Wir alle brauchen einen Vater, der uns anleitet.«

Nun würde sie ihn fragen, dachte sie. Ihn direkt danach fragen. Isabels Vater.

Etwas hielt sie davon ab. Vielleicht war es Isabel, die schützend an ihrer Seite schwebte. Oder der Stein, den Hilton in der Hand hielt und immer wieder drehte, als handle es sich um irgendeine geheimnisvolle Waffe. Sie erschauderte. Seine Finger waren klein, genau wie seine Füße, und die Nägel ordentlich manikürt.

»Betrachten Sie diesen Stein, Leo. Er ist so wunderschön.

Achten Sie darauf, welche Geschichte seine Kennzeichnung erzählt.« Seine Stimme klang nun ganz leise, fast unhörbar, ein sanfter Singsang. »Lage um Lage einer protokollierten Geschichte, die nur darauf wartet, wiederentdeckt zu werden. Sehen Sie nur diesen Umriß, den Abdruck eines Fossils, eines früheren Lebens ...«

Die plötzliche Erkenntnis hallte durch ihren Verstand: Sie wurde gerade hypnotisiert. Sie sprang auf. »Ich ... Deshalb bin ich nicht hergekommen. Keine Hypnose. Ich eigne mich nicht besonders gut dafür.« Es gelang ihr, die Worte ohne einen Anflug von Panik über die Lippen zu bekommen, aber ihre Hände waren feucht und kalt.

Hiltons Miene verfinsterte sich. An seiner Wange zuckte ein Muskel. Die Faust schloß sich um den Stein. Er kontrollierte seine Wut. Er hielt wirklich nicht viel von Widerstand.

»Aber Leo«, sagte er in seinem freundlichen Tonfall. »Hypnose ist der Weg zur Wahrheit. Wenn Dr. Lukas Sie zu mir geschickt hat, dann genau deswegen. Dafür bin ich schließlich bekannt.«

»Nein, darum ging es nicht. Es ging um den Ort selbst, um eine Zuflucht, die Ruhe, den Frieden«, improvisierte Leo.

»Sie sind eine widerspenstige junge Frau. Bitte legen Sie sich wieder hin.«

Leo hatte den Eindruck, daß er sie vielleicht stoßen würde, falls sie sich weigerte. Langsam streckte sie sich auf dem Diwan aus. Ihr Kopf berührte das Kissen, als ein hartnäckiger Piepton erklang.

Mit wütendem Blick griff er unter sein weißes Hemd und holte einen Pager hervor. »Sie bleiben hier, Leo. Entspannen Sie sich. Ich bin gleich wieder da. Träumen Sie noch einen Traum für mich.«

Seine Hand ruhte für einen Moment auf ihrer Stirn, so daß sie nichts sehen konnte. Dann blendete sie das helle Licht, als er zurück in sein großes Büro ging. Bevor er die Tür schloß, sah Leo noch, wie er nach dem Telefonhörer griff. Kurz darauf hörte sie ein dumpfes Geräusch, das nur von der Eingangstür des Büros stammen konnte.

Dann herrschte Stille.

Sie wartete ein paar Momente lang, bevor sie sich erhob. Das war ihre Chance. Die Schreibtischschubladen. Sie zog eine nach der anderen auf. Die oberste enthielt nichts Bedeutenderes als eine Schachtel mit Fischködern. Leo fragte sich, ob auch diese Köder benutzt wurden, um Leute in Hypnose zu versetzen. Eine andere Schublade enthielt eine Reihe von Mandalas. Die letzte und größte Schublade war abgeschlossen.

Leo hatte keine Ahnung, wonach sie eigentlich suchte, aber sie wußte, daß es notwendig war. Isabel trieb sie an, zwang sie zur Tapferkeit.

Hinter dem Diwan fiel ihr eine Schiebetür auf, die sie rasch öffnete. Bei der Kammer, die sie entdeckte, schien es sich offenbar um einen fensterlosen Lagerraum zu handeln. Vor einer der Wände standen mehrere Kartons. Daneben ragten zwei Aktenschränke auf, die für Hiltons Büro wohl zu häßlich und offiziell wirkten. Leo zog an den Schubladen. Alle waren sorgfältig abgeschlossen. Sie stieß einen leisen Fluch aus und hielt dann inne, um erneut zu lauschen.

Alles war ruhig, wenngleich die weichen Schuhe, die alle hier trugen, kaum ein Geräusch verursachten. Leo mußte vorsichtig sein.

Sie öffnete den Deckel eines der schmalen Kartons und sah eine Vielzahl von kleinen Flaschen, die in akkuraten Reihen angeordnet waren. Arzneimittel. Leo blickte kurz über die Schulter, steckte eines der Fläschchen in die Tasche und verschloß dann eilig den Karton. Auf der anderen Seite des engen Raumes waren Päckchen aufgestapelt, in denen sich Briefpapier zu befinden schien. Eines war bereits geöffnet. Ohne genauer hinzusehen, nahm Leo ein Blatt heraus, faltete es und ließ es ebenfalls in ihrer Tasche verschwinden. Dann wandte sie sich der hinteren Ecke zu.

Das Licht hier war dermaßen schwach, daß sie stolperte, weil ihr Fuß sich in irgendwelchen alten Tüchern verfangen hatte. Sie schob die Fetzen beiseite, und plötzlich starrte ihr vom Boden ein leuchtendes Gesicht entgegen. Es handelte sich um einen dieser Smiley-Aufkleber, wie Becca sie gern hier und da hinterließ.

Leo bückte sich, um genauer nachzusehen. Sie entdeckte ein zweites winziges Gesicht und ertastete im selben Moment einen rechteckigen Gegenstand. Sie zog ihn zu sich heran. Ein Computer. Ihr Herz hämmerte viel zu laut. Ein Mac. Daneben noch ein Gerät. Ein Notebook. Ihr eigenes Notebook. Auf einmal überkam sie eine Gewißheit, die jegliche Verwirrung in den Hintergrund treten ließ. Plötzlich wußte sie wieder, warum ihr Hiltons kleine, zarten Füße so bekannt vorkamen. Für den Bruchteil einer Sekunde hatten ihre Augen sich auf gleicher Höhe mit ihnen befunden; Hilton war der Einbrecher, der in Isabels Loft eingedrungen war.

Sie nahm Isabels Computer. Das war der Rechner, auf den es ankam.

Sie war bereits an der Schiebtür, als zwei Stimmen, die aus dem großen vorderen Büro drangen, sie innehalten ließen. Leo wünschte, ihr Herzschlag wäre leiser. Es blieb genug Zeit, um sich auf der Couch auszustrecken, aber dann würde sie den Computer zurücklassen müssen.

Ihr Puls übertönte die Stimmen. Sie schlich sich zurück in den Lagerraum und schob die Tür leise zu, so daß nur ein winziger Spalt für ihre Finger verblieb. Dann hielt sie den Atem an.

Die Stimmen kamen näher.

»Nicht jetzt, Heather. Ich habe gerade eine Sitzung mit einer Patientin.« Die Stimme des Direktors.

»Noch immer diese Gould? Weißt du, daß sie neulich schon einmal hier war und nach Iris Morgenstern gefragt hat?«

Leo hörte, wie eine Tür sich öffnete. Die Stimmen kamen näher. Die beiden hatten den höhlenähnlichen Raum betreten. Leo erstarrte.

»Verdammt, sie ist weg. Ich werde mich später um sie kümmern.«

»Gut. Dann können wir jetzt ja reden. Du bist mir in den

letzten Wochen häufig ausgewichen, Fred. Was ist los?« Heather klang sehr vorwurfsvoll, beinahe wie eine eifersüchtige Geliebte.

»Nichts, worüber du dir den hübschen Kopf zerbrechen müßtest.« Hiltons Stimme triefte vor Charme.

»Du hast gesagt, du würdest Montag morgen zurückkommen, aber dann hat es doch bis Mittwoch gedauert. Wo bist du gewesen?«

»Du weißt sehr wohl, daß du diese Frage nicht stellen solltest.«

In seiner Stimme schwang eine leise Drohung mit. Heather ließ sich nicht beirren.

»Ich frage dich aber trotzdem.«

»Besprechungen. Geschäftliche Angelegenheiten. Dies und das.«

»In deinem Terminkalender war nichts eingetragen.«

»Heather, falls du es wieder mit deinen alten Tricks versuchst, werde ich dich bestrafen müssen.« Ein barsches Lachen. »Genaugenommen war ich auf Paola Websters Party. Gut für die Kundschaft, wie du siehst. Daniel Lukas hat mir sofort jemanden geschickt. Zum ersten Mal. Das ist ziemlich wichtig.«

»Ich hätte die Frau nicht aufgenommen.«

»Diese Entscheidungen überläßt du besser mir.«

»Diese Morgenstern hat nichts als Ärger gemacht. Sie ist hier herumgelaufen, als würde ihr der ganze Laden gehören. Und sie wird irgendeine Art von Verriß veröffentlichen, wart's nur ab. Außerdem hat sie ihre Rechnung nicht bezahlt.«

»Sie wird noch bezahlen. Die Abreise war ein wenig überhastet.«

»Und weshalb? Welche Methoden hast du bei ihr angewandt, Fred? Ich weiß nicht, wieso du wolltest, daß ich ihr diese Diskette schicke. Ist doch *ihr* Pech, wenn sie das Ding hier vergißt.«

Leo hielt den Atem an. Die Diskette mit den Koordinaten hatte also Heather geschickt. Aber warum? Nichts ergab einen Sinn.

»Dein Zorn ist völlig unangebracht, Heather.«

»Azleck hat sie nebenan beim Herumschnüffeln überrascht, das weißt du doch.«

»Heather, ich habe dir doch schon gesagt, daß du dir wegen ihr keine Gedanken zu machen brauchst.« Es war ein Befehl. Eine Zeitlang herrschte Stille. Leo versuchte, geräuschlos ihre unbequeme Haltung zu verändern.

»Da ist noch etwas, Fred«, brach Heather schließlich das Schweigen. »Ich glaube, es war nicht richtig, April schon jetzt herzuholen. Sie ist absolut labil. Diese multiplen Persönlichkeiten ...«

»Es ist ein Experiment.«

»Wir können keine weiteren Experimente gebrauchen, Fred. Ich weiß nicht, welche Abmachungen du mit deinen Pharmakonzernen getroffen hast, aber ich will nicht, daß sich dieser letzte Vorfall wiederholt.« Nun war es Heathers Stimme, die bedrohlich klang.

»Du wirst es nie begreifen, Heather, daß die Leute dumm sind. Und wie erregend die Wissenschaft sein kann. Man steckt etwas rein und schaut, was herauskommt. Ein großes Abenteuer.« Hiltons Lachen hatte etwas Manisches an sich.

»Davon will ich nichts wissen«, erwiderte Heather schrill.

»Wir sind jetzt Partner, Heather. Du weißt, wie sehr ich mich auf dich verlasse.«

»Zu sehr, gemessen an dem, was du gibst. Du vögelst sie, nicht wahr?«

»Komm her, meine eifersüchtige kleine Wildkatze. Bei mir ist immer ein Platz für dich.«

Leo hörte Sprungfedern quietschen.

»Ja, du weißt, was mir gefällt. Der süßen kleinen Heather muß man gar nichts beibringen. Erzähl mir eine schmutzige Geschichte, Heather.«

Leo hörte so etwas wie ein Miauen und dann die Stimme eines kleinen Kindes sowie ein rhythmisches Quietschen. Die Luft um sie herum schien wärmer und stickiger zu werden. Das Atmen fiel ihr schwer. Langsam wich sie von ihrem Platz an der Tür zurück in die hintere Ecke des Lagerraums.

Ihre Augen hatten sich an die Dunkelheit gewöhnt. Der schwache Lichtschein, der durch den Türspalt fiel, brach sich auf den Aktenschränken. Das Quietschen hinter Leo wurde heftiger. Und dann, gerade als sie glaubte, es nicht mehr ertragen zu können, sah sie etwas, als würde Isabel dort stehen und ihr den Weg weisen. Eine kleine Tür, wie einer dieser Dienstbotenzugänge.

Kurzentschlossen nahm Leo den Computer, von dem sie überzeugt war, daß er Isabel gehört hatte, und verstaute ihn unter der Jacke an ihrer Brust. Dann öffnete sie das Schloß, wobei sie sich bemühte, dem Rhythmus der Geräusche hinter ihr zu folgen, stieß vorsichtig die Tür auf und zwängte sich hindurch.

Sie befand sich am oberen Ende einer schmalen Treppe. Durch ein kleines vergittertes Fenster fiel Licht herein. Nachdem Leos Augen sich auf die Helligkeit eingestellt hatten, schlich sie mit fest vor dem Bauch verschränkten Armen langsam nach unten.

Die Treppe endete einige Stockwerke tiefer vor einer seitlich eingelassenen Tür. Mit klopfendem Herz drehte Leo den Knauf. Es gab keinen Weg zurück.

Ein übler Geruch stieg ihr in die Nase, obwohl der Raum, den sie betrat, in blitzblankem Weiß und Chrom erstrahlte. Überall waren Arbeitsflächen voller Behälter und Apparate zu sehen. An einer davon stand eine Frau und beugte sich mit einer Spritze in der Hand über etwas, das wie eine Ratte aussah. Leo stieß unwillkürlich ein erschrockenes Keuchen aus, und die Frau fuhr herum. Sie runzelte die Stirn.

»Entschuldigung, bitte verzeihen Sie die Störung«, stammelte Leo und betrachtete mit weit aufgerissenen Augen den Käfig, der neben ihr stand und eine Vielzahl panisch umherlaufender Tiere enthielt. »Der Direktor hat ... Azleck ...«

Die Frau musterte sie argwöhnisch. Dann quiekte das gefangene Tier, das vor ihr auf dem Tisch lag, und sie zuckte die Achseln und wies auf eine Tür am anderen Ende des Raumes. Noch bevor Leo den Durchgang erreicht hatte, widmete die Frau sich bereits wieder ihrer Arbeit.

Leo folgte einem langen Korridor, der von zahlreichen mit Jalousien versehenen Fenstern gesäumt wurde, wie sie im Innern von Krankenhäusern üblich waren. Sie mußte sich im verbotenen Teil des Gebäudes befinden. In der Suchtklinik. Es wäre zu heikel gewesen, nun auch noch den Versuch zu unternehmen, hier herumzuschnüffeln. Sie mußte den Computer auf ihr Zimmer schaffen, und so behielt sie den Blick starr nach vorn gerichtet.

Aus einem der Räume trat ein Mann in einem Arztkittel. Sie nickte ihm kurz zu und ging weiter. Nicht zu schnell, denn das würde Aufmerksamkeit erregen.

Am anderen Ende des Flurs, direkt hinter einem Treppenaufgang, schien sich eine Tür nach draußen zu befinden. Es war einen Versuch wert. Plötzlich sehnte Leo sich dermaßen nach frischer Luft, als hätte man sie jahrelang in einer Einzelzelle gefangengehalten.

Der Knauf ließ sich nicht herumdrehen. Die Tür war abgeschlossen. Leo erschauderte. Sie drehte sich um und hatte bereits einige Meter zurückgelegt, als sie hinter sich das unverkennbare Quietschen einer schweren Tür hörte. Sie lief zurück.

Eine überaus hagere Frau, deren strähniges langes Haar ihr ins Gesicht hing, starrte Leo mit glasigem, erschrockenem Blick an. »He, wir dürfen doch gar nicht …«

Leo schlüpfte bereits durch die Tür und lief dann eine kurze Außentreppe hinab. Saubere frische Luft umfing sie. Der Himmel war blau und endlos weit. Sie atmete tief ein und hielt dann inne, um sich zu orientieren. Sie war sich nicht sicher, wo sie sich befand. Es schien sich um die Rückseite des rechten Gebäudeflügels zu handeln. Um zum Vordereingang zu gelangen, mußte sie wahrscheinlich um das Haus herumgehen. Aber der einzige Weg verlief nicht links an der Wand entlang, sondern nach rechts und würde sie vermutlich noch tiefer auf das Gelände der Suchtklinik führen. Von dort aus hätte sie nur noch die Möglichkeit, sich einen Weg durch die dichten Zypressen zu bahnen. Außerdem liefen auf dem Grundstück jede Menge Leute herum.

Die einzige Alternative schien darin zu bestehen, die Klippe emporzusteigen. Vor ihr führte ein schmaler steiler Pfad durch den Stechginster. Wo würde er enden? Gleichgültig. Leo schob den Computer zurecht, legte sich zur Sicherheit den schwarzen Tragriemen des Geräts um den Hals und machte sich an den Aufstieg.

Der Pfad war steil. Bei jedem Schritt lösten sich Erde und einige Steine. Leo rutschte aus und klammerte sich an einen Strauch. Erst dann bemerkte sie das Brennen des Stechginsters. Der klobige Computer brachte sie aus dem Gleichgewicht. Schließlich ging es so steil bergauf, daß Leo nur noch auf allen vieren vorankam. Noch drei oder vier Meter, und dann legte sie eine Pause ein, um Atem zu schöpfen.

Sie befand sich am äußersten Ende einer zerklüfteten Landzunge. Die heftigen Windböen zerrten an ihrem Haar. Vor ihr brandete das Meer tosend und schäumend gegen die felsigen Ausläufer der Klippe. Das tosende Wasser, die wild kreischenden Möwen, der heulende Wind, alles schien nur einen Namen zu rufen. I-sa-bel.

Hier. Es war hier geschehen.

Leo starrte hinunter. Dann drehte sie sich um, und die halluzinatorische Kraft des Rufes ließ nach. Ihre Sinne spielten ihr einen Streich. Für die Vermutung, daß Isabel hier getötet worden war, hatte sie keinerlei Beweis. Sie wandte sich nach links, folgte dem gewundenen Verlauf des Abgrunds und versuchte, nicht mehr hinab ins aufgewühlte Wasser zu schauen.

In einiger Entfernung erschien eine einsame Gestalt und kam in ihre Richtung. Leo versteckte den Riemen des Computers unter dem T-Shirt. Doch bereits nach wenigen Schritten verschwand der Mann aus ihrem Sichtfeld. Es mußte noch einen anderen Weg hinab geben. Gut. Sie behielt den Blick unverwandt auf den Boden gerichtet und bemühte sich, vorsichtig einen Schritt vor den anderen zu setzen.

Und dann stand Isabel auf einmal vor Leo und lächelte fröhlich, während der Wind ihr das lange Haar zerzauste. Neben ihr war ein kleines Schild an einen Pfosten genagelt.

Darauf befand sich ein nach unten weisender Pfeil. »Refugium – Nur für Gäste und Personal.«

Leo bog auf den Pfad ein und hatte auf einmal das seltsame Gefühl, ihre Freundin würde den Arm um sie legen. Sie brauchte ein paar Momente, um zu erkennen, daß ihre Sinne ihr wieder einen Streich gespielt hatten.

20

Unter einer ausladenden Buche war eine weißgekleidete Gruppe von Leuten mit Tai-Chi-Übungen beschäftigt. Auf einem kleinen Teich trieben Seerosen. Leo blieb stehen, um sich zu orientieren. Sie hoffte inständig, daß ihr auf dem Weg zu ihrem Zimmer weder Hilton noch Heather oder William begegnen würden.

Hinter dem Tresen in der Eingangshalle saß eine junge Frau.

Leo erwiderte ihren fragenden Blick mit einem kurzen Nicken und schritt dann in gemächlichem Tempo die Treppe hinauf.

Endlich erreichte sie ihre Unterkunft. Hastig schloß sie die Tür und klemmte dann den einzelnen Stuhl fest unter den Knauf.

Sie schwitzte. Der Geruch ihrer eigenen Angst stieg ihr in die Nase. Nervös stellte sie den Computer auf den kleinen Tisch am Fenster und öffnete den Reißverschluß der Tragetasche. Hatte man Isabel den Computer abgenommen, weil sich darin die Ergebnisse ihrer Recherchen befanden? Mußte sie deswegen sterben? Oder hatte sie das Gerät hier zurückgelassen, weil sie in ihrer gefühlsmäßigen Verwirrung so schnell wie möglich aus dem Refugium fliehen wollte?

Hatte Frederick Hilton, der Einbrecher aus dem Loft, Leos Computer gestohlen, weil er ihn für Isabels Zweitgerät hielt? Bei einer Überprüfung des Inhalts wäre ihm der Irrtum sofort aufgefallen. Außerdem hätte er dadurch zweifellos Leos Vornamen erfahren, mit dem sie jeden ihrer Briefe unterschrieb, wenngleich nicht den Namen Gould, unter dem sie hier im Refugium auftrat. Kannte er sie noch aus dem Apartment? Hatte er sie deswegen gefragt, ob sie Opfer eines Einbruchs oder Überfalls geworden sei?

Leo verband den Computer mit der Steckdose. Auf dem Bildschirm erschienen die üblichen Icons, doch als sie versuchte, auf Dokumente und Dateien zuzugreifen, erwiesen sich alle Ordner als leer.

Gelöscht. Alles war gelöscht worden. Sie hieb mit der Faust auf den Tisch und starrte ungläubig auf den Schirm. All diese Mühen für nichts und wieder nichts.

Aber ein Löschvorgang ließ sich rückgängig machen. Nur wie? Sie fluchte und wünschte sich, Norfolk wäre hier. Oder Becca, die sich eifrig bemüht hatte, ihr die Funktionen der verschiedenen Programme zu erläutern. Sie mußte Becca anrufen. Sie hatte schon seit einigen Tagen nichts mehr von sich hören lassen.

Verzweifelt klickte Leo nacheinander alle Icons an. Eine Sammlung von Hilfsprogrammen wurde aufgerufen, begleitet von einer Liste. Die Norton Utilities. Das erinnerte Leo an etwas. Norton. Beinahe so gut wie Norfolk. Sie zermarterte sich das Gehirn und versuchte sich an die komplizierte Erklärung zu erinnern, die Becca ihr gegeben hatte, als sie einmal eine versehentlich gelöschte Datei hatte retten wollen. Sie klickte auf das Symbol. Datei wiederherstellbar. Sorgfältig las sie die Anleitung.

Ein Klopfen an der Tür ließ sie zusammenzucken.

»Ja?« fragte sie atemlos.

»Ach, da sind Sie ja, Leo.«

Leo eilte zur Tür. »Ich bin gerade dabei, mich umzuziehen, William.«

»Ich soll Sie nach unten in die Küche bringen.«

»Wie bitte?«

»Hat Heather Ihnen denn nichts davon gesagt? Jeder hier muß ...«

Leo fiel ihm ins Wort. »Geben Sie mir fünf Minuten, William. Wir treffen uns an der Treppe.«

Sie lauschte angespannt, um sicherzugehen, daß seine leisen Schritte sich auch wirklich entfernten. Dann wickelte sie den Computer hastig in ein T-Shirt ein und verstaute ihn in ihrer Reisetasche. Sie war bereits auf dem Gang, als ihr einfiel, auch ihre Hosentaschen zu leeren. Sie ging zurück in ihr Zimmer und warf einen kurzen Blick auf das Blatt Briefpapier, das sie eingesteckt hatte. Ritter Pharmaceuticals. Der Name sagte ihr nichts. Sie stopfte das Blatt in die Tasche und legte auch das Fläschchen dort ab. Ihr Puls raste wieder. Später würde sie irgendeine Ausrede finden müssen, um auf ihr Zimmer zu gehen.

»Wo sind Sie denn gewesen, Leonora? Ich wollte Sie zu Ihrer Tai-Chi-Stunde abholen, aber Sie waren spurlos verschwunden.«

»Der Direktor hat mich dabehalten.« Leo schenkte William ein besonders strahlendes Lächeln.

»Ich verstehe.« William schluckte die Lüge. »Heather hat Ihnen vermutlich erklärt, daß wir es gern sehen, wenn jeder hier einen Teil der täglichen Arbeiten übernimmt. Ihnen wurde ein Platz in der Küche zugewiesen.«

»Oh.« Leo blieb vage. »Ich glaube, ich habe meinen Tagesplan im Büro des Direktors vergessen.«

William seufzte, als hätte er nichts anderes von ihr erwartet. »Ich werde sehen, was ich tun kann.«

Die Küche war ein großer langgestreckter Raum direkt neben dem Speisesaal. Leo stellte erfreut fest, daß die Leute hier sich leise, aber angeregt miteinander unterhielten, während immer wieder Töpfe klapperten und Schneebesen schwirrten. In ihrer Nähe standen ungefähr zehn Personen zu beiden Seiten zweier stählerner Arbeitstische, die Leo auf unheimliche Weise an das Labor erinnerten, das sie gesehen hatte. Die Menschen hier hackten Gemüse und richteten es dann in Schalen und auf Servierplatten an.

Auf einem weiteren glänzenden Tresen stapelten sich Teller und Besteckkästen. Am anderen Ende des Raums herrschte größere Betriebsamkeit. Tabletts wurden auf Rollwagen geladen. Bei den Fenstern standen einige Männer mit Kochmützen über mehrere Herde gebeugt. Es roch durchdringend nach Kohl.

Nachdem William sie vorgestellt hatte, nahm Leo ihren Platz am ersten Tresen ein. Neben ihr stand eine gertenschlanke Frau mit raffiniert frisiertem kastanienbraunen Haar und hellen, ins Leere blickenden Augen. Sie schälte Karotten, und die nahezu automatischen Bewegungen ließen sie wie eine Schlafwandlerin wirken. Auch vor Leo lag ein Haufen Kartoffeln.

»So eine Arbeit habe ich mir schon immer gewünscht«, erklärte Leo mißmutig und nahm das Schälmesser.

Die Frau schaute sie an. Ein seltsames Lächeln kroch über ihr Gesicht. »Normalerweise kann ich dem auch nicht viel abgewinnen. Aber die Art, wie ich die Speisen arrangiere, ist nicht gut angekommen, also hat man mich hierher versetzt.«

»Wie bitte?«

»Kathy hat einfach kein Auge für Symmetrie«, sagte die Frau gegenüber von ihnen. Sie war mollig, mit lebhaft rosigen Wangen und hatte ihr Haar zu einem mädchenhaften Pferdeschwanz zusammengebunden, obwohl sie schon Mitte Dreißig sein mußte. »Schönheit ist wichtig.«

»Sarah glaubt, wenn ihre Gerichte nur hübsch genug dargeboten werden, wird der heißgeliebte Alister, der niedlichste aller Glatzköpfe, nachts in ihrem Zimmer erscheinen, um noch mehr von seinem Körper zu enthüllen.«

»Kathy! Halt die Klappe!« Die Frau namens Sarah ließ das Radieschen fallen, das sie bereits halb zu einer Blume geschnitten hatte.

»Stimmt doch oder etwa nicht? Also, wann ist er denn zum letzten Mal vorbeigekommen?«

Sarah wandte sich ab und kehrte kurz darauf mit einem Eimer Gurken zurück, den sie vor Kathy hinstellte. »Eifersucht ist ein Gift«, erklärte sie. »Eine zwanghafte Angewohnheit, die es abzulegen gilt.«

»Wie lange sind Sie beide denn schon hier?« fragte Leo.

»Ich zwei Wochen und sie drei«, antwortete Kathy. »Aber

es ist schon mein dritter Aufenthalt. Ich weiß auch nicht, wieso ich immer wieder herkomme. Aber ich habe da so eine Theorie. Vermutlich ist es besser als Prozac. Und Frederick Hilton ist einfach zauberhaft.«

Leo schälte und nickte. »Meine Freundin Iris hat auch von diesem Ort geschwärmt. Sind Sie ihr vielleicht begegnet?«

»Iris? Die Australierin?« Sarah sah sie an.

Leo nickte.

»Die hat hier einen ganz schönen Wirbel verursacht. Der Tai-Chi-Lehrer war scharf auf sie. Aber wie sich herausstellte, hatte Iris eine Vorliebe für Frauen.«

»Das weißt du nicht, Sarah.«

»Ach ja?« Sarahs Wangen wurden noch rosiger. »Nun, diese Frau, die nur kurz hier war und so getan hat, als wäre das hier eine Schönheitsfarm, auf der man lieber ein Sonnenbad nimmt als zu meditieren, hat eine ganze Nacht in Iris' Zimmer verbracht und ist auch sonst ständig bei ihr gewesen. Ich habe es gesehen. Ich hatte das Zimmer nebenan. Deshalb wurden die beiden ja auch weggeschickt.«

»Wie war der Name dieser Frau?« Leo mußte an Paola Websters Anspielung denken und schnitt sich fast in den Daumen.

»Iris war doch keine besondere Freundin von Ihnen, oder?« fragte Kathy und betonte dabei das Wort »besondere«. »Ich frage nur deswegen, weil man hier zwar ziemlich liberal ist, aber Homosexualität eindeutig nicht toleriert wird.« Sie musterte Leo und wirkte dabei aufrichtig besorgt.

Leo schüttelte den Kopf.

»Wie kommen wir voran, Ladies?« fragte einer der Männer mit Kochmütze tadelnd. »Ein bißchen mehr Konzentration, bitte.«

Sie arbeiteten schweigend einige Minuten weiter. Ein Servierwagen mit Tabletts rollte an ihnen vorbei.

»Wo kommen die denn hin?« fragte Leo.

»Nach nebenan. Die Leute dort bekommen eine spezielle Kost. Es riecht scheußlich.« Kathy rümpfte die Nase. »Manchmal werden sie per Helikopter hergebracht. Ziemlich exklusiv.«

Leo sah sie entgeistert an. Daniel Lukas fiel ihr ein. Sie wünschte, sie hätte mit ihm sprechen und ihn über Hilton ausfragen können. Aber es gab noch etwas, das sie hier herausfinden wollte. Sie wartete einen Moment und stellte dann zum zweiten Mal die entscheidende Frage.

»Können Sie sich noch an den Namen von Iris' Freundin erinnern?«

Sarah warf ihr einen strafenden Blick zu und konzentrierte sich wieder auf die Servierplatte. »Ich weiß nicht«, sagte sie dann. »Ein gewöhnlicher Name. Ich glaube Ann oder Mary oder Jill. Ja, sie hieß Jill.«

Diesmal schnitt Leo sich tatsächlich. Sie sah, wie das Blut hervortrat und heraustropfte. Es rann auf ihren Ärmel, leuchtendrot auf all dem weißen Stoff.

Hinter sich hörte sie ein Schluchzen. Sie drehte sich um. Da war aber niemand. Vielleicht hatte sie selbst geschluchzt.

Leo aß nur wenige Bissen und stahl sich dann so unauffällig wie möglich zur Tür des Speisesaals.

Auf der Schwelle stellte sich ihr William in den Weg.

»Ich bringe Sie in den Raum für die Gruppentherapie, wenn Sie schon fertig sind.«

»Ich bin zu müde für die Therapie«, sagte sie und stöhnte. »Ich muß mich ausruhen. Letzte Nacht habe ich nicht allzu gut geschlafen.«

Er wedelte mit einem Blatt Papier vor ihrem Gesicht herum. »Ich habe diesen Plan für Sie aus dem Büro des Direktors geholt. Er hat gesagt, ich solle Sie auf jeden Fall zur Therapie bringen.«

Leo erstarrte. Sie war nicht in der Verfassung, Frederick Hilton gegenüberzutreten. Hatte er bereits bemerkt, daß Isabels Computer fehlte? Nein, sie durfte nicht in Panik verfallen. Sie hatte keine Spuren hinterlassen und die alte Decke auf dem Boden praktisch genauso wieder hingelegt.

»Und nachher sind Sie für eine Massage vorgemerkt. Das wird Sie entspannen.«

»Ich brauche unbedingt etwas frische Luft.«

»Ich begleite Sie. Wir haben noch Zeit. Wissen Sie, ab morgen, sobald Sie sich hier ein wenig besser auskennen, werde ich Sie nicht mehr belästigen«, sagte er, als hätte er ihre Gedanken gelesen.

»Danke, William. Sie haben Ihre Aufgabe sehr gewissenhaft erledigt.«

Er verneigte sich leicht. Ihre Ironie entging ihm völlig.

Die Gruppe traf sich auf der anderen Seite des großen Speisesaals in einem Zimmer, das einst als Frühstücksraum fungiert haben mochte. Die Leinenrouleaus hatte man heruntergelassen. An den weiß getünchten Wänden hingen keine Bilder. Die drei Leute, die schon vor Leo eingetroffen waren, saßen schweigend da. Bald erschienen noch fünf weitere Patienten und nahmen auf den Stühlen Platz. Für Frederick Hilton stand ein großer Lehnstuhl bereit. Als der Direktor hereinkam, lächelte er nicht. Die Gruppensitzung war eine ernstzunehmende Angelegenheit.

Seine Stimme durchbrach das erwartungsvolle Schweigen wie ein Stein, der in einen Teich fiel und unruhige kleine Wellen hervorrief.

»Ich möchte, daß jeder von Ihnen seinen Namen nennt und uns das Geheimnis oder Problem mitteilt, das ihn während der letzten Monate am meisten beschäftigt hat.« Er hielt inne.

Leo erwiderte seinen Blick für einen Moment und schaute dann schnell wieder weg.

»Leonora. Wir fangen mit Ihnen an.«

Leo mußte unwillkürlich schlucken und bekam kein Wort heraus. Sie starrte zu Boden. Er war mit Strohmatten bedeckt.

»Wir warten, Leonora.«

»Ich bin Amerikanerin. Ich komme aus New York.« Sie zögerte. Dann hatte sie das Gefühl, Isabel würde sie dazu drängen, also warf sie den Fehdehandschuh hin. »Meine beste Freundin ist kürzlich gestorben. Ihr Körper wurde gar nicht weit von hier gefunden, eine aufgedunsene Wasserleiche.«

Der ganze Raum schien die Luft anzuhalten. Leo starrte

Frederick Hilton an. Einen Moment lang wich vor Bestürzung die Farbe aus seinem Gesicht, doch das gab sich sofort wieder. Nur seine Hände verrieten, was in ihm vorging. Sie umklammerten die Armlehnen des Eichenstuhls. War er überrascht, weil Isabel tot war, fragte Leo sich, oder weil man mittlerweile ihre Leiche gefunden hatte?

»Arme Leonora«, murmelte Kathy, die schlanke Frau, die sie in der Küche kennengelernt hatte. Sie beugte sich vor, als wolle sie Leo einen Arm um die Schultern legen.

»Auch einer meiner Freunde ist letztes Jahr gestorben«, sagte ein Mann, der gegenüber von Leo saß. Er nahm zum ersten Mal die Ellbogen von den Knien, um sich aufzurichten. »Ich habe mich furchtbar gefühlt. Ich dachte, ich wäre als nächster an der Reihe. Genaugenommen denke ich das immer noch.«

»Und Sie sind ...?« fragte Hilton.

»James. Ich komme aus London. Ich bin hier, weil ich den Druck nicht mehr aushalte.«

»Ihr wahres Geheimnis lautet, daß sie übergeschnappt ist«, warf Sarah, die mollige Frau mit dem Pferdeschwanz ein, bevor er fortfahren konnte.

»Und dein Geheimnis, Sarah?« rief Kathy. Ihre Augen funkelten angriffslustig. »Nein, laß mich raten. Dein Geheimnis lautet, daß du eine Oberschlampe bist, die jeden Kerl vögeln will, der nicht schnell genug wegläuft. Aber vielleicht ist das ja gar kein Geheimnis.«

Schweigen senkte sich über den Raum. Von irgendwoher ließ ein Luftzug eines der Rouleaus erzittern. Eine Fliege summte.

Frederick Hilton räusperte sich. »Sarah, ich möchte, daß Sie kurz darüber nachdenken, warum Sie den Drang verspüren, Leo anzugreifen. Empfinden Sie ein gewisses Unbehagen, weil sie neu in der Gruppe ist? Oder liegt es an Leos Attraktivität?« Er warf Leo plötzlich ein verschwörerisches Lächeln zu. »Oder daran, daß wir ihr alle aufmerksam zugehört haben? Antworten Sie mir nicht sofort. Ich möchte zuerst noch einmal auf Leo zurückkommen.«

Es herrschte wiederum Schweigen, als alle Blicke sich auf Leo richteten.

»Wo verspüren Sie den Verlust Ihrer Freundin, Leo?«

»Wo?« fragte Leo ungläubig. Sie schaute sich im Zimmer um, als könnte Isabel plötzlich hinter einem der Rouleaus hervortreten.

»Ja, wo?«

»Ihre Schultern. Sie sind ganz verkrümmt«, antwortete der Mann mit der Brille neben Leo, der zuvor noch kein Wort gesprochen hatte. Sein schmales konzentriertes Gesicht glich dem Antlitz eines Schachspielers. Er nahm seine Brille ab und begann die Gläser zu putzen. Sein Blick blieb dabei auf seine Finger gerichtet, während er fortfuhr, als habe er den Text auswendig gelernt. »Sie trägt eine schwere Last. Die Toten lasten auf ihr. Sie muß ihren Körper vor dem Gewicht und den Schlägen schützen. Wir können ihr helfen, den Fluch zu bannen.«

»Danke, Simon. Danke für diese fachkundige Analyse.« Frederick Hiltons Miene sah alles andere als dankbar aus. So flink wie ein viel leichtgewichtigerer Mann erhob er sich von seinem Stuhl und stellte sich hinter Leo.

Sie duckte sich, als seine Hände ihre Schultern berührten und herunterdrückten.

»Sie will nicht von Ihnen angefaßt werden. Können Sie das nicht sehen?« platzte Sarah heraus.

Er ignorierte sie. Seine Finger gruben sich wie stumpfe Waffen in Leos Schultern. »Welche Schläge fürchten Sie am meisten, Leonora?« fragte er in seinem leisen Singsang. »Schläge von Ihren Eltern? Ihrem Partner? Oder von sich selbst? Schläge, mit denen Sie sich selbst bestrafen. Weil Sie sich Ihrer Freundin gegenüber nicht zuvorkommend und verständnisvoll genug verhalten haben. Vor ihrem Tod. Bevor sie zu einer aufgedunsenen Wasserleiche geworden ist.«

Leo fühlte, wie ihr schlagartig übel wurde. Sie stieß ihren Stuhl zurück und floh aus dem Raum, ohne sich noch einmal umzusehen.

Sie blieb nicht stehen, um Heathers Gruß auf der Treppe

zu erwidern. Sie hielt nicht inne, bis der Stuhl unter dem Türknauf ihres Zimmers klemmte. Dann warf sie sich aufs Bett und versuchte, ihre Panik in den Griff zu bekommen.

Sie konnte noch nicht von hier verschwinden, ermahnte sie sich, obwohl sie am liebsten die Flucht ergriffen hätte. Falls man sie am Tor mit Isabels Computer erwischte, wäre alles umsonst gewesen. Sie würde nichts herausgefunden haben. Und sie hätte ihre Freundin doppelt im Stich gelassen.

Nein. Zuerst mußte sie diese verschwundenen Dateien lesen oder wenigstens irgendwie in Erfahrung bringen, warum man sie gelöscht hatte.

Nach mehreren Fehlversuchen gelang es Leo schließlich, die Norton Utilities zur Rettung der Dateien zu veranlassen. Sie scrollte die lange Liste nach unten und bemerkte, daß die letzte große Löschaktion komplett an einem einzigen Tag erfolgt war: dem 3. Mai. Das mußte ein Sonntag gewesen sein, überschlug Leo. Der Tag vor dem Einbruch in das Apartment. Der Tag vor ihrer ersten Sitzung bei Daniel. Der Tag, an dem Isabel laut Heather das Refugium verlassen hatte.

Leo öffnete die erste Datei und scrollte nach unten. Hin und wieder las sie ein paar Zeilen, wenn ein bestimmter Abschnitt ihr besonders ins Auge sprang. Sie wußte nicht genau, wonach sie suchte. Sie wußte nur, daß die Angelegenheit eine gewisse Dringlichkeit besaß. Jeden Moment konnte jemand zu ihr ins Zimmer stürzen.

Es handelte sich um ein umfangreiches Dokument, das einen Teil von Isabels Aufzeichnungen über genmanipulierte Nahrungsmittel zu enthalten schien. Ferner fanden sich darin Verweise auf Untersuchungen mit Pestiziden und Düngemitteln sowie geheime Projektpläne. Leo führte rasch einige Suchläufe durch. Der Name Jill Reid tauchte nicht in dem Text auf, aber sowohl Plantagen als auch Bioworld International wurden mehrfach genannt. Norfolk würde sich gewiß dafür interessieren.

Dann wechselte Leo zurück zu den Norton Utilities und stellte zwei Dateien wieder her, deren Namen mit den Buchstaben MS begannen. Wie vermutet, hatten sie mit Morgenstern zu tun. Die Texte wirkten sehr skizzenhaft; es schien sich um Auszüge aus Zeitungsartikeln und Gesprächsprotokollen zu handeln. Die Zitate bezogen sich auf einen Gerichtsprozeß gegen das Suchtzentrum in Seattle, der aus Mangel an Beweisen wieder eingestellt worden war. Eingereicht hatte die Klage ein gewisser Tom Rushton im Namen seines Sohnes. Angeblich wurden in dem Zentrum ohne explizite Einwilligung der Patienten illegale Medikamentenversuche vorgenommen. Es hatte einen Todesfall gegeben.

Leo überflog die Zeilen, bis sie auf einen kurzen Absatz stieß: »F. F. Hilton, Frank Frederick Hilton, vormals Alexander Morgenstern. Namensänderung registriert im Staate Washington, Oktober 1975. Heirat mit Ida MacInnes (Bigamie?) 1982, Schwester des Multimillionärs J. P. MacInnes.«

Nervös öffnete Leo die zweite MS-Datei.

»Treffer!« lautete das erste Wort. »Carla hat sich gemeldet. Die Morgenstern-Stiftung wurde 1974 in Chicago gegründet, aufgrund der testamentarischen Verfügung eines gewissen Dr. Adam Morgenstern. Die hinterlassene und an diesen Zweck gebundene Summe betrug 3,5 Mio. Dollar, zu Händen von Alexander Morgenstern. Er gründete die Stiftung, fungierte als deren Kurator, und dann ist er umgezogen und hat seinen Namen geändert. Wieso?«

Leo scrollte sich durch eine Reihe von Fragen und Vermerken und hielt dann inne, um einen Absatz genauer zu lesen.

»Habe alle Morgensterns aus dem Chicagoer Telefonbuch angerufen. Bin dabei tatsächlich auf eine alte Dame gestoßen, eine angeheiratete Cousine von Dr. Adam Morgenstern. Habe behauptet, ich würde mich für die Geschichte der Stiftung interessieren, und bin mit ihr nach einigen Anlaufschwierigkeiten ins Plaudern gekommen. Sie sagt, nach Adam Morgensterns Tod habe in der Familie ziemliche Bestürzung geherrscht. Nur ein paar Jahre zuvor sei plötzlich ein bis dahin allen unbekannter Mann aufgetaucht und habe behauptet, der Sohn von Adam Morgensterns Bruder zu sein, welcher seit dem Zweiten Weltkrieg als vermißt und tot galt, wohingegen Adam den Krieg glücklich überstanden hatte. Adam hinterließ dem angeblichen Neffen den größten Teil seines Vermögens, um damit eine Stiftung zu gründen, die den Namen seines verschollenen Bruders tragen sollte. Bingo! Niemand weiß – auch ich habe es noch nicht herausfinden können –, ob dieses Verwandtschaftsverhältnis echt oder erfunden war. Die alte Dame jedenfalls hielt ihn für einen Hochstapler.«

Kurz vor dem Ende der Datei fand sich erneut eine Anmerkung.

»1986 spendet Progene Pharmaceuticals (wird in den Prozeßakten erwähnt) der Morgenstern-Stiftung einen großen Betrag zu wohltätigen Zwecken. Einer der Direktoren heißt J. P. MacInnes. 1992 erhält die Morning Star Foundation eine saftige Spende von Ritter Pharmaceuticals, einer Tochtergesellschaft. Ritter ist auch in Australien tätig. Sollte überprüft werden. (Norfolk informieren.)«

Leo ließ diese Neuigkeiten eine Weile auf sich wirken und wandte sich dann einer anderen Datei zu, die den Namen »PW Tagebuch« trug. Erst nachdem sie einige Seiten überflogen hatte, ging ihr auf, daß es sich um Isabels Notizen über die Sitzungen bei Paola Webster handelte.

Unter anderem fanden sich hier anschauliche Berichte über Isabels unglückliches Leben als kleines Mädchen in Australien. Leo mußte an Isabels Buch über die Kindheit denken. Die möglichen Beweggründe bei der Wahl dieses Themas erschienen plötzlich in einem anderen Licht.

Außerdem enthielt die Datei zahlreiche Anmerkungen, die im Verlauf der Aufzeichnungen eine immer bissigere Note gewannen.

»Paola hat mir zu vielen lebhaften Erinnerungen verholfen. Die Einzelheiten sind wirklich erstaunlich, als würde ich sie direkt in den Computer diktieren. Vielleicht gebe ich mir bei der Formulierung besonders viel Mühe, weil sie so eine begeisterte Zuhörerin ist. Kommt es ihr denn nicht auch seltsam vor, daß ich mich in diesen Erinnerungen von hinten und oben sehe, als wäre ich ein Kameramann auf einem Kran und würde den Anweisungen eines Regisseurs folgen? Ja, ich kann meine blonden Locken sehen und die Grübchen auf der Rückseite meiner Knie. Ich sehe mich von oben, wie ich mich auf das Bett lege, ein armes, kleines hingestrecktes Geschöpf. Die Wahrheit in einer 360-Grad-Rundumsicht. Ich bezweifle das. Dieses kleine Mädchen hat ebensoviel mit mir gemeinsam wie Alice im Wunderland. Ich darf nicht zulassen, daß die Reise hinter die Spiegel mein Urteilsvermögen beeinträchtigt.«

Ein späterer Absatz lautete: »Ich weiß, daß ich Paola hauptsächlich das erzähle, was sie hören will, doch während ich damit beschäftigt bin, wirkt es real, und diese vermeintliche Realität übt einen Einfluß auf mich aus. Ein Teil von mir ist absolut überzeugt davon, daß Elinor ihn tatsächlich ermordet hat. Wieso auch nicht? Es ist genauso wahrscheinlich wie alle möglichen anderen Dinge in meiner Vergangenheit. Es hat dazu geführt, daß ich insgeheim angefangen habe, ihn für einen wundervollen Menschen zu halten. Mein verschwundener Vater beherrscht meine Träume und wird dabei immer größer und liebenswerter. Paola gefällt das überhaupt nicht. Sie will, daß ich meine beiden Eltern gleichermaßen hasse. Trotz all ihrer Begeisterung besteht für sie die ganze Welt nur aus Haß. Und das fordert seinen Tribut von mir. Inzwischen fürchte ich mich vor all den schrecklichen Einflüssen, die mir zusetzen und mich aufreiben. Männer. Frauen. Fremde Leute auf der Straße. Bleibt weg von mir. Laßt mich alle in Ruhe.«

Leo hatte Tränen in den Augen. Doch jetzt war keine Zeit für Tränen. Sie mußte herausfinden, ob sich hier auch etwas über die letzten Tage ihrer Freundin finden würde.

»Sag's mir, Isabel«, flüsterte sie, als wäre ihre Freundin bei ihr im Zimmer. Sie öffnete die nächste Datei. DL – Daniel Lukas. Wiederum ein Tagebuch, diesmal allerdings nicht so ausführlich. Leo sprang ans Ende des Textes.

»Verabschiedet habe ich mich per Telefon. Als Termin habe ich meinen Geburtstag gewählt: den 10. September.«

In diesem Punkt hatte Daniel demnach die Wahrheit gesagt.

Leo studierte ein weiteres Mal die Dateiliste und wußte

immer noch nicht, wonach sie suchte. Der Name »Journal – Winter Frühling« fiel ihr auf, und sie klickte ihn an. Während sie las, stiegen ihr abermals Tränen in die Augen.

Der Text enthüllte mit grausamer Deutlichkeit den Seelenzustand ihrer Freundin. Seit dem Tod der Mutter und den Enthüllungen der Tante hatte Isabel sich beständig am Rand eines Nervenzusammenbruchs bewegt. Sie war völlig besessen von dem, was sie tat, und dieser Zustand spiegelte sich in der ungelenken Form der Eintragungen, in denen ihre Suche nach dem Vater und die Ankunft hier im Refugium beschrieben wurde.

Wie vorherzusehen war, hatte Isabel die Regeln der Klinik ignoriert und ihren Computer dazu benutzt, sich nicht nur Notizen über die Vorgänge im Refugium, sondern auch über das Suchtzentrum zu machen. Anscheinend hatte sie ursprünglich nur für ein paar Tage herkommen wollen, um F. F. Hilton zu überprüfen und dann zu Leo nach New York zu fliegen.

Weshalb sie dann doch hiergeblieben war, ging aus den Aufzeichnungen nicht eindeutig hervor. Vielleicht wollte sie tiefer in die geheimen Abläufe der Suchtklinik eindringen, vielleicht fixierte sie sich immer mehr auf Frederick Hilton oder vielleicht waren die Sitzungen der Trauma-Gruppe und die diversen Beratungsgespräche zu brutal für ihre angeschlagene Psyche. Was auch immer die eigentliche Ursache gewesen war, Isabel hatte sich nicht mehr zur Abreise entschließen können.

»Ich dachte, die Gespenster würden verschwinden und mich nicht länger heimsuchen, sobald ich ihn gefunden hätte«, begann einer der Vermerke. »Alexander Morgenstern. F. F. Hilton. Mr. Kurtz. Ich. Ich bin schlecht. Böse. Außen fröhlich. Innen von Würmern zerfressen. Ein wimmelndes Vipernnest. Ein widerlicher Gestank. Unheilvoll. Töte sie alle. Diesmal wirklich. Endgültig. Ja.«

In zwei der Einträge tauchte Leos Name auf. Der Ton wirkte beinahe bekümmert, wenngleich stets freundschaftlich. Nach Isabels Ansicht konnte Leo nicht verstehen, über welchem Abgrund sie schwebte, gepeinigt von Gespenstern, ihr Verstand ein einziges schmerzvolles Durcheinander, von Haß durchtränkt, der ihr aus jeder Pore stieg.

»Ich kann dich verstehen, Isabel«, flüsterte Leo vor sich hin, während sie schaudernd weiterlas.

»Ich habe es ihm gesagt. Er hat es abgestritten. Er verleugnet mich. Ich weiß nicht, warum. Vielleicht ruft mein plötzliches Auftauchen auch bei ihm Gespenster wach. Vielleicht glaubt er, ich hätte es auf sein Geld abgesehen – womöglich um eine F.-F.-Hilton-Stiftung zu gründen. Was auch immer der Grund sein mag, er stößt mich zurück. Er weigert sich, seine Identität einzugestehen. Meine Identität. Der Mann ist ein Satan. Ein Irrsinniger. Er will Herr über Leben und Tod sein. Am liebsten würde er mich umbringen. Zum zweiten Mal. So wie er es in seiner Erinnerung bereits getan hat. Das wird ihm nicht gelingen. Ich werde es nicht zulassen. Diesmal werde ich die Siegerin sein.«

Leo begann zu zittern. Sie mußte sich regelrecht zum Weiterlesen zwingen.

Dann folgte ein Brief.

Liebstes Tantchen,
Du weißt, daß ich wütend auf Dich war, als Du nach Mutters Tod plötzlich den Vorhang über unseren Familiengeheimnissen gelüftet hast. Wenn Du Dein Versprechen zu schweigen ohnehin schon so lange gehalten hattest, wieso mußtest Du es mir dann überhaupt erzählen? Inzwischen verstehe ich, daß Du nicht mit dem Wissen um diese Lüge sterben wolltest. Ich verstehe auch, daß Du in Deiner wunderbaren optimistischen Art gehofft hast, nun würde die glückliche Wiedervereinigung mit dem lange verschollenen Vater erfolgen, der das Heim der Familie nur deshalb verlassen hatte, weil Mutter eines nie mehr ablegen konnte: ihre Wut. Ich vermute außerdem, daß Du schon immer ein wenig verliebt in ihn gewesen bist. Warum sonst hättest Du seinen Weg von Sydney über Nepal bis schließlich in die Vereinigten Staaten verfolgen sollen? Das

war bestimmt nicht ganz einfach, trotz Deiner beachtlichen Fähigkeiten. Oder hat er, wenn schon nicht seiner Frau und Tochter, so doch wenigstens Dir geschrieben, zumindest anfangs noch, um mit seinen Erfolgen zu prahlen?

Es tut mir leid, daß ich wie eine alte Hexe klinge, aber ich bin in letzter Zeit wirklich auf so manchem Besen geritten und habe den einen oder anderen Pakt mit dem Teufel geschlossen. Als Du es mir erzählt hast, dachte ich zunächst allen Ernstes, ich würde nichts unternehmen. Warum auch? Sein Weggang lag schon so viele Jahre zurück. Und ich bin, wie gesagt, noch nie irgendeinem Mann hinterhergelaufen, also warum sollte das bei einem Vater anders sein? Aber es hat mich nicht mehr losgelassen, wie Du weißt. Es hat mich befallen wie ein hinterhältiger Pilz, und schließlich konnte ich mich nicht einmal mehr selbst im Spiegel betrachten. Also dachte ich, ich würde ihn aufspüren, ihn mir ansehen, das Lügengespinst meiner Kindheit entwirren und mir überlegen, ob er es wert war, eine Tochter zu haben. Meine Erinnerungen an ihn machten mich in diesem Punkt nicht besonders zuversichtlich.

Wie Du bereits aus unserem Telefongespräch weißt, ist es mir tatsächlich gelungen, ihn aufzuspüren. Ich muß wohl Deine detektivischen Fähigkeiten geerbt haben. Obwohl mich in diesem Fall einer jener Zufälle ereilt hat, die immer dann geschehen, wenn man am wenigsten damit rechnet. Meine Therapeutin hat mir geholfen, ohne sich dessen bewußt zu sein. Die Welt ist wirklich nur ein Dorf. Kaum zu glauben.

Während ich diese Zeilen schreibe, befinde ich mich an einem der seltsamsten Orte, die ich je aufgesucht habe. Es ist ziemlich unheimlich hier. Er ist der Leiter. Sein neuer Name lautet F. Frederick Hilton. Kein schlechter Name, wenngleich es wohl kaum etwas Gutes bedeuten dürfte, daß er überhaupt eine Namensänderung vorgenommen hat.

Du wirst bestimmt nicht gerne hören, daß er ein abscheuliches Schwein ist. Das war mir sogar schon klar, bevor ich ihm erzählt habe, wer ich bin, und er daraufhin be-

hauptete, noch nie von Australien, von meiner Mutter und von mir gehört zu haben – obwohl ein Blick in den Spiegel jeden Gentest überflüssig gemacht hätte. Ich habe mich nie für besonders bösartig gehalten, doch mittlerweile bin ich vom Gegenteil überzeugt. Ich bin sogar regelrecht widerwärtig. Es ist, als hätte er meine üble Seite zum Leben erweckt. Der Mann, der alles hinter sich läßt. Manchmal würde ich mich am liebsten umbringen. (Keine Angst. Das werde ich nicht tun – allein schon Deinetwegen.)

Und es tut mir leid, Tantchen, aber ich werde etwas gegen ihn unternehmen müssen. Nicht nur, weil er seine ihn nicht liebende Tochter verleugnet, sondern weil er in alle möglichen dunklen Geschäfte verwickelt ist. Im Hintergrund stehen ein paar alte, stinkreiche Kerle, die ihm im Gegenzug für seine Machenschaften ein schönes Leben finanzieren. Ich habe jetzt nicht die Kraft, Dir alles im einzelnen zu erklären, aber Du wirst es bald in den Zeitungen lesen können.

So etwas wie ein Gewissen gehört selbstverständlich nicht zu seinen herausragenden Charaktereigenschaften. Machtgier hingegen schon. Er schwelgt darin wie ein verrückter Gott. Ich wünsche mir beinahe, Mutter hätte ihn tatsächlich erledigt. Es wäre eine ihrer besseren Taten gewesen.

Vielleicht werden wir beide eines Tages über all das nachdenken und in Gelächter ausbrechen.

Ich habe hier keinen Drucker zur Verfügung und kann diesen Brief daher nicht sofort abschicken. Morgen kommt eine Freundin hier an. Jill Reid. Sie ist mir zu einer wirklich engen Freundin geworden. Sie wird mir helfen. Ganz sicher. Ich werde entweder mit ihr abreisen oder ihr diesen Brief geben, damit sie ihn abschickt. Ich weiß, daß Du Dir wahrscheinlich Sorgen machst, weil ich mich so lange nicht gemeldet habe. Das hatte seine Gründe.

In Liebe
Isabel

Eine eiskalte Hand schloß sich um Leos Kehle. Isabel hatte keinen Selbstmord begangen, davon war sie nun absolut überzeugt. Und was auch immer ihr zugestoßen sein mochte, es war hier geschehen und hatte auch mit Jill Reid zu tun. Doch was war passiert? Leo mußte mit Faraday sprechen. Sie mußte von hier verschwinden und ihm Isabels Computer bringen.

Nein, sie konnte nicht mehr klar denken. Falls jemand sie mit dem Computer sah, könnte man ihr das Gerät wieder abnehmen. Und sie mußte noch mehr über die Vorgänge im Refugium herausfinden. Vorerst brauchte sie bloß ihren Autoschlüssel und die Geldbörse. Sie konnte Faraday nicht aus Heathers Büro anrufen und das Risiko eingehen, dabei belauscht zu werden. Sie würde ins nächste Dorf fahren müssen.

Leo wickelte den Computer wieder in das T-Shirt ein und verstaute ihn in der Tasche im Schrank. Sie sah auf die Uhr und bemerkte, daß sie nicht nur einen, sondern zwei Termine verpaßt hatte. Sogar das Geräusch des Gongs hatte sie nicht aus ihrer Konzentration zu reißen vermocht. Die Leute mußten sich inzwischen mitten in ihrer Schweigestunde befinden.

Sie schlich sich aus dem Zimmer. Es war keine Menschenseele zu sehen, weder auf dem Korridor noch auf der Treppe. Die Eingangshalle war ebenfalls leer. Leo witterte plötzlich eine Gelegenheit. Sie ging zu dem Telefon hinter dem Tresen. Die Nummer von Faraday kannte sie auswendig. Doch als sie den Hörer abhob, war da kein Freizeichen in der Leitung. Verstohlen sah sie sich um und drückte die Neun. Nichts. Dann versuchte sie die Null. Immer noch nichts. Auch der Notruf, die dreifache Neun, funktionierte nicht. Es mußte irgendwo eine zentrale Vermittlung geben, von der aus sich dieses Telefon deaktivieren ließ.

Verdammt. Sie fluchte und rannte zur Tür. Draußen waren lediglich ein paar einsame Spaziergänger unterwegs. Leo ging an ihnen vorbei zum Haupttor.

Es war fest verriegelt. Enttäuscht rüttelte sie an den Gitterstäben, so daß das Tor ein lautes Klappern von sich gab. Ihr wurde auf einmal mit schrecklicher Gewißheit bewußt, daß sie hier gefangen war. So wie Isabel vor ihr. Und Jill Reid.

»Kann ich Ihnen helfen, Leonora?« Auf der anderen Seite des Tors tauchte plötzlich Frederick Hilton auf. Er trug einen dunklen Anzug und hatte sein langes weißes Haar ordentlich im Nacken zusammengebunden. Er war jetzt nicht der Guru, sondern der Geschäftsmann. Sein Lächeln war dermaßen charmant, sein Blick so mitfühlend, daß Leo einen verwirrenden Moment lang glaubte, Isabel habe sich das alles nur ausgedacht und sie mit ihrem Fieberwahn angesteckt.

Er zog einen Signalgeber aus der Tasche, öffnete damit das Tor und trat ein. Noch bevor Leo reagieren konnte, fiel das Gitter wieder ins Schloß.

Sie gab noch nicht auf. »Ich wollte ins Dorf und telefonieren.« Sie erwiderte sein Lächeln. »Von hier aus scheint das ja ziemlich schwierig zu sein. Und ich muß mit meiner Tochter sprechen. In Kalifornien«, fügte sie hinzu, als würde das den Sachverhalt vollkommen ändern.

Hilton tadelte sie sanft. »Wir müssen versuchen uns von gewissen Anhänglichkeiten zu lösen. Zumindest für die Dauer des Aufenthalts im Refugium.«

»Ich weiß. Aber es ist ihr Geburtstag. Ein wichtiger Geburtstag. Und jetzt ist so ziemlich der einzige Zeitpunkt, an dem ich anrufen kann. Sie wissen schon, wegen der Zeitverschiebung.«

»Natürlich. Ich habe einen Vorschlag, Leo. Sie kommen mit hoch in mein Büro und rufen von dort aus an.«

Leo verließ der Mut. »Darf ich?«

Er nickte bedächtig und sah sie unverwandt an. »Und da Sie ja offenbar nicht stumm geworden sind«, sagte er in vertraulichem Tonfall und zwinkerte ihr zu, »können wir dann unsere Sitzung beenden. Es tut mir leid, daß wir vorhin unterbrochen wurden. Das passiert nur selten. Und jetzt weiß ich ja, wie viel sie bedrückt. Ein furchtbarer Verlust. Ich kann verstehen, weshalb Dr. Lukas Sie hergeschickt hat.«

Er legte ihr einen Arm um die Schultern, ganz der gute Doktor, der seine Patientin über den Kiesweg führte. Leos Verwirrung nahm zu. Diese zwei Seiten – die helle und die dunkle – wollten einfach nicht zusammenpassen. So wie sein massiger Körper nicht zu seinen kleinen Füßen paßte. Leo warf ihm einen kurzen Blick zu. In diesem Licht konnte sie nichts von der Ähnlichkeit feststellen, die Isabel so eindeutig erkannt hatte. Die Augen vielleicht, dieses tiefe helle Blau. Würden die Sitzungen mit Daniel ihr helfen, falls Hilton Fragen über Isabel stellte?

Als sie die oberste Etage erreichten, war Leo außer Atem.

»Etwas zu trinken, Leonora?« Er behandelte sie wie einen Ehrengast. »Natürlich nichts Alkoholisches, sondern Fruchtsaft oder Mineralwasser.«

»Ein Wasser wäre wundervoll.«

Er öffnete die Tür eines vermeintlichen Wandschranks, hinter der sich jedoch ein kleines Kühlfach befand, und wies mit der anderen Hand auf das Telefon. »Wenn Sie die Neun wählen, bekommen Sie eine Amtsleitung.«

Leo hatte keine andere Wahl, als bei ihrer Lüge zu bleiben und in Kalifornien anzurufen. Solange Hilton neben ihr stand, war an ein Gespräch mit Faraday nicht zu denken. Und ein Anruf bei Martha im Hotel wäre zu heikel, obwohl sie sich ganz in der Nähe aufhielt. Leo würde Marthas vollständigen Namen nennen müssen, und Hilton würde ihn bestimmt wiedererkennen.

Als sie die Stimme ihrer Tochter hörte, überkam Leo ein Gefühl schierer Freude. Es war viel zu lange her, daß sie miteinander gesprochen hatten. Leo wollte vorerst nicht, daß sie von Isabels Tod erfuhr, solange alles noch so schrecklich unklar war.

»Becca, mein Schatz, ich bin's. Wie geht es dir?«

»Gut, Mom. Ich wollte dich anrufen, aber ein Mann ist ans Telefon gegangen.«

»Das war Norfolk, Liebling.«

»Bist du in Ordnung?«

»Danke, ja.« Dann spürte Leo Hiltons Blick und erinnerte sich an den vorgeblichen Grund ihres Anrufs. »Herzlichen Glückwunsch zum Geburtstag, mein Schatz.«

»Was?«

»Ja – und hoffentlich sehen wir uns ganz bald wieder.«

»Bist du übergeschnappt, Mom?«

»Ich bin zur Zeit bei der Morning Star Foundation. Das ist ein Zufluchtsort in Devon.«

»Tatsächlich.«

»Vergiß nicht, bei Tantchen in London anzurufen. Sie wird sich bestimmt darüber freuen, vor allem heute, an so einem wichtigen Geburtstag. Und wenn du schon dabei bist, wechsle doch auch ein paar Worte mit Faraday ... Ja ... Faraday. Ich freue mich schon darauf, von ihm hier abgeholt zu werden. Alles Liebe, mein Schatz. Es tut so gut, deine Stimme zu hören. So, jetzt muß ich aber Schluß machen. Ich rufe von einem fremden Apparat aus an. Noch ein dicker Extrakuß zum Achtzehnten. Bye.«

»Tantchen? Faraday?« stieß Becca entgeistert hervor. Doch Leo legte auf. Sie hoffte nur, daß Becca wenigstens einen Teil ihrer Worte behalten hatte und Norfolk verstehen würde, was sie ihm mitteilen wollte.

Frederick Hilton reichte ihr ein Glas.

»Danke. Auch wegen des Telefonats. Haben Sie Kinder, Mr. Hilton?«

»Ich betrachte Sie alle als meine Kinder, Leo.« Er schaute hinaus auf das Gelände des Anwesens, wie ein Feudalherr, der das Ausmaß und die Vielfalt seines Besitzes in Augenschein nahm. »Jeden einzelnen von Ihnen.«

»Ich verstehe«, erwiderte sie zaghaft. »Aber es ist trotzdem nicht ganz dasselbe.«

»Wollen wir nach nebenan gehen?«

»Es ist so schön hier. Ein wundervoller Raum. Eigentlich würde ich lieber ...«

»... plaudern«, beendete er den Satz für sie. »Aber deswegen sind wir nicht hier, oder?«

Leo zögerte. »Vermutlich nicht.«

Er streckte die Hand nach ihr aus. Widerwillig ließ sie sich in das düstere Nebenzimmer führen.

Sie setzte sich auf den Diwan. Hinlegen wollte sie sich nicht.

»Ich ...«

»Verschwenden wir keine Zeit, Leonora.« Er nahm unmittelbar vor ihr auf dem Sessel Platz. Er saß so dicht vor ihr, daß sie seine Atemzüge hören konnte.

»In der Gruppensitzung haben Sie von einer Freundin gesprochen, die gestorben ist. Erzählen Sie mir mehr von ihr.«

Die Aufforderung überraschte sie. Sie beobachtete ihn. Er hatte nach einem seiner Steine gegriffen und spielte damit herum, ließ ihn von einer Hand in die andere fallen.

»Erzählen Sie mir alles. Es wird den Schmerz lindern. Den Schock des Anblicks dieser aufgedunsenen Wasserleiche, wie Sie sich ausgedrückt haben.« Er sah ihr direkt ins Gesicht, und seine Augen wirkten wie zwei kristallklare Lichtpunkte, die Macht verströmten und Unterwerfung verlangten.

»Zwei Leichen«, sagte Leo. Plötzlich wurde ihr klar, daß er strategisch vorging. Er wollte herausfinden, was sie wußte. Deshalb hatte er sie hier nach oben gelockt. Sie mußte vorsichtig sein.

»Bitte legen Sie sich hin, Leo. Versuchen Sie sich zu entspannen. Zwei Leichen. Das ist in der Tat eine traumatische Erfahrung.« Seine Stimme klang besänftigend, wie Öl auf rauher Haut. Sein Daumen umkreiste die Oberfläche des Steins mit rhythmischen Bewegungen, als wolle er eventuelle Unebenheiten glätten. »Beschreiben Sie die Leichen.«

»Sie kannten alle beide«, hörte Leo sich sagen. »Eine davon war Ihre Tochter.« Während sie noch sprach, glaubte sie Isabels Lachen zu hören.

Hilton reagierte einen Moment nicht, dann sagte er: »Wissen Sie, in meinem Beruf sehen die Leute mich immer wieder als einen Vater an. Einen weisen Ratgeber. Einen Führer.« Seine Stimme klang beschwichtigend. »Legen Sie sich ruhig hin, Leo. Das ist besser ... Ja ... Wir alle brauchen einen Vater. Wir suchen überall nach ihm. Wir ergreifen jede Gelegenheit beim Schopf.«

»Sie war Ihnen ähnlich.« Wieder erklang irgendwo dieses Lachen, als würde Isabel ihr applaudieren und sie zum Weitermachen auffordern.

»Schließen Sie die Augen, Leo. Erzählen Sie mir von Ihrer Freundin.«

Sie machte die Augen zu, um seinem hypnotischen Blick zu entgehen. »Sie hat den Namen Morgenstern benutzt. Das war Ihr Name, bevor Sie ihn geändert haben, nicht wahr? Morgenstern. Martha hat gesagt, das seien Sie gewesen. Die Morgenstern-Stiftung. Morgenstern; Morning Star.« Sie sang es wie einen Refrain aus ihrer Kindheit. Sie fühlte sich ganz ruhig. »Warum wollten Sie Ihre Tochter nicht erkennen?«

»Sie interessieren sich für Namen, nicht wahr, Leo?«

Etwas stach in ihren Arm. Sie riß die Augen auf. Er stand mit einer Spritze in der Hand über sie gebeugt da. Sie sprang auf, stieß ihn zur Seite und kam tatsächlich auf die Beine.

»Verdammt, was machen Sie da?«

»Meine Arbeit, Leo. Was sollte ich wohl sonst tun?«

Sein Gesicht sah plötzlich kalt und bösartig aus. Seine Augen funkelten. Er warf die Spritze in den Abfalleimer.

Plötzlich wurde ihr alles klar. Entsetzen wallte in ihr auf.

»Was haben Sie ihr angetan? Was haben Sie ihr angetan?« Sie schrie es laut heraus und schlug nach ihm. »Sie haben sie umgebracht. Isabel.«

»Legen Sie sich hin, Leo.« Seine Stimme klang unerbittlich. Eine Ohrfeige traf ihr Gesicht. »Hinlegen!«

Sie fühlte sich wie benebelt. Ihre Beine zitterten, als wären sie zu schwach für ihr Gewicht. Es fiel ihr schwer, den Blick zu fokussieren, so daß Hilton vor ihren Augen verschwamm und nur noch seine Stimme den Raum erfüllte. Sie sackte auf dem Diwan zusammen.

»Und jetzt erzählen Sie mir alles, was Sie über Iris Morgenstern wissen.«

Leo versuchte, wieder aufzustehen. Sie wollte fliehen, verschwinden von diesem teuflischen Ort. Doch seine eisige Stimme ließ sie erstarren.

»Legen Sie sich hin, Leonora, oder Sie werden noch fallen. Genau wie Ihre Freundin.«

»Fallen.« Das Wort hallte in ihr wider. Ihre Zunge schien angeschwollen zu sein. Das Blut rauschte und hämmerte in ihrem Kopf. Sie lehnte sich zurück, und obwohl sie es gar nicht wollte, war sie so folgsam wie ein dressierter Pudel.

»Erzählen Sie es mir.«

Der Befehl ließ eine Barriere in ihrem Geist in tausend Stücke zerfallen. Die Worte strömten ganz von selbst aus ihrem Mund. Leo konnte nichts dagegen tun, konnte nicht beeinflussen, was sie sagte. Die Worte strömten immer weiter. Und mit ihnen der Haß. Haß auf ihn, seine Macht, das Gift, das er ihr eingeflößt hatte.

»Eine echte Schlampe«, hörte sie ihn murmeln. »Sie hat zuviel geredet. Ein Wasserfall von Anschuldigungen. Genau wie ihre Mutter.«

»Was haben Sie mit ihr gemacht?« Mit letzter Kraft schrie Leo es heraus.

»Sie wollen wissen, was ich mit ihr gemacht habe?« Seine Stimme klang düster und war kaum zu verstehen. »Die kleine Leo möchte es wissen.« Seine Hand lag auf ihrem Bein. Er drückte ihren Oberschenkel. »Ich werde es Ihnen verraten. Wieso auch nicht? Schließlich werden Sie sich an nichts mehr erinnern.«

Er lachte und stieß ihr sanft eine Faust in die Seite. »Das habe ich gemacht. Nicht mehr.« Er stieß sie noch einmal. »Und sie ist gefallen. Wie ein Blatt. Bye-bye ... So einfach war das.«

Leo wurde schwindelig. Sie sah die Klippe vor sich. Isabel stürzte. Leo stürzte. In den Tod. Gemeinsam in den Tod.

»Sie haben Ihre Tochter ermordet.« Wasser drang ihr in die Ohren und nahm ihr den Atem.

Sein Kopf schwebte verschwommen über ihr. Sie konnte die Umrisse nicht mehr erkennen, nur noch den rosafarbenen Fleck seiner Zunge, wie bei einem hechelnden Hund, darunter spitze weiße Zähne und gelbgoldene Fransen, wo eigentlich das Kinn hätte sein müssen. Er schürzte die Lippen und machte ein leises Geräusch, das wie das Heulen des Windes klang.

»Sie wurde wie ein Blatt in einer plötzlichen Bö davongeweht. Ein Opfer für das Refugium. Wie Iphigenie. Agamemnon und Iphigenie. Aber wohl kaum genauso unschuldig.«

Es war ein Flüstern, und sie hob den Kopf, um es besser hören zu können. Sie konnte seine Hand auf ihrer Brust sehen. Nein, das war nicht ihre Brust. Sie spürte nichts. Eine Krabbe, die über ein weißes Feld huschte.

Seine Stimme kam aus großer Entfernung. »Und jetzt verraten Sie mir, tut Lukas dies auch für Sie?«

Lukas, dachte sie. Daniel. Wo war er? Sie lehnte sich zurück und wimmerte. Dann fiel ihr etwas ein. Ein zerkratztes, aschfahles Gesicht. »Und Jill Reid. Was ist mit ihr geschehen?«

Ein Geräusch wie ein Zischen. Irgendwo ganz weit weg stach ihr erneut etwas in den Arm. Der Raum drehte sich.

»Jill war auch nur eine neugierige Schlampe. Ich mußte sie aufhalten.«

Ein unheilvolles Lachen dröhnte in ihren Ohren. Es kam von der Decke, von ganz weit oben, als wären sie in einer Kirche, wo jeder Laut verstärkt wurde und widerhallte. Ein grollender Donner mischte sich in das Inferno, der unwiderrufliche Erlaß aus dem Mund eines höllischen Gottes.

»Sie werden sich an nichts erinnern. Das Schöne ist, Sie werden sich an nichts erinnern.«

Hände drückten sie nach unten. Große Hände. Zu groß. Zu stark. Sie kämpfte dagegen an. Sie war bei einem Zahnarzt, in irgendeinem fremden Land mit drückender, schwüler Luft. Hände hielten sie fest. Sie schlug danach. Eine Maske senkte sich auf ihr Gesicht. Groß und schwarz. Sie nahm ihr den Atem. Löschte sie aus. Schwarz. Alles war schwarz.

Als Leo erwachte, schmeckte sie Blut. Dickes, viel zu süßes Blut in ihrem Mund. Sie spürte, wie es über ihre Lippen auf das weiße Handtuch rann. Sie wollte es ausspucken, aber ihr Kopf war zu schwer, um ihn anzuheben. Sie öffnete die Augen und hielt nach dem Wasserbecher Ausschau, der hier in der Zahnarztpraxis eigentlich auf dem weißen Porzellansockel neben dem Stuhl hätte stehen müssen. Aber da war kein Becher, kein Stuhl.

Schweiß sammelte sich auf ihrer Stirn. Gleichzeitig wurde

sie von kalter Angst ergriffen. Sie war nicht beim Zahnarzt. Sie war kein Kind. Wo war sie?

Sie versuchte sich zu orientieren, aber in ihrem Kopf drehte sich alles. Verzweifelt sank sie zurück auf das Kissen. Ein Kissen. Sie lag im Bett. Alles hier war grau und lag im Halbdunkel, mit roten kleinen Punkten, die am Rand ihres Sichtfelds blinkten.

Sie schloß die Augen und atmete tief durch. Ihre Brust war wie eingeschnürt. Am liebsten hätte sie geschlafen. Sie kämpfte dagegen an.

Langsam gewann der Raum an Konturen. Es war ein kleiner Raum. Das Bett war zu hoch. Neben sich erkannte sie einen Tisch. Es stand etwas darauf. Sie streckte die Hand aus und tastete danach. Eine Lampe. Es gelang ihr, an der Schnur zu ziehen, woraufhin ein schwacher Lichtschein das Zimmer erfüllte. Das war nicht ihr Zimmer. Sie hatte diesen Raum noch nie gesehen. Keiner der Gegenstände kam ihr bekannt vor. Ihr Magen zog sich vor Panik zusammen.

Da war ein Waschbecken. Wasser. Ihr trockener Mund sehnte sich danach. Vorsichtig schwang sie die fremd wirkenden Füße aus dem Bett und spürte schließlich, wie sie weit unter ihr den Boden berührten. Ihr wurde schwindelig und schwarz vor Augen.

Eine halbe Ewigkeit verharrte sie regungslos. Dann schleppte sie sich unter Aufbietung aller Kräfte zum Waschbecken und hielt sich daran fest. Mit zitternder Hand griff sie nach dem Plastikbecher, der dastand, füllte ihn mit Wasser und trank, wobei ein Teil der Flüssigkeit ihr Kinn hinunterlief.

Sie war nicht in ihrem Zimmer. Die Worte hallten wie ein Refrain durch ihren Kopf. Nicht ihr Zimmer … Ein Refrain inmitten eines Gewirrs unzähliger Stimmen, die inzwischen lauthals schrien. In ihrem Kopf. Sie stritten. Viel zu laut.

Wie war sie hergekommen?

Wo ihr Verstand sein sollte, gähnte ein Loch.

Sie schlurfte zum Fenster, machte einen kleinen Schritt nach dem anderen. Jetzt ging es schon besser. Noch einen etwas größeren Schritt, und sie war am Fenster. Ein weißer Vorhang. Sie schob ihn beiseite und drückte ihr Gesicht an die Scheibe. Gitter. Gitter und eine unendliche schwarzbraune Leere, außer ihrem Gesicht, das sich im Glas spiegelte und dessen Umrisse verschwammen. Sie erschauderte.

Sie zwang sich, zur Tür zu gehen. Immer nur einen Schritt. Immer nur einen Schritt. Vielleicht schlief sie ja noch. Sie drehte den Knauf. Nichts. Abgeschlossen. Ein Schrei kroch ihre Kehle hinauf. Sie gab dem Drang nach. Sie schrie und schrie und hämmerte gegen die hölzerne Tür.

Dann ging die Tür so plötzlich auf, daß Leo zurückstolperte und fiel. Eine Frau ragte über ihr empor.

»Schluß jetzt! Es nützt doch ohnehin nichts.« Die Frau schleppte sie zurück zum Bett. Eine große Frau mit stahlgrauem Haar und versteinerter Miene.

»Wo bin ich?« krächzte Leo.

»Still!« Die Decke legte sich über sie, ganz eng und schwer. Ihr Arm lag darauf, viel zu weiß. Etwas stach hinein. Ein roter Punkt erschien und verschwand wieder, als das Licht ausging.

Wenn doch nur dieses schwindelerregende Hämmern aus ihrem Kopf verschwinden würde. Und diese widerstreitenden Stimmen. Wenn sie doch nur einen klaren Gedanken fassen könnte. Wie lange war sie schon hier?

Ihr Verstand weigerte sich, so etwas wie Ordnung herzustellen. Jemand hatte alle Hirnzellen flach ausgerollt, eine große Schere genommen und alles vollkommen willkürlich in kleine Schnipsel zerteilt. Jetzt lagen diese Schnipsel über den Boden verstreut, aber Leo konnte ihre Form nicht erkennen.

Sie war krank. Allein. Sie kroch unter die Decke und kauerte sich zusammen.

Ganz allein.

Ein sterbendes Tier.

21

Daniel Lukas schaltete einen Gang herunter und bog um die hoffentlich letzte Kurve dieser einsamen Straße. Er war weder auf die wilde Schönheit noch die Abgeschiedenheit der Gegend gefaßt gewesen, und auch die Fahrtdauer hatte er ziemlich unterschätzt. Noch bevor Robbie zur Schule aus dem Haus mußte, war er aufgebrochen und hatte gehofft, zur Schlafenszeit des Jungen wieder zurück zu sein. Danach sah es nun ganz und gar nicht mehr aus.

Erst als er über den Abend im Savoy nachdachte, an dem Leonora erwähnt hatte, daß Isabel unter dem Namen Morgenstern aufgetreten sei, bemerkte er, wie nachlässig er gewesen war. Er wußte aus einer der Sitzungen, daß es sich um den Namen ihres Vaters handelte. Falls Isabel inzwischen auch unter dem Namen »Morgenstern« auftrat, mußte man tatsächlich von ernsthaften Schwierigkeiten ausgehen.

Außerdem wußte er nur zu genau, daß er auf Isabels letzte telefonische Nachricht zweifellos anders reagiert hätte, wenn es diese eine Nacht mit ihr nicht gegeben hätte. Wann hatte sie angerufen? Irgendwann im Februar. Er konnte noch immer ihre Stimme hören, erschöpft, von Gespenstern heimgesucht. Sie hatte auf seinen Anrufbeantworter gesprochen und ihm mit hastigen Worten mitgeteilt, sie habe kürzlich herausgefunden, daß ihr Vater noch am Leben sei und sich all die Jahre stets bester Gesundheit erfreut habe. Was würde das für ihre Version der persönlichen Vergangenheit bedeuten? Sollte sie mit ihrem Vater Kontakt aufnehmen? Sie müsse Daniel dringend sprechen.

Daniels Antwort fiel wohlüberlegt aus. Er sagte, er würde gleich für den nächsten Morgen eine Sitzung mit ihr anberaumen, falls sie seine Hilfe wirklich benötigte. Doch da sie inzwischen Paola Websters Patientin war, sollte sie sich doch eigentlich eher an Paola wenden.

Schon als er diesen prinzipiell vernünftigen Vorschlag formulierte, war er davon überzeugt, daß Isabel einen Rückzieher machen würde. Natürlich erschien sie nicht zum vereinbarten Termin. Sie rief ihn auch nicht wieder an. Er hatte sich korrekt und angemessen verhalten, doch zugleich hatte er sie im Stich gelassen. Genausogut hätte er in einem Anflug von Gereiztheit, verletzter Männlichkeit oder auch beruflicher Eitelkeit zu ihr sagen können: Wie man sich bettet, so liegt man.

Und um dem Ganzen die Krone aufzusetzen, hatte er vor ein paar Tagen diese Nachricht von Leonora auf Band vorgefunden. Auch ihre Stimme klang angespannt, auch sie schien verwirrt zu sein. Sie teilte ihm mit, daß sie sich als Patientin in die Hände der Morgenstern-Stiftung begeben würde. Nein, korrigierte sie sich. Sie meine die Morning Star Foundation. In Devon. Sie benötige seine fachliche Empfehlung. Man würde ihn anrufen. Isabel sei auch dorthin gegangen.

In dem Moment war in seinem Kopf eine Alarmglocke losgeschrillt. Paola hatte also entweder gelogen oder sich nicht aufmerksam genug mit Isabel beschäftigt. Dann dachte er über die merkwürdige Namensähnlichkeit zwischen Morgenstern und Morning Star nach und erinnerte sich an eine seltsame Information, die ihm einige Jahre zuvor während einer Konferenz in New York zu Ohren gekommen war. Zu jener Zeit arbeitete er vornehmlich mit Jugendlichen. Es ging um einen Skandal an der Westküste, wo eine Klinik ihren Betrieb einstellen mußte. Die Morgenstern-Stiftung.

Noch bevor er all diese Neuigkeiten richtig verarbeiten konnte, triefte ihm aus seinem Anrufbeantworter Frederick Hiltons schmeichlerische Stimme entgegen und dankte ihm für die Empfehlung einer Patientin. Das sei ja schnell gegangen. Er, Hilton, sei ja so froh, daß sie sich nun endlich einmal richtig kennengelernt hätten, und er hoffe, noch viele weitere von Daniels Patienten bei sich begrüßen zu können.

Daniel hatte den Mann nur zwei- oder dreimal gesehen, aber er wußte, daß er Hilton weder mochte noch vertraute. Genausowenig gefiel ihm die Verbindung zwischen Paola und Hilton. Für Daniel stellte Hiltons gesamtes Unternehmen bestenfalls eine verdächtige Mischung aus zweifelhaften Therapien, geheucheltem Mystizismus und New-Age-

Kristallen dar. Und schlimmstenfalls? Darüber wollte er gar nicht genauer nachdenken.

Und nun befanden sich zwei seiner Patientinnen in den Fängen dieses Mannes.

Hätten ihn nicht andere Verpflichtungen davon abgehalten – er wäre sofort aus London losgefahren.

Endlich stand ein Wegweiser am Straßenrand. Daniel stellte den Wagen auf dem Parkplatz der Klinik ab und machte sich auf den Weg zum Haupttor. Abgeschlossen. Er musterte das große düstere Haus und die verschiedenen Nebengebäude durch das Gitter und betätigte den Klingelknopf.

»Dr. Daniel Lukas für Mr. Frederick Hilton«, sagte er in herrischem Tonfall.

»Haben Sie einen Termin?« fragte eine höfliche Stimme.

»Sagen Sie ihm einfach, daß ich da bin. Und ich habe es eilig.«

Kurz darauf öffnete sich das Tor. Daniel ging die Auffahrt entlang. Von den Stufen der prachtvollen Eingangstür näherte sich ihm eine Gestalt. Hilton.

»Daniel. Welch eine Überraschung. Es ist mir eine Freude, eine große Freude.« Hilton streckte die Hand aus. Er war außer Atem. »Lassen Sie mich Ihnen alles zeigen. Im Moment ist nicht viel los. Alle sitzen im Speisesaal beim Mittagessen. Haben Sie schon gegessen?«

»Nein, danke. Ich habe nicht viel Zeit. Ich wollte lediglich Leonora Gould-Holland besuchen. Und ich möchte ein kleines Problem mit Ihnen erörtern.«

»Leonora, ja«, erwiderte Hilton und rieb sich die Hände. »Eine schwierige Frau.« Er wirkte nachdenklich und ging nur sehr langsam weiter. »Ich fürchte, es ist gerade ein ungünstiger Zeitpunkt für einen Besuch. Leonora ruht sich aus. Sie hat eine Art Zusammenbruch erlitten.«

»Ach ja? Es ging ihr noch sehr gut, als ich zum letzten Mal ...«

Hilton fiel ihm ins Wort. »Wir mußten sie medikamentös ruhigstellen. Sie wurde plötzlich gewalttätig.«

»Ruhigstellen?« Daniel blieb stehen und starrte ihn an. »Sind Sie berechtigt …? Dürfen Sie hier denn überhaupt Medikamente verabreichen?«

Hilton lachte leise. »Nicht ich persönlich, natürlich. Aber uns steht ein Arzt aus der Suchtklinik zur Verfügung. Plus entsprechend ausgebildetes Personal. Für die Heroinsüchtigen benutzen wir hier das neueste Naltrexon-Programm. Am Anfang steht eine schnelle Opiatentgiftung unter Narkose, gefolgt von einer regelmäßigen Naltrexon-Gabe, natürlich unter therapeutischer Betreuung. Man kann es innerhalb von drei Monaten schaffen. Und nach sechs Monaten …«

Seine Worte wurden von einem durchdringenden Klirren übertönt, das hier in der Stille des Anwesens laut wie ein Schuß wirkte. Etwas aus Glas war zerbrochen. Daniel hörte, wie jemand in einiger Entfernung mehrmals seinen Namen rief.

Er lief quer über den Rasen auf die Stimme zu, die vollkommen panisch klang.

Im ersten Stock eines der Nebengebäude erblickte er eine geisterhafte Erscheinung, eine ausgemergelte Frau, die er nicht kannte. Sie stand vollkommen regungslos da. Einen Moment lang war er verblüfft, aber dann fiel sein Blick auf ein anderes Fenster. Leonora. Das Haar stand ihr wirr vom Kopf ab, und ihre Augen waren angstvoll geweitet. So aufgelöst hatte Daniel sie noch nie gesehen.

Keuchend holte Hilton ihn ein. »Gewalttätig. Ich habe Sie ja bereits vorgewarnt. Wir werden ihr noch eine Injektion geben müssen.«

»Dr. Lukas. Holen Sie mich hier heraus. Bitte.« Es klang, als riefe sie ihre Worte mit letzter Kraft.

Daniel warf Hilton einen düsteren Blick zu. »Ich möchte sofort mit meiner Patientin sprechen, und zwar allein.«

Aus der Vordertür des Gebäudes war ein muskulöser junger Mann erschienen, um nach der Ursache des Aufruhrs zu sehen.

»Begleiten Sie Dr. Lukas nach oben zu Leonora, David. Lassen Sie die beiden nicht allein. Die Patientin kann gefährlich werden.«

»Ich muß doch sehr bitten.« Daniel richtete sich kerzengerade auf und bedachte den Mann mit einem frostigen Blick. »Sie nehmen sich zuviel heraus, Hilton. Wir sprechen uns nachher noch.«

Dann lief er die Stufen hinauf, ohne auf eine Antwort zu warten.

Leos Zustand ließ ihn erschaudern. Sie zitterte, sah leichenblaß aus; ihre Pupillen waren geweitet. Sie umklammerte seinen Arm, als wäre er ihr Rettungsanker. Ihre Hände bluteten, weil sie sich an den Scherben verletzt hatte.

»Was haben Sie ihr gegeben?« raunzte er den jungen Mann an, der zur Antwort lediglich mit den Achseln zuckte.

»Keine Ahnung, ist nicht meine Abteilung.«

»Nein, natürlich nicht. Leonora«, sagte er sanft und sah ihr in die Augen. »Lassen Sie uns diese Schnittwunden versorgen. Und danach sollten Sie sich etwas überziehen. Ich bringe Sie von hier weg.«

»Ich …« Sie schluckte, als würde ihr ihre Zunge nicht mehr gehorchen. »Meine Sachen. Ich brauche meine Sachen. Zimmer siebenunddreißig.« Sie wies durch das Fenster auf das Hauptgebäude.

»Ich möchte, daß Sie losgehen und Leonoras Sachen holen, David. Alles. Jeden Fetzen Papier. Jeden kleinsten Gegenstand.«

»Ich gehe selbst. Ich will selbst gehen.«

Daniel musterte sie nachdenklich. Ihr Blick war glasig, aber auch entschlossen. »Also gut, wir gehen zusammen. Ist hier noch etwas, das Ihnen gehört?«

Leo schüttelte den Kopf und barg dann das Gesicht in den Händen.

»Ist Ihnen schwindelig, Leo?«

Sie lächelte ihn dankbar an. »Ein bißchen. Aber es geht schon wieder. Die Anstrengung …«

Nachdem er die Verletzungen gesäubert und verbunden hatte, begleitete Daniel sie langsam durch den Korridor.

»Wer war dieser Mann, mit dem Sie draußen gesprochen haben?« fragte sie.

»Dieser Mann?« Er hielt einen Moment inne. »Meinen Sie Frederick Hilton? Kennen Sie ihn denn nicht?« Er versuchte, sich seine Überraschung nicht anmerken zu lassen.

»Ich ... ich bin mir nicht sicher.« Ihr stiegen Tränen in die Augen. »Ich weiß es nicht.«

»Denken Sie jetzt nicht weiter darüber nach, Leo«, sagte er besänftigend, obwohl er vor Wut kochte. »Wir werden uns jetzt um Sie kümmern.«

Als sie das Gebäude verließen, war von Frederick Hilton nichts mehr zu sehen. Statt dessen eilte ein anderer junger Mann in weißer Kleidung auf sie zu. Er neigte den Kopf. »Dr. Lukas. Der Direktor schickt mich. Er selbst wurde andernorts gebraucht.«

»William«, rief Leo. »Oh, gut. William, ich muß meine Sachen holen. Ich reise ab.«

Ein unergründlicher Ausdruck huschte über sein Gesicht. »Ich bin froh, daß Sie sich besser fühlen, Leonora. Nachdem ich Sie zu Ihrem Zimmer gebracht habe, gehe ich gleich hinunter in den Lagerraum.«

»Mein Zimmer, ja. Siebenunddreißig.« Leo murmelte es leise vor sich hin. »Ich muß auf mein Zimmer gehen.«

Als sie in ihrem Zimmer eintrafen, öffnete Leo sofort den kleinen Schrank und wuchtete ihre Reisetasche heraus. Sie kam ins Stolpern. Daniel eilte an ihre Seite und stützte sie.

Sie lächelte. »Gehen Sie nur, William. Holen Sie den Rest meiner Sachen, während ich packe.«

»Alles klar«, flüsterte sie, sobald William verschwunden war. »Es ist hier. Ich wußte es. Ich war mir ganz sicher. Es ist mir wieder eingefallen.« Sie warf ein paar Dinge achtlos beiseite und holte einen Laptop hervor. Bevor Daniel sie davon abhalten konnte, verband sie das Gerät mit der Steckdose und öffnete mehrere Dateien.

»Was tun Sie, Leonora?«

Sie antwortete nicht, sondern schien mit der höchsten Konzentration, die sie aufbringen konnte, etwas in den Dateien zu suchen. Sie las und fuhr dabei mit dem Finger den

Bildschirm entlang, als würden die einzelnen Dokumente sich weigern, an Ort und Stelle zu verharren und einen Sinn zu ergeben. Dann winkte sie Daniel zu sich heran.

»Isabel. Ihre Aufzeichnungen«, flüsterte sie. Tränen schimmerten in ihren Augen. »Ich kann im Moment nicht ganz daraus klug werden.«

Daniel las hastig, und mit jeder neuen Seite wuchs seine Beunruhigung. Er wollte Leo jede Menge Fragen stellen. Ein Klopfen an der Tür hielt ihn davon ab.

Bei dem Geräusch fing Leo wieder an zu zittern. Unbeholfen schaltete sie das Gerät aus, verstaute es in der Tasche und fing an, ihre wenigen Habseligkeiten darüber zu legen, so daß der Computer verdeckt wurde.

Für einen Moment hatte Daniel das Gefühl, daß Leos Angst auch auf ihn übergegriffen hatte. »Einen Augenblick«, rief er laut in Richtung Tür und begann, Leo beim Packen zu helfen. Sie war mittlerweile so zittrig, daß sie nichts mehr richtig in den Händen halten konnte. Unter seinem Schuh zerbarst eine kleine Flasche, die zu Boden gefallen war. Er starrte das Etikett an. »Thiopental-Natrium«. Wieviel davon hatte dieser verdammte Kerl in sie hineingepumpt?

»Wie viele Injektionen haben Sie erhalten, Leonora?« fragte er sanft.

Sie starrte ihn mit ausdrucksloser Miene an.

»Nein, natürlich können Sie sich nicht daran erinnern. Am besten ziehen Sie sich rasch an. Dann werden wir noch ein paar passende Worte mit Frederick Hilton wechseln, bevor wir fahren.«

Ihre Augen weiteten sich panisch. Ihr Gesicht verzerrte sich. »Fre… ?« Der Name wollte ihr nicht über die Lippen kommen. Sie rieb sich die Schläfen. »Da sind Löcher in meinem Verstand. Schwarze Löcher. Ich kann nichts mehr finden.«

Daniel nahm ihre Hand und streichelte sie sanft. »Die Erinnerungen werden zurückkommen, Leonora. Man hat Sie hypnotisiert. Außerdem glaube ich, daß Ihnen mehrere Dosen eines sedativen Hypnotikums verabreicht wurden und

Gott weiß, was sonst noch. Beruhigen Sie sich. Haben Sie nur ein wenig Geduld.« Er öffnete William die Tür, nahm das Bündel von ihm entgegen und wies ihn an, dem Direktor mitzuteilen, daß sie ihn in ungefähr zehn Minuten aufsuchen würden.

Am Ende des Korridors kam ihnen eine Frau mit glänzendem blonden Haar entgegen.

»Ich bedauere, aber der Direktor kann im Moment leider keine Zeit für Sie erübrigen«, wandte sie sich mit freundlicher Stimme an Daniel. »Er läßt vielmals um Entschuldigung bitten. Ich persönlich möchte anfügen, wie leid es mir tut, daß Leonora einen Zusammenbruch erlitten hat. Das kommt gelegentlich vor. Wissen Sie, für manche Leute ist diese ganze Stille und Meditation einfach nicht das richtige.«

»Das ist sehr nett von Ihnen, Miss …?«

»Heather.«

»Nun, Heather, sofern Sie nicht möchten, daß diese Einrichtung bis spätestens Ende der Woche geschlossen wird, sollten Sie uns lieber unverzüglich zum Direktor bringen.«

Heather starrte ihn an. »Ich glaube nicht …«

»Es interessiert mich nicht, was Sie glauben, Heather. Zeigen Sie uns einfach nur den Weg.«

In den Augen der Frau schien plötzlich etwas aufzublitzen. »Was auch immer er getan hat, ich war nicht daran beteiligt. Leonora kann das bezeugen.«

»Im Moment kann Leonora kaum geradeaus schauen.« Daniels Stimme triefte vor Sarkasmus. »Dort entlang, nicht wahr?«

»Nein, hier nach oben.« Heather führte sie eine Treppe hinauf, doch Leo war kaum fähig, ihre Füße zu heben, als hätte man ihr ein großes Gewicht an die Füße gebunden. Daniel stützte sie bei jedem Schritt.

»Vielleicht wäre es besser, wenn Sie warten würden, Leo. Heather wird Ihnen eine Tasse Tee bringen.«

»Nein.« Sie umklammerte ängstlich seinen Arm. »Nein, ich komme mit Ihnen.«

Als Hilton nach Heathers zweitem Klopfen noch immer nicht reagierte, schob Daniel sie ärgerlich beiseite und öffnete die Tür.

»Hilton, wir müssen reden, und ich habe nicht den ganzen Tag Zeit«, rief er laut in das weiträumige Büro hinein, noch bevor er den Direktor erblickt hatte.

Hilton saß mit dem Rücken zur Tür an seinem Schreibtisch, lehnte sich auf dem Drehstuhl zurück und ließ den Blick über das weitläufige Anwesen schweifen, als wäre er irgendein General, der im Begriff stand, seinen Truppen Befehle zu erteilen. Er telefonierte.

»Holen Sie mich in fünfundzwanzig Minuten ab. Keinesfalls später.« Er schien eine Bestätigung abzuwarten, legte dann den Hörer auf und drehte sich zu den Neuankömmlingen um.

»Ich bin beschäftigt, Daniel. Es hat sich ein Notfall ereignet. Hat Heather es Ihnen denn nicht erklärt?« Das Lächeln auf seinem breiten Gesicht wirkte ein wenig nervös. »Ich eröffne ein großes neues Zentrum in Australien und ...« Er hielt inne, als sei er vor lauter Prahlerei zu leichtsinnig geworden. »Aber sofern Sie unbedingt auf einem kurzen Gespräch bestehen.« Er deutete leutselig auf einen der Stühle.

»Nach Australien?« Daniel erinnerte sich an den wirren Inhalt von Isabels Journal. Sie mußte Hilton bedroht und irgendwie unter Druck gesetzt haben.

Hilton tat die Frage mit einer beiläufigen Geste ab. »Nehmen Sie Platz. Obwohl ich normalerweise in Gegenwart von Patienten keine Krankengeschichten erörtere.«

Leo starrte ihn verständnislos an, als müßte sie sein Gesicht erst stückweise abtasten, um einen Sinn darin zu erkennen. Vorsichtig näherte sie sich dem Stuhl, der am weitesten vom Schreibtisch entfernt stand, und setzte sich auf die äußerste Kante.

»Habe ich behauptet, wir würden über Leonora sprechen?« Daniels Stimme klang scharf und energisch. »Ich glaube nicht. Nein, es geht mir um eine meiner früheren Patientinnen, die außerdem bei unserer Kollegin Paola Webster in Behandlung war. Isabel Morgan. In letzter Zeit hat sie gelegentlich den Namen Morgenstern benutzt.«

Hilton nickte, jedoch war ihm eine gewisse Unsicherheit anzumerken. »Ja, noch so jemand mit Wahnvorstellungen. Sie scheinen sich ja auf derartige Fälle spezialisiert zu haben, Daniel. Sie ist vor einigen Wochen von hier abgereist. Ich selbst habe keine Sitzungen mit ihr durchgeführt. Oder höchstens ein einziges Mal.«

»Nein, nein, durchaus häufiger«, warf Heather ein. »Das weißt du doch genau.« Sie starrte einen kleinen Koffer an, der neben dem Schreibtisch stand.

Hilton kanzelte sie mit eiskalter Stimme ab. »Ich glaube, Sie werden andernorts gebraucht, Heather. Sie dürfen jetzt gehen.«

»Es wäre besser, wenn ...«

»Gehen Sie, Heather. Sofort.«

Heather nickte Daniel zu und verließ das Zimmer. Ihr Kopf war stolz emporgereckt.

»Impertinente Frau«, murmelte Hilton.

»Aber sie leidet nicht unter Wahnvorstellungen.«

Hiltons Blick richtete sich auf Daniel. »Nein, vielleicht nicht. So langsam dämmert mir etwas. Es kann sein, daß ich diese Morgan oder Morgenstern doch einmal gesehen habe. Wir haben hier so viele Patienten. Manchmal beneide ich Sie direkt, Daniel, daß Sie völlig unabhängig arbeiten können. Immer nur Einzelgespräche. Der Betrieb einer solchen Einrichtung ist wirklich sehr kompliziert.«

»Demnach lautet Ihre Diagnose nach zwei, drei oder vier Sitzungen, daß Miss Morgenstern unter Wahnvorstellungen gelitten hat, weil sie in Ihnen ihren Vater zu erkennen glaubte. Aber nicht nur Isabel war dieser Meinung, sondern auch ihre Tante in Australien.«

Hilton stand abrupt auf. Er ging zum Fenster und schaute auf das Grundstück hinaus. »Hat sie Ihnen das erzählt?« fragte er leise. »Eigentlich müßten Sie wissen, was von den Phantasien einer Patientin zu halten ist.«

»Das weiß ich durchaus, aber ihre Tante gehört nicht zu

meinen Patientinnen. Es gibt eine eindeutige Möglichkeit, das zu überprüfen. Ein DNA-Test. Ein Gen-Vergleich zwischen Ihnen und Isabel – oder Iris, wie sie sich während ihrer Recherchen zu nennen pflegte.«

Leos Stimme durchbrach die plötzliche Stille. »Isabel ist tot.«

»Tot?« Daniel starrte sie an.

Leo nickte.

»Wußten Sie das denn nicht?« Hilton hatte sich wieder gesetzt. Seine Miene war zutiefst bekümmert. »Eine Tragödie. Selbstmord. Schrecklich. Ich erinnere mich, daß Paola erwähnt hat, die Patientin neige in diese Richtung.«

»Tot«, wiederholte Daniel, als könne er gar nicht begreifen, was dieses Wort bedeutete. »Selbstmord? Wann? Direkt nachdem sie von hier abgereist war?«

»Daniel, Sie wollen doch wohl keinen unmittelbaren Zusammenhang zwischen dem Aufenthalt der Patientin hier und ihrem Selbstmord herstellen?«

»Was haben Sie ihr verabreicht? In diesem Land ist es illegal, wenn jemand ohne ärztliche Zulassung Medikamente verschreibt, geschweige denn injiziert.«

Hilton sah Leo an. Sie schien unter seinem Blick noch nervöser zu werden. Sie schloß die Augen.

»Lassen Sie es auf sich beruhen, Daniel. Ich habe Ihnen vorhin schon erklärt, daß uns hier Ärzte zur Verfügung stehen. Und die Frau ist tot. Es ist vorbei. Sie hat es nicht geschafft. Hat sich nicht neu definieren können. Das war's. Ende.«

»Das glauben Sie wirklich, nicht wahr? Darum geht es bei Ihrer Arbeit. Um eine Neudefinierung. Um ein Abschütteln der Vergangenheit. Eine kleine Injektion, eine kleine Hypnose und noch eine Injektion. Damit alles ausgelöscht wird. Die Probleme. Die Familie, die Liebhaber, die Bindungen. Weg mit der Vergangenheit. Soll man sich doch ruhig zusammenschustern, was man will, solange es einem hilft, die nächstbeste Gelegenheit beim Schopf zu ergreifen. Ganz egal, wer dabei auf der Strecke bleibt.« Daniels Stimme wurde immer lauter, und auf einmal sah er Isabel ganz deutlich vor sich. Isabel, die versuchte, den Schmerz zu bewältigen, als Kind im Stich gelassen worden zu sein.

»Haben Sie das auch getan? Sich neu definiert? Australien.« Er klatschte in die Hände, als würde er eine Fliege zerquetschen. »Vorbei. Indien. Vorbei. Seattle. Vorbei. Wie viele andere Verkörperungen Ihrer selbst hat es auf diesem Weg zu einer immer größeren Machtposition noch gegeben? Wie viele Frauen und Kinder, die zurückgelassen wurden? Vergessen. Verleugnet.«

Unwillkürlich war Daniel aufgestanden; er hatte sich mit beiden Händen auf die Tischplatte gestützt und vorgebeugt, so daß Hilton sich nun unmittelbar vor ihm befand, die Füße breitbeinig am Boden wie ein Boxer in der Ringecke und die kalten blauen Augen auf gleicher Höhe mit Daniels Gesicht. Die Drohung in Hiltons Blick war nicht zu übersehen.

»Daniel, hören wir doch auf, uns wegen einer verwirrten Hysterikerin zu streiten. Und falls Sie unbedingt ein solches Zerrbild von mir zeichnen möchten, nun gut, das kann ich umgekehrt auch. All diese Jahre des umsichtigen Vortastens, des regelrechten Schwelgens in der Psyche eines anderen, nur um am Ende ein solch armseliges, feiges Geschöpf abzugeben, wie Sie eines sind. All diese altmodischen ödipalen Schlagwörter. Zerrüttete Familien. Eifersucht. Unerfüllbare Sehnsüchte. Schuldgefühle. Scham. Konflikt.« Er hieb mit der Faust auf den Tisch. »Macht. Das ist es, was zählt. Etwas gestalten. Etwas erschaffen. Menschen formen.«

»Solange Sie derjenige sind, der andere formt. Sie sind sogar noch schlimmer als Paola. Die ist stets auf der Suche nach Opfern, um sie dann dazu zu veranlassen, Rache an den Peinigern zu nehmen. Und Sie, Sie wollen eine Herde weißgekleideter, geschichtsloser Schafe erschaffen, die Ihnen widerstandslos auf dem Weg ins verheißungsvolle New Age folgt. Aber Isabel war keine Ihrer Anhängerinnen.«

Ein kurzes Schweigen trat sein, das voller knisternder Spannung war. Dann plötzlich senkte Hilton den Blick.

»Sie war Ihre Tochter, nicht wahr? Was haben Sie ihr angetan?«

In einiger Entfernung vernahm Leo ein knatterndes Geräusch. Ein Hubschrauber. Er kam näher. Kam in ihre Richtung. Sie hielt sich die Ohren zu.

Hilton eilte zum Fenster. »Das ist mein Ambulanzservice. Es kommt ein sehr wichtiger Patient. Ich muß Sie jetzt leider bitten zu gehen, Dr. Lukas.« Er lächelte zynisch und sprach Daniels Namen und Titel besonders betont aus.

Der Lärm des Helikopters war inzwischen ohrenbetäubend laut. Die Maschine schwebte direkt über ihnen; ihr Schatten fiel durch das Fenster herein. Auf dem Dach des Gebäudes mußte sich ein Landeplatz befinden. Daniel sah Leo an. Sie saß zusammengekauert da und starrte auf den Schatten des Rotors, der über den Boden huschte. Daniel legte ihr eine Hand auf die Schulter. Sie reagierte nicht.

Leo musterte das verschwommene Abbild der Rotorblätter, wie es über ihre Füße raste, den Schreibtisch zerteilte und quer durch diesen Mann schnitt. Diesen Mann. Isabels Vater. Isabel war tot. Sie klammerte sich an Daniels Arm.

»Er hat Isabel ermordet.« Die Worte zerrissen ihr die Kehle, schnitten wie Klingen durch den Nebel in ihrem Kopf. »Jill Reid hat er auch umgebracht. Er hat es mir erzählt. Ja. Jill Reid. Nehmen Sie mir eine Blutprobe ab, Daniel.«

Daniel nahm ihre Hand und schaute Hilton an. Isabels Vater war bereits aus der Tür. Der Hubschrauberlärm hatte alle Geräusche übertönt. Daniel eilte ihm nach, und Leo versuchte mit beiden Schritt zu halten. Eine Tür auf der rechten Seite des Flurs stand offen und wankte im Luftzug. Sie liefen darauf zu. Dann sahen sie Hilton. Er stand mit dem Koffer in der Hand und einem Mantel über dem Arm am oberen Ende einer steilen eisernen Treppe.

»Er wird uns entkommen«, stammelte Leo.

»Nein, wird er nicht.« Daniel hatte bereits die Hälfte der Stufen erklommen.

»Seien Sie vorsichtig«, rief Leo ihm hinterher und zwang

sich, langsamer weiterzugehen, einen Schritt nach dem anderen. Ihr wurde schwindelig.

Als sie das Dach erreichte, sprangen zwei Männer aus dem Helikopter, kurz darauf ein dritter.

»Norfolk«, rief Leo. »Norfolk. Inspector Faraday. Lassen Sie ihn nicht entkommen. Halten Sie ihn auf. Er ist Morgenstern.«

Hilton befand sich schon wieder an der Tür und lief die Stufen hinunter. Norfolk und Faraday holten ihn auf dem Treppenabsatz ein. Leo sah, wie Norfolk ihn überraschend fachmännisch durchsuchte. Faraday hatte Hilton am Arm gepackt und zeigte ihm seinen Dienstausweis, genau wie ein zweiter Mann, in dem Leo plötzlich den rotgesichtigen Beamten aus Barnstaple erkannte. Rawlence, erinnerte sie sich. Die Lücken in ihrem Gedächtnis füllten sich langsam.

Es war Rawlence, der das Wort ergriff. »F. F. Hilton, Sie werden hiermit vorläufig zur Vernehmung im Mordfall Jill Reid festgenommen, einer Angestellten der Firma Plantagen.«

»Inspector, bitte!« Hilton wischte die Hand des Polizisten von seinem Arm, als handelte es sich um ein lästiges Staubkorn, und zog das Revers seines Anzugs zurecht.

Rawlence ließ sich nicht einschüchtern. »John Stapleton, der Chef von Jill Reids Labor, ist inzwischen aus den Vereinigten Staaten zurückgekehrt und hat uns davon unterrichtet, daß Miss Reid ihre letzten Tage hier auf dem Gelände der Stiftung verbracht hat. Das Fahrzeug, in dem Sie aufgefunden wurde, gehörte einem Ihrer früheren Angestellten, der es zunächst noch hier zurückgelassen hatte. In Jill Reids Blut finden sich Spuren der gleichen Substanz, die auch in der Leiche einer gewissen Isabel Morgan festgestellt wurden. Auch zu diesem Todesfall möchten wir Sie befragen.«

Rawlence atmete tief durch. »Kommen Sie freiwillig mit?«

Frederick Hiltons finstere Miene verwandelte sich in ein aufgesetztes Lächeln. »Aber natürlich komme ich freiwillig mit, Officer. Ich werde mich nach Kräften bemühen, Ihnen zu helfen. Doch Sie haben sich den Falschen ausgesucht. Ich möchte lediglich noch meinen Anwalt verständigen.«

»Gehen Sie nur voraus.« Faraday zog ein gefaltetes Dokument aus der Jackentasche und hielt es ihm vor die Nase. »Ein Durchsuchungsbefehl. Es hat alles seine Ordnung. Unsere Leute müßten schon bald hier eintreffen.«

Hilton funkelte ihn wütend an. »Und was genau glauben Sie hier zu finden, Inspector, während Sie die Ruhe unserer Patienten stören?«

»Ich schätze, es gibt hier so einiges von Interesse zu entdecken, Hilton«, erwiderte Norfolk verächtlich. »Ich an Ihrer Stelle würde meine wohltätigen Gönner anrufen. Damit meine ich Newman in Australien. Ich glaube, daß Ritter Pharmaceuticals von unserer Anwesenheit hier ganz und gar nicht begeistert sein wird.«

Frederick Hilton trat bedrohlich einen Schritt näher an Norfolk heran. »Und wer sind Sie?«

»Christopher Norfolk, zu Ihren Diensten.«

»Christopher Norfolk?« stotterte Hilton. »Sie sind also dieser verrückte Journalist, der mir den Erpresserbrief geschickt hat. Falls Sie auch nur ein Wort drucken, kriege ich Sie wegen Verleumdung dran.«

»Welchen Brief?« Norfolk mimte die Unschuld in Person.

»Ich war mir sicher, diese vorwurfsvolle Schlampe hätte ihn geschrieben«, flüsterte Hilton vor sich hin, hielt dann abrupt inne und griff nach dem Telefon.

Norfolk fiel ihm in den Arm. »Wen genau meinen Sie denn damit, Hilton?«

»Nehmen Sie Ihre schmierigen Pfoten von mir.« Er riß sich los.

»Er meint Isabel«, sagte Leo leise. »Ich schätze, Sie werden vermutlich alle Einzelheiten in ihrem Computer finden.«

Hilton starrte sie an. Er schien ihr plötzlich bedrohlich näher rücken zu wollen. »Woher haben Sie …?«

Faraday stellte sich ihm in den Weg. »Erledigen Sie Ihren Anruf.« Er winkte Rawlence heran und musterte dann Leo, als sähe er sie zum ersten Mal. »Geht es Ihnen gut, Miss Holland?«

»Jetzt ja«, sagte sie lächelnd.

»Du hast eine ziemlich clevere Tochter, Holland.« Norfolk legte ihr besitzergreifend einen Arm um die Schultern und drückte sie. »Ich bin wirklich froh, dich in einem Stück vorzufinden. Als sie anrief, hatte ich gerade umfassende Informationen über die Morgenstern-Stiftung und ihren kleinen Ableger hier erhalten. Zum Glück hat Faraday beschlossen, meiner Geschichte zu glauben.« Er zwinkerte ihr zu. »Aber schließlich hatte er zwischenzeitlich auch etwas herausgefunden.«

»Miss Holland, Sie haben leider versäumt, mir mitzuteilen, daß Mr. Norfolk eine doppelte …«

Norfolk räusperte sich vernehmlich.

Faraday furchte die Stirn. » … daß Mr. Norfolk auch für die australische Regierung tätig ist.«

Leo schaute Norfolk verblüfft an, doch er grinste nur. »Schon in Ordnung, Holland. Ist bloß ein kleiner Nebenjob. Ich konnte dir leider nicht alles anvertrauen. He, wer ist denn dieser Kerl? Gehört der zu dem Laden hier?«

Leo stellte Daniel vor, der den Ereignissen mit nachdenklicher Miene gefolgt war. Er nahm Faraday einen Moment beiseite. »Da ist noch etwas, das Sie überprüfen sollten, Inspector. Ich habe in Leos Zimmer Thiopental-Natrium gefunden. Es handelt sich um ein verbreitetes sedatives Hypnotikum. Ich vermute, daß in dieser Klinik unzulässige Dosen davon verabreicht werden.«

»Ich schätze, das dürfte nur die Spitze des Eisbergs darstellen«, brummte Norfolk. »In Seattle gab es eine Anklage und jede Menge Gerüchte, daß dort ohne Wissen der Patienten Versuche mit einem neuen Morphiumpräparat durchgeführt worden seien, irgendwas aus der Grauzone zwischen legalen Medikamenten und Straßendrogen. Wahrscheinlich wurde hier in ähnlicher Weise herumexperimentiert. Jede Menge unfreiwillige Versuchskaninchen, die glaubten, sie wären in einer wunderbaren Klinik gelandet.«

Leo starrte ihn an. Ihr wurde wieder schwindelig. Das alles war zuviel auf einmal.

»Inspector, Leonora muß sich ausruhen. Mit Ihrer Erlaubnis werde ich sie jetzt nach Hause bringen«, schaltete Daniel sich ein.

Faraday nickte. »Natürlich.«

»Nicht so schnell.« Frederick Hilton trat vor Leo hin, so daß er sie drohend überragte. Sein Gesicht glänzte. Er sah ihr in die Augen und sprach ganz langsam. »Sie haben etwas genommen, das mir gehört, Leonora.«

Leo wich mit zitternden Knien zurück, doch sie konnte den Blick nicht von seinen verwirrenden Augen abwenden. Einige Worte kamen ihr in den Sinn, ein längst vergessenes Zitat: »Seine Miene wie der Morgenstern, der lenkt; die Sternenschar, derweil sie seinen Lügen Glauben schenkt.« Luzifer.

»Sie werden mein Eigentum William geben, bevor Sie gehen.«

»Hören Sie auf, Hilton«, herrschte Daniel ihn an und stellte sich zwischen die beiden. »Außerdem ist es zu spät. Ich habe die Dateien in Isabels Computer auch schon gelesen. Dem Computer Ihrer Tochter. Den Laptop werden wir Inspector Faraday übergeben. Die Vergangenheit holt Sie nun ein. Ich bezweifle, daß es Ihnen gelingen wird, auch diesen Teil Ihres Lebens mit der üblichen Sorglosigkeit einfach abzustreiten. Halten Sie ihn fest, Officer.«

Rawlence legte Hilton eine Hand auf die Schulter.

Isabels Vater fuhr herum und schüttelte den Beamten ab. Einen Moment lang wanderte sein Blick über alle Anwesenden, als sei er ein in die Ecke getriebenes Tier. Dann stieß er plötzlich ein gellendes Lachen aus.

22

Vier Tage später saß Leo abends in Isabels Apartment und wartete ungeduldig darauf, daß es an der Tür klingeln würde.

Abgesehen von ein paar Spaziergängen, hatte sie die letzten Tage meist im Loft verbracht, sich erholt und mit Martha gesprochen, die ihre Verzweiflung über Isabels Tod noch weniger unter Kontrolle hatte als Leo.

Der Kummer der alten Dame wurde verstärkt durch das Schuldgefühl und die Erkenntnis eines doppelten Verlusts, denn sie mußte nicht nur Isabel, sondern auch ihren nostalgischen Jugendtraum von Morgenstern aufgeben. Sie hatte ihn sehen wollen, aber Faraday ließ es unter einem Vorwand nicht dazu kommen.

Norfolk hatte Martha mit dem Wagen aus Devon zurückgebracht. Bei seiner Ankunft nahm er Leo fest in die Arme und setzte sie über den letzten Stand der Dinge in Kenntnis. Hilton befand sich in Haft. Das Personal des Refugiums sowie die Gäste, die Isabels und Jill Reids Aufenthalt miterlebt hatten, wurden verhört.

»Ein paar dieser kleinen weißgekleideten Vögelchen singen äußerst ausdauernd«, sagte er lachend. »Seine Assistentin, diese Heather, ist ziemlich wütend auf ihn und redet sich nur zu gern alles von der Seele. Und in einem verschlossenen Fach seines Schreibtisches haben wir einen Brief gefunden. Er ist in Isabels Handschrift verfaßt, aber mit meinem Namen unterzeichnet. Darin droht sie, seine illegalen Machenschaften an die Öffentlichkeit zu bringen, außerdem seine angebliche Bigamie und den Kindesmißbrauch. Da er vermutet hat, der Brief stamme von ihr, liegt damit ein Motiv für sein scheußliches Verbrechen vor.«

»Komisch, daß sie mit deinem Namen unterschrieben hat.«

»Vermutlich hat sie geglaubt, sie würde etwas Unterstützung benötigen. Hier. Den möchtest du bestimmt wieder haben.«

Er überreichte Leo ihren Laptop sowie einen Stapel Disketten, auf denen sich Kopien der Dokumente aus Isabels Computer befanden. »Jetzt wissen wir, wer unser Einbrecher war, Holland. Ich schätze, er wollte uns von seiner Fährte abbringen und hat falsche Spuren ausgelegt, damit wir vermuten, Isabels Verschwinden stehe mit ihren Recherchen über Gentechnik in Verbindung, von denen er wiederum wußte, weil er ihre Dateien gelesen hatte. Außerdem hat er hier nach weiterem Beweismaterial für die Verwandtschaft zwischen ihm und Isabel gesucht, um es gegebenenfalls zu vernichten.«

»Aber warum?«

»Ich glaube, er wollte keinen Aufruhr in seinem Reich. Es war ihm schon einmal nur knapp gelungen, seine Hände in Unschuld zu waschen. Neuer Ärger hätte diesmal durchaus zum völligen Ruin seiner Unternehmungen führen können.«

Leo nickte. »Ich habe endlos darüber nachgedacht. Nachdem er durch den Einbruch von meiner Anwesenheit erfahren hatte, muß er beschlossen haben, die Diskette mit den Koordinaten und Listen herzuschicken, um uns abzulenken. Ich vermute, er hat auch dafür gesorgt, daß Isabels Koffer hergebracht wurde. Um die Spur noch weiter zu verwischen und uns in alle möglichen Richtungen ausschwärmen zu lassen. Deshalb lag auch eine Bioworld-Broschüre darin.«

»Aber letztendlich hat es sich als vorteilhaft für uns erwiesen, Holland. Das und dein Anruf. Es hat mich nämlich dazu veranlaßt, noch einmal die E-Mails zu lesen, die Isabel mir geschickt hat. Anfang April kam von ihr eine etwas rätselhafte Nachricht, in der sie mich fragte, ob ich irgend etwas über Progene und Ritter Pharmaceuticals wüßte. Außerdem bat sie mich zu überprüfen, ob diese Firmen eventuell für wohltätige Zwecke gespendet hätten, vor allem an die Morning Star Foundation. Es stand mitten zwischen all dem anderen Zeug. Ich habe mich nie damit beschäftigt, weil ich auf genetische Manipulationen in der Landwirtschaft spezialisiert bin.«

»Wir sind die ganze Zeit der falschen Fährte gefolgt und haben uns von der Medienhysterie anstecken lassen.«

»Das ist nicht ganz fair, Holland. Isabel hat auf dem Gebiet der Genmanipulation recherchiert und dabei einige wertvolle Entdeckungen gemacht. Allerdings bin ich mir jetzt sicher, daß nichts davon zu ihrem Tod geführt hat.«

»Und wenn die Flut ihre Leiche nicht in Lynton angespült hätte, wäre Hilton womöglich ungeschoren davongekommen. Isabel hätte lediglich einen Neuzugang in der Vermißtenstatistik bedeutet.«

»Das hättest du nicht zugelassen, Holland«, brummte

Norfolk zu ihrer Überraschung. »Du hättest niemals Ruhe gegeben. Du bist stur wie ein Maulesel. Nein, da habe ich die Tiere verwechselt. Du bist ein wahrhaftiger Bluthund. Genau wie unsere Freundin.«

Er strich ihr über das Haar und küßte sie zärtlich. »Ich weiß nicht, wie viele von Isabels Dateien du schon gelesen hast, aber ich glaube, du wirst feststellen, daß sie dich sehr gemocht hat.«

Bis tief in die Nacht hatte Leo dagesessen und die Dateien durchforstet.

Abermals empfand sie Isabels Schmerz, der ihrem eigenen während der letzten Wochen durchaus ähnelte. Ihre Freundin war von Gespenstern heimgesucht worden, die durch die Sitzungen mit Daniel an das Tageslicht gekommen waren und dann im Verlauf der Therapie bei Paola Webster an Stärke gewonnen hatten. Jede einzelne dieser wild auf sie einschlagenden Gestalten flüsterte ihr eine andere Version einer verdrängten Geschichte ins Ohr, von denen vermutlich keine ganz der Wahrheit entsprach. Als dann plötzlich eine der Figuren eine konkrete Form annahm und sich in der Person von Morgenstern beziehungsweise Hilton manifestierte, der nach außen sehr charmant, aber im Innern zutiefst amoralisch und bösartig war, überkam Isabel der Wunsch, alles auszulöschen, das zur Bildung ihres Charakters beigetragen hatte. Die vage Hoffnung auf Rettung und eine Zuflucht wurden vollständig ins Gegenteil verkehrt.

Als Leo die letzten Einträge las, in denen auch ihr eigener Name auftauchte, wurde sie von Kummer übermannt. Es war klar, daß Isabel geglaubt hatte, Leo könnte nicht begreifen, welch extremen Emotionen sie sich ausgeliefert fühlte und wie sehr ihr Verstand sich in ein schmerzendes Chaos verwandelt hatte. Da war es leichter, sich einer relativ fremden Person anzuvertrauen. Wie Jill Reid.

Mehr als je zuvor wünschte Leo sich, sie könnte ihre Freundin umarmen und ihr sagen, daß sie sehr wohl in der Lage war, Isabel zu verstehen. Jeder Mensch trug seine eigenen Gespenster mit sich herum, die gelegentlich an die Oberfläche kamen und heillose Verwirrung stifteten.

Leo wünschte außerdem, sie könnte Isabel mitteilen, daß man Morgenstern verhaftet und daß ihre eigene Blutprobe eine beträchtliche Menge der gleichen Substanz aufgewiesen hatte, die auch in Jill Reids und Isabels Blut gefunden worden war. Erst zu spät war es Leo gelungen, ihrer Freundin zu helfen.

In dem Journal, das Isabels letzte Monate abdeckte, war mehrmals auch von Daniel die Rede, der dabei nicht immer eine gute Figur abgab. Isabels Verärgerung über sein besserwisserisches Gehabe entsprach ziemlich genau dem, was Leo empfunden hatte. Doch da war noch mehr. Eine Notiz besagte: »Ich mußte ihn verlassen. Meine Gefühle im Hinblick auf Männer sind immer so extrem. Liebe. Haß. Sehnsucht. Angst. Wir fingen an, das gemeinsam zu entwirren, aber ich mußte trotzdem gehen. Basta!«

Gegen Ende der Datei erwähnte Isabel ihn ein weiteres Mal, beinahe fröhlich, als hätte sie ihn enttäuscht und nicht umgekehrt. Auch zitierte sie ihn ein wenig rätselhaft und behauptete, manche Grenzen seien es in der Tat wert, nicht überschritten zu werden.

Leo hing ganz ihren Gedanken an Isabel nach, während sie auf ihren Gast wartete. Martha hatte eine alte Freundin ausfindig gemacht und sich überreden lassen, einen Abend lang mit ihr auszugehen. Schnurrend schlich Biest Leo um ihre Beine, sie hob ihn hoch und stellte sich ans Fenster, von wo aus sie den Parkplatz überblicken konnte. Regentropfen prasselten an die Scheiben und verwandelten sich in kleine Rinnsale. Wie Tränen. Tränen für Isabel. Leo seufzte und streichelte den Kater. »Möchtest du mitkommen und in Manhattan leben, Biest?«

Er sprang ihr vom Arm und schoß quer durch das Zimmer davon. Sie schaute ihm lächelnd hinterher. Er war genauso eigensinnig und unabhängig wie sein Frauchen.

Am ersten Abend, im Anschluß an die Rückkehr nach

London und den Krankenhausbesuch, hatte Daniel darauf bestanden, daß Leo die Nacht in seinem Haus verbringen würde. Martha sei schließlich noch in Lynton, und Leo dürfe unmöglich allein bleiben. Sie könne Flashbacks erleiden, Halluzinationen, Angstzustände, so daß es ihm nicht guten Gewissens möglich sei, sie unbeaufsichtigt zu lassen.

Leo begriff dies als eine ärztliche Anweisung, was es zweifellos auch war, obwohl sie spürte, daß seine Beharrlichkeit noch einen weiteren Grund hatte. Sie wertete es als Versuch, eine Art von Wiedergutmachung an Isabel zu leisten.

Dann verbrachten sie einen Abend zusammen, den Leo trotz der Umstände nur als behaglich bezeichnen konnte. Robbie plapperte munter auf sie ein und beharrte schließlich darauf, mit ihr zusammen einige Bilder zu malen. Ihre gemeinsamen Kreationen brachten sie alle zum Lachen. Danach sagte sie im Scherz zu Daniel, sein Sohn sei ein viel besserer Therapeut als er. Und Daniel sah sie ein bißchen merkwürdig an, lachte und erwiderte, seine Frau habe das auch immer behauptet.

Erst als das Licht ausging und sie schon wieder in einem fremden Bett in den Schlaf sank, brach der ganze Schrecken der letzten Tage über sie herein – unzählige schwindelerregende Bilder peinigten sie, so daß sie die Augen wieder öffnen mußte, um die Visionen loszuwerden. Ein riesiges, geiferndes, hundeähnliches Gesicht näherte sich ihr, eine beengende Maske senkte sich auf ihren Mund, Nadeln stachen in ihren Arm. Die meisten Lücken hatte sie inzwischen mit Vermutungen gefüllt, da viele Erinnerungen noch immer auf sich warten ließen. Sie glaubte nicht, daß Morgenstern sie noch mit anderen Dingen als der Nadel einer Spritze traktiert hatte. Das hätte irgendwie nicht zu ihm gepaßt. Aber vielleicht gab es auch einige Dinge, die man besser nicht wußte. Immerhin war sie entkommen. Und sie hatte nicht das Gefühl, auch weiterhin auf der Flucht zu sein. Sex war bei weitem nicht das Schlimmste. Das würde sie Daniel sagen.

Endlich klingelte es, und sie eilte zur Tür. Daniel kam hastig die Treppe herauf.

»Ich bin doch nicht zu spät, oder?« fragte er lächelnd.

»Ich glaube nicht. Ich habe meine Uhr noch nicht zurückbekommen. Das ist das einzige, was fehlt.«

»Falls das alles ist, können Sie sich glücklich schätzen.«

Sie erwiderte sein Lächeln und bat ihn hinein. Plötzlich kam sie sich ganz schüchtern vor, als wäre dies ihre eigene Wohnung, nach der er sie beurteilen könnte. Merkwürdiger Gedanke, dachte Leo, wenn man berücksichtigte, was sie ihm bereits alles auf der Couch erzählt hatte, ganz zu schweigen von den späteren Ereignissen.

Er schaute sich neugierig um und durchquerte mehrmals den großen Raum, um ihn von verschiedenen Punkten aus zu betrachten. »Ja, ich verstehe«, sagte er schließlich.

»Was verstehen Sie?«

Er lächelte. »Ich glaube, manchmal sollten Therapeuten sich genau wie altmodische Allgemeinmediziner verhalten und Hausbesuche machen. Um einen Eindruck von der Bühne zu bekommen, auf der ein Teil der inneren Befindlichkeit zum Vorschein tritt.«

»Und was sagt Ihnen dieses Apartment?«

»Es ist neu. Es ist leer. Es wartet darauf, gefüllt zu werden. Wie geht es Ihnen, Leo?« Er musterte sie kritisch.

»In Anbetracht der Umstände ganz gut.«

»Ja, in Anbetracht der Umstände.« Seine Stimme nahm einen grimmigen Tonfall an. »Können Sie schlafen?«

Sie nickte. »Und träumen.« Sie lachte schrill auf. »Manchmal überrascht es mich, daß Hilton mich nicht ebenfalls umgebracht hat. Ich vermute, das lag allein an der magischen Aura Ihres Namens.«

»Darauf würde ich nicht unbedingt vertrauen. Ich glaube, er hat einfach seine Fähigkeiten überbewertet und Ihre dafür unterschätzt. Er dachte, Sie würden sich nicht an die Gespräche mit ihm erinnern. Und er wußte nicht, daß Sie Isabels Computer gefunden hatten. Außerdem …« Daniel hielt abrupt inne. »Noch ein paar Wochen …« Er rang nach den richtigen Worten. »Nach einer Weile unter Drogeneinfluß hätte sich Ihr Geisteszustand beträchtlich verschlechtert.«

Leo nickte wissend, als würde er von einer anderen Person sprechen. Dann reichte sie ihm ein Glas Wein. »Ich verstehe immer noch nicht so ganz, warum er nicht zugeben wollte, daß Isabel seine Tochter war. Ich kann mir gar keine bessere Tochter vorstellen.«

»Zum Glück sind Sie nicht wie er.« Daniel prostete ihr zu.

»Ich vermute, er hatte schon zuviel von sich verleugnet«, fuhr er dann fort. »Hilton mußte jederzeit von sich selbst überzeugt sein, um die Fassade aufrechtzuerhalten. Vielleicht konnte es für Isabels Annäherungsversuch in seinen Augen auch nur eine mögliche Erklärung geben. Vielleicht dachte er, sie als seine Verwandte würde versuchen, ihn irgendwie übers Ohr zu hauen. Genau wie er selbst diesen Onkel in Chicago hereingelegt hat, von dem Sie mir erzählt haben. Ich schätze, für ihn stellt jede Bindung an die Vergangenheit eine Gefahr dar.«

Leo dachte einen Moment darüber nach. »Wissen Sie, ich glaube nicht, daß er von Anfang an vorhatte, Isabel zu ... zu ermorden. Es ergab sich plötzlich eine günstige Gelegenheit, und da erschien es ihm auf einmal ratsam. Viel lieber hätte er sie mit seinem Charme für sich eingenommen oder sie durch Drogen, Hypnose, Drohungen oder was auch immer davon abgebracht, seine Machenschaften aufdecken zu wollen. Doch die Situation entwickelte sich anders, und es fiel ihm schwer, Isabel in den Griff zu bekommen. Sie haßte ihn. Solange er nicht real war, konnte sie ihn idealisieren, aber als sie ihn dann kennenlernte, verabscheute sie ihn.«

»Die Geschichte einer ganzen Kindheit verdichtet sich auf wenige Wochen. Das war zuviel auf einmal«, murmelte Daniel.

Leo erkannte, daß er sich Vorwürfe machte. Außer Hilton litten sie alle unter Schuldgefühlen. Sie alle wußten, welch große Bedeutung die Vergangenheit besaß, während er stets allen überflüssigen Ballast abgeworfen hatte. Bis auf einmal Isabel auftauchte ...

Sie fuhr hastig fort. »Was ich nicht verstehe, ist diese Sache mit Jill Reid. Warum sollte er einen vermeintlichen Unfall arrangieren? Wissen Sie, ich habe mir durch den Kopf gehen lassen, was dazu alles nötig war. Er hat sie zu dem späteren Fundort gefahren. Sie war bis obenhin voll mit Drogen. Die Dosis war wirklich enorm. Dann hat er den Wagen über die Kante der Böschung geschoben und obendrein die Scheibe eingeschlagen, um es wie einen richtigen Unfall aussehen zu lassen. Danach ist er zu Fuß zurückgegangen. Aber warum hat er nicht wie bei mir versucht, ihr Erinnerungsvermögen auszulöschen?«

»Vielleicht blieb ihm nicht genug Zeit dafür. Vergessen Sie nicht, Miss Reid hatte ihre Abreise angekündigt, und seine Assistentin, diese blonde Frau, hätte Verdacht geschöpft, falls aus Jill plötzlich eine Langzeitpatientin geworden wäre, zumal ja Isabel auch nicht mehr da war. Die anderen Angestellten und Patienten hätten sich ebenfalls darüber gewundert. Dieses Risiko konnte er nicht eingehen.«

Leo erschauderte. »Er hat seine eigene Tochter umgebracht. Zwei Frauen. Sie hätten nicht sterben dürfen.«

Daniel legte ihr den Arm um die Schultern.

»Nein, das hätten sie nicht«, sagte er bekümmert. »Wissen Sie, Sie sind mutig gewesen. Sehr mutig. Sich auf diese Weise in Gefahr zu begeben.«

Leo zuckte die Achseln. »Hätte ich je darüber nachgedacht, hätte ich es nicht gekonnt. Außerdem war da Isabel. Es war ein wenig so, als hätte sie von mir Besitz ergriffen.«

»Und jetzt?«

»Jetzt bin ich nur noch mein kleines, trauerndes Selbst.«

»Vor Ihnen liegt noch ein ganzes Leben.«

»Das hoffe ich.« Sie sah ihm in die Augen.

Sie schwiegen eine Weile, und dann reichte er ihr einen Stapel Papier. »Ich habe Ihnen etwas mitgebracht.«

Leo betrachtete die maschinengeschriebenen Seiten. Die Überschrift lautete »Protokoll einer Fallstudie«.

»Es geht doch nicht etwa um mich?« fragte sie ängstlich.

»Lesen Sie es. Sagen Sie mir, was Sie davon halten.«

»Jetzt?«

»Nicht jetzt. Heute abend führe ich Sie zum Essen aus.«

»Ich glaube nicht, daß ich einen Bissen herunterbekomme, solange ich nicht weiß, was in diesen Aufzeichnungen steht.«

»Wenn Sie es gelesen haben, werden Sie vielleicht gar nicht mehr essen gehen wollen. Zumindest nicht mit mir.«

»Dann müssen wir es wohl beide darauf ankommen lassen.«

Daniel lachte leise. »Ja, dieses Risiko sollten wir eingehen.«